狼殿下
The Wolf
上冊

當時明月在（上）

楔子——黑潭 6
第一章 狼孩 8
第二章 兩小無嫌猜 26
第三章 狼怪 42
第四章 真兇 64
第五章 滅門 94
第六章 渤王 114
第七章 賜婚 129
第八章 入府 148
第九章 魚目豈能混珠 170
第十章 奔狼弓 194
第十一章 七夕巧果 215
第十二章 香囊定情 236

第十三章　金雕獵狼　254
第十四章　誰知心所屬　275
第十五章　冷落有誰知　295
第十六章　多情卻似總無情　314
第十七章　異心　335
第十八章　觀風聽蝶　353
第十九章　憶舊容　372
第二十章　當時明月在　390
第二十一章　遙姬　412
第二十二章　將計就計　432
第二十三章　誅震宴　454
第二十四章　狼毒花　472
第二十五章　風雨暫歇　490
第二十六章　棄子　507

楔子——黑潭

那是個終年不見陽光的巖穴，地勢起伏，越往深處越是漆黑，幾乎伸手不見五指，一股帶著野獸臊味的淡淡腥臭若有似無，最深處傳來沉悶水聲。

一個身影緩緩步入，因渾身是傷，步履踉蹌，卻依舊固執地往巖穴深處走去。

他幾乎體無完膚，尤其是後心窩處的箭傷，只差那麼一寸，那支利箭就要了他的命，可他還是活了下來。

腳下踢到某種堅硬物體，鏗啷一聲，巖穴裡忽閃起點點冷光，就著微弱光芒，他看見自己踢中的是骨頭。長長的骨頭，不知是人還是獸？

越往深處，越能感到一股悶熱，點點幽藍鬼火越現越多，彷彿千百年來葬身於此的無數幽魂正緊盯著他，但他不驚不懼，表情木然，雙眼更是寒冷如冰，無任何溫度。

曾經面對過死亡、面對過家破人亡、面對過最信任之人的背叛，這個世界上，已再沒有任何事能傷害他。

信任？哈，他最信任的那個人，狠狠背叛了他，更害死他的母親與手足。

他曾經是那麼信任她！那麼珍惜著她……但後心窩的劇痛不斷提醒，是誰教會了他「信任」，卻又在他面前狠狠踐踏！

他終於來到巖穴最深處，見到一黑沉深潭，潭水滾燙，如岩漿濃稠，蒸騰熱氣不斷湧出，偶爾從底層冒出水泡，破開後可見細碎白骨。

是個吃人的潭子。

一道聲音從他身後響起，陰陽怪氣：「此乃罕見黑潭藥池，能除去你身上所有獸疤印記，一切屈辱。只要你能熬得過萬蟻蝕心般的劇痛，蛻去全身一層皮肉，便能重生，獲得力量，報復那些背叛過你之人！若你決定選擇完全斷除過去，便入池吧！」

他站在潭邊，望著漆黑潭水，似在猶豫。

還有值得留戀的嗎？

他已經失去了一切。

那聲音又道：「黑潭源頭乃各式毒蟲野獸天然葬地，含有獸毒。入池後你將一生與獸毒相伴，且你本身即有獸性，毒性將更為強大，發作時更加痛不欲生，甚至化為猛獸，喪失人性。你，願意入池嗎？」

他義無反顧，緩緩入池。

他要讓他們也失去一切！

池水如腐毒硫磺，侵蝕他的寸寸肌膚，所有屬於過往的印痕被慢慢腐蝕殆盡，他起初強忍，但劇痛更烈，他眼底漫出血紅，仰天嚎叫，聲如狼嚎，點點幽冥鬼火彷彿懂得懼怕，震顫搖晃，目睹最血腥凶猛的野獸將重現世間。

蛻皮之痛，椎心刺骨，但比起她帶給他的痛苦，卻是根本不及萬分之一。

星兒。

這個讓他初嚐世間溫暖的名字，卻是狠狠將他推入無底痛苦深淵的兇手！

他咬牙讓自己身子更沉入漆黑潭水，雙眼赤紅，滿是仇恨憤怒。

我將重生，奪回一切！

第一章 狼孩

「馬摘星！妳給我住手——」

高牆大院內，一名錦衣少年有些狼狽地東閃西躲，然而攻擊他的不過是個八、九歲的女孩兒，她年紀雖小、個頭也不高，卻毫無畏懼，拿著婢女打掃庭院的大掃帚一下一下往自己哥哥頭臉上招呼。

「臭馬俊！你為何要毀了我娘的花園？」女孩憤怒喊道。

「馬摘星！妳最好有點分寸！不過是個小妾生的庶女，還敢這麼放肆，不喊我一聲哥哥——啊！」掃帚一揮，不偏不倚打中馬俊的臉，頓時灰頭土臉，他一怒之下，搶過掃帚就往馬摘星頭上擊去，竟是毫不留情！

「小姐！」一旁的小婢女連忙撲了過來，替小姐擋了這一下。

「小鳳！」

「賤婢！給我滾開！」

少年舉起掃帚還想再教訓妹妹，女孩心疼自己的貼身婢女被欺侮，又憤怒娘親生前最喜愛的女蘿草園被破壞，她大喊一聲，像是要將所有的挫折狠狠發洩出來，使盡全力往少年身上撲去！

少年根本沒料到這小小的女孩兒如此決絕，一下子被撞倒在地，女孩瘋了似地用雙手在少年臉上亂抓，怒喊：「臭馬俊！你才欺人太甚！」

滿園溫婉的女蘿草全毀在了少年腳下，莖斷枝折，毫無生氣地匍匐在泥地上。

「馬摘星，滾開！」少年狠狠推開自己的妹妹，不屑道：「我娘說了，女蘿靠攀附而生，就像妳娘一樣，非得攀在我爹身上，而且還專挑咱們馬府發達後才倒貼！我娘可是跟著我爹一塊兒吃苦，陪著我爹南征北討，她才該是當家主母！我早看這滿園女蘿草不順眼了，反正妳娘也死了，這些也不用留了，我就幫我娘清個乾淨！」

「住口！我娘才不是妳說的那樣！」女孩怒極，握緊拳頭一拳揍在少年的鼻上，少年痛叫一聲，一腳踹翻這個討厭的庶生妹妹，女孩面朝下摔倒在泥地裡，渾身是土，夾雜著不少斷株女蘿草，狼狽不堪。

「好了好了，有什麼好吵的？」大夫人終於姍姍來遲，見到花園滿地瘡痍，什麼也沒說，只不痛不癢地念了兒子一句：「怎麼把身子弄得這麼髒？」又眼帶鄙夷地看了女孩一眼，便帶著兒子離去。

女孩忽然轉身跑出花園，轉眼就跑出了高牆外，小鳳追了一陣沒追上，很是擔心，回府稟告，大夫人聽了，只道：「隨她去！一點家教都沒有，長幼有序，她把我俊兒弄成這副德性，卻連句道歉都沒有！和那個女人一模一樣！完全不把她這個當家主母放在眼裡，真是什麼樣的人，生下什麼樣的種！」

「但小姐她年紀幼小，萬一被人拐騙了——」小鳳仍不放心地問。

小姐喪母不久，正自傷心，少爺卻故意毀壞鳳夫人生前最喜愛的花園，向來疼愛她的老爺此刻在外戍守，大夫人又偏心，連她這個下人都看不下去。

「她那麼古靈精怪，別騙人就不錯了！」大夫人哼了聲，顯然吃過女孩不少虧。

小鳳不敢再多嘴，離開時，猶豫再三，腳跟一轉，決定悄悄向汪總管通報一聲。

馬摘星奔出馬府，一心想著：既然娘親的花園被毀，女蘿草無一倖免，那她就再去找更多的女蘿草回來種植，娘已不在，以後就由她來守護這片花園……

她抬起頭，一眼就望見城北那座山頭。

狼狩山。

山形如狼頭張牙怒吼，地勢高聳，山腰以上常年雲霧繚繞，山中狼群出沒，本地獵戶常上山設陷阱打狼，販賣狼皮狼肉維生，有時也會活抓小狼，賣給大戶人家做為寵物。

野生女蘿草多生長在山裡，離這兒最近的山，恐怕就是那兒了。

儘管知道獨自上狼狩山，危險重重，但倔強的她不願就這麼輕易服輸。

欺侮她？哼！別以為娘不在了，她就是任人揉捏的軟柿子！

她一定要將娘親的女蘿草園復原，不讓馬俊那個王八蛋得逞！

時序已是晚春，踏入狼狩山，小徑旁繁花似錦，草木蓬勃，樹林鬱鬱蔥蔥，其間點綴桃、櫻、杏木，枝頭滿是嬌嫩粉黃，一切充滿了生機，但馬摘星卻無心欣賞，只是目光專注地盯著地面，尋覓女蘿草。

她很快尋得一株女蘿草，欣喜若狂，但思及今日被摧殘殆盡的花園，打算再多尋幾株，多些機會復原娘親最愛的女蘿草園。

一株又一株，她越尋越多，每尋到一株，她便蹲下身，小心翼翼用雙手輕柔掘出草根，珍惜捧在懷裡。

她臉上浮現笑容，但接著笑容又漸漸退去，不輕易在人前留下的淚水悄悄從眼裡溢出。

遊客芳春林，春芳傷客心。

女蘿亦有托，蔓葛亦有尋。

傷栽客游士，憂思一何深……

春天萬物萌發，處處生機，但對不久前痛失娘親的她而言，卻是處處觸景傷情，再美的景色又如何？能讓她訴說形容如此美景的那人，已天人永隔。

她的娘親雖極得父親寵愛，卻性子清冷，不爭不討，不在乎那點名份與權勢，像是誰都不放在眼裡。她從小就古靈精怪，除非犯下嚴重錯誤，娘親極少對她說過重話，總是放任她自在探索這個世界。有一次，她偷偷跑去騎馬，個子還小的她不小心從馬上摔了下來，幸好命大，只受了些皮肉傷，娘親見了她那些傷，沒有責罵也沒有大驚小怪，只是面露無奈，摸著她的頭嘆道：「受這點傷還算是好的，將來也不知妳是不是會吃上更多苦呢……」

她捧著滿手女蘿草，坐了下來，眼淚一滴滴落下，她實在思念娘親，哭了一會兒，伸出手摸著自己的頭，啞聲道：「不哭……不哭……星兒不哭了……」她想像著是娘親心疼她，用手溫柔摸著她的頭，輕聲告訴她別哭了，星兒不哭……不要讓人家知道妳傷心了……

也不知道哭了多久，等她回過神，才發現四周已起了淡淡霧氣，她一驚：自己居然不知道什麼時候來到了半山腰處，再往前就是狼群慣於出沒的地帶！

她匆忙抹乾眼淚，起身想要下山，但才踏出幾步，忽又停住。

越來越濃的白霧裡傳來了細微的哭聲。

她豎起耳朵仔細傾聽，真的是哭聲，微弱恐懼，唉唉嗚叫。

是哪家的孩子也在這狼狩山上哭泣？那孩子也失去了摯愛的親人嗎？

她猶豫了一會兒，最後決定尋著那細微哭聲，走入霧裡。

哭聲忽地停了，她知是自己的腳步聲驚動了那孩子，不敢再亂動，這時霧忽然散去，她定睛望去，不遠處一棵大樹下，居然有隻幼狼被關在木籠裡，幼狼見了人類，嚇得又嗚嗚哀鳴，往角落裡縮，小小的身子瑟瑟發抖。

她捧著女蘿草，朝幼狼走去，眼見就要走到木籠前，一隻狼忽然衝了出來，擋在幼狼前！不，那不是狼……而是個半人半狼的男孩！只見男孩全身赤裸，四肢著地，肌肉結實，眼露野性，朝著她齜牙咧嘴，刻意露出犬齒低狺，十足狼性！

摘星嚇得倒抽了一口氣，雙手一鬆，懷裡女蘿草掉落於地。

是狼孩嗎？她聽聞有時狼群撿到剛出生的嬰兒，不會食之，而是會將其扶養長大，尤其是母狼，更會將狼孩視如己出，甚至讓其吸食自己的奶水。

沒想到狼狩山上也有這樣一個狼孩。

摘星立刻就發現了狼孩脖子被鐵鏈束著，鐵鏈的另一端牢牢綁在大樹上，狼孩嘴角滿是鮮血，顯是想要咬斷鐵鏈脫困，卻徒勞無功。看來是獵戶設下陷阱活捉幼狼，狼孩想要救援，連帶也被捉住。

既然幼狼在此，愛子心切的母狼必在附近，她很快打量了一下四周，發現獵戶已佈下更殘忍的陷阱，要引母狼現身再將其獵殺。

雖知獵戶補狼維生，理所當然，但她惻隱心起，繞過狼孩，來到木籠前，將木籠打開，幼狼一下子就奔得不見蹤影。她又拾起一塊大石，來到綁著鐵鏈的大樹下，用力敲打鐵鎖，嬌嫩的雙手磨破了皮，終於將鐵鎖敲壞，鐵鏈頓時鬆開，狼孩一愣，轉身就要逃走，她卻狠狠一拉鐵鏈，喊：「等等！」

狼孩不懂人語，仍是拚命想逃，她個子小，根本難以壓制，乾脆放手，趁狼孩一個重心不穩往前摔倒時，她趁機撲上，狼孩反擊，一張口重重咬在她的手背上！她痛叫一聲，咬牙迅速將狼孩脖子上的鐵鏈解開。

狼孩一察覺脖子上不再有束縛，立即甩開她狂奔，身影瞬間沒入林間濃霧，摘星倒在地上，只覺渾身力氣都已用盡，氣喘吁吁。

等休息夠了，她才起身，慢慢走向不遠處散落一地的女蘿草，一一拾起。

她看著手背上的傷口，鮮血淋漓，齒痕明顯，雖絲絲作疼，她倒是不怎麼感到驚慌，她想找些草藥敷上，忽而想起汪叔不是說過嘛，女蘿草可治外創出血。她將女蘿草揉爛後敷在手背上，看著自己的傷口，不免又悲從中來。

以前受了傷，總是千藏萬躲，不敢讓娘發現，免得她擔心，可現在，還有誰會像娘那樣擔心她呢？

下山前，她將獵戶佈下的陷阱全數破壞，木籠鐵鏈也拖到懸崖邊扔下。

她離去後，狼孩悄悄由林間現身，原來他一直沒有遠離，而是躲在草叢裡觀察她的一舉一動。

這是他第一次遇見一個和自己年紀差不多的人類，還是個這麼水靈漂亮的女孩兒，不但救了幼狼，也救了他……狼孩一直以為人類都像那些獵戶，狡猾殘忍，總是利用各種陷阱捕捉殘殺狼群，他唯一的家人。

人類總以為狼忘恩負義、絕情狠心，卻是狼狩山的狼群接納了他這個「異類」，將他完全當成一份子，餵他狼奶、教他捕捉小動物、教他避開獵人陷阱。

是狼，教會這個被人類棄養的孩子，如何在這個世界生存。

狼孩與狼群同進同出，痛恨那些捕捉狼群的人類，可他今日發現，這個女孩兒和那些人類都不一樣，身上不僅沒有那些獵戶的血腥與野獸臊味，甚至還有淡淡的好聞氣味，那是衣物上的薰香，大戶人家的小姐才穿得起這樣的綾羅綢緞。狼孩沒聞過這香氣，不似花香，也不似成熟果香，但他並不討厭。

狼孩從草叢間爬出，在摘星待過的地方四處聞嗅，嗅到血腥味，連忙湊了過去，在女孩滴血的泥地上舔舐。

林間深處傳來一聲狼嚎，是覓子心切的母狼，狼孩抬起上身，回叫了一聲，又看了一眼泥地上的血跡後，竄入林間。

🐾 🐾 🐾

三日後。

狼孩正與兩隻幼狼打鬧玩耍，忽又聞到女孩身上那股好聞的氣味，他愣了愣，思及女孩曾是自己與幼狼的救命恩人，決定去見她，兩隻幼狼又咬又扯，不願他去，狼孩不加理會，趁著幼狼去找母狼告狀，偷偷往山腰處奔去。

果然又是那個女孩，但這次手裡多了隻香噴噴的烤雞，那熟透的肉香饞得狼孩口水直流，生活在山裡，茹毛飲血，何時嘗過這等美味？

但母狼教過他，絕對不能白食，況且對方又是自己的救命恩人。狼孩饞得口水都要流光了，忽想起女孩之前手裡捧著的女蘿草，他從小在狼狩山上長大，何處長著什麼花草，一清二楚，他立刻轉身去找，很快嘴裡便啣著一大叢女蘿草，匆匆回來。

只見女孩還在四處張望，似在尋找什麼，嘴裡喃喃：「不知今日會不會遇見他……」

摘星實在對狼孩太好奇了，過了三日，忍不住又偷偷跑來狼狩山，還不忘帶隻烤雞，想誘狼孩出來，全然沒想到要是誘出了其他的狼或山中猛獸該怎麼辦？幸好她衣上薰香含有微微樟腦，蟲獸厭惡此味，只有狼孩不在意，一聞到烤雞味便傻乎乎地奔來。

一陣微風吹來，女蘿草上的葉子輕輕搔了一下狼孩的鼻子，他打了個好大的噴嚏，附近正開著花的矮樹叢間頓時彩蝶紛飛，女孩聽見聲音轉過頭，見一隻隻彩蝶翩然飛起，立時眼睛發亮，喊了聲：「好漂亮！原來這兒有這麼漂亮的彩蝶！」接著她看見了躲在矮樹叢旁的狼孩。「狼……」糟了，該怎麼叫他呢？「狼……狼仔？」既然是狼養大的孩子，就這麼叫吧。

「狼仔？」她聲調輕柔，像逗弄雀鳥等小動物。「狼仔，別怕，是我。你還記得我嗎？」她緩緩朝狼孩走去，但狼孩吃過人類不少苦頭，警戒萬分，她往前走一步，他便往後退兩步，她只得停下。

摘星將烤雞放在地上，往後退了好大一段距離，站立不動。烤雞香味早讓狼孩饞得只想撲過去大快朵頤，見女孩後退，他猶豫了一下，慢慢踏出一步。四周只有微風輕輕吹拂，沒有可疑人聲或氣味，於是他又大著膽子踏出一步。

就這樣，他一步步朝烤雞走去，摘星只是站在原地望著他，目光好奇。

狼孩披頭散髮，赤裸的肌膚上因為沒有毛皮保護，處處可見刮擦傷痕，身子精瘦，肌肉緊繃結實，他一面接近，一面露出犬齒低狺，並不時觀察周圍。

他終於來到烤雞前，吐出嘴裡女蘿草，一口咬住烤雞，轉頭就跑，摘星依舊站在原地未動，但她知道，自己已經贏得了狼仔的第一步信任。

草叢一陣晃動，狼孩叼著烤雞離去後，摘星才慢慢往前走，只見原本放置烤雞之處，躺著一堆女蘿草，她略感驚訝，蹲下身子，拾起一株株沾滿口水的女蘿草，卻是滿心溫暖。

這是狼仔送她的女蘿草。

雖然沒有了娘，但她遇見了狼仔……鼻子忽有些微酸，她忍不住想，狼仔是不是在天上的娘親怕她寂寞，特地送來陪伴她的？

🐾 🐾 🐾

時光匆匆，春天過去，夏天到來，摘星最初的喪母之痛，因為遇見了狼仔，得到了補償，她心中已將狼仔視為自己的祕密朋友，幾乎每天都會帶上烤雞和肉包子，偶爾還有烤乳豬，上山找狼仔。

她雖貴為馬府小姐，卻沒了疼她的娘，爹爹也常年在外戍守邊關，馬府裡只有老是藉機欺侮她的哥哥與大夫人，兩人雖是她名義上的親人，卻比陌生人還不如。

摘星從沒想過，她會遇見一個被狼養大的孩子，越是與狼仔相處，她越是喜歡他那毫無心機的天真，她可以用最真實的一面與狼仔相處，不用裝腔作勢，不用故作堅強，她可以大笑、可以痛哭、可以不顧形象跟著狼仔爬樹，看見從來不曾見過的美景。

氣候炎熱時，她和狼仔到湖邊玩水，玩著玩著狼仔忽然帶著她一塊兒潛入湖裡，她這才知道原來湖底竟別有洞天，有一處不知蜿蜒連綿到何處的石穴，裡頭陰溼清涼，一開始入口很小，但越往內走，洞頂便越高，還有許多垂吊下來的巨大鐘乳石，看得她驚嘆不已。

兩人回到湖邊，她見生活在山野裡的狼仔渾身污泥，趁機將狼仔用力洗刷一番，還為他披上特地偷偷帶來的人類衣裳，但狼仔不買帳，用嘴咬掉那些布綢，又在湖邊滾了幾圈，原本洗得乾乾淨淨的狼仔又成了一身髒泥，摘星無奈，只得任由他去。

她還嘗試教狼仔識字。

「狼仔，你看，這是太陽。」她用樹枝在泥地上畫了一個圓圈，中間一點，然後指指天上耀眼太陽。狼孩順著她手指的方向望去，瞇起了眼，又看看泥地上的字，試探地伸出手指，依樣畫葫蘆在泥地上也畫了個圓圈，中間加上一點。

「狼仔！你真聰明！」摘星開心拍手笑道，狼孩只是照做，並不解其意，見她高興，自己心裡也高興。

摘星又陸續在泥地上畫了「月」、「山」、「川」等等象形字，狼孩認得「山」，在她的比畫下，也知道了什麼是「川」，但卻搞混了「日」與「月」。摘星想了想，在泥地上依序畫上新月、上弦月、半圓月、滿月、下弦月，狼群常在月夜裡嚎叫，狼孩一看就懂，用手興奮指著天空，嘴裡唔唔數聲後冒出一聲響亮狼嚎。

「狼仔你要說什麼？嗷嗚嗷嗚的我可聽不懂。」摘星笑道。

狼孩又指指天空，正要放開喉嚨嚎叫，她連忙以食指貼唇，示意狼孩安靜：萬一被那些獵戶聽到了怎麼辦？自從認識了狼孩，一想到城裡獵戶不少都以打狼維生，她就不禁為狼仔感到擔憂。那些人根本不將狼仔當人，只將他當成畜牲看待。

摘星又在泥地上寫了個「星」字，星星，是發光的太陽所生出的孩子，但狼孩不懂「生」字，她便寫了個「晶」，三個小小的日，三個小小的發光體。「狼仔，太陽會發光，對吧？星星就像許多許多的小太陽，在天空裡發亮。」她又在「月」字旁畫了許多小小的「日」，狼孩眼睛一亮，嗷嗷數聲，表示自己懂了。

「來，跟我念，星——」她教狼孩念自己的名字。

狼孩只是睜大了眼，歪著頭，不解地看著她。

「星——」她一面念，一面伸出雙手捏著狼孩的臉頰。「來，跟我念，星——兒——」

除了娘，沒有人這樣喚她，可她想聽狼仔也這樣喚她。

「星——」她不厭其煩，念了又念，狼孩終於懂了。

「嗷嗚？」

「星——兒——」

「嗷嗚——」

「不對，不對，是星——兒——」

「嗷——嗚——」

「嗷……不對，不對，我跟著你嗷嗚做什麼？是星、兒！」

狼孩呵呵笑了，渾然不覺這是他出生在這個世界上後的第一個笑容。

摘星拍了一下他的腦袋，再接再厲。「來，是星——兒——」她多麼想聽見狼仔親口喊她一聲「星兒」，心中早已暗自將狼仔視為最親密的家人。

狼仔識字說話的進展雖零落，但摘星發現即使不用語言文字，他們依然能溝通，而且狼仔教會她用另一種不同的眼光，來看待她習以為常的這個世界。

在她眼裡無影無形的風，從狼仔的角度，風卻是可以被看見的。

落英繽紛，綠葉旋舞，那就是風。

從前她以為彩蝶撲翅無聲，但只要用心，再細微的聲響亦可聞。她與狼仔坐在一起，狼仔忽要她往後看，只見一對彩蝶翩翩飛舞，你上我下，你下我上，雙雙對對不分離。摘星試驗多次，要狼仔遠遠背對她，她放出手中彩蝶，狼仔沒有回頭，卻次次都能正確指出彩蝶飛往何處，毫無例外。

她喜歡撲捉螢火蟲，常累得氣喘吁吁，卻捉不到幾隻，狼仔跟著她捉了幾次，戰果亦不佳。一日，狼仔領路帶她去一處幽深洞穴，只見平日動作粗魯的狼仔居然小心翼翼，一丁點聲響都不敢發出，摘星跟在他身後，見他這副認真模樣，有些好奇更有些緊張。難道這洞穴裡住了什麼可怕的妖怪嗎？雖然狼狩山很久前的確有過狼怪傳說，但這幾年往來山裡的獵戶卻從沒有遇見過……敢情狼怪竟是住在這麼隱密、甚至幾近無聲的洞穴裡？

「狼——」她才剛出聲叫喚，狼仔立刻回頭，學她以食指貼唇，還用力比了好幾下，摘星只好噤聲。

越往內走，地勢越險峻，光線也越來越昏暗，最後根本漆黑到伸手不見五指，狼仔早已習慣在黑暗中視物，完全不受影響，來去自如，但卻苦了摘星，一路磕磕碰碰，一下沒踩穩，一下撞到頭，疼得嘶嘶抽氣，狼仔終於注意到她看不清路，停下來等她，摘星往前伸出手，低聲道：「狼仔，手。」

狼仔果真遞來手，摘星一握，感覺不對，摸了兩下，發現是隻腳。對狼仔而言，他還未分清楚手腳四足的其中差別，若摘星要的是「前足」，也許他就不會搞錯了。

「狼仔！手！是手！」她高舉另一隻手，揮了幾下示意，把那隻臭腳扔回去。

狼仔思考了下，看了看自己的「前足」，伸去給摘星，她很快握住，總算鬆了口氣。她雖膽大，但畢竟初次來到這種漆黑完全不見一點光的地方，心中多少有些忐忑害怕，但有狼仔在，牽著他的手，她便覺安心許多。

不管發生什麼事，她都不是一個人，有狼仔在她身邊。

對狼仔而言，第一次牽手的感覺很奇妙，他不知「前足」原來能如此交握，兩人的距離瞬間拉近，他能感覺到摘星的一舉手一投足，而她也更能從他的動作得知何處該低頭、何處該抬腳，減少受傷的危險。

握在自己掌心裡的手，柔嫩嬌小，狼仔充分感受到摘星對自己的信任，心情有些異樣，而這是他在與狼群相處時從未體驗過的。

他停了下來，摘星也跟著停下，她拉拉狼仔的手，想知道他到底在賣什麼關子？狼仔沒出聲，她沉不住氣正想開口，眼前忽冒出一點一點藍色螢光，仔細一瞧，原來兩人面前是個小水潭，清澈見底，藍色螢光正不斷從水潭裡冒出，螢光雖微，在黝黑洞穴裡卻璀璨如藍色星辰，她忍不住想伸手去摸，觸手冰涼，螢光搖晃，狼仔這時拍拍她的肩，示意她抬頭往上，她這才發現原來潭水不過是倒映，真正的螢光在兩人頭頂上，一串串肉眼看不見的透明絲線由岩壁垂降而下，掛著一顆顆螢藍星星，而且越冒越多，她發出一聲輕嘆，螢光忽全數消失。

過了一會兒，頭頂上的螢光又漸漸出現，摘星這才明白，唯有寂靜無聲，螢光才會出現，難怪狼仔之前進洞時那麼小心翼翼，就是怕製造出聲響。這裡是千年螢洞，數以萬計的螢蟲在這近乎封閉的洞穴裡，吐絲成串，發出螢光吸引微小昆蟲，藉此維生。

她名為摘星，不知狼仔是刻意還是誤打誤撞，真帶她來到了觸手可摘星的神祕之地。摘星陶醉，將頭輕靠在狼仔肩頭上，此時無聲勝有聲，在螢藍星辰下，兩人間不需任何言語，心意互通。

就是在這一瞬間，摘星冒出念頭：若能一直與狼仔在一起，那有多好？

時序入秋，狼狩山上彷彿一夜之間退去了翠綠，換上了金黃豔紅的秋衣，在溫暖陽光下閃耀著耀眼光芒，舒爽宜人西風吹來，陣陣落葉飄落，隨風起舞，之後遍灑落地，層層堆疊，直至不見泥地蹤影，人獸踏足於上，細微沙沙聲不絕於耳。

他一大清早就離開狼穴，四處忙活，覓得不少女蘿草，再帶往深山湖邊，挖開泥土移植。摘星喜歡女蘿草，每次上山，必定會帶幾株女蘿草回去，既然她喜歡，他就在湖邊多種一些，以後摘星就不用在山裡四處辛苦尋找，只要來湖邊就行了。

忙活了一上午，他滿身泥濘，移種的女蘿草東倒西歪，也不知到底能活幾株？但他還是得意地瞧著湖邊，想著她見了一定很開心。

只要她開心，他也開心。

只要見到她的笑容、聽見她的笑聲，他便心情愉快，胸口溫暖。

他喜歡她喊他「狼仔」，他知道那是自己的名字。

他本是被狼養大的野孩子，無名無姓，但星兒給了他名字。

有了名字，就有了念，化成了牽掛，於是時時刻刻都念著給予他名字的那個女孩兒。

他看著湖邊的女蘿草叢，開口：「西……星……星兒……」他其實常常練習，只是舌唇發音仍不甚靈活，怕被她取笑，至今仍未親口喊出一聲「星兒」。

那是她的名字，是很重要的名字，他定要好好練習，等到練習得字正腔圓了，再給她一個驚喜。

練習了一會兒，他在湖邊躺下休息，陽光正暖，晴天碧空，藍得發亮，沒有一朵白雲，一排大雁緩緩飛過，朝溫暖的南方而去。

他看著那排大雁，想著為何大雁能在天空飛翔？

過了一會兒，他又想：不知雁肉嚐起來是何滋味？

唔，他肚子是真有些餓了。

他忽地坐起身，敏銳嗅覺聞到了熟悉的烤雞香！

他迫不急待朝山腰處奔去，奔了一陣卻忽然停下，接著身旁草叢窣窣作響，居然冒出一隻小狼，已經長大不少的小狼也想分杯羹，偷偷溜了出來。

沒道理狼仔哥哥幾乎天天都能吃到那麼美味的食物，牠們卻連一口都吃不到嘛。

狼仔不忍拒絕傻乎乎的小狼弟弟，想了想，便帶著小狼去找摘星。

女孩一襲青衫羅裙，手裡拎著一隻烤雞，滿臉笑容地等著他出現。狼仔比了幾下手勢，嘴裡「咿咿唔唔」數聲，又指指身後，摘星看向他身後，見到一對狼耳朵出現在草叢上方，有些驚訝：「你帶狼朋友來了？」

狼仔向來獨自出現，如今他願意帶狼朋友來見她，是不是表示已接納她是狼群的一份子了？不過……她倒是比較想讓狼仔重回山下，回到人群裡過日子呢！這樣她才能永遠與狼仔在一起，也不必擔憂他是否又誤中人類陷阱。

摘星撕下一條雞腿，用力往空中一拋，狼仔立刻挺身往上躍，漂亮一口接住。

躲在草叢裡的小狼一見，立刻探出了頭，一臉饞相，摘星笑著撕下另外一邊雞腿，朝小狼扔去，小狼本想學狼仔哥哥往上跳、一口漂亮接住，但牠還沒跳呢，忽地母狼從他身後現身，一爪拍翻他，小狼滾了幾圈，唉唉叫嚷似在抗議，母狼一口咬住小狼耳朵，小狼哀叫一聲後再也不敢反抗，依依不捨看了那隻烤雞腿一眼，乖乖回去了。

母狼警戒地看著摘星，一面緩緩退後，一面皺起鼻頭露出兇惡表情。

狼仔昂首輕嚎了一聲，母狼回以低嚎，似是警告。

摘星見狀，知道母狼對她存有戒心，甚至不准小狼吃她帶來的食物。她忽然彎下腰四肢著地，盡量伏低身子，讓自己看起來不具那麼威脅性，然後學狼仔嚎叫了一聲，只是她學得四不像，不僅狼仔嚇了一跳，母狼也愣住，瞬間收回獠牙。

「嗷嗚——」摘星努力回憶狼仔嚎叫的音調，連續叫了好幾聲，狼仔終於明白她在試圖與母狼溝通，連忙出聲糾正指導，兩人嗷嗚來嗷嗚去，母狼在旁歪著頭，看看狼仔又看看摘星，一頭霧水。

最後母狼不耐煩再聽這兩人嗷嗚來嗷嗚去，重重哼了一聲，轉身離去。

摘星見母狼離去，難掩失望道：「母狼是不是不喜歡我？」

狼仔雖未能完全聽懂，但從她表情也能猜到，母狼的不認同讓她感到難過。他湊上前，微低下頭，額頭輕抵女孩的前額，除了娘親，摘星從未與人如此親暱，嚇了一跳，下一刻卻笑了出來。

「狼仔，你在安慰我嗎？」她伸出手，摸摸狼仔的頭。

狼仔撒嬌似地與她摩蹭著額頭，兩人目光相接，笑顏天真。

他拉拉摘星的手，帶著她來到湖邊，摘星見到那一片慘不忍睹的女蘿草，先是失笑，接著眼眶一熱，鼻頭一酸。

狼仔點點頭。

「狼仔，這些是你特地為我種植的嗎？」她指著那片女蘿草。

「謝謝你！」她緊緊握住狼仔的手。「謝謝你，狼仔……這個世界上，也只有你會在意我如此喜愛女蘿草……」

是娘生前最喜愛的女蘿草啊，那個高貴溫婉的女子，總是撫弄著女蘿草，若有所思，表情哀傷。

娘，您在哀傷什麼呢？

狼仔好奇地伸出手指，觸碰摘星的臉頰。有水，透明的水，從她的眼裡流出。他將手指放入嘴裡，嘗起來是鹹的。

摘星不開心嗎？可是她明明在笑。

那個時候，他還不明白，那叫做淚水。後來他知道，原來，人傷心時，眼裡便會流出透明的水。鹹鹹的，溫熱的，摸著心疼，看著疼心。

那場意外是在秋末發生的。

他在女蘿湖邊等著她，摘星遲遲未出現，他卻聽見她的尖叫。高亢尖銳，充滿恐懼，劃破狼狩山上的寧靜。

他從沒聽過她這樣尖叫！

又是一聲尖叫傳來，他的心臟猛地一緊，立即跳起身，同時聽到了遠處傳來低沉的咆哮怒嚎。

母狼告訴過他，那是狼狩山上最危險的怪物，每到秋末冬初，因飢餓難忍，橫行肆虐，兇殘無比，若他貿然前去，無異送死，但他還是義無返顧往那怪物的方向奔去，因為她在那裡！

空氣中飄著濃重的血腥味與野獸臊味，巨大的怪物站起了身子，張牙舞爪，唾液從血盆大口邊緣不斷溢出，她倒在草叢裡，小臉蒼白，不再尖叫，渾身劇烈發抖，已被嚇得失神。

那怪物伸出利爪，往摘星身上揮去，眼見就要血肉模糊，千鈞一髮之際，她只覺眼一花，一團黑影奔來，下一刻那怪物居然被狼仔撞開，但利爪扔劃過女孩的臉頰，留下一道細細血痕。

「嗷——！」狼仔喚著摘星，但她已嚇得腦袋一片空白，無法言語。「嗷……西、西……星兒！星兒！」

狼仔情急下用不甚清楚的口齒喊出摘星名字，她彷若被雷擊中，立刻回神，雙唇顫抖，喊：「狼、狼仔……救我！」

他拉起摘星想逃，但她驚嚇過度，雙腿發軟不聽使喚，跑了幾下又跌倒在地，他回頭一望，見怪物就要追上，伸手緊緊抱住她。

他倆命休矣！

一聲響亮狼嚎從他們身後響起，他閉上雙眼，更摟緊了女孩。

獸足踏在落葉上的沙沙聲響迅速由遠而近。

她的雙手抱住了他的腰，抱得好緊、好緊，彷彿這一輩子都不要再放開。

第二章 兩小無嫌猜

隔年，春。

自初春雪融以來，狼狩山上有狼怪出沒的消息，在奎州城內傳得沸沸揚揚。

據傳那狼怪修煉成精，嗜血殘暴，不但能呼風喚雨，更能指揮狼群，甚至迷人心志，讓人分不清東西南北，即使是最熟悉狼狩山地形的獵戶也曾著了道，被困山中三天三夜才找到出路回家。

有人說那狼怪有一雙赤紅雙眼，大如銅鈴，只要見了便會七孔流血而死。有人說那狼怪滿嘴可怖獠牙，且有劇毒，只要被咬到一口，立刻斃命。更有人說，那狼怪甚至偶爾會偷溜下山，混入城裡，哪家孩子不聽話，狼怪便會趁機叼走那孩子，帶回山上吃掉！

「再調皮，狼狩山上的狼怪就會把你抓走，然後從你的手指頭開始，一根一根吃掉，吃完之後再吃你的腳趾頭，都吃完了就咬開你的肚子……」只要這麼一說，再無理取鬧的孩子都會立刻安靜，眼露恐懼。

各種傳說繪聲繪影，加油添醋，真真假假，將這狼怪形容得越發撲朔迷離，沒人知牠的來歷，也不知該怎麼治牠。

但，為了討生活，仍不時有不怕死的獵戶上狼狩山打狼，只因北疆之地盛傳狼肉能治百病，新鮮狼血更是治療風濕痺痛的妙方，只要獵得一頭狼，就能保證大半年不愁吃穿，自然有人願意冒這個險。

這天天氣晴朗，蔚藍天空飛過幾隻雁鳥，偶爾微風輕拂，茂密林間鳥語啁啾，蟲鳴低吟，幾隻野兔在湖邊草叢覓食，一片祥和。但忽然間蟲鳥沉寂下來，機警的野兔抬起頭望了望，驚慌地跺了一下腳，立即飛奔而去，瞬間不見影子。

有什麼可怕的東西要出現了。

一聲驚恐的尖叫傳來，劃破狼狩山上的寧靜，接著林間竄出一名年輕獵戶，他跑得跌跌撞撞，一個踉蹌，身上的箭袋不小心掉了，他轉身想撿，但林間忽然爆出一聲石破天驚的野獸嚎叫，他嚇得膝蓋發軟，箭袋也不要了，轉身繼續逃跑，此時一陣陰風忽然襲來，接著天地昏暗，一陣又一陣的濃霧不知從何處浮現，竟將他團團圍住，讓他分不清方向。

然後他聽見沉重的腳步聲從濃霧中傳來。

年輕獵戶嚇得全身哆嗦，腦袋裡浮現今日上山打狼前，老獵人的叮囑：「聽說上月有個經驗豐富的獵戶不信邪，收了昂貴的訂金要上山打狼，結果在狼狩山上遇到了狼怪，被咬得半死不活！可憐啊……」

他因為貪賭欠了一堆債，實在還不出來，只好冒險打狼，誰知道這麼倒楣，真被他遇見了狼怪……

一雙赤紅猙獰的獸眼自陰森濃霧中顯現，接著一面目猙獰的巨獸緩步走到他面前。

「別……別過來……我、我以後不打狼了……也、也不會再來狼狩山了……放過我吧！」他一面後退一面結結巴巴地哀求。

狼怪張開血盆大口，發出震天怒吼，林間群鳥驚飛、野獸奔逃，下一刻狼怪便朝他撲了過來！他嚇得差點沒屁滾尿流，轉頭瘸著腿拚命逃跑，只怕再不逃，就會被這可怕的狼怪給生吞活剝了！

他連頭都不敢回，狼怪的吼聲依舊不斷在他身後響起，巨大回音在整座狼狩山間環繞，陰風陣陣，濃霧重重，野獸的氣息近在咫尺，竟感覺彷彿有幾百幾千隻狼在他身後追趕！

老天爺啊！賞他再多錢，他也不敢再上狼狩山了！

「少主啊！求求少主幫幫草民，幫幫獵戶們！咱們都快餓死了！」

瘸腿的年輕獵戶被人攙扶著，撲通一聲跪下，一面磕頭一面道：「獵戶們都是靠打獵吃飯、販賣狼皮狼肉為生，如今狼狩山上狼怪肆虐，隨意傷人，已不知有多少獵戶受傷無法上山打獵，前幾日草民也被狼怪所傷，這條腿差點就被狼怪咬斷了！再這樣下去實在不是辦法，還請少主能幫幫我們！」

馬府大廳內，不見城主馬瑛，而是馬瑛獨子馬俊大方斜倚在正中央主位上，馬瑛出外邊防，派他做為代理城主，難得有百姓上門求情，顯示他這個代理城主的威嚴，只見他一臉志得意滿，擺了擺手，問：「你真看清狼怪的模樣了？」

「看、看見了！」年輕獵戶顫聲道。

「是什麼模樣？」馬俊倒有些好奇了。

「雙眼赤紅、血盆大口、還有可怕的獠牙！而且不只一個！牠……那狼怪還有許多手下！個個都要草民的命啊！草民嚇壞了，轉身就跑，一路上還摔傷了腿——」

「停停停！」馬俊打斷。「你這身傷，到底是狼怪所為？還是自己摔傷的？我從頭聽到尾，根本都只是你自己在嚇自己！什麼紅眼睛、血盆大口的怪物，狼狩山上就只有狼群，連隻老虎都沒有！」馬俊一臉不以為然，子不語怪力亂神，只有愚民愚婦才會相信這種流言。

年輕獵戶不服氣，對馬俊道：「少主，草民前來陳情，是希望您會替我們做主，收拾狼怪，保護百姓生計與安寧，少主您卻不信草民——」

馬俊再度不耐煩打斷：「狼怪根本是無稽之談，別再來浪費本少主時間。來人，送客！」

「等等！」一清脆女聲響起，眾人轉過頭，一名女孩身著青衫羅裙，快步走進大廳，那人不是別人，正是馬府郡主馬摘星。

年初，為慶祝梁帝朱溫正式登基為帝，梁帝大封功臣，馬瑛率領馬家軍鎮守邊疆，防範晉軍有功，正式升任奎州城城主，其女摘星更破格封為郡主，人稱摘星郡主。

馬俊自以為瞞得天衣無縫，其實所作所為，馬瑛全都知曉，只是他人不常在馬府，無法替摘星出頭，乾脆向梁帝求個郡主封號給摘星，有了郡主這道封號，大夫人與馬俊再怎麼樣也得賣梁帝面子，對摘星的態度只得收斂。

馬摘星恭敬道：「哥哥，狼怪傳說已鬧得滿城風雨，看來也的確影響了百姓生活，他們不過是希望馬府能派人上山，一探狼怪真假，給他們一個交代，你現在可是代理城主，如此敷衍了事，豈不失職？」

馬俊被堵得一時詞窮，臉色難看，奈何天性愚鈍，一時三刻居然想不出什麼話回嘴。

摘星又道：「妹妹只是想提醒哥哥，這兒不少人都聽見了哥哥的話，要是等爹回來，知道馬府少主無視百姓需求，甚至趕人送客，不知做何感想？」

左一聲「哥哥」，右一聲「哥哥」，叫得好聽，馬俊再蠢鈍，卻也知她是仗著馬瑛寵愛，語帶威脅，非要他淌這渾水。

他冷冷看著馬摘星，問：「妳想怎麼樣？」

「不過就是想請哥哥帶人上狼狩山，一探狼怪真假，給百姓一個交代。」馬摘星聲音清脆，見馬俊遲疑，轉頭看向前來陳情的年輕獵戶，略使眼色，他立即會意，下跪大聲懇求：「懇請少主上山，一探真假！」

馬俊正不知該如何回應，馬摘星又道：「哥哥該不會是害怕了吧？之前不是信誓旦旦，狼狩山上絕不可能有狼怪嗎？那麼親自帶人上山查看，又有什麼好猶疑呢？」她說完後面露謙和微笑，馬俊看了只覺萬般刺眼，深覺自己被這小妹看扁了！

「好，本少主就親自帶人上山，一探究竟！但若狼狩山上沒有狼怪，妳又怎麼說？」馬俊一拍椅，起身說道。

「若無狼怪，豈不可喜可賀？不但消除了百姓的恐懼，哥哥替百姓解憂除慮，爹爹也以你為傲！」馬摘星回道。

「好妳個馬摘星，伶牙俐嘴！」

「哥哥需要妹妹一同前往，好壯壯膽嗎？」馬摘星又問。

「不用妳多事！免得到時妳被狼怪捉走，我可沒那個功夫救妳！」

🐾 🐾 🐾

奎州城郊外，狼狩山上。

明明是日正當中，馬俊等人行到半山腰處，忽湧起濃霧，不久後竟連日頭也被烏雲遮住了大半，雲迷霧鎖，昏天暗地，恍若進入幽冥鬼界。

眾人戰戰兢兢，幾人點起火把，此時忽然響起一聲響亮狼嚎——

「狼怪——是狼怪！」騎在馬上的馬俊一驚，不禁喊了出來。

馬俊雖一開始不信狼怪，但聽了獵戶的敘述後，心裡多少受了點暗示，加上這狼狩山上的確處處透著古怪，不但忽然起霧，且安靜異常，先不說聽不到一般的蟲鳴鳥啼，甚至連一絲風也無，凝滯的空氣讓人不安，一行人皆感胸口沉重，馬俊甚至覺得有些呼吸困難。

一名護衛連忙安撫：「少主，這狼狩山上本就聚集狼群，偶爾聽得幾聲狼嚎，實不需如此大驚小怪。」緊接著又是一聲狼嚎，距離居然一下子拉近許多，幾名護衛神情緊張，手按刀柄。

眼見白霧越來越濃，團團將眾人圍住，煙霧中綠光森森，不時竄動，乍看之下猶如獸眼，接著草叢窸窣作響，馬俊緊張地四處張望，竟覺處處皆是狼影。

「糟了！我們被狼包圍了！這狼狩山上怎地有這麼多狼？」馬俊慌忙拔刀護身，面色驚慌。「你們還愣在那裡做什麼？還不快過來保護我——」

一巨大黑影忽由濃霧中躍出，只見一頭體型巨大的惡狼站在眾人面前，血盆大口一開一闔，嘴角流涎，一根根尖牙森白銳利，喉間發出兇狠威脅低狺，粗硬毛髮根根倒豎，雙目赤紅，渾身邪氣。

「是狼怪！狼怪出現了！」馬俊驚慌失措，策馬想逃，雙手卻僵硬不聽使喚，馬兒也受到驚嚇，將他狠狠摔下，手裡的刀還不小心劃傷了腿。

「狼怪——是狼怪——大夥兒快上啊！把這妖怪給殺了！」馬俊一面揮刀亂喊，一面身子卻拚命往後退，尋找庇護。

狼怪朝天怒吼，彷彿數百隻狼齊聲嚎叫，接著淒厲狼嚎由四面八方湧上，一行人嚇得魂飛魄散，哪還有心思打狼怪，幾名護衛推著已經腳軟的少主上馬，其餘眾人幾聲呼喝，紛紛上馬往山下狂奔，狼狽竄逃。

「快走——太危險了！此山非封不可……」馬俊飽受驚嚇的顫抖聲音隨風傳來。

這狼狩山上，真的有狼怪啊！

他站在高處，視野俯瞰整座狼狩山，過了一個冬天，他的身子抽長了不少，全身肌肉更加結實，但右肩上卻多了道長約一尺的可怖傷疤，即使傷口已經痊癒，仍看得出當時受傷之重，幸好他生命力如野獸頑強，加上她幾乎天天冒險上山替他醫治，他總算熬過了這個冬天。

聽覺靈敏異於常人的他耳朵一動，隱約聽到了一聲銅鈴，這是摘星與他的暗號，他立刻從高處一躍而下，朝女蘿湖奔去。

春寒料峭，不過一夜，溫度驟降，儘管湖邊女蘿草已露出點點綠意，但湖中央又結上了冰，冰層厚實。偷偷溜上山的摘星就在湖邊，正要脫下身上的斗篷。

狼仔奔到湖邊，摘星轉身，道：「狼仔，我想通了，今日我們就用『狼』的方式來決定你要不要隨我下山！狼群靠打鬥爭高下，你和我較量一下，你贏了，我就再也不打念頭要帶你下山。反之要是我贏了，你今日就得隨我下山！」她一直想帶狼仔下山，讓他重新融入人類世界，但吃過獵人苦頭的狼仔說什麼都不願，不過這次她可是胸有成竹，已想出能讓狼仔乖乖聽話的妙計。

語畢，她走向冰層厚實的湖心，擺出架勢，等著狼仔來挑戰！

狼仔根本不把她那點身手放在眼裡，只覺新鮮有趣，他跟著走向湖心，卻一個不小心滑倒，一屁股跌坐在地上，疼得臉都扭曲了。

摘星一臉似笑非笑，對著狼仔勾了勾手，道：「怎麼，站不穩嗎？」

狼仔忽然跳起撲向摘星，她早有準備，一個旋身閃過攻擊，卻不料自己也腳下一滑，這次換她摔倒跌坐在地上，疼得她齜牙咧嘴。

狼仔笑了，他走到摘星面前，伸手要扶起她，摘星握住他的手，用力想將他拉倒在地，但拉了半天狼仔卻文風不動，她只好自討沒趣，拉著狼仔的手站起身。

「再來！」摘星喊完，推開狼仔，接著撲了過去，狼仔輕巧閃過攻擊，手肘順勢勾住摘星脖子，將她的頭困在自己胸前，摘星又急又氣，拚命掙扎，卻徒勞無功。「臭狼仔！快放開我！」狼仔平日就常和小狼這樣又扭又打，增進感情，他雖喜歡星兒，可他一點都不想下山，可能的話，他希望星兒能像狼群一樣，永遠都留在狼狩山上。

摘星身子忽然往下一沉，抬腳踢向狼仔的膝蓋，狼仔一閃，摘星趁機掙脫，同時借力將狼仔一個漂亮的過肩摔！她得意抬起頭，卻見狼仔身手俐落凌空翻了一圈，帥氣落在冰面上，毫髮無傷，表情比她還得意。

摘星沮喪地低下頭，道：「不比了！怎麼打都打不過你，我的手還扭傷了，好痛啊。」她捧著自己的右手，裝出快哭的模樣，狼仔立刻過來想要查看傷勢，摘星趁機推倒他，將他壓制在地，還抓起他的手臂作勢欲咬。「怎麼樣？認不認輸？」狼仔掙扎，她趕緊輕輕咬住狼仔的耳朵。

她見過母狼用咬耳朵的方式教訓小狼，後來她詢問有經驗的老獵戶，得知耳朵是狼的弱點之一，耳朵部位靠近脖子，加上皮薄，狼群打架，狼耳若被咬傷咬裂，便容易血流不止，受傷的狼便是輸了。

狼仔耳朵一被咬住，雖不服氣，還是停止了掙扎，摘星雙手架住他的頸子，開心大喊：「我贏了！」

他只有無奈，要論心機，他哪比得上人類？

尤其又是向來鬼點子特別多的馬摘星？

他無奈地看著摘星跑回湖邊，從隨身的包袱裡拿出一套少年衣物，以及一雙鞋。

「狼仔，快過來！」摘星喚他。

他慢慢走過去，看了摘星手上的人類衣物一眼，立刻皺起鼻子，面露不屑，他轉過頭，撿起之前摘星穿過的斗篷，一聲不響套在自己身上，拉下帽沿，遮住了大半張臉。

摘星知他仍是老大不情願，要是再勉強，說不定一翻臉就不下山了，只好由著他去。她對狼仔道：「至少該穿上鞋子，不然披著斗篷卻光著一雙腳，怎麼看怎麼怪！」

他接過鞋，微微歪著頭打量，不知道該怎麼穿上。

「來，坐下，我教你。」摘星道。

狼仔乖乖找了塊大石坐下，摘星先拿過一隻左腳鞋，蹲在他面前，替他套上，又教他自己套上右腳鞋，狼仔站起身，好奇研究腳上的鞋子，東踩踩西踏踏，覺得腳掌被鞋子完全包覆的感覺很新鮮。

摘星又拿出一樣東西，想套在他的脖子上，他本能地想躲開，摘星解釋：「別怕，這不是項圈，我不是要綁住你，這是我送你的禮物，慶祝你第一次下山，接觸人類的世界。」

那是一條皮鏈，繫著狼牙狀的黑玉石墜子，摘星將鏈子掛在狼仔頸上，道：「我聽曾養過狼的老人說，狼牙是護身符，所以我特地找了工匠打造這條狼牙鏈子，希望日後可護你平安。你喜歡嗎？」她小心調整鏈子的位置，秀美纖細手指輕撫摸那枚黑玉狼牙，滿是對狼仔的關愛與呵護。

狼仔低頭看著摘星替自己戴上的狼牙鏈，很是好奇，甚至還想將黑玉石放入嘴裡咬一咬，卻被摘星一掌拍開。

「狼仔！這不是食物！」摘星又好氣又好笑。

他開心地看著摘星，低下頭，將額頭抵在摘星前額，道：「喜、喜歡。」

「好乖。」摘星摸摸狼仔的頭，稱讚。

經過這大半年的相處，狼仔越來越聽話了呢，雖然有時候還是野性難除，不過，她相信在自己的悉心教導下，狼仔一定會越來越像個正常人。

接著她的目光落在被擱在一旁的男裝，心念一動：既然都帶來了，不穿白不穿，乾脆她來個改穿男裝，如此帶著狼仔在奎州城裡蹓躂，就不會被人輕易認出了。

奎州城內，大街上熱鬧喧囂，店鋪林立，人來人往，頭次下山的狼仔看得目不暇給，恨不得臉上能再多生出幾雙眼睛，什麼都想摸、什麼都想拿起來放嘴裡咬一咬。他們經過豆腐鋪，他看見雪白豆腐好奇一摸，豆腐上出現一個烏黑手印，豆腐鋪老闆氣得嘴都歪了！他們經過繡坊，他看見織布上一隻隻美麗彩蝶，卻動也不動，他搖搖織布架，彩蝶還是不動，他更用力搖，結果織布架垮了，繡娘衝出來破口大罵！摘星只能拚命陪不是，奉上銀子。

他們經過賣雞的販子前，他看到一隻隻雞被關在籠子裡叫賣，獵食野性大發，雙目赤紅，只想捉住那些雞一隻隻吃掉，摘星連忙拍拍他的臉頰，喊：「狼仔？狼仔！不可以！那些雞不能碰！」他回過神，摘星拉著他的手離去，他忍不住回頭多看了幾眼，一隻野狗不知從哪跑了過來，似乎也對雞群虎視眈眈，他狠狠瞪過去，嘴裡發出低狺：牠們是我的！休想碰！

野狗立刻耷拉腦袋，夾著尾巴逃了。

一處小酒館前響起了二胡樂聲，有人在表演皮影戲，台前已經坐了好幾個人，最前排的座位仍空著的，摘星便拉著他坐下。

兩人才坐下沒多久，台上布幕便掀開了，一旁的二胡師傅一揚調子，刮得薄薄的羊皮上忽地閃出一個小女孩的剪影，說書人的聲音在羊皮後響起：「很久很久以前，在遙遠的北方，有個女孩兒，叫做星兒……」

他看著台上小女孩剪影，正覺得那模樣和摘星有些神似，一聽「星兒」這兩字，立刻轉頭看著身旁的摘星，激動地指著台上，又指著摘星，大喊：「星兒！」

他忽然站起身想去抓開那張羊皮，看看那個小女孩究竟躲在什麼地方？

但摘星立刻制止了他，將食指放在唇上，他見狀只好安靜，又看了皮影小女孩一眼，才乖乖坐下。

台上的皮影戲，演的居然是摘星與狼仔相遇的故事。

當故事演到星兒在山上忽然被飢餓的野熊襲擊時，狼仔跳了起來就要衝上台，幸好摘星早預料到了，連忙攔腰抱住狼仔，硬是將他拖回座位上，拍了拍他的臉頰，要他乖乖繼續看戲。

「星兒！危險！」狼仔焦急地指著台上。

摘星笑道：「這只是皮影戲，說說故事罷了。」她又指指自己。「瞧，真正的星兒不是在此嗎？狼仔別怕，星兒沒事。」她指指他的右肩，又道：「你已經救過星兒一次了。放心，小狼一定會救星兒！」

果然，台上可怕的野熊被小狼趕跑了，但小狼也受了重傷，星兒傷心極了，抱著小狼痛哭。說書人聲音悲切，搭配的二胡旋律更是盡責地如泣如訴，令人鼻酸。

台前聚集了越來越多的觀眾，大家都被星兒與小狼的故事吸引而來。

下一幕，小女孩仰頭望著天空，雖看不見神情，但觀眾皆能感受到那份孤寂。只聽說書人道：「星兒的名字，是她爹娘取的，他們相當疼愛星兒，連天上的星星都願意摘下來給她。但娘過世後，爹經常不在，星兒常覺得自己像是天邊最遙遠的那顆星星，孤單無依。星兒常常想，自己還不如當一顆地上的小石頭呢，至少偶爾還會有人踢幾下。」小女孩抬起腳，踢起幾顆小石子。

接著小狼又出現了。

說書人道：「但小狼的出現，讓星兒不再孤單了。當小狼第一次喊出『星兒』時，星兒高興得都哭了，因為自從娘過世後，就再也沒人喊她一聲『星兒』了。」

蝴蝶翩翩飛舞，一串串花瓣從天而降，小女孩與小狼開心玩耍追逐，伴奏的二胡旋律輕快俏皮，觀眾都感染了那份兩小無猜的喜悅。

「每當星兒不在小狼身邊，她都會擔心小狼會不會感到孤單？會不會受傷生病了，沒有人照顧？星兒很想問小狼，願不願意變成人，永遠陪在她身邊？」說書人道。

狼仔微微歪著頭看著皮影戲，表情似懂非懂。

小狼忽然不見了，接著出現了一個小男孩，兩人手牽手一起玩耍，故事也到此結束了，觀眾紛紛拍手叫好。

摘星跟著拍手叫好，轉頭正想問狼仔好不好看？願不願意像故事一樣，變成人，和她永遠在一起？但她卻發現身旁位置不知道什麼時候空了？

她不禁有些氣惱，狼仔又跑哪去了？枉費她特地花了那麼多心思與說書大叔討論出這齣戲碼，期望他那顆狼腦袋能領悟她的心思呢！

臭狼仔！居然一刻也坐不住！氣死她了！

🐾 🐾 🐾

他先是被一大隊呼嘯而過的人馬吸引了注意力，他轉過頭，只見到最後幾匹馬的馬屁股與揚塵，他身後有幾人和他一樣轉頭探望，有人低聲道：「城主回來了。」

他正想轉頭繼續看故事，目光忽然瞄到街角一賣糖葫蘆的小販走過，一聞到那甜甜的果香，他什麼都忘了，直朝小販奔過去，伸手就拿走兩根糖葫蘆，想著一根給星兒，一根給自己，但他不曉得要付錢，拿了就要走，小販連忙一把抓住他，喊：「十文錢一支！」

狼仔不懂生意買賣的道理，陌生人忽然抓住他的手臂，他立刻想掙脫，也不知是小販自己重心不穩，還是他不曉得控制力道，小販一個踉蹌跌倒在地，手上的糖葫蘆也全撒在了地上。

他連忙伸手想去扶起小販，一旁忽然有人喊：「你偷東西就算了，居然還打人啊！」那人嗓門大，不久便有一群人圍了過來，對著他指指點點，他感受到敵意，緊握糖葫蘆，眼神警戒，每一個與他目光接觸的路人都覺心裡突的一跳，彷彿被猛獸的眼神盯上，背脊竄起一股寒意，有好些膽小者甚至不由自主後退了一步。

為了防衛，他體內野性躁動，不由發出低狺，嘴唇掀動，微微露出犬齒，狼樣十足，在眾人眼裡卻是怪異極了，更是忍不住議論紛紛。

「好了好了，你們圍著看什麼呢！」在附近擺攤賣包子的老婆婆走過來擋在狼仔面前。「這麼多人圍著一個孩子，他能不害怕嗎？我剛剛都看見了，這孩子是想扶他起來，不是要打人！」

賣糖葫蘆的小販也從地上爬了起來，拍拍屁股，道：「是我自己不小心跌倒的，他沒推我。」

「他不是偷了你的糖葫蘆嗎？」又有人道。

老婆婆拿出一枚銅錢，塞在小販手裡，道：「這是那孩子剛才掉在地上的銅錢，大概是塞給你時太匆忙了，你沒看到。」

圍觀的眾人見既然是誤會一場，便慢慢散去，老婆婆走到狼仔面前，親切地問：「孩子，你沒事吧？」

他沒有回答，只是低著頭，還將帽沿拉得更低。

「狼仔！」

狼仔一聽到摘星的聲音，警戒立除，渾身散發的威脅與危險氣息也瞬間消失，他雙手高舉糖葫蘆，歡快對摘星道：「星、星兒——看……」

摘星對他安撫一笑，轉身對小販道：「這位大哥，真對不住，我這朋友從小住在山裡，第一次進城，出了洋相還請多多包涵，他並非有意白食，這掉地上的糖葫蘆，我也全賠您，請您別生氣了吧？」

摘星掏出錠銀子交給狼仔，在他耳邊低聲道：「狼仔，把這銀子交給大叔。」

狼仔聽話照做，小販接過沉甸甸的銀子，連忙對扮作男裝的摘星道：「小少爺，這……太多了。」

摘星道：「大叔，您出門做生意也辛苦了，多餘的錢，就當我們陪不是，好嗎？」

小販婉拒了幾次，見摘星態度誠懇，便喜滋滋收下了錢。

摘星又拿出一枚銅錢，同樣要狼仔交給老婆婆，老婆婆笑著接下了，轉過身，從自己的攤位蒸籠裡拿出兩個熱包子，交給狼仔，慈藹叮嚀：「孩子，你一定是肚子餓了吧！這包子，婆婆請你和你朋友吃，但你可千萬要記得，白拿東西就是不對，下次別再犯哪！」

狼仔見到肉包子，儘管嘴饞，還是先回頭看了摘星一眼，見她點頭，這才伸出手接過，包子剛從蒸籠裡拿出來，還熱燙著，狼仔捧在手裡，心頭有種難以言喻的溫暖。

這是第一次，有星兒以外的人類，對他展現善意，願意拿食物給他吃。

摘星向老婆婆道謝後，拉著狼仔的手離去。

狼仔將一根糖葫蘆遞給摘星，她接了過來，心頭感動：那麼貪吃的人，居然願意把糖葫蘆分她呢！

兩人找了棵大樹，坐下歇息。

「狼仔，並非所有人都跟獵人一樣壞，這個世界上還是有好人的，像是賣包子的婆婆，還有賣糖葫蘆的大叔，他們都是好人，他們不會傷害你，也不會傷害狼群。」摘星指指自己。「他們就像星兒一樣！都是好人！」

狼仔一臉若有所思，先是看看摘星，然後轉過目光，瞧著大街上熙攘的人潮。

人類，到處都是人類，穿著衣服與鞋子的人類，說著與星兒一樣的語言。

若不是因為星兒，他絕對不可能離開狼狩山，只因他從小就見慣了獵人們是如何屠殺狼群，佈下可怕的陷阱，捕捉他唯一的家人，他自己也吃過幾次獵人陷阱的苦頭，身上傷痕累累。

可是星兒說，不是所有的人類都是壞人。

他看見一個孩子，正在學步，搖搖晃晃走向一名婦人，婦人張開雙手，輕聲鼓勵，當孩子終於走到她懷裡，她滿面笑容，在孩子額頭上親了一下。母子相處的溫馨，讓他想起了母狼。原來人類真的不全都是那麼壞，也有像母狼待他那樣的母子情深。

「狼仔，你願意相信人類嗎？試著接納他們，就像接納你的狼群家人。」摘星試探地問。

狼仔看著摘星的雙眼，他只知道，星兒是對他好的，星兒所做的一切，都不會有錯。他相信星兒。

「好，星兒。」狼仔點點頭。

摘星開心極了，自己終於成功「馴化」狼仔了！

「狼仔！為了獎賞你，這根糖葫蘆也給你！」摘星將自己手上的糖葫蘆塞到狼仔手上。

他自己那根糖葫蘆，早幾口吃了乾淨，此刻他看著手裡的糖葫蘆，忍著嘴饞，吃了一口、兩口，最後留下一顆，又遞還給摘星，想了想，又分了顆肉包給摘星。

摘星知狼仔貪吃，見他居然留下一顆糖葫蘆給她，還願意把熱騰騰的肉包子也分她一顆，心頭更加感動，「狼仔，你對我真好。」

她笑著咬下糖葫蘆，這是狼仔特地留給她的，不只甜在嘴裡，也甜在心裡。

見到摘星開心，狼仔也開心，且胸口暖暖的甚是舒服，他用額頭抵住摘星額頭，撒嬌地蹭了幾下，然後學著方才那婦人模樣，在她額頭上親了一下。

摘星一愣，推開他，又好氣又好笑，道：「狼仔！你從哪學會的？」

這兒可是大庭廣眾呀！她又穿著男裝，旁人看在眼裡就是兩個少年狀態親密，成何體統？想要板起臉教訓狼仔嘛，見他一臉天真，又於心不忍，況且她自己心裡也有種模模糊糊的說不清的竊喜，想想日後有的是機會對狼仔解釋，今日就暫且算了。

狼仔忽然抬頭看著遠方天空，一大片暗沉的烏雲正迅速飄來，他指著烏雲，對摘星道：「雨。」

摘星順著他的目光望去，只聽狼仔又道：「很大，雨。」

第三章　狼怪

兩人才回到狼狩山，天空便下起磅礡大雨，雨勢實在太大，兩人回到藏著摘星衣物的山洞時，幾乎渾身都已溼透。

摘星很快換回女裝，轉頭見到狼仔就在一旁看著她更衣，一點也不避嫌，忽感有些害羞。

「狼仔！以後我換衣服時，不准偷看！」她臉頰發熱，語氣嬌嗔。

儘管在皮影戲的故事裡，她希望狼仔能永遠跟自己在一起，但畢竟男女有別，女孩子家換衣服，怎能讓男孩子這麼大方欣賞？又不是夫妻……她一愣，水亮的大眼眨了眨，又眨了眨……可能嗎？她和狼仔將來有可能會……哎呀！她到底在想什麼呀！摘星閉緊眼，用力甩頭，像是要把腦袋裡冒出的荒唐念頭甩掉。

他在旁好奇地看著她臉上表情千變萬化，臉蛋兒越來越紅，只覺有趣。

他見摘星換下的男裝放在一旁，今日下山所見讓他對人類不再那麼反感，於是拿過那件溼透的男裝在自己身上比畫，摘星聽到衣服窸窣，轉頭發現他正摸索著怎麼穿衣。

這是她初次見到他穿上衣物，過了一個冬天，他身子更加抽長，衣服披掛在身，居然姿態挺拔，人模人樣，兼之淋溼的長髮被他草草攏往腦後，臉龐完全顯露出來，五官英俊，輪廓深刻，帶著濃濃不羈野性，摘星一時竟看得呆了。

沒想到他長得這麼好看！

這下除了臉頰發熱，她喉嚨也開始有些發乾，連心跳都不由自主地加速。

他從未見過她露出這副小女兒家的嬌羞神態，微歪著頭看她，一臉不解。

摘星意識到自己失態，趕緊道：「沒想到你穿上衣服後挺好看的！果然人要衣裝，狼要金裝……不對不對，我在說些什麼啊。」她感到有些頭暈，連忙拍拍自己臉頰。

但，她依舊臉頰燒熱，心跳急促。

她這是怎麼了？

狼仔慢慢朝她走來，摘星從未像此刻不知所措，卻同時又靦腆地期待著什麼。

他走到她面前停下，雙手捧住她的臉，低下頭，額頭貼在她的額頭上，就此靜止不動。

摘星眨眨眼，感覺到他捧著自己臉頰的雙手十分冰涼。

他接下來要做什麼呢？

難道看了那齣皮影戲，他這狼腦袋真的開竅了？

「星兒，熱……」

她一愣。然後她輕輕推開狼仔，摸了摸自己的額頭，笑了。

原來是因為淋了雨、受寒發燒啊，她會臉紅心跳，根本不是因為狼仔……原來如此……下一刻，她身子一軟，只覺自己倒在一個溫暖的懷抱裡，接著便不醒人事。

🐾 🐾 🐾

大雨已停，女蘿湖邊積了些雨水，污濁不堪，他蹲下身子，伸手舀起泥水，自己舔了幾口，又抹了抹臉。

他低頭看著手裡的泥水，又望望湖面，狀似思考，然後站起身走到湖邊，湖水已重新結起厚厚一層冰，他來到湖冰最薄處，跪下，一拳用力擊向冰層。冰層上立即起了裂縫，他又是狠狠一拳擊下，冰層竟應聲而裂，他不畏冰冷，用手舀出乾淨湖水，但走沒幾步水就便從指縫間漏光，試了幾次，他乾脆低頭含了一大口湖水，一路奔回山洞。

昏迷的摘星雙眼緊閉，呼吸急促，似很不舒服，不時喃喃囈語：「好熱……渴……水……娘……我好渴……」

他扶起她，貼著嬌嫩的唇，一小口一小口細心哺餵，一滴水都沒有漏下。

餵完水後，他又跑出山洞，在積雪的草地上低頭認真嗅聞，不時挖掘，終於讓他找到些許薄荷，他立刻拿回山洞，餵摘星吃下。

摘星喝了水，感覺舒服多了，便不再囈語，而是沉沉睡著了。他先是守在洞口，確定安全後才又窩回摘星身邊，憂心地守著她，還不時用手碰碰她的額頭、臉頰，確認她是不是身子還燙得厲害？

時間不知過去了多久，山洞外的天空已是一片漆黑，摘星終於緩緩睜開眼，醒了過來。她鼻尖先是嗅到一股薄荷清涼香氣，立時忍不住多吸了幾下，意識更加清醒，只覺神清氣爽。接著她感覺背部傳來陣陣暖意，她微低頭，見到一條粗壯滿是傷痕的手臂橫在她腰身上，保護慾十足。

她動作極輕，不想驚動他，但長期在野外生活的狼仔何等警覺，摘星一動，他立即睜開眼，見摘星醒了，立刻將自己額頭貼上摘星的額頭，還因為心急不小心太用力，摘星的額頭被他撞了下，輕輕「哎唷」了一聲。

「狼仔！我沒事了！別擔心⋯⋯」摘星一手摸著自己被撞疼的額頭，一手摸著狼仔的頭，狼仔見她似乎恢復了，終於鬆了口氣，將頭倚在摘星的肩窩處輕輕摩蹭，親暱撒嬌。

摘星見山洞外天色已黑，急著要下山回馬府，只好輕輕推開他，語帶歉意：「狼仔，天黑了，我要回去了。」

他一臉失落，用力搖搖頭，又指指自己的額頭，道：「燙！星兒不舒服！」

摘星笑了笑，拾起狼仔撿來的薄荷，道：「狼仔，謝謝你，薄荷很有用，我現在舒服多了。」她指指山洞外，又道：「但我真的得趕緊下山了，我很快會來找你的，好嗎？」

他雖不捨，也知摘星一定得下山回家，他背轉過身子蹲下，又轉過頭指指自己的背，示意要背她下山。

摘星也不跟他客氣，很快就爬上了他的背，反正沒有人比狼仔更熟悉山路，加上天色昏暗，有狼仔帶著她下山，不但更快，也比自己一個人亂闖安全多了。

狼仔背著她往山下奔去，經過女蘿湖旁時，就著皎潔月色，她見到湖面破冰，微覺奇怪，正想開口問，狼仔已經越奔越快，不斷在樹叢山林裡奔竄，她只得緊緊抱住他，怕自己摔下。

過了不到半刻鐘，她就已遠遠見到山腳下那塊狼狩山石碑，原以為狼仔會放她下來，沒想到他背著她來到石碑前，停住，猶豫了一下，又背著她繼續往前跑，朝奎州城的方向奔去。

摘星又驚又喜：狼仔居然願意主動離開狼狩山了？

但夜晚城門有駐軍值守，摘星擔心狼仔的安危，忙在他耳邊道：「狼仔！狼仔！好了，停停！送我到這裡就可以了！」

他立刻聽話停下。

摘星從他背上跳下，與他匆匆道別，轉身往城門的方向跑去。

但他沒有立即離去，而是站在原地，目送著她的身影，直到再也瞧不見她，才轉身回狼狩山。

他走了幾步，回過頭，見到奎州城內燈火通明，而他的星兒就在那裡頭。

他又轉頭看著那一片漆黑的狼狩山，不禁有些動搖……

他從小與狼為伍，早將自己視為狼群的一份子，厭惡那些獵人，連帶厭惡所有人類，可是星兒不一樣。星兒對他好，也願意對母狼和小狼好，星兒還會帶好吃的食物給他吃，他喜歡星兒來找他，喜歡在星兒身邊摩蹭撒嬌，雖然星兒老要他學說話、學寫字，還要學人類打扮，但只要星兒能高興，他願意學。

若是他能變得像那些城裡人一樣，星兒是不是就會永遠陪著他了？

🐾 🐾 🐾

摘星在小巷弄裡熟門熟路，左拐右彎，盡挑不引人注意的小路，直來到馬府後方，高牆聳立，一株老樹枝枒由牆邊伸展而出，大樹下方放著一張板凳。她先四處張望，確定無人經過，這才踩上板凳，雙手剛好能攀住牆頭，雙腳再一蹬，身子已輕巧躍上了牆。

才上牆頭，牆的另外一面已傳來焦急語調：「哎呀，我的好主子，您可終於回來啦！汪總管急得都要火燒屁股了！老爺回來了！正在前廳招待貴客，老爺遍尋不到您，汪總管都快沒藉口了──」摘星的貼身婢女小鳳一面連迭小聲抱怨個沒完，一面快手快腳從後門鑽出，拾回小板凳，迅速溜回馬府。

「爹回來了？」摘星拍拍手上灰塵，正要去見馬瑛，小鳳連忙輕輕扯了扯她的衣袖，道：「主子，您的衣服都髒了，先去換一套吧！老爺正在大廳招待貴客呢，您這麼冒失跑過去，恐怕——」小鳳見到摘星瞄過來的眼神，聲音越說越弱。

「恐怕什麼？」馬摘星故意問。

「有失體統……」小鳳說到最後，聲如蚊蠅。

「好啊！小鳳妳是吃了熊心豹子膽啦？居然敢教訓起妳主子了？現在到底誰才是主子？」摘星念歸念，腳跟卻是一轉，急步走向自己居住的小院。

既然是爹爹必須親自招待的貴客，來頭肯定不小，她的確不能這樣冒失。只是她就是忍不住想逗逗小鳳，說到底，這馬府上下，會為她這樣緊張操心的人，除了爹爹，大概也就只有這個從小就跟著她的貼身小婢女了。

馬府大廳。

總管汪洋將一杯上好江南綠茶遞給遠道而來的貴客，奎州城地處北方邊陲，環境乾寒險惡，並不適宜種茶，此茶產於錢塘區域，馬瑛從前疼愛的妾侍鳳姬甚是喜愛，馬府中便常備此茶，即使鳳姬已經離世，馬府依舊時時備著，偶爾摘星也會沖泡此茶，聞茶香，思故人。

茶蓋一掀，清香四溢，低頭看去，淺淺碧綠茶水中，原本扁如雀舌的茶葉舒展開來，葉似彩旗，芽形若槍，初嚐似無味，飲後唇齒間卻留有若隱若現優雅茶香。

只可惜，特地招待的上好茗茶，貴客只喝了一口便嘖聲抱怨：「這茶簡直淡如水！這府上沒酒嗎？」

汪洋必恭必敬道：「都尉大人您說的是，小的立刻請人換上好酒。」

「還是你這個總管識相。」夏侯義說罷便將細白骨瓷茶杯粗魯放在茶盤上，濺起一片茶漬。

夏侯義隨手拿起稅收公文，看完後故意嘆了口氣，道：「馬家軍受封鎮守奎州城，給朝廷的稅收卻才這麼點兒，馬瑛，陛下待你可不薄啊，這稅收可是效忠朝廷的表現，你得多加把勁。」

「臣下明白。」馬瑛恭敬答道。

「陛下難得親臨，這城內街道得好好打點打點，張燈結綵都不能少，搞得喜慶點，陛下見了也開心。你就多抽點稅，好好張羅一番吧！」

馬瑛面有難色，回道：「但去年蝗災，百姓們也苦……」

夏侯義冷笑一聲，道：「馬瑛，你若嫌懶，本都尉可親自動手！我方法多得是，別說從百姓手裡徵來銀子，把他們的皮扒下一層都不成問題！」

馬瑛連忙道：「不勞夏侯都尉大人費心，既是陛下旨意，臣下自當竭力辦成。」然馬瑛已打定主意，寧願瞞著上頭，自己變賣馬府田宅良駒湊足款項，也不要壓榨城內百姓，畢竟歷經去年的蝗災後，百姓們還沒緩過勁兒來，此刻再徵稅，無異雪上加霜。

夏侯義這才滿意點頭，隨手扔下公文，忽問：「聽聞你有個好女兒，頗有乃父之風，這都坐了大半天了，怎還不來拜見本都尉？」

馬瑛望向汪洋，汪洋會意，面色為難，正苦思要如何替郡主找藉口多爭取一些時間，一旁的馬俊已大聲道：「汪總管，不必替馬摘星掩飾了，她不知道跑去哪兒玩樂，入夜了都還沒回府呢！」

馬瑛臉色一沉，夏侯義卻是哈哈大笑：「看來馬郡主年紀輕輕，倒挺會遊戲人間，都已入夜了還沒回府，一個女孩子家，這傳出去不知道有多難聽呢。」

馬瑛臉色更加陰沉，道：「都怪我常年駐守邊關，疏於管教這孩子。」

夏侯義道：「馬將軍長年鎮守邊關，辛苦到連家都回不得，女兒都沒時間管教了？連看門狗都沒這麼累啊，哈哈哈。」也不知他是刻意貶低馬瑛，還是言語比喻本就粗俗，幾句話居然把馬瑛貶成了皇帝的看門狗。這還不夠，接著又得意洋洋地自吹自擂：「聽說這北疆之地，狼群眾多，本都尉近年隨著陛下四處打天下，得知陛下就欣賞喜愛狼的那股兇狠勁兒，要不，你替我抓來幾頭狼，我去獻給陛下，也順便替你美言幾句。到時馬將軍若得陛下重用，可千萬別忘了我啊！」

夏侯義出言不遜，馬瑛只能隱忍，誰叫此人是當今皇上的義弟，陛下眼前的大紅人，只要是上頭不想明著來的齷齪卑鄙事，他都搶著幹，萬萬不能得罪。

此時馬摘星踏入大廳，嬌脆聲音響起：「我看陛下的確需要幾隻狼，好好整頓整頓身邊的諂媚狐狸，免得有人到處狐假虎威，四處炫耀，深怕別人不知他如今有多威風呢！」

夏侯義聞言臉色鐵青，一直守在馬瑛身後的馬峰程卻微轉過頭，忍住笑意。

馬摘星一臉笑意盈盈走到夏侯義面前，深深鞠了一個躬，語氣恭敬：「小女子乃馬將軍之女馬摘星，方才經過大廳，聽見夏侯都尉對陛下的憂心關切，大為感動，忍不住發表淺見，若有冒犯，還請多多見諒。」她抬起臉，對臉色難看的夏侯義「嘻」的一笑，又道：「想必都尉大人心胸沒那麼狹窄吧？」

夏侯義被她這一笑一堵，天大的怒氣也不好發洩，卻聽馬瑛沉聲對摘星道：「胡鬧！摘星，怎可如此對待都尉大人？越來越沒規矩了！罰妳即刻回房，禁足七日！」

摘星也知自己嘴快，但話已出口，想收回也已來不及。她只是實在忍不下這口氣嘛，想她爹爹鎮守這北疆之地，刻苦勤儉，勞心勞力，還要不時前往京城匯報軍情，來回長途跋涉，這幾年下來，馬瑛的頭髮白了不少，神形越加憔悴，摘星看了心疼不已，朝廷卻仍嫌奎州稅賦不夠，頗有微詞。眼下又要搞什麼陛下親臨，人還沒到，先派了個夏侯都尉打頭陣，一來就處處貶抑，語帶諷刺，要說誰是狗嘛，她倒以為這夏侯都尉更像條狗，才會如此狗仗人勢！

禁足七日？她要溜出房間的方法多得很，根本不怕，爹爹也心知肚明。

父女倆對望，馬瑛臉上雖怒，卻非真怒，摘星裝出一臉惶恐，對夏侯義再三道歉後，低著頭隨汪洋離去。

夏侯義冷哼一聲，這時婢女剛好端上酒，他酒杯也懶得用了，直接拿起酒瓶，大口咕嘟咕嘟牛飲了幾口，壓下心頭那股怒氣。他原是草寇出身，當年糊里糊塗跟著拜把兄弟打天下，誰知真的一路打到了京城，看著拜把兄弟做上了皇帝，他也跟著受封，榮華富貴一下子到手，美女美酒享用不完，人人對他阿諛諂媚，誰敢這麼直言不諱，擺明著虧他是隻狐假虎威的狐狸？

可他還沒來得及好好懲戒那不知好歹的小姑娘，馬瑛已經搶先一步，明著看是罰女兒閉門思過，其實卻是替女兒擋掉了處分，四兩撥千金，分寸進退拿捏得剛剛好，夏侯義一開始輕視馬瑛的心態也稍微收斂了些。

他喝完酒，看了看酒杯，忽嘆口氣，道：「這些年在戰場上打拼，皮肉傷無所謂，倒是落了些內疾暗病，風溼痺痛纏身。我聽說，狼肉狼血正是治療風溼痺痛的祕方，只要你們真能抓來幾隻狼，幼狼最好，熬湯煮藥，治好我這舊疾，我就不和那無知小姑娘計較。」

馬瑛與馬峰程對看一眼，均想：說是替陛下親臨打點兼探訪民情，但索求狼血狼肉治療宿疾，才是夏侯義的真正目的吧？好個假公濟私。

此時馬俊在一旁拼命使眼色，馬瑛卻不理會，直至夏侯義離席，馬俊才趕忙道狼狩山上有狼怪出沒，他已下令封山。

「胡鬧！聽信傳言便隨意封山，怎可如此兒戲！」馬瑛怒道。

馬俊原以為會得到父親讚賞，卻不料見到馬瑛震怒，不由一愣。

「爹！我可是為了保護百姓安全哪！」馬俊不服氣道。

「你親眼見到狼怪了？真是狼怪傷了你？」自己的兒子，馬瑛怎麼會不了解？若真有狼怪出現，馬俊只怕第一個先溜，怎可能提刀上陣與狼怪搏鬥，還因此受傷？

馬俊支支吾吾，馬瑛又問：「你上山查看過幾次？有沒有派人留守山上？有的話，又留守察看了多久？」

馬俊根本回答不出，一張臉憋得通紅，馬瑛待還要追問，馬夫人的丫鬟銀杏前來稟告，說是晚膳已經好了，請老爺與少爺一起過去用膳。銀杏來的時間巧，怕是向來疼愛馬俊的大夫人特地算準了時機，免得兒子挨罵。

馬瑛哼了一聲，起身要去用膳，走了幾步，轉頭吩咐馬峰程：「明兒個帶幾個人去狼狩山上獵幾隻狼，活捉。最好也抓一兩隻幼狼，一併送給都尉大人。摘星畢竟冒犯他在先，他眼下又是皇上面前的大紅人，讓他高興些，有益無害。」

馬瑛又對馬俊道：「你先去飯廳用膳，我隨後就到。」
馬俊看著父親的背影離去，知他多半是要先去見馬摘星，不由又妒又恨。
明明他才是正室生的嫡子，為什麼在父親眼裡，卻永遠比不上一個小妾生的庶女？

馬瑛來到女兒居住的小院，守在房門前的小鳳見了他，正要通報，他一揮手，表明不用了。
馬瑛推開房門，眼前所見讓他又好氣又好笑，只見摘星跪在地上，可因為在外遊玩了一天，又沒用晚膳，又累又餓，不覺打起了瞌睡，瞇著眼兒，頭不斷往前點呀點，模樣惹人憐愛，即使馬瑛原本有心想責罵幾句，此刻也狠不下心腸了。
他臉上露出難得的慈愛，走到女兒身旁，輕輕拍了拍她的肩膀。
摘星本就睡得淺，一下子驚醒過來，待看清楚眼前來人，又臉露慚愧，垂下了頭，喊了聲：「爹。」
「知道自己錯了？反省了？」
摘星點點頭，道：「方才是女兒一時氣不過，魯莽了。」
馬瑛一面扶摘星起來，一面道：「那人是陛下義弟，住在府裡這段時間，爹不得不暫時低頭，可妳不用受這種罪，平時盡量離他遠些也就是了。」他看摘星站立有些不穩，又問：「爹只是要你關在房裡反省，又沒要妳下跪，何必如此懲罰自己？」
摘星小聲道：「小時候犯錯，娘都要我面壁罰跪的。」

馬瑛一愣，嘆了口氣，道：「妳娘對妳，倒是比我這個爹還要嚴厲。」憶及鳳姬，馬瑛剛硬的面容輪廓又更柔和了些，他看著女兒酷似鳳姬的臉蛋，這孩子向來與他貼心，脾氣個性也挺像他，只是……馬瑛不知道思及什麼，一時竟有些愣忡。

摘星笑道：「爹，下回幫您出氣，我不會再那麼莽撞了。我會偷偷在那人的茶酒飯菜裡下藥，而且保證不會被發現！」

馬瑛一板臉，道：「不過就是從汪洋那兒學了點皮毛，就敢這麼胡來了？」

摘星正要低頭認錯，卻聽馬瑛又道：「不過這法子倒是不錯。」

摘星噗嗤一聲笑了出來，撲進爹爹懷裡，正要撒嬌，馬瑛卻將她輕輕推開，語重心長：「星兒，爹要問妳另外一件事。爹向來不禁止妳往外跑，那是因為爹信任妳，可身為馬府家小姐，又是堂堂郡主，卻鎮日在外遊玩，甚至入夜不歸，實在不成體統。妳老實告訴爹，妳究竟都在外面做些什麼？」

「我……」摘星眼珠轉了轉，道：「我在外頭認識了一個朋友，他曾救過我一命。今日我是被下午的大雨困住，暫時躲在山——暫時留在他家躲雨，才會這麼晚回來。」

「朋友？」馬瑛倒好奇了，是誰有這麼大能耐，讓他這女兒幾乎天天出門晚歸？「你那朋友人品如何？怎麼認識的？家住何處？歲數多大？」身為關心女兒的父親，他不免多問了幾句。

摘星回道：「他是個很棒的人，很照顧我，而且還很貪吃！」

馬瑛呵呵笑了，道：「聽妳這麼一講，爹對他倒有點興趣，下次有機會，把他帶來見見爹。」

摘星一聽爹爹願意見狼仔，立即興奮道：「爹，您一定會喜歡他的！」

「妳怎如此篤定？」馬瑛好笑地看著一臉興奮的女兒，故意狐疑：「你這位朋友，該不會是哪家的男孩子吧？聽來妳挺心儀他？」

「爹！您胡說什麼？」摘星想起今日在山洞裡發生的一切，頓時臉頰燒熱。

她想到與狼仔的約定，一面觀察馬瑛臉色，一面小心翼翼地問：「爹，其實……我和那位朋友，明兒個也約好了要一起出門……」

只見馬瑛擺擺手，道：「去吧，禁足七天，是爹隨口說給都尉大人聽的。妳的性子，爹還不了解嗎？只是自己要注意安全，還有，別再太晚回來了，一個女孩子家夜夜晚歸，傳出去總是不好聽，將來萬一找不到好婆家怎麼辦？」

摘星開心撲進馬瑛懷裡，猛灌迷湯：「謝謝爹！爹，女兒才不嫁！我要永遠留在爹身邊！」

馬瑛摟著她，心裡滋味半甜半酸，女兒長大了終究要嫁人，他從小看著摘星長大，如今也不奢求什麼，只求這個女兒能找到喜愛的如意郎君，平平安安度過一生。

他就只有這樣一個小小的期望。

平平安安就好。

🐾 🐾 🐾

隔日，摘星悄悄溜出馬府，來到狼狩山，只見狼仔早已在女蘿湖邊等著她，手裡還抱著滿滿的山果。

「狼仔，你為何摘這麼多果子？」她好奇問。

狼仔分了兩顆給摘星，又指指山下，她會意，問道：「你是不是想拿果子給老婆婆？因為她昨天送我們肉包子？」

狼仔點點頭。

摘星笑道：「好啊！老婆婆一定會很高興！」

兩人下了山，進到城裡，很快就找到了賣包子的老婆婆，摘星領著狼仔上前，將果子送給老婆婆，老婆婆和藹笑著接過，伸手想摸摸狼仔的頭，但他卻躲開，摘星正想開口，只見狼仔朝她望了一眼，又乖乖把頭移回去，忍受著陌生人的碰觸。

老婆婆的力道很輕，手也很溫暖。和摘星摸他頭的感覺很像，充滿善意。

他看了老婆婆一眼，張口，生澀道：「謝、謝謝……」

摘星在旁看著這一幕，放心笑了，看來狼仔終於願意接納人了，接下來就是讓他習慣人類世界的生活，再帶他去見爹，然後……思及昨夜爹爹說過的話，她微低下頭，耳朵微微發熱，眼神莫名閃亮。

她和狼仔只是朋友，只是一起玩耍、分享心事的同伴，誰會喜歡上這麼貪吃的傢伙呀！她抬眼，見狼仔一臉好奇地正打量著自己，趕緊故作老成，輕咳幾聲掩飾尷尬，道：「嗯，狼仔，你剛剛做的很好。」她伸手想去摸狼仔的頭，表示嘉許，他卻忽地轉頭，正巧躲開了她的手。

摘星的手停留在半空中，有些錯愕，有些受傷。

難道狼仔來到了山下，見到這許多人，覺得她不特別了？不想與她親近了嗎？

一輛馬車快速駛過兩人身旁，揚長而去，他眼神盯著那輛馬車，嗅到了熟悉的氣味，微微皺起鼻頭

……但不可能呀，這兒狼狩山離這麼遠……

「狼仔，你怎麼了？」摘星順著他的視線望去，馬車已經駛遠，一旁的客棧正好走出一個客人，手

裡拎著隻香噴噴的烤雞。

摘星失笑，釋懷道：「你又餓了嗎？這麼遠都聞得到烤雞味？」

原來是聞到了烤雞的香味分神了啊？這臭狼仔，真貪吃！

她拉著狼仔在城裡又逛了兩圈，買了許多肉包與零食餵飽他，之後想起昨夜馬瑛的交代，只好不捨道：「狼仔，我答應了我爹，這幾日都要早點回去。今日我就不陪你回山上了，你自己先回去。」

狼仔點點頭，摘星陪著他走到城門口，兩人道別後，狼仔回到狼狩山，但他越往山裡走，越覺不對勁，獸性的本能告訴他，出事了！

馬府。

汪洋手拎一麻布袋，另有一婢女在旁端著一盅湯藥，一同來到夏侯義房門外。

汪洋敲了敲房門，喊道：「都尉大人，您要的湯藥已經準備好了。」

夏侯義很快開了門，一臉喜形於色，道：「你這馬家奴才辦事很有效率啊！才不過一天，就已經抓到了？」

汪洋與婢女走入室內，婢女將湯藥放妥在桌上後，退了出去。

夏侯義看著汪洋手上的麻布袋，問：「就在裡頭？只有一隻？還捉得其他狼沒有？」

「稟告都尉，小狼抓了兩隻，原本還想抓母狼，但母狼性情殘暴、攻擊性強，傷了我們一個獵人，最後射了牠一箭，帶傷逃逸。這幾日我們會繼續加派人手上山捉狼，必有斬獲，請都尉大人放一百個心。」

夏侯義連連點頭，接過那盅湯藥，問：「這藥怎麼個服法？」

「麻袋裡小狼已迷昏，大人您先服用此丹蔘湯作為藥引，半個時辰後，再飲狼血，最具療效。」

夏侯義喝下湯藥後，接過麻布袋打開，倒出被迷昏的小狼。

夏侯義很滿意，從腰上拔出佩刀，刀鋒對著幼狼的喉部正要割下，汪洋連忙請求：「都尉大人，小人天生膽子小，不敢見血，可否先讓小人離開後，您再割狼喉取血？」

夏侯義哈哈大笑，道：「無膽家奴！也罷，退下吧！」

汪洋一臉惶恐，迅速離去。

夏侯義再次舉刀對準幼狼咽喉，這時房門忽然被撞開，他驚訝回頭，望見來人，喊道：「大膽！居然敢──啊──」

房裡傳來一聲淒厲慘叫，接著叫聲猛地中斷，透著令人顫慄的詭異。

有個婢女先衝了過來，見夏侯義房門敞開，奔進去一看，跟著也是一聲驚叫！

「都尉大人他……出人命啦！快來人啊！有人闖入都尉大人房裡行刺啊！」

馬瑛正好人在府內，聽到騷動立即趕來，遇見一臉驚慌的汪洋，忙問：「發生什麼事了？」

「老爺，我也不知。我也是剛才趕到。」汪洋也是一臉焦急。

馬瑛衝入房裡，見夏侯義倒在地上，同時一個人影飛快竄出，馬瑛定睛一看，只見是個披頭散髮的少年，嘴裡叼著小狼，動作異常迅速敏捷，瞬間便躍過眾人、翻牆而去，馬瑛待要追上，但更擔心夏侯義，追了兩步便停下，急忙轉身前去查看夏侯義傷勢。

此時馬峰程與馬俊也聞聲趕來，見到眼前景象，皆大吃一驚。

「爹，這是怎麼回事？」馬俊驚疑不定。

馬瑛一臉凝重，沒有言語。

「難道都尉大人他……」見到父親臉上表情，馬俊也知大事不妙。

馬瑛沉重搖了搖頭，一時間人人錯愕，面面相覷。

夏侯都尉大人，死了？

汪洋踏進房裡，只見桌椅翻倒，裝著湯藥的湯盅碎裂一地，明顯經過一番打鬥，而倒地的夏侯義身上衣衫撕裂，頸上有明顯勒痕，身上更有幾處疑似被獸爪抓傷的皮肉傷痕，像是被猛獸利爪所傷。詭異的是，牆面上也留有明顯利爪刻痕。

汪洋再次檢查夏侯義的鼻息與脈搏，確定人已死透。

當今皇上義弟居然在馬府裡莫名遇刺身亡！這下麻煩可大了！

汪洋在馬瑛面前撲通一聲雙膝跪地，哀痛道：「將軍……這都是我的錯！我不該輕易離去！想必是今兒個從狼狩山上抓回的小狼，引來了狼怪，下山加害都尉大人——」

馬俊插嘴：「爹！我就說啊！真有狼怪！」

馬瑛沈思了一會兒，道：「方才那兇手雖然四肢著地，口叼幼狼，舉止如獸，但依我看，就只是個野人般的少年，並不是什麼狼怪……」他見馬俊還想插話，揮了揮手要兒子閉嘴。「先不管那少年是否就是傳說中的狼怪，都尉大人之死，絕對和他脫不了關係。」

馬瑛命令馬峰程：「馬副將，你即刻調集人手，搜捕兇手，奎州城裡裡外外都不要放過，查清真相。兇手潛入馬府卻能不驚動護衛，身手肯定不凡，務必處處小心！」

事關皇上義弟之死，馬府調動馬家軍精銳，派出一隊又一隊人馬搜捕兇手，正回到馬府門口的摘星大老遠就聽見陣陣騷動，只見府內燈火通明，人來人往，人心惶惶，一身戎裝的馬家軍更在府內穿梭，氣氛肅殺，彷若敵人來襲。

她心感納悶，急忙找到小鳳，問：「我爹呢？府裡發生什麼事了？」

「主子！您跑哪去了！這可擔心死我了！」小鳳見到她平安無事，臉色一緩，原本吊著的一顆心總算踏實了些。「主子！大事不妙了！都尉大人方才莫名遇刺，死在了房裡！」

「什麼？都尉大人死了？」她大吃一驚，但小鳳接下來的話，讓她更不敢置信。

「主子，他們說都尉大人是被狼怪殺死的！都尉大人想喝幼狼血治病，咱們上山捉到了狼，沒想到卻引來了狼怪，把都尉大人殺了！哎唷，沒想到狼怪是真的！主子您出門一直沒回府，我還一直擔心會不會半途遇見了狼怪——」

「不可能！」她脫口而出。

「啊？什麼不可能？」小鳳不解。

「都尉大人絕對不可能是被狼怪殺死的！」

小鳳不知摘星為何如此篤定，見主子轉身就走，連忙跟上。

主僕兩人匆忙來到夏侯義居住的院落，正好瞧見汪洋蹲在夏侯義屍首旁。

「汪叔！」摘星衝進房裡，強烈血腥味湧上，她瞬間有些目眩，待看見夏侯義的屍首，面目猙獰，死不瞑目，更覺胸口一陣欲嘔，但她強忍下來，忙問：「汪叔！這是怎麼回事？怎麼會說是狼怪……狼怪殺死了都尉大人？」

汪洋解釋：「都尉大人想飲用狼血治療宿疾，我們特地抓了小狼，先請都尉大人服用丹蔘湯做為藥引，再當場割喉放血，卻沒想到引來了狼狩山上的狼怪，害得都尉大人——」摘星再次篤定打斷：「不可能！這其中一定有誤會！」

「什麼誤會？都尉大人就是被那狼怪殺死的！那該死的狼怪，抓到就該千刀萬剮！」馬俊在旁氣憤難平。

「他不是狼怪，不准你們罵他！」摘星大聲道。

「摘星，聽妳這說法，妳認識那少年？這是怎麼回事？妳最好說清楚！」事關緊要，馬瑛語氣嚴厲，目光逼人。

摘星囁嚅著：「爹，這其中必有誤會……其實……」她向來伶牙俐齒，此刻難得吞吞吐吐，更顯有隱情。

「摘星，妳是不是認識那少年？」馬瑛追問。

她一咬牙，道：「爹，事到如今，我就跟爹坦承了！狼仔不是狼怪，他其實就是我想介紹給爹認識的那位朋友，他舉止像狼，只因他是被狼群養大的孩子，所謂狼怪，其實都是我裝神弄鬼，一手策畫——」

「馬摘星！原來是妳在整我？！」馬俊聞言，怒氣陡生，舉步伸手就想賞摘星一個巴掌，卻被馬瑛一聲怒喝攔下。

「俊兒！什麼時候輪到你說話了？退下！讓摘星把話講完！」馬瑛厲聲道。

「爹，馬摘星她不識好歹——」

「退下！」

馬俊只得忍氣吞聲，心有不甘地退到一旁。

「妳是怎麼裝神弄鬼的，一一從實招來！」馬瑛強忍著怒意逼問。

馬瑛向來對摘星和顏悅色，從未像此刻咄咄逼人，眼神冷厲，她不由緊張地暗吞一口口水，才開口道：「女兒本想等都尉大人離開後，再向爹據實以告。我向汪叔學習藥理，在書裡發現迷魂香的用法，便偷偷調製迷魂香，迷人神智，再施以暗示，便能讓人將狼仔誤認為狼怪，狼仔只是配合我，他本性並不會傷人！我只是想保護狼仔與狼群不受獵人殘殺——」

「荒唐！」馬瑛一拍桌子，摘星嚇得住口，不敢再說。「妳居然為了區區一山居野人，裝神弄鬼，欺瞞妳兄長，還擾亂百姓生計，鬧得人心惶惶！荒唐至極！」

摘星知道爹爹正在氣頭上，不敢多言，但心裡忍不住辯駁：誰說他只是一區區山居野人？爹爹成天戍守邊防，一年半載難得回來一次，娘親過世後，她傷心難過的時候、她快樂歡笑的時候，陪在她身邊的不是爹爹，更不可能是臭馬俊和大夫人，而是狼仔！是狼仔陪她度過最寂寞無依的日子，是狼仔關心她、照顧她，甚至保護她！狼仔是她心目中最重要的人！她不過是想保護狼仔，就像保護自己的家人！即使明知道這麼做，真相大白後爹爹肯定不會太高興，但是……

正當她鼓起勇氣想將心裡話說出口，馬瑛沉重道：「妳裝神弄鬼假造狼怪，我暫且不追究，但他是刺殺都尉大人的嫌犯，萬萬不可輕放！若找不出犯人，我如何交代？到時陛下怪罪下來，株連九族，這馬府上上下下幾十口的人命，是妳承擔得起的嗎？」

摘星知事態嚴重，仍忍不住替狼仔求情：「爹，狼仔不可能做出這種事的！求求您，不要派人去抓他，他會害怕的！他好不容易才開始願意相信人，爹，你讓我上山去找他問清楚好嗎？」

「馬摘星！妳胡鬧夠了沒？我和爹與汪叔當時都在現場，除了妳那什麼狼朋友，再無他人，他不是兇手，那誰是兇手？」馬俊質疑。

摘星不死心，還想辯駁，但馬瑛揮手阻止，道：「妳兄長所言不假。」

摘星一時語塞，結巴道：「但、但是……這其中有所誤會也說不一定……」

馬瑛道：「或許那少年本性的確不惡，但妳說他被狼群養大，難道他全無獸性？妳能保證，他為了救他自認的同類，不會野性大發傷人，甚至失手殺人嗎？摘星，難道妳敢保證，不是妳引狼入室？」馬瑛一句一句逼問。

「爹，我相信他！狼仔確實野性尚存，但經過這段日子與女兒相處，我相信他不會無故奪人性命！」摘星語氣堅定，始終選擇相信狼仔。

馬瑛重重嘆了口氣。

荒唐。皇帝陛下義弟死在馬府，他這女兒卻僅憑一己之念，想替兇手嫌犯脫罪，枉顧其他人性命安危？

久在沙場與官場上打滾，馬瑛又哪裡看不透，所謂信任二字，說來容易，但誰又知道，你所信任的那個人，會不會轉頭就將你出賣了？

他對摘星沉重搖頭，嘆道：「妳這般胡作非為，實在太令爹失望。」又吩咐汪洋：「把她關進房裡，嚴加看守，沒有我的准許，不准放她出來！」

「爹！」摘星急道：「女兒甘願受罰，可能不能讓女兒先去找狼仔問個清楚？人一定不是他殺的！」

「放肆！妳胡鬧的還不夠嗎？」馬瑛一掌甩向摘星嬌嫩臉蛋！

摘星愣住，瞬間傻了。

這是馬瑛第一次打她。

爹爹從來沒有打過她的……

馬瑛聲色俱厲：「此案事關陛下義弟性命，我會活捉那狼少年，秉公審理，這一切若非他所為，我自然會另查真凶，但若真是他殺了都尉大人，我必定要他償命！」

摘星愣愣退了兩步，還想說些什麼，馬瑛再度命令汪洋：「把她帶進房裡，不許踏出房門一步！誰敢放她出門，軍法處置！」

「爹！爹……狼仔不會殺人的！他什麼都不懂……爹……」摘星奮力掙扎，不願離去。

臉頰上火辣辣地疼，她的心也好痛，不光是因為被爹打了一巴掌，更多的是因為她的狼仔被人誤會。

她沒有說謊，為何爹就是不願相信她？

為何沒有人願意相信，一個被狼養大的孩子，其實比任何一個人都要善良？

兇手絕對不可能會是狼仔的！

第四章　真兇

他口啣幼狼，四足著地飛奔，但因腳上負傷，沿路留下血跡，竟成了眾人搜捕的最佳線索。

他逃進狼狩山後，又跑了一陣，忽地停下。山裡闃靜無聲，寒意襲人，但他比常人更為敏銳的聽覺察覺已有大隊人馬趕到了狼狩山下！

他低頭看了看自己負傷的腳，又回頭看著沿路滴落的血跡，心念一動，嘴一鬆，小狼落地，立即奔入林間，瞬間消失，他則往反方向跑，企圖引開追兵。

但他腿上有傷，一時不察居然誤踏之前獵人未拆除的獵網，獵網瞬間拉起升高，他被困在獵網裡，吊在樹上，拚命掙扎卻掙脫不開，而馬峰程率領的馬家軍已尋著血跡正越追越近！

不遠處忽傳來一聲響亮狼嚎！

小狼逃了回去後，領頭狼得知大隊人類正要上山捉捕狼仔，登高一呼，狼狩山一處接著一處響起狼嚎，群狼一面嚎叫通風報信，一面迅速聚集，準備營救狼仔，並迎頭痛擊那些追捕的人類。

馬峰程聽見狼嚎四起，只覺毛骨悚然，他一抬手，馬家軍立即停下，暫停前進。他思考著：這狼嚎聲並不尋常，狼群似乎正在集結，若貿然上山擒拿狼怪，是否會遭狼群攻擊？

他略一思量，立即下令：「聽聞狼性畏火，若遭狼群攻擊，便以火攻，放火燒山！弓箭手準備！若情況危急，放箭射殺，毋需留情！今日務必要抓到狼怪！」

被吊在高處的他見馬家軍燃起了火把，狼狩山上冒出點點火焰，驚起不少已經酣睡的蟲魚鳥獸。

「備戰！」馬峰程一喊，弓箭手立即架弓，後方一排士兵手持火把，照明前路，部隊排列整齊，開始緩緩前進。

他見到這一幕，知道敵人來勢洶洶，狼群極有可能不是對手，他得警告牠們！他雙手緊抓著獵網，再次劇烈掙扎，仍舊徒然，於是他仰天一聲長嚎，正接近的領頭狼一愣，回應了一聲，他又是一聲嚎叫，領頭狼沒有回應，似在遲疑，接著原本近在咫尺的狼嚎聲漸漸遠去，狼狩山上重回寂靜。

馬家軍們面面相覷，不知到底怎麼回事？但狼群確確實實消失了，來無影去亦無蹤，宛如鬼魅。率隊的馬峰程望著一片漆黑的山野，若有所思。

「副將？現下怎麼辦？」一名士兵問。

馬峰程回過神來，道：「繼續搜山！捉捕狼怪！」

眾人繼續前行，直來到狼仔被困的那棵樹下，待馬峰程看清被獵網困住的不過是個野性十足的少年，叱吒戰場多年、見多識廣如他也不禁微微驚詫。方才在高處發出嚎叫，令整座狼狩山狼群退去的，居然只是個普通的野孩子？他低下頭，就著火光，見到獵網下方的泥地上有著新鮮血跡，顯然是狼仔受傷所留。他再仔細打量獵人佈下的陷阱，心內不禁暗暗訝異：若不是這狼少年身上負傷，又誤入陷阱，即使他們踏遍整座狼狩山，也未必抓得到他。

此少年想必與狼群淵源極深，原本狼群呼朋引伴，意圖群起圍攻，卻因這狼少年發出警告而折返，再者，他隻身潛入馬府，只為營救幼狼，保護同伴。人言常道白眼狼忘恩負義，但這與狼群為伍的少年，卻對狼群如此有情有義，應是受了狼群的潛移默化，只可惜……馬峰程暗自惋惜，這少年畢竟是殺了夏侯都尉的嫌犯，無法輕放。

馬峰程手一揮，後方士兵迅速抬出一巨大囚籠，準備將狼仔捉回奎州城，查明案情真相。

他拚命在獵網裡掙扎，忽地眾多箭矢朝他射去，他痛苦嚎叫，滿身是血，掙扎更加劇烈，懸掛獵網的樹枝終於承受不住斷裂，他重重摔落在地，等在樹下的馬家軍立刻一擁而上，手起刀落……

🐾 🐾 🐾

「狼仔！」

摘星忽地驚醒，發現自己不知何時竟靠在門邊睡著了，渾身冷汗。

她昨夜被關進房裡後，一直邊哭邊敲門，更幾度試圖撞門想要闖出去，累得筋疲力盡，跌坐在地，不知不覺昏睡過去，卻是一夜不得安眠，惡夢連連。

摘星看著門外透亮的天色，揉了揉酸澀的雙眼，慢慢扶著房門站起，這時房門打開，是小鳳端著早膳過來了，她見到摘星疲憊憔悴的蒼白臉色，心疼問道：「主子，您還好嗎？」

摘星緊張地問小鳳：「狼仔被捉到了嗎？」

小鳳搖搖頭，道：「目前還沒有消息，但昨夜我聽老爺說，陛下已派人快馬傳令，命老爺務必抓到狼仔，而且……」小鳳看了一眼摘星，小聲道：「而且格殺勿論！」

摘星只覺全身力氣一下子被抽走，站也站不穩，搖搖欲墜，小鳳見狀，趕緊放下早膳，過來扶著她。

「主子！」

「小鳳……是我害了他！」摘星懊悔不已。「我不該編造狼怪傳說，更不該帶他下山，這一切都是我的錯！」

「主子，您別怪自己，狼仔殺人，非您所能預料，也絕非您想見的。」小鳳安慰。

摘星沮喪道：「他一定有隱情，否則他絕對不會亂傷人的……」她抬起頭，雙手緊握小鳳雙臂，激動道：「小鳳，妳一定要幫幫我！現下時間緊迫，我得找到狼仔，再說服爹，還他清白！」

小鳳一聽，胸脯一挺，義氣道：「小鳳自小與主子一塊兒長大，主子向來照顧我，為了主子，小鳳受軍法處置也不怕！」

摘星總算破涕為笑，道：「好小鳳！謝謝妳！」

在小鳳的協助下，她偷偷逃離馬府，趕往狼狩山。

她一路上心亂如麻，就怕自己遲了些、晚了些，狼仔的命就不保！可她要怎麼幫助狼仔呢？此刻狀況渾沌不明，儘管她相信爹爹會秉公處理，但狼仔不善言語，要如何解釋自己的所作所為？況且，夏侯義死在馬府是事實，也的確有人目擊狼仔闖入馬府、搶走小狼……她需要時間來證明狼仔的清白，但此刻分秒必爭，她必須先想法子保住他的命。

可該怎麼做才好呢……她畢竟還只是個孩子，假扮狼怪這種裝神弄鬼之事，半是兒戲，她還應付得來，但眼下事關人命，加上爹爹與陛下緊迫盯人，饒是向來聰明伶俐如她，也慌了手腳，腦袋一團混亂。

她正要出城，不遠處的喧囂引起了她的注意，她似乎隱隱聽見了有人在喊著「狼怪……」

摘星一驚，難道狼仔已經被捉住了？

她連忙尋聲而去，果真見到不遠處聚集著大群民眾，人頭湧動，她個子嬌小無法擠入人群，只好奮力爬上附近一處民宅的屋頂，居高臨下俯瞰。

擒獲「狼怪」的馬家軍，在狼狩山上折騰了一晚，終於將「狼怪」押送下山，才入城沒多久，就有不少早起的百姓聞風而來。「抓到狼怪啦！大家快來看啊！」有人吆喝著，百姓越聚越多，獵戶們因封山，平日裡無事可做，也紛紛圍了過來，對著狼怪指指點點。

摘星見狼仔被俘，心焦不已，但一時三刻卻又想不出什麼法子。

只見囚籠裡的狼仔，四肢伏地，披頭散髮，滿臉髒污，讓人看不清面孔，但一雙如獸般的眼仍警戒倔強，冒著濃濃野性，膽子稍大點的人想靠近瞧個清楚，他忽地撲過去抓咬，喉嚨裡同時發出野獸般的威脅低吼，把那人嚇得落荒而逃。

一個腿腳略瘸的年輕獵戶忽然朝他仍了一塊石子，嘴裡啐道：「總算逮到你了！該死的狼怪！去死吧！」

原本就對狼怪深惡痛絕的圍觀百姓紛紛有樣學樣，撿起地上的石子朝囚籠扔去，其中一塊石子直直砸中狼仔的額頭，頓時血流如注。

在屋頂上的摘星見到這一幕，恨不得立刻跳下去阻止！住手！你們通通都住手！不要這樣對狼仔！不要欺負他！淚水已經在眼眶裡打轉，她雙手緊握成拳，按捺著衝動，不斷告訴自己：想想法子，快想想法子啊！馬摘星，妳向來不是鬼點子最多的嗎？快想法子啊！不然狼仔會被這群人打死的！

「可惡的妖怪！搞得大家成天提心吊膽、人心惶惶！去死吧！別再斷了我兒子生路！」又是一塊石子朝狼仔扔去，他轉過頭，見丟石子的是之前曾送他包子的老婆婆，她站在那年輕獵戶旁，一臉憎惡。

「妖怪！還我們平靜的生活！」

又是一塊石子扔來，狼仔這次沒有轉頭，他認得這聲音，那是賣糖葫蘆的小販。

「住手！快住手！各位稍安勿躁！」馬峰程試圖安撫激憤的百姓，但沒有人聽進去，失控的百姓們圍住囚籠，士兵不得不出面維護秩序。

趴在囚籠裡的狼仔，遍體鱗傷，從披散的雜亂髮絲後，他不解地看著老婆婆，曾經是那麼和藹慈祥的人，為何現今如此厭惡他？甚至還丟石子傷害他、對他惡言相向？

曾替摘星表演皮影戲的說書大叔也在圍觀行列，他見老婆婆又撿拾起塊石子，上前道：「他哪裡是狼怪？瞧這模樣、這身形，根本就只是個孩子啊。」

老婆婆還未回話，她身旁的兒子立即大聲道：「他是像人又像狼的妖怪！多少獵戶就是遭到他的攻擊而差點喪命！我也是命大！不然我娘可要傷心死了！」

「妖怪！殺人兇手！」百姓們紛紛叫喊。

狼仔垂下頭，身子顫抖，他不明白人類為何如此仇視他，他忽覺人類是比狼更可怕的生物，昨日對他好，今日就拿石子扔他，對他咬牙切齒、謾罵詛咒，說他是妖怪、要他去死……他到底做錯了什麼？他只是保護了自己的同類，難道人類不會保護自己的同類嗎？

忽地，一清脆銅鈴聲傳入他耳裡！

是星兒的銅鈴聲！

他立即抬頭朝銅鈴聲來源望去，果真見到摘星就站在不遠處的屋頂上，手握銅鈴，焦急地望著他。

即使全世界都與他為敵，可星兒絕不會背棄他！

他精神一振，雙手用力掙了幾下，繩結鬆脫，他雙手自由後起身奮力搖晃囚籠，整座牢車開始猛烈晃動，他更刻意露出犬齒，喉間發出狼般低狺，兇狠目光一一掃過圍觀人群，好些人被他野獸般兇狠目光所驚，紛紛退後，不敢再靠近。

牢車旁的士兵們舉起長矛對準囚籠，他在籠裡如困獸般焦躁迅速來回走動，忽地伸手捉住一根長矛，使出蠻力往旁一掃，囚籠為硬木所製，木製欄杆被長矛猛力一掃，竟一整排應聲而斷！他立刻趁亂逃出，一時間尖駭叫聲四起，群眾逃的逃、躲的躲，一哄而散。

在高處的摘星又驚又喜，她方才搖動銅鈴，本只是想讓狼仔知道她就在這裡，沒有拋下他，要他安心，沒想到狼仔居然靠一身蠻力脫逃成功！實在太厲害了！

她知道狼仔會追隨她的銅鈴聲，立即爬下屋頂，一面輕搖銅鈴，一面往城外狼狩山的方向奔去。

狼仔一定會追過來的！

只要進了狼狩山，只要狼仔能躲得好好的，不要再出現，他就能活下去！

狼仔脫逃，牢車旁的士兵雖曾奮力阻擋，但他動作實在迅速敏捷，士兵居然攔不住，讓他沿著一輛馬車一躍跳上了屋簷，轉身不見人影。

「快追！快追！你們還在愣著做什麼？！」馬峰程急得如熱鍋上的螞蟻，人都已經抓到了，居然又給逃了？！這下他要怎麼向將軍交代？

他脫逃後用盡全力奔往狼狩山，銅鈴的聲音越來越清晰，是星兒在喚他！

星兒，等一等，他馬上就到了！

「星兒！」

他的腳步紊亂急切又充滿期待，在女蘿湖旁的摘星轉過頭，見到他全身傷痕累累，血跡斑斑，她心疼得眼淚幾欲奪眶而出。

「星兒！」儘管渾身是傷，他卻開心無比。

即使所有的人類都討厭他也沒有關係，只要星兒喜歡他就行了。

他不想再討好山下那些人類，他只想待在星兒身邊。

只有星兒待他最好，永遠都不會欺騙他、背叛他。

「狼仔！快逃！逃得遠遠的！」她焦急朝他喊。

快要沒有時間了！馬家軍很快就會追上來的！

但狼仔卻搖搖頭，眼神異常堅定，看著她，道：「星兒在，不走。」

摘星一愣，隨即明白：狼仔居然為了她，不願輕易離去。

狼仔天真，不懂算計，更不明人心險惡，她好不容易與狼仔培養起來的感情與信任，如今卻成了讓他身陷險境的牽絆！

可追兵在即，他命在旦夕，不能不逃！

情急之下，摘星腦海裡閃過一念頭：她必須要趕狼仔走！走得越遠越好！

「你快走！我不要見到你！」她語氣一轉，同時後退。

「星兒？」他感到疑惑，星兒怎地變了模樣？

她故意狠心道：「你知不知道，全城的官兵都要抓你？你是不是殺了人？」

他連忙用力搖頭。

「那你身上這些傷是怎麼來的？」她冷冷地問。

他低頭，見到自己滿身傷痕，以為她是見到自己受傷，心疼了、生氣了。

他想解釋，卻不善言詞，搜索枯腸了半天，只道：「不痛……」

她語氣凌厲，無半分疼惜：「我又不是在問你痛不痛！我是問你怎麼受傷的？你是不是做錯了什麼？所以被人懲罰了？」眼眶已經溼潤，她怎麼不心疼狼仔受傷？怎麼不難過狼仔被人誤解？可她不能說！

他不知該從何解釋，只是拚命搖頭。

他伸出手，指指摘星，又指指自己，吐出兩個字：「相信。」

她當然相信他，但此刻信又如何？不信又如何？她無法證明他的無辜，也無力保他，只能狠下心趕他走！

她見他仍不走，彎腰從地上拾起一塊石子，用力朝他扔去，他以為她在鬧脾氣，不躲也不讓，石子正中他的右眼上方。

「你快滾！離開狼狩山！離開奎州城！越遠越好！」她喊著，聲音幾乎哽咽。

「星兒在，不走。」他依然堅定搖頭。

他是多麼信任她啊！可此刻她卻要殘忍摧毀他所有的信任！

她逼自己繼續狠心絕情：「我後悔了！我後悔與你當朋友，後悔帶你下山，更後悔自己居然癡心妄想，想讓我爹見你！」一句句都是違心之言，一句句如同刀割，割在自己心頭上，也割在她與狼仔好不容易建立起來的感情上。

狼仔看著她，不發一語，然後低頭，拉出一直戴在身上的狼牙項鏈。

「星兒……相信……」

她上前一把搶過狼牙項鏈，用力朝湖心扔去！

「別自作多情了！跟你做朋友，只因為我太孤單，想找個玩伴罷了！但現在我膩了，你快滾吧！從我眼前消失！」她甚至雙手用力一推，將他狠狠推開。

他忽感右眼視線模糊，伸手去摸，血液溫熱，腦海中頓時閃過城裡百姓對他怒砸石子、罵他妖怪的畫面。

星兒也認為他是妖怪嗎？

星兒為什麼也對他扔石子、痛罵他？

他以為星兒和那些人是不一樣的……

星兒不是說過，她信任他嗎？

他想起了母狼的教誨：人類狡猾忘義，永遠都不要相信人類。

她又拾起一塊石子，作勢要扔，他終於往後退了一步。

好不容易建立的信任，開始有了裂痕。

狼的心防將再次築上，而被人背叛過的狼，是否還願意再相信人類？

「你快滾！不要讓我再看見你！」

她扔出手上石子，這一次，他躲開了。

她狠心背轉過身子，不願再見到他的臉，彷彿真的對他厭惡至極，其實是怕他見到自己終於流下的淚水。

原來狠心傷害別人的人，才是最痛苦的。

她聽見身後傳來遲疑的腳步移動聲，但沒有回頭，終於，那腳步聲越離越遠，直至完全消失。

一陣寒風吹來，她打了個顫，鼓起勇氣轉過頭，身後已空無一人。

「狼仔？」她的聲音很輕很輕，幾乎要被風聲蓋過。

再沒有人回應她。

🐾 🐾 🐾

她悄悄溜回馬府，雙眼紅腫，疲憊地走到床前。

她愣愣地在床沿坐了一會兒，從懷裡取出鳳眼銅鈴，輕輕搖了搖，鈴聲清脆悠揚，她閉上眼，眼前浮現娘親的面孔。

她記得在自己很小很小的時候，也許才剛出生不久，就聽過這枚銅鈴的聲音。

叮——叮……

她還記得娘親雙手溫柔的撫摸，細細的低語，與憂心的眼神。

叮——叮……

畫面一轉，她看見狼狩山上的藍天白雲，種滿碧綠女蘿草的湖畔。

狼仔朝她飛奔而來，神情歡快。

摘星猛地緊握銅鈴，鈴聲帶起的陣陣餘波回音瞬間消失，屋裡一片死寂。

「狼仔……以後就算我搖了鈴，你也不會願意再見我了吧？但沒關係，只要你離我遠遠的，只要你能平安就好……」她將銅鈴貼在臉頰上，輕聲呢喃。

這是娘親留給她的遺物，她總是隨身攜著，但她想，將會有很長、很長一段時間，都不會再用到了。

捉到狼少年、卻又被其脫逃的消息傳到馬瑛耳裡，馬瑛勃然大怒，他本欲親自率兵前往狼狩山，但梁帝將至，他必須親自接駕，無法擅離，正自煩惱時，馬俊自告奮勇，願與副將馬峰程一同前往狼狩山追捕狼仔，馬俊一臉胸有成竹，言明已想出妙計，絕對能捉到兇手，馬瑛想讓獨子多些歷練，也就答應了。

摘星在房裡休息了大半日，馬瑛命人前來叮囑，梁帝已到，她須一同迎接，且萬萬不能提及她與狼仔的關係，梁帝向來多疑，怕會臆測過多，降罪摘星，再者，因著夏侯義之死，馬府處境如今正是如履薄冰，馬瑛不得不小心應付。

她在房間裡正打扮著，小鳳端著晚膳進房，小鳳臉色不怎麼好看，走著走著忽感一陣暈眩欲嘔，手一滑，粥碗掉落地面，湯汁四濺。

她見小鳳手撫胸口，一臉難受，忙問：「小鳳，怎麼了？有沒有傷到？」

小鳳答道：「其實也沒什麼，只是昨日府裡的晚膳用了藜蘆，陳大娘將用剩的藜蘆取汁灑在廚房角落，說是能驅趕蟲蠅，我是不知到底有沒有用，但聞了總是不舒服，覺得噁心想吐，且味道久久不散，我都不想靠近廚房了。」小鳳已快手快腳將碗盤收拾乾淨。「主子，我再去端新的晚膳給您。」

「藜蘆？」摘星疑惑。

馬府膳食幾乎沒有以藜蘆入食調味過，她不禁多了幾分聯想。

是因為夏侯義特別要求，才以藜蘆入食嗎？當晚夏侯義又服用了丹蔘湯……她神情一凜，忽想到汪叔曾教過她的《十八反藥歌》：本草明言十八反，半蔞貝蘞及攻烏，藻戟遂芫俱戰草，諸參辛芍叛藜蘆。

藜蘆與丹參雖皆能滋補養氣，卻是配伍禁忌，混合使用反會增強毒性……難道有人故意先以膳食毒害夏侯義，再藉機殺之，嫁禍狼仔？！

「小鳳，去見陛下之前，我想先去一個地方！」摘星急道。

她很快趕到夏侯義被殺害的房間，因事關重大，除夏侯義的屍首已經移走，馬瑛下令封鎖房間，保持原樣，且任何閒雜人等不得進入，以待日後查證。

摘星走入房內張望，地上、牆上的血跡雖然已乾涸，看著仍是觸目驚心。牆上仍留著銳利爪痕，一柄帶血的劍躺在地上，應是當時夏侯義身上的佩劍，慌亂中砍傷了狼仔。

摘星蹲下，眼神掃過房間四處角落，似在尋找什麼。

雖然馬瑛下令封鎖房間，房間地板卻乾淨異常，顯然有人悄悄進入清理過。但，總有漏網之魚。

她很快就找到了：在茶几角落，她發現一小塊碎裂的瓷片。

摘星小心拾起，拿到鼻尖下一嗅，臉色凝重。

「主子，您發現了什麼嗎？」小鳳看了一眼她手中的碎瓷片，道：「那是沒收拾乾淨的湯盅碎片吧？有什麼不對勁嗎？」小鳳忽「咦」了一聲，自言自語：「老爺不是說不准任何人進房嗎？是誰收拾這些碎片的？」

摘星沉吟了一會兒，才道：「是丹蔘湯。」

不可能剛好這麼巧，事發當晚，夏侯義同時服用了藜蘆與丹參，必是有人故意設計殺害！而那人的真實身分會是……

摘星忽地站起身，腳跟一轉，快步離去。

「主子？主子？您要去哪？」小鳳忙追上。

「我知道誰是兇手了！我要在陛下面前，證明狼仔的無辜！」

馬府大廳內，氣氛肅穆，梁帝朱溫不發一語，朝躺在棺木內的夏侯義看了最後一眼，侍衛隨即蓋上棺木。

梁帝出身武莽，即使已入中年，依舊體格魁梧，渾身散發精悍之氣，讓人不敢小覷。梁帝身邊隨侍太監張錦，以及陪同在側的馬瑛、馬府總管汪洋，大氣不敢喘，戰戰兢兢，只聽梁帝道：「一赤手空拳的野人，能無聲無息潛入馬府，且能擊斃朕之義弟，若非親眼所見，朕實難相信。」

馬瑛回道：「還請陛下恕罪！是臣下疏失，才讓此等憾事發生。臣本已捉到兇手，不料兇手天生神力，居然徒手毀壞堅固囚籠，更在傾刻間逃離，臣已加派兵馬人手追緝，定將兇手再次逮捕到案，查清真相。」

梁帝素喜廣納四方人才，收為己用，聽馬瑛如此敘述，見獵心喜，問：「真有如此人物？天下之大，奇才難見！朕倒想親自會一會這奇特的少年！」言談間對義弟夏侯義之死，竟已不甚在意。

這時門口忽閃入一青衫女孩，正是摘星。

不須馬瑛引薦，她也知眼前這位身形魁梧、相貌威嚴的中年男子即是梁帝，她在朱溫面前跪下，恭敬道：「馬瑛之女，馬摘星叩見陛下，且有要事稟告！」

「摘星，不得無禮，退下！」馬瑛訓斥女兒。

但摘星不為所動，抬起頭直視梁帝，目光裡無一絲畏懼，大聲道：「陛下，此案有冤！狼仔實乃無辜，兇手另有其人！」

「摘星，不得胡鬧！」馬瑛心內暗驚。

摘星倔強轉過頭，對馬瑛道：「爹！女兒沒有戲言！兇手的確不是狼仔！」

馬瑛待還要阻止，朱溫一揮手，他只能噤聲，只聽朱溫道：「朕就聽聽，你這女兒有什麼證據，能證明兇手另有其人？若她所言為真，朕絕不會讓真兇逍遙法外！但若只是小女兒家戲言，想要唬弄朕，也必重重責罰！」

「摘星明白。」摘星朗聲回道，胸有成竹。

看著女兒跪在梁帝面前，馬瑛心中驚疑不定，他知女兒機靈古怪、擅於觀察，有時的確能發現常人忽視的癥結，但此刻她面對的是一國之君，隨便犯個小錯，那可是欺君重罪！他欲出言阻止已太遲，只能提著一顆心，在旁看著摘星要如何替狼仔脫罪。

「起來說話。」朱溫對摘星道。

「謝陛下。」摘星依言起身，一字一句清晰道來：「陛下，都尉大人在遇刺之日，其晚膳使用了藜蘆入菜，而都尉大人用膳後，不久又服下了丹蔘湯。」

「此皆一般藥膳之材，有何異處？」梁帝問。

摘星回道：「這便是真兇高明之處。藜蘆與丹蔘，原都只是普通藥膳材料，兩者本身並無毒性，但任何稍懂藥理之人皆知，蔘類忌與藜蘆同服。」

丹蔘本主治活血通經，與藜蘆相配，良藥卻成了劇毒。

馬瑛看向汪洋，問：「你精通藥理，郡主所言是否屬實？丹蔘與藜蘆同時服食，會有什麼後果？」

汪洋緩緩點頭，道：「輕者，氣血逆回，無法施力。重者，中毒身亡。」

摘星又道：「若都尉大人中毒而死，屍身必留下跡象，但兇手仔細調配這兩種藥材，令都尉大人不會留下中毒之跡，只是喪失力氣，無法自保，此時真兇再趁機將其勒斃！」

摘星說得振振有詞，句句推斷有理，不只馬瑛，連梁帝都不由專心聽她講解案情。

「兇手自然知道，都尉大人一死，馬府與陛下必會徹查，兇手便故弄玄虛，利用奎州城內近來流傳的狼怪，刻意在牆上做出爪痕，使人誤會，以為兇案乃狼怪所為。但兇手卻萬萬沒想到，居然弄假成真，引來狼仔，接著，便是爹看到的一切。」摘星脆聲說完後，大廳內陷入一片寂靜，所有人都在思考她的推斷是否合理。

梁帝問：「照妳所言，兇手必是馬府內經手藥膳之人？」

「正是！」摘星回道。「馬府用人不當，自請責罰，但摘星懇請陛下，讓我爹先行徹查昨日是哪些人負責藥膳，都尉大人死前又見過哪些人，兩相比對，逐一清查，必能找出真兇！」

梁帝不禁對這小姑娘有些刮目相看，他略微沉吟，覺摘星所言並非胡亂推斷，值得一試，便開口道：「分析得的確有理，就朝這個方向試試，來人——」

「不用麻煩了！」

眾人一愣，目光紛紛投向馬瑛身旁的汪洋。

汪洋冷笑打斷梁帝，道：「差點就把你們都騙倒了，豈知竟敗在一個小姑娘手上！」

「刷」的一聲，馬瑛佩刀出鞘，架在汪洋脖子上。

「拿下他！」梁帝一喊，幾名侍衛立即入內，押住汪洋，逼他跪下。

馬瑛收刀退到一旁，摘星一臉不敢置信，望著汪洋，痛心問：「汪叔，怎麼會是你？為什麼？」

汪洋冷笑道：「怎麼不是我？馬府上下，有誰比我更精通藥理、更能掌握膳食？平時為討妳歡心，教了妳一點藥理，卻沒想到居然是養虎為患，被反咬一口！」

「汪叔！」摘星依舊不敢置信，平日那個善良和藹的汪叔，居然會是殺人兇手？甚至意圖嫁禍，險些讓整個馬府跟著陪葬！

梁帝看著汪洋，冷聲問：「你與夏侯義有仇？」

汪洋放聲大笑，笑完後，咬牙切齒：「德王宅心仁厚，收留我孤兒寡母，更讓我學醫，他如此心慈，本該長命百歲，卻一家九口，皆慘死於夏侯義劍下！如今鬼使神差，這狗賊自己送上門來，他濫殺無辜，毫無悔意，天理不容，我殺了他不過是替天行道！」

汪洋自幼喪父，母親身為樂妓，帶著他寄居於前朝德王府，之後朱溫意欲篡唐，劫持昭宗，逼其遷都至洛陽，昭宗九子也跟著顛沛流離。其時已是亂世，汪母身為德王府家僕，帶著獨子追隨德王一同遷至洛陽。遷移途中，德王見汪洋對醫理藥學頗有興趣，便指派一名隨身太醫教導他。之後朱溫弒昭宗欲篡位，原本達成協議，若大唐李家願意禪位，他便饒過李氏皇族，誰知他暗地派出夏侯義，設宴款待九王，趕盡殺絕，連婦孺都不放過。汪洋當時不過是個少年，親眼見到夏侯義濫殺無辜，汪母為保他性命，犧牲自己替他擋下致命一劍，也死在了他面前。

報仇雪恨的種子從那天起便深埋心底，一天天發芽茁壯，等待時機。

「我見到那狗賊的第一眼就已決心要為德王、為我娘報仇！我只恨殺他太晚！」汪洋雙眼赤紅，面目猙獰，摘星完全認不出來他就是平日溫和厚道的汪叔。

「德王？」朱溫冷眼看著汪洋。「又是一漏網的前朝餘孽！」

汪洋冷笑道：「我處心積慮藏身馬府多年，為的就是等待機會，殺了你這弒君篡位的狗賊！沒想到卻先等來了夏侯義，弒母仇人就在眼前，我如何忍耐得住？計畫一轉，乾脆先殺了他，再嫁禍馬府。」他恨恨看了眼馬瑛。「當年馬瑛可是你這劊子手的幫兇，我自然對他也恨之入骨！本料想馬府找不著兇手，便可借你之手，端了整座馬府，株連九族！可惜啊可惜……」

摘星聽得汪洋這一番話，嚇得臉色發白，緊挨著馬瑛，一句話都說不出來。

汪洋於她，向來親如長輩，她從小到大惹了不知道多少次麻煩、闖了不知道多少禍，幾乎都是汪洋替她收拾善後，一句怨言都沒有。近年摘星吵著想學藥理，儘管孩子心性容易分心，學得有一搭沒一搭，但汪洋仍盡心盡力，毫不藏私。她怎麼想都想不到，汪洋居然如此痛恨馬家，甚至想出此毒計，若不是她發現異狀，找出真兇，那馬府的下場……摘星渾身顫抖，不敢再想。

「有無共犯？」朱溫目光裡殺意濃濃。

「全是我一人所為！」汪洋一臉無懼，早已做好赴死準備。

「好！」朱溫轉頭對馬瑛道：「馬瑛，你一時不察，收留前朝餘孽，差點也替自己惹禍上身！夏侯義一案雖已水落石出，但你難辭其咎！」

馬瑛立即跪下領罪。

朱溫意味深長地看了摘星一眼，她仍處於震驚之中，心神恍惚，與梁帝的目光一對，驚覺失態，連忙跟著跪在馬瑛身旁，道：「馬府知罪，還望陛下開恩！」

「馬瑛，你知道該怎麼做。」朱溫道：「你這女兒不錯，青出於藍，更勝於藍。」語畢他便轉身離去，侍衛也跟著將汪洋押解出去。

馬瑛站起身，見摘星仍跪著，伸手將女兒扶了起來，只見摘星小臉依舊蒼白，飽受驚嚇。

「摘星，是爹誤會狼仔了，妳快去找馬副將他們，要他們停止搜捕。」馬瑛溫言道。

摘星神色黯然，道：「怕是他已離開狼狩山了……」她只怨自己之前太過慌亂，不夠冷靜，沒能及早發現真相，白白讓狼仔受了這許多苦。

馬瑛道：「妳還是親自去一趟，代爹傳達，況且，要是狼仔尚未離開呢？」

摘星想了想，點點頭，只是要離去前仍忍不住停下腳步，問：「那汪……汪叔呢？」

馬瑛臉色沉痛，道：「國有國法，妳自當明白。」

摘星明白，她心地善良，念及過往汪洋對她的諸多照顧，終是不捨，但此人心思歹毒，欲滅她馬府全家，實在令她不寒而慄。

原來人心竟是如此難測。

🐾
🐾
🐾

馬瑛來到汪洋被關押的牢房，竟見汪洋頭臉皆是鮮血，衣衫破爛，癱倒在牢房裡，顯然已遭毆打刑求，看來梁帝雖欲置他於死地，卻不願讓他死得痛快，牢房前刻意堆滿了各式嚴刑拷打刑具，要慢慢將他折騰到流盡最後一滴血而死。

對於自己的敵人，梁帝向來沒有一絲慈悲。

馬瑛支開看守牢房的士兵，走到汪洋面前，汪洋微微抬頭，左眼被毆打得腫如核桃，嘴角滿是血跡，鼻梁也被打歪，慘不忍睹。

「你可知罪？」馬瑛冷冷地問。

汪洋似乎想笑，但從那張滿是血污的臉上，實在看不出是什麼表情。

「真無共犯？」馬瑛又問。

汪洋的雙肩緩緩顫動，喉嚨嗚嗚有聲，然後他吐出一口血，也連帶吐出兩顆血淋淋的牙齒，笑道：

「共犯？哪來共犯？全被朱溫那狗賊殺光了！從頭到尾，就只有我一個！」

「你好歹毒的心思！我馬府收留你，提拔你為管家，你居然恩將仇報！要不是摘星識出破綻，真要被你得逞！」馬瑛不勝其怒。「你落得今日下場，咎由自取！」

聽馬瑛提及摘星，汪洋臉上蠻不在乎的神情緩緩消失，喃喃自語：「小姐……小姐的確天資聰穎，觀察細膩……」明明雙唇已腫痛得幾乎說不出話，但他還是輕輕扯動嘴角，露出一個欣慰的微笑。

馬瑛見汪洋神色有異，心中暗疑。

汪洋又道：「我真是被仇恨蒙蔽了心智，差點斷了大唐血脈……」

「你在胡言亂語什麼？」馬瑛低聲一喝。

汪洋看了馬瑛一眼，半跪半爬，緩緩將身子移到馬瑛面前，正坐，恭敬地朝馬瑛拜了三拜。

馬瑛不知他到底在賣什麼關子，只是冷冷看著他。

「馬將軍。」汪洋終於開口。「這三拜，是感謝您冒生命危險，收留了鳳夫人及其腹中孩子。」

馬瑛內心儘管訝異，表情卻沒有一絲變化，此人心思縝密，誰知又想使出什麼詭計，誘他上當？

「我說過了，從頭到尾，就只有我一個，只有我活了下來，所以我什麼都看見了……死裡逃生之後，我想盡辦法混入馬府，見到了鳳夫人……」與舊主重逢，汪洋如今思及仍激動不已，眼泛淚光。待情緒稍微平穩後，他抬頭對一直沉默的馬瑛道：「馬將軍，您不但將小姐視如己出，還將她培養得如此出色。」

馬瑛依舊默不作聲，汪洋道：「在一個將死之人面前，將軍何須顧忌？」語畢他又吃力朝馬瑛拜了一拜，牽動傷口，渾身劇痛。「馬將軍，我實是被仇恨蒙蔽，夏侯義來到馬府，千載難逢的復仇機會就在眼前，即使明知他死在馬府，必會招禍，但我無法控制復仇慾望，才想嫁禍狼怪，誰知真引來了狼少年，小姐又與他相識……」

馬瑛聽了，這才明白汪洋表面上句句要陷害馬府，實則是怕梁帝真下旨降罪馬府，才藉此與馬府撇清關係，由自己承擔一切罪責。

馬瑛緩緩抽出隨身佩刀，汪洋見了，不驚不懼，反露出解脫神情。

「你要知道，」馬瑛總算開口：「我與鳳姬曾是舊識，當年只是不捨她與腹中孩子，也是為了還一個恩情，並非忠於前朝。」佩刀揮落，砍斷牢門上的鐵鎖鏈，馬瑛推開牢門走了進去。「如今鳳姬已逝，我只願摘星永遠不知此事，一生平安。你既知她身分，只有讓你速死！」

「我大仇已報，這些年又見將軍如此愛護小姐，已無遺憾！感謝將軍賜我好死，免於再受那狗賊凌虐。」汪洋閉上眼，表情平靜。

馬瑛手起刀落，人頭落地。

🐾 🐾 🐾

狼狩山上。

母狼腹部中了一箭，傷勢極重，他不會治傷，拔出箭後，只能不斷替母狼舔傷口，小狼在旁焦急細聲嚎叫，母狼聽見了，睜開雙眼，動了動身子，小狼立刻竄到牠面前，舔著牠的臉頰。

原本狼穴有兩隻小狼，一隻被他救了回來，另外一隻仍下落不明。

他心如刀割，更努力舔著母狼的箭傷，仍止不住血。

母狼就要死了。

是被山下那些人類害死的。

狼群雖盤據在狼狩山上，但與山下人類向來井水不犯河水，即使在山上遇見人類，也不會刻意攻擊，反倒是那些獵戶常會上山打狼，吃狼肉、飲狼血、剝狼皮，狼群總是不得已才反擊，卻往往引來更多殺戮。

狼穴外忽傳來清脆的一聲銅鈴聲。

他愣住。

那是他絕不會錯認的銅鈴聲。

是星兒！星兒來找他了嗎？

若是星兒，一定有辦法救母狼！

他急忙奔出狼穴，不顧母狼在身後用盡最後一絲力氣想警告他，野獸的本能告訴母狼：這是陷阱！千萬別去！

但他已不見蹤影。

山間響起的銅鈴聲越搖越急，星兒似乎急著想要找到他，他越奔越快，又興奮又期待，星兒來找他了，星兒沒有忘記他，星兒沒有背棄他，星兒原諒他了。

「星兒！」他從草叢裡冒出，對著不遠處懸崖邊的綠衫女孩背影喊。

星兒停下了腳步，卻沒有回頭。

「星兒——」他正要邁步往前，數支利箭飛來，他轉身躲過，但隨即更多利箭朝他射來，他閃避不及，腿上中了兩箭，痛苦摔倒在地。

一群人騎著馬由暗處現身，為首之人正是馬俊，笑得張狂得意，身旁全是馬家軍屬一屬二的弓箭手。

變故來得突然，他百般不解地望著那綠衫女孩。

星兒沒有轉身瞧他，手裡拿著銅鈴，緩步走到馬俊前，將銅鈴交給馬俊。

馬俊跳下馬，一面故意大聲搖動銅鈴，一面走到他面前，得意笑道：「唷，這不是嚇人的狼怪嗎？怎麼這麼狼狽？你不是很凶的嗎？怎麼不攻擊我呢？哈哈，沒想到光靠這銅鈴就真的把你騙了出來，該說摘星把你訓練得真好嗎？簡直比狗還聽話！」馬俊狠踹他數腳，他知道那些弓箭手上的箭正瞄準自己，沒有反抗，但眼神一直沒有離開馬俊手上的銅鈴。

為什麼星兒要騙他？

他腦海裡只有這個念頭，同時有股隱隱的絕望與憤怒。

原來那綠衫女孩只是馬府的一個小婢女，馬俊氣極摘星用手段整他，伺機想找機會報復，他派人監看摘星，聽得她在房內的自言自語，心生一計，找來府內一名小婢女假扮摘星，又悄悄偷走那枚鳳眼銅鈴，與馬峰程一同率領人馬前往狼狩山，用計誘狼仔出現。

馬俊見狼仔眼神傷心，不言不語，只是盯著他手上那枚鳳眼銅鈴，故意譏笑：「唷，瞧瞧，你這人不像人的怪物，居然也有感情、也知傷心啊？告訴你，星兒不會來了！因為這銅鈴是她給我的呢！」馬俊對著他又是一陣拳打腳踢，他無動於衷，只是凝望著銅鈴的眼神漸漸冷卻。

我後悔了！我後悔與你當朋友，後悔帶你下山，更後悔自己居然癡心妄想，想讓我爹見你！別自作多情了！跟你做朋友，只因為我太孤單，想找個玩伴罷了！但現在我膩了，你快滾吧！

這是星兒最後對他說的話。

星兒真的不想再見到他了。

他只覺心灰意冷，他不明白胸口那種彷彿碎裂似的巨大疼痛叫做什麼，他很悲傷，卻流不出一滴淚，他還不明白，有一種悲傷連淚水都流不出來，只剩下空洞的絕望，那是哀莫大於心死。

馬俊放聲大笑，沒有防備，忽地一抹黑影朝他撲去，竟是傷重的母狼用盡最後力氣，爬出狼穴，跟著狼仔來到了崖邊，馬俊大驚，後方弓箭手在馬峰程一聲令下迅速放箭，母狼哪裡來得及躲避，撲到一半便身上中箭，中途硬生生摔落在地，當場氣絕斃命。

狼仔推開馬俊，奔去抱住母狼的屍身，悲憤莫名，一滴熱淚終於落下，他仰頭淒厲長嚎，聲如鬼神哭泣，聽者莫不為之動容。

他從小被人棄養山中，原以為會命喪野獸腹中，卻被母狼叼了回去，喝著牠的奶水長大，母狼從不嫌棄他是人類，將他視如己出，當成自己的狼孩，甚至願意為他犧牲性命。可本該是他同類的人類卻殺了母狼，殺了他的母親……

一聲又一聲絕望的狼嚎，聲聲泣血，震撼了整座狼狩山，獸鳥驚竄紛飛。

草叢忽然劇烈晃動，聽見狼仔悲嚎的領頭狼率領狼群圍救同伴，數十隻大狼從四面八方竄出，齊撲向馬俊，弓箭手眼明手快，射箭放倒了最近的幾匹狼，接著士兵們立即上前將馬俊團團圍住，馬俊緊握手裡佩劍，全身無法克制地發抖，結巴道：「快、快保護我！放箭！放箭！把這些狼通通都殺了！」

狼群再兇狠，也敵不過一波波快速擊發的箭雨，不斷倒地，卻沒有一隻狼發出哀號。

狼仔眼見狼群一一被殘殺，這些都是從小與他一起長大的家人啊！是牠們教會他如何在這個世界生存，如今卻為了保護他，一一死在他面前！

他不能讓這些人類繼續殘殺他的家人！殺戮與血腥激起獸性，他殺意爆起，放下母狼，一聲怒吼，如箭一般朝馬俊奔去，馬俊周圍的士兵甚至來不及提刀防衛，喉嚨已被狼仔咬住撕裂，當場倒地抽搐斃命，馬俊本以為一切勝券在握，誰知變故突起，原本一蹶不振的狼仔此刻滿臉滿嘴都是鮮血，模樣可怖，不斷朝自己撲來，而他身邊的士兵越來越少，淒厲慘叫聲更是不斷。

「你們還在愣什麼？放箭！殺了這狼怪！」馬俊大喊，隨手又拉住一個士兵擋在面前。

「少主！將軍下令要活捉！」馬峰程忙喊道。

但箭雨已經射出，他依舊義無反顧朝馬俊撲去，雙手成爪，他要活生生扯出馬俊的心臟，替母狼還有那些枉死的狼群報仇！但他突覺左胸一陣劇痛，身形一頓，他低下頭，一支箭穿透他左胸而出。

他踉蹌退後幾步，腳步一個不穩，往後傾倒，竟摔落懸崖，隨即被谷底湍急河水沖走，消失不見。

「狼仔！」

落下懸崖的那一刻，風聲呼呼，他彷彿聽見星兒在輕喚他。

狼仔……狼仔……這是她給他起的名字。

她臉上的甜美微笑，如今成了狠心譏諷，嘲笑他的不自量力，真以為能和她平起平坐，原來在她眼裡，他不過是個怪物，一個稀罕的寵物，膩了，隨時可以拋棄！

「星兒……」

河水滅頂的那一刻，他只希望，自己永遠都不要再聽到這個名字！

🐾 🐾 🐾

「狼仔！」

摘星一路上馬不停蹄，趕到時正巧見到狼仔中箭、摔落懸崖，她急得馬還沒有停穩便跳了下來，狼狽地連滾帶爬奔到斷崖邊想救狼仔，卻已經太遲。

她回過頭，只見草地上狼群屍首遍野。

馬俊見狼仔落崖，推開保護他的士兵，朝摘星看了一眼後，帶領眾人朝崖底繼續放箭，完全不留一條生路。

摘星立刻喊：「住手！通通都住手！哥哥！爹已查明真相，狼仔不是兇手！」

「馬摘星，妳又來騙人了？給我滾遠一點！」馬俊根本不信她的說詞。

她推開馬俊，立在斷崖邊大張雙臂，大聲道：「通通都住手！」她只要再往後退一步便會摔落懸崖，事關郡主寶貴性命，弓箭手紛紛收箭，不敢輕舉妄動。「若再不停手，我就跳下懸崖！」

她回頭往下望，懸崖下方河流湍急，狼仔早已不見人影，她只能祈禱狼仔傷勢不重，墜崖後或許還有活命機會，只要她能緩一緩這些人的追殺……

馬俊惱恨摘星又來鬧事，他一揮手，所有士兵往後退了三步。

「妳給我過來！」馬俊從士兵手裡抽出一根長矛，緩緩朝摘星走去。

「不！你先去救人！」眼見馬俊越走越近，摘星往後退了一步，半個身子瞬間懸在崖邊，驚險萬分。

「馬摘星，我受夠妳了！這是妳自找的！」馬俊忽地倒轉長矛，使上了十分力，槍尾一掃，重打摘星雙腿，摘星未料到親哥哥會對自己下此重手，閃避不及，痛叫一聲後跪倒在地，腿斷骨裂。

馬俊上前扯住摘星的長髮，硬是將她拉離崖邊，推倒在一旁草地上，她已痛得連話都說不出來，全靠一口氣硬撐著，才沒有痛暈過去。

「少主！」馬峰程也沒料到馬俊居然如此狠心，驚訝喊道：「少主，何故對郡主下此重手？」

「她罪有應得！」馬俊絲毫不以為意。「之前她任性妄為，放了殺害都尉大人的兇手，現在又假傳我爹意旨，竟說兇手不是那野人——」

「摘星說的都是真的！」馬瑛的聲音忽然傳來，馬俊大驚，轉過身來，只見馬瑛正率領一隊士兵策馬奔來。

馬瑛終究不放心摘星一人阻止馬俊，處決完汪洋後，馬不停蹄趕來，卻見馬俊已經大開殺戒，更親手打斷了摘星的腿！

「爹，是馬摘星之前作弄我太過——」

「你給我住口！」馬瑛面色鐵青，在眾將官面前狠狠打了馬俊一巴掌，毫不留情面。「逆子！你居然這麼狠心，打斷你妹妹的腿！她句句屬實，你卻自以為是，不但誤傷狼仔，還屠殺狼群，更平白折損我許多士兵性命！你拿什麼來賠償？」

馬俊低下頭，不敢回嘴，心裡對馬摘星更加恨之入骨。

摘星見馬瑛趕到，一直撐著的那口氣終於鬆了下來，頭一垂便暈了過去。

馬瑛走到摘星身旁，見女兒一臉慘白，卻一滴淚也沒有流，又是愧疚又是心疼，他輕輕抱起摘星，只聽得女兒昏迷中仍在輕聲囈語：「先救人……爹……先救狼仔……救他……求您……」

「別擔心，我立刻派人搜救。」馬瑛低聲安撫女兒，他看向馬峰程，馬峰程立即會意，點了點頭，轉身帶領眾多兵馬，尋路前往崖底搜救狼仔。

一個月後。

小鳳騎著馬，身後載著摘星，來到狼狩山上。

摘星懷裡抱著一個麻布袋，裡頭不時輕微掙動。

在摘星的指點下，小鳳將馬停了下來，前方不遠處隱約可見女蘿湖。

摘星執意要帶著麻布袋獨自前往湖邊，小鳳勸不住，只好牽著馬，留在原地，憂心看著她辛苦一手持著拐杖，一手抱著麻布袋，瘸著腿慢慢走向湖邊。

湖畔的茂密女蘿草依舊清脆幽綠，微風拂來，柔軟枝莖隨風搖曳，發出輕微的沙沙聲。初春已過，湖水冰融，碧波微蕩，映著蔚藍天空，朵朵白雲緩緩飄過，彷彿什麼都沒有發生過。

可再也沒有狼仔守在她身後了。

摘星憂傷地看著女蘿湖，這一個月來，馬瑛派出人馬，在山裡四處搜尋狼仔的下落，但他卻彷彿從這個世界消失了，甚至連屍體都找不到。

她不相信狼仔已死，他的生命力那麼強，怎麼可能那麼輕易就死了呢？

但她也明白，這麼想不過是安慰自己罷了，狼仔本就負傷，箭傷致命，誰知道會不會落水後就……

她不敢再想下去。

她手上的麻布袋竄動得更加厲害了，她緩緩將布袋放下，解開，裡頭一團灰乎乎的小東西「咻」的一下就奔了出去，轉眼不見蹤影。

那是汪洋當初捕獵來的第二隻小狼，因為馬府內出了這麼大的事，小狼被暫時關著，無人理會，險些餓死，幸好被小鳳發現，偷偷餵食照顧，小狼總算撿回一命，摘星得知後，堅持要將小狼儘早帶回狼狩山野放。

小狼飛快竄入草叢，即將要奔入茂密森林時，牠匆匆回頭看了摘星一眼。草叢又微微搖了幾下，便靜止不動了。

摘星轉過身，望著湖面，過了一會兒，她緩緩從懷裡掏出鳳眼銅鈴。

她愣愣地看著鳳眼銅鈴，良久，才輕輕搖了一下，鈴聲悠遠，彩蝶翩翩，那個能夠聽見彩蝶撲翅聲的少年，卻不再出現。

「狼仔——」呼喊的聲音隨風遠去。

「狼仔，對不起——」摘星一次次搖著銅鈴，一次次吶喊，聲音遠遠傳了出去，卻如石沉大海，沒有回應。

她閉上眼，感到一陣無力，放開拐杖，跌坐在女蘿湖旁，手中緊握鳳眼銅鈴。

狼仔，你真的死了嗎？

還是你再也不願見我了呢？

第五章　滅門

八年後。

朱溫竄唐，建國為梁，踩著多少大唐皇族屍體上位的朱溫手握政權後，多疑殘暴性格更變本加厲，開始暗中計畫拔除可能對他不利的諸多勢力，就連當年曾與他出生入死的弟兄們亦不放過。

朱溫醞釀多時，終於發動攻勢，以一場場的血腥殺戮，揭開了序幕。

朱溫派出的頭號劊子手，是他八年前收養的義子朱友文，在他幾個兒子中排行第三，封號渤王。傳言渤王乃朱溫一手調教，兇殘如狼，下手之狠，比起朱溫更是有過之而不及，只要渤王出馬，絕無活口，死法淒慘，聞著莫不喪膽。

一個接著一個功臣被冠上莫須有的謀逆之罪，前幾日，馬瑛聽聞梁帝下令，查鎮國侯蕭貴與晉王通敵謀逆，罪降全族，派出渤王執行處斬，蕭貴曾隨著朱溫在兌河一戰出生入死，蕭貴甚至以身擋箭，救下朱溫一命！馬瑛並不認為蕭貴有意謀反，怕只是朱溫忌憚他兵權在握，欲藉機拔除，收回兵權。

馬瑛與蕭貴是多年戰友，他一聽聞這消息，立即從奎州出發，連夜趕往京城，與其他大臣聯合欲勸阻朱溫打消念頭，或至少饒過蕭貴一命。

奎州城主離城，代理城主卻已不是馬瑛獨子馬俊，而是摘星郡主。

馬俊八年前自作主張追殺狼仔、誤傷摘星雙腿之後，馬瑛一怒之下，不顧大夫人的反對，將馬俊送往梁晉邊關歷練，磨一磨性子，馬俊吃盡苦頭，收斂不少，但馬瑛對他仍嚴厲管教，馬俊逢年過節幾乎都得駐守邊關，鮮少有機會回城。

馬瑛離城，這代理城主，摘星做得是駕輕就熟，上至調動馬家軍護衛、協助清理附近縣衙盜匪，下至馬府大小一切事宜，她都打點得妥妥當當，讓馬瑛越加依賴信任。

就連有人上門提親，摘星處理自己的婚事，也是游刃有餘。

這日，馬府大廳裡，摘星面帶微笑，高坐主位，迎接小鳳帶進來的三位訪客。

小鳳身子略退，先從最左側那位身著靛青圓領袍衫、腰繫革帶、手持搖扇的青年介紹起：「郡主，這位是已故祈尚書祈大人之子，祈公子。」祈公子面貌俊美，手上搖扇優雅搧了幾下，朝摘星一笑，他自詡風流，對容貌外表相當自信，見摘星僅是客套微笑回禮，不禁微微一愣，笑容頓時有些尷尬。

小鳳接著介紹祈公子身旁那位文雅俊秀的男子，道：「這位是路州刺史柳大人之子，柳公子。」此人身著墨綠菱紋袍衫，不論外表氣質都不及祈公子那般顯目，但自有一股淡雅內斂氣質，面對摘星，不卑不亢，態度從容，與其說是來提親，倒不如說只是陪人來看個熱鬧罷了。

接著是最右那位身材魁梧、肌肉粗壯的男子，小鳳道：「這位是先巾大將軍喬將軍之後，喬公子。」喬公子雙手用力抱拳，上前一步，朗聲對摘星道：「在下久仰摘星郡主大名，今日得見，果然名不虛傳。」

摘星一笑，反問：「名不虛傳？不知喬公子在外頭聽到了小女子何種傳言？」

此時的摘星已脫去稚氣，容貌更見秀雅絕倫，為接待貴客，稍作打扮，青衣羅裙，雲鬢螺髻，眉如柳，面如桃，若輕雲蔽月，流風回雪，卻不見一般女子的柔弱之氣，眉宇間隱隱英氣逼人，喬公子見了只覺更加心動，暗歎：果然是將門之女，氣質如此不凡。轉念又思道：婚配嫁娶，講究的不就是門當戶對嗎？他與摘星郡主同是將門之後，這摘星郡主的夫婿對象，他自當比另外那兩位文公子更適合。

喬家公子嘴角溢出自得笑意，根本忘了回覆摘星的問題，失態模樣全被另兩人看在眼裡，祈公子以扇掩面，悄悄嗤笑，柳公子一臉雲淡風輕，眼角餘光卻瞄向了摘星，見她只是嘴角含笑，似乎並不以為意。

摘星郡主早已到了婚嫁之齡，前來提親的媒婆都快要把馬府大門的門檻給踏平了，雖說媒妁嫁娶，父母之言，但馬瑛疼愛摘星，她的婚事任由她自己做主，大夫人惱怒摘星害馬俊流落邊境，吃足苦頭，對摘星婚事更是不聞不問。

面對眾多提親者，摘星一個都看不上，處處刁難不說，甚至故意與曾受恩於馬府的沈家公子結親後又悔婚，招來惡名，趕走那些想再上門提親的人，誰知此招不管用，越是難得到的，人總是越想積極爭取，尤其對方又是名聲遠播的摘星郡主，仍有人不信邪，或自詡資格條件更勝沈家公子，必得摘星青睞。

「三位公子的來意，我已明白，為公平起見，我出一道題，通過者便可一談婚事，三位意下如何？」摘星道。

祈公子大聲稱好，柳公子淡淡點頭，喬家公子卻是有些擔憂，要說論武技，他絕對贏另外兩位，但要是摘星郡主比的是文才，他豈不是吃虧了？他是不是該提出建議，換個比試方式？

但喬家公子還沒出聲，小鳳已帶著三名婢女，端上三個木箱，一一放在三位求親者面前。

三人你看我我看你，摸不清這到底是要比試什麼？

只聽摘星道：「三位公子，這三個木箱裡，其中一個置有彩蝶，若有人猜出是哪一箱，便可一談婚事。」

三個木箱一模一樣，封得嚴實，祈公子忍不住問：「這木箱嚴密難窺，如何判斷其中是否有彩蝶？」

摘星一笑，道：「用聽的。」

三人皆是一愣，喬家公子更是一頭霧水：「用聽的？」

摘星道：「常言道，彩蝶振翅，既是振翅，必然有聲。」

喬家公子不信，又問：「普天之下，真有人能聽見彩蝶飛翔？」

摘星只是笑而不答，身旁的小鳳已準備好隨時送客。

祈公子望向柳公子，柳公子略一思量，在祈公子耳邊說了幾句話，祈公子聽了，將喬家公子叫來，三個提親者暗中商討了一會兒後，祈公子面露微笑，三人逐一打開手掌，只見上頭依序寫著一、二、三。

小鳳一愣，摘星也有些意外。

祈公子道：「我等各選一個木箱，必有一人可中。」

摘星道：「但如此一來，三人中只有一人通過，祈公子這賭注壓的是否太大了？」

祈公子回道：「我等各有三分之一的機會，相當公平。況且，外頭皆知馬府提親難如登天，我等與其說是來提親，倒不如說是挑戰，雖是共謀破題，但也算立身揚名了，婚事是否真能談成，反倒是其次。」

摘星一笑，略一抬手，小鳳往前一步，逐一開箱。

三個箱子裡都沒有彩蝶。

原本以為勝券在握的提親者全都一臉錯愕。

「郡主這是故意捉弄我等？」喬家公子最先沉不住氣。

摘星淡然道：「若三位真能聽見彩蝶之聲，必能得知這三個箱子皆是空的，何來捉弄之說？」

祈公子不甘道：「郡主這不是強人所難，甚至蠻不講理了?試問天下間誰真能聽見彩蝶振翅之音？」

摘星悠然道：「狼，或許可以吧。」

祈公子哼了一聲，冷言冷語：「言下之意，難道郡主看得上眼的夫君，若不是頭畜生，也只能是如狼般的傢伙？這豈是一般常人？郡主果真與眾不同啊！」

面對祈公子的惱羞成怒，摘星並不以為意，語氣冷然：「祈公子辦不到，不代表天下所有人都辦不到。」

祈公子待還想發難，柳公子將他輕輕一推，恭敬上前，對摘星道：「還請郡主明示。」

摘星不免多瞧了這位柳公子一眼，見他眼神清澈，態度誠懇，心中略生好感，語氣稍微和緩了些，道：「關鍵在『心』。」她頓了頓，見祈公子仍是一臉不服，喬家公子一臉茫然，又道：「盲者雖盲，但能聽落葉而知秋，是因少了視覺干擾，反更能專住於聽覺。若有人生長於大地野林，不受世俗紛爭干擾，心性純淨，便能洞察自然，觀風聽蝶。」

柳公子聽罷，原本總是淡然的表情多了些玩味與佩服，身旁的祈公子忍不住出言：「郡主毋需用這種虛無莫名的大道理，來羞辱我等！」

摘星爽快回道：「那就麻煩祈公子多多警告他人，說來我馬府提親，就是自取其辱！來一個我羞辱一個，如何？」

祈公子待要反唇相譏，柳公子扯了一下他的衣袖，他忍下脾氣，重重哼了一聲，勉強維持禮數。

三位公子離去後，摘星呼出一口大氣，身子往後靠在椅背上，抱怨：「我不想再應付這些人了，小鳳，若還有人想提親，就說我重病不起，無法見客！」她起身離去，小鳳連忙跟上，她當然明白主子心裡在想什麼，但這道難題，恐怕普天之下，只有那個人才破得了吧？可都這麼多年了，那人是生是死，無人知曉，難道主子就要繼續這麼蹉跎年華，最後孤老終身嗎？

摘星信步來到府內花園，看見那一整片的女蘿草，浮躁疲憊的心緒總算稍微舒緩，她走入女蘿草叢，小鳳知她想一個人靜靜，便沒有跟上，只是在花園小亭旁等候。

此時一名傭人匆匆前來，對小鳳道：「通州城少主，顧少主欲求見郡主。」

小鳳朝花園望過去，見摘星正專心莳花弄草，小鳳喊了聲：「郡主！」

摘星已聽到傭人的通報，但她不想再應付任何求親者，乾脆背轉過身子，假裝沒聽見。

小鳳跟在她身邊多年，早摸熟她的性子，見摘星不應不理，擺明是要小鳳去擋掉，小鳳無奈，走向花園入口，一面暗自想：自己擋了這麼多人的姻緣，會不會最後連她自己也嫁不出去啊？

小鳳很快就見到了站在花園入口的頎長身影，通州少主顧清平一身白袍，圓領窄袖，腰繫革帶，待小鳳走近些，見他眉清目朗，態度沉穩，不驕不矜，她不禁起了欣賞之意，隨即心中暗叫可惜。

小鳳一臉為難，眼角餘光偷偷瞄向在花園裡的摘星，見主子仍背轉著身子，知她今日不想再被打擾，只好硬著頭皮對顧清平道：「少主也是來提親的吧？我家郡主這幾日操勞過度，重病不起了，您請回吧。」

顧清平望向小鳳身後，只見不遠處的摘星正好端端地在照顧花園，哪裡重病不起了？

小鳳順著他的目光望去，也知這藉口太牽強，只好道：「好吧，大家一視同仁。」她朝後輕輕拍了個手，之前那三名婢女很快端來了那三個木箱。

小鳳道：「這三個木箱裡，哪一個裝有彩蝶？還請少主解題。」

顧清平略微一愣，看著眼前這三個木箱，反問：「郡主是愛蝶之人？」

「是又如何？我家郡主，愛花愛草，愛風愛蝶，什麼都愛，就是不愛不自量力的求親者。少主還是請回吧。」小鳳已認定這通州少主絕對解不出這道題，只想早些打發人走，今日不知是什麼黃道吉日，居然一下子來了這麼多人提親，郡主不煩，她都煩了。

「三箱皆無彩蝶。」顧清平道。

小鳳一臉錯愕，不遠處的摘星也聽見了，正輕柔撥弄女蘿草的手停了下來。

顧清平端詳小鳳的表情，笑道：「我想必是猜對了。」

小鳳連忙低下頭，眼角餘光瞄向花園，只見摘星雖依舊背轉著身子，卻已從女蘿草叢中站起身來。

小鳳抬頭，大著膽子問：「少主是如何得知？」

顧清平答道：「這些木箱乃樟木所製，彩蝶極怕樟味，一旦在內，必難久活。郡主若是愛蝶之人，想必不會如此對待彩蝶。大地萬物，只要細心洞察，必有所得。」他從懷裡掏出一封信，朗聲對花園內的摘星道：「其實我並非為提親而來，家父欲與奎州城郡主商討糧食賑災一事，特派我前來遞交此信，務必親自交至郡主手上。」

小鳳沒問清客人來意，不分清紅皂白刁難，尷尬極了，連聲道歉，顧清平不以為意，只笑道：「素聞馬府提親，難如登天，今日總算百聞不如一見了。」

小鳳低頭望著自己的鞋尖，不敢再吭聲，摘星只有苦笑，主僕倆失禮在先，她也不得不上前客套招呼：「少主遠道而來，不如歇息片刻，用點薄荷茶？」

小鳳忙附議：「這薄荷都是郡主親自摘種的呢！」

顧清平不知是識趣，還是性情淡然，他微微搖頭，道：「心領，信既已送到，在下任務已完成。郡主既以木箱難題打發他人，必是不喜被打擾，我也一向不愛麻煩人，告辭了。」

摘星見他如此，也就不留客了，顧清平離去前，忽回過頭，看了一眼花園裡的女蘿草，意有所指：「蔦與女蘿，施於松柏。女蘿草需攀附而生，無法自足。人生是自己的，誰都不該為了誰，讓自己被困住。」

他對摘星微微頷首一笑，不再多言，轉身離去。

摘星聽得這番話，竟當場呆愣原地，無法言語，只能目送顧清平瀟灑離去。

一旁的小鳳把這一切都看在了眼裡，待顧清平離去後，她忍不住問：「郡主，這通州少主和其他人都不一樣，挺不錯的呢！」她見摘星似乎沒什麼興致，又加把勁：「之前那些登門提親的，要嘛色膽包天，直聽著主子瞧，口水都要流了出來，要嘛心性高傲，目中無人，受不得一點羞辱刺激，可這位少主，有才學、有想法，觀察細膩，不驕不躁，更不會刻意矯情迎合，如此真性情，實屬難得！」

摘星淡淡看了小鳳一眼，道：「妳這麼喜歡他，要不，妳嫁他？」

「主子！」小鳳當然知道自己是什麼身分，對於顧清平，她可以純欣賞兼小小心動，但再往下那就只是癡心妄想。「這位顧少主，是這麼多求親者裡條件最好的！況且，他說的沒錯啊，誰都不該讓自己被困住不是？」

見摘星似乎有些動搖，小鳳又道：「主子，難道真的要一直等下去嗎？他若是活著，早就出現在妳面前了！」

摘星臉色黯然，沉默許久，才道：「我沒有在等。我沒有資格等。他曾如此相信我，我卻背叛了他，如果他沒死，也一定早已離去，再也不願想起我了。」

摘星的內疚這些年來沒有一絲消減，小鳳都不知開解多少回了，她還是惦念著那人，總是拒絕那些求親者，竟似打算用一輩子來償還對那人的內疚與傷害。

只聽摘星又悠悠道：「若他真沒死，我只希望他過得好，還是那麼貪吃，還是願意相信這世間有良善，若有個賢淑女子能陪著他、懂他就更好了，不一定非得是我在他身邊……」

小鳳聽著也感傷起來，主子對那人在乎之深，恐怕也只有她最明白，而她卻無能為力，一點忙都幫不了。看著主子時不時沉浸在往昔懊悔，她著實心疼，只能冀望哪天有個男子，能入得了主子的眼，讓她從此忘記那個人。

🐾 🐾 🐾

奎州城內大街上，人來人往，好不熱鬧，一家茶攤前貼著大大的「免錢」二字，照理說該吸引不少人目光，但行人匆匆，竟是無人駐足，良久，才有個黑衣青年好奇地在茶攤前停下，看了一會兒，回頭喊：「這茶攤可真有趣，自己張貼說免錢呢！」

茶攤老闆一聽，迎了上來解釋：「小兄弟，你是初來奎州城，有所不知。這是去年元宵節時，摘星郡主路過留下，要解出謎底，才有免費茶水喝。」

青年定睛望去，大大的「免錢」二字下方果然寫著兩行小字：相公一看，足僅四趾。獸貌善心，可成夫君。

青年默念了兩遍，轉頭問身旁另一黑衣女子：「海蝶，這猜的是什麼字？」

兩人正在琢磨，一名模樣秀美、同樣身著黑衣的纖瘦青年走了過來，道：「找到過夜的地方了。」

「文衍，你來瞧瞧，猜得出是什麼字嗎？」女子問。

三個人正討論著，背後忽傳來鬼魅一聲：「狼。」三人立即噤聲，氣氛一下子變得冰冷肅殺，茶攤老闆待看清了發聲的男子後，亦忍不住打了個冷顫。

男子雖然也是一身樸素黑衣，但氣勢地位明顯凌駕前三人，之前不動聲色，竟讓人察覺不到其存在，彷彿潛伏在暗處的野獸，靜靜觀察，伺機出手。尤其是男子那對濃眉下的雙眼，眼眶略陷，目光看似沉穩平靜，底下卻是說不盡的殘暴狠辣，男子朝茶攤老闆掃過來一眼，他立刻有種被野獸盯上的恐懼，背後瞬間流了一大片冷汗！

只聽男子不以為然道：「謎底雖是狼，但狼並非全足四趾，郡主自認懂狼，卻是一知半解，不過班門弄斧，賣弄罷了！」他略一頷首，文衍立即帶路而去，最先那兩名黑衣青年與女子相互對看一眼，均暗道：向來沉默寡言的主子居然主動替他們解了燈謎，還多說了兩句話，很不尋常喔。

事實上，隨主子進城後，他們就隱隱察覺到主子和以往不太一樣，該怎麼說呢，向來是冰塊臉的主子，在見到一些景物時，臉上多了些不同的表情，但卻不是喜悅，反倒像是重返故里的茫然與感慨。

難道主子以前來過這裡？

但關於主子的過去，他們從不過問，也不敢問。

一行人匆匆離去，在文衍帶領下來到間小酒館，小酒館地方雖小，但後方住宿房間清淨優雅，位置隱蔽，不易被打擾。小二上前招呼，文衍二話不說，拿出一袋銀子塞入小二手裡，道：「留宿一晚，要最好的房間。我家主子不愛有人打擾，這裡所有房間，今晚我們全包了。」小二還呆愣著呢，機靈的掌櫃已經迎了上來，將這四名貴客帶上酒館後方樓上最好的房間。

文衍恭敬將主子送入上房，立即轉頭低聲對那兩人吩咐：「即刻去勘察馬府，還有，馬瑛這一兩天即將回城，一有狀況，立即回報。」兩人一改之前的輕鬆嘻笑，領命而去。

黑衣男子進房後，走到窗前，打開窗戶，先是俯瞰奎州城內的車水馬龍，接著抬頭遠眺，望見城北那座狀如狼首的狼狩山時，目光變得複雜難解。

「狼狩山……」黑衣男子喃喃，眉頭微蹙，似乎憶及了什麼不願想起的往事。

城門的方向傳來馬蹄雜沓聲，沒多久便見一隊兵馬經過，行走迅速，隊伍有條不紊，正是治軍嚴謹的馬家軍，奎州城城主馬瑛當先領頭，獨子馬俊在側，馬瑛雖已頭髮花白，在馬上依舊昂首挺胸，威武凜然。

黑衣男子臉上不動聲色，默默看著馬瑛一行人離去。

過了一會兒，他推開房門，信步走下樓，酒館已全被他們一行四人包下，本該空無一人，但他卻聽見有人細聲說話，童音稚嫩，他尋聲找去，在酒館後方發現一處舊戲台，上頭擱著一個大木箱，一個八、九歲女孩兒正趴在木箱上，手裡拿著兩個戲偶，自顧自地說著故事：「可怕的野熊被小狼趕跑了，但小狼也受了好重的傷，星兒好傷心啊，抱著小狼一直哭……哇！」小女孩被無聲無息出現的黑衣男子嚇了一大跳，雙手一鬆，手上戲偶掉落，也忘了遮住臉——她的左臉上有好大一片燙傷疤痕。

「紅兒！」

小女孩聞聲轉頭，喊了聲「爹」，匆匆從舊台子上跑下，躲到酒館掌櫃身後。

滿是塵埃的舊台子上躺在兩個皮影戲偶，一個是小女孩，一個是小狼。黑衣男子的目光落在那兩個戲偶上，目光竟似膠著，良久無法移開。

小女孩從爹身後悄悄露出半張臉，一臉好奇。

掌櫃深怕惹這位貴客不開心，解釋道：「客倌，這位是我家閨女，叫紅兒，她很小的時候，在這兒看過一齣皮影戲，喜歡得不得了，常常纏著說書人講給她聽，後來說書人改行從商，離開了奎州，留下這一箱戲偶與台子，說是要送給紅兒——」

「她的臉是怎麼回事？」黑衣男子忽問。

掌櫃嘆了口氣，道：「兩年前酒館失火，她逃避不及，臉被燒傷，就成了這個樣子。」他轉過頭，慈愛地摸著女兒的頭髮，又道：「年齡相仿的孩子們都怕她的模樣，甚至欺負她，這孩子從小就認生，不太敢說話，不過，她總是說，小狼能與星兒交朋友，她有一天一定也能交到朋友。」

小狼與星兒……黑衣男子嘴角忽現一抹不屑諷笑，他拾起那兩個戲偶，輕輕一捏，皮製的戲偶瞬間碎成片片，紅兒本想從爹爹身後衝出阻止，望了一眼黑衣男子後，又嚇得躲了回去。

這黑衣叔叔好可怕啊，不但神出鬼沒，還面無表情，說話冷冷冰冰，讓人不敢接近。可紅兒見到自己最喜愛的星兒與小狼被毀，眼眶還是紅了。

黑衣男子冷冷道：「若真為你女兒好，就別讓她再相信這種荒唐故事。」

掌櫃冒出冷汗，不知該如何應答，這位喜怒無常的貴客，實在令人捉摸不定。

紅兒終於嚶嚶哭出聲來，黑衣男子似乎頗為不耐，轉身拂袖離去。

「紅兒別哭啊，爹再找新的戲偶給妳。」掌櫃蹲下身子，好生安慰自己的寶貝女兒。

「怪物……」紅兒推開爹，往前走了幾步，蹲下拾起那些皮偶碎片，淚眼模糊地試圖拼湊回原樣。「他們都說我是怪物……只有星兒和小狼不會嫌棄我……」她好討厭那黑衣叔叔啊！兩年前那場火災裡受傷後，爹娘忙於重建酒館，留她一人在房裡養傷，是星兒與小狼陪她度過漫漫長日，熬過難以入眠的劇痛。待傷好了，因為傷痕可怖，她幾乎足不出戶，還是爹鼓勵她可以去說書人的舊台子上重溫星兒與小狼的故事，讓他們一次又一次相遇，一次又一次成為朋友，也讓她一次又一次相信，她定能遇見一個不在乎自己臉上傷痕、真心對自己好的人。

「他們胡說！紅兒是爹的心肝寶貝！才不是怪物！」紅兒的爹一臉認真，看著女兒道：「紅兒定也能跟小狼一樣，遇見一個像星兒這麼好的人！願意真心對妳好。」

駐足在不遠處的黑色人影，將父女倆的對話都聽了進去。

怪物？他冷哼一聲。

怪物永遠就是怪物，而且怪物有什麼不好？怪物說不定還比人善良多了。

🐾 🐾 🐾

她向來遇事不慌，此刻站在酒館外，卻難得忐忑。

「小鳳，那猜出燈謎的人，就在裡頭？」她轉過頭問。

「是啊，主子。是茶攤老闆說的，那人就住在城西這處小酒館裡。」見摘星還在遲疑，小鳳輕輕推了她一下。「主子，快去吧。」

摘星緩緩吐出一口氣，點點頭，難掩期待地走入。酒館裡意外地並無其他人，靜悄悄的，她越走越覺熟悉，待走到酒館後方，推開一道半掩的門，發現一處破舊的老戲台後，這才想起，原來這兒正是從前她帶狼仔看皮影戲的那間小酒館。

一瞬間回憶紛紛湧上，她呆呆站在門口好半晌，幾乎要忘了來此的目的。

她緩緩走入，老戲台破舊不堪，興許是搬入此處後便再也沒有使用過，戲台上擱著一個大木箱，當年表演皮影戲的戲偶也許都還在裡頭？但，已人去樓空，沒有了觀眾，沒有了說書人，沒有了狼仔，只剩下了星兒。

她不無感傷，更驚覺歲月匆匆，一晃眼，八年就過去了。

她站在戲台前，正自惆悵，忽有一高大身影從戲台後方閃過，她一愣，頓時想起今日來此的目的，很快便追了過去。

那人影動作好快，不過一眨眼兒，便已不知去向，她在酒館裡來來回回尋找，最後終於在一處迴廊轉角見著了，斜陽從窗外照入，映得他的身影半明半暗，帶著些神祕。

狼仔，是你嗎？

她伸手想掏出懷裡的鳳眼銅鈴，卻發現自己雙手發顫，銅鈴還未取出，響石已在她懷裡顫動，發出細微聲響，彷彿她的心因為期待而迫不急待發出了共鳴。

站在暗處的那人，耳力極好，聽見了鳳眼銅鈴發出的細微聲響，身形微動，似欲轉過身來，摘星忍不住上前，問：「是你解出了燈謎？」

真是他嗎？這人真是她的狼仔嗎？狼仔終於回來了？

只見那人緩緩轉過身，道：「我更想解開的，是妳的心結。」

摘星微愣，更覺這聲音似曾相識，待看清那人面孔後，不由訝異道：「是你？」

站在她面前的居然是顧清平。

期待與不安退去後，摘星立即明白，這一切恐怕都是小鳳與顧清平串通好的，她不禁失笑，自己怎麼這麼容易就中了招？明明就是破綻百出，或許是一提到狼仔，她就完全失了判斷吧。

「顧少主見笑了。」她淡然一笑，掩去眼底的失落。「回去我會好好念念我家小鳳，要她別再玩這般心思。」

眼見摘星轉身就要離去，顧清平道：「郡主且慢，其中緣由，小鳳都告訴我了。我明白，要忘卻過去不容易，因為我也是如此。」

同病相憐，惺惺相惜，摘星停下了腳步，等著顧清平繼續說下去。

「我也曾忘不了一名女子，當初我們情投意合，她卻因病而逝。」顧清平黯然道。「之後我鬱鬱寡歡，家母憂心不已，直至她離世前都未見我娶親生子，抱憾而去。因為自己的固執與放不下，反倒連累了身邊人。我如此不孝，後悔莫及，難道郡主也要步我後塵？」

摘星瞬間憶起父親近年來迅速斑白的頭髮，曾是那麼英姿煥發的父親，老了，儘管這些年，馬瑛任她處理自己的婚事，但她哪裡不明白，為人父母，莫不希望見到子女嫁娶，成家立業，尤其是女兒，總要操碎了心，只為讓女兒能有個門當戶對的好歸宿。

摘星不得不承認，顧清平這些話多少說動了她。

她的年紀也著實不小了，與她同年齡的女子，多早已嫁人生子，只有她仍待字閨中，還因惡意退婚、刁難提親者，名聲不佳，如今想想，也是不孝。

顧清平見摘星沉吟不語，知她多少聽進了，又道：「明日我將出城圍獵，不知郡主是否願意一同前往？人還是要走出去的。」

顧清平話中有話，聰慧如摘星，怎會不懂？

「顧少主好意，我會考慮。」但她依舊客套回覆，並沒有當場應允。

摘星離開酒樓，等在外頭的小鳳見她毫無歡欣表情，立即主動認錯：「主子，小鳳只是想讓主子開心點、看開點——」

摘星打斷她：「我明白。」她自嘲一笑，道：「是我自己不該有期待。狼仔……早就不在了。」

見摘星情緒低落、語氣黯然，小鳳更多了幾分內疚。

她是不是給了主子不該有的期待，弄巧成拙，讓主子反而更心神憂傷了？

「主子，我——」

「別說了。」摘星深吸口氣，語氣一轉，道：「幫我轉達一聲，就告訴顧少主，一同出城圍獵，我願同行。」

小鳳一聽，立即喜笑顏開，正要開口呢，摘星笑著用手堵住她的嘴，不想再聽她囉唆。「只是交個朋友罷了，別先樂過頭了。」

是時候了。她想。

是時候，該放下了。

是時候，該讓那個身影，從此離開自己的心裡了。

🐾 🐾 🐾

是夜，風塵僕僕趕回奎州城的馬瑛與女兒坐在書房裡促膝長談。

「爹，您真決定要交出兵權了？」摘星一面溫聲問道，一面替馬瑛斟茶，今夜她泡的是鳳姬生前最愛的江南綠茶，父女倆共享這難得的片刻靜謐。

馬瑛手握茶杯，沉吟了一會兒，沉重點頭，道：「陛下多疑，已拿鎮國侯開刀，冠以謀逆之罪，誅全族。如今只有交出兵權，才能保全我奎州城與馬府軍民。」

「但是馬家軍向來以爹馬首是瞻，爹交出兵權，將士們願意嗎？」摘星問。

馬瑛嘆了口氣，道：「我心意已決。爹老了，不年輕了，不想再過打打殺殺的日子，也不想整日過得提心吊膽，不如就把兵權交了出去，好好享享清福。」見摘星似還要勸阻，馬瑛又道：「我已上書陛下，願交出兵權，陛下也已命馬家軍分兵，前往皇城述職歸順，從此直屬朝廷調撥。」

聽父親已然下了決定，且軍令已出，摘星便不再勸阻，道：「爹，您說的對，您勞碌一生，對陛下也算鞠躬盡瘁了，是該卸甲歸田，讓女兒好好孝順您了。」

馬瑛慈愛地看著女兒，道：「說到好好孝順爹，爹也不求什麼，只求妳能找得好歸宿，幸福平淡過一生就行了。」話鋒一轉：「聽小鳳道，妳願意與那通州少主一同出遊圍獵，可是當真？」

摘星無奈笑道：「都要小鳳別到處張揚了，她還是那麼大嘴巴。不過就只是交個朋友罷了。」

「摘星，當年的確是我們對不起狼仔，但這些年都過去了，也該看開了。爹不是不喜歡妳留在身邊，只是爹不能永遠保護妳一輩子。」此刻的馬瑛不再是縱橫沙場的將軍，而只是一個為女兒憂心的老父。他這個做爹的，總有一天會先女兒而去，大夫人別說了，馬俊更不可能善待摘星，想到摘星將來若孤苦伶仃，無良人守護，馬瑛不由憂愁得又多了幾根白髮。

馬瑛也知女兒脾性，見摘星低頭不語，和藹道：「通州城顧家，可是好人家！不過爹也不勉強妳，就先交個朋友吧！若妳真不喜歡，爹再陪妳找。」

摘星溫順點點頭，抬眼發現馬瑛正望著牆上掛著的鳳姬畫像，目光難得溫柔，摘星不禁感動，更往馬瑛身邊靠了靠。

馬瑛拍了拍女兒的肩，笑道：「爹就怕對妳娘沒法交代，幸好，如今總算有點眉目了。」

摘星看了一眼畫像，好奇問：「爹，您跟娘都沒對我提過，當年是如何相識的？」

馬瑛只是笑而不答。

摘星又道：「娘如此喜愛女蘿，是因為信任爹、願意依附在爹身旁一生一世，是嗎？」

馬瑛神情一凜，即使他不願摘星知道自己身世，卻也不願女兒如此誤解鳳姬，不禁脫口而出：「女蘿依附而生，是其天性，故世人以此譬喻，但妳可知女蘿另有一別名？」

摘星搖搖頭。

「女蘿亦有『王女』之名。」馬瑛道：「《通典》記載：『古稱釐降，唯屬王姬。』

「王女？王者之女？娘是王者之女？」摘星問。

馬瑛望向牆上畫像，表情為難，幾次欲言又止，終究決定繼續隱瞞實情，便轉過頭對女兒道：「王女二字，並非意指妳娘……妳就暫且當作是妳娘對妳的期許，她希望妳雖為女子，卻能成王者風範，因此從小才那麼嚴厲教導妳。」

馬瑛站起身，走到畫像前，凝視畫中女子好一會兒，才道：「妳娘深居簡出，從不與人爭，但她非一般女子，甚至可謂出身高貴，名門之後，而妳──」馬瑛話未說完，突被書房外一聲淒厲慘叫打斷！

「是傻兒！」馬瑛立刻衝出書房，摘星也欲跟上，但馬瑛迅速將門關上反鎖，又取下身上腰帶將門把結實綑住。「別出來！外頭危險！」

「爹！爹——」摘星用力搖晃拉扯門，焦急直喊，但馬瑛早已離去。

馬瑛離開書房沒多久便聞到濃重血腥味，他拔刀在手，小心翼翼，走沒幾步，便發現處處躺著婢女傭僕的屍首，個個死得無聲無息，馬瑛心下驚駭，知道來了厲害高手。

他急忙趕到前院，眼前景象讓征戰沙場多年如他也驚愕痛心得差點握不住刀柄，只見他的獨生子馬俊往前跪倒在地，一把刀砍在他的後頸上，但兇手顯然不欲馬俊好死，那刀只砍入後頸一半，要斷不斷，馬俊雙眼直瞪，眼裡滿是血絲，神情猙獰可怖，一臉青紫，張嘴努力吸氣卻吸不進半口氣，眼見就要痛苦窒息而死，卻又一時三刻死不了！

「俊兒——」馬瑛心痛獨子遭此殘忍毒手，一咬牙，握住馬俊後頸上的刀，想讓兒子別再繼續受苦，但畢竟是自己的親生兒子，轉瞬間馬瑛已老淚縱橫，握住刀的手遲遲使不出力。

躲在暗處的殺手，趁馬瑛心神大亂，甩出條條重鐵鎖鏈，馬瑛大吃一驚，低頭欲閃，一條鎖鏈忽從低處飛來，眼見怎麼閃都躲不過，馬瑛心一橫，抽出馬俊後頸上的刀，兩手用力揮舞雙刀，竟將飛來鎖鏈悉數砍斷！

殺手們顯然沒料到馬瑛年邁還能有如此神威，頓時退了幾步，就在這時，摘星終於撞破房門跑了出來，見到馬瑛被敵人圍攻，情急喊了聲：「爹！」

暗殺者一聽此聲，立知她乃馬瑛之女，紛紛舉刀圍攻，馬瑛已失去愛子，說什麼都不願再失去摘星，他不顧自身破綻百出，奔到摘星面前替他擋下攻擊。「快走——！」刀劍刺入他的身體，馬瑛轉過身，趁殺手們還沒反應過來，鼓起最後的力氣，大喝一聲，雙刀飛舞，傾刻圍繞在他身邊的殺手們紛紛倒地。

但，後頭湧上了更多的殺手。

馬瑛倒地，死不瞑目。

「爹——！」眼見方才還在書房裡談心的爹爹，轉眼便死在自己面前，巨變突生，摘星悲痛萬分亦驚恐莫名——是誰要滅她馬府全家上下？

殺手再度圍了過來，摘星手無寸鐵，渾身發抖，轉身就跑，卻不慎被一具屍首絆倒，身子一摔，懷裡鳳眼銅鈴滾落，清脆鈴聲在肅殺寂靜的夜裡聽來格外清晰，如同喪鐘，引來更多殺機。

站立在屋簷上的那人影，聽見銅鈴聲，墨黑雙瞳裡精光一閃，滿是不可置信。

居然是她？

一名殺手身影忽地飄向前，攻擊摘星，刀刀致命，她險險閃過一刀，殺手一個反手，刀柄重擊摘星後腦勺，她立時昏了過去，殺手舉刀正欲了結她的性命，不知何時出現在屋簷上的那人，如鬼魅般忽出現在摘星身後，一出手，殺手紛紛被逼退，他抱起摘星，一身黑衣在空中輕輕一翻，瞬間消失，如來時般無聲無息，不知究竟是人是鬼。

殺手們面面相覷，為首者一打手勢，眾人迅速退去，只留下滿地屍首。

這一夜，馬府慘遭滅門，無一倖免。

第六章 渤王

隔日，留守邊關的馬家軍得知馬府慘遭滅門，參軍馬邪韓立即率領隨從，連夜疾馳趕至奎州城。一至馬府，他連忙跳下馬奔入，裡頭雖已有州官兵們整理現場，但依舊處處血跡，屍橫遍地，慘不卒睹。

「城主呢？」馬邪韓問。

州官上前，道：「好不容易備齊了棺木，正準備入殮——」

「入殮且慢，你先領我去看一看。」馬邪韓打斷。

州官不敢怠慢，親自領路，馬邪韓又問：「可還有活口？」

州官道：「恐怕已全數罹難。」

馬邪韓悲憤道：「究竟是何人，手段如此慘忍……」

說話間已來到前院，只見馬瑛滿身血跡，倒坐在牆邊，頭頸低垂，雙手垂地。

「將軍！」馬邪韓重重跪地，虎目含淚，悲慟道：「城主！我馬邪韓必為您報此血仇！」馬邪韓細細查看馬瑛屍身，想找出些蛛絲馬跡，只見馬瑛垂放在地的右手食指上沾染了血跡，其餘四指卻無。

他心中起疑，移開馬瑛的右手，只見底下以鮮血寫下一字：「晉」。

🐾 🐾 🐾

他站在窗前，一夜未眠，只見東方天空漸明，大地萬物甦醒，鳥啼婉轉，寺院前方傳來打水灑掃聲。

他身後是昏迷躺在床上的馬摘星，昨夜他們一行人找到這間位於山腳下的寺廟，眼見她昏迷不醒，生死未卜，不宜趕路，他當機立斷留在寺廟，要文衍先為她醫治，又令海蝶先行趕回京城稟報。

馬摘星後腦受到重創，兼親眼目睹滅門，身心俱創，是否能醒得過來，饒是醫術精湛的文衍也沒有把握。

寺廟裡只備有尋常草藥，文衍天未亮便已動身前往鄰近村落尋問，由他暫時負責看守馬瑛之女。

他看著漸漸升起的日頭，面無表情。

一隻墨黑大蜘蛛啣著一根絲從屋簷緩緩垂下，眼看就要落在昏迷中的馬摘星臉上，忽地一柄小刀飛來，傾刻將蜘蛛釘死在梁柱上。

他走到梁柱前，抽回小刀，蜘蛛僵硬縮成一團，跌落地上。

他又走回窗前，背對著她，狀似毫不在意，卻時時關注身後的一舉一動，不讓她受到任何傷害。

沒多久文衍趕了回來，面有難色道：「主子，就欠一味女蘿草了。」

他轉過身，看著文衍，問：「女蘿草？」

「是，正好村裡藥鋪缺這一味藥材，問了藥師，說是這附近山上也許能覓得，但近年山上大蟲肆虐，許多村人早已不敢上山採藥……」文衍說著說著忽發現主子神情有異，他轉過頭，見到馬摘星的雙眼竟已睜開！

「馬郡主醒了！」文衍立即查看馬摘星的狀況，沒注意到主子在目睹馬家郡主雙眼睜開的那一瞬間，向來冷峻無情的神情居然有剎那動搖。

「主子，馬郡主好像……不太對勁。」文衍伸手在馬摘星面前輕輕晃了晃，她卻是眼神空洞，毫無反應，彷彿靈魂已離，只剩空殼。

他緩緩走上前，望著那張呆滯無神的臉龐，忽地拔刀，直往馬摘星頭上劈下，文衍驚愕待要阻止，刀已停在馬摘星眼前，幾縷秀髮削落，緩緩落下。

她仍表情木然，毫無反應。

文衍取起水杯，扶起馬摘星，欲餵她喝水，水卻從她唇邊溢出，滴水未入。

「看來是因為精神上受了太大刺激，頭部又遭重擊，身心都不堪負荷，有如離魂，若如此不飲不食，恐怕撐不過一日。」文衍憂心道。

他不發一語，從文衍手裡接過水杯，坐到床邊，將她半擁入懷，一手捏開她的嘴，另一手將水徐徐灌入，她毫無抵抗，灌入嘴裡的水也沒有再溢出，他的眼神漸漸有了溫度，原本略微僵硬的餵水動作也變得自然。

半杯水餵畢，他放下水杯，見她唇邊有水，伸手拂去，在他身後的文衍看不到他的表情，但以手輕拭馬郡主唇邊水漬的動作卻看得一清二楚，不禁暗中訝然：主子對待馬摘星居然如此細心慎重？

「主子，馬郡主既已願意飲水——」文衍話說到一半，她忽然張嘴把方才飲下的水又全數吐了出來。

文衍錯愕，看了一眼主子，只見他低垂著眼，看不清是什麼神情，再度伸手輕拭她的嘴角。

「主子，看來馬郡主的身體本能排斥求生，怕是活不久了。」文衍道。

他默默看著那張空洞臉龐，道：「不能讓她死。」

「主子？」

「你說還欠一味女蘿草？」

「是。女蘿草柔而不弱，可護心脈——」

他打斷文衍，問：「你方才說這附近山上就有女蘿草？」

「是，但大蟲肆虐，村民們已許久未敢上山採藥了。」

他冷冷一笑，似不把兇猛的山大王放在眼裡。

「守好郡主，等我回來。」說完腳跟一轉，旋即不見人影，只留下一臉錯愕的文衍。

主子為了馬郡主，竟是要上山挑戰大蟲，強取女蘿草嗎？

糟！主子去得太急，他尚未來得及告訴主子，這大蟲可不只一隻啊！

日上三竿，文衍看著窗外，思忖：主子已上山多時，照道理也該回來了……

他忽察覺到殺氣，立即退離馬摘星身邊數步，手按劍柄，但還未來得及拔劍，來人已從門窗偷襲攻入，對方人多勢眾，文衍雖只有單獨一人，但也勉力打了個平手，只是他無法再分神保護馬摘星，只能眼睜睜看著一名翩翩白衣青年跟著闖入房內，喊了聲：「馬郡主果然在此！」接著便衝到馬摘星身旁，將她扶起摟入懷裡，橫劍守護。

文衍幾個強攻，逼退敵手，喝道：「來者何人？」

「我才要問你是何人，竟敢擄走馬郡主？」白衣青年反問。

文衍停手，退後一步，細細打量白衣青年，見他服飾打扮絕非等閒，帶來的人馬更是訓練有素，他一時三刻猜不出對方身分，為免僵局，只好從懷裡掏出一枚令牌，道：「敕龍令在此，我等乃陛下特使。」

眾人大吃一驚，白衣青年更是訝異，將馬摘星緩緩放下後，起身問：「敕龍令？大人是陛下欽派特使？」

「正是。」文衍回道。

白衣青年收起敵意，語氣恭敬：「在下乃通州城少主顧清平，得知馬府慘遭滅門，連夜趕至，調查真相。州官清點屍首，發現少了一具，加上所有女屍身上皆無馬郡主隨身攜帶之銅鈴，在下因此判定馬郡主未死，極有可能是被人擄走，才帶人徹夜追兇。不久前路經寺廟，發現廟外竟有難見戰馬，心覺有異，才尋了進來。」他看著文衍，問道：「且不知大人為何與馬郡主在此？」

文衍收回敕龍令，道：「陛下早獲線報，馬家恐遭晉賊派人襲殺，故派我等前來援助，未料終究晚了一步，來不及阻止兇殺，但幸好及時救出了馬郡主。」

「感謝大人保住馬家郡主一命。」顧清平道：「在下與馬郡主乃知交好友，相知相惜，願接手照料馬郡主。」他看了一眼毫無反應、眼神空洞的馬摘星，微覺奇怪。

「不勞少主操心，我等已奉命守護馬郡主，待馬郡主情況好轉，便會護送她至京城。」文衍話才說完，顧清平的手下又舉起兵刃，顧清平往後退了一步，笑道：「這可不行。在下好不容易才找著馬郡主，怎能又落入他人之手？」

文衍暗叫不妙，看來這通州少主另有打算。

「休想帶走馬郡主！」文衍擋在門口。

「那要看看你擋不擋得了！」顧清平更往後退，身旁手下紛紛湧上，擋在他與文衍之間。

「大膽！你這是想反了嗎？你想把馬郡主帶往何處？」文衍喝問。

顧清平一手捏住馬摘星下巴，一改之前佯裝的端正雍雅，一臉陰狠，「想反？問得好！沒錯，我就是想反！她可是我投晉的籌碼，怎可輕易放過？」他原本打的如意算盤，是以退為進，先博得馬摘星的好感，誘騙她離開奎州城，再抓了她去投靠晉王，更可藉此要脅馬家軍一同投歸。不料馬府全家上下慘死，但幸好馬摘星還活著，一樣能當顧家投晉的籌碼，他說什麼都不會再錯失機會！

他看了一眼毫無反應的馬摘星，哼，要怪就怪朱溫吧！顧家為他賣命一輩子，他爬上了王座，卻想過河拆橋，拔了顧家兵權，不服就只有死路一條！看看那鎮國侯，甚至罪誅全族！這是朱溫自己逼人反，怪不得別人！

文衍聽到「投晉」二字，已知顧清平心中打算，無論如何都不能讓他帶走馬摘星！

忽然一個人影由窗戶靈巧翻入房裡，剛從奎州城趕回的莫霄刷刷幾聲刀落，距離文衍最近的幾人立即倒地，莫霄跳起身站定，文衍迎上轉身，兩人背對背迎戰，毫無破綻。

「殺出去！他們只有兩個人！」顧清平下令，他身旁幾名手下朝兩人衝去，他則強抱起馬摘星，伺機尋找出路。

眾人眼前忽一暗，一名渾身散發陰冷氣息的高大黑衣男子不知何時站在了門口，低沉聲音吐出：「想死？我會讓你們好好品味死亡的滋味！我會剖開你的胸腹，引來餓狼，讓牠們好好品嘗你的內臟。你且放心，牠們會先嚼碎你的肺、脾、肝、腸，最後才大口咬下你的心，所以你的心臟會一直跳動到最後，你會活生生看著狼群將你吞吃入腹——」

這鬼魅男子的可怕暗示讓顧清平等人不寒而慄，男子周身瀰漫殺意，出手短短數招，顧清平只覺眼睛一花，下一刻便哀號聲四起，他身旁手下個個倒在地上，肚破腸流，顧清平只覺頭皮發麻，不知哪裡冒出來這凶神惡煞，他不住連連後退，直到退無可退，出聲求救，另一批人很快衝進房裡，瞬間又是一場惡鬥，黑衣男子彷彿惡狼刻意玩弄獵物，放慢招數，以爪為攻，讓顧清平清楚看見他的手下是如何被他撕裂肉身，痛苦倒地，血花四濺。

他殺紅了眼，顧清平手下人雖多，卻全被他一人擊退，非死即傷，即使僥倖逃出，一旁的莫霄與文衍也守得嚴實，顧清平手下數十人竟沒一個能活著出去！

顧清平見手下一一死去，心慌意亂，而那渾身浴血的男子正一步步朝他走來，這哪裡是人？根本是嗜血的妖怪！他只顧保命，竟躲在馬摘星身後，大喊：「別、別過來！妖——妖怪啊！」他拿馬摘星當擋箭牌，舉劍亂刺。

他見馬摘星命在旦夕，竟是完全不避顧清平刺來的劍，用左肩吃下一劍，劇痛讓他不由發出低沉咆哮，如同受傷後的憤怒野獸，他一掌拍出，顧清平利劍脫手，整個人飛了出去，口吐鮮血，倒在地上。

這聲如野獸般的咆哮，讓原本同行屍走肉的馬摘星渾身一震，無神的雙眼瞬間微微聚焦。

「狼……仔……」馬摘星眨了眨眼，不敢相信自己的耳朵。

那聲咆哮……是狼仔嗎？

顧清平還想掙扎爬起，他拔起插在自己左肩上的劍，用力朝顧清平擲去，一劍穿心，顧清平當場斃命，臨死前雙眼圓瞪，兀自不敢相信。

「主子小心！」莫霄的聲音傳來，顧清平手下餘孽未除，冒死偷襲，他身子一閃，險險閃過偷襲，但那一劍劃破了他身後的包袱，包袱裡的女蘿草四散，馬摘星心神激盪，撲鼻盡是熟悉的女蘿草氣息，眼中所見半幻半真，那站在她面前的人，不是狼仔是誰？

他惱怒辛苦摘來的女蘿草被糟蹋，回身又是一聲咆哮，五指成爪直插偷襲者心窩，用力一揑，那人雙眼暴突，喊都沒喊一聲便已斃命。

聽得這聲咆哮，摘星再無遲疑，衝上前去緊緊抱住他，哭喊：「狼仔！狼仔！真的是你！你終於來找我了！」

莫霄衝出房外，檢查是否還有落下的敵人，文衍留在房內，以防萬一，他見主子居然任由馬郡主抱著，遲遲沒有推開，更感訝異。

他明顯感到主子對馬家郡主另眼相看，甚至不惜犧牲自己也要護她周全，難道……馬郡主與主子曾經相識？

「狼仔……你回來了，可是爹……還有全部的人……都不在了……不在了……」摘星抬頭，淚眼模糊。「狼仔……」

他的右手手指微微動了動，幾乎本能地就要伸手去摟住她，但右臂上的劇痛提醒了他來此的真正目的，他雙眼冷了下來，緩緩將馬摘星推開，道：「馬郡主，本王乃當今梁帝義子，排行第三，封號渤王。」

摘星淚眼朦朧地看著他，迷惘道：「渤王？你……你不是狼仔？你是不是仍不肯原諒我？不願與星兒相認？」

朱友文冷冷道：「馬郡主，妳遭逢巨變，心神恍惚，恐是將我誤認為別人了。」

「主子！您的傷！」文衍早已發現朱友文除了左肩上的劍傷，右臂也受了傷，從被疑似野獸利爪撕裂的衣料與黑衣下隱約可見的模糊血肉，幾乎可以判定是被野獸所傷，難道是為了採摘女蘿草而被大蟲所傷？方才又經一番惡鬥，傷口更是血流不止，換作是常人恐怕早已撐不下去，主子卻依舊神色自若，文衍跟隨渤王已久，此刻也不禁暗暗稱奇。

文衍動作俐落撕下衣襟替主子包紮傷口，道：「主子，您傷勢過重，得趕緊治療。」

朱友文微微點頭，道：「此處不宜久留，先離開再說。」

「但您的傷——」

「走。」朱友文已頭也不回地離去。

文衍只能拉起馬摘星跟上。

一行人即刻啟程趕往京城，直至日落，眼見夜幕即將低垂，文衍不斷力勸朱友文休息養傷，加上摘星因為之前心神耗極，已疲累不堪，渤王這才點頭。文衍很快找了間無人的荒廢木屋，引兩人入內稍作歇息。莫霄找了柴薪，在屋內升起火，木屋不大，火一升起，很快便滿室溫暖，摘星靠在牆上，眼皮如鉛般沉重，卻怎麼都不願閉上。

眼前如此平靜，她卻不敢睡下。只要一閉上眼，她面前便是滿地屍首，耳裡聽見馬瑛的慘叫，她親眼見到爹爹死不瞑目……摘星努力將雙眼睜大，茫然望著火堆，身子不由簌簌發抖。

朱友文看了她一眼，不發一語。

文衍這時道：「郡主，我要替殿下療傷，勞煩您轉身迴避一下。」

她依言轉過身子，背對兩人，不久傳來衣服窸窣聲，她聽見文衍輕輕倒吸一口氣，接著擔憂道：「主子，您傷得不輕，痊癒後恐怕不只留下傷疤，若不好生休養，讓傷口恢復，怕會損傷筋骨，落下病根。」

傷疤……她背對著兩人聽到「傷疤」二字，忽心有所感，顧不得禮教，悄悄轉過頭，朱友文已除去上衣，精壯的上身赤裸著，左肩處有道很深的劍傷，血跡未乾，而右肩上……並沒有她熟知的那道可怖傷疤。

摘星不死心，轉動著身子想看得更清楚，朱友文早察覺她的動作，冷冷問道：「馬郡主想在本王身上看到什麼嗎？」

被發現了。反正都被發現了，摘星心一橫，站了起來，走到他面前，目光直視著他的右肩正面。沒有，什麼都沒有，沒有傷疤。

他竟真的不是狼仔？

「看夠了嗎？」渤王的聲音冷酷，摘星忍不住打了個顫，語帶歉意：「殿下，失禮了。只因摘星曾有一故友，與殿下長得十分相似，他右肩上有個傷疤，是從前——」

朱友文打斷她：「你已經看到了，本王右肩上無任何傷痕。」

朱友文似不願與她有太多牽扯，不再理會她，文衍繼續替他治療傷口，摘星只有黯然轉身坐下，兩眼茫然，依舊不敢閉上雙眼。那縮在角落的嬌弱身影，像隻受驚的小獸，身為馬家唯一的倖存著，她知道現在不是軟弱的時刻，可這是第一次，她感到這麼無助徬徨，不曉得該何去何從。

根據朱友文的說法，這一切都是前朝晉王所為，因為數次暗中拉攏馬瑛投靠不成，憤而將馬府滅門，藉機擾亂大梁邊關。梁帝提早得知消息，派渤王等人趕來救援，但還是來得太遲，只救出她一人。而更令她心寒的，是顧清平與晉賊勾結，裡應外合，伺機接近她只為了想擄走她做為人質，逼馬瑛就範。

她抖得越加厲害，心慌意亂，這天底下她到底還能相信誰？除了爹爹，似乎在她身邊所有的人都意有所圖，此時此刻她更加思念狼仔，這個世界上，只有狼仔是真心對她好而不求任何回報……狼仔……狼仔……他真的不是狼仔嗎？的確不可能，狼仔是個被狼群養大的孩子，怎麼可能會是堂堂渤王，當今三皇子？

儘管她不願在人前落淚，但遭逢巨變，她細細顫動的雙肩還是洩露了她的悲傷與徬徨。

一陣清涼香氣傳來，她一愣，一個皮囊遞到她面前。

「馬郡主，喝點水吧。」文衍道。

摘星接過皮囊，打開，撲鼻的薄荷香氣與淡淡女蘿芬芳。

「薄荷？女蘿草？」

文衍道：「郡主您剛遭逢大難，過度悲傷，心緒不寧，我身上攜帶的多半是外傷藥，方才在寺廟打鬥時又遺失了本欲給郡主服用的藥草。這薄荷隨處生長，女蘿草是我家主子特地上山採摘，一同浸泡在清水中，香氣清涼，亦可平緩情緒，幫助入眠。郡主且寬心休息，有我等在此守護，必保您安全。」

她道了聲謝，就著皮囊喝了幾口水，薄荷清香順著清涼水流溢入喉間，她不禁想起從前自己貪玩淋雨，躲在山洞裡卻發了燒，狼仔也是到山洞外尋了薄荷給她，助她退燒，而淡淡的女蘿氣息令人心安，這是她最熟悉也最喜愛的氣味……

摘星不由看了朱友文一眼，文衍已替他處理好傷口，他背對著摘星，正在著衣，看著那與狼仔如此相似的身影，摘星忍不住想：也許渤王與狼仔有什麼血緣關係？是遠親的兄弟？這麼一想，即使朱友文一直對她冷冷淡淡，但她對他的好感與信任頓時大增。

她將皮囊交還給文衍，找了個比較舒服的姿勢半躺下，從懷裡拿出那枚鳳眼銅鈴，響石輕輕刮著銅鈴，發出細微聲響，渤王耳尖聽到了，身形一頓，卻沒有回頭。

摘星緊握著銅鈴，沉重雙眼終於緩緩閉上。

狼仔，我就當渤王是代替你守護著我……未流乾的淚滴落在銅鈴上，她終於睡去，淚痕猶溼。

摘星睡著沒多久，文衍與渤王也正自閉目養神，屋外一片靜寂中忽響起細微翅膀拍撲聲，守在外頭的莫霄眼尖，一個起落，手上瞬間多了隻渾身羽毛漆黑如墨的溫馴黑鴿，他解下鴿腳上的信筒，拆開，迅速讀完後臉色一變。

「主子！」莫霄輕喊。

朱友文與文衍立刻睜開了眼，摘星身子微動，卻並未睜眼。

「主子，馬家軍反了！」莫霄情急道。

「什麼？！」馬摘星迷迷糊糊，半夢半醒，忽聽得這消息，一下子清醒過來，驚坐起身。「怎麼可能？」

朱友文似早已料到，並無多大反應，他與文衍對望一眼，文衍道：「馬家軍本就極不願馬將軍交出兵權、士兵歸順朝廷。如今馬府滅門，雖已證明是晉賊所為，但說不准有人藉機挑撥，讓馬家軍誤信陛下才是幕後主使。」

摘星一愣，念及馬家軍的剽悍與馬峰程對爹爹的忠心，頓時急得如熱鍋上的螞蟻，道：「我得去見程叔一面，解釋清楚！」

「馬家軍就要兵臨京城了！海蝶說他們竟要求陛下發毒誓，證明馬府滅門非陛下鳥盡弓藏、趕盡殺絕之舉，才願歸順。」莫霄急道。

「殿下，我們得立即啟程！」馬摘星果斷道。

但朱友文卻不發一語，似乎陷入沈思，摘星待要催促，文衍替主子答道：「郡主，不是殿下不願趕路，而是已是太遲，無論如何都會是馬家軍先到達京城。」

「那該如何是好？」她焦慮不已，恨不得立刻就奔往京城，阻止馬家軍。

朱友文忽開口：「倒也不是真的趕不及，只是那條路可能有點危險。」

莫霄連忙道：「主子，何止危險？那能算是路嗎？就算是，也不是人能走的——」

摘星打斷：「只要能阻止馬家軍，我願意一試！」

莫霄道：「郡主，這不是願不願意一試的問題，而是那路……」

朱友文見馬摘星心意已決，打斷莫霄：「別囉唆了，你和文衍照原路直奔京城。」接著轉頭問她：「郡主，妳身上可有什麼信物，能讓馬家軍見物如見人？」

摘星立即從懷裡掏出那枚鳳眼銅鈴，交至朱友文手上，他猶豫了一下接過，不知道是刻意，還是因為手微微發抖，銅鈴在他手上輕輕發出悠揚鈴聲，他手一顫，竟險些握不住。

文衍道：「我與莫霄會盡全力趕至京城，將此信物交予馬家軍，告知馬郡主平安無事。」

事不宜遲，文衍與莫霄很快啟程，屋外只剩一匹馬，朱友文帶著她共騎一乘，往反方向而去。快馬奔馳約半刻鐘後，來到一處懸崖，朱友文先下了馬，她跟著下馬，狐疑道：「殿下，這裡沒路啊？」

朱友文沒有回答，只是伸手指了指懸崖下方。

她走到懸崖邊往下望，只見雲霧繚繞不見底，崖邊更是狂風陣陣，她被吹得身子搖搖晃晃，忽有人扯住她手臂用力往回拉，她一個重心不穩，跌入一具厚實的胸膛裡，臉上一熱，隨即尷尬跳開。

他面無表情道：「過了這懸崖，直走便是京城捷徑，可多爭取半天左右的時間。」

「這等高聳峭壁，即使是猿猴也無法攀爬而下啊！」她訝異道。

「我說過，這條路有點危險。」他講得雲淡風輕，她卻睜大了一雙妙目，一臉不可思議。

有點危險？這根本不能算是條「路」啊！就算硬要攀爬而下，稍有不慎就是粉身碎骨，豈止是他嘴裡的「有點危險」？

「難道殿下走過此路？」她手指懸崖下方。

「這條路，不曾走過。懸崖，倒是跳過。」他從馬上取下繩索。

她心念一動。跳過懸崖？狼仔八年前不就是從懸崖邊落下？

眼前這個男人，口口聲聲說自己不是狼仔，可為何她一直在他身上見到狼仔的影子？

她還欲說些什麼，他看了她一眼，問：「怎麼，妳怕了？」

連那挑釁的眼神都像極了狼仔！

「誰怕了！」她賭氣道。

「那好，上來。」他背轉過身子。

渤王殿下要背她？她正想婉拒，朱友文冷冷看她一眼，道：「還遲疑什麼？不是說不怕嗎？」

她知道此刻分秒必爭，既然渤王殿下願意紆尊降貴，那她還客氣什麼？

她爬上男人寬闊結實的背，他很快用繩索將兩人綁得密實，她還在思量他這麼做的用意時，他往後退了幾步，深吸一口氣，道：「抱緊了！」

他背著她往前奔出數步，下一刻竟直接縱身跳下懸崖！

摘星嚇得閉上眼睛，雙手緊緊抱住朱友文，拚命忍住想要大喊的衝動，只聽得風聲刮耳，兩人身子如鉛石般不斷下墜——

如此瘋狂、如此不顧一切，這個世界上，她只認識這樣一個人。

她更抱緊了朱友文，嘴裡情不自禁低喊：「狼仔！」

第七章 賜婚

大梁皇城，洛陽。

馬家軍已兵臨城下，團團圍住京城，兵將們早已聽聞馬瑛全家慘遭滅門，個個義憤填膺，人心浮動。皇城牆上站滿禁軍，梁帝二子郢王朱友珪親自坐鎮指揮，最前一排為弓箭手，個個蓄勢待發，劍拔弩張。

此時城門打了開來，在護衛擁簇下，當朝丞相敬祥親自代表梁帝前來談判，馬家軍副將馬峰程獨自一人走出，敬祥仗著自己位居高位，又是郢王丈人，不免有些趾高氣昂，又見馬峰程單槍匹馬前來，更不將對方看在眼裡。

這裡可是皇城，就算你馬家軍也天大的膽子，諒也不敢在天子眼皮底下亂來！

「馬副將，一路遠來，有勞。這其中必有誤會，大家好商量，何須動刀動槍？」敬祥皮笑肉不笑。

「丞相客氣了！」馬峰程雙手用力抱拳回禮，然下一刻他臉色一沉，忽拔出佩劍，高喊：「動手！」他身後的馬家軍立即拔劍執槍舉弓，將敬祥一干人馬全數包圍住！

敬祥一臉不敢置信，他出身文士，哪見過這等場面，身子不禁哆嗦，問：「馬副將，你……你這是真要反了？」我可是當朝丞相！敬祥心裡吶喊，但礙於馬峰程渾身殺氣，他怕激怒對方，只好吞下這句話。

「您以為我馬家軍真會輕信兇手是晉王？」馬峰程質問。

聽馬峰程仍沿用前朝封號，稱呼對方為晉王，敬祥心一沉，暗覺不妙。果然，馬峰程續道：「雖有將軍臨死前所留字跡為證，但丞相有所不知，這幾年來，晉王屢次勸將軍帶兵投靠，以其愛才之心，斷不可能輕殺將軍，更遑論滅門！現在證據不明，誰知道是不是只是陛下忌憚功臣，想斬草除根，借刀殺人？」

「馬副將……你、你這是血口噴人！」敬祥大驚。「你率兵包圍皇城，已是大大不敬，如今又做此臆測，豈非如同造反？」

馬峰程劍尖忽指向敬祥鼻尖，敬祥嚇得連忙閉起了眼，耳邊聽得馬峰程慷慨激昂道：「造反又如何？當年馬家軍不過是一群草莽流匪，若非將軍願意收留，加以訓練重用，我們早已不知淪落到何種下場！幾次惡戰，將軍總是不離不棄，就連幾次朝廷欲犧牲馬家軍斷後，將軍也不惜涉險，硬是帶著大家殺出一條活路！沒有將軍，就沒有我們馬家軍！」他舉劍一聲高呼，身後的馬家軍跟著齊聲高喊，頓時殺聲震天，氣勢雄壯，大有隨時破城而入之勢，城牆上的朱友珪臉色越加難看。

馬家軍向以剽悍為名，沒想到更是忠主，今日要是一個處理不當，後果絕對不堪設想，不僅收服不了馬家軍，說不定連皇城都真會被攻下，而禁軍與馬家軍一旦廝殺，更是賠了夫人又折兵，兩敗俱傷。

這絕對不會是梁帝想要見到的。

朱友珪對城下喊道：「各位將士！馬將軍亡故，是大梁極大損失，不僅諸位心痛，陛下更是哀戚！但為臣者不該脅迫上君，此為不忠，是非不清，更是不義！馬將軍勞苦功高，征戰沙場，難道卻是訓練出一批不忠不義之徒嗎？」

「我們只求一個公道！」馬峰程激動莫名，大嗓門裡竟聽得出一絲哽咽。「我們絕不認賊作主！只求陛下能告訴我們真相！害死將軍全家的真兇，究竟是誰？」

正自僵持不下，忽有人持飛鴿傳書快報朱友珪，他速速讀完，立即朗聲道：「且慢！要真相不難！數日前陛下早已接獲密報，得知敵晉可能會對馬家不利，立派我三弟渤王前去救援，渤王方才已急書回報，他很快就會帶著證據趕回，證明此事絕非陛下所為！」

「證據？」馬峰程面露遲疑，回頭與其他將士對望。

馬峰程轉過頭，仰頭問城牆上的朱友珪：「敢問是何證據？」

「馬家唯一倖存者，馬將軍之女，摘星郡主！」

此言一出，全軍譁然！

將軍一家有倖存者？還是將軍向來最疼愛的摘星郡主？

「此話當真？」馬峰程又驚又喜。「摘星郡主當真還活著？」

「不錯！我三弟正帶著摘星郡主趕往京城途中，等諸位見到了郡主，問明真相，再向陛下討冤也不遲！」朱友珪雖表面鎮定，心下卻是惴惴，不知朱友文是否真能將摘星郡主及時帶回？

馬峰程雖知這極可能只是緩兵之計，但貿然破城，風險的確太大，略一沉吟後，他對朱友珪喊道：

「好！我們等！今日午時，若未見渤王與我家郡主，屆時馬家軍便破城而入！」

日正即將當中。

氣候炎熱，軍心浮動。

眼見計時的漏刻顯示就要正午，朱友珪遙望遠方，毫無動靜，不禁急得手心冒出冷汗。

終於，午時已至。

一名身形豐滿微胖的年輕女孩，湊到馬峰程耳邊，問：「爹，午時了，咱們還等下去嗎？」

馬峰程知自己終究是被朱溫戲弄了，冷哼一聲，道：「不等了！果然只是拖延之計！」他舉起劍，粗嗓大喊：「午時已到！破城！」

他身後的馬家軍立即抬起準備好的巨大木樁，用力衝撞城門！

城牆上的守軍見情勢危急，忍不住問朱友珪：「殿下，都這時候了，還不反擊？」

朱友珪哪裡不知道情勢緊急，但大梁的丞相、他的丈人，此刻還在馬家軍手裡，他要是下令攻擊，敬祥哪裡還會命在？

眼見城門很快就要頂不住了，朱友珪急著如熱鍋上的螞蟻，城牆上所有人的目光焦點都在他身上，情勢所迫，他不得不緩緩舉手，準備下令反擊——

「且慢！馬家郡主在此！」

遠處忽傳來一男子喊聲，在兩軍叫囂中，如平地炸起一聲響雷，眾人皆不由得一頓，目光紛紛投往聲音來處，只見一男一女共乘一騎，由遠而來，黃沙飛揚間，男子一身黑衣，面容冷峻，懷中女子一身青衣，面容憔悴卻不失秀麗，正是馬摘星！

渤王帶著馬摘星跳崖而下，藉由崖下古樹叢林化解下墜之力，驚險平安落地，穿過森林後，海蝶早已備好馬匹等候，兩人即刻馬不停蹄趕往京城。

「郡主？真是郡主！」馬峰程見果真是馬摘星，立即下令停止攻城。

馬家軍見馬摘星果真還活著，無不振奮，拋下木樁，紛紛圍了過來，馬峰程推開眾人，渤王的馬一停，他即刻跪下，虎目含淚，激動道：「郡主！您能平安，實在萬幸！老天有眼！老天有眼啊⋯⋯」他身後的馬家軍亦紛紛跪下，喊道：「馬家軍喜迎郡主，平安歸來！」

馬摘星忙跳下馬，扶起馬峰程，見馬峰程真情流露，她亦忍不住落淚。爹爹雖已逝，但他用畢生精力所帶出的馬家軍，並沒有忘了他。

城牆上的朱友珪看著這一幕，馬摘星個兒雖嬌小，又是一女流之輩，但在下跪眾軍間卻是那樣顯眼，如今的她在馬家軍心中無異已取代了馬瑛的地位，那麼，想要拉攏馬家軍，勢必要從馬摘星身上下手。

朱友珪目光望向沉默站在馬摘星身後的朱友文，只見他面無表情地看著這一幕，心底恐怕想的也是同一件事。

渤王麾下已有渤軍，肅殺殘暴，屢立戰功，若再得馬家軍，勢必如虎添翼，以後恐難對付。身為皇子，誰不希望將來能坐上那張龍椅？朝中已有不少大臣暗暗支持朱友珪，他只欠兵馬做為武力後盾。見識過馬家軍的好勇鬥狠與忠主後，朱友珪暗下決定，必要設法將馬家軍納為己用，穩固自己的奪權之路。

此時摘星正欲對馬峰程解釋一切經過，忽地身後傳來一聲：「陛下駕到！」

眾人一凜，接著城門開啟，兩隊金衣鐵甲的禁軍手持長槍魚貫而出，陣容整齊，眾人紛紛下跪迎駕，梁帝朱溫一身威儀，緩緩步行而出，徑直走到馬峰程面前，馬峰程渾身冷汗，撲通一聲雙膝跪地，還沒來得及開口，已聽梁帝道：「你，懷疑朕？」梁帝聲音低沉，一字一句緩緩道來，如同千斤壓頂，馬峰程一張臉上霎時間全沒了血色，額上不斷冒汗，「陛下，我等……我等實在是——」

是，他的確懷疑過梁帝有可能是兇手，這個推論不無情理，但心中所想是一回事，此刻面對梁帝要親口說出自己的懷疑，又是另外一回事，他膽子再大，此刻也明白自己隨隨便便一句話就能決定馬家軍的生死，不由惶恐萬分，身經百戰如他，此刻雙唇竟微微顫抖。

「陛下！」還是馬摘星先反應過來，跪在地上朝梁帝道：「陛下恕罪！馬家軍千不該萬不該以圍城脅迫陛下出面，馬副將是心急則亂，還望陛下高抬貴手，暫免死罪，讓馬副將知道陛下並不是那無情無義之人，血案兇手，乃是另有其人！」她對梁帝恭恭敬敬磕了三個頭，身旁的馬峰程也跟著拚命磕頭。

梁帝不由對馬摘星有些另眼相看，的確，一個堂堂九五之尊卻被馬家軍逼得不得不出面，他本想處死馬峰程，殺雞儆猴，豎立威信，再從馬家軍裡隨意拉拔一人上位，將這支軍隊牢牢控制在手中，但馬摘星短短幾句話，卻將「無情無義」這頂大帽子扣在他頭上，要是就這麼處死馬峰程，即使日後馬家軍知道了真相，怕也是暗暗不服。梁帝略一思量，也罷，放過馬峰程，反而更能得到他的忠誠與賣命，也算賣馬摘星一個面子，他現在的確需要馬家軍的力量，一石二鳥，有何不可？

終於，在良久的沉默後，梁帝道：「死罪暫免，活罪難逃。有話進宮再說。馬峰程，你想知道真相，朕，就告訴你真相！」

浴池裡，蒸氣瀰漫，一張小几上放著藻豆、皂角、胰子等洗浴之物，另有一花梨木衣架，上頭已搭上了乾淨衣物與擦拭身體用的布帛。原本還有兩位宮女要伺候摘星入浴，但她婉拒了。負責端熱水的粗使婢女將浴池的水最後一次填滿後便退了出去，按照摘星的吩咐，只留下她一人。

她一路風塵僕僕，滿身沙塵，加上穿梭樹林間，身上衣物不少處被枝幹勾破，狼狽不堪，入宮面聖，自然不能這副德行，少不了沐浴洗刷一番，於是她便被送到了皇家浴池，身不由己。

她低頭望著自己一身髒污，苦笑。的確是該好好沐浴清理一番，等會兒要見的可是皇上，這次可萬萬不能再失禮了。

她緩緩解衣，踏入浴池，熱水上飄著片片粉色花辮，淡雅香氣若有似無，但她卻覺得自己聞到的盡是血腥味。

洗也洗不去，永遠背負在她身上。

一切都發生得太快，快得她來不及思考，直到此刻自己孤單一人，那些可怕的滅門畫面便失控般在她腦海裡不斷上演，尤其是爹爹臨死前那不甘的驚恐面容……她的身子簌簌發抖，一股涼意從骨子裡透出，四肢冰冷，即使滿池熱水都無法溫暖她的身軀。

僅僅不過一夜，她就失去了所有，失去了最疼愛她的爹！她已經沒有娘了，又沒有了爹，真真正正成了無父無母的孤兒……滾燙淚水在臉頰上流淌，可她不願別人聽見自己的軟弱，索性深吸一口氣，滑入水中，將身子蜷縮起來，彷彿回到初生時最無助的那一刻。

四周一下子變成了無聲的世界，她任由淚水肆意奔流。

什麼都沒有了……什麼都沒有了……前一刻，她還是摘星郡主，是爹爹的掌上明珠，爹爹還在愁著她的婚事呢，可是此刻，她究竟是誰？她依舊是摘星郡主嗎？這個身分表示了什麼？

……是復仇！

她必要為爹爹與馬府全家上下復仇雪恨！

嘩啦一聲，她破水而出，燙得發紅的臉頰上雖依舊淌著淚，眼神卻已不再無助，而是透著一股堅毅，染上仇恨的決絕。

過去的馬摘星已經死了，此刻的馬摘星，從今而後，活在這世上只有一個目的：找到真兇，她必親自手刃，為爹爹報仇！

沐浴更衣後，兩名宮女領著她來到御書房，她老遠就見到馬峰程與馬婧已經在門口恭候等著。

兩人一見摘星便迎了上來，正要開口，她忽雙膝一跪，父女倆大吃一驚，齊喊：「郡主！您這是做什麼？快請起！」

馬婧上前想扶起摘星，但她堅決不起，緩緩開口：「諸位眾將為了爹爹，不惜提兵上京，干冒謀逆之大罪，對爹爹情深義重，摘星在此替亡父謝過。」

「郡主！快請起！您再這樣，我們父女倆也只能跟著下跪了！」馬峰程著急道。

摘星鄭重一拜，這才緩緩起身，馬家父女倆終於鬆口氣。馬婧先快嘴道：「郡主，您日後可千萬別再跪了！咱們實在嚇壞了，消受不起啊！」

馬峰程拍了一下女兒的後腦勺，念道：「什麼時候輪到妳說話了？站旁邊去！」他恭敬對馬摘星道：「郡主，將軍就像是我們的家人，為自己的家人討公道，為自己的家人報仇，天經地義！馬家軍絕對效忠郡主，只要郡主一聲令下，必全力以赴，緝拿真兇！」

摘星待還要說些什麼，御書房門打了開來，值班太監高聲宣三人入內覲見。

三人走入御書房，隨侍立在梁帝身旁的高大男子立即吸引了她的目光，之後才是端坐案前的中年男子，時隔八年，梁帝雖髮鬢斑白不少，但眉宇間的精悍之氣不曾稍減，甚至更添幾分帝王的權謀與威嚴，不怒自威，眼神輕輕掃過，三人立感到一股壓迫，雙膝不自覺便要跪下請安，但梁帝手微微一抬，道：「免禮。」

梁帝站起身，走到三人面前，他身後的朱友文跟上，遞上一封書信，以及一枚手掌大小的銅製虎形，奇特的是，那銅虎只有右半邊，且刻有銘文，梁帝示意摘星等三人接過。

馬峰程一見那半隻銅虎便喊：「這是晉人的虎符令！」他接過虎符，對摘星解釋：「這是兵符的一種，分為兩半，有子母口可銜接，右半留於朝廷，左半發給統兵，欲調動軍隊時，兩符驗合，方能生效。」

摘星從朱友文手裡接過書信，忍不住抬頭望了他一眼，只見他仍是面無表情，與她四目相接時更是木然，彷彿從來就不認識她這個人。

她掩去心裡莫名的失望，打開信函，看了幾眼便面色沉重，不發一語。

那是通州少主顧清平通晉謀逆的密函，看來馬府一案，確是顧清平夥同晉王所為。

「鐵證如山，至今你們還懷疑朕嗎？」即使明知自己被誤會，梁帝語調卻聽不出一絲責怪之意，反讓馬峰程更覺羞愧。

馬峰程砰一聲跪下，馬婧見狀也連忙跟著跪下，馬峰程對梁帝磕了三個頭，道：「陛下！愚臣罪該萬死！若不是陛下急派渤王前去奎州救援，郡主絕無可能被及時救出！我竟如此錯怪陛下，愚臣……愚臣以死方能謝罪！」

馬摘星一聽，也連忙跪下，替馬峰程求情：「陛下，馬副將實是關心則亂，才會犯此猜忌，如今真相大白，他誠心悔過，懇請陛下給他一個將功贖罪的機會！若陛下真要賜罪，摘星願一同承受！」

梁帝冷哼一聲，道：「馬峰程，還在逞匹夫之勇？死有何難？但你不想替馬瑛報仇了嗎？」

馬峰程立即抬頭道：「只要能為將軍報仇，就算粉身碎骨，亦在所不惜！」

「你以為，朕就不想替馬將軍，朕的開國功臣，報這滅門大仇？你當以為朕是如此無情無義之輩？」

馬峰程重重磕頭在地，懇求：「懇請陛下發兵，討伐晉人！務必要晉賊血債血還！馬家軍全體上下，但憑陛下差遣，衝鋒陷陣，絕不退縮！」

「好！」梁帝道。「好個血性漢子！朕免你一死！都平身吧！馬副將，今後你便由副將晉升為將軍，馬家軍歸你統轄。」他示意馬峰程等人來到案前，其上是一張地圖，上頭大梁與晉國南北對峙，梁帝指向更北方的契丹，道：「我大梁實力，本就不輸晉軍，若契丹能出手，前後夾攻，咱們哪有不勝的道理？」

摘星一聽，道：「陛下此言不假，但聽聞契丹可汗向來不介入中原戰事，始終隔山觀虎鬥，只怕是想當蚌鶴相爭下的得利漁翁，不可不防。」

梁帝看了她一眼，笑道：「馬郡主是認為朕只是誇口胡言嗎？」

摘星低頭道：「摘星不敢。只是班門弄斧罷了，還望陛下明示。」

梁帝冷笑一聲，道：「為得契丹相助，朕佈局已久，除了將四子送往契丹做為質子，這些年更不斷拉攏契丹王族，以諸多珍寶換得契丹戰馬黃驃馬。契丹人的騎兵戰馬，素來天下無雙，若得他們相助，滅晉為馬將軍報仇，指日可待！」

馬峰程聽得一身熱血沸騰，再次重重跪下，道：「陛下英明！先前對陛下諸多無禮，愚臣本就該以死謝罪，但懇求陛下，留下末將這條命，待發兵滅晉之日，末將必親上前線奮勇殺敵，血戰到最後一刻！

報答陛下與馬將軍知遇之恩！」

梁帝點點頭，語帶讚賞：「起來說話。你雖莽撞，倒是鐵錚錚的漢子，朕很欣賞！日後朕絕對重用。」

「謝陛下！」馬峰程大聲回道，起身站在一側。

梁帝目光轉向馬摘星，溫言道：「朕只怪消息知道得太遲，沒能挽救馬府全家人性命。」

摘星眼眶一紅，強自忍住淚水，深吸一口氣才顫聲道：「謝陛下關心。陛下恩情，難以回報。摘星只求來日發兵討伐晉人之時，能陪同馬家軍親上戰場，手刃真兇，替爹爹報仇！」

「虎父無犬女！馬瑛能有妳這樣的女兒，死而無憾。」梁帝點點頭，又道：「如今妳是馬家唯一倖存血脈，朕不會虧待妳，馬摘星，從今以後，朕就將妳當成自己的兒女看待照顧，妳可願意？」

摘星一愣，又聽梁帝道：「朕打算將妳賜婚於渤王，朕的三子，做朕的兒媳婦，如何？」此話一出，不僅是摘星等人，連向來冷然的朱友文也神色微動，目光迅速與梁帝對望一眼。

「陛下，這……」摘星意外極了，一時三刻竟無法應對。

她目光掃向朱友文，只見他臉上毫無欣喜神色，見她望向自己，更微微別過了臉。

她看不穿他心裡到底在想什麼？

他願意嗎？還是不願意？

而她能不答應嗎？不，不可能。她明白梁帝的心思，她身後是整個馬家軍，若她與渤王聯姻，更能穩固馬家軍對朝廷的忠誠。況且，她也需要朝廷的力量，追緝馬府血案的兇手。

可，她願意嫁給這個男人嗎？

……一個人影飛快在她腦海裡閃過。

這八年來，她屢屢拒絕求親，不就是為了那人嗎？

梁帝見她面露遲疑，問：「聽聞郡主在奎州對求親者百般挑剔，莫不是連朕的兒子、堂堂渤王也看不上眼吧？」

她依舊默然不語。

梁帝見她遲遲沒有回應，面子難免有些拉不下，語氣一冷，道：「皇族大婚，意義遠不只兒女情長，你我君臣結為親家，更能坐實朕對妳的關照榮寵，郡主以為如何？」

此刻眾人焦點都在她身上，她低垂著頭，看不清臉上神情，只見纖長睫毛微微顫動，連朱友文也忍不住盯著她瞧。

梁帝忍不住問：「難道郡主心中已另有所屬？」

朱友文望著馬摘星的目光一沉，墨黑眼瞳裡閃過一絲複雜難解的情緒。

她深吸一口氣，告訴自己，不能再任性了。馬家只剩下她一個人，為了顧全大局，保住馬家軍，替爹爹報仇，犧牲自己的一點感情，根本算不得什麼。況且，不管從哪方面看，朱友文的條件絕對遠勝之前那些求親者，論外表，他身材偉岸，五官輪廓深邃分明，更兼氣度不凡；論其出身，他雖是梁帝義子，並無血緣關係，但受封皇族，又深得梁帝信任重用，自然不可同日而語。怎麼看都是她馬摘星高攀了。

她抬眼，望向朱友文，眼神清澈明亮，他微微一凜，四目相對，各有所思。

她終於答道：「陛下，請恕摘星失禮。實是聖恩浩大，一時不知該如何應對。摘星心中……並無所屬。」

朱友文再度別過了臉。

她又道：「只是國仇家恨未報，摘星不欲考量個人私情，是否能懇請陛下，在滅晉之後，再討論與渤王的婚配？」

梁帝緩緩點點頭，道：「不愧馬瑛調教出來的女兒，曉得以大局為重。這樣吧，這樁婚事今日就先定下了，朕准妳報了父仇後再行大婚之禮，望妳別再推辭。」梁帝的語氣裡隱隱含著不容拒絕的威嚴，接著話鋒一轉，語帶關愛，道：「今後妳與朕就是自家人了，既然是未來的渤王妃，妳就先入住渤王府，留在京城，讓朕替馬瑛好好照顧妳。」

摘星自知無法再婉拒或拖延，只能盈盈拜倒，道：「謝陛下恩典！」她始終低垂著頭，旁人見不清她臉上神情。

梁帝眼神掃向朱友文，他冷冷看了摘星一眼，才走到她身旁，一同跪謝：「謝父皇賜婚！」

梁帝朗聲大笑，志得意滿，「好！朕甚欣慰！朕雖痛失愛將，卻也得到一支驍勇善戰的生力軍，還有一個好兒媳。好！很好！吩咐下去，今晚設宴，朕要好好慶祝！」

時值初夏，晚宴特設置於御花園內，琉璃宮燈，燭火通明，百花爭艷，且氣候舒適宜人，加上美酒佳餚，照理該是心曠神怡，舒適悠閒，但席上眾人卻各懷心思，身為宴席主角的摘星與渤王，臉上更是不見多少喜悅。

丞相敬祥入座時便眼尖發現桌上擺著一對龍鳳瑞祥杯，他與朱友珪兩人目光相對，均想：上次席桌上出現這對龍鳳杯，正是朱友珪與敬祥之女敬楚楚大婚之日，何以今日忽然出現在此？待見到馬摘星居然破格坐在朱友文身旁，兩人心下已猜得了七八分。

果然，眾人入席不久後，梁帝便宣布了馬摘星與朱友文的婚事，朱友珪暗暗惋惜，靠聯姻拉攏馬家軍的確是一石二鳥，他自己早有婚配，堂堂馬家郡主也不可能甘居妾室，只能眼睜睜看著這個大好機會被塞到朱友文手裡，渤軍已是戰無不勝，攻無不取，如今再加上驍勇馬家軍，朱友文儼然成了大梁戰神，所有的戰功全被他攬去了，自己還有什麼機會出頭？

朱友珪心內迅速盤算，自己雖有朝中大臣支持，丈人又是當朝丞相，但眾人皆知其母曾為營妓，當年朱溫行軍至亳州，召而侍寢，個把月後，朱溫欲離開亳州時，她告知已有身孕，朱溫便在亳州另購別宅，將她接出暫時安頓。懷胎十月，一朝分娩，是個男孩，遠在汴州的朱溫得知消息，心情大快，賜名遙喜，小名喜郎，不久他便將這對母子接回身邊，又將遙喜改為友珪，他登基後更封為郢王。

雖說梁帝並不介意，但皇子生母曾為軍妓可說是絕無僅有，王室貴族，最講究的莫過於血緣，即便一般尋常百姓，對逆旅婦人亦多所貶低，朱友珪從小在眾人異樣目光中成長，常暗自覺得卑賤，直至大哥朱友裕戰死，身為次子，他見到自己登基接班的一線曙光，方開始積極作為，拉攏大臣，塑造賢明形象，只是他並非唯一的皇子，除了梁帝八年前新收的義子朱友文外，尚有正室所出的四子朱友貞。

其時皇后張氏雖已逝，但校尉楊厚卻以表親身分，成為均王朱友貞的靠山，擺明與朱友珪這一派分庭對峙，面對朱友珪更是時不時話語間夾槍帶棍，暗諷他出身低賤。朱友貞雖不過十來歲，但父皇很快就會將他從契丹召回，準備對晉人開戰，屆時楊厚等外戚必然會打著朱友貞乃皇后嫡子的理由，上演東宮爭奪戲碼。

楚漢相爭，必有所傷，就算最後是朱友珪得勝，兄弟鬩牆，父皇心中必然有芥蒂，四弟也多所怨恨，但若能將朱友文也拉入這場混戰，將他底下兵馬收為己用，楊厚那派自然會知難而退。最糟的結果，也不過就是三強鼎立，互相牽制，尚可拖延表面上的和平，他還有時間慢慢佈局。

既然大梁兵馬的兩支王牌目前都在朱友文手上，那麼他的態度將會是最重要的關鍵，朱友珪平素與這位無血緣關係的三弟並無特別交情，此刻聽聞梁帝賜婚，第一個舉杯慶賀，道：「三弟至今都尚未婚配，我這做兄長的都替他著急了，今日父皇賜婚，馬郡主與三弟郎才女貌，可喜可賀，我先乾了這杯！」

丞相敬祥也跟著舉杯恭賀，眾人紛紛接著對馬摘星與渤王敬酒，兩人來者不拒，渤王依舊一臉冷峻，馬摘星則是面帶微笑，然隨著一杯又一杯的酒下肚，她臉上微笑越見勉強，跟在她身邊伺候的馬婧就在不遠處，一臉憂心地看著平日滴酒不沾的摘星猛灌酒。

終於，她藉著酒醉不適，先行離席告退，馬婧立刻迎了上去，摘星噴著酒氣，在馬婧耳旁小聲吩咐：「幫我弄壺酒來。」

「郡主，您還要喝啊！」馬婧不解。

「不是我要喝……是我要祭奠爹爹……告訴他……我要大婚了……這是女兒的喜酒……爹爹……爹爹是一定要吃的……」摘星已醉得有些大舌頭，說話囫圇不清，但馬婧聽得明白，思及摘星這幾日的遭遇，心中一酸，連忙答應了。

馬婧將她扶至荷花池旁的涼亭，匆匆離去，沒多久便帶著一壺酒回來，還不忘帶上一支酒杯，摘星接過，在酒杯內斟滿酒，倒在池邊，喃喃：「爹……這是女兒的喜酒……您喝到了嗎？」她臉頰駝紅，臉上似笑非喜，雙目含淚。「爹，您放心……女兒一定會為您報仇！屆時……屆時必手刃真兇，以慰您在天之靈……」

馬婧在一旁正跟著感傷，忽聽摘星打了聲噴嚏，酒後身子發熱，夜晚冷風徐徐，她身上衣物單薄，抵禦不了風寒，馬婧於是又匆匆去尋披風。

馬婧離去後，她蹲在荷池旁，搖了搖小酒壺，還有些酒水，便將剩餘酒水灑入荷池內，低聲道：「狼仔，這酒……是星兒的喜酒……對不起，星兒不能再等你了……星兒被皇上賜婚了……狼仔……你真的已經死了嗎？若你還活在這世間，可曾想過念過星兒？還是怨恨著星兒？其實……其實星兒一直在等你……」眼前忽地一片模糊，點點淚珠滴落荷池，盪起一波波漣漪，映在水面上的燈火跟著輕輕搖曳，一個人影從那燈火搖曳倒影中緩緩來到她身後。

她放下酒壺，伸手抹去眼淚，忽覺背後一暖，有人將一件披風披在了她身上。

她以為是馬婧，回頭想道謝，卻在見到眼前那人時，一愣。

「狼仔？」

在暗夜燭光中，那人的面貌竟與狼仔如此相似！

但那人卻冷冷開口：「父皇擔心郡主不勝酒力，吩咐本王親送郡主回宮安歇。郡主，請。」

原來是他。不是狼仔。

因為酒意，她不再刻意掩飾滿臉失落，緩緩站起，不過走了一兩步，酒意湧上，她一個踉蹌竟往荷池的方向倒去，朱友文迅速伸手抄住她的纖腰，一個旋身讓她遠離池邊，他正想放開她，她的雙手卻纏了上來，下意識地摟住他的頸子，他毫不掩飾地擰起濃眉，欲鬆手放開，她卻仰起頭，瞧著他，醉眼迷濛，忽地，嫣然一笑。

那笑容如同暖風緩緩吹拂，他只覺心底最冷硬的深處，竟彷彿冬雪遇見初春朝陽，開始融化。

就在這一刻愣忡，她用力勾住他的頸子，壓下他的頭，用自己的額頭貼著他，這是她與狼仔之間最熟悉不過的親密，面對這個冷得像冰塊的男人，她卻那麼自然就做了出來，彷彿心中早就認定了他就是狼仔。

「郡主請自重！」他回過神來，欲退後，摘星卻依舊摟著他不放，他只好沉聲道：「放開！」

她果真依言放開，兩隻小手忽又往堂堂渤王雙頰上一拍，清脆響亮，朱友文一愣，實在摸不清她腦袋裡在想些什麼，一時竟也忘了閃避，任由那雙柔嫩的手在自己臉上亂捏亂扯，一張英俊臉孔變得可笑滑稽，摘星不忘抱怨：「怎麼你就算醜，也醜得好像狼仔……誰說你可以長得跟他那麼像的！」

他心中不由迷惘：狼仔，真的對她這麼重要嗎？

明知馬摘星在半發酒瘋胡鬧，但他還是忍不住問：「郡主，妳一直將我錯認的那個人，對妳，很重要嗎？」

這句話讓她腦袋忽地清醒了一會兒。

很重要嗎？當然重要！

狼仔是她這一生所繫，她多麼希望能用自己的一輩子來補償他，可是……可是狼仔不在了……

她終於放開渤王的臉，低垂著頭，似在思考，因為酒醉，身子有些搖晃不穩。

只聽他又道：「若不重要，何必留一燈謎狼字，似在掛念那人？」

他想知道，這八年來，她真的對狼仔念念不忘嗎？若是，又是為何？

她不是厭棄了狼仔嗎？不是要他從此消失在她的生命裡嗎？

她思緒混亂，分不清現實，待她再抬眼見到朱友文時，遲疑著：「你真的，不是狼仔嗎？」

她的眼神是那麼期待與脆弱，有那麼一瞬間，他竟不忍否認。

幾隻螢火蟲無聲出現，夏夜晚風，螢光點點，樹草芬芳，宴席上的熱鬧人聲顯得遙遠，此刻只有他和她，彷彿回到了狼狩山上。

她是星兒，那麼，他是狼仔嗎？

「郡主？郡主您在哪裡？」馬婧的呼喚聲傳來。

她回過神來，忽地用力推開他，喊道：「你快滾！快離開我！滾得越遠越好——」

他一愣，原本不自覺露出的期待迅速消失，猶如被當頭潑澆了一大瓢冷水。

「滾啊！我、我後悔了！我不要跟你、跟你做朋友了！你這個怪物！跟你在一起，也只會連累我……你快滾吧！滾啊！」她醉言醉語，心思迷亂，不知自己身處何方，只知道狼仔得快離開，不然會有生命危險……

他目光複雜地看著酒醉的她，忽扯住她的手，將她拉近，在她耳邊低語：「看清楚，本王，不是妳能恣意背叛傷害的狼仔！」

「放開我！」她欲掙脫，使足全力又是一推，但他體格健壯雄偉，這一推猶如蚍蜉撼樹，她整個人還因此失去平衡往後倒去，有那麼一剎那，他想伸出手，但狠狠咬牙忍住衝動，眼睜睜看著她跌落荷池。

池塘並不深，她落水後不會有生命危險，只是狼狽。

荷池草叢邊竄起流螢，紛紛擾擾，如夢似幻，隨即重歸寧靜。

「郡主？您在哪裡啊？」馬婧的聲音再度傳來。

他冷冷看了一眼在荷池裡掙扎著想起身的馬摘星，轉身離去。

八年了，這個女人依然如此矯情做作！人前表現得處處在乎，難以忘情，人後卻棄之如敝屣，隨意玩弄。他受夠了！他絕對不會再任由她擺佈！絕不！

馬婧聽見落水聲，匆匆趕來，正巧見到渤王離去的身影，她微覺奇怪，但一見落水的居然是摘星，趕緊奔到荷池邊，將一身溼淋淋的摘星拉上岸來。

「郡主，您沒事吧？」

「狼仔……狼仔……你快走……別留下……危險……」她依舊唸唸有辭。

馬婧嘆了口氣，道：「郡主，您真醉得不輕，這裡是皇宮，哪來的狼仔？」

「他在的！他剛剛就在這裡！是我把他趕跑的！」她一陣激動後，整個人像是泄了氣的皮球，萎靡無力地靠在馬婧身上。「他走了……走了就安全了……」

「好好好，狼仔剛剛真的在這裡，又走了，沒事了。」馬婧無奈，扶著摘星離去。

摘星渾身溼冷，靠在馬婧身上，嘴裡仍喃喃：「狼仔……你走了就好，走了……就看不見星兒要嫁給別人了……」

她並不是情願要嫁給朱友文的，可是現下她無依無靠，又有什麼資格拒絕？

馬婧待想說幾句話安慰，摘星卻再無聲息，原來已經醉暈過去。

第八章 入府

摘星緩緩睜開眼，隨即又閉上。

頭好痛啊……她忍不住細聲呻吟，再次睜開眼時，馬婧那張如滿月般的豐滿臉蛋出現在眼前，她一驚，差點跳起。

「妳靠這麼近做什麼？」她推開馬婧的臉，覺得雙眼有些畏光，順手遮住。

「郡主，您還記得昨晚自己做了什麼嗎？」馬婧端來一杯熱茶，遞上。

摘星接過，搖搖頭，伸手揉著自己的太陽穴。

好難受……這就是宿醉的感覺嗎？

「您真的什麼都不記得了？您昨晚喝醉了，整個人掉進荷池裡哪！」

她一愣，問：「真有此事？是酒醉失足嗎？」

馬婧卻一臉賣關子，反問：「郡主，您先說說，對於昨夜，您還記得什麼？」

她白了馬婧一眼，覺得她這沒大沒小的個性倒挺像小鳳，頓時又覺有幾分親切。馬峰程為安撫馬家軍，及為攻晉做準備，無法在宮中久留陪伴摘星，但他特地將女兒馬婧留下貼身照顧摘星，讓她不用獨自一人面對。

摘星緩緩道：「我只記得，昨夜宴席上，許多人輪番舉杯恭賀，我一杯接一杯地喝，喝到最後有些不勝酒力，想去外頭透透氣……」她望向馬婧，示意馬婧接下去。

馬婧道：「郡主您昨夜離席後喊冷，我去替您找披風，回來時就聽到您落水的聲音了，接著便見到三殿下匆匆離去。」

「三殿下？」摘星有些驚訝。

朱友文昨夜離席來找過她？可她怎麼一點兒都不記得了？

「不知我昨夜有無酒喝失言，說錯了什麼話？」她試圖回憶，但腦袋還是一片空白。

「很有可能喔！不然為何郡主您落水，三殿下非但沒伸出援手，還掉頭就走？郡主您落水時，身上還披著三殿下的披風呢！一定是他擔憂您受寒，特地來找您，結果您酒醉後不知道胡說了什麼冒犯到他，把他氣走了……」馬婧自己也是胡亂推測，卻說得彷彿真有這回事。

摘星雙手遮臉，忍住想發出呻吟的衝動。

老天，她昨夜到底說了什麼壞事了？這場聯姻，對馬家軍至關重要，千萬不能搞砸，可她卻讓渤王留下如此差勁的印象了嗎？連見她落水也不願拉她一把，而是選擇拂袖而去？

摘星還想再追問馬婧，門外走入一宮女，跪下恭敬道：「郡主，渤王府的馬車已在宮門外恭候多時了。」

主僕倆對看一眼，均想：這麼快就要接她入渤王府了嗎？

「郡主……」馬婧有些遲疑不安。

「沒關係。」她笑了笑，安撫馬婧。「該來的總會來，渤王府又不是什麼可怕的地方，我是未來的渤王妃，的確不該繼續留在宮中。」她轉頭對傳話宮女道：「我很快就會準備好。」

說是準備，其實摘星並無多少隨身行李，最重要的就屬重新回到她手上的鳳眼銅鈴。她感傷地撫摸著銅鈴好一會兒，這才仔細收在衣內。畢竟是娘親留給她的遺物，她說什麼都不想再失去。馬婧倒是不知道從哪兒收拾了大大小小好幾個包袱，跟在她身後一起來到了宮門，只見一輛馬車已等在那兒，車廂與車轅均以足色白銀裝飾，拉載的雙馬較一般馬匹身材低矮，毛色棗紅，是以耐力著稱的室韋馬，而非摘星常見的軍馬或戰馬。

莫霄由馬車上跳下，走上前對兩人道：「馬郡主，三殿下因尚有要務在身，特命在下先送郡主回渤王府安頓。」

摘星點點頭，不欲多問，上了馬車。

馬婧跟著上車，一面放下包袱，一面擔憂問：「怎麼不親自來接郡主您回府呢？三殿下真的還在生氣嗎？他會不會想悔婚啊？」幾句話就把自家主子貶得一文不值，摘星看了她一眼，懶得糾正。

馬婧見摘星不理會，又自顧自道：「郡主，您真有把握能與渤王融洽相處嗎？傳言他是個性情孤僻古怪的人哪！」

摘星不語，倒覺傳言有幾分真實。

馬婧又道：「而且，聽說渤王府還有個天大的可怕祕密，堂堂三殿下王府，下人卻不多，傳聞是因渤王殘暴寡仁，凡是不順他意的下人，都被他給殺了！屍首就埋在王府庭園裡，所以這許多年來，別說是一朵花，連根草都長不出來！像塊墓地似的！」馬婧越講越覺聳然，眼神害怕。

摘星卻嗤之以鼻，道：「從哪裡聽來的胡言亂語，自己嚇自己！」

馬婧略覺委屈，她可是替摘星前途著想，才花了許多工夫暗暗向那些宮女打聽這些八卦，哪知摘星根本不屑一顧，不願與她一起嚼舌根。

馬車行進間，車外人聲漸漸嘈雜，摘星好奇掀開車簾，馬車已放慢了速度，駛入京城大街，其時梁帝已遷都洛陽，身為天下名都，洛陽曾為七朝首都，四面環山，八關都邑，形勢甲天下，儘管數次遭戰火蹂躪，歷代定都帝王重建亦不遺餘力，市容井然有序，街道交錯，南北四條，東西四條，縱橫宛如棋盤，然遭逢前朝安史與黃巢之亂，人口銳減，終究不復盛唐時期的繁華了。

馬車行經都城內最中心街道，大街寬達四十米，足以容納兩輛馬車來回並行，大街兩旁盡是店鋪，人來人往，車水馬龍，洛陽本就位於陸運水運交通樞紐，匯集各地商業買賣，店鋪裡盡是形形色色各式南北貨物，摘星的目光不由多逗留了一會兒，然後要馬車停下。

「郡主有何吩咐？」駕車的莫霄轉過頭問。

「初到渤王府，我想購置些薄禮贈與三殿下。」摘星道。

莫霄還未回話，馬婧已快手快腳先打開車門跳了下來，摘星隨後下車，莫霄知她是未來的渤王妃，也等於是自己半個主子，阻止不得，只好將繮繩交給身旁的馬夫，跟著跳下馬車，陪著主僕倆去逛大街採買禮品。

沿街店鋪小販叫賣著人蔘、貂皮、鹿茸、木耳、蜜餞、茶葉、漆器、玉器等，已讓人看得目不暇給，還有許多當地盛產蔬菜瓜果，鮮艷欲滴，酒鋪飯館更是不斷飄來食物香氣，馬婧聞得嘴饞，拚命吞口水，莫霄則是在經過酒鋪時，多看了一眼正在打酒的老翁。彎進小巷裡，又是另一番風景，是幾家藥鋪、書鋪、香鋪，還有間紙鋪，店門口擺著文房四寶，摘星好奇走了進去，拿起筆硯端詳，店鋪老闆是個儒雅中年男子，迎了上來，對摘星細細解說。

之後三人又逛了幾圈，走進一家首飾店鋪，馬婧以為摘星總算有點心思裝扮自己了，卻聽她問莫霄：

「那位牽馬等候渤王的女護衛是否叫做海蝶？」莫霄答「是」，她便詢問店裡是否有蝴蝶相關的女子飾物，莫霄居然也興致勃勃陪同摘星挑選。

採買得差不多了，三人正要離去，幾個淘氣孩子從他們面前叫囂跑過，摘星探頭一望，見那些孩子個個手裡持石塊，正朝一個蜷縮在角落的人影扔去，嘴裡一面大喊：「臭乞丐！滾開！」那人影衣衫襤褸，虛弱不堪，即使被石塊擊中，也無力逃走。

「住手！」摘星看不下去，大喝一聲，她最痛恨藉機欺負弱者了！

那些大孩子們見她只是個女人，根本不怕，有個膽子大的，甚至將石塊扔了過來，卻被莫霄接住，他瞪了那些孩子一眼，手掌微微一用力，石塊瞬間碎成了砂礫，他張開手掌，刻意讓那些砂礫緩緩落下，讓那些孩子看個清楚。

孩子們立刻知道莫霄不好惹，一下子全跑光。

「居然這般放肆！那些孩子太可惡了！」馬婧憤憤不平。

摘星趕到那人身旁，見是個老人家，滿頭花白，身形消瘦，面目憔悴，摘星輕聲問：「大叔，大叔？您沒事吧？您家住哪？我們送您回去。」

老人睜開眼，看見摘星，雙唇哆哆嗦嗦好一陣子似要說些什麼，但因太過虛弱，語不成句，只隱約聽出他來自外地，接著雙眼一翻便昏死過去。

馬婧問：「郡主，現在怎麼辦？」

摘星也有些苦惱，如果丟著不管，老人大概就真要死在街頭了，她想了想，道：「把他帶回渤王府照料醫治吧。」

馬婧與莫霄都是一愣。

「郡主，這人來歷不明，恐怕不妥。」莫霄道。

摘星道：「在奎州城，救助百姓乃是家常便飯，不管這人是誰，都是大梁境內子民，不是嗎？難道堂堂渤王會任由自己的子民落魄潦倒街頭？」其實她也知此舉不妥，但老人年紀與她爹爹相仿，又來自外地，無依無靠，她實在無法狠下心棄之不理。

「郡主，莫霄說的沒錯啊，萬一這人其實很危險怎麼辦？會不會反而替三殿下惹禍上身？」馬婧也幫腔。

「那好吧。」摘星對莫霄道：「你先搜他身，這人雖來歷不明，但若暫時對渤王府無害，就趕緊先把他帶回去醫治，萬一出了事，一切有我來扛。」

莫霄無奈，只得聽話搜身，再將人扶上馬車。

馬車離開沒多久，大街另一端冒出幾名大漢，其中一名大漢手裡拿著張人像，目光在人群間四處巡梭，比對搜索。

「不要打草驚蛇，儘快把人找到……」那名大漢吩咐，另外幾人低調頷首，分別朝不同方向散去，行動俐落，顯受過訓練，非一般百姓。

但那幾人搜尋半天，卻始終沒有找到要找的人，只得無功而返。

馬車來到渤王府，文衍、海蝶與渤王府眾人早已等候在門口，準備迎接未來的渤王妃。

馬車停下，文衍才喊了聲：「恭迎馬郡主——」摘星已迫不急待打開車門，與馬婧扶著那渾身髒臭的老人下車。

眾人面對這突兀狀況，皆是一愣。

「文衍！快！先救人！」摘星喊道。

文衍略一使眼色，兩名下人立即前去將老人扶進王府，摘星一臉憂心忡忡地也跟在後頭，馬婧拿著大包小包的包袱也匆匆跟著。

海蝶問莫霄：「那人是誰？」

莫霄答：「路上遇到的乞丐，飢寒交迫又一身傷，郡主心地好，說什麼都要將他帶回渤王府醫治。」

海蝶外貌冷豔，甚少笑顏，聽得還未過門的郡主就自作主張撿了個乞丐進渤王府，臉色不由有些難看。

還沒正式成為渤王妃呢，就這麼會使喚人了？真以為自己是渤王府的當家主母了嗎？

摘星等人先將老人安頓在僕役居住的耳房，文衍親自把脈，確認老人只是飢餓過久，體弱難撐，並無大礙，只需靜養進補，很快就能康復。

摘星不好意思道：「初來乍到，就如此麻煩各位，實在過意不去。等大叔身體無恙了，我自會請他離開，若三殿下怪罪，由我一人承擔。」

文衍交代了幾句，將海蝶領到摘星面前，道：「郡主，王府東廂別院已為您打掃整理乾淨，之後由海蝶負責安排照顧您的起居。」

海蝶走到摘星面前，恭敬道：「郡主，請隨我來。」

渤王府佔地廣大，坐北朝南，共有三進，摘星等人經過王府中央庭院時，卻不見小橋流水、花團錦簇，整個庭院以碎石鋪地，僅栽種幾棵松柏鐵樹，擺放幾座枯石，一切佈置極簡，卻極富寧靜禪意。

摘星默默欣賞這奇特的庭院佈置，身旁的馬婧卻驚慌道：「郡主！這什麼鬼庭院？連朵花都沒有！是不是地底下真的埋有屍——」

馬婧嗓門大，前方帶路的海蝶聽到了，回頭道：「三殿下不愛花草，覺得庸俗。」

摘星笑道：「我也是第一次見到沒有花草的庭院，雖然是單調了些，卻予人一種寧靜感，三殿下日理萬機，特意設置這樣的庭院，想是有助心情平靜。」

海蝶微愣，對馬摘星稍微改觀，「三殿下的確說過，非寧靜無以致遠。」

三人經過王府大廳，只見寬敞大廳內，放眼望去，全是一片黑壓壓，簾布、梁柱、櫃子、桌椅等，全是玄色，且除了黑櫃上一把橫放的利劍外，便無其他擺設，連個花瓶或瓷器都沒有，整體感覺肅穆有之，卻也隱隱透出一股肅殺之氣。

唯一醒目的，是牆上掛著的幾幅書畫，摘星覺得眼熟，不免多看了幾眼。

馬婧忍不住又多嘴道：「這大廳怎麼黑壓壓的，像個靈堂似的。」

海蝶回頭不客氣瞪了馬婧一眼，道：「黑色乃三殿下鍾愛。」

摘星若有所思，道：「黑者肅穆，卻過於深沉，難免令人卻步，不敢親近。」

那個男人是刻意營造出讓人不敢親近的氣息嗎？還是天性使然？

三人接著穿過一條迴廊，走出迴廊時，左側有處以高牆圍起的院落，玄色大門緊閉，拒人於千里之外。

「此處是？」摘星好奇問。

「這是三殿下的起居處，沒有三殿下的允許，誰都不能進入。」

她忍不住又看了一眼那扇緊閉的黑色大門。深不可測。

朱友文到底是個什麼樣的男人？

海蝶領著兩人來到別院後，便告離去。

廂房內打掃得一塵不染，兩扇木窗已經打開，採光極佳，裡頭只有一張床、一個矮櫃、一張桌子與兩張椅子，並無其他擺設，倒也素淨。那床帳與被褥也是素色，是深淺不一的青色，她看了只覺好生親切，心想：不知是誰特地挑選的？

她環顧一圈後，在桌前坐下，還沒喘口氣呢，馬婧已經將隨身攜帶的大小包袱都擱在了桌上，從中挑出一個包袱，迫不急待打開，道：「總算到咱們的房間裡，能鬆口氣了！郡主，這些都是爹吩咐人從奎州替您帶來的，您看看合不合用？」

她心頭一暖，馬峰程看著雖是大老粗，倒也有心思細膩的一面。

包袱裡頭除了一些衣物細軟外，還有她娘親的畫像，她凝視畫像許久，吩咐馬婧將畫像掛在牆上。

她輕輕「咦」了一聲，從包袱裡拿出一對皮影戲偶，居然是當年的星兒與小狼，只是不知為何，戲偶身上處處是縫補痕跡。

她還沒開口，馬婧已經主動解釋：「聽說這是一個叫紅兒的孩子，拿到馬府的。紅兒聽她爹說，這星兒與狼仔是郡主您當年最喜愛的一齣戲，她聽聞馬府出了這等慘事，於心不忍，本想偷偷拿著這對戲偶祭奠您，結果被我爹派去的人遇見了，聽得郡主您還活著，她堅持要把這兩個戲偶轉交給您，真是個貼心的孩子。」

摘星嘴角露出微笑，輕輕撫摸手裡這對縫縫補補的戲偶，想必是因為時間久遠，戲偶損壞，那叫紅兒的孩子卻耐心地一針一針縫補，還保留得這麼好。多麼善良的一個孩子。

「那孩子……紅兒，幾歲了？」她問。

馬婧搔搔頭，道：「這我就不太清楚了。」

她不以為意，想像著紅兒大概只有七、八歲，只有這個年紀的孩子，還會願意相信星兒與小狼的故事吧？

七、八歲，正是她初遇狼仔的年紀呢。

只是八年過去了，人事已非，她還在，狼仔已經不在了。

她感傷地看著小狼戲偶，眼眶不知不覺就紅了。

馬婧知她觸景傷情，連忙岔開話題，道：「郡主，難道您真不覺得這渤王府處處透著古怪嗎？寸草不生的庭院，不得闖入的禁地，誰知道渤王在那處院落裡做些什麼見不得人的勾當？」

摘星實在受不了馬婧的饒舌，故意接話想糗馬婧：「是啊是啊！那裡頭一定有著不為人知的祕密，住在裡頭的三殿下，冷酷寡情，心狠手辣，說不定每到月圓之夜，就會變成吃人肉、喝人血的索命怪物！」

「原來郡主喜在人後道是非造謠嗎？」朱友文的聲音忽然從房外傳來。

主僕兩人都是一愣，馬婧連忙開了房門，只見朱友文臉色雖依舊冷漠，但微蹙的眉間顯示他心情不佳。極度不佳。

摘星自知理虧，下意識地將戲偶放入包袱內收好，不想讓朱友文見到。

堂堂三殿下居然像個婦人家躲在房門口偷聽，豈非君子？

但人在屋簷下，不得不低頭，況且她還身繫整個馬家軍的未來，她按捺下脾氣，好聲解釋：「殿下，方才只是胡言罷了，我並不是——」

朱友文硬生生打斷她：「本王並非有意偷聽，只是想親自問問郡主，為何擅自將來路不明之人帶入王府？」

原來是來興師問罪的嗎？

「殿下，此舉的確是我踰矩了，但那位大叔是位孤苦無依的外鄉人，又受頑童欺侮，且他與我爹年紀相仿，我實在……無法見死不救。」她解釋道。

但朱友文依然語氣如冰，不留情面，「郡主可真善良，一點都不像會在背後道人長短！此處是渤王府，不是奎州城，才進門不到半天，郡主真以為自己已是渤王府女主人了嗎？」

「他是大梁百姓，殿下職責本就該保護人民，難道不是嗎？」摘星也來了氣，揚聲道。

馬婧在一旁暗叫不妙，這兩人還像是要做夫妻嗎？你一來我一往，句句針鋒相對，當仇人還差不多！這日後是要怎麼相處啊？

朱友文顯然也沒料到摘星敢頂撞自己，一怒之下，大聲道：「在渤王府，一切本王說了算！本王絕對不允許收留來路不明之人！」

她也不甘示弱，「人是我帶回來的，若有任何差錯，我願一人承擔！」

他狠狠瞪著她，彷彿巴不得一口吃了她，馬婧在一旁看著心驚膽戰，就在她以為自己和馬摘星下一刻就要被朱友文掃地出門時，卻驚訝聽到他冷哼一聲後，譏諷道：「是嗎？那麼郡主這次最好說到做到！

而非出自一時憐憫，隨意施捨善意，又毫不在乎將之拋棄！」他拂袖大步離去，身上披風飛揚，怒意張狂。

她愣愣看著他快步離去的背影，明顯察覺他話中有話，卻又不知他到底在暗示什麼？

他……似乎曾認識她？可她怎麼都想不起，朱友文所有的一言一行，和她的過去有什麼關連？

🐾 🐾 🐾

她沒有想到，與他的第二次衝突會來得這麼快。

朱友文是她未來的夫君，她不想與他形同陌路，況且之前的確是她莽撞了，於是她收拾好心情，帶著在街上採買好的禮品，前去見他，希望多少能討他歡心。

她初入府時就注意到，渤王府大廳內懸掛的字畫，是前晉書畫家索靖與衛瓘的書帖，之前她在京城街上特地挑了塊端硯，本想做為見面禮，卻沒想到成了賠罪禮，她不由苦笑，該說自己真有先見之明嗎？

端硯乃四大名硯之首，剛質而柔，摸之如小兒肌膚，軟溫嫩而不滑，呵氣研墨，發墨不損筆毫，廣受文人雅士喜愛，前朝更有「貢硯」之名，她選中的這塊，深青帶紫，天然石品斑紋雅而不華，更有一石眼，狀如鳳眼，晶瑩有光，堪稱罕見極品。

文衍識貨，一見那端硯，雙眼便發亮，目光從摘星手中，再移到渤王手中，難得癡迷，直到摘星喚他，才回過神來，「郡主。」

「文衍，我知道你精通醫術，不知道這本醫書，你見過嗎？」摘星遞上一本書。

文衍定睛一看，是王叔和的脈經，他自己雖也有一本，但馬摘星特意迎他所好，還是讓他頗為感動，內心一喜，忍不住就要伸手接過，卻感受到後方傳來一道冰冷視線，伸出的雙手又趕緊收了回來，道：「無功不受祿，郡主毋需多禮。」

摘星卻將書塞進他手裡，道：「你這說的是什麼話？奎州到京城，這一路上都是你在照顧我們，也是你親自診斷照料那位大叔，小小心意，你就別推辭了。」

文衍只覺身後那道目光越來越冰冷，簡直能凍死人，但再推辭，顯然就是不給摘星面子，他拿也不是，退還也不是，很是尷尬，卻又不敢轉頭看主子一眼。

朱友文手握硯台，冷冷看著摘星又轉向文衍身旁的海蝶，將一支蝴蝶髮簪遞給她，那髮簪上的蝴蝶做展翅飛翔狀，以數百根金絲纏繞而成，經過掐、填、織、編等多道工法，將冰冷的金屬化為生動蝴蝶，蝶翼上施以點翠，蝶目則以一顆圓潤珍珠剖半，分作左右兩目，隨著光線轉變，虹彩流動，栩栩如生。

海蝶雖出身渤王府，但朱友文不喜奢華，哪有什麼機會見到這等專為女子製作的精緻髮簪，海蝶總是保持警戒的目光一觸到那隻蝴蝶便被吸引了過去，很是喜歡，但顧及主子心情，她也只敢讓自己的目光稍作停留，隨即低下頭，恭敬道：「多謝郡主，如此珍貴之物，海蝶用不上。」

摘星卻將那支髮簪直接插在她的如雲秀髮上，讚道：「戴在妳頭上真是好看，妳就收下吧。」海蝶待還要推辭，見莫霄正含笑望著她，她狠狠瞪了他一眼，淡淡向摘星道了聲謝。

朱友文隱忍著怒氣，看著她一一用禮物收買自己的手下，冷哼：「郡主可真工於心計，一進王府就忙不迭籠絡人心。」

她早知朱友文不會輕易接受賠罪，不慌不忙道：「殿下，我自知壞了不少王府規矩，下回絕不再犯，小小禮物，只為賠罪，還望殿下接受。」

朱友文不再言語，能殺死人的目光一一掃過自己最貼身的手下，文衍與海蝶立即將醫書與髮簪放在桌上，莫霄則是一臉尷尬，朱友文瞪了他半天，他才乾笑幾聲，道：「郡主送我的是幾罈好酒，我耐不住渴，回來的路上就全喝光了，要還，也只能等我去茅房了。」

朱友文發誓，如果可以，他很想當場扭斷莫霄的脖子！

一個個都倒向這個女人，眼裡還有沒有他這個主子？

「殿下，這些禮物都是我細細挑選，還望殿下能接受我的心意。」摘星又道。

他目光狠狠掃過去，看著這個侵門踏戶破壞他生活的小女人，近乎咬牙切齒，「好，既然是送禮，收了禮後，任憑我處置！」他手一掃，硯台由他手中飛出，重重摔在牆面上，應聲斷為兩截。

文衍等人面上同時露出驚訝與心疼，驚訝的，是他們從未見過向來冷靜自持的主子在人前失態動怒，心疼的，是怕郡主送他們的禮物，也會遭遇同樣的下場，莫霄臉色更是難看。

摘星見他在眾人面前毫不留情踐踏她的心意，亦是氣不打一處來，但她還是壓下怒氣，目光直視朱友文，問：「敢問殿下，是不是不管我做什麼，都無法消除殿下對我的成見？」

「此番賜婚，我因皇命，妳為利益，本就是各有所需，不必再演戲了！」朱友文冷冷回答。

「婚約乃女子終身大事，我求的只不過是能與殿下和睦相處罷了！」她雙頰通紅，感到備受屈辱。

這個男人為何要處處誤解她、羞辱她？

既然他這麼討厭她，又為何要答應娶她？

難道僅僅是為了拉攏馬家軍嗎？

她深吸一口氣，緩緩吐出。是了，這一切，不過就是各有所需，朝廷需要馬家軍，而她需要朝廷的力量為父報仇。

他說的沒有錯，歷來哪個皇子的婚事不是政治聯姻？朱友文和她一樣，不過都是顆棋子，但他也不能仗著自己身為皇子，處處貶抑羞辱她，皇子又如何？要知道，她背後可是整個馬家軍，兩人若真鬧到了皇上面前，還不知梁帝會挺誰呢？

場面一時僵滯，馬婧平日話多，此刻搜索枯腸也不知能說些什麼圓場，文衍等人更是首次面對主子的家務衝突，自知此刻是外人，更不好出聲，儘管他們都覺朱友文確是有些咄咄逼人，針對馬家郡主簡直是雞蛋裡挑骨頭，看什麼都不順眼，但身為下人，他們哪敢出聲？只是在心裡不免倒向了馬摘星幾分，同時疑問重重：主子向來對周遭事物冷漠，卻為馬郡主屢屢失態，甚至心浮氣躁，這到底是怎麼回事？難道這兩人過去發生過什麼嫌隙嗎？

馬摘星帶回渤王府的老人，自稱叫林廣，他喝了幾帖文衍開的溫補藥方，當晚便清醒多了，隔日一早，摘星前來探望，林廣激動得想下床跪謝，她連忙扶住老人細瘦的雙臂，溫言道：「廣叔快請起，不過是舉手之勞。」

摘星親自倒了杯水，遞給老人，問：「廣叔，您住外地何處？我可以派人送您回去。」

林廣見摘星雖衣著樸素，但舉止高雅，談吐不俗，更不嫌棄他落魄潦倒，知她來歷一定不凡，不禁有些侷促。「小人……小人是亳州人，來京是為了尋找……尋找恩人，盼能見上一面，親自道謝。但人還沒找到，便已身無分文，不得已流落街頭，幸得姑娘出手相救，大恩大德，實在感激不盡。」

摘星淡淡一笑，道：「廣叔不用感激我，您該感激的應該是渤王殿下，這兒可是渤王府，事事都得這位王爺說了算。」

「渤、渤王府？」老人臉色一白，民間流傳渤王心狠手辣，殘暴無情，他遠在亳州也早有聽聞，沒想到今日卻被救回了渤王府……

見林廣一臉擔憂恐懼，馬婧道：「您別擔心，這位可是未來的渤王妃，我們王妃向來熱心助人，一定會幫您的！」

「渤、渤王妃？」老人瞪大了眼，驚愕過度，竟一時說不出話來。

摘星白了馬婧一眼，柔聲道：「廣叔，您別聽她亂吹牛，我剛也說了，這裡事事得要渤王說了算，我可沒這麼厲害。」

正說話間，外頭有僕人來報，說是二殿下郢王特地登府拜訪，請馬摘星一同前往迎接。

摘星雖不想見到那個對她百般挑剔的男人，但她初來乍到渤王府，又是未來渤王妃，拒絕與王府主人一同迎接二殿下，是否太不知好歹？

一想到又要見到朱友文，她難免有些心浮氣躁，竟未注意到身旁林廣在聽見郢王到來時，臉色明顯有異。

馬婧哪裡不知道她的心思，試探問：「郡主，要不就說您身體不適，回絕了吧？」

摘星卻搖搖頭，「不行，這樣只會顯得我更加失禮，日後在這王府，恐怕也更站不住腳了。」

她嘆了口氣，馬婧也跟著嘆了口氣。

僕人離去後沒多久，又有人來敲房門，馬婧一面開門，一面嚷嚷：「好了好了別催了！馬上就來了！」

但門外站的卻不是傳話的僕人，而是一名纖細女子，只見她笑容溫婉，眉目如畫，髮梳高髻，其上簪有金翠花鈿，時值夏季，女子身著天藍輕紗半臂齊胸襦裙，外罩淺藍寬袖衫，袖口以銀線繡出棲於木蘭枝上的喜鵲紋樣，鵲鳥頭尾相連，女子手裡還端著一碗剛熬好的湯藥。

馬婧從小跟著馬峰程生活在軍中，沒什麼見識，摸不清眼前女子來歷，不知該如何應對，她微微側身，讓摘星看清女子模樣，摘星見她雖手捧湯藥，但穿著高貴，身後又跟著兩名婢女，再見到她袖口所繡喜鵲，立即想到方才僕人來報二殿下郢王登府拜訪家敘，朱友珪此番前來自然會帶上郢王妃同行，而朱友珪小名喜郎，喜郎，喜郎，喜鵲郎，難道眼前這親手端來湯藥的柔婉女子竟是郢王妃？

摘星連忙上前拜見，並對馬婧連使眼色，要她端過郢王妃手上那碗湯藥。

「諸多失禮，還請王妃見諒。」摘星恭敬道。

敬楚楚只是柔柔一笑，將湯藥交給馬婧，道：「弟妹說的哪裡話，很快我們就是一家人了，何須如此多禮？倒是聽說弟妹昨日救了個路倒街頭的老人，怕妳忙不過來，順道我就端了湯藥過來。現在妳可有時間與我們好好聚聚、聊聊天了吧？」

郢王妃親自來請人，還特意端上了湯藥，摘星沒有理由再拒絕，正要答應，卻聽到身後噗通一聲，老人居然翻下了床，跪倒在地，激動喊道：「拜、拜見郢王妃！」摘星、馬婧都被他突然的舉止嚇了一跳。

敬楚楚眨眨眼，望向摘星，問：「這位就是……？」

摘星忙道：「是的，這位就是昨日從街上帶回救治的廣叔，他說是為了尋覓恩人，才遠從亳州來到京城。」

敬楚楚輕輕點頭，道：「亳州啊，的確是很遠的地方呢。」

朱友珪即出生於亳州，但她知丈夫不喜在人前提及自己的過往，因此只是輕輕帶過，沒再多提。

林廣忽對敬楚楚重重磕頭，她心地善良，見老人年事已高，又身體虛弱，連忙要他起身說話，別再跪了。

「謝王妃！小人實在是……實在是太過激動……因為郢王……因為二殿下就是小人上京想尋覓的恩人！」

敬楚楚一聽，好奇問：「真有此事？竟如此巧合？」

林廣在馬婧的攙扶下，顫悠悠起身，低著頭道：「數年前，二殿下至亳州發糧賑災，救了我一家七口！二殿下的大恩，小人念念不忘，因此斗膽想著，也許哪日天可憐見，能親自見到二殿下，當面道謝。」

敬楚楚是個單純的女人，聽老人這麼一說，便道：「二殿下即出生於亳州，亳州就等於他的家鄉，援助家鄉，理所當然。當年他賑災回京後，念念不忘亳州菜，嘴上掛念了好幾個月呢。」

林廣一喜，道：「小人正好擅長廚藝，做得一手亳州好菜，若二殿下不介意，可否讓小人替二殿下做一回拿手菜，權當報恩。」

敬楚楚笑道：「這可真是兩全其美呢，您報了恩，二殿下有口福可享！就這麼說定了。」她拉起摘星的手，勸道：「弟妹，一家人一起吃個飯，別傷了感情，好嗎？」看來她已隱約猜到摘星在渤王府的處境，可能不太好過。

摘星只能答應，心中卻隱隱懷疑林廣的身份可能沒有那麼單純：哪有那麼剛巧，林廣尋尋覓覓的恩人，就是二殿下？又說要做菜給二殿下吃，那菜會不會有問題呢？八年前馬府發生的夏侯都尉慘案，記憶猶新，她不由惴惴不安，但敬楚楚一番好意，她又不好當面點破，實在兩難。

看來待會兒只好要馬婧跟著林廣一塊兒去廚房做菜，要她眼睛睜亮點盯著，別真出了亂子。

敬楚楚帶著摘星回到渤王府大廳，朱友珪與朱友文早已坐在裡頭，桌上擺著茶水點心，朱友珪殷勤噓寒問暖，朱友文原本話就不多，多半時間只是靜靜聽著，即使回話，也僅是兩三句話帶過。

摘星一走進，朱友珪便熱情問：「弟妹，初到王府，可還習慣？」

敬楚楚微笑著走到朱友珪身邊坐下，道：「之前喜郎還擔心，咱們三弟不喜與人親近，怕會怠慢了弟妹呢。」

「我這冷面三弟，沒凍著妳吧？」朱友珪笑問。

郢王夫婦在此，朱友文就算再不喜摘星，也會顧及她的顏面，或該說，顧及馬家軍，多少收斂言行，摘星逮著機會，想報一箭之仇，她刻意滿臉堆笑地看了朱友文一眼，他只覺笑裡藏刀。

「多謝二殿下關心，二殿下與王妃多慮了，三殿下待我，可說是呵護備至，就連我隨意準備的一些小禮，他也愛不釋手，喜歡得不得了呢！」最後這幾句，她還特地加重語氣，就怕郢王夫婦沒聽清楚呢。

朱友文的目光殺了過來，摘星根本不怕，二殿下夫婦在此，一團和睦，看他敢不敢發作？今日她不討回這公道，她就不叫馬摘星！

她走到朱友文身旁坐下，身軀靠近，略帶撒嬌語氣，道：「夫君，快告訴二殿下與王妃，你有多喜歡我送你的禮物？」

朱友文忍著嘴角抽搐，開口：「……很喜歡。」

她斜睨著望了他一眼，杏眸眼尾微微上揚，竟是萬種嫵媚，他頓時胸中一蕩，目光竟一時三刻離不開。

兩人無意間流露的些微旖旎，裝也裝不來，朱友珪是明眼人，笑道：「看來的確是有所進展啊。」他笑著看了敬楚楚一眼，又道：「只是你們說起話來，怎似話中有話？其中有什麼玄機，我可就不懂了。」

摘星收回目光，故意輕嘆道：「也許是我送的禮薄，終究不合夫君的意吧。」

聽她口口聲聲喊自己「夫君」，朱友文不知為何，覺得並不那麼刺耳。

只聽她又問道：「不知二殿下是否能告知我家夫君的喜好？讓我能投其所好？」她左一聲「夫君」，右一聲「夫君」，擺明是故意刺激朱友文，他卻沒有任何反駁，她微覺奇怪。

難道是之前刁難她太過，心虛了嗎？

哼，最好如此！

朱友珪認真摸起下巴思考，道：「據我所知，三弟除了習武外，倒是有件喜好。」

「喔？是何喜好？」摘星問。

朱友珪指著牆上那些字帖，道：「就是這些，三弟尤其喜愛前晉書法家，是受了大哥的影響。」

這些字畫，摘星初入渤王府時便注意到了，但此刻她仍故意裝出驚訝模樣，「原來三殿下喜歡前晉名家的字帖呀？」她看著朱友文，故意問：「該不會三殿下平日閒來無事便喜歡練練字吧？」

敬楚楚輕輕拍了下手，喜道：「弟妹果真聰穎，一猜就中！之前我還猜是射箭呢！三弟有副奔狼弓，做工精細，妳一定得瞧瞧！」

朱友珪也道：「是啊，練字能練心，這點我就不如三弟了，他啊，能文又能武，是個不可多得的好夫君呢！」

摘星一面頻頻點頭，一面笑睨著朱友文，他被她瞧得渾身不自在，為掩飾尷尬，拿起茶杯想喝茶，她忽冒出一句：「我也送了夫君一塊硯台呢！」他險些噎到。

「弟妹與三弟簡直心有靈犀，肯定百年好合。」敬楚楚笑道。

朱友文咳嗽了聲，沒有回答，摘星也乾笑幾聲，有些尷尬。

百年好合？她和他連一日安寧是什麼滋味都不知呢！

朱友珪雖對字帖書畫文房四寶並無太大興趣，但為了顯示對馬摘星的重視，還是開口問了：「弟妹送的是什麼硯台？是否能欣賞欣賞？」

摘星與朱友文兩人四目相接，齊轉過頭，異口同聲道：「不行！」

敬楚楚嚇了一跳，不由自主伸手輕按尚平坦的肚腹，朱友珪見狀連忙好生安撫，夫妻的確情深。

「不過就是塊硯台，有什麼不能看的呢？該不會是有什麼難言之隱？」朱友珪笑問。

朱友文轉過頭，顯然不想回答，摘星只好硬著頭皮試圖解釋：「這、當然不是有什麼難言之隱……哎，講著講著我肚子也餓了，廣叔的亳州菜應該也做得差不多了吧？應該趁熱用膳了，是吧，三殿下？」

她轉頭徵詢朱友文意見，他難得與她同一陣線，緩緩點頭道：「是該用膳了。」

林廣親自為朱友珪下廚做菜一事，早有下人來報，朱友文早就派了文衍親自去廚房盯人，林廣就算有天大本事，想來也不至於在他眼皮底下出亂子。

眾人離開大廳前往用膳，摘星看了他一眼，嘴角微微含笑，似在取笑他方才喝茶險些嗆到的糗態，他沒好氣地回瞪她，卻沒發現自己的目光已不再那麼凌厲。

古靈精怪、俏皮愛整人的馬摘星……和他內心深處的一個身影隱隱重疊……尤其是那抹惡作劇得逞的笑容……

馬摘星啊馬摘星，事到如今，為何妳又出現在我的生命中？

第九章　魚目豈能混珠

只不過一會兒工夫，林廣居然真的弄出了滿桌亳州菜，用渤王府現有食材做出了牛肉饃、鍋盔、撒湯、渦陽乾扣麵、銅關粉皮、燒餅、扁豆糕等特色小吃，甚至還有道藥桂悶甲魚，不愧是渤王府廚子，居然在這麼短的時間內弄來一尾新鮮甲魚，不可不謂神通廣大。

那牛肉饃色澤金黃，外酥內嫩，以上等牛肉、粉絲為餡料，餡皮層層相疊，雖經油炸卻是入口不膩。鍋盔乃因形似盔甲，又圓又硬，反覆揉製麵團後於表層灑上芝麻，置於平鍋反覆煎烤，再佐以麥芽糖食用，芝麻濃香，麥芽清甜，是亳州民家餐桌上常見的主食。撒湯則以豬肉為底，以雞骨、羊骨等高湯燒開後，直接澆於攪拌均勻的生雞蛋中，成為風味獨特的肉湯蛋花茶。銅關粉皮以綠豆製成，薄如蟬翼，晶瑩剔透。剛蒸好的扁豆糕顏色青翠，散發出清甜豆香，讓人食指大動。

朱友文看了一眼站在餐桌旁的文衍，文衍點點頭，表示菜色並無異狀。

許久未見家鄉菜，朱友珪雙眼發亮，率先坐下，嘴饞舀了碗撒湯，對敬楚楚笑道：「先來嘗嘗這撒湯，除了我娘做的，我還真沒喝過對我胃口的。」家鄉小吃喚起了他幼時的鄉愁，此刻他只是單純懷念過往滋味，忘了介意自己的出身。

朱友珪迫不急待嘗了一口，笑容頓時凝結，面露驚詫，接著又嘗了一口，細細品味，心頭滋味難以形容。

太像了。簡直一模一樣。不管是味道或火候都像極了娘生前親手做的撒湯。

朱友珪一時無法言語，敬楚楚忍不住問：「如何？是你念念不忘的味道嗎？」

朱友珪緩緩點頭，忽道：「我想見見廚子。」

林廣很快被帶了過來，朱友珪道：「這撒湯，味道與我娘做的極為相似。」

林廣激動地望著朱友珪，「不過是地方小菜，感謝二殿下如此喜愛。小的同為亳州出身，菜餚味道相似，自是有可能。」

朱友珪卻知，這撒湯雖是亳州名菜，但各地做法稍有不同，他娘親總是以老母雞熬湯，豬肉也挑上好五花肉細切成絲，久煮不柴，而這澆湯入蛋花所拿捏的時機，更是決定美味的關鍵，難道真這麼巧，這老人的手藝竟與娘親如此相似？

朱友珪想了想，道：「我想將你留在郢王府內做廚子，好時時能喝到這美味撒湯。」

林廣先是面露喜色，接著轉而為難，正想婉拒，外頭忽傳來嘈雜人聲，接著莫霄匆匆入內，道：「主子，外頭來了一堆官兵，說是要來捉拿逃犯！」

「逃犯？」朱友文疑道，同時眼神迅速在眾人前掃過，最後停留在林廣身上。「有何證據？」

莫霄面色為難，「是……是丞相大人親自率人前來，詳細狀況，屬下無權過問。」

「是爹？」敬楚楚訝異道。「爹怎會親自來了？」

僅僅只是一個逃犯，堂堂當朝丞相為何要如此勞師動眾？

「請丞相大人進來，把話說清楚。」朱友文道。

莫霄稱是，離開後不久，敬祥便風風火火地帶著兩個官兵出現，他一見到林廣便命令官兵：「把他捉起來！」

朱友珪站起身，問：「這是怎麼回事？」

這名燒得一手亳州名菜的廚子，居然是逃犯？

兩名官兵已迅速左右架起林廣，將他拖了出去，摘星待想阻止，朱友文卻暗中扯住她的手，示意她稍安勿躁。奇怪的是，林廣雖面露驚慌，卻並沒有任何解釋或掙扎，只是不捨地看了朱友珪一眼。

那一眼裡有太多期待與熱切，朱友珪心內莫名一驚：這老人究竟是何來歷？

敬祥對眾人解釋：「讓諸位受驚了，此人乃通緝要犯，刻意潛入渤王府，肯定居心叵測，極有可能是想刺殺兩位殿下的刺客！」

朱友珪更是驚愕，忍不住看了一眼滿桌菜餚，摘星更是驚訝，思及這一切皆因她而起，正想說幾句話，敬祥已一陣風似地押著林廣離去，留下錯愕的眾人，與一桌尚未開動的菜餚。

朱友珪總覺林廣不似心懷不軌，老人能將撒湯做得與他娘親手藝如此相似，他倍感親切，從那溫熱湯裡感受到一絲難得溫情，因此他很快追了出去，敬楚楚擔心丈夫安危，也跟著匆匆離去。

片刻，朱友文冷冷吩咐文衍：「把菜全倒了！」這裡是渤王府，若他出面阻止，敬祥未必就能如此順利將林廣帶走，但林廣來路不明，他也不樂見摘星隨意帶人入渤王府照顧，才故意一聲不吭，眼睜睜看著林廣被帶走。

他看向摘星，只見她有些心虛，這天外飛來橫禍，是她起的頭，朱友文覺得自己必須好好教訓教訓這不知天高地厚的小女人。

他命眾人退下，只剩下他與摘星時，他冷言道：「本王早告誡過，不該收留來路不明之人！如今此人涉嫌行刺二殿下，若陛下問起，妳引狼入室，該如何交代？」

摘星明知他句句有理，卻多少還是有些不服，正欲開口辯解，朱友文打斷：「馬郡主，人心險惡，外表雖無害，誰知肚子裡藏著多少陰險？看來妳還沒搞清楚，此處是京城，可不是奎州小地，能任由妳胡來！」

她啞口無言。

朱友文見她不再反駁，冷笑道：「郡主終於清醒了嗎？還是被人狠狠背叛的滋味，讓人無法承受？」這句話彷彿觸動了什麼，她身子微微一顫，朱友文知道自己刺傷了她，明明心裡該感到痛快，卻又有一絲莫名不捨。他這是怎麼了？他該恨馬摘星的，不是嗎？為何要同情她？又為何會感到些許內疚？

良久，她抬起頭，一字一句，緩慢堅定，「但我相信，並非每種背叛，都是為了傷害，有時看似背叛他人，出賣的卻其實是自己。」她想起八年前那段往事，心有所感，就這樣在朱友文面前道出了真心話。

有時候，人不得不背叛，但為的不是傷人，而是救人。

她從未在其他人面前說出自己對於背叛狼仔的真正感受，可不知為何，她覺得朱友文會懂。

他一愣，竟不知如何回話。

「若殿下沒有別的吩咐，容我先行告退。」摘星轉身而去。

他看著她纖細脆弱的背影越來越遠，知她只是在勉強自己硬撐，不要在他面前崩潰倒下，他竟覺胸口有一絲絲悶痛，彷彿心疼這個小女子。

「丈人請留步！」朱友珪追出渤王府喊道。

敬祥見他追來，示意官兵先將林廣押走，面色凝重地走向朱友珪。

「這林廣看來瘦弱憔悴，哪裡像是刺客？且他是亳州人，燒得一手亳州好菜，和我娘——」

「殿下快請別再說了！」敬祥趕緊將朱友珪拉到一旁，壓低聲音道：「殿下，此人不論是否刺客，他的真實身分，對您來說，可是萬分兇險。」

朱友珪一驚，忙問：「丈人別賣關子了，這究竟是怎麼回事？」

敬祥道：「皇室血脈真偽，事關生死，就算只是流言，但只要上頭起了疑，往往就是殺身之禍，再無生天！」

朱友珪越聽越糊塗，問：「這和您不惜闖入渤王府抓走林廣，有何關連？」

敬祥再次確認左右無人，這才在朱友珪耳邊道：「此人自認是殿下您的生父，依他的造謠，殿下您並非皇子，只是一個逃奴之子啊！」

朱友珪臉色一白，用力握住敬祥的手臂，道：「此話當真？那林廣真是——」

敬祥忙揮手，要他別再說了。

「這林廣是名逃奴，」敬祥低聲道：「以前當過軍廚，聽說與當時在亳州的娘娘有過往來，還知道娘娘的左小腿上有道如食指般長的傷痕。」

朱友珪的手猛地一緊，敬祥吃痛卻不敢出聲，只因兩人皆心知肚明，林廣所言不假。一名區區逃奴怎可能知道如此隱密之事，除非——

敬祥忍痛繼續道：「這林廣原本欲押往邊境做苦勞，卻半途脫逃，官兵嚴刑逼供後，有奴隸供出他曾無意間道出自己兒子是當今二殿下，死前總盼著能進京親自見上一面……」見朱友珪臉色越發難看，他趕緊道：「二殿下請放心，所有知情者，老夫已盡數處理了。」他比了個殺頭的動作。

朱友珪終於鬆開手，神情複雜，一轉念間，殺機已起。

他是確確實實的大梁二皇子，未來皇位接班人，他不會讓一個來路不明的逃犯成為阻礙。

只可惜了林廣那一手好菜，尤其那道撒湯，此後怕是再也沒機會嘗到同樣的滋味了。

當朝丞相大動作率領官兵前往渤王府逮補刺客，消息很快就傳進梁帝耳裡，隔日梁帝便宣馬摘星與渤王進宮，摘星一路上雖強自鎮定，但朱友文還是能感受到她的忐忑，他難得收斂渾身銳氣，只是默默坐在她身旁，她似乎也感受到他難得的體貼，馬車到了皇城前停下，兩人下車前，她朝他望了一眼，勉強擠出笑容，點了下頭。

她懂得他無聲的體貼，並且感激他。

這幾日，表面上兩人處處水火不容，互看不順眼，但到了臨危關頭，她竟有種錯覺：朱友文會是她唯一的依靠。

再怎麼樣，他還是她未來的夫君，不是嗎？

他總不會對自己未來的娘子落井下石吧？

皇宮大殿，處處藏著權謀心機，她什麼都不懂，稍微說錯一句話，也許面臨的就是殺頭，她並不怕死，她怕的是，自己死了，便再也無法替爹爹與馬府全家報仇了！那是她至今仍願意苟延殘喘留著這條命的唯一理由啊！

她跟著朱友文的背影，來到了紫微宮，梁帝已上完早朝，正在朝陽殿等著兩人，丞相敬祥、朱友珪也在殿上，其他還有楊厚等幾位大臣。

人已到齊，梁帝開口問敬祥：「丞相，聽楊校尉說，他奉命前往相府調查時，那逃犯，已畏罪上吊自盡了？」

摘星與朱友文聞言皆是一愣，摘星更是於心不忍，面露哀傷。

儘管林廣有所隱瞞，但她知道，老人絕不可能是什麼刺客，況且丞相捉到人後，卻沒有送到刑部送審，而是帶回自己的相府關押，犯人最後又上吊自盡，怎麼看都是急欲想掩飾什麼，透出蹊蹺。

摘星忍不住望向朱友文，他察覺到她的視線，轉過頭，對她輕輕搖搖頭，示意她先沉住氣。

楊厚出聲質問敬祥：「丞相口口聲聲說那逃犯乃刺客，無憑無據，何以斷定？還是其中另有隱情？」

楊厚倒也不是胡亂栽贓，官奴脫逃本只是件小事，但他埋伏在相府的耳目卻回報，敬祥對一個脫逃的官奴異常執著，不斷派人暗中搜捕，引得他來了興趣，一經調查，發現那逃奴居然自稱是朱友珪生父，不管是真是假，只要這事兒一爆發，朱友珪覬覦皇位的野心必然大受打擊，他哪會放過這大好良機？

敬祥不理會楊厚，直接稟報梁帝：「陛下，臣從一奴隸逼供得知，此人對二殿下執法不阿，心有怨恨，臣又得知馬郡主將此人帶回渤王府，情急之下，立即趕去捉人，而臣也的確在其靴履內搜出一匕首。」

他一抬手，一旁太監將一把匕首呈了上來。

摘星見到那匕首，只覺可笑！當初林廣入府前，莫霄就已經搜遍他全身，若他的靴履中藏有匕首，莫霄怎麼可能會不知道？她想開口替林廣辯解，朱友文忽扯住她的手腕，她不解地望向他，這次他依舊堅定搖頭，示意她不要出聲。

林廣這人明顯大有文章，但此刻狀況不明，人又已死，任意提出證據，怕只會惹禍上身，不如靜觀其變。

敬祥又道：「且此犯自盡前，已畫押認罪。」

一名太監呈上林廣的畫押，梁帝拿起，仍感疑惑：「當真如此？不過一名逃奴，竟膽敢冒死刺殺皇子？」

「陛下，確實如此，臣萬萬不敢欺瞞！」敬祥一臉懇切。

朱友珪也道：「父皇，兒臣數年前，奉命前去徹查軍營集體藏糧一事，曾將一批涉案士兵罰降為奴，此人當時的確被貶為奴，軍部皆有檔備查。」

楊厚卻不以為然，身為丞相，在軍部文件上動動手腳，又有何難？

梁帝思量一會兒，點點頭，道：「楊校尉當初向朕稟報時，朕也覺奇怪，區區一逃奴，何以竟需堂堂丞相勞師動眾？原來竟是這番緣由，老丞相可真是愛婿如子啊。」最後這句話，似意有所指，楊厚偷覷梁帝，只見他面容和藹，並無異狀。

敬祥與朱友珪同時如釋重擔，看來是成功瞞過梁帝了。

梁帝放下畫押，語氣一沉，轉頭看向馬摘星，道：「馬郡主，妳識人不明，引狼入室，渤王府警戒疏漏，縱容逃犯，險些釀成大錯，你們兩人可知罪？」

「是兒臣失察，請父皇降罪！」朱友文立即將責任一肩攬下。

「陛下！」摘星往前站了一步，「此事與三殿下無關！三殿下曾多次力阻，是摘星一意孤行，不聽勸阻，才鑄此大錯，肯請陛下，僅降罪於摘星一人！」

說不恐懼，是騙人的，但在見到朱友文毫不猶豫便替她扛下這一切時，她忽然又有了勇氣。人能有勇氣，是因為有了依靠。但她不想連累朱友文，況且這一切的確都是她的錯。

梁帝冷哼一聲，先看著朱友文，「事出渤王府，你難卸其責，朕罰你思過三月，供繳一年俸祿。」又對摘星道：「妳受人蒙蔽，又頑固不聽勸阻，置朕二子性命於危險之中，險釀大錯！朕罰妳跪於太廟省思，三天三夜！」

朱友文似還想說些什麼，摘星已雙膝一跪，坦然接受責罰。

🐾 🐾 🐾

太陽逐漸西下，一日將盡，跪在太廟內的摘星雖想硬撐，但曾被馬俊打斷的雙腿舊傷早已不堪負荷，痛得她冷汗涔涔，不但是腿，連身子也開始發抖，照這樣下去，別說三天三夜，怕是連三個時辰都支持不住。

一個人影在太廟外一閃，負責看守的禁軍大喝一聲：「來者何人？」

摘星聞聲轉頭，見到滿臉憂心的馬婧被禁軍擋在太廟門外。

馬婧哀求道：「軍爺，行行好，能不能讓我和我家郡主說幾句話？」

禁軍不為所動，馬婧只能乾著急，她忽心生一計，對摘星喊道：「郡主！郡主您再忍忍，我去找我爹想辦法！」

摘星一驚，立即喊：「不准去！」

「郡主，可是——」

「馬婧，我說不准去，就是不准去！」之前馬家軍圍城，梁帝表面雖已原諒，但心裡終有芥蒂，她不能再任由自己的錯誤，毀了朝廷對馬家軍的信任。

林廣一案，怎麼看都是疑點重重，她卻只能看著那些高官幾句話就輕描淡寫將一個人的性命抹去，那是不是一開始她就該任由林廣倒在街上，見死不救？

但她做不到啊！她怎能眼睜睜看著一個孤苦無依的老人橫死街頭？

此刻她才知自己的存在有多渺小，是馬家郡主又如何？郡主不過是個封號，在奎州那種小地方也許是有些份量，但在京城，處處都是王公貴族，她這區區郡主又算得了什麼？根本沒人放在眼裡。是未來的渤王妃又如何？人家看上的還不是她身後的馬家軍？而她身處京城，就在天子眼皮底下，一言一行都會影響這些曾經效忠爹爹的士兵將領。

她已經不能再像從前，惹出了禍就奢望有人替她解決，如今她得自己承擔這一切，即使代價很可能是這雙腿就此廢了。

若真瘸了雙腿，朱友文恐怕只會更厭惡她吧……也好，反正她也不奢望能得到他的任何關心……

馬婧急得都要哭了出來，「郡主！您的腳不能再這樣跪下去了啊！」心慌則亂，她甚至威脅禁軍隊長：「你們想清楚啊！要是渤王妃的腿廢了，誰能承擔？還不快去稟告陛下，求他放人？」

摘星知道馬婧擔心，但怕引起更多禍端，她只能狠下心，朝禁軍隊長道：「若再任她胡鬧，擾我思過，我日後必稟報陛下諸位失職！」

禁軍本念著馬婧是摘星隨從，多有容忍，摘星一說完，禁軍們立即舉起長槍，對準馬婧，不客氣道：「再胡鬧就把妳拿下！還不快退下！」

「郡主！」馬婧不死心。

摘星閉上眼，硬是不理會，將瘦弱的身子又挺了挺。一切都由她來承擔。她不想再拖累任何人了。

「退下！」禁軍長槍紛指馬婧，步步逼退。

馬婧無奈，最終只得含淚不捨離去。

🐾 🐾 🐾

不久，天空響起聲聲悶雷，遠方烏雲捲動，滾滾而來，看來很快會有場大雨。身在御書房內的朱友文不自覺朝窗外望去，梁帝見他神色略顯掛心，便問：「你在擔心馬摘星？」

朱友文收回目光，一臉冷漠，「馬摘星仍有用途，兒臣只是不知她能否撐住，若挺不過，可就壞了事。」

「你這準王妃，並非池中物，朕只是要挫挫她的銳氣，讓她安分些，你且放心。」梁帝笑道。

「是，兒臣明白。」

梁帝語鋒一轉，「朕要問你一件事。」

朱友文已知梁帝要問什麼。梁帝向來多疑，不可能輕信敬祥那番說詞。

「偌大丞相府，竟連區區一個逃犯也看管不住，這麼輕易就讓他上吊自盡了？實在令人起疑。」梁帝道。

「是，其實林廣入渤王府前，兒臣屬下已替他搜過身，確認身上並無丞相所呈之匕首，而渤王府看守嚴密，要盜取武器，並不容易，況且府內也無匕首等利器失竊。」朱友文回道。

梁帝沉吟，道：「果然有疑竇。敬祥那老狐狸，自以為天衣無縫，卻不知處處是破綻。這其中真相如何，交由你詳細調查，三日之內，朕要知道結果。」

🐾
🐾
🐾

朱友文回到渤王府時天色已暗，人才剛下馬車，天空便下起傾盆大雨，他的腳步頓了一下，隨即毫不遲疑往府內走去。

文衍等人已在大廳等候，他命莫霄與海蝶埋伏丞相府，有何動靜，隨時回報，兩人銜命立即離去。文衍向來是他的謀士，朱友文將疑點說出後，兩人試圖抽絲剝繭，還原真相。

「林廣被抓走時，並無反抗，也並沒有對二哥口出惡言，實不像與二哥有深仇大恨。若真是刺客，必會拼死一搏……」朱友文率先說出疑點。

「主子，這林廣與敬祥，有沒有可能是一夥的？」文衍問。

朱友文來回踱步，細細回想當日發生情景，然後搖頭，「不像是一夥。」

「那麼主子相信，林廣是畏罪自盡嗎？」

朱友文想了想，又搖搖頭，「他的死必有隱情，自盡，有可能，但也有可能是別人下的手。既然他在渤王府時就沒有透露自己的身分，被丞相捉走時，也沒有大聲喊冤，想來是有隱情，而他冒著生命危險，也要見上二哥一面……他來自亳州，也許過去曾與二哥有過什麼淵源？」

能推斷的線索，到這裡就斷了。接下來就只能看莫霄與海蝶能調查出什麼眉目。

「三殿下！三殿下！您在哪裡？快出來啊！」馬婧大呼小叫的聲音傳遍整座渤王府。

門口一暗，被大雨淋得渾身濕透的馬婧衝入大廳，她一見到朱友文便彷彿終於見到了救星，衝到他面前激動道：「三殿下！請您快救救郡主！」

「陛下旨意，本王有何能耐救人？莫不是要本王忤逆聖意？」朱友文冷冷道。

馬婧情急道：「可郡主無法長跪啊！殿下您有所不知，八年前，郡主為了救人，在狼狩山上被少主用長槍打斷腿骨，從此落下了病根！要是再這麼跪下去，郡主的一雙腿恐怕就要廢了啊！」

八年前。

狼狩山上。

朱友文如同當場被雷劈中，一時呆愣無法言語。

她八年前在狼狩山上為了救人，因此被馬俊打斷腿骨？

她救的是何人？為何寧願冒著被親生哥哥打斷腿骨的風險？難道——

他激動質問馬婧：「郡主救的人是誰？」

「是狼仔！」馬婧見朱友文難得關心摘星的過去，連忙將自己從自家爹爹那兒聽來的經過倒豆子似地全說了出來。「聽我爹說，郡主當年在狼狩山上認識一個被狼養大的孩子，叫做狼仔，他被人誣陷殺害夏侯都尉，郡主怕他被抓，故意在他面前說了一堆傷人的重話，想把他趕走，先保住性命要緊。當時整個奎州城啊，全都相信狼仔就是殺人的狼怪，可只有郡主堅信狼仔絕對不會是殺人兇手！」

朱友文神色大變，心神激盪下，身子竟晃了晃，往後踉蹌退了兩步。

她是故意的？是故意要趕他走的？因為她想保護他？

馬婧繼續滔滔不絕：「郡主只是想暫時把狼仔趕走，誰知道少主居然偷走她的銅鈴，用計誘殺狼仔，當時——」

朱友文衝動打斷：「銅鈴……銅鈴是被馬家少主偷走的？」

「是啊！」馬婧越說越來勁，簡直像自己曾親眼目睹。「當時郡主站在崖邊，以自己性命相逼，要少主收手，誰知道少主耍詐，居然狠狠打傷郡主的腿，要不是將軍及時趕到，唉……」

朱友文向來木頭般的臉上表情複雜，不捨、欣喜、內疚、懊悔等諸多情緒全一股腦湧上，翻江倒海，胸中似有千言萬語卻無法吐出，嘴唇蒼白發顫，心神已是大亂。

馬婧絲毫沒注意到朱友文的異狀，繼續說個不停：「郡主受傷的頭幾個月，夜夜都會痛醒，但她卻從不喊痛，後來大家才知道，她都是夜裡緊咬著被子忍痛，咬到嘴巴滲血，沾到了被角，才被人發現。」

朱友文垂下了頭，雙手緊握成拳，呼吸急促，用盡全力克制顫抖的身子。

「殿下！」馬婧忽在他面前跪下，懇求：「求求您出手，救救郡主！聽我爹說，郡主的舊傷，在雨天特別容易復發，而且要是再有損傷，這輩子有可能就瘸了！」

朱友文一聽，二話不說，立即衝出大廳，文衍跟了上去，聽見他吩咐：「備馬！」

「主子，您該不會是要去太廟吧？」文衍問。

朱友文沒有回答，已冒雨衝了出去。

快馬奔馳，已是全力，他仍不斷催促，黑夜裡大雨瓢潑，讓人看不清前方，雨水濺打在身上，他卻渾身發燙，絲毫不覺寒意。

再快點！再快點！

他聽不見滾雷隆隆，也聽不見身下馬匹筋疲力盡的費力喘息，甚至連雨聲都聽不見，他只聽見那一聲聲的呼喚——

狼仔……狼仔……

八年前，他以為他被她狠狠背叛，卻沒想到，其實最信任他的，一直是她。

但我相信，並非每種背叛，都是為了傷害，有時看似背叛他人，出賣的卻其實是自己。

這句話不斷在他耳際迴盪……她沒有背叛他，星兒並沒有背叛他……

八年了，他用冷酷狠辣將自己完全武裝，不讓任何人再傷害自己，他以為自己恨她，此刻才發現，恨，是因為愛，是因為那麼強烈濃郁的愛。他的胸口一陣陣發脹，那個他曾經以為被狠狠挖空的地方，原來還有感覺，原來還會跳動。

他滿臉是水，冰涼的，溫熱的，雨水與淚水交織，那是八年前他原該流下的淚。

「星兒！」太廟近在眼前，他腳踹馬鞍，一個兔起鶻落，借力施展輕功直往太廟大門飛奔而去，馬兒受他重踹，狂奔之下瞬間翻倒在地，連聲哀鳴，一雙前腿竟已折斷。這可是梁帝特地賞給他的烏騅寶馬，如今斷腿，無異是等於廢了，白白浪費了一匹珍貴戰馬。

摘星單薄的身影跪在大雨中，背後是重重禁軍，他前腳才踏進太廟，禁軍已紛紛舉起長槍指向他，禁軍隊長大聲道：「三殿下，職責所在，請恕屬下不能放行。」

「退下。」

「禁軍僅聽命於陛下，無陛下指令，不得放人進入。」

「退下！」

「三殿下請勿為難！」

「讓開！」朱友文終於失去耐性。「她是本王王妃，身有舊疾，不能久跪！事後本王自會稟報陛下！」

「但我等僅聽命於——」

「閃開！」朱友文一聲怒吼，雙目滿是血絲，殺氣爆漲，禁軍隊長竟不由往後退了半步。

他一步步走入太廟，氣勢逼人，禁軍雖有武器且人數眾多，卻被逼得不斷後退，無人敢上前攔阻。在他們眼裡，渤王朱友文宛如夜叉惡鬼，誰敢擋路，必死無疑！

禁軍隊長一咬牙，命令：「快！通報陛下！」

渤王乃梁帝三子，更是大梁戰神，他不敢也沒這個能耐與之正面衝突。

兩名禁軍往外急奔而去。

朱友文已走到摘星面前，只見她身子搖晃，似乎已到了極限，隨時便要倒下。

他抬起披風，替她遮雨，她緊咬著衣袖忍著腿傷舊疾椎心刺痛，模模糊糊察覺到有人來到了身邊，抬頭一望，在大雨中，竟見到了那人臉上的溫柔與心疼。

星兒。

她彷彿聽見他這麼喊她。

是幻覺嗎？這世上，會這麼喊她的，除了已過世的娘親，就只有狼仔，可是他們都已不在了。

所以她也死了嗎？死了……也好，就再也感覺不到痛了，但……但她不甘心啊！她還沒有替爹爹報仇……沒有替馬府全家報仇……而她是唯一一個活下來的人！如果連她也死了，這個世界上，有誰還會記得爹爹？記得娘親？

還有誰，會記得狼仔？

「星兒別怕，狼仔來了。」

不，他不是狼仔。狼仔已經不在了。

那人將她輕輕抱起，摟入懷中，溫暖寬厚的胸膛，強壯有力的心跳。

她緩緩閉上眼，已然染血的衣袖從她蒼白雙唇間落下。

不……他不是狼仔。

狼仔……已經不在了。

大雨漸漸停歇，烏雲散去，雨後微風輕拂她的髮稍。

風……還在，蝴蝶也還在，可是狼仔……卻永遠不在了……

兩滴清淚滑落，她感覺有人溫柔撫去了自己的淚痕。

朱友文抱著摘星，一路施展輕功冒著大雨奔回渤王府。

一入王府，他急忙喚來文衍，命令：「救人！」

文衍見主子之前急忙離開王府，心中已約略猜到了八成，雖對主子為何無端如此意氣用事感到疑惑，但眼下救人要緊，況且他這個做屬下的也無權過問太多。

朱友文抱著摘星來到她居住的小院，馬婧正在房前焦急徘徊，見他真把郡主帶回來了，激動得差點就要跪下，但一聽他喊著要救人，臉色瞬間轉喜為憂。

他不等馬婧上前開門，直接用腳踹門，入房後小心翼翼解開披在摘星身上的披風，緩緩將她安置在床上，文衍立即過來把脈，檢查傷勢。

「先檢查她的腿是否無恙？」朱友文著急道。

文衍依言，請馬婧掀開摘星裙子，只見她雙腿膝蓋處已是一片瘀黑，觸目驚心，雖男女授受不親，但瘀黑如此嚴重，事不宜遲，他趕緊施針，設法舒開淤血。

「主子，郡主此處似有舊疾？」文衍發現了摘星腿上的舊傷。

「我知道。我這就進宮請太醫過來。」朱友文道。

文衍一愣。先是抗旨硬闖太廟，將馬郡主帶回，如今又要為了她特地進宮請太醫？主子何時對馬家郡主如此重視了？

朱友文轉眼已不見人影，約莫一個時辰後，他抓著一名老太醫匆忙回到渤王府，老太醫連喝口茶喘氣的時間都沒有，就被推進房裡替摘星診治。

馬婧在旁又是感動又是驚異，不知渤王殿下怎忽地轉了性？瞧，他臉上的急切與焦心，完全不像是裝出來的呢！

文衍急救得當，老太醫讚許了幾句，又仔細檢查舊傷，道：「郡主淋雨受寒，加之心神受損，幸好三殿下將郡主及時帶回，要是再拖延下去，這雙腿受了溼寒，可就真的廢了。老夫會先開幾帖去溼寒的藥方，服用兩日後，再慢慢服用一些溫補藥物，助其復原。」太醫又交代了文衍幾句，便離開了。

從頭到尾，朱友文不發一語，靜靜聽著。

老太醫離去後，文衍持續施針，躺在床上的人兒臉色蒼白，額上微微冒出涔涔細汗，雙腿舊疾復發應是十分痛苦，她卻連在昏迷中，也不願發出一句呻吟。

朱友文看著她膝蓋烏青的雙腿，懊悔不已，心痛萬分。

這雙腿，是因為他而曾被硬生生打斷！她嬌弱的身子怎承受得了？

而他卻一直誤會她至今！思及自己之前所作所為，連他都想狠狠甩自己幾巴掌！朱友文，你到底在想什麼？

隨即一股更深沉的恐懼由內心最深處浮現，但眼前她的傷勢最要緊，他選擇暫時忽略那陰暗的恐懼源頭。

那一夜，朱友文一直守在摘星床邊，目光始終沒有離開過她。

星兒。他在心裡千次百次呼喚著這個他曾發誓要永遠遺忘的名字。

星兒……這次，讓我好好補償妳。

🐾 🐾 🐾

隔日，御書房內。

梁帝面色不善。他已聽得禁軍隊長來報，渤王違抗皇命，強行進入太廟帶走馬摘星，回到渤王府。

他冷冷看著第一次違抗自己的朱友文，質問：「你何以違背朕的旨意，強行帶走馬摘星？」

朱友文恭敬答道：「父皇，兒臣得知，馬郡主雙腿曾斷，留有舊疾，不得長跪，一旦再傷及，這雙腿恐怕便瘸了，此一結果，馬家軍必不樂見，怕與朝廷間又起疑忌。」

「那你為何不先通報朕？」梁帝語氣稍緩。

「她已長跪一日，事態緊急，且兒臣探察之時，她已不支昏厥，情急之下，兒臣只好抗旨，今日特來請罪！」朱友文跪下。

梁帝打量了他一會兒，道：「起來吧。朕不知馬摘星有此舊疾，差點毀了這顆棋子，幸虧你及時救人，朕不怪罪你。況且，如此一來，日後她必更信任你，這顆棋子豈不更好操控？」

「謝父皇開恩！」朱友文起身，「父皇，兒臣今日入宮，尚有一事稟報。」

「說。」

「林廣一案，經兒臣調查，確有隱情。」

朱友文呈上一封密函，梁帝接過，打開拿出，面色越見凝重。

朱友文解釋：「兒臣派出手下盯梢丞相府，發現兩名下人暗夜抬屍至郊外，埋屍後又慘遭殺害，幸其中一人尚有氣息，被救起後道出經過。兒臣又連夜暗查，取出軍部與官奴檔案，發現二十多年前，林廣曾任亳州軍營廚子，似乎曾短暫與二哥生母有過往來，加上二哥出生時間巧合，才使他有如此大膽臆測，認為自己是二哥生父。」

「荒唐！」梁帝一怒之下，將密函砸在案前。「你的意思是，朕被戴了綠帽？而丞相因為有所忌憚，殺人滅口？」

朱友文也知茲事體大，謹慎道：「兒臣不敢。兒臣堅信這僅是林廣單方面的臆測，二哥的確是父皇血脈，無庸置疑。」

梁帝瞪著朱友文，心頭思索：此人是自己一手提拔上來，表面是他義子，私下卻是他的鷹犬，專門替他解決明面上解決不了的難題，不問緣由，唯命是從。但朱友文昨日冒雨抗旨強行帶走馬摘星，他從未如此先斬後奏，向來多疑的梁帝，難免對這個義子的背後真正目的，產生一絲懷疑。

但眼下他還需要朱友文，即使心有疑慮，他決定先暫時擱下。

此時值班太監來報，朱友珪與丞相敬祥聯袂求見，梁帝冷笑一聲，倒想看看這兩人又想玩什麼把戲？他命朱友文先行離去，回到案前坐下，冷眼看著這對翁婿走入。

有時他不免有種錯覺，這敬祥，倒比他更像是朱友珪的親生父親啊，不但處處維護，更同進同出，搞不好這老狐狸還做著哪天當上太上皇的美夢呢。

「何事稟告？」梁帝問。

朱友珪先開口：「父皇，我等想替馬家郡主求情。」

「為何有此請求？」梁帝反問。

敬祥道：「昨夜臣與二殿下商討，深覺馬家郡主實是不知者無罪，應從寬議罪。況且⋯⋯」似有難言之隱。

朱友珪接道：「況且，三弟態度未免過於寡情，非但沒有替未來的渤王妃求情，也沒有試圖對馬家軍解釋緣由，說不定會動搖馬家軍對朝廷的忠誠。」

翁婿兩人一搭一唱，特地替馬摘星求情，尤其是朱友珪，平日與朱友文幾乎沒什麼交情往來，這人情，根本是求來做給朱友文與馬家軍看的，端的不外乎是能一石二鳥，同時拉攏朱友文與馬家軍，壯大自己的勢力。

就這點小心思，梁帝哪裡看不透？

還以為這兩人是想自行認罪呢，沒想到他們已經玩起了別的花招？真當他如此昏庸嗎？

梁帝重重一掌拍下，怒道：「你們還想繼續欺君嗎？」

翁婿兩人對看一眼，不解朱溫怒意由何而來，驚恐之下雙雙下跪。

「陛下息怒！」

「父皇息怒！兒臣只是單純不忍馬家郡主——」

「住口！」梁帝站起身，拿起案上密函，質問：「要不要猜猜朕手上拿的是什麼？」

朱友珪與敬祥驚疑不定，不知梁帝為何發怒，兩人作賊心虛，只能連聲請求梁帝息怒。

梁帝哼了聲，「這是林廣的軍部密檔。」

朱友珪與敬祥瞬間臉色慘白，心下只有一個念頭：萬事休矣！

梁帝將密函朝案上一扔，道：「區區一個軍廚的自行猜測，你們就當真了？」他望向朱友珪，厲聲道：「其實妳娘親早就坦承她與林廣曾為舊好，朕反而欣賞她忠誠不欺！朕從未懷疑過你的血脈，可你們卻想欺君私了，眼裡還有朕嗎？」

朱友珪已是滿身冷汗。原來父皇早已知道了，他卻還在自作聰明！

朱友珪不斷用力磕頭，悔恨莫及，「父皇！這一切、一切皆是兒臣的錯！兒臣……」他情急之下道出心中真實恐懼，「兒臣自小即因母妃出身，暗地裡受盡冷言冷語，兒臣實在害怕自己並非父皇親生，更怕父皇從此看待兒臣的目光，糊塗之下才會未經徹底查證，瞞著父皇私自動手……兒臣知錯！兒臣知錯！」朱友珪涕泗橫流，除了懊悔，倒有大半是不知未來的惶恐。

原以為一切都照計畫安排，誰知竟會東窗事發？

一旁的敬祥也跟著替他求情，「陛下，且聽老臣一言，人言可畏，就算二殿下做錯了，但為的也是想保全娘娘與陛下的清譽啊！」

梁帝看著滿臉涕淚的朱友珪，心不禁一軟，嘆道：「欺君瞞上，唯有死罪，但一個是朕的兒子，一個是朝廷丞相，隨意判死，不僅動搖國骨，人心更將不安。朕暫且饒你們一命，但嚴厲處分是逃不了！朕將以你等處理朝政不力為由，拔權降位，丞相一職暫由楊校尉兼任。」他目光轉向跪在地上不敢抬頭的朱友珪，冷言道：「至於你，從此不得干涉朝政，去帝書閣修修書，暫時好好養性去吧！至契丹接回友貞與商討借兵這件大事，就由友文接手。」

朱友珪一聽，心中黯然，這無異是將他推出了朝堂之外，遠離政事，與庶民何異？

但這已是梁帝最大的寬容，他與丈人敬祥誠惶誠恐叩謝拜恩，心頭一片冰冷。

究竟是誰查出真相，進而稟報梁帝？

兩人面聖前，宮人稟報，梁帝正在接見朱友文，難道竟會是他？

朱友珪一轉念：若自己失勢，朱友貞年紀尚小，最有機會爭上位的，除了朱友文，還會有誰？

好個朱友文！他一直以為朱友文只是梁帝手下一條忠心耿耿的狗，梁帝要他咬誰，他便毫不猶豫地去咬誰，越是咬得鮮血淋漓，梁帝越是痛快，沒想到如今這條狗成了一條兇狼，今非昔比，狼子野心，昭然若揭。

朱友珪心底暗暗咬牙：不過是條不知哪兒撿來的野狗，畜生終究是畜生，這次是他輕忽了，日後等他再起，絕不會輕易饒過這條狗！

第十章 奔狼弓

她以為自己做了一個夢。

一開始很難受，她又溼又冷，渾身疼痛，最痛的就是腿上那八年前的舊傷，痛得她雙腿幾乎要沒了知覺。

然後她夢見了狼仔。

他在大雨中奔馳而來，為她遮風避雨，最後帶她離開那個地方。

她在哪裡？是了……她是在太廟裡，她記得自己是跪著，她為什麼要下跪呢……發生了什麼事？爹呢？娘呢？還有狼仔呢？他們都去了哪裡？

她緩緩張開雙眼，馬婧那張圓月兒般的臉蛋出現在眼前，她嘆了口氣，閉上眼，很快回到現實。不一會兒她又飛快睜開雙眼，驚問：「馬婧？妳怎麼在這裡？」她發現自己居然是躺在床上，「我……我怎麼會在這裡？這裡是哪裡？」

「郡主！您糊塗啦？您連夜長跪，又遭逢大雨，是三殿下親自趕去太廟，把您給救回來的呢！」

「三……殿下？」她愣住。

「是啊！」馬婧興奮得差點沒手舞足蹈。「他一聽聞郡主您腳有舊傷，不能長跪，不惜冒著大雨闖入太廟，完全不把那些守衛禁軍放在眼裡，單槍匹馬就把郡主您給帶回來了呢！還從皇宮找了名太醫過來為您診治！郡主您整夜昏迷不醒，三殿下更是在床邊守了您整夜，直到今早才進宮呢！」

她緩緩眨了眨眼，不敢置信，「妳說的三殿下，是朱友文？渤王殿下？」

「除了是他，還能有誰？」馬婧笑嘻嘻地回答。

真的是那個男人？可是……可是他不是很討厭她嗎？

況且，他硬闖太廟帶她回渤王府，等同抗旨，不知會受到何等嚴厲懲罰？

她棉被一掀，就要下床，此時外頭剛好有人敲門，馬婧前去應門，文衍端著一碗湯藥走進，他見馬摘星要下床，忙阻止：「郡主，請先靜養，稍安勿躁。」

摘星急問：「三殿下擅闖太廟帶我回王府，陛下那兒……」

文衍溫和一笑，道：「郡主莫擔心，三殿下要全身而退，不難。倒是，這林廣一案，不知郡主如何看待？」他將湯藥遞給馬婧，馬婧接過，交給摘星。

摘星捧著湯藥，沉吟著，將前因後果細細想了一遍，低聲嘆了口氣，道：「廣叔被捉時並未掙扎，也未拚死反擊，由此可見，絕非刺客。但他卻也未喊冤，向我求救，寧願隨丞相而去，以致橫死。想來他身上帶有隱情或不為人知的祕密，而他選擇用沉默來守護……」

摘星的推理與朱友文極為相似，但又更深一層，且合情合理，文衍不由暗暗佩服。

她又道：「既然我一開始就相信廣叔，我就不會去執意探究他想守護的祕密，此事就當石沉大海，我從此不會再提。」她露出苦澀微笑，朝文衍道：「有些真相，不該探求到底，否則只有惹禍上身，這點，我明白了。」

文衍淡淡一笑，道：「郡主果然聰慧，的確是我家殿下良配。」

聽見這話，摘星莫名胸口一熱，連忙垂下眼，將一碗湯藥急急喝了，險些嗆著。

文衍笑道：「郡主慢慢喝，不用急。昨日太醫來過，郡主的腿傷已久，實難完全治癒，所幸不會影響平日作息，太醫開了些堅骨壯筋、補養氣血的藥方，囑咐每日一帖，喝上一個月。這段休養期間不宜再讓雙腿負擔過重，好比騎馬，若再次受損，日後恐會不良於行，還請郡主多多注意。」

摘星放下藥碗，點點頭，無奈道：「我這是老毛病了，看過不少大夫，每個人說的都差不多，我都會背了。」

「我家殿下說過，他會繼續尋訪醫術精湛的大夫，天下這麼大，一定有人可以醫好郡主的腿。」文衍道。

摘星一愣，嘴裡囁嚅：「我的腿傷又不是他造成的，他為何如此擔心？」

太奇怪了。之前對她處處冷嘲熱諷，怎麼才過了一個晚上，這人就轉性了？

種種異常舉止，關懷呵護，讓她頗不習慣，但，她卻又不是那麼討厭……

文衍起身，準備離去，「殿下交代，這幾日請郡主好生休養，三日後，請郡主去一趟練武場。」

「練武場？」馬婧不解，「為何要與我家郡主約在練武場？」

摘星也微覺納悶，卻又覺這挺符合朱友文的行事風格。

要是他約她去花前月下談心，她大概會覺得這人要嘛雨淋太多腦子進水了，要嘛根本是完全不同一個人。

「郡主意下如何？」文衍問。

她故意臉一沉，「不見。」

文衍一愣。

她難掩嘴角笑意，又道：「不見，不散。」

她竟有些期待，三日後，會與朱友文在練武場擦出什麼火花了。

三日後。

一大清早，朱友文眉頭深鎖，凝視前方，彷彿正面臨極為棘手的狀況。

實際上，在他人生當中，這的確算是數一數二棘手的狀況，雖然替他捧著衣服的莫霄難得一臉迷惑，不知主子到底在煩惱什麼？

朱友文要他左右各提一套衣服，款式大同小異，皆是全黑，莫霄左看右看，實在看不出有什麼差別，不知主子為何如此難以抉擇？

好半天，朱友文似乎難下決定，開口問莫霄：「你怎麼判斷？」

莫霄再次非常仔細看了左右兩套衣裳，依舊無解，只好虛心求教：「敢問主子，這身衣裳是準備穿給誰看的？」

不問還好，這一問像是踩著了朱友文的痛處，他狠狠瞪了莫霄一眼，目光凌厲，「挑衣難道一定有理由嗎？真要理由，是避寒暑、禦風雨、蔽形體、遮羞恥、增美飾，此外還有知禮儀、別尊卑、正名分！這麼多理由，夠了吧？」

「屬下失言！主子所說甚是。」莫霄何等機靈，想想等會兒主子要去見誰，看來「增美飾」是最主要的理由吧？

主子何時這麼重視馬家郡主了？

莫霄試探地問：「主子，要不要屬下直接去問問馬婧，看郡主喜歡男人穿什麼樣的衣服？」

朱友文又是一眼狠狠瞪來，目光冰冷到能凍死人，莫霄不寒而慄，乖乖閉嘴。

朱友文又苦惱了半天，這才選定左邊那套衣裳，莫霄終於鬆了口氣，手一揮，兩名婢女立刻上前服侍朱友文更衣。

更衣完畢，朱友文問：「我要你準備的東西，準備好了嗎？」

「已經準備好了。不過，主子，馬郡主真的會喜歡嗎？」莫霄答道。

朱友文頗有自信，「她一定會喜歡！」語畢他便迫不急待邁出房門，朝練武場而去，留下一頭霧水的莫霄，心道：主子又是何時開始這麼了解馬家郡主了？

海蝶領著摘星與馬婧來到王府的練武場，朱友文每日清晨會在此練武，他手下的護衛亦在此處接受訓練，此刻他正與莫霄比劃切磋，朱友文使劍，莫霄使刀，只見一個劍招行雲流水，一個刀法凌厲如風，朱友文見摘星到來，手上攻勢忽變，劍劍直指要害，不出三招，莫霄手上的刀便被打落，只得認輸退到一旁。

其實他的武藝本就遠不如朱友文，方才不過是陪主子暖身罷了，只是不知為何，馬家郡主一出現，朱友文攻勢立刻一變，不像在練武，倒像是特意表現給她看似的。

朱友文將劍收起，深吸口氣，這才轉身緩步朝馬摘星走去，即使八年前那段誤會已經解開，但這八年來，實在發生了太多事情，他考慮再三，決定暫緩對摘星說出真相，畢竟他還沒有完全把握，她能接受現在的他，尤其是在馬府滅門之後。

他已不是八年前的狼仔，他的身上背負太多他不願讓她知道的祕密。

摘星見他方才練武，英姿颯爽，此刻緩緩走來，居然不再面如寒霜，甚至帶著隱隱歡欣，彷彿非常高興見到她赴約，而他黑衫飄動，更是肅肅如松下風，爽朗清舉，她不由多望他了幾眼，目光不自覺駐留。

「郡主。」他朝她輕輕點頭。

「三殿下。」她只覺臉頰一熱，不明白自己為何忽然感到害羞，一時間竟不敢將目光停留在他臉上。

「不知今日約我來練武場，有何目的？」

「經林廣一案，我認為郡主應習些武藝，練武除能自保，更可強身，我已請教過太醫，只要適當，於郡主腿疾，有益無害——」

摘星興奮接話：「殿下要教我習武？我從小就想學武學使兵器，奈何我娘反對，一直苦無機會呢！」況且，只要能習得一兩種武藝，除了自保，她也將更有能力追查對付殺害爹爹的兇手了！

朱友文微微一笑，道：「那我算是投其所好了。郡主想學何種兵器？」

他這一笑，不只摘星，連馬婧，還有莫霄與海蝶，全愣在當場。

原來渤王也會笑耶……而且笑起來，還挺好看的？！

海蝶望望主子，又望望馬摘星，漸漸明白是怎麼回事，不由暗暗擔憂。

摘星發現自己竟直盯著朱友文瞧，為了掩飾尷尬，她轉身隨手拿起一旁的長矛，卻沒拿穩，差點落地，朱友文迅速握住她的手，將長矛放回原位後才鬆開。

摘星立刻收回了手，只覺臉頰火燙。

這是她第一次被男人握住手，沒想到他的手這麼大，幾乎能完全包覆她的手，而且那麼溫暖，握住她手時又是那麼輕柔，彷彿怕傷到了她……

原來他也能那麼溫柔？

她只覺自己心頭小鹿怦怦亂跳，不敢迎向他的目光，耳邊聽他道：「我看郡主不適合長兵器。」

她迅速一掃練武場上擺置的諸般武器，除了刀劍長矛，尚有弓、弩、槍、棍、盾、斧、鞭、錘、叉等兵器，好些是她不曾見過的，挑了半天，她硬著頭皮挑了把劍，「那我練劍。」

朱友文喚來海蝶。

海蝶拿起蝴蝶劍，使出最基本的劍式：刺、劈、撩，劍與手臂先是成一直線刺出，接著手腕一抖，劍尖立起，由上劈下，再以優雅弧形由下往上撩，三招一氣喝成，姿態優雅。

海蝶收劍後，摘星在旁依樣比劃，但劍在海蝶手上，輕盈飛舞如蝶，到了她手上，卻因揮舞過猛，步伐打結，左支右絀，三招還沒使完，她人已往後仰倒，幸虧朱友文及時伸手扶住她的後腰，這才穩住她的身子。

又是握手，又是扶腰，她只覺朱友文的氣息無所不在，彷彿整個人都被他包圍，她從未與任何年輕男子如此近身接觸，心跳快得彷彿下一刻就要跳出胸膛，呼吸也跟著急促。

「刀劍無眼，短時間內不易速成，反易自傷，我看還是換一種兵器吧？」朱友文好意建議。

「那不如三殿下替我挑一種吧？」她勉力保持鎮定，不想在眾人面前出糗。

既然他這麼懂武藝，應該知道哪一項兵器最適合她吧？

「莫霄！」朱友文一喊，莫霄很快捧來一把弓箭。

武藝十八般，唯有弓第一，弓箭在遠處便能制敵，且殺傷力可弱可強，全由使弓者決定。

「原來殿下早就準備好了？」她本覺自己被戲弄了一番，有些不悅，但一想到這把弓是朱友文特地替她準備的，又轉為期待。

那是一把上好筋角弓，是朱友文特地聘請老弓匠花上三年時間打造，弓上嵌以羚羊角片，外覆牛筋，又另聘工匠，在弓面雕上對月仰天長嘯的狼群圖騰，栩栩如生，她細細撫摸那些雕紋，忍不住讚道：「這弓箭的圖騰好漂亮，我……我也喜歡狼。」

這把弓立時讓她想起了狼仔。還有母狼，以及小狼。還有狼狩山上的那些歲月。

只是歲月匆匆，人事已非，而她，也不再是從前的星兒了。

她心一沉，耳邊聽得朱友文問：「喜歡這把弓嗎？」

她點點頭，振作精神，「喜歡。」

原來朱友文也是愛狼之人，她對這個男人不知何時開始產生的好感，一下子又增加不少。

「過來。」他示意摘星跟著他來到箭靶前，手把手地親自教她射箭。

搭箭、拉弓、扣弦，他的手沒有離開過她的手，他的臉幾乎就要貼上她的臉，她甚至能聽到他沉穩的呼吸聲，她只覺自己呼吸紊亂，手心發燙，心跳如雷，連耳裡都是怦怦的心跳聲，幾乎要聽不真切他的細心教導。

他明明只是在教她練箭，為何卻如此輕憐蜜意且旁若無人？

是她想太多了嗎？還是這一切只是自己的錯覺？

腦袋裡浮現這個念頭的，不是只有馬摘星。

在一旁看著的馬婧等人，也是目瞪口呆。

莫霄歪著頭，摸了摸下巴，「瞧瞧，這是在教練箭，還是在談情說愛？」

馬婧道：「本來我還覺得約在練武場這種地方，一點情趣都沒有，但現在看來，三殿下對我家郡主，似乎還是有那麼點意思的？」

海蝶卻不苟同，「三殿下教人練武，都是這麼一視同仁！」

馬婧一聽，錯愕地望向莫霄，他趕緊搖頭揮手否認。

「咻」的一聲，一箭破空射出，在朱友文的教導下，摘星這一箭雖沒射中靶心，亦不遠矣。

「看來郡主挺有天份。」朱友文鬆開手，有些不捨。

「是我有個好師父，多謝殿下。」她嫣然一笑，兩人四目相對，嘴角含笑，旁人都能感受到那股淡淡醞釀的情意。

一旁三人，馬婧樂觀其成，莫霄與海蝶，卻是表情各異：莫霄一臉玩味，靜觀好戲，海蝶則是憂心忡忡，若主子真對馬摘星動了情，此人便成了主子的罩門弱點，朝廷如今暗潮洶湧，四皇子又即將從契丹歸來，馬摘星若跳進來淌這渾水，是福是禍尚未可知，更遑論主子身後還有那個祕密，要是被馬摘星得知，後果可是……她轉過頭，不敢再想。在她眼裡，朱友文的行為，不啻是玩火自焚。

朱友文原本還欲與摘星一起共享午膳，卻臨時被召入宮面聖，她竟感微微失落，隨即又笑自己傻：失落什麼呢？只不過是離開王府一會兒，又不是永遠不回來了？

隨即她又覺羞愧，明明家仇未報，卻沉浸於小情小愛，全副心思都幾乎要放在了那個男人身上，成何體統？

一整日，她的情緒反覆矛盾不定，不管做什麼都會想到今早朱友文細心教導她練箭的情景，連拿起茶杯喝茶，看著自己的手，都會想起他的手是如何溫柔包覆著她的手，搭箭、拉弓。情竇初開，卻是苦澀與甜蜜參半。

她心中仍記掛著狼仔，但如今細細想來，她與狼仔情誼雖深，當時畢竟年紀尚小，其實並無太多男女之情，這些年來婉拒親事，也是歉疚成份居多，並非一往情深。況且，初遇朱友文時，她便覺他與狼仔頗為相似，如今看來，他對她倒不是完全無感覺，兩人一開始雖是為了政治利益而聯姻，也屢有衝突，但現今他似乎對她前嫌盡釋，雖不知確切原因，但若能兩情相悅，豈不更是美事一樁？想必爹爹在天之靈，也會感到安慰吧？

不知不覺間，她竟在期盼著朱友文能早日回府，好不容易盼到了，她遣馬婧去問朱友文晚上是否一起用膳？沒多久，馬婧回來了，卻是一臉為難，「三殿下好像不太高興耶。」

「為何？」她問。

「我偷偷向文衍打聽了一下，據說，是因為契丹公主要來了。」

「契丹公主？」

「是啊！」一提到八卦，馬婧整個人來了精神，「是契丹王最鍾愛的小公主，叫做寶娜，我還特地問了文衍，為何一聽到寶娜公主要來，三殿下便勃然變色，原來是幾年前，三殿下送四殿下到契丹時，寶娜公主便對他一見鍾情，還曾向契丹王要求，要嫁給三殿下，若非規定公主不得下嫁外族男子，恐怕當時兩人就定下婚約囉！」

摘星不禁失笑，沒想到朱友文居然如此搶手。

這時王府內忽傳來一陣騷動，摘星好奇，帶著馬婧離開別院，前往查看。

兩人才走到半途，便見到朱友文也正趕往前廳。

「三殿下！」她喊了聲，朱友文卻沒停下，她急急追上，邊喊道：「三殿下，等等我……唉唷，我的腳——」

朱友文果真停下，她還以為自己的苦肉計得逞，暗自得意，緩緩走近他身後，不由傻住。

只見王府大廳內塞滿了好幾十個大箱子，幾乎無法行走，案上還擺著四幅畫軸與一封信，文衍正在一一清點箱子，見朱友文來了，迎上道：「殿下，這些是寶娜公主先行派人送來的見面禮，以及日常用品。」

「日常用品？」摘星好奇道：「居然這麼多箱？」

該不會連帳篷都帶來了吧？

「聽說是寶娜公主要求住在渤王府，陛下也答應了。」文衍回道。

朱友文默不作聲，但呼吸沉重，似在極力隱忍。

摘星見他這副煩躁又無可奈何的模樣，心中暗覺好笑，忍不住走進大廳，環視那些箱子，道：「看來寶娜公主真是有心人哪。」

朱友文淡淡看了她一眼，她心兒一跳，乖乖閉嘴。

文衍將寶娜送來的信遞給朱友文，朱友文瞧那信厚厚一疊，心覺煩悶，未伸手接過，吩咐文衍：「你替本王看看就好。」

文衍只好將信打開，裡頭居然塞了五張信紙，每一張都寫得滿滿的。

「居然寫了滿滿五張，看來寶娜公主對殿下的情意，絲毫未減。」摘星又忍不住調侃。

「郡主今天話挺多的。」朱友文無奈道。

她暗自吐吐舌，走進大廳，繞著那些大箱，好奇摸摸翻翻，朱友文也不阻止。

文衍很快將信閱畢，朱友文道：「我問什麼，你答什麼，其餘一概別多說，我不想知道。」

「是。」

「那四幅畫軸是？」朱友文問。

「闊別三年，公主想讓殿下看看她如今的模樣，特地吩咐畫師，依照春夏秋冬四季所繪製。」

摘星一聽，走到案前，拿起其中一幅畫軸，打開，是公主的草原騎馬圖，秋草枯黃，天際幾隻大雁飛過，濃濃蕭瑟，騎在馬上的妙齡公主遙望遠方，一臉相思，畫軸上題字：寶娜公主思念渤王殿下。

她見朱友文沒阻止，便繼續打開其他三幅畫軸，依序是寶娜公主春季漫步花叢、夏季搭弓出獵，最後一幅是她孤身一人站在漫天大雪中，雙目凝視展畫之人。春夏秋冬，畫中之人，如花嬌豔，不失豪氣，更毫不掩飾自己對朱友文的思念之情，一年四季，未曾中斷。

摘星道：「這寶娜公主生得真是亭亭玉立。」偷覷一眼朱友文的反應，只見他更顯不耐，只好轉了話題，問：「這題字，也是公主親自寫的嗎？」

文衍答道：「如郡主所言，公主信上寫到，這三年來，為了殿下，她努力學漢語、習漢字。」

摘星點點頭，不免又多看了畫上題字幾眼，心道：這寶娜公主為倒追朱友文，可真是費了不少心思。

文衍道：「公主信上吩咐，請殿下將這四幅畫，分別掛於大廳、書房、寢居與練武場，便能每日見畫如見人。」

朱友文嘴角抽動，絲毫無意照做。他指指另外幾口大箱子，問：「裡頭都是些什麼？」

文衍道：「那幾箱是公主的隨身衣物與日用品，這幾箱裝的則是殿下當年去契丹時最愛吃的肉乾。這箱是牛肉乾，這箱是羊肉乾，那箱是野豬肉乾，那箱則是鹿肉乾。」

馬婧瞪大了眼，望著那幾口大箱，「這些全是肉乾？那位公主是把整個草原的牛羊鹿豬都獵光了嗎？」

文衍依著箱子上的記號，打開其中一個箱子，拿出一塊手絹仔細包裹的肉乾，雙手呈給朱友文，但朱友文只是看了一眼，連問都沒問，只說了句：「扔掉。」

「那是什麼？」馬婧好奇問。

「這是當年殿下吃了一半的肉乾，公主捨不得扔，這三年來一直留著，如今物歸原主。」文衍回道。

「老天，這還能要嗎？」馬婧一臉驚恐。

「殿下當年住過的帳篷，她也不准人拆掉，至今仍微持著殿下離開時的模樣。」文衍道。

馬婧忍不住道：「這位公主表達愛意的方式可真夠……特別的，哎唷，她要是知道三殿下與我家郡主的婚約，那可精彩了，不知會鬧出什麼驚天動地的大事兒？」馬婧原本只是隨口說說，卻見在場其他人全都面色凝重。

梁帝想向契丹借兵攻晉，若是三殿下怠忽了這位小公主，破壞兩國友好不說，若小公主回去向契丹王哭訴告狀，以契丹王寵溺寶娜的程度，誰知會不會一氣之下，反過來攻取大梁？或趁大梁攻晉時偷襲，漁翁得利？

摘星略一思量其中輕重緩急，主動對朱友文開口：「殿下，看來，若想借兵順利，公主來訪這幾日，最好先對她隱瞞我倆的婚約。」

「我不同意！」朱友文脫口而出，語氣堅決。「本王對她只有兄妹之情，不容她再得寸進尺！」

摘星道：「殿下，公主種種舉止，皆顯示她對你的迷戀有增無減，甚至變本加厲，契丹女子不若中原女子，個性剛烈，認定了就是認定了，若斷然拒絕，羞憤之下，如馬婧所言，的確不知會鬧出什麼驚天動地的大事兒。」

文衍見摘星如此明理，也趕緊勸道：「屬下也同意郡主所言。賜婚一事，目前知情者並不多，只需隱瞞幾日，想必不難。若能讓公主來得開心，走得愉快，於公於私，兩全其美。」

朱友文知道該以大局為重，但他卻極不情願隱瞞自己與馬摘星的婚事。

「難道本王就要任她如此予取予求嗎？你們可知，當年她為了不讓我離開，居然在我的茶水裡放瀉藥！我一度在契丹下不了床，簡直就是——」

落荒而逃。摘星在心裡替他補完這句話。

堂堂渤王卻被一個小公主如此整弄，卻又礙於與契丹的友好關係，無法發作，當年也只能匆忙逃回中原，卻萬萬沒想到，對他一見鍾情的小公主，三年後追了過來，難怪他要如此頭疼。

摘星又勸道：「但若不瞞著公主，屆時必定天下大亂，更不利日後大梁向契丹借兵。為了大局，還請殿下諸多配合。」

「配合？難道本王的婚事就如此見不得人嗎？」朱友文不願再多談，轉身離去。

摘星暗暗嘆了口氣，朱友文有多不情願，她哪裡看不出來，只是沒料到他會如此硬脾氣，說什麼都不願妥協，偏偏這位契丹小公主，看來比誰都認真，若只是隨便虛應敷衍，必會被看出破綻。

不過，朱友文死活不願欺瞞與她的婚事，她心裡多少是竊喜的，這代表他相當看重這件事，也許，也代表著他相當看重她。

這一兩日相處下來，她明顯感到朱友文的變化，而她，不討厭這種變化。

不過，她想，還是該找個時間，找朱友文問個明白，為何一夕之間，對她的態度轉變如此之大？畢竟都是要做夫妻的人，她不希望對方有什麼祕密瞞著自己。

摘星見朱友文已然離去，撒手不想管這爛攤子，只好問文衍：「信上還寫了些什麼？」

文衍翻到第二張信紙，道：「公主還有些囑咐：一，她的房間要面向東方，每天早上方能拜日。」

摘星點點頭，契丹是崇尚太陽的民族，這點她可以理解。

「二，她房間內所有顏色都要換成大紅，那是公主最愛的顏色。」

摘星點頭的動作緩慢了些，這點，有些困難，但應能辦到。

「三，房間裡裡外外都要有鮮花陳設，她最愛的是中原牡丹。」

馬婧忍不住開口：「這都要七月天了，哪來的牡丹啊？」

「四，她指定使用花月胭脂。五……」

到底還有多少要求啊？文衍第二張信紙都還沒念完呢。

「好了，別念了，文衍，公主的吩咐就交由你來負責，只要不是太刁難的，盡量滿足就是。」摘星道。

「是。」文衍道。「那三殿下那兒……？」

「我自會想辦法說服。」

「有勞郡主。」文衍感激。

的確，如今這渤王府上下，也唯有這位馬郡主說的話，能入得了主子的耳。

練武場上，朱友文正在練劍，看得出他心頭煩悶，劍法極快，招招用足十分力，他察覺有人來到，劍招一收，下一刻卻用力將劍直擊向箭靶，正中紅心！

「三殿下若想射箭，該拿弓箭，而不是這樣糟蹋一把劍吧？」

摘星的聲音從他身後傳來，他竟覺紛擾心境稍微得到了平撫。

他轉身，見她已經坐在練武場旁的石桌前，桌上擺著一碗湯藥與一幅畫軸，正等著他。

他走到石桌前，坐下，開口：「仍不放棄當說客？」

「我是來跟殿下談判的。」她一本正經。

他倒覺得有趣，談判？她能有什麼籌碼？該不會又是馬家軍的忠誠吧？

「殿下若能答應隱瞞婚約，掛上畫軸，我就乖乖喝湯藥養傷。」

「妳這是威脅？」他覺好笑，卻又覺這樣的威脅……有種熟悉的親暱。「妳從小就是這性子，總要別人聽妳的，不聽，就古靈精怪，想出各種怪法子要別人聽妳話。」他似想起了什麼往事，嘴角微微含笑。

她微睜大了眼，奇道：「殿下怎知這是我從小就改不了的壞習慣？」

朱友文不語，目光望向石桌上的湯藥與畫軸，內心似在掙扎。

「我知道殿下感到委屈與不耐，也知我是強人所難。公主五天後才會到來，若這五天內，能想出更好的法子，咱們就不隱瞞婚約，這樣可好？」摘星也知不能逼得太緊，主動退了一步。

咱們。他喜歡聽她這樣說。不再是你我，是我們。咱們。

他目光落在湯藥上，道：「若我說好，妳現在就喝下湯藥。」

「還有，殿下要立刻掛上這畫軸。」她笑道。

「不是還有五天時間？非得現在掛上？」

「不然我就不喝湯藥。」這簡直是有點要賴了。

朱友文卻挺吃這套，居然乖乖拿起畫軸，打開，露出意外神情。

那畫軸並不是契丹公主的畫像，而是一副字帖。

「這是……前晉書法家索靖的字帖？妳是怎麼找到的？」他驚喜道。

「我可是花了整整一個下午在京城四處尋找，累得我差點舊傷又犯了呢。」她故作抱怨，朱友文果真面露憂心，催促她快些服用湯藥，早日回房休息。

他的憂心毫不掩飾，摘星心裡既感動又疑惑，更想知道到底是什麼改變了這個男人？

摘星舉起藥碗，在他面前乖乖將湯藥喝得一滴不剩，朱友文沒好氣地看著她，「說理動情，籠絡人心，讓人拒絕不得，父皇真該派妳去向契丹借兵。」

「殿下過獎了。」摘星一笑，「可惜，全天下只有殿下能收服寶娜，無人可取代。」

朱友文臉色一沉，她自知玩笑太過，連忙住嘴。

「不過，我還有一個條件，妳得答應，我才願意隱瞞婚約。」朱友文忽露出不懷好意的笑容，那模樣居然像極了狼仔，她一瞬間有些失神。

狼仔……雖然你不在了，可我遇見了一個和你十分相似的人，而且就要與這個人做夫妻了，希望他對我，也能像你對我一樣，不論發生什麼事，始終願意相信我，永遠不離，永遠不棄。

初夏已過，時節邁入仲夏，暑氣漸旺，王府廚房內更是熱氣蒸騰，身處其中，不一會兒便汗流浹背，馬婧已經大呼吃不消，摘星也好不到那裡去，滿頭大汗，身上手上全沾著麵粉，奮力揉捏著眼前的麵團，只因某個男人要求，她必須親手做巧果給他吃。親手，朱友文特別強調。

她本來還有些心不甘情不願，這大熱天的還要她下廚，不擺明是要刻意整她嗎？但廚房大娘解釋，巧果是七夕應景糕點，祭拜牛郎織女，若將巧果以紅線串起，或將紅線放入巧果內，送給心上人，紅線綁在兩人小指上，便能一生一世永遠不分離。

數日後便是七夕，既然她是朱友文未來的妻子，親手做巧果，過乞巧節，豈不理所當然？

汗水不斷從她眉間滴下，心頭卻是甜滋滋的。朱友文也算是她的家人了吧？為家人親自下廚，有所付出，她心甘情願，更覺心有歸屬。她，不再是一個人了。

廚房大娘不斷讚她有下廚天分，馬婧也在旁道：「現在不覺得三殿下是在整妳了吧？」

她白了馬婧一眼，咕噥道：「我又沒過過七夕，哪知道這些？」

「郡主！」文衍的聲音忽從廚房門口傳來，「契丹公主到了！」

摘星大吃一驚，顧不得滿身麵粉，衝到文衍面前，「公主到了？不是還有四天嗎？通知三殿下了沒？」

「已經派人進宮去通知了。郡主您……是否需要迴避？」文衍說得委婉，摘星正猶豫，王府前院忽傳來馬蹄嘶鳴，文衍只得急忙趕去處理，見他匆忙且措手不及，她想自己也該去幫點忙，至少算是為朱友文分憂吧。

她領著馬婧趕往前院，只見兩排人高馬大的髡髮契丹武士已塞滿了前院，寶娜公主身著紅袍，腰懸金玉，腳踏烏靴，騎著白馬正緩緩進入王府，小公主年紀雖輕，但已出落得嬌美動人，五官柔潤，膚如凝脂，眼若燦星，一張小巧的瓜子臉，配上油亮烏黑的髮辮，如大漠春天裡最美麗的花朵，白馬佳人，瞬間吸引住所有人的目光。

寶娜人未下馬，便嬌聲喊道：「友文哥哥，寶娜來了！」

兩名侍女拿出一段紅綢，仔細鋪在地上，寶娜這才下馬，踩在紅綢上一面往前走，身旁侍女一面忙著撒花瓣，陣仗之大，摘星不由傻眼。

文衍上前正要問安，寶娜卻斷然喝止：「不准踩！這紅綢是我與渤王的鵲橋，除了渤王，誰都不准踩上來！」
文衍只得收回踏出一半的前腳，正要開口，寶娜又嬌喊：「繼續撒花瓣啊！誰准妳們停下的？」
侍女小聲回應：「公主殿下，花瓣不夠了……」
「那就再去採啊！」寶娜掃了一眼前來迎接的眾人，目光對上摘星，便指著她道：「妳，去把王府裡的花都給我摘來！」
文衍見寶娜居然將馬摘星誤以為是下人，忙解釋：「公主，這位並非王府下人。」
但寶娜根本沒在聽。
摘星倒是不以為意，回道：「公主，渤王不喜花草，王府裡並無種花。」
「什麼？是真的嗎？」寶娜一臉緊張。「渤王真的不喜花草？」
「不信，公主可以看一下四周。」摘星道。
寶娜連忙環視王府周圍，果真一朵花都沒有，她不死心，又走到庭院，只見到滿地碎石與幾棵樹，這才信了，連忙命令侍女：「快把花瓣全檢起來！免得惹渤王不開心！」
侍女只好趕緊回頭撿花瓣，寶娜嫌她們動作慢，又指使幾個契丹武士去跟著撿，滿身雄壯肌肉的大男人跟著婢女一起撿花瓣，還因為手指粗厚撿不太起細嫩花瓣，反而更手忙腳亂，這場面怎麼看怎麼滑稽。
見花瓣撿拾得差不多了，寶娜才鬆了口氣，轉身問摘星：「渤王呢？」
「渤王正在宮裡，已派人去通知了。不知公主會提前來到，還請先入大廳等候。」摘星氣度端莊，應答得體，倒頗有王府女主人模樣。

寶娜一個眼神，侍女立即準備將紅綢鋪到大廳，但布料卻不夠長，寶娜不肯繼續往下走，隨手又指向摘星，嬌聲命令：「妳，去把王府內的紅綢都拿出來！」

朱友文不喜奢華，府內擺設又幾乎全是黑色，一時哪裡找得出紅色綢緞？

摘星據實以告，寶娜嘆了口氣，「怎麼要進個渤王府就這麼難？好吧，本公主特別准妳抱我進大廳。」

「我？」摘星意外。

「公主，還是由我來代勞吧。」莫霄見狀，連忙自告奮勇。

海蝶瞪了莫霄一眼。

「不行！」寶娜嗲聲喊，「我怎麼能隨便讓友文哥哥之外的男人抱我？」

這下連海蝶都同情摘星了。

摘星倒是不計較，朝寶娜道：「公主，只要先前鋪過的紅綢轉個方向，不就能繼續往前走了嗎？雖然麻煩些，但多調轉幾次，不就走入大廳了？」

「對呀！」寶娜如大夢初醒，「還是妳聰明！不愧是渤王府的下人！」

「公主，她不是下人……」文衍的解釋再次被寶娜忽略。

寶娜喜滋滋地朝大廳走去，摘星悄聲問海蝶：「畫軸掛了沒？」

海蝶臉色一變，低聲回道：「忘了！」

這下真的糟了！

第十一章 七夕巧果

「誰都別想攔住我！我要去狠狠教訓那什麼寶什麼娜的，居然異想天開、目中無人到這種地步！」馬婧在廚房裡氣呼呼地揮舞桿麵棍，卻發現大夥兒各忙各的，根本沒人阻攔她，連摘星都在專心做著巧果，細心將一個小小的麵團捏成花朵，準備下鍋油炸。

「郡主！」馬婧走到摘星身旁。「您就這麼逆來順受嗎？那什麼寶什麼娜的，先是一直把您當下人頤指氣使，之後發現咱們忘了掛上她的畫像，大吵大鬧了一番，差點把整個渤王府都掀了！而且先前送來那麼多畫像還不夠，這次又帶了一幅，說是什麼牛頭馬面，非得要渤王親自打開──」

「是青牛白馬圖。」摘星糾正。「契丹神話裡，相傳神人天女分別乘駕青牛、白馬至木葉山，二水合流，相遇成為配偶，生下八子，成為契丹八族領袖。契丹人深信自己是天神後代，虔誠祭奉青牛白馬。」

「我才不管那牛那馬是什麼顏色！郡主啊，您也太平心靜氣了吧！」見沒人隨著自己起舞，馬婧只好氣餒地放下桿麵棍。

摘星忽露出微笑，馬婧以為她想到能整治寶娜的妙方法，卻見她一面從油鍋裡撈起剛炸好的巧果，一顆顆色澤金黃，形狀漂亮，一面道：「我發現自己挺有下廚天分呢！」

馬婧簡直想昏倒，她沒好氣地回：「做得再漂亮又有何用？郡主，您忘了嗎？那個什麼寶什麼娜，一聽您要回廚房做七夕巧果，也嚷著要做給三殿下，又不想離開她的『鵲橋』，乾脆要您當她的替身，做巧果給三殿下！」

摘星依舊氣定神閒，「不過就是幾天而已，忍忍也就過去了，委屈你們了。」

她不隨馬婧的情緒起伏，也對寶娜的任性不以為意，是因為她知道，朱友文不會喜歡像寶娜這樣的女人。不過就是幾天罷了，她不過就是忍著點，讓朱友文做足面子、討足寶娜歡心，一切都是為了大局著想。

馬婧見摘星不爭不鬧，只能佩服自家主子氣度寬大，她悶悶地過來幫忙幹活，嘴裡嘀咕：「我還不是替郡主您覺得委屈嘛？哪有做人這麼過分的？完全不把其他人放在眼裡，真以為全天下人都要順她的意嗎？」

說話間，一盤巧果已經炸好，摘星滿意地看著第一次下廚的成果，不曉得吃起來味道如何？朱友文會不會喜歡？

🐾 🐾 🐾

人在宮內的朱友文得知消息，不得已匆忙趕回渤王府，寶娜一見到他便親熱上前拉住他的手，興奮地說個沒完，朱友文心不在焉地偶爾敷衍幾句，眼角餘光卻不斷搜尋摘星的身影。

寶娜如此冒失闖入渤王府，不知摘星有沒有受這驕縱的小公主欺負？

寶娜見他心思不知飄到了何處，嬌嗔道：「友文哥哥！我們三年沒見了，怎麼都是我在說話，你就沒話想對我說嗎？」

朱友文總算正眼看她，認真道：「有。」

寶娜一喜，接下來卻聽他道：「四弟在契丹過得可好？」

寶娜一陣失望，仍打起精神回道：「朱友貞那小子好得很！你如果不放心，歡迎隨我回契丹去瞧一瞧他！」

「公主好意心領了。」朱友文爽快回絕寶娜的邀約。

寶娜幽幽嘆了口氣，道：「友文哥哥，都三年了，你還是一點都沒變，寡言又不善表達。三年前你忽然不告而別，我傷心難過了許久，但後來想明白了，你一定是怕當面道別，會捨不得離開契丹、捨不得離開我，對吧？」

朱友文無言地看著寶娜，知道此刻自己絕對不能解釋，否則只有越描越黑，因為這位小公主完全活在自己的世界裡。

寶娜遞上一個錦盒，討好道：「友文哥哥，這可是我特地為你準備的禮物，你一定會喜歡，快打開看看！」

朱友文面無表情地接過，正要打開，摘星的身影忽出現在大廳入口前，他立即放下錦盒，起身正想迎上，卻見摘星對他使了個眼色，又朝寶娜看了一眼，他這才克制住，只是朝她點了點頭。

摘星捧著一盤剛炸好的七夕巧果，走到兩人面前，道：「這是公主親手為殿下製作的七夕巧果，請殿下享用。」

寶娜從椅子上跳起，走到摘星面前，纖細小手捏起一顆金黃巧果，得意地對朱友文道：「快嚐嚐我做的巧果，趁熱吃。」

馬婧在摘星身後暗暗嘀咕：「今天真是見著了什麼叫睜眼說瞎話。」

摘星臉帶微笑，暗暗用手肘撞了一下馬婧。

朱友文接過巧果，吃下，寶娜開心問：「好吃嗎？」

他點點頭，「很好吃，是本王吃過最好吃的巧果。」他的目光越過寶娜，落在摘星身上，她俏皮眨眨眼，他嘴角未動，眼角卻含著笑，彼此心照不宣。

他收回目光，看著寶娜，道：「公主出使大梁，理應先進宮面聖，不如就由本王——」寶娜打斷他，「我提前來是為了私事，至於國事，等七夕過後，我自會進宮見陛下。」

一股不祥預感從他心中升起，「公主所謂私事是？」

寶娜欣喜道：「友文哥哥，你終於主動關心我了？你看看你的腳下！」

朱友文早就注意到幾乎要鋪滿大廳的紅綢，他本以為是寶娜嬌貴不願踩地，沒放在心上，這時聽她提及，才又往地上望了一眼，發現除了寶娜與他，其他人都沒有踩在紅綢上。

只聽寶娜得意道：「這紅綢，就是我倆的鵲橋。」

「鵲橋？」朱友文一頭霧水。

「剛剛你又吃了巧果，這麼明顯的暗示，你還不懂嗎？」寶娜嬌羞道：「我特地快馬兼程，提前趕到中原，就是要和你一起過七夕啊！我倆不就像織女與牛郎嗎？相隔天涯，一年才能得見一次，不，我們可是整整三年都沒見了！我這個織女只好自己千里迢迢來找牛郎相會了，友文哥哥，你感不感動？」

朱友文忍住嘴角抽搐，好半天，才硬邦邦擠出一句：「……感動。」

「我真想一棍擊昏那什麼寶什麼娜，再把她五花大綁連夜送回契丹去！」馬婧忿忿不平，一面心不甘情不願地收拾東西。「憑什麼要我們搬走，把這間房讓給她？這間房明明就是坐北朝南耶！她不是想要面東的房間，天天拜日出嗎？居然還說『這間房離三殿下的院落最近，他就是寶娜的太陽。』郡主！您聽聽，這種噁心肉麻的話她都講得出來！文衍婉拒，她居然還衝著您說：『難道姊姊沒有成人之美嗎？』」

摘星只是靜靜地將牆上掛著的畫像取下，收起，放在隨身行李內。

她左右張望，確定收拾得差不多了，領著仍嘟囔個沒完的馬婧，離開了這房間。只是換間房而已，沒什麼大不了的，寶娜喜歡朱友文，想要離他近一些，情有可原，她可以理解，也願意成全，不過就是忍耐幾天。

「郡主啊！您也太好說話了吧！」馬婧背著一堆包袱，繼續埋怨。

「真要比起來，她是公主，我不過是個郡主，身分本就有差。」摘星淡淡地道。

「可您是未來的渤王妃啊！」

「但是她不知道。」摘星腳步停頓，回過頭，叮嚀馬婧：「這件事千萬別讓寶娜公主知道！」

「可是郡主……」

摘星對馬婧笑了笑，「我都不覺得委屈了，妳在那裡委屈個什麼勁兒？」

馬婧低下了頭，住嘴不再說話了。

看來郡主是真相信三殿下對那什麼寶什麼娜毫無感覺，但他一開始對郡主不也冷冷淡淡，甚至針鋒相對嗎？郡主和渤王的婚事，還不是皇上說了算？要是皇上為了取悅契丹，毀婚再重新賜婚，也不無可能啊！郡主怎還能如此冷靜？

摘星為了避嫌，特地挑了王府另一頭的廂房別院，兩人走進早已灑掃乾淨的房間裡，畫像一掛、幾樣隨身物品擺一擺，倒也不覺得有哪裡不適應，況且床單紗帳一樣是她喜愛的青色，可見朱友文仍細心安排了一番，她臉上不覺露出微笑。

馬婧粗手粗腳地將那堆幾乎大半都是她私人物品的包袱擱在桌上，忽然「咚」的一聲，一個胭脂盒從包袱裡滾落，盒扣被震開，一股濃濃的水月花香立即飄出，馬婧厭惡地皺了皺眉，拿起胭脂盒就想扔掉，摘星阻止她，伸手拿過了胭脂盒。

「公主送的禮物，別亂扔。」摘星道。

「就因為是她送的，我才不想留！居然說郡主您氣色不佳，臉色憔悴，才送這花月胭脂給您！也不想想您臉色會憔悴，是誰的緣故！」

「妳倒是記得挺清楚的嘛！」摘星笑馬婧。「等寶娜離開了，這胭脂就送妳用吧！」

「郡主！」馬婧簡直想要跳腳了！

房門口一暗，一個高大的人影出現在門外，敲了敲門。

摘星一見那身影便知是朱友文，示意馬婧別再胡說抱怨了，這才走去開門。

朱友文一見她便道：「一切還好嗎？」

摘星微笑，明白自己並沒有看錯朱友文，他始終是關心著她的。

她點點頭，反問：「一切還好嗎？」

他見她神色自若，對寶娜的蠻橫要求絲毫不在意，而早先他人不在渤王府，寶娜提前來到，她也不慌不亂，處理得井井有條，不至怠慢貴客，倒頗有幾分渤王府女主人的樣子與威望了，他不禁在心裡更看重了她幾分。

他點點頭，道：「要委屈妳在這兒幾天了。」

摘星一笑，「一點都不委屈，住哪不都是一樣，而且這兒也挺好的。」

「即使你我不能一起過七夕，妳也不覺委屈？」

摘星微愣，片刻後，道：「不過就是個節日，眼下最重要的，是讓公主如願以償，開心與殿下過七夕，接下來她才有心思進宮面聖，藉機得知契丹王是否同意對大梁借兵。」

朱友文明知她所說句句屬實，但瞧她彷彿完全不在意寶娜對他處處糾纏、餘情未了，不免有些失落。

她不會有醋意嗎？不會感到忌妒嗎？她的反應太平靜了，平靜到朱友文開始懷疑自己在她心目中的份量到底有多重？

他心底甚至有些希望摘星也能像寶娜那樣小吵小鬧，儘管會讓他傷些腦筋，但那表示她在乎他、心裡面真的有他這個人。

國家大事，兒女情長，孰輕孰重，他自然明白，只是此刻他多麼希望能見到摘星真情流露，哪怕只是一點點也好。

朱友文忽然明白過來，此刻，在鬧著彆扭的，居然是他自己！

他居然這麼在乎摘星的反應！

她一點也不在乎他被別的女人搶走嗎？

他有些不是滋味，隨口要摘星主僕倆早點歇息後，便轉身大步離去。

走沒幾步，摘星忽追了過來，喊：「殿下！請留步！我還有話沒說完——」

朱友文停下腳步，背對著她，臉上暗自露出一抹笑意。

總算要說出真心話了嗎？

「殿下，您等等千萬要將公主親自送上的那幅畫軸打開掛上，免得讓她再次失望。」摘星在他身後叮嚀。

他臉一沉，忍住心頭無名火，繼續快步離去，一路直回到自己的書房。

本想讓自己平靜一下，但他一走進書房，便見牆上分別掛上了那四幅春夏秋冬的寶娜畫像，情緒更加惡劣。

文衍雙手捧著錦盒，問：「主子，這幅畫該掛在何處？」因為寶娜吩咐過，只有朱友文能打開觀賞，文衍只能在書房苦等朱友文回來。

「再掛，這書房還是本王的書房嗎？」他刻意露出厭惡表情，掩飾自己的心煩意亂。

「但寶娜公主吩咐——」

「你的主子到底是誰？把畫擱著就好！」朱友文沒好氣道。

文衍也知主子只想眼不見為淨，刻意將錦盒擱在了書櫃上一處不起眼的角落。他轉過頭，見主子已坐在案前，看來是打算練字修心。

朱友文一拿起筆來便心浮氣躁，四面牆上的寶娜畫像讓他渾身不自在，卻又不能撤下，那副坐困愁城的隱忍模樣，甚至有些委屈，一點都不像大梁堂堂戰神，說實話，的確是挺好笑的，只是文衍萬萬不敢顯露出來，免得讓主子的壞心情雪上加霜。

只要忍耐幾天就行了，主子您辛苦了。

🐾 🐾 🐾

摘星不是不在乎，只是她相信自己的判斷，對朱友文而言，寶娜不過是個天外飛來的燙手山芋，他不得不應付幾天，這一切都是為了讓契丹王願意借兵給大梁，有了契丹的協助，攻取晉國才有勝算，她也才有機會為父報仇。

這一切都是為了大局，她不過忍耐幾日，沒什麼大不了。

但今日用早膳時，她卻對自己的判斷沒那麼有自信了。

摘星親自張羅寶娜的早膳，務求周到，正準備得差不多時，寶娜熱情地挽著朱友文的手一同走入飯廳。

摘星微微一愣，問道：「公主怎麼與殿下一塊兒來了？」

寶娜搶先回答：「房間離得近，就一塊兒來了。」然後笑嘻嘻地湊到摘星耳邊私語：「我今天特地起了一大早，等著友文哥哥一起用早膳呢！」

看著這兩人攜手坐下準備用膳，狀甚親密，摘星微覺錯愕，同時胸口不知為何有些悶。

摘星正想離去，寶娜喚住她，要她留下一起用膳，「摘星姊姊，友文哥哥已經告訴我了，原來妳是渤王府的客人，不是下人，我一直誤會了。妳脾氣也真好，一點都不怪我呢。來來來，我們一起用膳吧。」

摘星不好意思推拒，只好跟著坐下。

餐桌上擺著一鍋熱騰騰的小米胡麻粥，一盤蒸餅，以及幾道清淡小菜，此外還有不少新鮮水果，諸如荔枝、桃子、棗子、杏子，摘星怕寶娜吃不慣，另又貼心準備了羊奶、生羊燴與醋芹。

寶娜久居塞外，沒見過這些水果，好奇拿起一顆鮮艷欲滴的新鮮荔枝，摘星教她要剝殼，她忽嬌喊一聲，手一鬆，荔枝落地。

「公主您怎麼了？」摘星忙問。

「這幾日快馬加鞭趕來中原，肯定傷到了右手手腕，痛得我沒辦法剝荔枝了，友文哥哥幫我剝好嗎？」

摘星望了朱友文一眼，怕他拒絕，忙道：「公主，我來效勞。」

「無妨，我來。」朱友文忽道。

摘星又是一愣，隨即見他重新拿起一顆荔枝，修長手指輕輕撥去荔枝殼，荔枝飽滿汁水四溢，瞬間清甜果香襲人，寶娜撒嬌道：「友文哥哥，你餵我吃。」

朱友文動作頓了頓，忍住想去看摘星臉色的衝動，姿勢有些僵硬地將剝好的荔枝送入寶娜的小嘴裡，寶娜幸福得簡直要暈了，荔枝是什麼味道都嚐不出來了。

「一騎紅塵妃子笑，無人知是荔枝來。」朱友文有些受不了寶娜熾熱的眼神，轉過頭，看著盤裡的荔枝，低聲吟起詩句，想轉移寶娜的注意力。

「這詩真好聽，友文哥哥，這是什麼典故？」寶娜整個人都要貼在朱友文身上了。

「前朝貴妃喜吃鮮荔枝，皇帝便命驛站快馬傳遞，飛馳數千里送至長安，據傳送到貴妃手上時，那荔枝上的露水甚至未乾。」朱友文一面解釋，一面身子稍微挪了挪。

「千里送荔枝，只為妃子笑，那貴妃一定國色天香，友文哥哥是不是在誇我也像那貴妃一樣美？」寶娜一知半解，不知前朝貴妃雖受盡天子寵愛，最後卻落得與天子倉皇出逃皇城，自縊死在半途，徒留無限遺憾。

朱友文點頭也不是，搖頭也不是，只好勉強擠出微笑，任由寶娜自行解讀。

即使朱友文做得彆扭，但摘星與馬婧仍看得目瞪口呆。

朱友文……居然對寶娜笑了耶，雖然笑得那麼僵硬彆扭，但至少是在試圖討好她吧？怎麼才不過一夜，渤王殿下就忽然轉了性，想當個遊戲人間的翩翩公子了？

馬婧覺得詭異，瞪著大眼看著這兩人，摘星則是忽覺沒了胃口，望著整桌菜餚，食不下嚥。

即使明知道朱友文是在作戲，她仍覺得不舒服，胸口的悶痛越來越難受。

他是在作戲吧？不是認真的吧？瞧他這演技，除了寶娜，有眼睛的人都看得出來有多差！

他不是很討厭寶娜嗎？巴不得敬而遠之嗎？

萬一不是作戲，難道他對寶娜……是認真的？

她的目光不自覺落在朱友文被寶娜挽著不放的那隻手臂上，只覺寶娜的手異常礙眼。

朱友文偷覷摘星一眼，見她果真反應有異，心中不禁微微竊喜：她終究是在乎他的。

他不動聲色，收回目光，朝寶娜道：「陛下得知公主提前來到，想體驗中原的七夕乞巧，便遂公主心願，等過完節再請公主進宮。」

「沒想到陛下如此通情達理。」被朱友文這麼一讚一哄，寶娜心花怒放，「那用完早膳，你能不能陪我去京城裡逛逛？」

「不管公主想去哪，本王都奉陪。」他臉上的愉快心情可不是假裝出來的，卻完全不是因為寶娜，而是因為摘星，狀似吃醋了。

直到早膳用得差不多了，寶娜起身拉著朱友文欲離去，礙於情理，問了摘星一句：「摘星姊姊，妳要不要也跟我們一塊兒去？」

摘星正想說「好」，朱友文卻打斷：「郡主還有些事要忙，不便同行。」

既然要讓她吃醋，就讓她吃醋到底，他倒是真想瞧瞧這個小女人會為他吃醋到什麼地步。

摘星微愣，趕緊配合點頭，打起精神，笑道：「是啊，我還有些事要忙。就讓三殿下帶妳去逛逛吧。」

朱友文轉身離去，寶娜連忙追上，摘星看著寶娜又挽起朱友文的手臂，只覺心口又是一陣悶痛，臉上笑容更顯僵硬。

「郡主？郡主？人都走遠了，您還在笑什麼？」馬婧探頭問。

摘星發現自己笑不出來了，她低頭不語，轉身回房，馬婧跟上，問：「郡主，您不餓嗎？剛看您沒吃幾口早膳？是身子不舒服嗎？」

「嗯……好像是有點兒，覺得胸口有些悶。」她伸手撫著胸口，被馬婧這麼一問，似乎又難受了幾分。

她這是怎麼了？她不是不會在乎的嗎？她不是相信朱友文嗎？

可剛剛眼前所見，卻讓她的信心……動搖了。

一陣陣香氣從京城裡最大的胭脂水粉鋪回香苑裡不斷飄出，各式盛裝打扮的少女婦女們進進出出，好不熱鬧，一片鶯聲燕語中，身材高大、十足陽剛男人味的朱友文顯得特別突兀。這回香苑不止賣胭脂水粉，舉凡女子用的口脂、眉黛到髮簪髮梳等等，一應俱全，甚至還販賣各種薰香、香爐與香囊。

寶娜見到什麼都新鮮，一個一個拿起來把玩觀賞，店老闆是個識貨的，見寶娜衣著華貴，身旁的朱友文即使身處一大群鶯鶯燕燕之中，依舊雍容自若，便知這兩人來頭絕對不小，特別殷勤招待。

朱友文自然對這些女子之物沒興趣，目光隨意四處巡梭，一青色小香囊忽地映入眼裡，他走過去輕輕拿起端詳，一旁店員迎上招呼：「這位公子，這可是咱們店鋪裡賣的最好的一款香囊，繡工精緻，香氣獨特，公子若有心儀女子，更可藉此香囊表心意，訴情衷呢。」

正假裝研究薰香的寶娜豎起了耳朵，時時注意朱友文的一舉一動，待聽得店員說道可送香囊表達情意時，她芳心竊喜，想著待會兒就能收到朱友文贈她的香囊了。

果然，她見到朱友文很快買下香囊，收入懷裡，朝她走來。

寶娜心頭小鹿亂撞，待朱友文走到身邊，她羞答答地伸出手，等了一會兒，忽覺手一沉，他把錢袋放在了她手上。

「妳慢慢逛，我到外頭等妳。」

寶娜看著踏出店鋪的朱友文，不解：他給她錢袋做什麼？不是要給她香囊的嗎？是了，在這裡給香囊多沒情趣啊，他一定是想回渤王府後再給她吧？

寶娜也不逛了，走出店鋪想拉著朱友文趕緊回去，沒想到一眨眼工夫，他人就不見了，站在店門口等她的，是充當暗衛的莫霄與海蝶。

「友文哥哥呢？」寶娜問。

「殿下忽有急事要辦，特命我倆護送公主回府。」

寶娜笑道：「呵，友文哥哥一定是害羞了吧！沒關係，我這就回渤王府，等他給我『驚喜』。」

莫霄與海蝶忍住想翻白眼的衝動，盡責跟在這位公主身後。

「妳發現了嗎？」莫霄忽低聲問。

「早發現了，主子已經去處理了。」海蝶低聲回覆。

「我們不用管嗎？」莫霄又問。

「那不是你我管得了的事，就當作不知道吧。」海蝶道。

兩人口中的「那個人」，此刻背後衣領正被人揪住，嚇得從頭涼到腳。

她應該躲藏得很隱密啊！而且她還稍微扮裝過，怎會被發現的？

「妳怎麼會在這裡？」朱友文問。

「我……殿下怎麼會發現我的？」她心虛道。

朱友文掀起她的斗篷帽，她已熱出了一頭細汗。

「大熱天的，誰還穿著斗篷遮遮掩掩、躲躲藏藏？根本欲蓋彌彰！」

摘星語塞。她也不知自己是怎麼了，早膳時見到朱友文與寶娜那麼親密，兩人離開後，她如坐針氈，心神不寧，又不想被馬婧識破，畢竟自己之前表現得那麼大方，怎麼能一轉眼就成了小腸小肚、吃酸拈醋？但她還是克制不了衝動，偷偷溜了出來，跟蹤兩人，想看看朱友文到底賣什麼關子，是逢場作戲？還是真對寶娜動了情？

「郡主該不會是一路跟蹤我和公主吧？」他聲音雖嚴峻，眼角卻溢著笑意。

「我……我……」摘星眼角餘光見到一賣糖葫蘆的小販經過，急中生智，忙道：「我忽然想念糖葫蘆的滋味，特地出來買的！大叔！大叔！請給我一支糖葫蘆！」她稍微一掙，朱友文便放開了她，好笑地看著她衝向賣糖葫蘆的大叔。

小販遞給她一支糖葫蘆，朱友文湊了過來，也要了一支。

摘星故作鎮靜，取笑他：「你一個大男人，居然也愛吃糖葫蘆！」

「這是要給寶娜的。」朱友文道。

摘星臉一沉，再也笑不出來了。

他忽低下頭湊近她的臉頰，男子陽剛氣息撲面而來，她臉一紅，想要退開，卻發現自己全身上下都已被這個男人籠罩，根本逃脫不了。

他是想當眾輕薄她嗎？他敢！

朱友文笑著在她手裡那支糖葫蘆上咬了一口，道：「好酸哪，妳這支糖葫蘆是不是加了醋？」

他知道了！他知道她吃醋了！

她惱羞地推開他，「我要回去了！」

「走慢點，小心妳的腿傷……」他不忘叮嚀。

一轉眼摘星已跑得不見人影，朱友文心情愉快，手裡拿著與自己身分極為不相稱的糖葫蘆，一口一口吃著，只覺滋味久違，甜蜜如昔。

馬婧一口一口吃著糖葫蘆，摘星問她：「甜的還是酸的？」

馬婧老實回答：「糖葫蘆當然是甜的，怎會是酸的？」

郡主也真奇怪，一下子不見人影，出現時又抱了一堆糖葫蘆回來，要她一支一支試吃，嚐嚐看究竟是甜是酸？糖葫蘆顧名思義就是甜的嘛，除非壞了，不然怎會是酸的？

摘星聞言，愣愣地看著自己手上那支被咬了一口的糖葫蘆。

被發現了。被朱友文發現她吃醋了，她怎能這麼失態！

前兩天自己還說得那麼好聽呢，一切以大局為重，此刻自己卻成了醋罈子，尤其是想到他替寶娜買了另一支糖葫蘆，她就彷彿渾身上下都浸在了醋裡，酸得想哭。

糖葫蘆裡藏著她與狼仔的共同甜蜜回憶，如今卻是滿滿酸意，狼仔與朱友文，今昔對照，更顯狼仔對她的一片真心情意，狼仔的心裡永遠都只有她一個人……她越看糖葫蘆越覺心酸……可惡的朱友文！

她想狠狠將手裡那支糖葫蘆扔在地上，但念及朱友文曾在上頭咬了一口，又是氣憤又是不捨，拿在手上老半天，最終沮喪地嘆了口氣，放在桌上。

「郡主，您就老實招了吧，您剛剛上街根本不是要買糖葫蘆，而是去偷看三殿下與那個什麼寶什麼娜的，對不？」

摘星瞪了她一眼，「我只是擔心三殿下會對公主不耐煩，露出馬腳，才跟去看一看的。」

「那人回來了，也要去看一看嗎？」馬婧笑嘻嘻地問。
「回來了？」
「是啊，三殿下早回來了，正和那個什麼寶什麼娜的，在書房練字。」
「什麼？」摘星跳起來，「妳怎不早點告訴我？孤男寡女，共處一室，這……難道三殿下就不怕公主名譽受損，遭人議論嗎？」
「她對三殿下那麼死心塌地，應該很開心遭人議論吧？」馬婧聳聳肩。
摘星這才發現她抱回來的那堆糖葫蘆全被馬婧吃光了，桌上只留下一堆沾著糖渣的細竹棍。這吃貨！
「不行！我得去看一看！」摘星就要往門口走去。
「郡主，太明顯了。」馬婧道。
「什麼太明顯？」
「您吃醋了。」
「我沒有！」
「還說沒有，瞧您上一刻還鬱鬱寡歡呢，這一刻就心急得像什麼似的，是誰說一切以大局為重，自己委屈幾天不算什麼？」
摘星忍了忍，終究忍不下胸前那口悶氣，「我不管！」
她鬱悶！她忍不住了！
她轉身從牆上取下朱友文送她的奔狼弓，一陣風似地朝門外走去，馬婧怕她激動之下做出什麼傻事，趕緊跟了出去，卻見她並非朝著書房而去，而是氣呼呼地走向練武場，這才鬆了口氣。

🐾 🐾 🐾

嗖的一聲，明明是對準草人靶，箭射出後卻失了準頭，僅僅只是擦過草人肩膀。

又是嗖的一聲，這次箭卻是從草人上方飛過，根本連邊都碰不著。

摘星心煩意亂，一箭又是一箭，卻一直射歪，根本無法靜下心來好好射箭。

「郡主，別嘔氣了，會有這局面，不也是您一手促成的嗎？」馬婧在一旁道。

「我不要聽！」摘星只想逃避現實，難得任性。

她不是不知道朱友文在自己心目中的地位，也明白自己不該這麼平白無故醋海生波，但感情是如此難控制，只要一想到寶娜依偎在他懷裡，她便胸口一陣陣悶痛，彷彿心每一次跳動都在提醒她有多傻，居然自己把他推給寶娜……

但她又能如何？跑去寶娜面前捍衛自己的權益，告知朱友文與自己早有婚約，她是未來的渤王妃嗎？要寶娜別再癡心妄想嗎？寶娜身後可是一整個契丹，她馬摘星身後不過是區區馬家軍，可笑，她原本還以為自己握有籌碼，結果和寶娜一相比，她的籌碼少得可憐，根本什麼也不是。利益多寡，朱友文不是笨蛋，自然知道該如何衡量，他會有這樣的表現，也無可非議。

「郡主，不如把草人當成三殿下吧，好好洩憤一下，不然積鬱久了，對身子可不好。」馬婧難得提出好建議。

「好！」

她舉弓、上箭，瞄準草人的右手。

「誰准你用這支手買糖葫蘆給寶娜！」

嗖的一聲，箭矢射穿草人右手，馬婧鼓掌叫好。

她再次舉弓上箭，瞄準草人的左手。

「誰准你用這隻手教寶娜練字！」

箭矢穩穩射出，射穿草人左手，馬婧仍是鼓掌叫好，只是聲音有些遲疑，「好……好！郡主您射得好！」

連接兩箭射中目標，心頭悶氣解了大半，她從箭筒裡又抽出一支箭，舉弓上箭，看著左右兩手各插著一支箭的草人，躍躍欲試，「接下來要射哪裡好呢？」

忽有道低沉聲音在她耳後響起：「要不要瞄準心呢？」

「好！就射心，你這個──咦？」她意識到朱友文正站在自己身後，倒吸了一口氣，又不想示弱，脹紅了一張小臉，手上的弓箭微微發顫。

他是何時來的，聽到了多少？馬婧為什麼不早點警告她？

「穩住。」他連著她的手一把握住弓箭。「妳這樣無法一箭射穿我的心。」

摘星窘得只想當場挖個洞躲進去，根本不敢面對朱友文，他固執地握著弓箭，不放她走，逼問：「郡主為何想射穿我的心？」

「我……」

「本王命令妳，說。」

她咬牙轉過頭，他的臉龐近在咫尺，面無表情。

「因為……因為殿下對寶娜公主……」

「我對寶娜怎麼了？對她太好了嗎？」

她咬著下唇，半晌，才終於點點頭，承認。

「這不正是郡主妳所希望的嗎？」

「但……但我只是要你做戲，不是當真！」她情急之下道。

朱友文露出笑容，她忽覺得一陣火大，掙脫了他的手，「殿下是不是覺得我很可笑？」

「郡主可是在吃醋了？」他反問。

摘星一愣，明明她的一舉一動，一言一行，都是吃醋的證明，可她的自尊心不想承認。不想承認自己被情感控制，無理取鬧。這太不像她了。

她轉過身子，背對著朱友文，他卻雙手輕握她的肩頭，將她扳了回來，又把奔狼弓交還到她手上，握著她的雙手，舉弓，上箭，瞄準草人。

他低頭在她耳邊輕聲道：「好好對準我的心，說不定妳會發現，裡頭根本沒有寶娜。」

她還沒回過神來，嗖的一聲，一箭已射出，正中草人的心。

她轉過頭，迎上他認真的目光。

「我……我練夠了，累了。」她不敢再面對他，隨意找了個藉口，匆匆離去，早先被朱友文趕到一旁的馬婧見狀連忙跟上。

「為何不告訴我三殿下來了？」摘星愁眉苦臉。

「我想說啊！但三殿下要我閉嘴啊！」馬婧也是一臉無辜。

摘星忍住想呻吟的衝動，只想早點躲回房裡。

老天，她剛剛做了什麼？她等於是對朱友文正式表白自己的感情了，這不成了她倒追他嗎？而那傢伙意味深長的笑容，又是何意？是瞧不起她？還是……可惡，她怎就猜不透他的心呢？

可她最猜不透的，卻是自己的心。

若不是寶娜出現，她根本不知道，自己早已對朱友文動了心。

是什麼時候動的心呢？

是得知他不惜違抗皇命，也要冒雨將她從太廟救回的那一刻嗎？

還是在練武場上，他將奔狼弓交給她、手把手地教她射箭的那一刻？

他不是狼仔，可她，為他動了心。

摘星如今多少有些後悔隱瞞婚約了，但她知道自己沒有權利後悔，這場戲必須演到底。

只是，她難掩落寞地想，若是朱友文真對寶娜動了心，這也是她自作聰明、咎由自取的結果罷了，怨不得別人。

第十二章　香囊定情

「──奇怪……友文哥哥到底去哪兒了？」

寶娜眼巴巴地跑回渤王府等著「驚喜」呢，可朱友文卻不見蹤影，只派了文衍過來，說請她至書房練字，既然是朱友文的吩咐，她自然照做，可她本就是坐不住的性子，練著練著漸感厭煩，朱友文又遲遲不出現，乾脆毛筆一扔，離開書房主動去找人。

她在轉了幾圈都不見朱友文人影，直找到王府另一頭，正打算折返時，忽在一扇窗前停下腳步。

「這是誰的房間？」寶娜厲聲問一旁負責灑掃庭院的粗使婢女。

「回公主，這是摘星郡主的房間。公主？公主您要做什麼？請勿擅闖──」

寶娜用力推開房門，走到床前，掛在薄薄青紗帳上的，正是她以為朱友文要送給她的香囊！

這香囊怎會出現在馬摘星的房間裡？朱友文這是何意？

寶娜又氣又恨，備感羞辱，她一把扯下香囊，緊握在手裡，怒氣沖沖地離去。

寶娜一回到自己房裡，便「哇」的一聲哭了出來，婢女們緊張地上前安慰，她越哭越是傷心，索性蹲在地上號啕大哭。

「公主，公主您這是怎麼了？」

「是啊！公主，是誰欺侮您了？」

婢女們慌了手腳，這位小公主從小受盡寵愛，從未如此傷心大哭過，究竟是誰那麼大膽，讓公主受了天大委屈？

「他為何要送香囊給那個馬摘星？那是我的！我的香囊！」寶娜一面哭一面喊，小臉上的胭脂都給哭花了。

寶娜哭了一陣子，站起身，發狠把房裡能見到的東西全砸了個痛快，稍微解氣後才憤憤不平地坐下，手裡仍緊握著那枚青色香囊。

「那個馬摘星，居然想和本公主搶男人？她憑什麼？」

一名寶娜覺得眼生的婢女走上前，道：「公主，您是大梁的貴客，更是契丹王最疼愛的小公主，相信三殿下絕不至於辜負您的一片真心。」她這話說得極入耳，寶娜心情頓時愉快不少。

寶娜問她：「我沒見過妳，妳叫什麼名字？」

「回公主，奴婢名叫秋陌，是三殿下親自挑選派來服侍公主殿下您的。」婢女低著頭回答。

「妳是渤王府的人？那妳告訴我，那馬摘星與渤王究竟是何關係？」

秋陌明顯遲疑了一會兒，才道：「奴婢不知。」

寶娜哪裡看不出來，盛怒之下打了秋陌一巴掌，「妳既然是渤王府的人，怎會不知道？」

秋陌忍著臉頰辣痛，恭敬道：「公主，主子的私事，又豈是我們這些下人能得知的？奴婢只知，三殿下相當重視摘星郡主。」她偷覷一眼寶娜的反應，又趕緊道：「但正如奴婢之前所說，您也是三殿下頗為重視之人。」

「那他為何要把香囊送給馬摘星？難道在他心目中，馬摘星比我還重要？」寶娜越講越憤怒。

「奴婢有個建議，不知公主是否願意一試？」秋陌道。

寶娜看了秋陌一眼，心想自己堂堂公主，哪裡需要聽一個小婢女的建議？但此女乃渤王府出身，自然比她更熟悉朱友文的喜惡，況且寶娜年紀尚輕，歷練不多，加上旁人事事寵她讓她，不敢忤逆，等她真碰到了難以解決的情況，除了發怒洩憤，她也不知該如何是好。

「說。」

「若是發生一件要緊的事兒，同時牽涉到公主與摘星郡主，端看三殿下的反應，便能得知他真正的心意。」秋陌道。

「那個馬摘星怎可能贏得過本公主？」寶娜不以為然。

「這個自然，但若能藉此確認三殿下的心意，也能教他人打消念頭，別再癡心妄想覬覦公主看上的對象，豈不兩全其美？」秋陌說得頭頭是道，寶娜不由有些心動。

其他婢女覺得不妥，想上前勸說，秋陌卻不知是有意還是無意，恰恰阻擋在寶娜面前，不給她們任何說話機會。

「好！去把冰兒牽來！」寶娜略一思量，吩咐道。

「公主……」其他婢女仍想勸阻，寶娜已迫不急待走了出去，秋陌也機靈跟了上去。

婢女們面面相覷，都知這個小公主性格單純固執，行事瘋狂，這會兒被秋陌這麼幾句撩撥，不曉得又會鬧出什麼不可收拾的大事？

馬車走了許久才停下，馬婧打開車門先跳了下來，揉揉疼疼的屁股，望了望四周，不是說要找郡主一塊兒出門採買東西、準備過七夕嗎？這荒郊野外能採買到什麼東西啊？

馬婧正納悶，摘星也下了馬車，一路上馬車顛簸，她便已料到該是離開了京城，只是不知寶娜葫蘆裡在賣什麼藥，她因為隱瞞婚約，自覺對寶娜有所虧欠，便也不點破，想著盡量讓寶娜順心也就是了。

兩人下了馬車沒多久，寶娜便騎著馬出現，熱情喊道：「摘星姊姊，妳可來了！我等妳好久了！」

「不知公主為何約我來此？」摘星問道。

「我在契丹天天騎馬打獵，來大梁久了，老是在渤王府兜轉，實在有些悶，所以想邀姊姊一同狩獵，若是打到了獵物，友文哥哥愛吃肉，也能順便討他歡心！」寶娜回道。

摘星猶豫，她不是不想答應寶娜，而是自己的腿有舊疾，要是騎馬時不小心出了意外摔傷腿……

寶娜見她遲遲沒有答應，心中更感不悅，但仍勉強壓抑著怒氣，「難道姊姊不願意嗎？」

「公主，我的腿腳不太靈活，若要騎馬——」摘星欲解釋，寶娜打斷：「正好，我體諒姊姊，就將我最鍾愛的坐騎『冰兒』讓給姊姊吧！冰兒善解人意，步履穩健，性情又溫馴。姊姊，要不妳在旁陪我騎騎馬、聊聊天也行，我都快悶壞了。」

寶娜的婢女牽來冰兒，只見牠頭細頸高、四肢修長且皮薄毛細，通體雪白找不出一絲雜色，馬蹄鐵更以白鐵特別鍛製，再加上白銀馬鞍、水晶頭飾，更顯氣勢華貴。

馬婧見摘星面露難色，自告奮勇，「公主，請讓我代替——」

寶娜面露不耐，打斷馬婧：「什麼時候輪到妳這個下人說話了？」她轉向摘星，「姊姊依舊不賞臉嗎？在契丹可是沒人會拒絕本公主，怎地到了大梁，卻人人不把我放在眼裡？」

「公主，您言重了。好，我就陪您騎上一回。」摘星只得答應。

「郡主！您的腿……」馬婧不放心，想要阻止，寶娜身旁的婢女已將冰兒牽上前，協助摘星上馬。

寶娜一笑，馬鞭一抽，轉身策馬飛奔而去，還不忘回頭喊道：「姊姊，跟上！」

「郡主！您的腿……」馬婧擔憂地看著摘星。

「我自會小心。」摘星朝她點點頭，雙腿一夾馬肚，冰兒立即朝著寶娜的背影奔去。

冰兒帶著她疾馳過一片草原，緊接著進入一片樹林，狹小的路徑上雜草叢生，顯見人跡稀少，加上高大樹木阻擋了陽光，樹林內陰鬱潮溼，加上清晨未完全蒸發的霧氣飄飄渺渺，令人看不透前方，氣氛詭譎。

寶娜已不見人影，摘星在馬上不住環顧四周，喊道：「公主？公主——您騎慢點兒，我追丟您了——公主？」

「呀——！」不遠處忽傳來寶娜一聲驚喊。

「公主？」摘星警覺地調轉馬頭，分辨叫聲來自何方。

「姊姊！有毒蛇！我被毒蛇咬了！快救我！」寶娜尖聲呼救。

摘星心頭一緊，就怕寶娜真出了什麼意外，她辨明聲音來源後，立刻駕馬前往救援。

「公主！我來了！您在哪兒？」

她很快就見到寶娜倒在一棵樹下，動也不動，她正要下馬查看，冰兒忽前蹄高舉，身子不住往後仰，像是受到了什麼驚嚇，她一手緊握韁繩不放，一手勉力伸出想安撫冰兒，可冰兒簡直就像發了狂，不住竄跳，她實在握不住韁繩，竟整個人從馬背上被甩了出去，重重摔倒在地，昏了過去。

一名婢女從隱蔽的草叢裡現身，收起哨子，拉住冰兒安撫，秋陌從樹後走出，扶起倒在地上的寶娜，道：「公主，一切都依照您的計畫進行。」

寶娜拍去身上雜草枯葉，走到冰兒面前，好生稱讚：「冰兒真聽話！」

寶娜目光落在昏迷不醒的馬摘星身上，一臉幸災樂禍，「馬摘星，別怪我啊，為了證明友文哥哥對我的心意，只好犧牲妳一下了。」

「你說什麼？」朱友文臉色鐵青，手中緊握的毛筆「啪」的一聲斷成兩截。「她墜馬受傷？昏迷不醒？她的腿怎麼樣了？可有傷到舊疾？」

朱友文口裡的「她」自然是馬摘星，他壓根就沒有想到寶娜。

「主子請放心。」文衍道：「郡主回到渤王府後，已經清醒，只是目前仍有些受到驚嚇，需要休養恢復。」

「那她的腿傷如何？」他言語間不由流露出焦心。

「腿傷並無大礙。」文衍回道。

朱友文總算鬆了口氣，但仍不放心，立即帶著文衍前往探望摘星，一路上，文衍道：「主子，郡主已喝下湯藥，得歇息幾個時辰。」

朱友文點點頭，「我知道，我只是想看她一眼。」

文衍心內略感驚訝，面上卻無任何表示。

看來主子對馬家郡主的重視程度，已不言而喻。

兩人很快來到摘星房外，他並未進房打擾，只是站在窗外，看著躺在床上昏睡的摘星，只見她小臉蒼白，髮絲微亂，即使喝了湯藥昏睡，也隱隱蹙著眉頭，感覺受到了極大的驚嚇與痛楚。

朱友文看得心疼不已，雙手不自覺握起拳頭。

「文衍。」他沉聲道。「郡主為何會墜馬？」

「主子，」文衍也壓低了音量，回道：「這件事有些不尋常……」

朱友文猛地轉頭，見到不遠處一個婢女正鬼鬼祟祟地朝這兒張望，他狠狠一瞪，那婢女嚇得縮回身子，退了下去。

「是寶娜身邊的婢女。」朱友文面露厭惡。「回書房去。」

摘星墜馬，寶娜隨後派人刺探，難道這一切都是她搞的鬼？

兩人回到書房，關上門窗後，朱友文劈頭就問文衍：「這件事你覺得何處不尋常？」

「主子，契丹人人善馭馬，而公主的坐騎更是千挑萬選，性情穩定，照理不會無故發狂，除非有人指使。再者，馬家郡主出身將門，騎術想必不差，足以應付尋常狀況。光這兩點，郡主墜馬，便讓人覺得蹊蹺。」文衍分析。「且寶娜公主一直強調，兩人是同時墜馬，受的傷不分軒輊，但又堅持只讓隨行的契丹老軍醫診治。」

朱友文緊擰眉頭，正自尋思，一股濃濃湯藥味從書房外傳來。

他與文衍對看一眼，文衍前去開窗，只見寶娜的婢女正捧著一碗湯藥，緩緩在書房前走動，似刻意要讓書房內的人察覺。

朱友文開了門，叫住那婢女，問：「這是公主的湯藥？」

那婢女道：「是，殿下，公主傷勢嚴重，這湯藥正是要給公主服用的。」

他看了文衍一眼，文衍會意，從婢女手上接過湯藥，凝神聞了聞，又將湯藥交還。

「本王等等就會去探望公主。」

那婢女立即一臉欣喜，接過湯藥後連連行禮，隨即快步離去。

朱友文冷哼一聲，「她這是趕著要去通風報信了吧？」

「主子。」文衍道。

「如何？」

「不是傷藥，只是些尋常溫和補藥。」

朱友文深吸口氣，慢慢握緊拳頭。

他不曉得寶娜到底在打什麼主意，他只知道一件事：他絕不容許任何人傷害馬摘星！

「他總算要來了？」

聽到婢女回報，原本滿懷盼望的寶娜卻一點也高興不起來。

她放出風聲，自己與馬摘星同時墜馬、受的傷又一樣重，照理朱友文該先來探望她，但他卻先衝去馬摘星的房間！接著又回到書房！難道他壓根沒想到要來見她嗎？要不是她沉不住氣，刻意派出婢女端著湯藥來回經過書房，提醒朱友文她受傷了，他是不是根本就不會來了？

不可能，朱友文絕對不可能認為馬摘星比她還重要！

她不相信朱友文的眼裡沒有自己，心中卻越發感到不安……

房外傳來腳步聲，寶娜趕緊跳上床，房門打開的那一瞬間，她立即大聲喊疼：「友文哥哥！我好痛啊！痛得都下不了床了呢！」

朱友文走到床前，一臉冷漠，「公主倒是喊得中氣十足，一點都不像墜馬負傷。」

寶娜訥訥，正想說些什麼，只聽他又道：「本王聽聞公主相當寵愛冰兒？」

寶娜未察覺他語氣有異，天真笑道：「沒錯！冰兒是我從小照顧到大的，我幾乎天天陪著牠，與牠寸步不離。」

朱友文一擺頭，文衍呈上一物，他隨手抓過扔在地上，冷笑道：「可惜了一匹好馬！」

他扔在地上的，居然是冰兒的水晶頭飾！

寶娜一驚，立即從床上跳起，拾起冰兒的頭飾。

「你把冰兒怎麼了？」她面露驚慌。

「看公主行動矯健，倒不像墜馬負傷。」朱友文冷言道。

寶娜愣了愣，試圖解釋：「我剛喝了湯藥，自然好些。」

「公主服用的，並非傷藥，只是尋常溫補藥方，不是嗎？」他反問。

「我……我不知道，這藥方都是老軍醫開的。」寶娜目光閃躲。

「是嗎？既然公主不知，那麼也許負責養馬的圉官會知道些什麼，本王有的是辦法問出真相！公主還想隱瞞嗎？」他聲音越見冷戾。

眼見東窗事發，寶娜的自尊不容許自己像是犯人般被朱友文連番逼問，索性承認：「對！本公主根本沒受傷！馬摘星落馬，也是我指使的！」

朱友文忍住想把寶娜捉起來狠狠教訓的衝動，壓抑著怒氣問：「妳為何要傷害摘星？」

寶娜忿恨轉過身，從枕下拿出那枚青色香囊，用力朝朱友文扔去，喊道：「因為這個！」

朱友文隨手接住，見是他悄悄放入摘星房內的香囊，不由一愣。

「你應該喜歡的是我！為何要把這什麼破香囊，送給那個馬摘星？」寶娜不甘道：「本公主哪裡比不上她？」

朱友文看著她，一字一句，清清楚楚，「妳沒有一處可與她相比！馬摘星是本王未過門的王妃！」

寶娜怒極反笑，「果然！我就猜到她和你的關係不單純！不過是個小小郡主，從我到來的第一天，就擺出渤王府女主人的架勢！處處都有她的身影，我早嫌她礙眼了！」

朱友文忍住怒意，「公主可知，她腿有舊疾，若是再受傷，極有可能終身不良於行？」

見朱友文仍處處維護摘星，寶娜更加憤怒，「本公主不知道！她自己又沒說，怎能怪我？」

「妳自然不知，妳眼裡只有妳自己！」

「難道你就不是？難道你不是為了借兵，才一直討好我！」

面對寶娜的控訴，朱友文冷靜回答：「若要利用公主借兵，三年前本王便大可趁勢而為，何須等到今日？本王不過是看在兩方邦交多年，摘星又為人良善，不願公主敗興而歸，這才善意隱瞞，可萬萬沒想到，卻因此險些害她重傷——」

朱友文提到馬摘星那痛心不捨的模樣，只有讓寶娜更加跳腳，「夠了！朱友文！說來說去都是為了馬摘星！你心裡到底還有沒有我？」

朱友文輕握香囊，緩緩道：「公主所想要的，本王給不起。妳陷害摘星受傷，本不該輕易放過，但隱瞞婚約，是本王有錯在先，恩怨就此兩清。文衍！」

文衍從他身後走出，將那從未打開過的畫軸錦盒放在桌上。

「公主的情意，本王只能原封不動退還。」

寶娜雙眼盯著錦盒良久，雙頰脹紅，滿臉羞憤。

「本公主特地用心準備的禮物，你居然從頭到尾都沒想要打開過？我從未受過如此羞辱，朱友文！我要你和整個大梁都後悔今日如此待我！」她氣呼呼地打開錦盒，將那幅青牛白馬畫軸拉開到底，畫裡居然藏了一封信。

寶娜將那封信拿到朱友文面前，忿恨道：「這封便是父王答應借兵給大梁的盟書！」

此話一出，對朱友文而言直如晴天霹靂，他怎麼都沒想到寶娜會留有這一手。

「朱友文，我早暗示過你，這錦盒裡的東西，正是你心心念念所想要的！若你待我有一絲真誠，便會重視這份禮物，沒想到你根本不屑一顧！如此踐踏我的心意！」寶娜抄起桌上蠟燭，作勢欲燒盟書。「既然你不想要這份禮，借兵視同破局！」

「住手！」他試圖喝阻。「公主與我之間的恩怨，與國家大事無關，還望公主手下留情！」

見朱友文總算慌了，寶娜心一橫，手裡的蠟燭火焰燒上了盟書，他伸手想阻止，火焰竄燒速度飛快，盟書轉眼已燒了一半。

寶娜道：「若不是看在你的面子，借兵大梁，於本公主有何好處？若真讓大梁借成了兵，你稱心如意了，眼裡卻還是沒有我，只有那個馬摘星，那不如兩敗俱傷！我既然得不到你，大梁也休想得到我父王的援助！」

「本王對公主一再忍讓，沒想到公主卻自毀契丹王的盟書，意圖破壞大梁與契丹多年來建立的信任！」朱友文深覺受夠了寶娜，語氣冷硬如冰，下了逐客令：「本王與公主已無話可說，明日本王便會奏請陛下，請公主離開渤王府，望公主好自為之！」

「朱友文，你敢趕我走？」寶娜不敢置信。

朱友文拂袖離去，寶娜氣極，拿起冰兒的水晶頭飾用力朝他背影砸去，他沒有回頭，卻猶如背後能視物，抬手接住，又扔回給寶娜。

「朱友文！你殺了我的冰兒，這筆帳我還沒跟你算！」寶娜氣得將頭飾往地上一砸，水晶碎裂散落一地，聲音清脆。

已走到門口的朱友文冷冷回應：「冰兒無罪，本王未殺。」

他不過是利用寶娜疼愛冰兒，趁她心緒激動時，逼出真相。

「你……」寶娜一愣。「你還騙我？」

「不過是以其人之道，還治其人之身。」朱友文的聲音從房外傳來。

寶娜氣得全身發抖，朝他背影怒喊：「你以為本公主稀罕住在這破爛王府？我一刻都不想待在這鬼大梁！」

夜深人靜。

他悄悄來到她的床前，無聲無息，凝視她沉沉熟睡的容顏。

他輕輕抬起她的手，將那枚香囊，溫柔塞入她的掌中。

也許是在睡夢中感覺到他的接近，她原本輕蹙的眉頭，緩緩抒解，而當他輕撫她額上的髮絲時，她呢喃了一聲，嘴角溢出淺淺微笑。

他聽不清那聲呢喃，卻全身一震，彷彿有什麼東西從胸口源源不斷湧出，百煉鋼亦化為繞指柔。

她呢喃的是他的名字嗎？

皎潔月光斜斜從窗外探入，他抬頭望向窗外，只見星空朗朗，銀河綿延，牛郎星與織女星隔著銀河遙遙相望。

迢迢牽牛星，皎皎河漢女。河漢清且淺，相去復幾許？盈盈一水間，脈脈不得語。

明明夜夜相望，卻無法相守，只有今夜，無數的喜鵲將搭起鵲橋，讓苦苦相思整年的牛郎織女得以相聚。

七夕，也是銀河底下的世間男女互訴情衷之時，家家乞巧望秋月，穿盡紅絲幾萬條。鈿盒金釵，收下了定情物，願從此長相廝守。

他不捨地輕撫她粉嫩臉頰，輕聲道：「妳受委屈了……」

但他發誓，從今以後，絕不讓她再受半點委屈。

他悄悄離去，以為她仍熟睡，但她卻睜開了眼，好半晌，低聲道：「我一點都不覺得委屈……」

她抬起手，看著掌中的青色香囊。

今夜是七夕，他送她香囊，心意不言自明。

這就是他對她的回應嗎？

她舉起握著香囊的手，放在心口上，全身洋溢著難以言喻的幸福與溫暖，淚水卻不由自主由眼角滑落。

爹，您在天上看見了嗎？您不用再擔心女兒了，這世上有一個人知她惜她、敬她護她，而他將成為她的夫君，攜手與她共度一生，她不會再是孤苦無依。

爹……她緊握香囊，眼神忽變得堅決。

爹，您放心，女兒不會忘記自己身上背負著馬府全家上下數十條人命，朱友文這番心意，她自會珍惜，但大仇未報，她不會放任自己過度耽溺男女情愛。

她抹去眼淚，閉上雙眼，重新睡去。

窗外月色清寂。

很久很久以後，她才知道，自己從來都是孤單一人。

🐾 🐾 🐾

摘星睡得極沉，隔日醒來，發現渤王府內騷動不安，馬婧出去轉了一趟，蒼白著臉回到她面前，身後跟著文衍。

不過一夕，渤王府內竟風雲變色，寶娜與朱友文撕破臉後，夜裡負氣離府，不料半路遇襲，被不知名賊人綁走，朱友文得知後，連夜帶人搜尋寶娜下落未果，天明後梁帝也得知了消息，緊急宣朱友文入宮。

「妳說什麼？三殿下被打入了天牢？」摘星手一顫，手上的茶水濺出了大半。

文衍回道：「先不說三殿下坦承與郡主的婚約後，原封不動退還公主錦盒畫軸，讓公主備感羞辱，憤而燒毀借兵盟書，此刻公主下落不明，要是契丹王知道了，不僅借兵成空，兩國關係勢必惡化，四皇子更將處境堪危。」

「原來契丹早就答應借兵？公主把盟書藏在了錦盒裡？唉，我早叮囑他定要打開公主禮物，不要辜負公主一片心意，他為何就是不聽勸……」摘星懊惱不已，要是當時自己再多堅持些，是否就不會至於落到今日這局面？

「可就算如此，也不至於將三殿下關入天牢啊？」摘星又問。

文衍一臉無奈：「公主是因三殿下而負氣出走，負責保衛公主安全的契丹護衛揚言，若是公主出了事，要三殿下一命還一命！陛下為取信契丹，才將三殿下關押天牢，同時另派兵馬傾全力尋找公主下落。」

「不過是護衛，好大架子！」馬婧不平道。

「契丹王素來最寵愛這位小公主，就算公主只傷了根頭髮，也難保契丹王不會一怒之下，發兵血洗大梁！」摘星嚴肅道。

「郡主，沒這麼嚴重吧……」馬婧咋舌。

「公主離府時，不可能獨自一人，必定攜帶了些護衛。」摘星道。

文衍回道：「的確，公主身邊護衛，武藝非凡，隨身婢女也多少會一些武藝，但昨夜我等尋找公主下落時，在京城郊外發現護衛、婢女的屍首，皆是一刀斃命，可見動手之人，非尋常盜賊。」

「難道有人埋伏，等著公主自投羅網？」摘星心頭一驚。

「倒也未必，公主是騎著心愛的坐騎冰兒離府，黑夜白馬，異常顯眼，或許太過招搖而引人起了貪念。」文衍道。

摘星細細想了想，又問：「你說昨夜是在城外近郊發現公主護衛、婢女屍首，城門不是有兵將看守？不管是公主要離城，或是那幫賊人劫持了公主要出城，若無令牌，斷無可能，朝這方向追查了嗎？」

文衍似有難言之隱，摘星略一思量，便已明白：若是城門守將擅自放人離城，幕後肯定不單純，是渤王府出了內奸？還是其他人欲加害朱友文，內神通外鬼？此刻唯有暗中調查，不可打草驚蛇，以免風聲洩露，線索盡失。

摘星與文衍對望一眼，文衍暗暗點頭，朱友文不可能沒想到要追查城門守將失職，他入天牢，也許早就在他意料之中，眼下她所能做的，只有——

她從椅子上起身，對馬婧道：「咱們這就出門！」

「郡主，去哪？」馬婧一臉迷茫。

「怕是要逃回邊關，找妳們的馬家軍靠山去了？」海蝶的聲音冷冷從門口傳來。

「海蝶！」文衍厲聲訓斥。

海蝶更是不服，「我說錯了嗎？夫妻本是同林鳥，大難來時各自飛，況且郡主還未正式過門呢！」

馬婧跳出來抱不平，「公主又不是被我家郡主趕走的！況且我家郡主為了三殿下，對那什麼寶什麼娜的更是百般忍氣吞聲……」

「馬婧，好了。」摘星道。「動作快些，此刻分秒必爭。」

「郡主，咱們真的要走？」馬婧遲疑。

「快走，不送！」海蝶嗆聲。

「海蝶！住口！」莫霄趕了過來，將憤憤不平的海蝶拉到一旁。「我知道妳擔心殿下安危，但也不必對郡主口出惡言！」

「我要入宮，覲見陛下。」摘星道。

此話一出，眾人皆感錯愕。

馬婧也是一愣，隨即轉為欣喜，得意洋洋地瞪了海蝶一眼。

誰說他們家郡主要拋下三殿下逃難去了？

摘星與馬婧很快離去，海蝶自知失言，又見摘星毫不怪罪，不由感到慚愧。

文衍朝她道：「主子此刻身陷危機，又事關大梁與契丹兩國關係，其他人怕受牽連，閃躲都來不及了，只有郡主是真心為主子打算，也唯有她能在陛下面前說得上幾句話。」

莫霄也搖搖頭，對海蝶道：「海蝶，妳竟比我還沉不住氣。」

海蝶與眾人為尋找公主，一夜未眠，此刻雙目滿是血絲，只要一想到昨夜他們與主子辛苦尋找公主下落時，馬摘星卻在渤王府裡睡得安穩，她便替主子覺得不值！主子是為了誰，才會得罪公主？又是為了誰，憤而退還藏著盟書的大禮？還不都是為了馬摘星？眼見主子對馬摘星越加上心，她心裡便越發恐懼。

那個祕密絕對不能被馬摘星知曉！

若馬摘星因為主子入了天牢，怕惹禍上身而逃離王府，從此兩人分道揚鑣，也未必不是好事，至少主子能就此對她斷了念，來日她得知真相，也不至於……

「我是真希望，馬家郡主就此離開主子……」海蝶再度嘆息。

剪不斷，理還亂。

莫霄摟了摟她的肩，「我明白。但很多時候，主子也是身不由己。」

第十三章 金雕獵狼

天牢設置於皇宮禁地，由朝廷直接管轄，專押重刑犯或有案在身的朝中權貴，層層重兵嚴加看守，插翅也難飛。

摘星與文衍來到天牢入口，見到的不是皇城禁軍，而是跟隨寶娜而來的契丹武士，契丹公主失蹤，他們不再信任大梁，更深怕渤王潛逃，寧願不眠不休自行看守渤王朱友文。

契丹武士們認得摘星，一見她出現，個個面色不善，似乎知道公主會失蹤，與摘星脫不了關係！

原本的護衛長隨寶娜離府而遭砍殺，新上任的護衛長不客氣地橫阻在摘星面前道：「重犯渤王，不許任何人探監，馬郡主請回！」他聲音宏亮，在天牢內的朱友文聽見了，不由訝異。

她怎會來了？

他緩緩站起，雙手雙腳上的鐵鏈跟著移動，在潮溼的青石地板上輕刮出聲，關在另一個牢房內的犯人抬起眼皮朝他望了望，又默默垂下眼。

只聽得天牢入口傳來文衍的聲音：「郡主可是未來的渤王妃，不得如此無禮！」

契丹護衛長不為所動，哼了聲道：「要是找不回公主，誰知從此還有沒有渤王這個人呢！」

「大膽！」文衍喝道。

摘星伸手制止文衍，「我們都希望公主能平安歸來，眼下不該互相刁難，而是齊心合作。」

「郡主甭白費唇舌，不許就是不許，請回吧！」契丹護衛長不願讓步。

摘星只好道：「那麼，我們來做個交易，只要讓我進天牢見三殿下一面，明日午時前，我定尋回公主，否則摘星便任憑處置！」

文衍一驚，這豈不是將自己一條命交給了契丹人？

就連契丹護衛長也是一愣，似乎不敢相信有人會願意下這麼危險的賭注。

連在天牢內的朱友文聽見了摘星這話，也不禁胸口一陣澎湃。

她真願意為他犧牲到這種地步？即使會賠上自己的一條命？

「如何？」她朝正躊躇著的契丹護衛長道：「兩命償抵，也不算太虧吧？」

威武的契丹護衛長不得不對摘星另眼相看，好個爽朗痛快的中原女子！

他讓開如一堵牆般的粗壯身子，擺了個手勢：「郡主，請！」

摘星走入天牢內，文衍欲跟上，卻被護衛長伸臂攔下，「只准郡主一人入內！」

她轉過頭，吩咐文衍：「你在外頭等我，別擔心。」

「郡主，一切多加小心。」文衍無奈。

摘星點點頭，轉身繼續走入天牢，一股惡臭撲來，混雜著血污與嘔吐排泄物的氣味，裡頭暗無天日，只有牆上虛弱火光微微跳動，她黯淡影子跟著在牆上晃動，關在此處的犯人多半受了重刑伺候，連呻吟的力氣也沒有，只能睜開疲累的眼皮，用已對生命絕望的眼神看著她毫無畏懼地往最深處走去。

隔著冰冷鐵柱，朱友文望著她朝自己緩緩走來，內心難掩激動，當然摘星在他面前停下時，他神色卻故意一冷，道：「郡主為何來此？」

「是我請求陛下，讓我見你一面。」

「將死之人，有何好見？」朱友文側過身，表情隱於黑暗。

摘星微笑，「我更想要的，是與殿下一起活下去。」

她說得清清淡淡，他卻內心震撼，要知寶娜安危牽動整個大梁與契丹局勢，還牽涉到人尚在契丹的朱友貞，若寶娜無法平安歸來，為保大梁，梁帝勢必會犧牲他。朱友文早有心理準備，可他沒想到，這個還未過門的女子，竟願意與他同生共死。

星兒……她果真是他的星兒！永遠都不會離棄他！

「我都聽文衍說了，說到底，起因還是我倆的賜婚，我又怎能置身事外？」摘星道。

「妳是未來的渤王妃，我不過是維護大梁聲譽。」他仍硬脾氣地想否認。

「那殿下又為何送我此物？」

他定睛一看，她手裡握著的正是他昨夜所送的那枚青色香囊。

「殿下送我香囊，也僅僅因為我是未來的渤王妃嗎？還特地挑在七夕？」

朱友文語塞。

摘星仔細將香囊收起，道：「我已向陛下請旨，一同尋找公主下落。」

「我不准！」他情急往前站了一步，臉上擔憂表露無遺。「我身在大牢，無法護妳周全！」他不想再見到她受到任何傷害！

「這次，請讓我來保護殿下。」她仰起頭望著他，語氣堅決。「奎州城外，捨身相救。太廟禁地，斥退重重禁軍，抗命帶我離去。如今更因我的緣故，成為階下囚。殿下，摘星不是無情無義之人，不管您這麼做的理由到底是什麼……」她的語氣越顯輕柔，甚至纏綿，凝視著他的雙眼在陰暗天牢裡閃著盈盈光芒，原來他對她的每一樣好，她都放在心上。

朱友文不由臉頰微微發燙，他僵硬轉過身子，良久，才悶聲道：「不是每個女人，都能讓我如此在意，只因她是馬摘星。」

只因她是他的星兒。這個世界上，他心裡唯一的女人。

直至此刻，摘星更加確定朱友文的心意，她不顧矜持，主動將右手從鐵柱間探入，輕輕扯住他的小指，一根接著一根手指，慢慢將他整隻大手握入柔荑。

他身軀微微一顫，只覺纖纖素手，柔情似水，這天底下人人避之唯恐不急的陰森囹圄，竟如江南春雨，他浸潤在她的每一句話、每一個觸碰裡，只覺自己一生唯有此刻，最是幸福。

但她終究得離去。

朱友文叮嚀：「公主身旁的護衛、婢女，皆一刀斃命，抓走公主之人，武功甚高，說不定不止一人，妳同時帶上文衍、莫霄與海蝶，他們跟著我多時，知道如何應付緊急狀況，妳自己也要多加小心。」

「這麼一提醒，我想借用殿下身上一樣東西，做為護身符，不知殿下肯不肯給？」她左手從懷裡抽出一把小刀。

朱友文還有心情開玩笑：「妳該不會是想用這小東西劫獄吧？」

摘星右手一翻，將他整隻手掌翻了過來，道：「我要殿下的血。」

他微微一愣，隨即明白她心裡在打什麼主意，「妳想用我的戰狼來尋找公主？」

摘星點點頭，「狼的嗅覺比獵犬要來得靈敏，我聽文衍說，殿下豢養戰狼，並非由小狼養起，而是與成狼搏鬥，戰勝後藉此馴服，所以戰狼只認殿下身上的氣味。」

朱友文大方一笑，「郡主果然沒讓我失望。」

她要他的血，號令戰狼，為她所用。

朱友文取過刀子，在虎口處劃上一刀，鮮血湧出，他毫不在乎，她卻有些不忍。

怕引起側目，她入天牢前便將平日繫在腰際上的銅鈴收入懷裡，此刻她拿出銅鈴，讓朱友文的血滴落其上，滴滴鮮血迅速染紅銅鈴，濃濃血腥。

染血銅鈴彷彿預示著什麼。

是過去的一個祕密？還是即將到來的命運？

「去吧，我等妳的好消息。一定要平安回來。」他不捨地放開她的手。

摘星用力點點頭，收好銅鈴，轉身離去。

不遠處一間牢房裡的老囚犯，睜著被乾涸鮮血半糊住的眼皮，吃力地看著摘星的身影迅速離去，直至消失。

「銅鈴……郡主……馬家的小郡主……」老囚犯已氣若遊絲，聲音幾不可聞。

朱友文忽地轉過頭，目光炯炯，但那老囚已然昏死過去，再也沒有說過一句話。

摘星等人與梁帝派出的精銳禁衛軍來到郊外山野，附近便是昨夜寶娜等人被襲擊之處，海蝶一路上雖沉默不語，卻比平常更謹慎小心，盡責維護摘星主僕倆的安全。然最辛苦的要數莫霄，他負責以鐵鏈牽著朱友文的戰狼，狼性兇殘，要不是他平日見過朱友文馴狼，多少摸熟了戰狼的攻擊模式，知道如何閃躲，此刻身上大概早已被咬出了幾個大窟窿。

摘星下馬，拿出銅鈴，緩緩朝戰狼走近。

「郡主請小心！戰狼雖被馴化，但只聽殿下的話，唯有殿下能親近，不少渤軍士兵都被戰狼傷過。」文衍提醒摘星。

摘星深吸口氣，繼續朝戰狼走去，那狼見到摘星靠近，齜牙咧嘴，嗚嗚低狺，擺出攻擊姿勢，隨時準備撲到摘星身上狠狠撕咬！牠已經太久沒有見血了！

摘星知道自己此刻千萬要鎮定，狼能察覺到恐懼，以恐懼為食，將獵物拆吃入腹。

她要讓戰狼知道：她不是獵物，而是要號令牠的主人。

她將染上朱友文血液的銅鈴遞到戰狼面前，戰狼弓起背，張大嘴露出森利狼牙，似乎下一刻就要咬斷她整隻手掌！然而就在狼牙要接觸到她手背時，戰狼聞到了熟悉的味道。那個男人的味道。以最純粹的暴力征服牠野性的那個人類。那個人類比牠狠、比牠兇殘、比牠更了解狼的弱點。簡直就是牠的同類。

戰狼猶豫了。牠是那人的手下敗將，依照狼的階級，牠必須聽命於那個人類。

戰狼抬眼正視面前這個女子，她的眼神無驚無懼，少了那個人類獨具的強烈野性，卻平靜一如深山湖泊，安撫著牠躁動的嗜血天性。

那一瞬間，戰狼懂了，她，是那個人類帶來的。

她，在此刻，是牠的主人。

這一幕讓文衍等人看得驚嘆不已，從未有人能在朱友文不在場時馴服戰狼。

唯有馬婧嚇得不敢看，早就摀住自己的雙眼，不斷問海蝶：「郡主的手還在不在？戰狼咬下去了沒？」

海蝶沒好氣地推了馬婧一下，道：「自己睜眼瞧瞧，妳家郡主好端端的，一根手指頭都沒少！」

摘星拿出花月胭脂，湊到戰狼鼻前，道：「戰狼，我們得聯手救三殿下與公主，帶我們找到這胭脂的主人！」

戰狼嗅了嗅花月胭脂，下一刻便迫不急待朝北方飛奔而去，莫霄措手不及，手上鐵鏈險些脫手，他一面使出輕功緊跟著戰狼朝北飛奔，一面趕緊將鐵鏈在自己手臂上緊緊纏繞數圈，以免戰狼掙脫，同時回頭喊：「郡主！我隨戰狼先行，你們隨後跟上！」

「記得沿途留下記號！」海蝶喊回去。

不過一下子，戰狼與莫霄便已不見蹤影，摘星與眾人紛紛上馬，追隨而去。

戰狼領著莫霄來到一處湍急河邊，莫霄正愁要如何渡河，忽地一聲尖利鷹嘯傳來，他抬頭一望，竟是一隻體長三尺的碩大老鷹在空中盤旋，那猛禽一身深褐羽毛，頭頂卻是金褐色，在太陽光反射下，隱隱散發耀眼金光。

這兒怎會突然出現這麼大隻的老鷹？

莫霄正納悶，那巨鷹又是一聲鷹嘯，竟朝戰狼俯衝而下！

金雕獵狼！

莫霄立即想起塞外獵人多訓練猛禽協助狩獵，牠們不止會捕捉野兔、狐狸，也會捕捉與自己體型差不多大小的山羊、雪鹿，甚至是狼。

這隻金雕顯然直衝戰狼而來，莫霄拔刀欲保護戰狼，戰狼卻一個轉身，掙脫鐵鏈，朝不遠處的山坡直奔，金雕半空轉折，速度奇快，眼見利爪就要落到戰狼背上，莫霄情急之下將刀子朝金雕用力扔出，雖只能阻得一阻，但戰狼已奔上山坡，金雕怕折翼，不得不放棄這波進攻，回到空中盤旋。

「該死，居然沒帶上弓箭！」莫霄急起直追。

戰狼奔到山坡頂，似乎踏空，忽地一個踉蹌，金雕見機不可失，立即展開第二波攻勢，再度朝戰狼俯衝而去，怎知戰狼踉蹌是假，引敵是真，就在金雕即將撲上戰狼之際，戰狼猛地回頭反咬，金雕險些被咬中，驚叫一聲，落下不少羽毛，狼狽飛回空中。

莫霄見到這幕，忍不住擊掌叫好。

好你個戰狼！果然是混過沙場的，還曉得誘敵之術！

金雕見襲敵不成，不甘盤旋幾圈後，敗興而返。

莫霄奔上山坡頂，戰狼已朝另一頭坡底的樹叢間奔去，一下子就不見蹤影。

完了！跟丟了！

不知戰狼是被金雕嚇著了，逃了？還是真尋到了寶娜公主？

那金雕又到底是什麼來頭？

不過一盞茶時間，戰狼遁入的北方山脈裡傳來一聲響亮狼嚎，不久，狼嚎聲四起，山中群狼彷彿在紛紛報信。

莫霄心中一喜：找到了！

🐾 🐾 🐾

「狼嚎？」滿臉鬍子的粗壯漢子驚愕抬起頭。「怎地突然出現這麼多狼？莫不是衝著咱們來的？」

其餘幾人一聽，皆面露恐懼，其中一名瘦小漢子吞了口口水，賊溜溜的眼神四處張望，似在尋找脫身之道。

唯有一人鎮定如常。

他坐在樹上，伸長了手臂，一對桃花眼兒像是隨時隨地都在笑，不一會兒那隻金雕由空中飛下，穩穩落在他手臂上，在他耳邊低聲啼鳴。

「是嘛，真是可惜了，難得遇到這麼狡詐的狼，居然被牠逃了……」他搖搖頭，拍拍金雕的背，手臂一振，金雕振翅飛離。

眾人的目光紛紛投在他身上，那名粗壯漢子問：「狼群是衝著咱們來的嗎？」

他嬉皮笑臉道：「該擔心的不是狼群，是比狼群更棘手的追兵！大批人馬正朝此處而來，還不快走？」

眾人一愣，隨即風急火燎地收拾，準備更往深山裡走，這裡山勢綿延，山路又複雜，所以他們才會選擇暫時在這兒躲藏。

瘦小漢子解下身後麻袋，往地上一倒，一隻隻大毒蠍被倒了出來，體型碩大、殼甲黑得發亮，尾部更是大得誇張，毒針刺眼，眾人見了都倒吸一口氣，紛紛加快腳步收拾。

金雕的主人從樹上跳下，指指倒在樹下的一個年輕姑娘，道：「山上地形無法騎馬，用背的吧！」那女子不是別人，正是被迷昏了的寶娜。「各位慢走，我啊，不喜歡被人窮追不捨，我跟毒蠍一起留下，伏擊這群追兵，來個攻其不備。」他依舊嬉皮笑臉，一臉無所謂，彷彿幹的根本不是擄人勒索的勾當。

「你若攔下追兵，事後咱們六四分帳！」那粗壯漢子放話。

「七三分」他笑得無害，但眾人都知道，他才是最危險的人物，也只有他有能耐擋下追兵。粗壯漢子咬咬牙，只能點頭，心裡卻咒道：最好你們打個同歸於盡，別來找我分帳！

兵馬聲漸近，那群人扛起昏迷的寶娜，迅速消失在隱密山道上，他四下張望，想著該在哪兒埋伏，才能一擊得手？他的眼神最後落到了方才跳下的那棵大樹，樹體高大，枝葉茂盛。好，就挑這兒，居高臨下嘛，正適合埋伏，便宜全佔盡了。

他就喜歡佔便宜。

🐾
🐾
🐾

尋著狼嚎聲而來的大隊人馬很快到來，摘星遠遠就見到了寶娜的坐騎冰兒，待她策馬來到大樹下，戰狼即從樹後現身，回到莫霄身邊。

「那不是公主的坐騎嗎？」文衍道。

摘星跳下馬，來到冰兒面前，只見牠雙眼驚懼，躁動不安，她以為是冰兒見到戰狼，心生畏懼，連忙伸手輕聲安撫：「冰兒，是我啊！記得我嗎？我們是來救你家主人的，你也擔心她的安危，對吧？」她的手摸到了冰兒身上，忽覺不對勁。

冰兒的身體怎會如此燙？呼吸又為何如此急促？

「文衍，冰兒好像有些不對勁。」

文衍上前，查看馬兒雙眼，又掀開馬嘴，觀察馬齒，神色越發凝重。

「郡主，冰兒已被下了毒，外表乍看無異狀，但毒性已入經脈，若奔跑超過五里，毒性便會擴散，暴斃而亡。」

摘星問：「判斷得出下毒時辰嗎？」

「馬兒中毒已深，怕是在公主離府前，便已被投毒。」文衍回道。

摘星臉色一變，「何處賊人能有機會對公主的坐騎下手？這分明是——」她閉上了嘴。

分明是有內賊。

若是臨時起意的盜賊，怎會只殺害護衛與婢女？分明是知道寶娜身分，下手劫人，而且提前對冰兒下毒，以防寶娜騎著冰兒逃離……那群賊人只要守株待兔，就能等著寶娜自己送入虎口！

不，眼下還不能打草驚蛇，若是真有內賊，也得等到救回寶娜再說。

「天就快黑了，天黑後，找人更難，大家動作加快，繼續搜山，看看是否還有其他線索！」摘星打起精神。

沒有人注意到，大樹上藏了一個人，更沒有人發現，那人緩緩拔出了腰刀，摘星的身影映在刀面上，他看著，笑了。

感覺事情越來越有趣了呢。

看來那小女人已經多少察覺了，是該殺了她一了百了，不過他可捨不得殺女人啊，但不殺嘛，遲早要露餡，除非……

他瞇起眼，翻身下樹，同時刀光一閃！

「郡主小心！」海蝶眼快，出手卻已太遲。

他的刀狠狠往下劈，卻不是劈在摘星身上，而是攔腰斬斷一隻通體漆黑的毒蠍。

「這裡毒蠍很多啊，你們可小心些。」他緩緩收刀，語氣懶洋洋的，彷彿這整座山都是他家院子，他不過是好心出聲提醒這一大票闖進來看熱鬧的人馬。

冰兒忽抬腿嘶鳴一聲，轉眼踏死了兩隻毒蠍。

海蝶拔劍砍向身邊一隻毒蠍，接著劍尖一轉，指向他的門面，喝道：「來者何人？」

「海蝶！他是我的救命恩人，毋須拔劍相向。」摘星道。

海蝶依言放下劍，但目光仍緊盯著他。

他笑嘻嘻對摘星道：「在下疾沖，是個拿錢辦事的賞金人，也正是你們要找的人。」

海蝶手上的劍重新舉起，文衍、莫霄迅速一左一右站到疾沖身後，封住退路。

連摘星也是微訝，沒料到他竟如此坦蕩。

疾沖仍舊一臉無所謂，輕鬆道：「日前有個神祕雇主，以天價收買這附近一帶的江湖客，要我們聯手做個買賣，擄走一個騎著白馬的漂亮姑娘——」他話還沒講完，海蝶的劍尖再度指到面前，距離不過咫尺，他氣定神閒，笑容未減。「美人兒，別急，先聽我說完嘛。」

「海蝶。」摘星望向海蝶，海蝶只有忍住，怏怏往後退了一步。

疾沖道：「這一票，我只負責藏匿地點，他們把人帶回時，我才知綁回的是個女人，這可是大大違反我做人原則啊！我只會逗女人開心，可不想見她們哭得梨花帶雨，我會心疼哪。」

海蝶重重哼了一聲。

「總之，我嚷著要退出，其他人卻翻臉不認人，想殺了我滅口！」疾沖道。

「那你怎麼還沒死？」海蝶瞪著他。

疾沖嘿嘿一笑，「天意吧，正要打起來時，忽然出現狼嚎，他們怕狼，沒心思再互相殘殺，連忙喊著撤離，我趁亂躲上這棵大樹，本想藏個安穩，沒想到過沒多久又遇上你們。」他目光轉向摘星，道：「要不是見到這位姑娘險些被他們遺下的毒蠍咬傷，我本打算等你們離去後，睡個飽覺，然後悠哉晃下山去……唉，這年頭，心軟總是害了自己啊。」他長吁短嘆，眼角眉梢卻依舊是懶懶笑意。

「多謝壯士仗義相救。」摘星道：「這些都是當今三殿下渤王的人馬，若壯士所言屬實，可願意助我們找回那被擄走的姑娘？」

疾沖目光故意緩緩掃過眾人，還對海蝶眨了下眼，海蝶一陣惡寒，恨不得一劍戳瞎他那雙自以為風流的桃花眼。

他的目光再度轉回摘星身上，苦笑道：「你們人多勢眾，我拒絕得了嗎？」他目眺遠方，道：「那票人此刻正往西，想在天黑前到達凌雲寺棲身，若抄小路，便有機會在半路攔截。」

摘星凝思，似在判斷他所言真假。

天色將暗，屆時搜索只有更加困難，倒不如賭上一賭。

「好，若你所言屬實，我馬摘星必報相助之恩，你疾沖也可戴罪立功！」

🐾 🐾 🐾

寶娜悠悠轉醒，只覺身軀不斷劇烈上下晃動，她雙眼被矇，雙手被縛，不知自己身在何處。寶娜負氣離開渤王府後，賞了看守城門的士兵幾鞭子，縱馬出城，沒多久就遇上一幫匪人，她的護衛、婢女紛紛遇害，她自己也被迷昏。

她一生驕縱，處處受人保護，哪裡遇過這種事情，醒轉後又驚又慌，不住大叫：「這裡是哪裡？你們是誰？放我下來！快放我下來！你們知不知道我是誰？」

「住口！」有人狠狠甩了寶娜一巴掌，威脅道：「妳若是再出聲，我就一刀割了妳的舌頭，然後逼妳吞下去！」

「你……你敢！」

「老子說到做到！」

寶娜緊緊咬住下唇，忍住眼淚，不敢再出聲了。

這幫人究竟是誰？要把她帶到哪裡？都是那個可惡的馬摘星！要不是因為她，自己也不會氣得離開渤王府，倒楣被劫！

「……快到凌雲寺了，藥量不夠，這丫頭醒得太快，等等藥下得重些……」

寶娜聽見有人這麼說，心中更感害怕。
眾人繼續前行，天色已暗，深山僻靜，只有沉重紛亂的腳步聲不斷響起，走在最前端的瘦小漢子忽發出悶聲，人還未完全倒地，在他身後的漢子慘叫一聲，為首的粗壯漢子立喊道：「有人偷襲！」
出手偷襲的正是莫霄，文衍趁這幫賊人一時分心，從那粗壯漢子後方竄出，一把奪過他背上的寶娜，摘星也從草叢中衝了出去，將寶娜帶到安全處。
刀劍相交，海蝶上前助陣，那幾名江湖客武藝不弱，一時打了個難分難解。
文衍守在摘星與寶娜身前，梁帝派出的精銳禁軍上前將三人包圍得滴水不漏。
摘星才替寶娜解開繩結，寶娜便自己氣呼呼地拉下矇眼黑布，怒道：「你們怎麼現在才來？這幫賊人敢對本公主大不敬，一個都別給我放過！」
就在寶娜說話間，莫霄與海蝶兩人合作無間，已將一幫賊人全數料理完畢。
「公主，不知賊人是否還有同夥，此地不宜久留。」摘星扶起寶娜，寶娜卻任性甩開她的手，道：「別碰我！馬摘星，本公主才不稀罕妳來救我！」
寶娜推開禁軍人牆，看見那群倒地的江湖客，想知道方才究竟是誰說要割去她的舌頭？想割她的舌頭？她就全部割掉他們的頭！
「把這些賊人的頭都給我割下來！」寶娜指著倒地的粗壯漢子。「快動手啊！」
摘星待想阻止寶娜任性，那粗壯漢子忽然伸手扯住寶娜右腳，狠狠將她扯倒在地。
居然是詐死！
「老子要死，也要拉妳陪葬！」那粗壯漢子舉刀就要砍向寶娜，一臉猙獰。

寶娜腦海瞬間閃過念頭：是他！就是這賊人嚷著要割掉她的舌頭！

「公主！」

巨變突起，眾人根本來不及反應，寶娜尖叫，明知無用，仍本能舉起雙手想阻擋刀勢，忽有人衝過來一把抱住她，寶娜耳裡只聽見其他人紛紛大喊：「郡主！」

千鈞一髮之際，一支利箭忽從遠處射出，準準射中那粗壯漢子的額頭。

那漢子哼也沒哼一聲，立即斃命，龐大身軀往後倒去，死透了。

「公主？公主？您沒事吧？」摘星最先回過神來，「公主，可有受傷？」

寶娜驚嚇過度，一臉慘白，她愣愣看著眼前的屍首，又緩緩轉過頭望著摘星，許久，才忽然爆出哭聲，緊緊抱住摘星。

她好怕！她真的怕死了！她討厭馬摘星！可是卻是馬摘星捨命救了她……可惡！這樣她以後要怎麼討厭馬摘星嘛！

摘星抱著驚魂未定的寶娜，目光巡梭，找到了位在高處的疾沖，他手裡拿著副弓箭，依舊是吊兒郎當的笑臉，但她知道，他又救了她一次。

疾沖緩緩從高處走下，正要走向摘星，一左一右兩把劍分別架在了他的脖子上，正是海蝶與莫霄，他倒也不慌張，嘻嘻一笑，朝海蝶道：「美人兒，這麼捨不得我走，也不用拿劍架在我脖子上吧？」

「你雖立功，幫我們找回公主，但你一定多少知情些內幕，我們不能就這樣放你走！」海蝶道。

「美人兒，妳再多拿劍指著我幾次，我就要愛上妳了。」他故意往前一步欲親近海蝶，海蝶一愣，趕忙退後。

這不要臉的登徒子！

莫霄還笑得出來，「好厲害的反擊，我喜歡這招。」他開始有些欣賞疾沖這人了。

不論處於任何情勢，仍舊一派輕鬆愜意，看似輕佻風流，卻總能在關鍵時刻出手，這人若不是天性放蕩不羈，便是出身不凡，歷經過風浪。

「別對他動手。」摘星走了過來。

「郡主？」海蝶不解。

摘星道：「雖說他的確涉案，但若無他的幫助，我們也不會成功。我答應過他，只要事成，便可將功折過。至於他還知道多少內情，我想他會願意透露的，用不著動刀動劍。」她這話說得明理，也擺明了給疾沖面子，

疾沖聳聳肩，道：「雇用我們的人，隔著轎子說話，看不見面容，我也不知是何底細。不過，明日子時，他會依約至南坡上的山神廟接走公主。換言之，明日誰出現在山神廟，誰就是真兇，不是嗎？」

海蝶與莫霄對看一眼後，莫霄道：「郡主，我們是否要兵分兩路，一半人馬前往山神廟佈署，一半人馬護送公主回去？」

「雖說公主已獲救，但千萬保持低調，別放出風聲。」摘星道出隱憂。「這整起事件，明著看是針對公主，但暗裡卻是針對三殿下，誰有這個能耐對一個皇子施謀用計？換個角度想，三殿下失勢後，誰

會是最大的既得利益者？」按照目前朝中局勢，她隱約已猜到幕後主使，再觀察莫霄等人表情，更加確定自己的猜測沒錯。

疾沖在一旁含笑看著摘星，心中默默稱讚：好個聰穎女子，和他不相上下呢。

「莫霄，勞你帶人先前往山神廟佈署，我先暗中安排公主回宮，之後再前往山神廟與你們會合。」

摘星很快定下策略。

莫霄帶著海蝶迅速離去。

「現在總該輪到我了吧？」疾沖笑嘻嘻道。

「感謝壯士相助。」摘星道。

「我一直等著妳來答謝，都快等得不耐煩了。」

摘星忍住笑，「你這人，說話可真是毫無顧忌。」

「我若有顧忌，剛剛那一箭就不會射出去了。」

「也是。」她露出微笑，倒覺得與這人說話挺投緣。

「其實，我看得出來，你和我是同類人，遇到緊要關頭，往往不顧一切。」

「喔？」她好奇。「我倆不過相識短短幾個時辰，你就知道了？」

「妳拚著自己小命不要，也要護著公主。要看清一個人的真性情，看她面對死亡時是什麼反應最清楚了。」

她笑道：「其實，我是不想死的。我允諾過，一定要平安回去。」

她不是不怕死，卻更怕他會死。

所以在那間不容髮的瞬間，她選擇犧牲自己，救下寶娜，護他周全。
疾沖哈哈大笑，道：「那妳可真要好好感謝我，若不是我，妳已經死過足足兩回了！我倆不過相識短短幾個時辰，我就救了妳兩回，這恩情可難報了。」
「那是自然。待我揪出綁架公主的幕後真兇，定會好好謝你！」
「來來來，口說無憑。」疾沖從懷裡拿出一張紙，上頭只寫著大大的一個「欠」字。
她訝然失笑：「你該不會隨身攜帶這樣一疊欠條，處處要人情吧？」
「我呢，只要有賺頭，隨時都能做買賣。」疾沖嘿嘿一笑。
「這荒山野地，沒筆我要怎麼簽字？」摘星問。
疾沖聳聳肩，「隨妳囉。」
她微一凝思，舉起手指輕輕咬破，在那張欠條上蓋上一個淡淡的紅指印。
這回換他訝異了，這小女人毫不扭捏，有恩必報，他欣賞！
「這上頭只有一個欠字，可要怎麼還？」她不自覺舔了舔手指。
指如蔥白，櫻唇粉舌，有那麼一會兒疾沖居然移不開目光，但他很快笑了笑，道：「我幫的若是男子，一律銀兩記帳。若是女子，談錢太俗，只要女孩子開心，想怎麼還都可以。」
「那你以前幫過的那些姑娘，都還過你什麼？」她好奇問。
「還過一些美好時光。不過細節就不方便透露了。」他朝摘星眨了眨眼，「好了，我走了！」
「這就走了？那我要如何還你這人情？」摘星訝異。
「我有這張欠條，想要討債的時候，自然會去找妳！」一轉眼疾沖人影已經走到大老遠，他轉過頭，瀟灑朝她揮了揮手，喊道：「後會有期！」

一隻金雕出現在空中，追隨著疾沖的身影而去。

安排禁衛軍祕密護送寶娜回宮後，摘星與文衍帶著剩餘其他人前往山神廟與莫霄等人會合。

長夜漫漫，為怕功虧一簣，眾人躲藏在暗處，未升營火，忍著蚊蟲叮咬，直至天明。摘星也跟著守在草叢堆裡，一夜勞累，瞌睡蟲不斷上身，馬婧早已倒在一旁睡死，摘星靠在馬婧身上，不知不覺也睡著了，海蝶起身，揮手驅趕圍繞主僕倆身邊的蚊蠅。

「有人來了！」莫霄低聲道。

海蝶立即全身警戒，手握劍柄，莫霄身邊的戰狼忽不斷想要掙脫鐵鏈，就在莫霄險些拉扯不住時，草叢那方傳來一聲低沉命令：「安靜！」

戰狼噴了聲鼻息，乖乖坐下，文衍等人難掩激動低喊：「主子！」

來人從草叢內現身，正是理應在天牢裡的朱友文！

「主子！您怎麼離開天牢的？」文衍低聲問。「是陛下放您出來了嗎？」

朱友文搖搖頭，道：「公主已將郡主的話傳到，公主獲救的消息暫時還未傳出。」

「難道是有人在天牢裡頂替主子，以假亂真，混淆視聽？」海蝶問。

朱友文點點頭，「這禍端是誰引起，就讓誰去頂。」

海蝶等人一愣：在天牢裡頂替主子的，該不會是寶娜公主？

話說回來，在查明真兇前，讓公主暫時委屈一下，待在天牢，由那班忠心的契丹護衛看守，倒不失為嚴守秘密又能護全公主安危的好法子。

朱友文走到摘星面前，解下身上披風，輕輕披在她身上，然後朝眾人做了個噤聲的手勢，暗示別吵醒摘星。

妳做得很好。

他忍住想要撫摸摘星烏黑髮絲的衝動，望著她的眼神裡滿是愛憐。

然他很快站起身，眼神恢復冷酷，轉頭望向不遠處的山神廟。

他倒要看看，是誰那麼大膽，居然敢在太歲頭上動土？

時間一分一刻過去，太陽即將要升到天際中央，子時已到。

摘星只覺陽光刺眼，她迷迷糊糊睜開眼，見太陽已高掛天空……糟了！她怎麼睡著了呢？她身軀微動，立即有一隻大手堅定且溫柔地按在她肩頭，她睜大了一雙妙目，不敢相信在她眼前的居然是朱友文！

她欲出聲，朱友文卻謹慎搖頭，朝山神廟指了指。

終於有了動靜。

只見廟門緩緩開啟，所有埋伏人馬全都繃緊了神經，朱友文更是親自守在了摘星面前。

廟門推開，一人從廟裡踏出，竟是——

第十四章　誰知心所屬

梁帝正在御書房裡批閱奏章，大太監張錦匆匆入內，道：「秉陛下，郢王求見。」

「他不是該待在帝書閣嗎？跑來做什麼？」梁帝問。

「秉陛下，郢王神色焦急，且說與寶娜公主失蹤一事有關。」張錦答道。

梁帝眉頭一皺，寶娜失蹤，由於事關大梁與契丹兩國關係，梁帝下令嚴守風聲，知情者只有少數幾人，朱友珪又是從哪得知的消息？

「陛下？」張錦探詢。

「讓他進來。」梁帝擱下批閱到一半的奏章。

朱友珪走入御書房，跪下請安，卻一直不敢抬起頭，誠惶誠恐。

「怎麼了？你不要見朕？見到了，怎地又不說話？」

朱友珪這才抬起頭，額頭鬢角隱隱冒出緊張汗珠，戰戰兢兢道：「父皇，兒臣知道是誰擄走寶娜公主。」

梁帝錯愕，隨即明白：難道是朱友珪身旁之人下的手？所以他才會知情？

「是誰？」梁帝語氣嚴厲。

「是……」朱友文吞吐，最終還是心一橫，道：「是兒臣的丈人！」

「你說什麼？」梁帝萬萬沒想到這整起事件居然是他一手提拔的當朝丞相所為，驚訝很快轉為憤怒，逼問：「前因後果，一五一十，據實道來！」

朱友珪此時已是滿頭大汗，低著頭謹慎道：「丈……丞相為打擊三弟，不惜出此下策，盼能藉公主失蹤一事，讓父皇嚴懲三弟，間接替兒臣爭寵……」

梁帝怒極，一掌拍下，案上朱筆滾落，灑了一地朱紅。

「敬祥竟如此歹毒，朕拜他為相，又與他結為親家，他竟是這樣回報朕？綁架公主，撼搖國本，還挑撥離間，讓朕將自己的兒子打入天牢！」

「兒臣罪該萬死！」朱友珪的額頭幾乎要完全貼在了地上。

「說！你又是如何得知此事？」梁帝厲聲質問。

「今早丞相來找兒臣，兒臣這才知道全部實情。丞相計畫，今日與賊人碰面接回公主，接著由兒臣帶公主入宮，讓父皇認定是兒臣立下大功，找回公主。」他要兒臣配合計謀，但兒臣豈能苟從？」朱友珪滿身冷汗，連連用力磕頭，感到前額一片溼熱。「父皇息怒！都是兒臣的錯！兒臣不察，才會被奸人蒙蔽！」

梁帝很快冷靜下來，見朱友珪磕得額頭都出血了，畢竟是自己的親生兒子，心一軟，道：「起來吧！此事說來也不能全怪你，況且你大義滅親，未與敬祥同流合污，朕……很欣慰。」他一臉慈愛，上前拍了拍朱友珪的肩頭。

朱友珪難掩情緒激動，道：「兒臣一直謹記父皇先前教誨，不敢片刻有忘。」

梁帝嘆了口氣，道：「馬郡主昨日就已將寶娜公主救出，識破賊人奸計。友文得知後，將計就計，魚目混珠，已暗地前往支援馬郡主，若真如你所說，那麼敬祥此刻應已落入他手裡了。」

朱友珪暗地倒吸一口氣，冷汗涔涔，「父皇英明！」

「你做得很好。」梁帝再次拍了拍朱友珪的肩頭。「下去吧，我自會處理。」

朱友珪如履薄冰，小心翼翼地垂首退出御書房，他不知道，他的父皇看著他的神情不再有著慈愛與欣慰，而是滿滿的質疑與不信任。

朱友珪很清楚敬祥的下場會是什麼，除了死刑，別無其他，且輕則滿門抄斬，重則株連九族，郢王妃也必受牽連，他不是不想替自己的妻子求情，只是這等欺君大罪，真要追究起來，要冠他一條「識人不明」的罪名也未無不可，重則一樣死罪！他只能希望梁帝念在父子一場，手下留情，保住他妻子敬楚楚一命。

是晚，當朝丞相謀逆欺君、被處滿門抄斬的消息傳遍京城，百姓們議論紛紛，郢王妃的陪嫁婢女得知消息，連忙通報，敬楚楚大吃一驚，不敢置信，立時找朱友珪問個明白，卻見她的夫君神情凝重，朝著她緩緩搖頭。

「丈人此刻已在天牢候斬，我……無能為力！」朱友珪臉上的痛心完全不是假裝。

「那我娘親、我的姊妹們呢？聽說禁軍將她們也全都捉走了！就算父親有罪，可她們是無辜的！夫君，求求你救救她們！」敬楚楚心急如焚，淚水滾滾而落，那都是她血肉相連的家人啊！

「這是父皇親賜的死罪！我如何能救？父皇沒有將妳一併入罪，已是天大恩惠，楚楚……妳……妳就看開些……」

敬楚楚聞言，淒厲悲鳴一聲後，瞬間昏厥，朱友珪連忙抱住她，大喊：「快找大夫過來！快！」

敬楚楚的裙間，漸漸染紅了……

🐾 🐾 🐾

老太醫從郢王妃房內走出，朱友珪立刻迎上，焦急問道：「怎麼樣？胎兒保住了嗎？」

老太醫點點頭，卻是面露凝重，「胎兒雖是暫時保住了，但母體驚傷過度，這一陣子請郢王妃多多保養身體，盡量別下床走動，好生養胎，否則，即使華陀再世，也保不住胎兒。」

老太醫離去後，朱友珪雖暫時鬆了口氣，心卻仍一直懸在半空。

梁帝雖手下留情，丞相府滿門抄斬，未牽連郢王妃，表面上是賣朱友珪一個面子，暗裡卻是警告：他只要一句話就能定人生死！朱友珪最好也小心點自己的腦袋！

他進房探望敬楚楚，只見她面色蒼白如紙，服了安胎藥後陷入昏睡，他在床沿坐下，手探入被子下握住她的手，觸手冰涼，彷彿她整個人都失去了溫度。

這是他在這世上所剩唯一的家人了。

母妃已逝，父皇雖與他有血脈之緣，卻早已無骨肉之情，他的丈人反而更像他的父親，自從將女兒嫁給他之後，轉而支持他登上皇位，即使用盡手段，也在所不惜，只可惜……丈人見不到那一天了。

朱友珪默默離去，他思緒紛亂，信步走到庭院，小橋流水，樹影稀疏，花香浮動，但他的心思依舊無法平靜，直到天外飛來一顆小石子，引起了他的注意。

一個黑影從樹上躍下，隨即消失在書房的方向。

朱友珪神色機警，確定左右無人後，才快步走向書房，門一打開，裡頭已經有個男人正好整以暇地坐在桌前，自斟自酌。

「不愧是皇親國戚，除了桑落和酴醾，地窖居然還藏有離國進獻的龍膏酒。」不速之客居然是疾沖，杯裡酒黑如漆，他喝得正痛快。

朱友珪見到他，臉上毫無訝異之色，轉身很快關上門，低聲問：「你這時候跑來做什麼？」

疾沖嘻的一笑，「來得早不如來得巧，剛好見到殿下對待王妃是如何用心，想必老丈人在天之靈也感到安慰啊。」

「廢話少說。你要的東西，我已經準備好了！」朱友珪走到書架前，抽出一本史記，打開，拿出一張銀票，遞給疾沖，「這裡是三萬兩，城裡最大的進寶錢莊。」

疾沖吹了聲口哨，道：「原先不是說好兩萬兩嗎？這多出的一萬兩是？」

朱友珪冷笑一聲，「一萬兩，是你殺了那些同夥，替我封口。」

沒錯，是他買通渤王府內婢女慫恿寶娜，也是他買通城門守將，放人出城。這些人都已被敬祥處理掉了，一如之前處理掉林廣。若照原本計畫，敬祥接回公主的同時，也會將那幫江湖客全數滅口，誰曉得，半途殺出個疾沖，幸好此人見錢眼開，只要有銀兩，一切好商量。

「另一萬兩，是你找到了最佳替死鬼。」

「在下不過是提供建議，也要殿下心夠狠才行哪。」疾沖笑得事不關己。

讓敬祥代替他去做替死鬼，也是疾沖的主意，而他的丈人衡量輕重後，欣然同意赴死，只因他的老丈人視他如己出，願意犧牲自己的性命，助他完成霸業！

可他眼下還有一個最大的障礙要去除，「剩下這一萬兩，是我要你再幫我一件事。」

疾沖看著朱友珪手裡的銀票，雙眼發光，「殿下有何事需要在下效勞？」

「伺機除掉渤王！」

疾沖笑了。

「事成後，我再給你三萬兩！」朱友珪道。

「殿下如此慷慨，在下自然在所不辭。」他上前一步，抽走朱友珪手裡的銀票。「請等我的好消息吧！告辭。」

疾沖走了兩步，忽又停下，「哎呀，差點忘了件事兒。」他轉頭走到朱友珪面前，從懷裡拿出一小瓷瓶放在桌上。

「這是？」

疾沖道：「斷息散。與酒服用後，脈象虛弱，舌根發黑，身軀不由自主抽搐，最後昏迷不醒，彷若中了劇毒。如今雖已有替死鬼，但世人皆知你與丞相為姻親，陛下也必然對你尚有疑心，唯有假裝服毒，以命自清。」

朱友珪遲疑地看著那小瓷瓶，誰知裡頭是不是致命毒藥？

疾沖笑道：「況且，說不定，這斷息散也能讓王妃回心轉意，原諒殿下。」

朱友珪被說動了。

敬楚楚醒來後，必定不會諒解他對她娘家滿門抄斬見死不救，要是她日後得知他與敬祥暗中派出內奸，共謀綁架公主、嫁禍渤王，她恐怕更是永遠都不會原諒他。

欲成大事，必得心狠手辣，六親不認，他的丈人一直擔心他沒有渤王那股不顧一切的狠絕，但如今丈人在九泉之下可以放心了。

疾沖已離去，朱友珪冷笑著拿起那瓷瓶，配著疾沖留下的龍膏酒一起喝下！

已是窮途末路，他所剩的不過就是這條命！他就賭上一把！

只要他這次賭贏了，最後的贏家就會是他！

🐾
🐾
🐾

疾沖駕著一輛馬車，後頭還跟著一輛，兩輛馬車上頭載滿了大米、布匹、油鹽等生活必需品，還有一些木馬、風車等玩具。

馬車晃呀晃地來到了一個小村莊前，疾沖吆喝：「快快快！看看是誰來啦？」還沒吆喝完，一大群孩子便從村莊裡衝了出來，後頭跟著一群婦女。

奇怪的是，這村莊裡，除了這群婦孺，一個青壯男子也沒有。

孩子紛紛上前搶著拿玩具，一面纏著疾沖要玩耍，一面喊：「急沖沖，是急沖沖來了！我們等了好久啊！」

疾沖臉上露出笑容，一個個拍摸這些孩子，念道：「小翠兒，哇，妳長高不少啊！虎仔！一人只能拿一個風車，我看到你偷拿兩個了！大頭兒，好了好了，沒搶到別哭，急沖沖這兒還有呢！」他從懷裡拿出飴糖，分給搶不到玩具的小孩。

相異於孩子們的熱情，那群婦女只是默默拿走馬車上的物資，瞧都不瞧疾沖一眼

疾沖上前想向她們打聲招呼，但一如以往，她們拿完物資就走回村裡，當他完全不存在。

疾沖難得收起嘻笑，難掩落寞地站在一旁。

這時一名老婦緩緩走上前，道：「早晚她們會諒解的，這些年，要不是你，這麼多村子，上千婦孺，要怎麼度過一個個寒冬與天災？」

疾沖正想說些什麼，幾個孩子從他身後一擁而上，將他團團抱住。

「哎唷！哎唷！我的小祖宗啊，輕點兒輕點兒，一陣子不見，你們力氣變這麼大啦？饒了我吧？我還得掙更多錢呢！」疾沖樂呵呵地笑了。

他與孩子們打鬧了一會兒，馬車上的物資也已搬得差不多了。

他收起笑容，看著已近黃昏的天色，心道：接下來，該去找那個有趣的姑娘玩一玩了。

摘星識破賊人奸計、代替渤王率領眾人救出寶娜公主，公主親自寫信，以飛鴿傳書告知契丹王，說明前因後果，契丹王不但釋懷，更豪氣允諾借予大梁十萬精兵，梁帝龍心大悅，綾羅綢緞、珠寶首飾紛紛往渤王府送，說是要好好獎賞馬摘星。

寶娜任務已達成，加之受了驚嚇，迫不急待想回契丹，這日寶娜收拾妥當，準備離府前派了親信婢

女通知摘星，約她在練武場一見，還說要帶上一把弓。

馬婧正忙著將大包小包重新搬回摘星原本房間，摘星便挑出了奔狼弓，獨自前往練武場。

自回到渤王府後，她的心情一直很沉重。

謀劃綁架寶娜的幕後主使，竟是當朝丞相敬祥，牽連之深，令人難以想像。丞相府滿門抄斬，郢王妃雖留得一命，二殿下卻因自責，喝下毒酒自盡，幸虧發現得早，驚險救回一命。她原本懷疑，丞相涉案，身為女婿的二殿下豈有不知情之理？但如今看來，二殿下的確不知，這一切完全是敬祥自行所為，目的很明顯：藉此扳倒朱友文，再讓二殿下以救回公主之名邀功，重新奪回梁帝的信任。

一個丈人居然願意為自己的女婿做到這個地步？是想看自己的女兒登上后位、母儀天下嗎？還是想從繼位的二殿下手裡分一杯羹，享受權力的滋味？

她忽覺自己連腳步也變得沉重。

朱友文說的沒錯，這皇城不比奎州城，皇城內處處爾虞我詐，為了爭權，彼此算計，誰都無法信任。她有些明白為何朱友文看似對許多事情薄情與不在乎，只因沒有信任，就不會有背叛，也不會讓自己受到傷害。

但無法相信任何人，是多麼孤獨？這就是身為一個皇子的宿命嗎？

那麼，他信任她嗎？他對她是否坦承以對、毫無隱瞞呢？

摘星來到練武場，寶娜早已等在箭靶前，一整排高頭大馬的契丹武士將整個練武場圍得水洩不通。

「摘星見過公主。」她有些納悶寶娜為何要擺出這麼大陣仗？

寶娜盛氣凌人，道：「馬摘星，本公主決意教妳射箭，報答妳的救命之恩！」

摘星微微一愣：有這種報答方式？

寶娜朝摘星伸出手，「把弓給我！妳給我看好了，我的箭術，連我父王和十一個哥哥都說是一等一的好！」

摘星將奔狼弓交給寶娜，退到一旁，只見寶娜拉起弓，架式十足，下一刻，弓箭離弦，卻是連箭靶都沒碰到便已落了地。

摘星傻眼。

寶娜轉過頭，「拍手啊！沒看到我箭術如此精湛？」

眾多契丹武士們紛紛用力拍手，個個叫好，彷彿寶娜剛剛那一箭不是落地，而是命中靶心。

摘星忍不住道：「這哪裡值得拍手叫好？我的箭術都比公主強多了！」

寶娜哼了一聲，將奔狼弓扔還給摘星，道：「從我有記憶以來，不管我做什麼，沒有人不稱讚，甚至不惜說謊哄我，就像剛剛箭根本沒中靶，他們還不是拍手叫好！」

摘星訝然，她沒想到寶娜早知一切都是眾人在讓著她、護著她。

「馬摘星，在這世上，只有兩個人敢對我說真話，一個是友文哥哥，三年前，他不肯與其他人一樣吹捧我的箭術，當時我又羞又怒，他卻說要教我練箭，我雖然拒絕了，但也是從那時候就喜歡上了他。」寶娜道。

「為何要拒絕？三殿下的箭術高超，百步穿楊，拒絕，豈不是妳的損失？」摘星笑道。

「我其實一點都不愛射箭，只是享受身邊人被自己戲弄，讓我有被重視的感覺，唯獨他敢對我的箭術嗤之以鼻，我不想被他看扁了，第一次有了想努力的念頭，就是想得到他的肯定。」寶娜道。

摘星領悟，笑道：「難怪公主漢語、漢字學得如此好。」

聽見摘星發自肺腑的稱讚，寶娜開心點了點頭。

「馬摘星，第二個敢對我說真話的人，就是妳。也唯有妳有這個膽子，敢把本公主送入天牢裡關著！」

「我可是關心公主的安危，普天之下，何處比天牢更安全？況且還有那麼多忠心契丹武士守護公主，誰都別想傷害您一根頭髮。」

「摘星姊姊……」寶娜忽放軟語氣，上前握住了摘星的手，歉疚道：「我欠妳一句道歉。友文哥哥把香囊送給妳，而不是送給我，那是我第一次害怕輸給別人，所以才會故意動手腳害妳落馬……我……」寶娜深吸一口氣，突覺鼻酸，不知自己到底是捨不得朱友文？還是捨不得馬摘星了？「我決定了！我把友文哥哥讓給妳！畢竟，妳年紀比我大，臉蛋也沒我漂亮，萬一妳跟友文哥哥解除婚約，我怕妳再也沒人要了！」到最後，仍是不肯示弱地嘴硬。

摘星聞言，欣然對公主施了一禮，「公主承讓。」

這時朱友文走入練武場，身後跟著契丹護衛長。

寶娜恢復驕橫，不可一世地朝朱友文道：「朱友文，哪天你覺悟了，發現我耶律寶娜比馬摘星更適合你，歡迎你來契丹入贅，當我的小丈夫！」又轉頭朝摘星放話：「馬摘星，等哪天妳被休了，千萬要告訴我，我絕對快馬加鞭來安慰妳，順便慶祝友文哥哥恢復自由身！」

摘星淺淺笑道：「那公主可有得等了。」

寶娜輕哼一聲，轉頭道：「後會有期。」

轉頭，是因為不想讓那兩人瞧見自己眼眶終於泛淚。

她這一生第一次喜歡上的男人，喜歡的，卻不是她。

不過，讓給馬摘星，她甘願！

公主總算平安離去，大梁向契丹借兵一事，也終於塵埃落定，摘星只覺心上一顆大石落地。

朱友文看了一眼她手上的弓箭，道：「看來郡主很珍惜我送的弓。」

摘星抬起頭，兩人四目相望，她微笑道：「我很鍾意殿下……送的弓。」

「若無後面這三字，聽來倒挺順耳。」朱友文雖說得雲淡風輕，但摘星一聽仍是紅了耳根，連忙垂下眼，兩人之間一時陷入沉默。

還是朱友文先開口：「那日郡主狂射草人出氣，此弓恐怕使用過度，我來瞧瞧弓弦是否鬆了？」

他似笑非笑地看著摘星，她想起那日情緒激動下，真情不覺流露，此刻只覺自己整張臉都燒透了，看都不敢看朱友文一眼。

「這段期間，辛苦郡主了，有何想要的賞賜，儘管開口。」朱友文柔聲道。

「殿下送了我奔狼弓與香囊，已經夠多了。」摘星頓了頓，又道：「其實，我想要的很簡單，只望殿下真誠待我，我倆之間，沒有欺騙，也不會有任何謊言。」

她從不奢求榮華富貴，只願得一心人，坦誠相待，白首不離。

始終低垂著頭的她並沒有發現，朱友文的神情，剎那間一變。

他默默接過她手上的奔狼弓，調整好弓弦，又交還到她手上。

她不解他為何忽然沉默了？

摘星試拉了幾次箭弦，為化解尷尬，便換了個話題：「聽聞契丹王已答應借兵十萬，陛下攻晉之日，想必不遠！」她拉滿弓弦，對準朱友文，下巴微揚，「氣勢如何？」

「不讓鬚眉。」朱友文道。

思及攻晉，家門被滅的悲痛再次浮現，他見到殺氣在她眼裡醞釀，心頭不禁微微一震。

「你等小人以卑劣手段，暗殺我父、滅我馬府，天理不容！」她心緒激盪下，竟將朱友文當成了假想中的晉王，弓上雖無箭，他卻覺那無形的箭尖正對準自己的心臟，居然不寒而慄。「我乃馬瑛之女，他日戰場相見，我馬摘星必拿你項上人頭，以報父仇！」

為報父仇，她眼神堅決，但身軀卻在顫抖，忽然湧上的巨大傷痛，幾乎要讓她無法承受，他看著這樣的她，幾度猶豫是否要出聲安慰，卻最終保持了沉默。

「出來！」他低喝一聲。

躲在暗處的馬婧耷拉著腦袋走了出來，身旁跟著海蝶。

馬婧手上拿著一盤巧果，海蝶手上則拿著一個薰香球，嘴裡喃喃：「白日裡哪有什麼螢火蟲嘛……」

「這是？」摘星好奇問。

「郡主，您別怪海蝶，這都是我出的主意，想替您和三殿下補過七夕！」馬婧解釋。

「七夕已經過了。」朱友文的聲音不冷不熱，聽不出情緒。

摘星卻道：「殿下，她倆也是一番好意，還特地準備了巧果，我倆就重新過一次七夕吧。還是……」她看著朱友文，「殿下不想與我一起過七夕嗎？」

朱友文凝視著她好一會兒，輕聲道：「想。」

馬婧將那盤巧果湊到兩人面前，殷勤道：「裡頭只有一個巧果包著紅線，要好好選啊！」

「如果選中了，就代表我倆永遠不會分離嗎？」朱友文忽問。

摘星害羞地點了點頭。

「讓郡主選吧。」朱友文道。

他不想知道，命運會給他什麼答案。

她看著滿盤巧果，幾度伸手，卻又猶豫，雖不過是民間習俗，但終是希望能討個吉利好彩頭。

她終於選定一個巧果，拿起，剝開，她發現自己居然有些緊張，更沒發現，她身旁的朱友文也正目不轉睛地盯著她手上的巧果。

都在等待命運揭曉。

「果然有紅線！我就知道，殿下與郡主，是命中註定要在一起的！」馬婧拍手喊道，完全不提她其實在每個巧果裡都放了紅線。

摘星拉出紅線，朝他甜甜一笑，他勉強扯了扯嘴角。

他怎麼能？

「接下來將紅線綁在殿下與郡主的小指上，兩人就能白頭偕老，一生圓滿了。」馬婧忙著將紅線纏在兩人小指上，一旁的海蝶點燃了薰香球，不一會兒便有幾隻螢火蟲搖搖晃晃飛來，繞著薰香球打轉，只是螢火蟲白日多半休息，夜間才會發光，這幾隻螢火蟲大概是還沒睡醒，尾端的光芒顯得微弱許多。

摘星見了螢火蟲，又驚又喜，雖是白日，仍可見螢光點點，其中一隻甚至搖晃著身子飛到了紅線上，閃了幾下螢光，便似又睡著了般，螢光消失，動也不動了。

「殿下！您看！是螢火蟲！」她興奮地指著停駐在紅線上的螢火蟲。

朱友文看著她欣喜臉龐，心頭卻是苦澀，百感交集。

時光不可能倒流，他，太貪心了。

他不動聲色，暗暗使勁，拉斷紅線。

螢火蟲被驚醒，尾端忽現螢光，一下子飛走了。

摘星臉上的笑容僵住，馬婧與海蝶也是一愣。

摘星自責道：「殿下，定是我興奮過頭，不小心把紅線扯斷了……還望殿下別覺得掃興。」

「斷了就斷了，不過是民間迷信。」朱友文道。「我還有公務要處理，郡主請自便。」他轉身離去，指尖紅線滑落在地。

她不自覺握緊了手上剩餘紅線，失落地望著他快步離去的身影，不解方才兩人間的甜蜜旖旎，為何彈指間蕩然無存。

他正要推開門，忽覺有人拉住他的手臂，轉過頭，是她。

「我有話要對你說，跟我去一個地方。」

他還來不及回話，就被她拉走了，不知走了多久，等到他回過神來，竟發現兩人來到了深山裡，四周景物異常眼熟，尤其是那座湖泊……那不正是狼狩山裡的女蘿湖嗎？

他怎會回到了這裡？

這……是夢嗎？

她神情嚴肅，質問他：「老實說，你是不是有事瞞著我？」

他只覺心臟猛烈一跳，想要否認，卻開不了口。

「說啊！」

「星兒……妳的殺父仇人……是我！」

他說出口了！

她睜大了雙眼，一臉難以置信，他幾乎不敢直視她的雙眼，下一刻，她卻大笑起來，還伸手摸向他的額頭，「你發燒了？還是做了什麼怪夢？怎地胡言亂語起來？我爹明明還活得好好的，昨兒個你不是還和他老人家吃過飯，他還答應我們成親了。狼仔，你該不會中邪了？」

「狼仔……妳叫我狼仔？難道妳早知道了？」他如墜五里霧中，迷離恍惚。

她忽然雙掌用力拍向他的臉頰，似要將他打醒，「清醒了嗎？不要胡說了！我問你，你是不是偷吃我的糖葫蘆？」她用力捏揉他的臉頰。

他點點頭，彷彿回到了小時候，一臉無辜。

她放開了手，滿意點頭，道：「很好，坦白從寬，不過還是要受罰！我罰你……背我下山去買糖葫蘆！」

她一下子恢復成小女孩模樣，樂呵呵地跳上他的背。

他看看自己的手，又看看自己的腳，上頭滿佈傷痕。

他是狼仔，不是朱友文，也不是渤王。

他背著她往山下走去，心裡頭不斷想著：這是夢嗎？這一定是夢吧？馬瑛沒有死？那夏侯義呢？

「星兒，夏侯義死了嗎？」他忍不住問。

「你怎麼認識夏侯都尉的？」她奇道：「他在皇城活得好好的，別詛咒人家！」她輕輕拍了一下他的後腦勺，笑聲清脆。

他也跟著笑了。

原來這八年只是一場惡夢……幸好。

那是多麼可怕的一場惡夢啊！

「星兒，抓緊囉！」

他開懷大笑，背著她在狼狩山裡四處奔跑，風聲呼呼，鳥語啼鳴，兩人笑語聲不絕，彷彿回到了從前，彷彿就是當年的星兒與狼仔，他們的世界裡只有彼此，沒有血腥、沒有權謀，只有最純粹真摯的童年。

他背著她跑遍狼狩山，最後還是回到了女蘿湖畔，湖面上結了一層厚厚的冰，她歡呼一聲，從他背上跳下，往結冰的湖面上奔去。

「狼仔！快來！我們來——呀——」她忽地一聲尖叫，冰層破裂，她整個人掉入湖裡，連呼救都來不及。

「星兒！」他衝上前，卻發現湖面已然重新結冰，她睜大著雙眼，躺在結冰的湖面下，動也不動。「星兒！」他焦急地用力拍打結冰湖面，但冰層意外厚實，他捶打得雙手鮮血淋漓，仍徒勞無功。

「星兒——」他使出全身力氣，狠狠一擊，冰層終於碎裂，他喜出望外，連忙跳入湖中想救她，但她卻不見了……

湖水寒冷刺骨，他數度潛入湖面下，卻始終不見她的蹤影。

有一漆黑之物從湖底浮上，竟是她曾送他的黑玉石狼牙鏈，他伸手撈起，狼牙鏈卻灼燙無比，瞬間將他手心燒出焦痕，他本能甩開，鏈子掉入湖水，瞬間將整座女蘿湖迅速染黑……

片刻間天翻地覆，他聽見狼嚎，聽見母狼臨死前最後的喘息，聽見馬俊張狂的笑聲，聽見有道聲音對他說：「此乃罕見黑潭藥池，能除去你身上所有獸疤印記，一切屈辱……若你決定選擇完全斷除過去，便入池吧。」

不，他不要完全斷除過去！夏侯義沒有死！星兒沒有背叛他！

女蘿湖竟成了黑潭，而她不知何時又出現在他面前，長大的她手舉奔狼弓，箭在弦上，弓如滿月，箭矢瞄準他的胸膛。

「星兒！我是狼仔！」黑潭如要將他整個人吞噬，他不斷掙扎。

「不，你不是！你是滿手血腥、殺人不眨眼的渤王！你是滅我馬府滿門的兇手！是我不共戴天的仇人！」她眼裡曾閃爍著的笑意已被濃濃恨意取代。「朱友文，你不是我的狼仔！」她話語裡的絕情與痛恨，讓他停止了掙扎。

星兒，妳完全不可能原諒我的，是嗎？

「朱友文，你還愣在那裡做什麼？還不快殺了馬摘星？」朱溫忽出現在黑潭邊，將一把劍扔給他。

她放箭，他本能舉劍揮落箭矢，下一刻，手彷彿有了自己的意識，那把劍竟刺入了她的胸膛，鮮血立刻從傷口湧出。

「星兒！」

她身子一軟，身子直直倒向黑潭，朱溫放聲大笑，他扔開劍，雙手接住她的身軀，只覺觸手冰涼，鮮血從傷口奔湧而出，源源不絕，將整池黑潭染紅。

「星兒——」

他怎麼能親手殺了她？

她是他在這世上最珍視的人啊！

他悲慟不已，熱淚滾滾而落，懷裡的人兒依舊渾身冰冷，怎麼喚都喚不醒。

他聽見朱溫的聲音傳來：「你與她之間，綁著的不是紅線，而是無法回頭的血海深仇！」

他顫抖地舉起自己的手，從小指上蜿蜒而落的，不是紅線，而是她的血。

朱友文從夢中驚醒，他坐起身，環視四周，渾身冷汗。

是夢。

他煩躁地掀開被單，起身下床，目光落在高掛牆上的牙獠劍。

那是他熬過黑潭蝕心蝕骨的劇痛、重獲新生後，朱溫賞賜給他的。

他取下牙獠劍，他不知用這把劍取過多少人的性命，包括馬瑛。

刷的一聲，抽劍出鞘，劍柄下方淡淡血痕，濃濃嗜血氣息，殺戮已是本性。

他是大梁的渤王，朱溫的鷹犬。

日有所思，夜有所夢。

他已不是狼仔。

他早已沒了退路。

第十五章 冷落有誰知

常言道：女人心，海底針。

可她覺得男人心更摸不透。

不過幾日前，那人還深情款款，夜探閨房，親贈香囊，更在天牢裡明白表達自己的心意，可那日馬婧與海蝶替她和朱友文補過七夕後，他隔日像完全變了個人，看著她的目光不再溫情脈脈，除了疏離，還隱隱帶著她無法明白的痛楚。

他甚至刻意避開她，不願與她有過多接觸。

她不解為何朱友文如此忽冷忽熱，叫人難以適應。

馬婧自責，認為都是那條忽然斷掉的紅線惹的禍，她偷偷溜去月老廟，拜過月老，請廟主將斷掉的紅線重新接上。

摘星不忍拒絕她一番好意，由著她將重新求來的紅線繫在手腕上，結果紅線才繫好，便傳來梁帝命朱友文出使契丹，請契丹王重新立定借兵盟約，同時迎回四殿下朱友貞。

馬婧很想去拆了月老廟！紅線品質不佳也就罷了，重點是根本不靈驗嘛！紅線才綁上，朱友文就要遠行，一去幾個月跑不掉，獨留摘星在渤王府，這和守活寡有何不同？

「我看那廟裡供奉的根本不是月老！」馬婧忿忿道。

「別胡說。」摘星語氣卻掩不住黯然。「也許真是我無意間做了什麼錯事，招惹三殿下討厭了。」

「天未亮就起床為三殿下親自下廚，哪裡有錯？昨兒個有個孩子放紙鳶，卡在王府的樹上，您好心替那孩子爬上樹撿紙鳶，哪裡有錯？三殿下也用不著那樣責備您啊！」馬婧不平道。

「爬樹就是不對。我是未來的渤王妃，還在僕人面前爬樹，顯得毫無教養，有失身份。這裡畢竟是王府，不是狼狩山……」

他即將出使契丹，她特地前往禮部，查閱過往贈與契丹的禮單，了解契丹王族的喜好，特地準備了麝香露，交與他帶去契丹，她只是想替他分憂解勞，卻不料他臉色一沉，冷冷道：「我知道郡主聰慧過人，但還未過門就想插手政務，是否太自作聰明？」

他一下子說她是未來渤王妃，舉止要端莊，一下子又說她還未過門，不應干預太多，如此反反覆覆，到底是怎麼回事？

她究竟是哪裡做錯了？

是他不喜旁人刻意討好嗎？

但她不過是希望讓他開心、替他解憂，他就算不想接受她的好意，也不需如此推拒貶抑吧？

他對她的態度，簡直就像回到她初入渤王府時，只是那時他們兩人互無好感，都認為這不過是椿利益聯姻，可如今她已經對他上了心，而他又恢復成時時對她冷嘲熱諷、雞蛋裡挑骨頭的渤王殿下。

難道他不過是在玩弄她？

可他對她的每一樣好，在她眼裡都是那麼真心誠意，不似演戲。

她陷入了迷惘，渴望朱友文能給她一個答案。

朱友文出使契丹的那一天，大隊人馬浩浩蕩蕩而行，摘星礙於腳上舊疾，一路乘坐馬車送到城門口，她不時掀開馬車帘，瞧著他的背影，盼著他能回頭看她一眼，但他始終沒有回頭。

他不是沒有感覺到她熱切的視線，但他不能回頭。

一回頭，就是藕斷絲連，再也斷不清。

出使前，梁帝召見，對他說過的那些話，如今仍在他腦海裡徘徊：「朕原先還擔心你天性無情，不懂憐香惜玉，沒想到你手腕高明，不僅抗旨闖太廟將馬摘星強行帶走，甚至為她開罪契丹公主，成功擄獲她的心，讓她對你深信不疑——」

不，那是因為他真的在意她，並非心計。

可在梁帝眼裡，他卻成了為奪得馬摘星信任而欺騙她感情的卑鄙小人。

他甚至動念想過退婚，但梁帝虎目一瞪，警告：「想過河拆橋，還不到時候！滅晉之前，朕還須要這顆棋子，讓馬家軍乖乖替朕衝鋒陷陣！你莫壞了朕的大業！滅晉後，她再無利用價值，要殺要剮都隨你！」

是啊，他都忘了，她其實是人質，渤王妃的身分不過是用來控制她的手段。

就算他動了真情又如何？他表面上是大梁三皇子，戰神渤王，私下卻是梁帝一手培育的暗殺組織夜煞首領，這些年來，他奉命暗地出動多次，滅殺大梁功臣。馬瑛功高震主，梁帝痛下殺手，甚至狠心滅門之後嫁禍敵晉，更藉此獲得馬家軍忠誠，手握雄兵，自認一石二鳥，誰知他在執行任務時聽見銅鈴聲，認出摘星，終究留下了她一命，牽扯出日後這許多是非。

當初是否就該讓妳死在夜煞刀下，讓我永遠不要認出妳？

就算知道八年前是一場誤會、妳從未背叛過我又如何？

我是妳的殺父仇人，我和妳之間的感情，註定不得善終！

他只能讓她死心！

他一揚馬鞭，胯下坐騎加速前進，大隊人馬漸行漸遠，只餘煙塵滾滾。

摘星落寞地放下馬車帘，馬婧想說幾句話安慰，見她這模樣，也不知該從何說起。

渤王到底怎麼了？為何忽然如此冷落郡主、視而不見？

十日後，渤王府有人不請自來。

摘星正在房內仔細擦拭奔狼弓，窗外忽傳來拍打聲，她愣了愣，走上前開窗，居然是疾沖！

「你怎麼來了？」她訝異道。

「想見妳，就來了！」疾沖的桃花眼兒笑得瞇成了一條線。

摘星愣愣地看著他好一會兒，在朱友文無故冷落她之際，忽然有這樣一個人，說想見她，就這麼來了，毫無顧忌且笑容滿面，她不由有那麼一絲感動。雪中送炭。

「該不會是來討債的吧？」摘星笑問，心情好了些。

疾沖噓寒問暖了幾句，語氣一轉，道：「其實，我是來警告妳，渤王有危險！」

「你從何處得知的消息？」摘星一驚。

「我不是賞金獵人嘛？前兩天有人找我做買賣，趁著渤王出使契丹途中，找機會除掉他！我心想：妳不是渤王未來的妃子嗎？要是渤王死了，妳不跟著傷心難過死了，我啊，見不得女孩子傷心，忍痛推掉了這筆買賣，然後特地跑來警告妳。」

「此話當真？」她焦急問道。

疾沖難得收起嘻笑，神情認真地點了點頭。

這怎麼成？她得去警告朱友文才行！

但……若她就這麼冒失離開渤王府，趕上出使隊伍，難免引起閒話，他恐怕也不會聽進她的警告，可若疾沖所言屬實，朱友文身陷危機，她又如何能安心待在渤王府？

左思右想，摘星當機立斷，喚來馬婧，吩咐：「馬婧，我要暫時離開渤王府一段日子，妳留下替我掩護。我不在這期間，倘若有人問起，就說我入宮了，或是前往探視馬家軍，一時三刻回不了王府。」

「郡主，您要去哪兒？」馬婧急問。「您不帶上我嗎？」

「我要悄悄趕上三殿下出使的隊伍，伺機警告，就算見不到三殿下，見到文衍等人，也能請他們轉告，千萬小心防範。」

「郡主，您確定嗎？三殿下近來處處冷落您、不給您好臉色看，您眼巴巴前去警告，會不會自討沒趣？」馬婧嘟囔，況且這陣子就連文衍他們對摘星的態度也疏離不少。

疾沖笑道：「不愧是未來的渤王妃，如此擔憂夫君處境。我就好人做到底，一路護送妳混入隊伍。」

「郡主萬萬不可！」一把亮晃晃的劍刺向疾沖，他不慌不忙低頭閃過，笑著往後退了幾步。

海蝶橫劍在胸，守在窗前，「此人曾是綁架寶娜公主的共謀！千萬不要聽信！」

「郡主，海蝶說的有道理！」馬婧難得同意海蝶。

疾沖也不惱怒，只是聳聳肩，道：「看來我一片好心要被糟蹋了。」他笑著看了一眼海蝶，「妳就不替妳主子擔心嗎？萬一我說的是真的呢？」

海蝶自然護主心切，但此人實在太過狡猾，誰知他安的是什麼心眼？

況且他是如何能在不驚動渤王府層層守衛的情況下來到馬郡主房外？此人若非武藝深不可測，與她主子不相上下，便是滿肚子詭計，不知用了什麼方法混進王府。

疾沖手一抖，亮出張紙，「我幫了朝廷一次，現在又推掉買賣，早壞了賞金獵人的規矩，沒飯吃了！所以去混了個這個——」他手上是朝廷徵調民間相馬師的文件，專門負責管理馬匹與馬伕。「要不是為了來通報，此刻我應該已在出使契丹的隊伍行列裡了。馬郡主，如何？要不要我助妳一臂之力？」

海蝶與馬婧雙雙力勸摘星不要衝動，摘星尋思，道：「海蝶，要不妳跟我一起去找殿下吧！這樣也保險些。」

「好哇！兩個大美人兒相伴，我巴不得走慢點呢！」疾沖樂道。

海蝶不再說話，狠狠瞪了一眼疾沖後，走到摘星身旁，顯是同意了。

主子當初給的命令就是隨身保護好馬摘星，她一塊兒跟著去，也能順便觀察疾沖到底葫蘆裡在賣什麼藥？她才不信他心地會那麼好！

「那我豈不是又要寫張欠條了？」摘星笑道。

「美人一笑值千金，這次不收妳的錢。」疾沖嘿嘿笑道。

馬摘星若半途出現，必然引起騷動，更何況，她是堂堂渤王妃，渤王不得不分派人馬保護她的安危，按照日程，他們追到渤王時，出使隊伍應已經到了魏州城，那兒有不少晉軍暗盤，他便可趁隙裡應外合，誘殺朱友文！

美人兒，實在是抱歉了，妳這麼在乎的渤王殿下，終究會命喪他手裡。

摘星一面快手快腳收拾簡單的隨身行囊，一面吩咐馬婧：「我自有分寸，妳別露了馬腳。」

「郡主……」馬婧苦著臉，明知攔阻不成，仍不放棄：「您要想清楚啊！派個人去傳話不就成了，為何您一定要親自出馬？」她指著海蝶道。

海蝶有苦說不出，她奉命不得離開馬摘星身邊，又要如何去警告主子？

疾沖立即插話：「話不能這樣說，若是我瞎跑去警告，人家還以為我犯傻了，壓根不會信我，可她是渤王妃，說話有分量，能讓渤王多一分防範。」他指著摘星道。

見主子心意已決，馬婧即使憂心萬分，也只能閉嘴乖乖替摘星收拾。

摘星臨去前，她悄悄對海蝶道：「郡主就麻煩妳了，請妳務必要保她平安！」

海蝶點了點頭。

摘星等人幾乎是沒日沒夜地趕路，這日他們趕了大半夜路，黎明將至，眼見馬匹已倦，疾沖建議稍作休息。他朝四周望了望，吹了聲口哨，不久一隻金色大雕由兩人身後出現，啼鳴一聲後，穩穩落在疾沖伸出的手臂上。

海蝶警戒地看著金雕。

「這是？」摘星問。

「這是追日，我訓練多年，極有靈性。」他撫摸金雕的背。

「時間緊迫，我們趕得上嗎？」摘星想上馬繼續趕路，疾沖卻笑了笑阻止，道：「昨日我派追日飛往百里內探勘，渤王隊伍前方有處峽關，因著好幾日大雨，崩塌無法行前，他們勢必得改道，隊伍會延上一延。我們先休息下不打緊，明日快馬加鞭，夜裡應該就能趕到隊伍後頭。」

海蝶看了疾沖一眼：這人對附近地形怎地如此熟悉？彷彿有備而來。

「可那些想要加害三殿下的賊人，會不會伺機下手？」摘星擔憂問道。

疾沖似笑非笑地看著她，「妳和渤王果然是鶼鰈情深啊。放心，我要追日時時回報，目前還沒什麼異狀。」

但她依然不放心，催促著疾沖早點上馬趕路，疾沖無奈，只好照辦。

一路馬不停蹄，隔日，夜幕低垂時分，風塵僕僕的一行人終於在接近魏州城時，發現了渤王出使契丹的隊伍尾端，摘星振作起精神，正想催動馬鞭，一黑影忽直撲向三人，海蝶兩腿一夾，策馬搶先，拔劍出竅，手腕一抖，「鐺」的一聲，與來人手上兵器交手。

「海蝶？」來者居然是莫霄！

「郡主在此！」海蝶勒馬調頭。

「郡主為何出現在此處？」莫霄收劍問道。

莫霄發現出使隊伍後方有人跟蹤，朱友文下令直接格殺，幸好他與海蝶久經訓練，夜晚能視物，迅速認出彼此，這才沒有鑄下大錯，但也已嚇出不少冷汗。

萬一真的誤殺了馬家郡主，後果不堪設想！要是誤傷了海蝶的話……

「我們特地趕來，是想警告三殿下，有賊人意圖在途中刺殺他，請他千萬小心！」摘星急道。

莫霄問明前因後果，半信半疑，倒是疾沖開口了：「不管你們信不信，總之馬家郡主是披星戴月地趕來了，前面不就是魏州城了嗎？至少讓她有地方休息一下，順便洗梳。你們該不會想叫她直接調頭回去吧？難道這就是渤王府對待未來女主人的態度嗎？」

他們三人臉上、衣衫上滿是塵土，頭髮凌亂，的確狼狽，莫霄思量後，請摘星先隨他回魏州城，稍作休息。

疾沖厚臉皮想跟去，海蝶怒瞪他一眼，還沒開口，疾沖從懷裡又掏出那張徵調相馬師的文件，嬉皮笑臉道：「總得讓我去上工，才領得到薪餉嘛！」

海蝶無奈，只能任由他跟上。

🐾 🐾 🐾

是晚，朱友文留宿魏州城主府，城主蘇循設宴大肆款待，美酒佳餚，泛羽流商，歌姬舞孃，馥馥襲人，杯觥交錯間，不少美豔舞孃對朱友文暗使眼色，但他一臉意興闌珊，不為所動，直到文衍上前在他耳邊低語後，木然的英俊臉龐才有了表情。

「她來了？」朱友文擰眉。

思及方才下令莫霄差點誤殺她，他不禁暗呼驚險，心有餘悸。

「主子，馬郡主說沿途有人欲加害於您，因此連夜趕來警告。」文衍道。

朱友文知她牽念自己安危，心中感動，卻故意露出厭惡表情，「不過是道聽途說，婦人之仁！」

「主子，要護送馬郡主回王府嗎？」文衍隱約猜出主子口是心非，卻未點破。

朱友文正沉吟間，一名綠衣舞孃與他對上了眼，那舞孃身段窈窕，眼如春水，面若桃花，黑髮上點點珠翠隨著輕盈舞步搖晃，煞是動人。

他心念一動，吩咐文衍：「帶她過來。」

不一會兒，文衍帶著簡單梳洗完畢的摘星到來，她連日趕路，幾乎沒怎麼歇息進食，小臉蒼白，眼下更是濃濃青紫，她勉強打起精神，走入宴席，只見歌舞昇平，酒池肉林，極盡奢侈，她不禁暗暗皺眉。當年馬瑛治理奎州城，克勤克儉，以身作則，從未有過如此奢華饗宴，這魏州城主好大陣仗取悅朱友文，圖的是什麼？升官發財以便搜刮更多民脂民膏嗎？

女子清脆笑聲伴隨著濃濃香粉胭脂傳來，摘星一眼就望見坐在宴席上的朱友文，一名美豔綠衣舞孃依偎在他懷裡，豐若有肌，柔若無骨，他一手拿著酒杯，一手摟著那舞孃，顯然醉翁之意不在酒。

摘星當場只覺彷彿有道雷將她整個人劈成兩半，連心也劈成了兩半！

他是她未來的夫君，竟如此大方與其他女人尋歡作樂？還絲毫不避嫌？

這是把她擺在了哪裡？

朱友文瞧見了她，臉上故意露出掃興模樣，依偎在他懷裡的舞孃察言觀色，以為馬摘星不是什麼重要人物，便繼續躲在他懷裡，甚至示威地朝摘星笑了笑。

濃烈的妒意與憤怒幾乎要將摘星淹沒，她轉身便想離去，朱友文喊道：「站住！」

她停下腳步。

朱友文站起身，刻意在她身後大聲道：「郡主既然已婚配給本王，理應自重身分，好好的渤王府不待，卻和一個來路不明的傢伙跑出來拋頭露面，惹人閒話！」

這下不止綠衣舞孃，宴席上眾人也紛紛一愣，停下動作，所有目光全投在馬摘星身上，一時間鴉雀無聲。

渤王妃到了？為何無任何通報？渤王妃又為何獨自前來？

「郡主明明不該來，卻偏偏出現，明明不該插手，卻恣意妄為，如此離經叛道，是想觸怒本王嗎？」

朱友文用力將酒杯摔落地上，酒水灑了一地。

摘星羞怒交加，不明白朱友文為何在眾人面前如此羞辱她！

但她仍努力挺直背脊，努力忍著淚水，轉身朝著他朗聲道：「摘星不過是憂慮殿下安危，特前來稟告，請殿下多加防範。如今目的已達，摘星明日便將返回渤王府。」她深吸口氣，硬是擠出得體微笑，後退數步。「渤王殿下，眾位賓客，打擾了，摘星先行告退。」

那綠衣舞孃瞟了她一眼，掩嘴竊笑，席間紛紛出現嘲笑、奚落目光，所有人都知道了她這個渤王妃有多不受寵！

摘星面紅耳赤，加快腳步離去。

她根本是自取其辱。

身後傳來腳步聲，她不覺又燃起期待，回過頭，卻是莫霄追了過來。

「郡主。」

「是三殿下派你來的？」

朱友文終究多少還是擔心她的，對吧？

「殿下怕郡主不肯輕易離去，特派我送您回房休息。」

她燃起的那麼一點點期盼，瞬間熄滅。

她低下頭，長長睫毛上閃過晶亮淚光，眨了眨眼，在淚水就要滴落時，轉過了身子，背對莫霄。

「三殿下是不是真的很討厭我？」她輕聲問。

莫霄只道：「郡主，您長途奔波，請先回房休息，明日海蝶會護送您回京城。」

她抹去淚痕，轉頭望著燈火通明的宴席，人人飲酒作樂、笑語如珠，更顯她的處境落寞不堪。

那個教她射箭、送她香囊的人，去哪兒了？

摘星躺在床上，儘管一身疲累，卻哪裡睡得著？

娘親離世的時候，她落過淚。爹爹被殺、馬府滅門時，她落過淚。

可為了一個喜怒無常、忽冷忽熱的男人，如此痛苦，傷神落淚，值得嗎？

馬摘星，妳也太沒出息了！

但一縷情絲已經繫在了他身上，不由自主。

窗外忽傳來敲打聲，過了一會兒，她才起身，抹了抹哭腫的雙眼，前去開窗。

如她所料，果然是疾沖。

「馬摘星，妳和渤王到底是怎麼回事？小倆口鬧彆扭了？」疾沖開門見山便問。

她不欲在別人面前多談自己的感情，面色一沉，「你快走吧，免得被別人發現。我好歹也是未來的渤王妃，三更半夜，與陌生男子窗前交談，豈不落人口實？」

「妳覺得渤王真的會在乎嗎？」疾沖反問。

摘星默然不語，半晌，淒然道：「你都知道了？」

疾沖點點頭。

在宴席間發生的一切，早有多事者傳了出去，甚至加油添醋，說道渤王與未來的渤王妃感情有多不睦，兩人甚至在宴席上大打出手，渤王震怒，命人將馬摘星押出，連夜送回京城。

「我是不是太自作多情？」摘星不是在問疾沖，而是在問她自己。

「我倒不這麼認為。」疾沖難得認真。「很有可能，是渤王面子拉不下。」

「唉，這你就不懂了。」疾沖經驗可豐富了。「男人嘛，出門在外，總難免風流一下，更何況他又是王爺，總不好推拒，給人難看是吧？」

摘星一臉疑惑。

「但也犯不著當眾羞辱我。」摘星憤然道。

「也許他是故意的，免得落了個妻管嚴的臭名。」疾沖聳聳肩。「加上幾杯黃湯下肚，難以控制情緒，我猜，他現在八成後悔了。」

摘星有些被說動了，疾沖加把勁慫恿：「妳一聽他途中會遭遇危險，立即奮不顧身趕來警告，誰不感動？要換作是我，疼妳寵妳都來不及了！只是位高權重，總有門面要顧，不能像我這樣隨性，半夜來敲姑娘家的窗戶！」

她低頭不語，細細回想，朱友文送她香囊，也是以為她熟睡時悄悄潛入她房裡，也許真如疾沖所說，像朱友文這般有頭有臉的人物，總會多少顧及自己的顏面。

她現在開始覺得自己莽撞了，一遇上與朱友文有關的事，她往往任由情感驅策，只顧著一心討好他，而沒有看透許多細節吧？

疾沖見她臉色稍緩，笑道：「如何，心情好些了吧？我最見不得女孩子哭了，妳還是笑起來比較漂亮。」

摘星被他逗笑了，一笑，心情也恢復不少。

「好啦，妳笑了，我就放心了。我得溜回去了。」疾沖瀟灑道別。

「疾沖！」

「怎麼了？」他停下腳步。

「謝謝你。」

「別謝我。」他笑道。

因為朱友文很快就會死在他手裡，他只希望到時摘星可別太傷心哪。

朱友文被那綠衣舞孃灌了不少酒，難得喝得微醺，他回房欲休息，大老遠就見到自己房內閃著燭光，莫霄一臉為難地守在門口。

「怎麼回事？」他皺起眉頭。

「主子，郡主說怕您飲酒過度傷身，去廚房做了解酒湯，在房裡等您……」莫霄偷覷主子的神情，果然面色陰沉。

朱友文惱火，粗魯推開門，房內的摘星隨即站起，低聲道：「殿下今晚喝了不少酒，怕耽擱明日行程，我做了些解酒湯，殿下服用後請早些歇息。」她欲離開房間，他忽然一把扯住她的手臂，將又她拉了回來。

「殿下？」

「妳為討我歡心，可真是不屈不撓啊。」他嘴裡微噴酒氣，醉眼有些朦朧，看著眼前自己苦苦愛慕卻不得不狠心推開的女人，心中天人交戰，手不由得一緊，摘星吃疼，輕輕呻吟。

一股熱流忽從腹間湧上，他是個正常男人，自然會有慾望，酒能亂性，加之他心情躁動，一時之間情難自己，低頭欲吻摘星。

她沒料到他會突然輕薄自己，本能閃開，「殿下，您醉了！」

「你不是想替我解酒？來啊！」他欲強吻她，嘴唇擦過她的臉頰，摘星從沒見過他如此反常舉止，嚇得六神無主，渾身僵硬。

她想掙脫，但他箝制她的臂膀如銅牆鐵壁，將她牢牢困住，朱友文忽將她打橫抱起，往床邊走，她尖叫一聲，雙手拚命捶打他的胸膛，對他而言卻根本不痛不癢。

「殿下！請……請自重！我們尚未成親！」

他將摘星扔到床上，笑道：「妳遲早是我的人！」

她一愣，停止掙扎，身子僵硬地躺在床上。

他說的沒錯，遲早要發生的，不是嗎？

若是……若是她願意的話，他是不是就會回心轉意？

她心一橫，閉上雙眼，不自覺咬起下唇，身子瑟瑟發抖。

當他的大手碰到她的身子時，她顫抖得更是厲害，渾身發燙，臉頰溼涼，原來淚水已不受控制地由眼角溢出。

若她有勇氣睜開雙眼，便能見到，在那短短一瞬間，朱友文臉上出現的不忍。

她為何願意為他做到這個地步？為何就是不願放手？

他到底要怎麼做，才能讓她對他死心？

「掃興！」朱友文退下床，轉身背對她，「郡主如此委屈，倒像是我強逼妳了！既然妳不想，就出去！」

她睜開眼，見到他站在床前的背影，是的，她的確害怕，但哪個女孩子不是這樣的？事情來得突然，她毫無準備，但這並不表示，她不想把身子交給他……

他們總會是夫妻的，不是嗎？

她緩緩下床，整了整衣裳，羞紅了臉，細聲道：「殿下……我只是有些受驚……若殿下真想與我成為真正夫妻……」聲音越來越小，最後細如蚊蠅，但每一字每一句，他都確確實實聽見了。

她鼓起最後的勇氣，想去牽他的手，他卻狠狠一把甩開，更往前走了一步，離她更遠。

「馬摘星，到底要怎麼做，才能讓妳不再如此糾纏？」他背對著她，語氣痛苦。

「可殿下不是曾與我互表心意？為何一夕之間，全變了？」她不敢置信。

他終於轉身面對她，眼裡毫無柔情，「天下哪一個男人，在聽到一個女人願意與他生死與共時，不會意亂情迷？我不過一時心動，可當妳說道，妳希望我倆之間，沒有欺騙，也不會有任何謊言，我才發現，我做不到！」

他硬逼著自己狠下心，看著她的雙眼，看著她是如何被他傷得體無完膚，看著她的真心是如何被他摧殘！

多麼諷刺！他曾希望能夠護她、愛她，不讓任何人傷害她，可如今傷害她最深、狠狠踐踏她自尊的人，卻是他自己！

可是他別無選擇，他必須要推開她！

「我雖無法真心對妳，但興起玩玩也無不可，誰知妳如此掃興！馬摘星，說實話，若非陛下賜婚，妳根本不會是我想要的女人！」

她心中一震，彷彿晴天霹靂打在身上，腦袋一片空白，無法思考。

所以……所以近來他對自己的種種刁難、冷落與不滿，不過是想逼她知難而退？別再對他癡心妄想，以為他會真心待她？

認清事實的那一瞬間，她只想逃離，逃離這個男人、逃離這個地方，逃得越遠越好！

可她的雙腳不聽使喚，動彈不得，只有淚水撲簌簌流下，無聲哽咽。

他怎麼能不聽見她落淚的聲音？

他怎麼能忽略她幾乎要窒息的無聲哽咽？

可他不能！

房門「咿呀」一聲打開了，站在門口的，是那名顯然已重新盛裝打扮的綠衣舞孃，嬌滴滴道：「渤王殿下，小女子綠芙，城主要我今夜來好好伺候您。」眼角餘光瞄到哭得小臉脹紅的馬摘星，心中暗自得意：只要入了渤王的眼，日後少不了榮華富貴，縱然當不了王妃，但一個得寵的妾，比起不受寵的正宮，在男人心目中，份量自然更重些。

朱友文上前一把將綠芙摟入懷裡，朝摘星道：「還不走？想留下來看這位綠芙姑娘如何嬌媚動人、取悅本王嗎？」他捏起綠芙的下巴，笑道：「郡主若想留下在旁學著點，也不是不行，或許日後表現能更進步些——」

「朱友文，你無恥！」她受夠了，滿臉羞憤，逃出房外。

他看著她離去的落寞身影，眼神滿是痛心與不捨，同時也重重鬆了口氣。

她從此會對他斷念了吧？

「殿下，礙眼的人已經離去，我們是不是——」綠芙膩聲撒嬌到一半，朱友文便把她推到門外，喊：「莫霄！」

莫霄上前。

「把她送走。」朱友文吩咐莫霄。

「殿下？把我送走？送到哪兒？」綠芙一頭霧水。

「從哪兒來的，就送回哪兒去！」朱友文看都不看她一眼，重重關上房門。

那碗已涼掉的解酒湯仍放在桌上，他拿起，緩緩喝下。

涼意直透心肺，苦澀難言。

第十六章　多情卻似總無情

疾沖身上背著一黑色小布包，俐落從高牆外翻入，人才落地，一柄劍便指著他脖子，他嘆了口氣，怎麼不管走到哪兒，老是有人拿劍要指著自己？

持劍的是莫霄，朱友文從暗處走出，停在疾沖面前，冷冷瞧著他。

疾沖倒也不驚慌，笑嘻嘻地看了朱友文一眼，「渤王殿下。」

對於疾沖的無禮，朱友文並不放在心上，他介意的此人如何說服摘星連夜離開王府、趕來見他？

「是你告訴郡主，有人欲在途中行刺本王？」朱友文問。「證據何在？」

「殿下，賞金獵人這行，重視者無他，就是替雇主保密，我拒絕買賣，又將消息洩露給郡主，已是大大違背行規，要再洩露雇主身分，那以後可真的做不了買賣了！」見朱友文又要開口，他忙出聲打斷：「況且，雇主多半也不願身分曝光，這次的買賣，是透過別人傳話，我還真不知雇主到底是誰呢。」

朱友文並不輕易相信他的說詞，用錢就能買通的傢伙，說話能相信多少？

「夜深放著大門不走，刻意翻牆，有何企圖？」朱友文質問。

疾沖稍微往後退了半步，明顯想護住背上的黑布包，「殿下多慮了，小人不過是看夜深了，不想麻煩下人開門。」

「你背後背的是什麼？」朱友文眼光何等銳利。

「小人私事，沒必要對殿下稟告吧？告辭。」疾沖又退了半步。

朱友文一使目光，莫霄手上的劍一轉，割破疾沖身後的黑布包，瞬間各式糕餅甜點滾落在地，還包含幾支糖葫蘆。

莫霄與朱友文皆是一愣，朱友文更不由多看了那幾支糖葫蘆上一眼。

疾沖慘叫一聲，「哎呀！全掉地上了！太可惜了！」他蹲下，一一拾起摔壞的糕點，細心拍去灰塵。

「唉，今晚宴席，小人雖不在場，但殿下當眾羞辱郡主，早被好事者傳了出去。小人就是見不得女人哭，況且郡主連日趕來，幾乎餐風露宿，沒好好吃上一頓飯。我想著女孩子都喜歡吃甜的嘛，特地大半夜跑出去，找遍了城裡的糕餅鋪，敲門叫醒老闆才搜刮出這些，這下全毀了！」

朱友文只覺疾沖句句諷刺，哼了一聲，「這是給你的警惕，日後少管他人閒事！」

他轉身離去，莫霄收劍，也跟著離去，疾沖撿起糖葫蘆，站起身，朝朱友文道：「小人好心提醒殿下，人生在世，皆是無常，多珍惜眼前人！」

朱友文腳步微微一頓，立即加快離去。

疾沖冷笑，心道：人家對你這麼死心塌地，心裡想的全是你，你卻是這樣糟蹋她的一片癡心？反正你難逃一死，死了正好，還她自由，別再為你這種負心人牽腸掛肚！

他拿著那根糖葫蘆，摸到廚房去洗了洗，來到摘星房外，敲了敲窗戶，「馬摘星，餓了沒？我拿糖葫蘆來給妳吃了，不算你錢。」

房內闃靜無聲。

他等了半天，又敲了敲窗戶，低聲勸道：「別再為那種薄情的男人傷心了！快開門吧！不然我可要破門而入囉！」

房內依舊無人回應。

他微覺不妙，轉到門前，一腳踢開房門，裡頭空無一人！

糟了！她不見了！八成是傷心過度，半夜離開了？

疾沖難得自責，若不是他刻意利用她，她也不會被朱友文折磨到如此傷心欲絕，憤而半夜離去吧？

不行，他得把她找回來才行！

🐾 🐾 🐾

疾沖瞎找了大半夜仍不見摘星人影，只見東方天空漸漸轉為魚肚白，這樣下去不是辦法，她就一個人，萬一出事了，這怎麼得了？

眼下只有求那個負心漢協助了。

他跑回城主府，一下子就找著了在朱友文房門外看守的莫霄與海蝶，上前道：「你們的馬郡主半夜失蹤了！」

莫霄一愣，海蝶急忙問：「此話當真？」

「這麼要緊的事，我騙妳做什麼？快請你們家殿下派兵搜城啊！」

海蝶轉身就要回報朱友文，房門此時打了開來，朱友文面無表情站在門後，冷聲道：「派兵搜城？會不會太小題大作了？」

「她可是一個人！這裡人生地不熟的，萬一碰到了賊人，出事了誰負責？」疾沖急道。

「腳長在她身上，又不是本王逼她走的。」

「你……她可是未來的渤王妃，難道你就一點都不關心她的安危？」疾沖指著朱友文的鼻子道。

「大膽！」

「無禮！」

莫霄與海蝶同時一喝，手按劍柄。

朱友文冷冷看著疾沖，「你也知道她是本王的王妃，那更輪不到你來操心！」

「你——你比我想像的還要無情無義！你不找，我找！」疾沖憤而離去。

「主子？」海蝶大著膽子探詢，「郡主孤身一人前來，沒有馬婧隨侍在側，腿上又有舊疾，半夜失蹤，的確令人擔憂。」

「主子，就算不派兵搜城，是否能派我倆前去找人？」莫霄也提議，頓了頓後，道：「畢竟郡主安危，牽動著馬家軍的軍心。」

「就你們兩人想搜城找人？異想天開！」

「主子恕罪！」

朱友文雙手負在身後，表面鎮靜，實際卻心急如焚，她半夜孤身離去？她一個人能去哪？會不會遇到危險？她到底在想些什麼？為何如此不顧安危？是他……將她傷得太重了嗎？

一聲鷹嘯啼鳴忽破空而起，一隻金雕從不遠處的樹林頂端飛出，在空中盤旋數圈後，一聲長鳴，迅速朝北方飛去。

「金雕！」莫霄喊道。「是那隻想要獵戰狼的金雕！」

朱友文大步走出，躍上屋簷，就著晨光朝北凝神細看，只見疾沖的身影迅速一閃，似跟著金雕身後飛奔而去。

他不加思索，展開輕功，亦隨金雕朝北而去。

她躲在一個山洞裡，懷裡緊緊抱著一大叢女蘿草，衣裳被露水沾溼，清晨寒氣襲來，她冷得瑟瑟發抖，又睏又餓。

昨夜她沒有回房，一路逃出城主府，魏州城門守備鬆懈，見一個女子從城門奔出，喊了幾聲，也沒跟著追上，任由她一路跑向城外近郊山裡。

她從未受過如此羞辱，從未覺得如此委屈，一路狂奔，不知自己身在何處，但藏在露水裡的熟悉氣味，讓她回過了神。

是女蘿草。

是娘親生前最喜愛的女蘿草。

就著月光，她在山裡採摘了一把又一把的女蘿草，牢牢抱在懷裡，實在走不動了，正巧發現一個廢棄的熊穴，想也沒想便鑽了進去，雙腿一軟，癱倒在地。

「好乖……好乖……星兒不哭了……」她將臉埋在女蘿草堆，抬手摸著自己的頭，想像是離世已久的娘親，像她小時候那樣，在她受了委屈時，輕聲安慰。「星兒不哭……星兒不哭……」她緩緩閉上眼，仍囈語喃喃。

都沒有了，她沒有家人了，這個世上只剩下她孤零零一個人了……

娘親不在了，爹也不在了，連狼仔也不在了，只剩下她……只剩下她……

「星兒不哭……」

她想，自己是在做夢吧？

不然為何感覺到有人將她扶起，摸著她的額頭，還在她耳邊低聲安慰？

「星兒，別哭。」

那是誰的聲音？

「星兒……沒有哭……」她嗓子乾啞，滾燙淚水沿著臉頰滾滾而落，「星兒……沒有哭……」

一陣薄荷清香襲來，接著清冽甘泉被餵入她的嘴裡，她口渴極了，喝得急了，不小心嗆到，那人還貼心在她身後輕輕拍著。

「星兒，別怕，我在這裡。」

「不要走……」

不管你是誰，是人還是鬼，求求你，不要走，不要留下她一個人……

「好，我不走，我就在這裡。」

她似乎放心了，輕輕「嗯」了一聲，沉沉睡去。

「……馬摘星……馬摘星……妳醒醒……」

她緩緩睜開雙眼，映入眼簾的，是一臉焦急的疾沖。

「老天！妳總算醒了！妳還睡得真沉哪！」疾沖總算鬆了口氣，慢慢將摘星扶起，讓她靠坐在洞壁上。「好姑娘，求求妳，下次想半夜出來賞月，記得找上我，害我擔心死了！」

摘星微微苦笑，經過如此痛心欲絕的一夜，她終於醒悟，原來自始至終，都只是她自作多情。

疾沖道歉：「是我不對，我沒料到朱友文那傢伙如此無情，讓他這樣傷害妳！」

摘星低下頭，見到散落腳邊的女蘿草，一一拾起，全撿齊了，細心整理一番，看著手裡的女蘿草，想起早逝的娘親，以及昨夜那個夢，她的勇氣又漸漸回來了。

尋死很簡單，但那是膽小者才會做的選擇，她還不能死，她必須要為爹爹報仇，要為娘親做一個勇敢的女兒。

疾沖看著她手裡的女蘿草，「怎地摘了這麼多女蘿草？」

「這向來是我娘的最愛，我爹告訴過我，女蘿草有個別名——」

「叫做王女。」疾沖接道。

摘星點點頭，「娘一定是希望我能勇敢，即使她不在了，也要勇敢活下去。」她瞧見自己手腕上的紅線，在一片翠綠女蘿草間，顯得意外搶眼。她幽幽對疾沖解釋馬府為敵晉所滅後，梁帝為取得馬家軍忠誠，將她賜婚於渤王。

疾沖聽到馬府是被晉王派人暗中所滅時，表情微微一僵，隨即恢復。

她撫摸著紅線，「被綁住的，不只是我跟他，還有陛下與馬家軍之間脆弱的信任，就算我已知道，此生非他所愛，我也不能毀婚。就算被他如此傷害，我也不能讓馬家軍知道。這個婚約，不止我需要，朝廷也需要，馬家軍更需要！」

她微微紅了眼眶。呵，她的一輩子早被各種利害關係糾結束縛，她身上背負太多條人命與太多人的期待，她無法就這樣瀟灑逃開。

她只能回到他身邊，那個一點都不愛她的男人。

如今回想過去與他種種，只覺恍如隔世，只覺當時的自己，好可笑。

「妳這和坐牢有什麼兩樣？」疾沖不忍。

「坐牢，可以哭。我卻只能笑。」她想笑，淚水卻先滾落。

疾沖想伸手替她擦去眼淚，金雕在山洞外忽叫了一聲，他立即神色警戒，朝山洞外望去，一片黑衣衣角閃過。

「妳在這待著，我出去看看。」他起身走出洞外，只見到遠遠一個人影閃過，隨即消失。

金雕飛落到疾沖手臂上，疾沖摸了摸牠頸後，問：「是他？」

追日在他的手背上輕輕啄了一下。

他手臂一振，追日飛回樹上繼續盯梢。

疾沖回到山洞裡，摘星問：「外頭有人？」

「是那個負心漢。」

她一愣，追問：「是真的嗎？」

「假的！隨便說說妳也相信。」

她不禁黯然。

他果然沒有來找她。

「別告訴我，妳居然還在期待他會出現？就算他真來了，也只是怕妳出事，無法交代，難道還有別的理由？」

她默然不語。

疾沖繼續開導：「男歡女愛，講的是心甘情願，他心裡沒有妳，妳心裡也把他踢出去，不就得了？」

摘星苦笑：「有這麼容易就好了。他的絕情來得如此突然……」

她根本措手不及。

疾沖一臉受不了，「是是是，他應該先鋪陳一下，讓妳有個準備，再把這些狠心的話分一年三百六十五天，每一天傷妳一點，最後再問妳會不會太突然？」

她正自傷心，疾沖卻盡說些沒頭沒腦的廢話，她不由心頭微微火起。

疾沖抄起一株女蘿草，道：「冤枉啊！無情的又不是我！妳爹娘不是盼著妳要有王女的氣度與勇敢嗎？」他忽然一拍腦袋，「喔！我明白了，妳的王女，就是一定要當王爺的女人，當不成就哭喪著臉，難過得死去活來。」

「我不能難過？不能哭喪著臉嗎？」摘星怒道。

「當然可以。」疾沖忽然一本正經，蹲在她面前，「妳當然可以難過，當然可以哭喪著臉。每個人都會犯錯，感情也不例外。但最終一定會有人懂妳，比那個負心漢更珍惜妳。」

摘星愣愣看著疾沖，此刻的他無比認真，一點都不像那個遊戲人間的浪蕩子。

四目相對，兩人似乎都在彼此的眼裡讀到了什麼。

摘星微轉過頭，「那些被拋棄過的姑娘，是不是都聽你這麼說過？」

疾沖一笑，「有時候說之前要先喝點酒。」

「為何？」她納悶。

「壯膽啊！我怕被揍！」

她噗嗤一聲笑了出來。

「會笑就好。沒事了吧？」他臉上的笑容溫柔。

她忽覺有些害羞，點了點頭，轉開目光。

「既然沒事，那我們走吧！妳大半夜跑出來，在這荒郊野地過了一夜，實在不適宜趕路。我先送妳回城主府，休息幾日，再送妳回京城可好？」疾沖道。

她點點頭，疾沖上前扶起她，兩人慢慢走向洞口。

漫漫長夜已過，天光破曉，陽光照在身上，她只覺暖意融融，不再感覺那麼寒冷。

又是新的一日，而這一次，她將勇敢面對。

再也不逃了。

隔日，摘星離去前，獨自去見朱友文。

文衍通報後替她打開房門，正好一名契丹武士走出，見到她便行了個契丹執手禮，她心中微覺不對勁，不免多看了那武士一眼，兩人眼神迅速交會，那武士連忙低頭快步離去。

朱友文見到她，絲毫不關心她昨日發生了什麼事，只指了指案上一封信，道：「正好，妳見過寶娜筆跡，看看這信是否公主親筆所寫？」

摘星走了過去，見信旁有一方形白玉虎頭符，約半個手掌大小，上書契丹文字。契丹隨前朝制度，親王以上皆使用玉符號令，這信的主人，來頭不小。她拿起信，信上寫的是漢字，她仔細從頭讀到尾，原來是寶娜思念朱友文，特地提早離開了契丹，等在不遠的伏虎林，迎接朱友文，且特別叮囑他一人獨自前來。

她放下寶娜的信，道：「公主寫漢字的筆跡特殊，這的確是她親筆所寫。想來公主難忘情於殿下，才特地離開契丹國境，趕至伏虎林與殿下相會。」

他以為她又在吃醋，但她的語氣異常卻異常平淡，聽不出起伏。

摘星往後退了一步，「這些日子以來，我日日想著要如何讓殿下開心，但昨夜我想通了，我所能給的，皆非殿下所要，而殿下真正想要的，卻是我給不了的。」

朱友文愣了愣，嘴硬回道：「郡主現在認清，亦為時不晚。」

摘星苦笑，搖搖頭，「晚了，我若一開始就拒絕陛下的賜婚，殿下也不必守著一個不愛的女人，日日看了生厭。」她抬起頭，雙眼直視著他，一字一句緩慢道：「殿下希望這賜婚有名無實，謹遵王命。殿下不希望見到我這渤王妃拋頭露面，謹遵王命，即刻啟程返回京城。殿下要我從此對您斷了真情，在天下人面前做一對假面夫妻，摘星，謹遵王命！」

她一聲又一聲「謹遵王命」，如同利刃一刀刀割在朱友文心上。

這明明就是他想要的結果，可為何他卻寧願她不要說出口？

「昨日宴席上所發生的一切，殿下請放心，我將永遠閉口不提。」

朱友文口是心非讚許道：「很好，這些，就是本王想要的！」

「我終於做對了一件事，得到了殿下讚賞。」她朝朱友文恭敬行上大禮。「摘星，就此告辭。」語畢，她果斷轉頭離去，沒有一絲留戀。

他只能慶幸她沒有回頭，因為這一刻，不捨的，居然是他！

🐾 🐾 🐾

她以為自己不會再落淚了，但踏出房門的那一刻，淚水還是不爭氣地落下。

她又恨又惱，忘不掉的是那人對她的千般萬般好，放不下的是那人對她的冷落嘲諷與傷害。

「別哭了！」一隻手忽然按住她的後腦勺，將她輕輕壓入一個結實溫暖的胸膛裡。

她悶聲哽咽：「我以為我不會哭的！但心還是好痛……」

疾沖嘆了口氣，「從未聽過這世上有人會因心痛而死，妳就盡量痛吧，痛到底，就會死心了。」他拍了拍摘星的腦袋，道：「從今以後，妳就學學本大爺，活得自在，無拘無束，管他什麼婚約！」

摘星抬起頭，推開他，「你說得輕鬆，但渤王在，陛下的婚約也還在，還有馬家軍！我遲早要回去的。」

疾沖無奈地看著她，道：「那妳是打算走回京城嗎？走上七天七夜也走不到啊！這樣好了，這城外幾里處有家客棧，我們先離開魏州城，在客棧裡休息幾天，我再陪妳慢慢一路遊山玩水回京城，如何？這個提議吸引人吧？」

疾沖替她拭去淚水，她眨眨眼，又是幾滴淚水落下，但這一次，她自己抹去了眼淚。

她要振作，她依然是馬家郡主，身後是整個馬家軍，更背負著馬家血海深仇，她不需要朱友文的愛，她只需要這個婚約，與朝廷共同滅晉！

次日，摘星一早洗梳完畢，用過早膳，去找疾沖，敲了半天房門，卻無人回應。

她見房門未鎖，輕輕推開門，房裡空無一人，床上被褥也未曾動過，想來是昨晚夜裡就已經離開客棧。

他去哪兒了？

她離開客棧，在外頭轉了幾圈，依舊找不著疾沖的人影。

他究竟去哪兒了？

她知道疾沖不會扔下她，但這人行蹤如此飄忽不定，總覺得不太可靠，誰知道他是不是暗地裡又跑去做什麼壞事了？

遠處一匹白馬疾馳而來，白馬上的女子見到摘星，驚喜喊道：「摘星姊姊——是妳嗎？摘星姊姊——」

這呼喚好生熟悉，她定睛望向白馬上的女子，白馬越駛越近，身後跟著六名契丹護衛，那女子居然是寶娜！

冰兒在摘星面前停下，寶娜跳下馬，熱情拉住她的雙手，「摘星姊姊！真沒想到會在這魏州城外見到妳！」

摘星滿腹困惑，「公主怎會在此？」

「我一聽到友文哥哥要來契丹，高興得一刻也坐不住，便說服父王，由我帶著借兵盟約，離開契丹國境前往迎接，本來還想著給你們一個驚喜呢！沒想到卻在這兒先碰到了妳！友文哥哥呢？妳怎會一人獨自在此？」寶娜這才發現不對勁。

摘星一聽，心中大感不妙，忙問寶娜：「公主昨日是否派人給三殿下送信，約在伏虎林相會？」

寶娜搖搖頭，「沒有啊！」

「但送信的契丹武士，的確帶著白玉虎頭符前來，而且信上筆跡確實是公主所寫——」她腦中忽閃過送信的那名契丹武士，明白到底哪裡不對勁了！

他的執手禮只用了單手！

西域波斯一帶的確只用單手行執手禮，但契丹漢化較深，中原向來以雙手示禮敬，契丹人入境隨俗，執手禮是以雙手交握虛放胸前，以示尊敬。

有人冒充寶娜送信給朱友文，要引他入陷阱！

「公主！昨日有人假冒您的名義送信給三殿下，約他單獨前往伏虎林相會！」

寶娜睜大了雙眼，驚道：「真有此事？冒充我的人肯定不懷好意，友文哥哥豈不危險了？」

摘星力求冷靜，迅速尋思該如何解救朱友文，她看向寶娜身邊契丹護衛，道：「公主，可否請您派您的護衛前往魏州城，尋找援軍前往伏虎林？」
寶娜立刻轉身命令：「聽見了沒？快去通知梁軍前往伏虎林，營救渤王！」
三名護衛稱是後立即轉身策馬駛向魏州城。
「摘星姊姊，接下來我們該怎麼辦？」寶娜著急問道。
摘星掃了一眼剩下三名契丹護衛身上的弓箭，道：「我先回客棧，留個話給我朋友，然後我們一起去救三殿下！」
「就我們？妳跟我，還有他們三個？妳確定我們真能救得了渤王？」
「公主身旁護衛，武藝肯定不凡，就算只能擋上一擋，也是替前來救援的梁軍爭取時間，也就多一分希望！」
寶娜轉頭，對那三名護衛道：「你們都聽到了沒？別給我丟人！待會兒可要好好保護我！還有摘星姊姊！」
摘星匆匆趕回客棧，留了張字條在疾沖房裡。

遇寶娜公主，渤王伏虎林遇險，速來支援。

寶娜雖要他單獨赴約，朱友文仍帶了文衍與一小隊精兵前往伏虎林。
伏虎林內已豎起一座營帳，幾名契丹武士在營帳外看守，見渤王到來，紛紛上前行執手禮，卻每人都是只行單手，朱友文微覺有異。

他下馬後，問道：「公主呢？」

那名負責送信的契丹武士道：「公主很快就到，還請渤王殿下先行入帳。」

朱友文仔細看了他一眼，忽擰眉道，「契丹人向來雙手執禮，你們這半調子的執手禮，是何人所教？」

那名契丹武士眼見詭計被識破，退後一步，高舉右手，大喊：「放箭！」

埋藏在營帳四周的弓箭手紛紛現身，其中更有一排弩弓手，拉弓放箭，一輪又一輪急射！

這營帳立在林中地勢最低處，四周毫無障蔽，急箭如雨下，饒是朱友文武藝高強，也被逼得走投無路，只能嚴守門面，文衍亦應付得相當吃力，弓箭擾敵，弩弓致命，朱友文所攜之精兵一個接一個被弩弓射穿鎧甲倒斃，根本來不及反擊。

敵人顯然有備而來，箭矢一波波源源不絕攻來，文衍與他背貼背，雙手刀劍並用擋箭，他則解下身後披風，舞得密不透風，箭簇暫時傷他倆不得，但總有力盡之時，眼見敵人攻擊來自四面八方，屆時要是還找不到機會反擊的話——

忽地一團火花在兩人左前方上空爆開，點點油星噴濺，燙傷不少弓箭手，頓時不少人縮手，甚至扔下弓箭。緊接著又是幾團火花分別在敵人上方爆開，染著火焰的油花一濺到衣服布料上便迅速點燃，敵人瞬間亂了陣腳。

「殿下！快逃！」

朱友文驚訝地看見摘星站在置高處，手持弓箭，寶娜站在她身旁，手持火把。他再轉頭一望，有三名契丹武士站在另一頭的高處，一人手持陶罐，一人手持弓箭，箭上綁了油布，另一人手上持著火把，陶罐扔出，弓箭上架點火，射破陶罐，頓時火光四濺，一氣呵成。

陶罐裡皆放了菜油，是摘星途中路經一處正在煉製菜油的農家時，想到的點子。

趁著摘星擾亂敵人之際，朱友文已帶著文衍殺出一條血路，敵人很快也發現了突擊者不過寥寥數人，重新聚集，追了上來！

摘星對寶娜使了個眼神，寶娜會意，對那三名護衛揮了三次手，呼呼呼，同時扔出了三個陶罐，射箭那人只來得及射破兩個陶罐，眼見第三個陶罐就要落地，嗖的一聲，摘星一箭穿心，那陶罐正好就破在朱友文腳跟後，連接三個火油陶罐爆裂，燃起不小火焰，刺客們不得不暫時退後，火焰散盡後，朱友文等人已不見蹤影。

摘星見朱友文暫時脫逃，連忙與寶娜前往會合，三名契丹武士負責斷後。

眾人逃往伏虎林深處，朱友文還來不及問摘星為何去而復返，前方大樹忽躍下一人影，他不加思索立即擋在摘星面前。

來人居然是疾沖。

「疾沖？」摘星見來了救兵，欣喜之餘，並沒想到疾沖何以這麼快就找到了他們？

疾沖臉色難看，指著摘星問：「我看見妳留下的字條了！這種薄倖傢伙，為何還要回頭救他？妳還要命不要？」

他瞪了朱友文一眼，對方也正上下打量著他。

摘星急道：「後頭有追兵，先走再說！」

「往北走！剛好可以和趕來的梁軍會合！」寶娜道。

忽地嗖的一聲，一支冷箭飛來，朱友文險險閃過，但右臂已被擦傷。

「主子！小心！」文衍揮劍又擋掉一箭。

追兵來得好快！

緊接著又是數箭朝眾人飛來，其中一箭竟直朝疾沖射去！

「疾沖！」摘星離得最近，千鈞一髮之際，上前推開疾沖，自己卻因此中箭！

「摘星姊姊！」寶娜大叫一聲，想起摘星之前也是如此捨身相救，可這一次，她沒有逃過！

見到摘星在自己眼前中箭，朱友文只覺呼吸一窒，眼前一黑，彷彿那支箭是射在自己心上！

那支箭就插在摘星左胸上，若再偏得半寸，她恐怕已當場斃命，文衍連忙上前檢查，發現箭簇入肉極深，傷口血流汩汩，若不及時止血救治，拖久了也是回天乏術。

寶娜抱著摘星哭了出來，不斷喊著：「摘星姊姊……摘星姊姊妳振作點！別死……別死啊！」

「你們都還在這裡愣著做什麼？」疾沖大喊：「快帶馬摘星走！我去引開敵人！」

這個笨女人！誰要妳來救我了？妳就如此不相信我，認為我閃不過那支冷箭嗎？

眼見摘星意識越來越模糊，疾沖上前用力推了朱友文一把，幾乎是咬牙切齒，「快走啊！她的傷勢要緊！要是她有什麼三長兩短，我也饒不了你！」

朱友文狠狠瞪了疾沖一眼，不是因為他的無禮，而是因為摘星居然是為了救他而受重傷！

朱友文一把抱起摘星，吩咐文衍：「你護著公主，先與梁軍會合。我帶郡主直接回魏州城，你速趕回，醫治郡主。」

他抱著她飛奔而去，她的血不斷流出，染溼了他的衣襟，他的心越來越慌，好幾次低頭看她，只覺她的臉蛋越來越蒼白，嘴唇也沒了血色。

「馬摘星，妳不准死！聽到了沒？我不准妳死！」

她聽見他的聲音，用盡全身最後一絲力氣睜開眼，見到他焦心如焚，心中不禁想：他不准她死，是真的在乎她？還是只是擔心無法對梁帝交代？她可是能牽動整個馬家軍的重要棋子啊，也是梁帝賞賜給他的珍貴禮物，千萬不能有損傷，是不？

但為何他眼裡的焦心與擔憂，甚至那隱隱泛著的淚光，都是那樣真實？

她不懂。她真的不懂。

朱友文，你心裡到底有沒有我？

她疲累得再也睜不開眼，頭一歪，昏死在他懷裡。

🐾 🐾 🐾

數百名追兵追至，見到前方只有疾沖一人，立即停下，整理隊伍，前方一排持劍，後排持弓，陣仗井然有序，顯然訓練有素。

為首者看著疾沖背影，冷笑，「就憑你一個人，也想擋下我們？」

「我是很想跟你們過過招，就怕你們不敢！」疾沖緩緩轉身。

為首者見到他的面容，大為震驚，下一刻，竟撲通一聲屈膝下跪！

「好久不見啊，程良。」疾沖笑道。

字字如同驚雷，程良渾身一震，回頭朝眾人喊道：「還不快下跪！」

有好些人認出了疾沖，趕緊收起兵器，單膝下跪，其餘眾人也紛紛照做。

「參見少帥！」程良朝疾沖恭敬喊道。

此刻疾沖雖一身布衣，卻氣勢凌厲，從骨子裡透出一股鋒芒，陽光從樹縫灑在他身上，宛若一身金甲，分明是個馳騁沙場的悍將，哪裡還是那個逍遙江湖、桀驁不羈的浪蕩俠客？

疾沖看著眼前這一大群由他自己暗中牽線、聯合狙殺渤王的晉軍舊人，心中百感交集，「我已非少帥，更非晉人，起來吧，別跪了。」

但程良依舊跪著，堅決不起身。

疾沖無奈：「你們喜歡跪著就跪著，但不用再追了，梁軍已趕來，計畫已失敗，你們再追下去，只是白白送命。」

程良有些不甘，本以為這次趁著朱梁內訌，趁勢與郢王朱友珪聯手暗殺渤王能一舉成功，誰知半途殺出程咬金，情勢逆轉，多年前離開晉國的少帥忽又現身，他知情況恐不單純，恐怕先行撤退才是上計。

程良率人欲離去前，疾沖忽將他拉到一旁低聲問：「我問你件事，之前駐守梁國奎州的馬瑛全家慘遭滅門，是否真是那老頭子下的令？」

「少帥為何掛心此事？」程良反問。

「本來不關我事，但現在關我事了。」

程良知道疾沖有時說話就是這般沒頭沒腦，不以為意，便道：「耳聞朝中這些年暗中策畫逐一收買梁國重臣，若拉攏不成，有些激進者便自行動手暗殺，以除後患。」

疾沖臉色一沉，心道：看來的確有可能是那老頭子下令所為，他得再調查清楚。

程良見疾沖往反方向走，憂心問：「少帥，您就這麼回去，萬一東窗事發，那郢王是否會對您不利？」

「我自有分寸，你別操這個心。」

「少帥，您真沒想過回晉國嗎？」程良不放棄地問。

「程良啊！我記得你以前沒這麼婆媽！與其擔心我，還不如擔心你們能不能全身而退呢！梁軍很快就追來了！」

程良嘆了口氣，轉身率領其餘晉軍快速退去。

疾沖看著這批舊屬離去，憶起故國，心頭難免淒然。

但此刻他更掛心的是馬摘星的傷勢。

他轉身朝魏州城的方向而去。

那個笨女人可千萬別死啊！不然他絕對會愧疚一輩子的！

第十七章　異心

疾沖衝入魏州城主府，立即被莫霄攔下。

「馬摘星呢？」他急問。

「郡主正在醫治箭傷，殿下有令——」

「滾開！她是為我而中箭，我要親眼看到她安然無恙！」

莫霄出手阻攔，疾沖不欲耽擱多做糾纏，一出手就是狠招，莫霄先前低估了他，轉眼就中了一掌，內息紊亂，往後踉蹌了半步，疾沖已抓緊機會闖入。

砰的一聲，疾沖推開房門，濃濃血腥味溢出，只見朱友文坐在床邊，摘星軟癱在他身上，生死未卜，床沿、地板上滿是染血布巾，一旁用來清洗傷口的水盆裡也是血紅一片。

箭矢仍插在摘星身上，文衍手放在箭上，滿頭大汗。

這箭位置太險，插得又深，不拔，只能眼睜睜看著她死，拔了，傷口太深，要是牽動心脈，血流不止，更不堪設想，可說生死懸於一線。

「你這庸醫到底會不會治傷？怎還不把箭拔出來？」疾沖要衝到床前，卻被一人伸手攔下。

是寶娜。

「文衍正在努力救治摘星姊姊了！你不要來亂事！」寶娜哽咽道。

「可是他——」

「文衍當然想拔箭啊！」寶娜哭道：「但拔了很可能會死，不拔也會死，你說該怎麼辦？」

哭得梨花帶雨的寶娜令人不忍，疾沖雖焦急，仍耐著性子將她拉到一旁安撫。

朱友文彷彿對這一切充耳不聞，他眼眶泛紅，眼神一刻不離懷裡的摘星，強自壓抑著激動。

不能死！妳絕對不能死！

哪怕機會渺茫，他也要放手一試！

他伸手握住她冰涼的手，望向文衍，眼神堅決，「動手！」

文衍點頭，深吸口氣，用力拔出箭矢，摘星痛得尖叫一聲，隨即又昏死過去，傷口的血汩汩湧出，朱友文一手運息護住摘星心脈，一手趕緊壓住傷口，溫熱的血液濺到他臉上，他殺過那麼多人、踩過那麼多血液，卻沒有一次，感到如此心慌。

血，根本止不住，她渾身血液彷彿都要流盡，脈象越見薄弱，文衍垂下頭，不忍說出結果。

馬郡主怕是挺不過了。

「你這庸醫！我就知道你不行！」疾沖衝到床前，推開文衍，「馬摘星！妳不准死！」可傷口止不住血，他又能怎麼辦？

朱友文貼身運息，怎會不知她已經半隻腳踏入了鬼門關，他什麼話都沒說，只是緩緩地、緩緩地用沾滿鮮血的雙手，將她緊緊摟在懷裡，同時將臉埋在她的秀髮裡，不願讓人見到他此刻是多麼痛徹心扉，痛到連呼吸都在顫抖。

「星兒……」嘆息般的心痛呼喚從他嘴角溢出，離得近的幾個人聽見了，鼻尖亦不由一酸。

「走開！你們都走開！」寶娜忽上前推開疾沖，從衣袖裡掏出一個小錦囊，倒出一粒藥丸，跪在床前，親手餵入摘星嘴裡。

那是契丹國師特地為王族煉製的救命丹藥，除了各式來自中原的珍稀藥材，還加入了難得一見的千年雪山人蔘，這人蔘光是鬚根熬湯，便足以讓垂死之人多吊住幾刻鐘性命，這丹藥更是用了整枝雪山人蔘煉製，國師號稱全契丹只有三顆，一顆給了契丹王，一顆給了他最寵愛的小公主，還有一顆則給了朱友貞。其實還有第四顆，國師卻是偷偷留給了自己。

摘星氣若遊絲，照理已吞不下任何東西，但那雪山人蔘何等神效，光在口裡含著便瞬間滋潤氣血，脈搏也不再繼續衰弱下去。

朱友文燃起一線希望，大手輕扣摘星下巴，命人取水過來，細心餵水，讓丹藥緩緩滑入她的喉嚨。

疾沖將這一切全看在眼裡。

所有人都在屏息等待。

寶娜緊握摘星冰涼的手，垂淚道：「摘星姊姊，妳別死啊，我還沒報答妳呢！」

摘星忽地一咳，將方才嚥下的水全吐了出來，丹藥卻沒吐出。

文衍臉露喜色，伸手把脈，摘星脈象雖依舊虛弱，卻已漸穩，看來終於從閻王手中搶回了這條命。

朱友文驚魂未定，他激動地看著懷裡的小女人，想著自己差點就要失去她，那種恐懼讓他不寒而慄。此刻他多想狠狠擁抱她，感受她一點一滴恢復的生命，確認她沒有在自己懷裡死去，但他意識自己已無意間在眾人面前流露真情，此刻只能忍住衝動，勉強恢復冷靜，放下摘星，離開房間。

疾沖追了出去，朝他背影道：「殿下看來的確在意郡主，但小人實在想不透，殿下那日為何要在宴席上如此冷落羞辱她？難道是有苦衷？」

患難見真情，生死關頭間流露的情感，不會是假。

疾沖這番追問讓仍有些恍惚的朱友文迅速回神，他恢復一臉冷漠，回道：「你恐怕是會錯意了！本王只是擔心，要是馬摘星真死了，該如何向陛下交代？又拿什麼安撫馬家軍？」

疾沖一聽，氣不打一處來，替摘星覺得不值，「她真不該為了救你而回來，你心裡根本沒有她！」

「本王沒有要她來！也沒有要她前來相救！若不是她擅自跑來，也不會造成今日局面！一切都是她咎由自取！」他一字一句冷得像冰塊，眼神如刀，卻只是在掩飾自己差點被識破的謊言。

「朱友文你——」

「不要吵了！摘星姊姊醒了！」寶娜站在房門口喊。

兩個男人立時停止口舌之爭，雙雙就要入內，寶娜卻伸手擋住了朱友文，歉然道：「她說，不想見渤王殿下。」

朱友文一愣，彷彿被當頭澆了桶冷水，但他隨即明白，她該是什麼都聽到了。

他握緊拳頭，默默退了一步，眼睜睜看著疾沖朝他瞟來得意兼不屑的一眼，走入房內。

如此，也好。既然聽見了，就讓她誤會到底吧。

他感覺自己的手心黏膩，是還沒有乾透的血，是她的血。

只要她能活下來就好。這比什麼都重要。

疾沖在床邊看著她，雙手抱胸，一臉怒容。

「誰准你離開客棧的？誰准你回頭去找那個薄情人的？誰准你替我擋箭的？」他連珠砲地念個不停。

「妳可知，要是沒有契丹的妙藥，妳早死過一回了！」

摘星躺在床上，傷口總算止血，身子虛弱到了極點，連話都說不出來，眼角隱隱有淚光。

她都聽見了。

朱友文說的沒錯，一切都是她自找的。

他可是堂堂渤王殿下，誰能耐他何？

她覺得自己傻得可笑，心頭苦澀，嘴唇顫抖了幾下，別過臉，不想讓人見到自己落淚，耳裡仍聽得疾沖嘮叨個沒完：「妳要是真死了，我該怎麼辦？妳要讓我內疚一輩子嗎？」

此時此境，她格外想念狼仔，在這世上，唯一真心真意對她好的狼仔。

也許是傷重過度，思緒恍惚，她脫口而出：「別內疚……狼仔離開後，我也內疚了好久……」

疾沖一愣，住了口。

因為掛心摘星傷勢，朱友文仍逗留在房外，忽聽她提到狼仔，也是一愣，隨即胸口一陣火燙。

他多麼想衝入房裡，親口告訴她：狼仔在這裡！狼仔並沒有離開！

然而他的手就要碰到房門時，疾沖冒出一句話，讓他瞬間恢復冷靜：「狼仔是誰？」

摘星沉默著，似要昏睡過去，疾沖見狀也不想逼她，嘆了口氣，正要離開，她才幽幽開口，「不管我在哪裡，不管、不管我有多傷心，狼仔……狼仔都能找到我，陪著我……」重傷下，她說話虛弱，但字字句句仍聽得出對狼仔的思念。

門外的朱友文眼眶一紅。

「這個狼仔去哪兒了？這次怎麼沒來找妳？」他沒想到自己不過這麼隨口一問，直比箭傷還令摘星痛苦。

好半晌，她才吐出：「被我害死了。」淚水悄悄從眼角滑落。「我是想保護他的……我很努力……但還是、還是失敗了……」

她以為疾沖不可能會理解這種椎心之痛，但他沉默了半會兒，卻道：「我懂妳有多痛苦。我有個朋友，數年前眼睜睜看著他軍中同袍為他犧牲，他卻無能為力，我明白他有多煎熬，所以……」他頓了頓，走向床沿，坐下，握起她冰涼的手，「所以我能理解妳有多難受。」

如人飲水，冷暖自知，沒有經歷過相同處境，怎可能會了解這種痛苦？摘星自然明白，疾沖口裡的「朋友」，說的其實就是他自己，只是她沒有點破。

原來在他那頑世不恭的外表下，隱藏著這樣一段悲慟過去。

摘星不禁感到與他同病相憐。

她很想問：他放下了嗎？

但她已經知道答案，那是永遠不可能的事。

她動了動虛弱的手指，輕輕反握他的手，柔聲道：「有機會，告訴你那位朋友……有個叫星兒的女孩，明白他內心的遺憾……他，並不孤獨。」

他眼眶一熱，慰藉之詞，隨便說說一大把，可她卻是把自己的心掏出來，放在他面前，告訴他：我和你一樣，你不孤單。

這傻女人！自己都傷成這個樣子了，剛從鬼門關前走一回，還這麼費勁地安慰他，她能不能自私一點，多為自己想一點？不要每次都是她跳下火坑，犧牲自己？

他眼眶的熱流一下子衝到了腦門，又衝到了胸口，他忽生豪氣，緊握住她的手，「讓我當妳的第二個狼仔！」

摘星有些錯愕。

他另隻手拍拍胸脯，道：「在妳傷心想消失時，我一定會找到妳、陪著妳，就像之前在山上一樣，直到妳不再傷心難過。妳可不准趕走我！也不准推開我！」

她見他說得認真，不禁有些感動。

「喝酒了嗎？胡言亂語的。」她微微一笑，感覺身子更倦，彷彿全身力氣都被抽光，只想沉沉睡去。

「妳的笑容就夠醉人了，星兒。」他微笑道。

她再也撐不開眼皮，卻清楚聽到，這世上，有第三個人這麼喚她。

房門外，朱友文靜靜轉身離去。

🐾 🐾 🐾

隔日，朱友文一人待在房裡，手裡拿著從摘星胸前拔出的箭簇，細細琢磨。

箭簇本身倒無甚特別之處，他擰眉回想那日刺殺情景。

那些刺客，絕非一般烏合之眾，個個訓練有素，儼然軍隊出身，再加上使用了一般人極少有機會得到的弩弓……難道是晉軍？若是晉軍，狼子野心，昭然若揭，應是怕大梁與契丹達成盟約後出兵攻晉，因此先下手為強。

可若不是晉軍呢？他摸著血跡已乾的箭簇，目光越發沉重。

若不是晉軍，恐怕就是朝中有人暗中要他的命了……一次不夠，又來第二次，還波及了摘星……雖然她是自願趕來，但難保不是有人故意暗中放消息，誘她前來擾亂視聽……他目光一凜。

疾沖。

朱友文早覺此人身分有異，更對他說動摘星前來的目的，充滿疑慮。刺殺當時，他說要隻身斷後，面對這等精銳，卻能毫髮無傷，全身而退，且莫霄事後前往伏虎林調查，卻發現前前後後不見一具刺客屍體……

此人實在疑點重重。

文衍在房外敲門，「殿下，寶娜公主來了。」

他將箭簇放在案上，起身迎接。

寶娜雙手捧著一份鑲金書帖走入房內，交給朱友文。

「這是大梁與契丹的結盟兵書，歷經這麼多波折，總算交到你手上了。」寶娜鬆了口氣。

朱友文道謝接過。

寶娜遲疑了一會兒，試探問道：「我方才，探望過摘星姊姊了，她傷勢雖重，但總算已經穩定，她……和你……」

朱友文對摘星的在意，她昨日親眼都看見了，可他對疾沖說的那番話，她也確實都聽見了，她不明白倒底是怎麼一回事。問摘星，她只是默然不語，想找朱友文問清楚，卻又覺這是人家私事，自己是不是管得也太多了？

「感謝公主昨日賜藥，救了馬郡主一命。」朱友文哪裡不知道她這點小心思，沒有正面回應。

若是從前的寶娜，肯定打破沙鍋問到底，但摘星的沉默與朱友文的態度，讓她明白這一切並非只是單純的感情問題，一旦牽扯到國家利益，誰都說不清，這一點，身為公主的她，比誰都清楚。

想了想，她語氣一轉，「除了盟約，我另準備了一份大禮。」她回頭朝門口喊：「把人帶上來！」

沒多久，兩名魁梧的契丹武士一左一右出現，中間夾著一名修眉俊目的少年，只見少年一臉不甘，見到朱友文後臉色更是難看，甚至任性別過了頭，態度無禮至極。

「朱友貞！見到你三哥，居然還擺這麼大的架子？連句招呼都不打？」寶娜怒道。

這少年正是朱溫四子朱友貞，為梁帝登基後所生，享盡榮華富，又是么子，更受到母后寵愛，從小沒吃過什麼苦，個性驕縱，梁帝兩年前將其送往契丹做為質子，便是希望能磨磨他的性子，巴望著他將來能有點出息，別成了只會坐吃山空的紈褲子弟。

「我根本就不想見到他！」朱友貞臭著臉道。

寶娜走上前，不客氣地拍了下他的頭，「他可是你三哥耶！」

「我不承認他是我兄弟！」朱友貞瞪著朱友文，眼神充滿敵意。

「朱友貞你不識好歹！」寶娜抬手，卻被朱友文一把捉住。

他早已習慣了朱友貞對自己的敵意與抗拒，不以為意。

那件事發生的時候，朱友貞年紀還小，梁帝不想讓他知道太多內情，以至於他一直誤會朱友文至今。

朱友貞氣呼呼地轉身欲離開，契丹武士卻堵在門口，讓他進退不得。

朱友文對寶娜點了一下頭，寶娜無奈，揮了下手，契丹武士便讓了開來，朱友貞立即頭也不回地大步離去。

🐾 🐾 🐾

大梁，郢王府內，朱友珪一臉陰沉聽著探子回報。

朱友文雖然中計，遭晉軍圍攻，但馬摘星與寶娜半途殺出助陣，朱友文最終逃過狙殺，甚至連朱友貞都被寶娜保護著平安到達了魏州城。

對付朱友文的計畫一次次失敗，他大發雷霆，氣急敗壞地將書案上雕刻到一半的木雕掃落，那是一隻老鷹的雛形。

探子忙道：「殿下請息怒！咱們總有辦法的！」

朱友珪怒道：「你懂什麼？他逃過這一劫，必然緊追背後主謀，丈人已經成了替死鬼，這次本王絕不能坐以待斃！」

一個人影在書房外的腳步一凝。

他從一團亂的書案上找出行軍圖，攤開，一面端詳，一面陰狠道：「眼下他已接回四弟，很快就會啟程回大梁，越靠近京城，必越無防備，只要安排得宜，本王的精銳私兵，在這幾處埋伏伺機剿滅，應有勝算……」

那探子微微一愣，問道：「那四殿下？」

朱友珪眼裡冒出冷森森的殺意，「一併殺了，一個都不留！」

「殿下！」書房門忽被推開，郢王妃敬楚楚一臉不敢置信，「那是您的手足啊！還有，您剛剛說我爹做了替死鬼，究竟是怎麼回事？難道……難道寶娜公主被綁架，您也參與其中？爹爹……是爹爹他頂替了您？」敬楚楚渾身顫抖，越想越可怕。

她的夫君為了一己之私，居然犧牲她爹爹，賠上她整個娘家？

朱友珪臉色一沉，用眼神示意探子先退下，那探子不安地望了一眼郢王妃，照理任何人知道了二殿下刺殺渤王未果的祕密，都該滅口，杜絕消息外露，可郢王對郢王妃的重視，眾所皆知，留下她一條命，就是留下了後患啊……但探子什麼都不敢說，只能快速離去。

見朱友珪不說話，顯是默認了，敬楚楚氣得將手中親自抄寫的佛經用力扔向自己的夫君，悲慟道：「你……朱友珪！你瘋了！為了爭權奪利，簡直入了魔！連爹都犧牲了——」

「楚楚！妳難道還不明白嗎？我若是沒登上王位，那才是對不住丈人！他視我如己出，甚至願意為我犧牲性命，我不能讓他白白死去！」朱友珪理直氣壯。

敬楚楚不敢相信此番話語竟是由他口中所出，她日日相伴的枕邊人竟是心機如此深沉的殺人兇手！

朱友珪往前踏了一步，試圖解釋：「渤王很快就會趕回京城，等他回到京城，我難逃死路！不是他死，就是我亡！」

敬楚楚撲通一聲跪下，淚如雨下，悲泣道：「殿下……殿下！臣妾求您，回頭是岸！不要再執迷不悟了！」

「執迷不悟的是妳！」見妻子無法明白自己的處境有多危險，朱友珪悲憤無奈，朝外喊道：「來人，送王妃回去！」

敬楚楚往前爬了幾步，一把拉住他的手，仍試圖勸說，朱友珪心煩氣躁，心思全放在該如何在朱友文回京拆穿真相之前自保，竟一時忘了她身懷六甲，信手一推，敬楚楚整個人跌倒在地，不久即渾身冷汗直冒，面色痛苦。

朱友珪這才回過神，慌了手腳，連迭喊人叫大夫，他更親自打橫抱起妻子，一路送回寢殿。

敬楚楚的裙間漸漸滲出血來，與上次不同，這次滲出的，竟是黑血。

老太醫打開房門，走了出來，朱友珪連忙迎上，問道：「如何？」

老太醫只是面色不捨，緩慢搖頭，「王妃已滑胎了。」

朱友珪先是錯愕，繼而悔恨交加。

沒了……他的孩子沒了！都是朱友文那廝害的！

他想進房去見妻子，卻被婢女擋在了門外，「殿下，王妃已交代，她只想好好休息，誰也不見。」

朱友珪無奈，問了幾句王妃狀況，才不放心地離去。

躺在床上的敬楚楚雙眼雖是睜著，卻毫無生氣，彷彿靈魂也隨腹中胎兒逝去了。

朱友珪走後，她就這麼睜著眼，直到天明。

她掙扎著想要起身，守夜的小婢女聽見聲響，連忙上前想阻止，「王妃！太醫交代了，您得好好休養！湯藥待會兒就送來……」

敬楚楚虛弱道：「找紙筆來，我……我要寫封信……」

喜郎，我不能再任由你這麼錯下去了。

* * *

三日後，梁帝一封密函急送至魏州城，要朱友文等人即刻啟程回京城，密函中提及，梁帝已知渤王遇刺，並已查出幕後指使者並非晉軍，而是自家人。敬楚楚親筆書寫告密信函，將自家夫君所作所為，鉅細靡遺全數抖出，連狠心讓老丈人敬祥當替死鬼這件事也一併告知梁帝。

梁帝震怒，沒想到自己這個二兒子竟如此心狠手辣，將手足視為仇人，甚至為了謀害渤王，不惜與晉國勾結！

朱友珪立即被抓入天牢，朱溫親自將其吊起拷打，朱友珪不服，大聲喊冤：「父皇！先有異心的不是兒臣……是那個野種！他根本不配當我們朱家人！」

「你住口！你這無心無肝的畜生！還妄想顛倒是非？」朱溫氣極自家人窩裡反，更氣朱友珪口不擇言，下手毫不留情，朱友珪轉眼已是滿身傷痕累累，心裡更對朱友文恨得咬牙切齒。

「父皇！您難道還不明白嗎？」朱友珪悲憤道。「當年大哥戰場死去，那廝說是意外，沒人知道真相。之後又在渤王府裡冒出林廣這號人物，自稱是兒臣的生父，刻意想弄髒兒臣的血脈……是那廝逼得我走上這條路！兩個皇子就讓他這樣兵不血刃地輕鬆解決，剩下友貞恐怕也——」

「住口！」朱溫一鞭揮下，「夠了！友文雖非朕所出，但為我大梁出生入死，血戰有功，你呢？你這畜生除了兄弟鬩牆、擾亂人心外，為我大梁做了什麼？」

「父皇！大哥戰死後，我曾請命自願前往前線，是父皇您下令不准我去的！」朱友珪怨道。

朱溫扔掉鞭子，痛心道：「友裕戰死後，朕痛失一子，實是因為不忍心再讓你赴險，這才不讓你前往前線。」

朱友珪一愣，瞬間醒悟，但短暫的父子親情已然挽救不了他因權力慾望而入魔的心智，他暗暗咬牙，陰毒地想：誰知是不是朱友文利用父皇喪子之痛、心神未定之際，暗中阻擋他前往戰場，截斷他大建軍功、凱旋而歸的大好良機？

朱溫發完一頓脾氣，忽覺疲累異常。

他老了，感覺力不從心的時刻，越來越多了。

兩年多前，他在戰場上失去了大兒子朱友裕，他原本最看好這個孩子成為繼承人，友裕一死，按照接班順序，該是二子朱友珪出線，但這孩子生母曾為軍妓，朝中大臣於是分成兩派，一派認為傳長不傳幼才能有效穩固政權，因而支持朱友珪，另一派則重視血脈正統，支持嫡出的四子朱友貞。但朱友貞年紀尚小，未成氣候，若登上大位，難免聽信重用外戚，造成政局動蕩。

三子朱友文是他的義子，離皇位的距離最遠，朱友文自己似乎對繼承皇位也沒多大興趣，但這並不表示別人不會將他視為眼中釘，將他視為爭奪皇位的對手。

明面上是一家人，私下卻是暗潮洶湧，今日兄友弟恭，為了爭權，明日便手足相殘，更因為知道彼此弱點，下手更是不留情。

一家人，往往才最是可怕。

「傳朕旨意。」梁帝失望地看了朱友珪一眼。「今日起，廢去郢王王號，貶為庶人，終身圈禁於皇陵，不得踏出皇陵一步！」

朱友珪只覺五雷轟頂。將他貶為庶人？就因為他想殺那個不知道哪來的野種？

「父皇！父皇！我是被逼的！今日我不下手除掉那廝，明日就只能坐以待斃！就像大哥當年──」

「住口！」朱溫怒喝，對左右吩咐：「把他帶下去！朕不想再見到他！」

「父皇──」

朱友珪絕望地看著梁帝的眼神越來越冷，彷彿心裡早已沒了他這個親生兒子。

親生的比不上那個野種！愚蠢至極！

朱友珪在心裡狠狠發誓：總有一天，他會全部討回的！

渤王的行使隊伍回到了京城，這一路上，朱友文刻意對摘星不聞不問，倒是疾沖厚臉皮地硬留在隊伍裡，在摘星身旁嘘寒問暖，四皇子朱友貞對朱友文更是向來沒好感，與疾沖一拍即合，沒事就去找他閒聊幾句，逗弄逗弄追日，連帶也與摘星漸漸熟稔。

少年人心直口快，疾沖又經驗老道，擅長套話，沒幾天朱友貞就把自己厭惡這個三哥的理由一股腦說了出來，巴不得摘星與疾沖成為自己的盟友，站在同一邊。

兩年多前那場邠州之戰，朱友貞耳聞戰事已近尾聲，且戰局對大梁有利，他竟只帶了幾個護衛便偷偷跑到前線，想要迎接大哥朱友裕，誰知梁軍一名重要副將，臨陣倒戈，加上敵方奇襲，朱友裕等一行人被困住，是朱友文突破敵營，獨自一騎前來。朱友貞得知大哥竟自願犧牲斷後，急得想去救人，根本不管自己身邊只有寥寥幾名護衛。他懇求朱友文回頭去救大哥，朱友文卻一掌將他打暈，直接將他帶離戰場。

朱友貞始終懷疑，以他大哥的性子，必會率領眾人全力突圍，怎會留下等死？況且當年一戰，除了朱友文，無任何人倖存，所以到底是大哥執意斷後，保全朱友文，還是他說謊不顧大哥安危，棄敗軍先逃？無人知道真相。朱友貞認為，若不能同生共死，算哪門子兄弟手足？朱友文就是個背棄手足不顧的無情傢伙，他自此不屑與朱友文為伍，而朱友文對他惡劣態度處處忍讓，不曾辯解，更讓他覺得朱友文心裡肯定有鬼。堂堂大殿下死於戰場上，梁帝卻嚴令眾人不得談及，喪事亦從簡處理，似想掩人耳目，更令朱友貞不滿。

疾沖混跡江湖，自然耳聞過此事，民間皆傳言渤王冷酷無情，為了建立戰功，連手足親情也不顧，不過誰叫他們不是真正的血脈手足，親兄弟都會明算帳了，更何況是不知來歷的義兄弟？

摘星從頭到尾默默聽著，沒有出言偏袒任何一方。以前她也許會為朱友文辯駁幾句，自認多少還算了解此人，但如今他倆已形同陌路，既是陌生人，又何須評論，道人長短？都已不關她的事了。

隊伍行列率先來到渤王府，只見馬婧已守在門口，一見摘星的馬車停下便立刻迎上，滿臉自責。摘星還沒開口，馬婧已經淚眼汪汪，哽咽道：「郡主……早知當時我就該堅持跟您一起去的……您看看您……怎麼傷得這麼重……」馬婧一面抹淚，一面將摘星從馬車上扶下。

摘星重傷未癒，連日趕路，身形自是比離開渤王府時單薄憔悴許多，她見馬婧難過得直掉淚，拍了拍她的手，虛弱道：「怎麼？我回來，妳不高興？」

「高興！高興得都哭出來了！」馬婧用力吸了下鼻子。「郡主只要平安，我比誰都開心！」

馬婧扶著摘星要進渤王府，摘星卻停下了腳步。

「郡主？」馬婧問。

摘星黯然看著渤王府的大門，卻遲遲不願走入。

她在害怕，害怕一走入這大門，便會想起朱友文過去對她的種種好。

所遇皆故物，同居卻離心。

景物依舊，人事卻已全非。

他不過是一時意亂，情迷的，卻是她。

「摘星姊姊？」朱友貞跳下馬車，走到她身旁。「妳不想回渤王府嗎？」摘星還沒回答，他又道：「我想也是，誰想回去整日對著那個人？我都看在眼裡了，妳傷得如此嚴重，妳那位名義上的夫君，一路上對妳置若罔聞，反而是疾沖處處為妳擔憂。若妳不想回渤王府，不如隨我入宮暫住一陣子吧？」

摘星正猶豫間，朱友文走了過來，一臉不悅，「郡主為何還不入府安歇，在府外逗留，是要讓人人見到這副病容，責怪本王欺凌虐待郡主嗎？」

朱友貞待要發作，摘星伸手阻止，緩緩對朱友文道：「方才四殿下邀我隨他一塊兒入宮暫住，這一路上，摘星與四殿下也甚為投緣，因此摘星想——」

「妳不想回到渤王府，是嗎？」朱友文冷冷問道。

他怎會看不出她的猶豫與膽怯，他可說是這世上最了解她的人。

「誰想回到這個鬼地方，天天瞧你的臉色？」朱友貞在旁幫腔。

「也罷。想入宮就入宮吧！宮裡太醫眾多，自能替郡主好好療養。」朱友文居然同意了。

既然猶豫，既然膽怯，又何必勉強？不如讓她離他越遠越好。

朱友文走入渤王府，將摘星留在了府外。

一陣冷風吹來，摘星忽地打了個哆嗦，不是身子冷，而是心冷。

還未過門，她竟覺自己已成了棄婦。

他就這般厭惡她嗎？

第十八章　觀風聽蝶

朱友貞入宮後，不等梁帝召見，便性急地拉著摘星直奔御書房，想替自己的二哥說情。

早在魏州城時，他便聽朱友文轉述，意圖刺殺朱友文的幕後指使者居然是自家二哥，他說什麼也不信，懷疑這一切又是朱友文從中作梗。

書案後的梁帝，見到久違的小兒子，嚴峻蒼老的面容露出了幾分欣慰。

「父皇，請父皇查清真相，寬恕二哥！」朱友貞一開口便道。

見他如此看重手足之情，朱溫嘆了口氣，道：「朕知你手足情深，但你二哥卻是心狠手辣，視手足為仇人，為了謀害友文，竟不惜與晉國勾結！」朱溫重重一拍書案，想到朱友珪這不肖子的所作所為，心頭火起。

「父皇，兒臣不信！二哥一定是被人設計陷害的！說不定……說不定正是朱友文自己設局，不然他就這麼厲害，能全身而退？」朱友貞不滿反駁。

「朕都聽說了，要不是馬家郡主奮不顧身，前往搭救，友文恐怕也難逃殺機！」朱溫耐著性子道：「友貞，這次你前往契丹為質子，為國付出，父皇本欲賜你均王封號，均王府亦已經打點妥當——」

「父皇，兒臣不願封王，只求父皇查明真相！」朱友貞依舊執拗不信。

朱溫站起身，見到小兒子的難得好心情一掃而空，嚴厲道：「那你可知，是你二哥的王妃敬楚楚親筆書函密告此事？她深怕這畜生一錯再錯，忍痛大義滅親，朕豈能不信？」

饒是朱友貞再不願相信，此時也啞口無言。

竟是枕邊人親自告的密，鐵證如山。

「可是……二哥他……父皇！兒臣僅剩二哥一個親手足了！懇求父皇網開一面，懇求父皇網開一面……」朱友貞不斷磕頭，他幼時母后早逝，兩年多前大哥又莫名死於邠州前線，在他心裡，唯一的家人只剩下了父皇與朱友珪，要是二哥真被逐出宮貶為庶人，父皇跟前就只剩下他一個人，眼看著家人手足一一凋零，他深感悲傷與不安。

梁帝臉色越來越難看，朱友貞見他毫無憐憫，忿忿道：「自古虎毒尚且不食子，父皇您怎能如此狠毒？」

「放肆！」朱溫氣得站起身，怒指朱友貞道：「你竟敢跟朕這樣說話？」

朱友貞從小任性慣了，一咬牙，道：「兒臣所言，句句屬實！當年大哥受朱友文所累，莫名死於戰場，父皇依舊寵信如舊，此刻父皇為何就不能赦免二哥？難道在父皇眼裡，親生的比不上野種？」在他心裡，始終認為朱友文不是朱家人，父皇寧願相信一個外人，卻不願放過自己的親生兒子？他無法理解！

「你給朕住口！」梁帝有苦難言，當年朱友裕之死，他如何不傷心難過？卻又不能將真相說出，尤其是當著朱友貞的面。

摘星見這父子倆相見沒多久便劍拔弩張，想充當和事佬勸勸朱友貞別這麼衝動，卻見朱友貞緩緩站起身，失落道：「大哥死了，二哥被廢，父皇又寵信那不知來歷的野種，兒臣回來又有何意義？不如明日再回契丹便是了。」他竟連拜別也省了，不吭一聲，轉身離去。

「四殿下！」摘星想追上前，回頭看了一眼梁帝。

梁帝嘆了口氣，頹然坐倒，揮了揮手，「別理他。那孩子什麼都不懂，讓他自己靜一靜也好。」梁帝暗自吸口氣，振作精神，繼續應付馬摘星。「郡主身受重傷，怎不在渤王府好好休息，跟著友貞入宮了？」

摘星恭敬回道：「陛下，返回京城途中，四殿下與摘星相談甚歡，他初回京城，難免有些近鄉情怯，希望摘星能多陪著他些，便力勸摘星陪他回宮暫住幾天。」

梁帝點點頭，沒有再多問，摘星暗自鬆了口氣。

其實梁帝早從密報得知魏州城發生的一切大小事，包含摘星在宴席上受辱。此女倒是對朱友文情深義重，受辱後仍不計前嫌前往搭救，因而深受重傷，這一路上又關照著朱友貞，梁帝對她更加另眼相看，只可惜她終究只是一枚棋子，而且註定會成為棄子。

梁帝盤算：她自願隨友貞入宮，大概是不想見到朱友文，反正她還未正式過門，入宮留宿幾天也無傷大雅，便由著她去吧，只要在攻晉前別出什麼意外就行。

「陛下，」摘星見梁帝心情似乎平穩了些，大著膽子道：「陛下，四殿下嘴裡雖不說，但摘星感受得到，他一直惦記著您，心裡也很期待再見到陛下與兄長，因此難免有些口不擇言。」

梁帝閉目，點了點頭，睜開眼，「馬郡主，朕還未好好謝妳，虧得妳以性命相救，才讓友文脫險。」

摘星謙虛道：「三殿下智勇雙全，破除敵人奸計，摘星不敢居功。」

梁帝點點頭，「朕見妳與友貞挺投緣，能說得上話，妳又一心向著渤王，望妳能居中相勸，就算解不開兩人心結，至少別再讓兄弟惡鬥，朕實在不願見到手足相殘，再度重演。」他重重嘆了口氣，此刻他不是高高在上的九五之尊，只是一個不忍見到骨肉相殘的老人。

「摘星自當盡力。」

摘星離去後，大太監張錦端著一碗冰糖燉梨上前，「陛下，這是西北上好的貢梨。」

梁帝沒什麼食慾，看著那碗冰糖燉梨，心中嘆道：孔融讓梨，兄友弟恭，他的四個兒子，以前何嘗不如此？如今卻關係崩離，相煎何太急。

「陛下？」張錦探詢著問：「兩個月後，便是大殿下的忌辰了。」

梁帝「嗯」了聲，看了眼手中的燉梨，道：「當年礙於戰事未平，國喪只能從簡，這次就讓友貞負責主祭吧。」想了想，又道：「也讓馬摘星從旁協助，讓她藉機多親近友貞，替友文多說些話。」

張錦稱是，正要下去吩咐，梁帝又喊住他：「送些梨子去給友貞吧，盼他能懂朕的心意。」

摘星雖重傷未癒，需好生靜養，但她實在耐不住鎮日躺在屋裡，那只會讓她更加胡思亂想，心緒不寧。梁帝派她協助朱友貞主祭，倒是讓她能夠暫時分神，便顧不得自己有傷在身，帶著馬婧跑遍京城，搜尋大殿下生前喜愛之物，朱友貞看在眼裡，自然感動，在她面前顧及朱友文顏面，說話收斂許多。

那日她聽見朱友貞口口聲聲說朱友文是個野種，儘管他如此玩弄她的感情，她仍不免為朱友文抱不平。朱友文對大梁朱家的忠誠與付出，她一一看在眼裡，可終究比不過血肉至親，二殿下視他為登帝之路的阻礙，處心積慮要除去他，四殿下與他不睦，更不避諱在她這個外人面前羞辱他不過是個來路不明的野種。她替他感到不值，但這是他自己選擇的路。

她在宮裡忙活著，除了夜深人靜時，她難免情思糾結，平日倒還過得有模有樣，在太醫的悉心照料下，加上梁帝大方賜下各式珍奇大補藥物，她的傷勢一日日恢復。只是身體上的傷口易癒，心上的傷口要癒合，卻是難上加難。

朱友文在她心上狠狠劃上一刀，至今仍常血淋淋地疼，有時疼得讓她無法呼吸，徹夜無法成眠，無聲地淚流滿面。但她從不讓人知道自己會在半夜流淚。她不在人前流露出軟弱的一面。即使再悲傷，她也寧願獨自一人承受。

那枚青色香囊，依舊被她細心收藏，捨不得扔棄。

那夜他踏著月色前來，將這七夕定情之物，親手放在她手心裡。

他真的只是一時意亂嗎？而她又為何情迷至此，無法自拔？

一隻彩蝶翩翩飛來，似受香囊氣味所引，在香囊前後徘徊，久久不願離去。

風還在，蝴蝶亦在，只是她所愛的人，一個個都不在了……

***

朱友文愣愣看著天空，莫霄見狀，連忙對身後士兵大使眼色，眾人齊聲一喝，使勁往後拉。

練武場上，朱友文以一對十，正與莫霄與士兵們拔河對練，莫霄習武多年，身強體壯不在話下，其餘士卒更是特意挑選身強力壯者，個個虎背熊腰，然十人合力，卻奈何不了朱友文，直至一隻彩蝶不知從哪兒飛來，吸引了他的注意，一時分神，莫霄趁勢，朱友文居然被拉動了幾步，他立即回神，單手拉緊粗壯繩索，用力一扯，繩索另一端的莫霄等人往前一倒，差點跌得人仰馬翻，朱友文再往後退，單手一扯一扭，莫霄等人不敵他的神力，被拉得東倒西歪，全往前摔倒在地，狼狽不堪。

朱友文抬頭欲尋彩蝶，已不見蹤影。

他微微嘆了口氣。

莫霄已是鼻青臉腫，自從馬家郡主暫住皇宮後，主子從早到晚便是練武、練兵、再練武、再練兵，飯沒吃幾口，酒倒是喝上不少，借酒澆愁卻更愁，只好再繼續練武、練兵，操完了士兵改操莫霄，莫霄本就常陪練，但主子找他陪練，下手卻是越來越重，一次比一次狠，莫霄傷痕累累，大喊吃不消，文衍的跌打傷藥都要不夠用了。

莫霄忙對一旁的海蝶使眼色，她會意上前，朝朱友文道：「主子，最近莫霄在市集上，和一名蕭老闆打賭射箭，輸了不少銀子……」

朱友文看了莫霄一眼，莫霄一臉苦笑，悄悄閃到一旁，免得又遭主子荼毒。

「技不如人，還不好好練箭，傻傻將銀子送人？」朱友文教訓完莫霄後，目光再次望向天際。

不知她現在可好？箭傷好多了嗎？

「主子，」海蝶將他喚回神。「不過那蕭老闆連日想出了許多刁鑽手法，千奇百怪，吸引不少一等一的弓箭好手上門挑戰，屬下是想，陛下與主子平日皆有惜才愛才之心，不如……」

朱友文聽了後，點點頭，一面解開纏在腰際上的粗繩，一面道：「三軍易得，一將難求。市井裡說不定有大隱之輩，去瞧瞧也好。」況且，他也的確有些好奇，到底那蕭老闆是出了什麼招，讓莫霄一試再試，輸了一屁股帳？

莫霄眼帶嘉許，對海蝶用力點了下頭。做得好！

先不說主子想挖掘人才，這連日練兵練武的，主子怕也悶壞了，出去走走也好，況且，主子箭術高超，聽海蝶這麼一說，難免技癢，想看看到底是何樣刁難手法，讓一個又一個射箭好手登門，卻又無功而返？

但設計讓主子出門逛逛，只是其一，身為時時隨侍在側的屬下，他們又怎會不知朱友文近日情緒更加陰冷孤僻的理由？還不是為了宮裡那人？明明擔心她的傷勢，卻又故意不聞不問，狠心想斷了牽掛，但情絲依舊糾糾纏纏，豈是那麼容易一刀兩斷？況且日後梁帝出兵攻晉，必派主子領軍，戰場上生死難卜，眼見主子相思簡直成災，還殃及池魚，莫霄只希望至少在戰事又起前，主子能好過些，他也能少受些罪啊。

摘星帶著馬婧在市集裡兜轉了幾圈，逛遍各家古玩鋪與當鋪，仍找不著想要的東西。

她想找的是一把劍，曾在戰場上遺失，但那劍形狀甚是特殊，劍首一分為二，猶如一叉，正是大殿下朱友裕生前使用之龍舌劍，他戰死後，此劍也失了蹤影，遍尋不著。龍舌劍身價不凡，若有識貨之人拾到，多半會變賣換錢，說不定便有機會流通到京城當鋪或專收名貴古玩的店鋪。且此劍需以人血鍛鍊打造，即便不知情的村夫愚婦在戰場上拾得了，也無法火熔重鑄，白白糟蹋。

眼見大殿下忌辰越來越近，龍舌劍卻遲遲沒有下落，摘星不免有些沮喪。

市集裡各色商販聚集，比起奎州城自是熱鬧許多，一賣糖葫蘆的小販吆喝著走過，她的目光不由自主便隨著那一串串紅艷艷的糖葫蘆移動，直到眼前一暗，一個人影擋住了去路。

是疾沖，手裡還拿著兩根糖葫蘆。

那一瞬間，她竟發現自己多麼希望拿著糖葫蘆出現在眼前的不是他，而是朱友文。

疾沖笑容可掬，將糖葫蘆遞給她，她勉強擠出微笑，收下，掩去心裡那抹罪惡感。

疾沖吃著糖葫蘆，陪著她走了一小段，她沒馬上開吃，只是看著手裡的糖葫蘆，又想起了狼仔。

彷彿又回到了八年前，他與狼仔在奎州城大街上，雙雙吃著糖葫蘆，無憂無慮。

走著走著，她腳步忽地一頓。

自己遲遲看不破情關，是不是因為朱友文與狼仔十分相似？

是啊，兩人第一次見面時，她遭逢巨變，神思混亂，便錯將他當成了狼仔，激動之下將對狼仔的思念全轉嫁到了他身上……原來她一直試圖在朱友文身上，尋找狼仔的影子嗎？她以為的感情，是不是其實只是一種移情罷了？

如果真是這樣就好了。

摘星明白，並沒有這麼簡單，她對朱友文的確用上了情。

他與狼仔的神似，更讓她遲遲放不了手。

「郡主！有小偷！」馬婧忽然大呼小叫，指著不遠處一名快速竄逃的小賊。「我的錢袋被偷了！」

她立即追了過去。

摘星推了疾沖一把，「你快去幫馬婧追小偷，咱們今天買辦的盤纏都在那錢袋裡呢！」

疾沖有些心不甘情不願，他與摘星正散步得愉快呢，哪個不識相的小賊敢來打斷？他三口併作兩口將自己手上糖葫蘆吃光，這才去追馬婧。

摘星在原地站了一會兒，見兩人大概一時三刻回不來，也不在意，便慢慢一個人一面逛著，一面吃著糖葫蘆。

不知為何，她其實不是很想與疾沖一起吃糖葫蘆。

這是她與狼仔共同的回憶，她並不想與其他人分享。

不遠處有人群聚集，她隱隱聽見「蝴蝶」、「射箭」等字眼，走得近了，才知是有人熱情吆喝著：「各路英雄好漢，快來試試功夫啊！誰能射中靶心，我這上好白玉蝴蝶，免費相贈！」

蝴蝶引起了她的注意。只見吆喝著的那人手舉一隻玉蝶，通體白如羊脂，色澤溫潤細膩，蝶翼邊緣泛黃，微帶粉霧感，在陽光下略呈透明，確是難得一見的和闐美玉。

靶心其實並不算遠，但射程中間卻有三、四個吊起的銅圈不斷來回晃動，箭必須要剛好穿過左右擺盪的銅圈，方能射中靶心，難度可說不低。是以看熱鬧的人多，親自下場試射的卻無幾人。

那吆喝的蕭老闆身形福泰，見無人願意上前，想炒熱場子，一眼望見摘星，對她招手道：「姑娘，要不要來試試看？讓妳意中人來，替妳贏得玉蝴蝶？只贈不賣啊！」

摘星目光在那玉蝶上流連，玉蝶雕工精細，栩栩如生，加上她本就愛蝶，一時間的確有些心動。她想起疾沖箭術不錯，也許可以慫恿他來試試？

「老闆，等會兒再說吧！我先等我朋友回來。」摘星道。

「姑娘，是意中人還是朋友哪？」蕭老闆以為她是怕羞。「反正等會兒就知道了！就等妳！」蕭老闆轉頭又去遊說其他人下注比箭。

摘星轉頭尋找馬婧與疾沖蹤影，耳邊忽響起一老婆婆叫賣包子聲，她走上前，聞著包子肉香，想起狼仔的貪吃，不禁微微一笑。

多麼希望與你的記憶，永遠只有甜蜜，沒有那些悲傷……

「婆婆，給我一個肉包。」

她一愣，同時出聲的那人也一愣。

朱友文不敢相信自己的眼睛，他居然在京城大街上遇見了她？

數十日未見，兩人一時間默然無語，卻是誰也不願先移開目光。

「兩位客倌，這肉包子只剩一個了。」老婆婆為難道。

「給妳吧。」朱友文見到她眼裡的濃濃的悲傷與思念，不禁心軟。

「還是給你吧，反正我還有糖葫蘆。」她終於轉過了頭，不再看他。

沒想到他也愛吃肉包，這點，也和狼仔那麼相似……

朱友文如何不知她是想起了過去的狼仔，心中感動的同時，一陣苦澀襲來。

他多麼希望此刻自己就是狼仔，陪她逛街吃糖葫蘆、吃肉包，就只是如此簡單的小小願望，卻難如登天。

他見摘星臉色仍顯蒼白，想關心，卻又不怕太過明顯，正猶豫間，忽聽蕭老闆的聲音響起：「哎唷！姑娘！妳的意中人回來啦？」蕭老闆望向朱友文，熱情招手，「這位公子，要不要替這位姑娘射上幾箭，贏得這玉蝶？她可是喜歡得不得了，情有獨鍾哪！」

朱友文望了一眼蕭老闆手上的玉蝶，又看了看摘星，走上前，在蕭老闆面前扔下銀子。

摘星一愣。

「這位公子好爽快！這邊請！」蕭老闆眉開眼笑。

她忙道：「殿下，您不必——」朱友文打斷她：「本王只是手癢，想看看這賭注有多刁難。」朱友文拿起弓，調了調弓弦。

胖墩墩的蕭老闆跳上台子，扯著嗓子喊：「來來來！都動起來，推銅圈！」

幾名夥計立即推動銅圈，射箭處距靶心約有八十步距離，中間有三、四個銅圈懸空來回晃動，朱友文正拉弓瞄準，後方約一百步距離處有人比他更快放箭，嗖的一聲，箭矢穿過銅圈後命中靶心。

一旁的觀眾看著靶心上的箭尾羽毛仍不住抖動，個個傻了眼，好一陣子後才有人爆出喝彩，催促蕭老闆將玉蝶拱手送佳人。

「妳想要這玉蝴蝶啊？早說嘛！」射箭之人正是疾沖，他得意洋洋地走到摘星面前。

摘星卻搖搖頭，道：「我真的沒——」

嗖的一聲，朱友文來到距靶心一百二十步處，一箭射出，同樣是穿過銅圈，命中靶心！

圍觀路人更是大聲叫好，今日真不知是什麼日子，居然能在大街上見到兩名如此厲害的神射手比試！

唯有蕭老闆急得抓耳搔腮，見鬼了，這兩人到底是什麼來頭？難道這玉蝴蝶真要白白拱手送人？蕭老闆急中生智，厚臉皮道：「兩位客倌，恭喜！這才第一關哪，小試身手，送的不是玉蝴蝶，是這玉戒指……」他連忙從肥胖的大拇指上脫下一枚玉戒指。

觀眾看不下去，鼓譟道：「一開始明明說的就是玉蝴蝶嘛！想要騙誰？」

朱友文與疾沖對周遭的吵鬧充耳不聞，兩人彼此對看，眼神互不相讓，較勁意味十足，摘星看看這個，又看看那個，想要說些什麼，卻又閉上了嘴。

她心裡居然還是有著期待。

疾沖目光盯著朱友文，從懷裡掏出銀子，扔向蕭老闆，挑釁笑道：「老闆，你這第一關難度也太低了，你把那銅圈再多上一倍吧！我若射不中，那什麼玉戒指的也免了！」

蕭老闆一聽，喜不自勝，忙連聲答應，擺了擺手要夥計再上更多銅圈。

疾沖拿起弓，一面瞄準靶心，一面道：「別說是隻玉蝴蝶，只要摘星想要，就算是天上的星星，我都會替她射下！」

嗖的一聲，居然又是一箭穿過，準確命中。

眾人歡呼喝彩，蕭老闆只覺眼前一片黑。

朱友文看了摘星一眼，一箭穩穩射出，同樣一箭穿心，且箭矢尖端竟從疾沖那支箭的箭尾處直接將箭剖成了兩半！

蕭老闆簡直要昏倒。

他就只有一隻玉蝴蝶啊！

疾沖哪裡忍得下這口氣，這廝在摘星面前就喜歡逞威風了？他偏不讓他如意！

「老闆！你有多少銅圈全給我擺上了！要是射不中，我連本帶利還！至於這玉蝴蝶，我和他之間，技高者得，如何？」疾沖拿出自己的錢袋，沉甸甸地放在蕭老闆手上。

朱友文看都沒看疾沖一眼，似是懶得搭理，卻點了下頭。

從旁人的角度來看，兩男爭一女，且兩男不論外貌氣度與箭術皆不相上下，不少年輕姑娘都暗暗羨慕摘星，但摘星明白，朱友文未必是真想取悅她，只不過是不想在疾沖面前示弱罷了。

蕭老闆手裡緊握著疾沖的錢袋，喜出望外，抹抹額頭上的汗，跳下台子，親自和夥計們把所有的銅圈都找了出來擺上，層層疊疊有十幾個，一時竟數不清。

路人再度鼓譟，紛紛責備蕭老闆做人不老實，這麼多銅圈擋著，怎麼可能射得中靶心？

疾沖拔出腰上的劍，朝蕭老闆道：「老闆，這回我能用自己的劍嗎？」

蕭老闆做多了買賣，也有些眼光，見那劍不過尋常水準，不是什麼斬金削鐵的名貴寶劍，頂多砍歪幾個銅圈，他有恃無恐，點頭答應。

疾沖將劍上弓，暗暗在劍上貫注內息，一鬆手，劍身爆出一陣寒光直朝靶心飛去，所到之處，無往不利，擋路的銅圈瞬間被劍刃所附內勁斷開，叮叮噹噹落了滿地，眾人只覺眼一花，下一刻，長劍已牢牢釘在靶心上，只是劍柄禁不住強勁內力折騰，搖晃了幾下便脫落在地。

這已經不是比拼射箭技術，而是純粹比試功力修為，男人與男人之間的硬碰硬，只為奪得玉蝶，逗佳人一笑。

疾沖嘴角微揚，望向朱友文，只見他手已放在劍柄上，似乎也想一搏，但最後卻緩緩放開了手。

他選擇了放棄。

摘星見他斷然放棄，不免有些失望，但她的目光隨即落在朱友文那把劍的劍柄上，再也移不開，總覺在哪兒見過。

疾沖大樂，朝蕭老闆喊道：「老闆，他連劍都不敢拔了！這局是我贏了！這玉蝴蝶該是我的了吧？」

蕭老闆萬般無奈，一臉心痛地將玉蝴蝶雙手奉上。

伴隨著圍觀者的喝彩聲，疾沖得意洋洋地轉身想將玉蝶交給摘星，卻見佳人已不見蹤影。

他再轉過頭，愕然發現朱友文也不見了。

疾沖不禁氣結，玉蝶也不要了，隨手扔還給差點沒喜極而泣的蕭老闆，推開人群去找摘星。

🐾 🐾 🐾

朱友文停下腳步，並沒有回頭，「郡主還要跟到何時？」

她一路跟著他，懷裡的銅鈴響石隨著細碎腳步輕微碰撞，發出細微聲響，別說是在嘈雜的大街上，即便鴉雀無聲，一般人也要極為專注才能聽見。

但他卻聽得清清楚楚。

他甚至聽出她的腳步虛浮，氣息微促，怕是重傷未癒，她甚至得稍微停步歇息，再急急趕上。是因為箭傷的關係嗎？她可有按時服藥？晚上睡得好嗎？她為何不在宮裡好好休息，偏偏要跑出宮外，勞累身子？

太多太多的關心，他卻無法問出口，只能背對著她，用冷漠來掩飾。

摘星原本只是想多看幾眼他腰上那柄劍，不料行蹤早被識破，愣了愣，隨即苦笑：這個人不管在哪裡，總能找到她，這一點也和狼仔那麼相似。

她胸口箭傷一陣悶痛，忍不住深吸幾口氣，誰知一口氣上不來，咳了幾聲，更加牽動傷口，疼得她一時說不出話。

朱友文轉身，神色難掩憂心，「郡主為何不在宮內好好休養？這咳疾是怎麼回事？太醫看過了嗎？」

他突然流露的關懷讓摘星愣了愣，但她隨即想到，他其實真正關心的，只是她身後所代表的馬家軍吧？

「傷後體弱，吹了點風便咳嗽了。」她又仔細看了一眼朱友文腰上的劍，正想開口，疾沖追了上來，一把扯過摘星，關心問道：「妳還好嗎？他沒對妳怎麼樣吧？」

一枚輕薄的青色香囊忽從她身上掉出，朱友文立即順手抄起。

是他送給她的七夕香囊。

沒想到她至今仍隨身攜帶。

往事歷歷在目，當時柔情蜜意，如今已是身不由己。

他一時之間竟無法言語。

「請殿下歸還香囊。」摘星朝他伸出了手，冷漠的表情終於有了些變化。

那是她僅有的回憶，是她相信，他曾經對她真心過的證據。

朱友文看著香囊，似嘲笑自己的愚蠢，竟隨手一扔，香囊被一陣風捲去。

「不過是一時戲言，早該隨風而逝。」他裝作不在意，心中卻比她還要難捨。

那是他永遠給不起的承諾。

摘星錯愕不已，眼睜睜看著香囊被風捲去，越飛越遠、越飛越遠，直到消失不見……他怎麼可以！

她痛恨朱友文如此輕賤她所珍惜的一切，怨恨他竟連這一點回憶都不願留給她！

她強忍激動，不免又牽動傷口，疾沖見她臉色一陣陣發白，忙問：「妳沒事吧？那香囊，要我去替妳追回來嗎？」

「不用了，反正不是什麼重要的東西。扔了，也就算了。」明明心痛到彷彿入了骨髓，但她強撐著轉過頭，裝作不在乎。

假裝久了，是不是就能變成真的？

既然朱友文要她心死，那麼恭喜他，他達到目的了。

「我傷口不舒服，我們走吧。」摘星對疾沖道。

疾沖不滿地瞪了朱友文一眼，轉過頭，拉著摘星的手腕離開。

兩人走遠後，朱友文並未離去，而是轉過了身子，仰起頭，像在尋找什麼。

一隻彩蝶在風中輕舞而過，振翅似無聲。

蝴蝶隨風而去，他亦想跟著蝴蝶而去。

他是狼仔，還是朱友文？

莊周夢蝶，究竟是誰夢見了誰？

摘星掙開了疾沖的手，停下腳步。

她內心依舊難掩激動，嘴唇微微發顫，只覺朱友文如此輕賤她曾付出的感情，令人心痛。

「別難過了。」疾沖低聲勸道。「那種人，不值得為他傷心。妳該好好看看眼前人才對。」他笑著比比自己。

摘星內心苦笑。她不是不感激疾沖這段日子以來的陪伴與關心，他沒有食言，努力想要當她的第二個狼仔，但是她的心，在最初萌動時便給了狼仔，在懂得情愛滋味時給了朱友文，如今已經沒有任何剩餘能分給疾沖。

疾沖也知急不得，並不勉強她，仍舊默默守候在她身旁，這讓她更感愧疚。

他永遠都不會是第二個狼仔，因為這世上只有一個狼仔。

兩人前方不遠處，一個扛著糖葫蘆的小販正在叫賣。

「我想吃根糖葫蘆，妳等等。」疾沖追了過去。

她這才發現，自己手裡一直緊緊握著那根吃了一半的糖葫蘆，不曾放開。

雖已是夏末，白日天氣依舊炎熱，糖葫蘆上的麥芽糖融了許多，甜香更甚，竟讓一對蝴蝶誤以為是花蜜香，搖搖擺擺地飛了過來，繞著她的手打轉兒。

八月蝴蝶黃，雙飛西園草。

原來心給了一個人後，即使那人不要，也無法再交給他人了。

蝴蝶一前一後飛起，她伸手想去攔下，卻半途遲疑，手就那麼停在了半空中，兩隻蝴蝶在她手心前後轉了幾圈，繞到她身後，她轉過身，目光追隨著這對彩蝶，然後落在一個人影上。

是朱友文。他並沒有離去，而是遠遠站在一座橋上，背對著她，人群熙熙攘攘，不斷經過他身旁，他卻文風不動，只是抬著頭，彷彿在專注尋找什麼。

那對蝴蝶隨著一陣微風，朝著朱友文的背影而去，蝴蝶飛向左邊，他並未回頭，臉卻略轉往左邊，蝴蝶忽又飛向右邊，他的臉也跟著轉向右邊，彷彿背後生了眼睛，看得見蝴蝶的蹤影。

亦或是聽見了蝴蝶振翅聲？
摘星越看越是狐疑，越看越是驚異。
蝴蝶飛到了朱友文面前，他癡癡望著蝶影，看著兩隻蝴蝶越飛越遠，雙雙對對。
他往前走了兩步，身旁的柳樹枝葉微微擺動，有風吹拂。
他抬頭左右張望，又往左走了兩步，然後停下，緩緩舉起手掌。
柳樹依依，細葉忽一陣紛飛，稍早前他扔棄的那枚青色香囊，居然從柳葉間冒出，被風吹得捲了輕輕幾圈，一會兒向前，一會兒向後，看似毫無頭緒，不知究竟要落在何方，讓人看得好生焦急，然朱友文氣定神閒，手掌穩穩伸出，只見那香囊又轉了幾圈，最後乖乖落在他的手心裡。
彷彿他看得見無形的風，能掌握風的行蹤。
摘星瞠目結舌，不敢相信眼前所見。
他看得見風？這世上除了狼仔，還有誰能看得見風？
「妳的糖葫蘆都化掉了，吃根新的吧！」疾沖忽遞過來一根新的糖葫蘆，擋住她的視線。
她連忙推開疾沖的手，朱友文卻已經消失在人群裡。
她依舊不敢置信，但細細思索，也許朱友文與狼仔那麼相似，並不是巧合……
朱友文真的是她的狼仔嗎？
是啊，她怎麼沒想過，要能背負著她從懸崖跳下，而且毫髮無傷，一般人根本不可能辦到，只有從小在深山裡長大的狼仔，才有如此的勇氣膽識與身手。
越是回想過去與朱友文相處的那些蛛絲馬跡，他就是狼仔的事實便呼之欲出，可他為何要隱瞞？

她又喜又憂，神情忽而激動忽而沈思，疾沖在旁看得一頭霧水，「喜歡糖葫蘆到這個地步嗎？那我全買下來送妳如何？」

她想起狼仔曾經是如何不顧自己性命也要冒險闖入馬府搭救小狼，念頭一轉，這樣的狼仔長大後，又怎麼可能狠心將大殿下留在戰場上等死？

「疾沖，」她認真問道：「若一個人少時便寧願犧牲自己、也要營救同伴，這樣的人長大後，會對至親之人，狠心不救，只求自己苟活嗎？」

疾沖搖頭，「江山易改，本性難移。若是天生的血性漢子，即使想回歸平淡，一到緊要關頭，熱血自然沸騰，怎可能見死不救，只求自己活命？」

疾沖這番話讓她更加確信，若朱友文真是狼仔，那麼當年大殿下之死，必有隱情。

「疾沖，謝謝你！」她心中的謎團終於稍微解開。

疾沖雖不知自己到底做對了什麼，不過有人道謝，他自是受用。

她略加思索，對疾沖道：「今日已晚，疾沖，明日一早，我們一起去見四殿下好嗎？」

疾沖不疑有他，爽快點頭答應，渾然不知摘星正盤算著在朱友貞面前，要揭穿一個他無法想像的祕密。

第十九章　憶舊容

三日後，朱友文正在兵部練兵，莫霄匆匆趕來，「主子，出大事了！」

朱友文暫停練兵，「冷靜點。慢慢道來。」

莫霄道：「馬郡主與四殿下已聯手查出，之前主子在魏州城外遇伏，就是疾沖搞的鬼！他其實是二殿下的內應！」

朱友文心內一驚，追問：「疾沖人呢？」

「疾沖見事跡敗露，為求脫身，竟在均王府內脅持了四殿下！」

朱友文立即問道：「那馬郡主呢？她可安好？」先不說疾沖一天到晚厚臉皮跟著摘星，她與朱友貞一向親近，最近為了協助友貞主祭大殿下，幾乎日日往均王府上跑，難保不受牽連。

「馬郡主已趁亂逃出，只是受了點輕傷。」莫霄回道。

朱友文稍微放下心，卻聽莫霄又道：「但那疾沖狂言，若主子不單獨前往見他，一個時辰內，他便要與四殿下同歸於盡！陛下已知曉此事，急命主子，不計任何代價，救回四殿下——」莫霄話還未說完，朱友文已快步離去，趕往均王府。

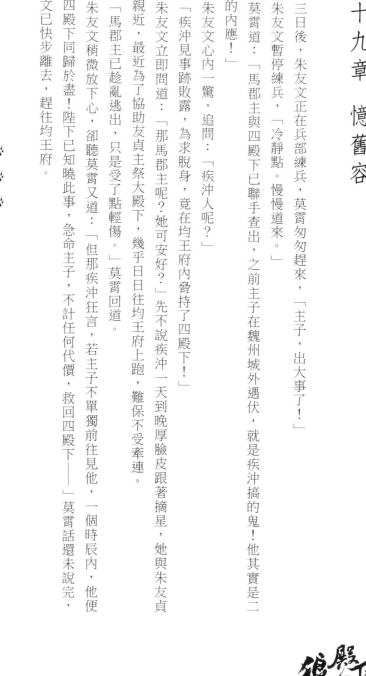

均王府外，重兵早已層層包圍，卻不敢輕舉妄動，朱友文趕到後，二話不說，單槍匹馬獨自走入均王府，只見不少侍衛兵士倒在地上，處處血跡，顯是為疾沖所殺。朱友文沿著屍首血跡，緩緩來到大廳，疾沖持劍架在朱友貞頸子前，在大廳內冷笑地看著他現身。

朱友貞被綁在椅上，嘴裡塞了布條，動彈不得，眼裡滿是恐懼，見到朱友文出現，立即開始掙扎，嘴裡「唔唔」數聲，不知在說些什麼。

「唷，渤王殿下真來了呢！還愣著做什麼，快進來坐坐吧！」疾沖說得一派輕鬆，彷彿在自家宅院內招呼客人。

朱友貞在他手上，朱友文只能依言走入大廳。

一走入大廳，他便注意到四處角落皆正燃燒著一種顏色透白的蠟燭，雖無味無色，他心中立時有了警惕。

朱友文道：「放了我四弟，你的命，本王可以擔保。」

疾沖嘆了口氣，「我何嘗不想保住自己這條小命？我剛也是如此與四殿下商量，不過這是他的回答——」疾沖拉出朱友貞嘴裡的布條，他立即破口大賣：「疾沖你這雜碎！休想我會放過你！我一定要把你碎屍萬段——唔唔——」疾沖無奈又把布條塞回朱友貞嘴裡。

「你這四弟，沒得商量。堂堂皇子被人脅持，依照你們那位陛下的性子，怎可能饒我一命？你不會真以為我是逃不出去，才被困在均王府的吧？」疾沖笑道：「我是故意留在這裡，等你上門，與你談筆買賣的。」

朱友文右手微微往後，隨時準備拔劍，同時眼觀八方，尋找破綻。

疾沖哪裡不知他心中所想，笑道：「別費心了，想必你一進門就發現我點了這許多白蠟燭，摸摸你的府中穴，是否已微覺痠軟？」

朱友文微微運勁，內息運到左胸靠肩處的府中穴便凝滯不前，顯是中了招，但他並不擔心自身安危，只是更加擔憂朱友貞的處境。四弟待在這大廳的時間比他更久，豈不中毒更深？

「這叫孤挺仙，萬分難得，可是我的壓軸法寶，無色無味，毒性霸道，若無解藥，半個時辰後，我們三人都會沒命。」疾沖拿出兩顆解藥，「可惜啊可惜，解藥，我就只有兩顆。」他仰頭吞下一顆，朱友文想阻止都來不及。

疾沖舉起所剩唯一的解藥，得意朝朱友文道：「只要你能讓我安然離開此地，這解藥，我自然會給你。」

解藥只有一顆，若給了朱友文，朱友貞必死無疑。

朱友文身子忽晃了晃，似是毒性發作，疾沖笑道：「你還考慮什麼？不過死個兄弟，還不是親手足，換回自己性命，值得啊！反正這傢伙一直沒把你當兄弟看，恨不得你早點去死呢！」

朱友文緩緩點頭，望了朱友貞一眼，道：「你說的有道理。」

朱友文忽出手快攻，朱友貞機警低頭，朱友文立即徒手去搶疾沖手中的劍，兩人過了幾招，疾沖手中解藥被搶，他卻毫不驚慌，退到一旁冷笑：「不過就一顆解藥，你們兄弟倆，還是得死一個。」

朱友文二話不說，扯去朱友貞嘴裡的布條，把解藥塞進他嘴裡。

疾沖一愣。

朱友貞也是一愣。

「只要我四弟能活就夠了。」朱友文站在朱友貞面前。

「你還真不怕死啊！」疾沖苦笑。

「本王死前，也要先收拾你！」朱友文拔劍出竅，割斷朱友貞身上繩索，吩咐：「四弟，這裡危險，你快離開！」

「三哥……」朱友貞卻不願離去。

許久未聽他喊自己一聲「三哥」，朱友文心中一暖，「三哥不會有事，你趕快離開這裡。」

朱友貞卻頻頻搖頭，他萬萬沒想到朱友文會願意為他犧牲，先前對這個毫無血緣的三哥的厭惡與偏見，全然改觀。

「三哥！我……其實這一切都是──」

「這架看來打不下去囉！」疾沖收起劍，雙手負在身後，像是在等待什麼人。

不久，腳步聲魚貫而至，當先步入均王府大廳的，居然是梁帝！摘星則跟在他身後。

「父皇？」朱友文一陣錯愕。

疾沖開口道：「渤王殿下，方才多有得罪，小人我只是幫忙演齣戲罷了。」

朱友文不明就裡，這幾人聯合父皇演上這齣戲唬弄他嗎？

朱友貞面色愧疚，眼眶含淚，主動解釋：「三哥，我本想設計讓父皇瞧瞧，你會像當年犧牲大哥那樣犧牲我，只為求活。那白蠟燭根本不是什麼孤挺仙，只會釋放普通迷藥，一時三刻就會消退……三哥，我沒想到，你居然沒有拋下我，還願意犧牲自己……是我錯怪你了！」

朱友文一陣無語，伸手拍了拍朱友貞的肩膀，朱友貞掉了幾滴淚，又倔強抹去。

梁帝見兄弟倆誤會冰釋，重新和好，大感欣慰，嘉許地望向摘星，道：「妳這佈局倒是大膽，不過，要是友文不願救友貞，他們兄弟二人，豈不一輩子勢如水火，反而弄巧成拙？」

摘星道：「陛下，摘星有把握，三殿下必會選擇先救四陛下。」

不只是梁帝，連朱友文與朱友貞都好奇地看著她，不知她這自信從何而來？

「妳為何如此有把握？」梁帝問道。

「因為三殿下極為愛惜身邊那把牙獠劍，不願此劍有任何損失。」摘星恭敬回道。是以前幾日在市集上，朱友文寧願認輸，也未學著疾沖那般糟蹋自己的劍。

「近來摘星奉陛下之命，協助四殿下主祭，見過大殿下畫像，也見過他手持的龍舌劍。四殿下一直想尋找龍舌劍的下落，因此摘星也特別留上了心，不料前幾日在市集裡見到三殿下比箭……」她走向朱友文，想從他手裡拿過那把劍，他猶豫了一下，任由她取走。「陛下，您看，這把劍的劍柄，是否與那龍舌劍如出一轍？」

朱友貞湊上前細看，驚訝點頭道：「這果真是大哥的龍舌劍柄，我兒時曾親自拿過的！」他轉頭問朱友文：「三哥，此事當真？此劍真是大哥的劍？為何一直在你身上？」

摘星開口替朱友文解釋：「摘星猜測，三殿下的牙獠劍，其實乃是由兩把斷劍重鑄而成，其中一柄便是龍舌劍。」她如白玉般的手指輕輕撫過劍柄下方一條淡淡血痕。「龍舌劍需以人血冶煉熔鑄，這血痕，便是重鑄過的證據。」

「三哥，真是如此？」朱友貞問。

朱友文緩緩點頭，看了摘星一眼，佩服她心思如此細膩，竟推測得如此正確。

摘星對朱友貞道：「你三哥不惜以自己鮮血重鑄龍舌劍，又如此愛惜，隨時帶在身邊，你還覺得他天性涼薄，會故意對你大哥見死不救嗎？」

朱友貞一愣，想要說些什麼，摘星又道：「其實，當你三哥願意孤身一人踏入均王府，涉險救你的這一刻，你應該就明白了，不是嗎？」

朱友貞細細思索摘星所言，是啊，若三哥都願意拿自己一條命來救他了，當年又怎麼可能不救大哥，獨自苟活？這其中是否有隱情？

「父皇？這……這究竟是怎麼回事？大哥他、他當年到底是怎麼死的？」朱友貞急於知道答案。

梁帝不發一語，良久，才長歎一聲，「朕本想繼續瞞著你，但眼見你與友文嫌隙越深，或許，也該是時候讓你知道真相了。」

「父皇！」朱友文神色不忍，真相太過殘酷，他怕朱友貞承受不起！

梁帝卻擺了擺手，示意他退後，緩緩敘述當年真相：「邠州一戰，你大哥本可大獲全勝，卻因副將叛變，身陷危機，你又不知輕重，擅自離開京城，當時是友文自願留下犧牲斷後，希望不至全軍覆沒，但殘軍行至仙索橋時，追兵已至，你大哥殿後，卻在友文帶領殘軍陸續過橋後，砍斷橋邊巨樹，放火燒樹，斷了所有人的後路。」

朱友文憶及當時場景，依舊悲憤難忍。仙索橋所在峽谷，深不見底，此橋一斷，即使是神仙也沒奈何，他只能眼睜睜看著大哥送死！

當日過橋前，朱友裕像是交代後事般，將從不離身的龍舌劍交給了他，道：「大哥知你素來喜歡此劍，如今給了你，就當是大哥與你一同殺敵！願你從此好好保衛大梁與朱家！」

仙索橋斷，大樹被焚，朱友文隔著火海，眼睜睜地看著一群又一群追兵湧上，朱友裕雖浴血奮戰，終究寡不敵眾，身上很快負傷累累。

朱友裕好不容易殺退一小股追兵，見他還不走，喊道：「三弟，大哥有件事瞞著你，我被叛將所害，早已身中劇毒，活不了了。若要回頭找解藥，便無人援救四弟，反正大哥這條命早晚都是閻王的了，你快去救四弟！」

朱友文無論如何都不願拋下大哥離去，但橋已斷，他無計可施，身後將士紛紛上前勸他快走，他卻動也不動，只是睜著血紅的一雙眼，看著朱友裕用自己的生命守護他們，在追兵圍攻下漸漸不支……

「三殿下！難道您要讓大殿下的犧牲白費嗎？咱們、咱們還得營救四殿下啊！另一股追兵就要殺到了！」渤軍中忽有人道。

朱友文只好咬牙，轉頭率領殘餘將士前往營救什麼都不知道的朱友貞，他們在半途便遇見追兵，激戰過後，沙場上佈滿屍首，不分敵我，唯有朱友文一人勉強站立，他手握兩把斷劍，正是龍舌、牙獠，兩劍因砍殺過度而斷，劍下亡魂無數。

事過境遷，如今回想當時大哥犧牲之慘烈，朱友文仍不禁虎目含淚，雙手緊握成拳，怪自己無能救回朱友裕。

朱友貞直到此刻才知，大哥當初寧願選擇犧牲自己性命斷後，也不願回頭去找解藥，居然是為了讓朱友文能趕來救他，他懊悔不已，痛哭失聲。

大哥竟等於是他間接害死的啊！他為何那麼不知天高地厚，跑去前線，把自己送入險境不說，還連累了大哥一條命！

梁帝見小兒子咬著下唇，悲慟難忍，伸手想去拍拍他的肩膀，朱友貞卻用力撥開，再也無法承受心裡頭巨大的壓力與悲痛，哭著奔出了大廳。

摘星見朱友貞大受打擊，竟悲傷至此，很是自責，想追出去安慰，朱友文卻望著她搖搖頭，「該去的是我。」

朱友文大步追了出去，她看著他離去的背影，狀似沉靜的目光底下，波濤洶湧，千種百種情緒翻騰，是喜是悲，是怨是愛，更多的，是不捨與不解。

她安排的這場戲結束了，那他呢？

朱友文，或該說是狼仔，他究竟想繼續演戲到何時？

🐾 🐾 🐾

朱友貞長跪太廟，深自反省，原來大哥是為了莽撞的他，才犧牲了自己活命的機會，他卻一直誤會三哥……

後方傳來腳步聲，接著一套傷痕累累的戰甲出現在他眼前。

朱友貞抬起頭，哭紅的雙眼望著手持戰甲的朱友文，問：「三哥，當年對我隱瞞真相，是你還是父皇的意思？」

「你當時年紀尚小，若知道了真相，必會自責消沉，是父皇不忍。」朱友文道。

所以父皇寧可讓他三哥背上冷血負義的罪名，也不願讓他知道真相？而這兩年多以來，朱友文也不曾試圖解釋，只是不斷容忍他的敵視，朱友貞自責愧疚，眼淚又要落下。

「這套戰甲，大哥說過，是要留給你的。」朱友文將戰甲交到朱友貞手上。「大哥死前將龍舌劍給了我，要我為朱家打天下。而這套戰甲，大哥說，等你長大，自會明白他的意思。」

那戰甲在朱友貞手上顯得異常沉重，他頓覺自己實在不能再讓大哥、三哥操心了。是從這一刻，朱友貞真正長大了。

他將戰甲放下，慎重地對其磕了三個頭，心中暗暗起誓：大哥，我定會珍惜你留下的這套戰甲，與三哥一同守護朱家的天下！

朱友貞緩緩站起，臉上神情不再任性自負，「三哥，我與你雖一同長大，比起摘星姊姊，我卻是大大不如，她料事如神，是真正懂你的人。」他從懷裡拿出一封信，交給朱友文，「這是摘星姊姊要我親手交給你的。她說，真相大白後，你必會來見我，屆時要我把此信交給你。」

朱友文狐疑接過信，打開一看，信上只有字跡娟秀的八個字——

城郊懸崖，命懸一線。

這座懸崖，他曾背負著她一同跳下，卻能毫髮無傷，當時她緊緊抱著他，嚇得不敢睜眼，腦袋裡只有一個念頭：狼仔！

這世上只有狼仔會如此瘋狂、如此不顧一切，她早感覺他就是狼仔，他卻一再否認，究竟為何？

一陣微風吹拂，吹動她的衣衫，吹動她的髮梢，吹動掛在枯枝上的銅鈴。

鈴聲清脆悠揚，遠遠傳了出去，策馬急奔中的朱友文忽地勒馬停下，仔細凝聽，辨明了方向，兩腿一夾馬肚，繼續往懸崖奔馳。

他以為她遇到了危險，趕到崖邊，卻見她孤身一人，背對懸崖站著。

她看見他來了，露出笑容，笑得那般美麗，美得悽楚。

「我就知道，只要聽到銅鈴聲，你就能找到我。」她說。

就像以前一樣。她的狼仔總是聽到銅鈴聲，就能找到她。

「馬郡主。」朱友文跳下馬，發覺她眼神有異。

「陪我下山買支糖葫蘆好嗎？還是你比較喜歡肉包子？」她輕聲彷彿夢囈。

她為何忽然在他面前提及這些？朱友文心跳加快，難道她已發現了？

朱友文上前一步，她同時往後退了一步，他不敢再妄動，「郡主若想吃糖葫蘆，本王會讓人準備。」

她聽了只是望著他搖頭，眼眶漸漸紅了。

不，她真正想要的並不是糖葫蘆，也不是肉包子啊……狼狩山上，女蘿湖邊，兩小無猜，青梅竹馬，她與他的這些回憶真正存在過，他為何要否認？

淚水滑落臉頰，她哽咽道：「你是不是還記恨著我當年罵你是怪物？是不是我傷你太重，所以至今你仍不願相認？」回想他之前對她的眾多羞辱與冷落，她並不覺委屈，只是心疼他。

他心慌意亂，毫無準備，她知道了！她知道了！可他不能承認！他早已不是她記憶中的狼仔，朱溫之恩，馬府血仇，都是他身上的枷鎖，他無法掙脫！

「郡主又錯認本王為他人了嗎？」他只能選擇繼續否認，語氣卻不自覺沉痛。

她用力搖頭，已是淚流滿面，她怎會認錯？又怎能認不出？

這世上，只有狼仔看得見風啊！

而這世上，也唯有狼仔能來得及救她……

她微笑地看著他，雙手緩緩張開，如蝴蝶展翅，此刻她毫無畏懼，因為她知道，他一定會接住她。

就像小時候，在狼狩山上，不論她在哪裡，他總是會接住她。

她身子往後一倒，整個人直墜懸崖。

若你真的是狼仔，一定會來接住我，對吧？

「星兒——」他不敢相信她居然真跳下懸崖，心急之下，絲毫沒有猶豫，瞬間一個箭步上前，跟著跳下！

「星兒！」他伸手捉住她的手腕，反手一甩，將她整個人擁入懷裡，用自己肉身保護她。

「你終於叫我星兒了……狼仔……狼仔……我的狼仔……」她喜極而泣，雙手緊緊抱住他，彷彿這輩子再也不想放手。

他果然接住她了！

他心緒激盪下，身手依然了得，懷裡抱著她，刻意以自身後背先衝撞崖下古樹林，又借勢翻滾，卸去下墜力道，等到雙腳踏地時，他不過是衣衫扯破、身上多了幾道擦傷，懷裡的人兒安然無恙。

她拿命做賭注，斷崖險惡，他又何嘗不是以自身性命相救？

生死不過一瞬間，兩人緊緊相擁，她笑中帶淚，他亦眼角泛著淚光。

良久，她抬起頭看他，雙手輕撫他的臉頰，像在確認這是不是一場夢？

八年前，她來得晚了，眼見他重傷墜入山崖下，從此生死兩茫茫，曾經以為永遠失去了他，如今終於失而復得，她將額頭輕輕抵在他的額上，歡喜的眼淚落個不停，滾燙淚水滴滴落在他的臉頰上，落在他的唇上，嘗起來苦澀。

他曾一次次想推開她，最終她還是認出了他，甚至不惜以命相賭。

命運到底是仁慈還是殘酷？他已經分不清。

「居然拿命來賭，萬一我來不及救妳呢？」他心疼道。

「為何不認我？還在怨我當年騙了你、傷了你的心嗎？當年我——」

他吻了吻她的額頭，打斷她的話。「我不能認。」見她失落不解，他解釋：「八年前，父皇救了我，收我為義子，他怕我的過去惹來異樣目光，命我不許對任何人提起，要我斷然捨棄。沒想到，最終還是瞞不過妳。」

「是我以命相賭逼你承認的，陛下若要降罪，我也心甘情願。」她恍然大悟。

他安慰道：「妳我有婚約在身，父皇若得知，也許會從寬處置。」見她點頭，他猶豫著，最終還是說出口：「如今我的身分是大梁渤王，世人聞之色變，妳心中的狼仔，與我早已不是同一人，我擔心妳知道真相後，會大失所望。」

「你真傻……」她輕輕撫著他的眉眼，以前她總想像著狼仔長大後會是什麼模樣，原來竟是這般英俊好看。她將額頭又抵回他的額上，嘆道：「所以你才故意冷落我、羞辱我，故意讓我討厭你，是嗎？」

他點點頭。

「八年前，我也是寧可你恨我，也要趕你離開狼狩山，護你周全。我們怎麼如此傻，明明是為對方著想，卻反而只是更讓彼此痛苦？」她緊緊抱住他，淚水再度滴落。「狼仔，別再離開我了，好嗎？」

他將她緊緊摟在懷裡，知道她在等著他的答案。

她想要的是八年前的狼仔，但他早已不是狼仔。

他明知那是一個他無法遵守的諾言，仍違心道：「好。」

沉浸在久別重逢裡的兩人，並沒有注意到，在懸崖頂上，有個人影目睹了這一切。

明明是重逢，卻彷彿初相識，彼此有說不完的話，怎麼看對方都看不厭。

八年了，兩人急切地想知道這八年裡，對方身上到底發生了什麼事？

摘星彷彿回到了小時候，吱吱喳喳說個沒完，為怕觸景傷情，她盡挑些有趣的事來講。說到她如何用木箱聽蝶婉拒一一上門的求親者時，她望著他的眼神裡有著淘氣與溫柔，他不由更握緊了她的手。

她從來就沒有忘記他。

她問他這八年來過得好嗎？他是如何從狼仔變成了渤王？為何肩上的傷疤不見了？

他告訴她，梁帝派人找到他，藏在皇宮地窖裡，以藥池消去他身上所有獸疤，悉心調教許多像他這般不容於世的異類，再一一為其所用，不少人分配到皇軍、禁軍部隊中，為大梁效命，唯有他被梁帝收為義子，冊封為皇子。

他並沒有完全說實話，也隱瞞了夜煞的存在。

摘星看著朱友文，從前的狼仔，只覺心頭澎湃，她唯一放在心上的兩個人，居然其實是同一個人，她無法解釋命運的奇妙，只能相信此生他倆註定有緣，那條紅線確實存在，牢牢綁住了他和她，不管在哪裡，總會遇見彼此。

朱友貞見到摘星留下的那封信後，誤以為她有了危險，擔心不已，朱友文必須先回太廟去向朱友貞解釋清楚。

摘星原想跟著一塊兒去，又怕讓朱友貞知道兩人的過往，一時三刻更解釋不清。

「妳也別回宮了，先回渤王府等我吧。」朱友文溫柔道。

她點點頭，忽伸出手，「你是不是有東西忘了還我？那香囊！」

他笑著從懷裡拿出那枚青色香囊，交到她手心裡，看著她珍惜地收入懷裡，他的眼裡閃過一抹悲傷。

紙終究包不住火，他究竟能瞞她多久？

她抬起頭，他收起眼裡那抹悲傷，微笑看著她離去。

🐾 🐾 🐾

摘星在回渤王府的途中，被疾沖攔下。

「馬摘星，原來妳一直在騙我！」他不悅道。

「疾沖？」她一愣。

「我都看見了！」他用手指著自己的雙眼，「前幾日我就覺得妳不對勁，還是勉為其難配合妳與四殿下演了那齣戲，沒想到戲演完了，妳忽然不見了，我擔心妳，追著出來，卻在城郊懸崖見到你們倆的重逢大戲，真是感動得雞皮疙瘩都掉了滿地。」

摘星聽著害羞起來，沒打算否認，疾沖見她這副小女兒家的幸福模樣，更覺氣悶，直覺自己被當成了猴子耍。

「馬摘星，我可真後悔了，我對妳情深義重，連脅持皇子這種事都敢做了，可是換來什麼？原來渤王就是狼仔？他們竟是同一個人？唉，這老天怎就這麼不長眼呢？天地這麼大，人生這麼短，妳卻偏偏兩次都愛上同一個人，我連趁虛而入的機會都沒有！」

雖然這一切都是疾沖自願，她從頭到尾都沒有強迫過他，但她仍自覺對疾沖有愧，「疾沖，你對我的好，我一輩子忘不了，但是……」

「但是我當不了妳的狼仔！」疾沖往前逼近一步，摘星下意識跟著退後一步。

疾沖忽低下頭，狀似要吻她，她偏過頭躲開。

疾沖的動作沒有停下，雙唇來到她的耳邊，不甘道：「輸給渤王，我不服氣，但輸給狼仔，我沒話說。」他哈哈一笑，退後數步。「馬摘星，妳可不要後悔，我這般瀟灑英俊，留在大梁這鬼地方，只為了陪伴守護妳，但狼仔偏偏又出現了，而且居然還是渤王？我還有什麼好爭的？看來只能自認倒楣，滾一邊去了。」

摘星聽出他有意離去，忙道：「疾沖，你別走好嗎？近來多虧了你，我才能順利熬過，你是我最重要的朋友。」

「哈，朋友？」疾沖暗地搖頭，摘星這句話只是傷他更深，「我交遊廣闊，最不缺的就是朋友。既然妳已找到了狼仔，本大爺也沒有繼續留下來的必要。」他故意說得瀟脫，心頭難免黯然。

唉，白白為了一個女人付出這麼多，卻是這樣的回報，虧大了，這次真是虧大了。

「你要去哪？」摘星知是留不住疾沖了，不捨問道。

「去一個沒有狼仔，也沒有馬摘星的地方。」他見摘星眼眶都紅了，硬下心腸道：「別以為擺出捨不得我的難過樣子，我就不會跟妳要債。」他從懷裡掏出那張欠條，「這一行的規矩，不討債可是會倒大楣！這張欠條，換妳欠我三件事，如何？」

摘星點頭。

「第一，我要妳不離身的銅鈴，拿來當紀念。」

他原以為那不過是個普通銅鈴，是她與狼仔之間的信物，得不到她的心，至少可以奪走這個銅鈴，讓朱友文那傢伙氣一氣也好，不料卻聽見摘星道：「這是我娘留給我的遺物，既然你開口要了，就給你。」

疾沖一愣，見她果真毫不猶豫解下銅鈴便要給他，心中多少有些感動。

看來她還是挺重視他的。

他接過銅鈴，只覺有些異常沉甸，便輕輕旋開銅鈴，銅鈴分為兩半，一般銅鈴裡只有一顆響石，摘星的銅鈴裡卻有三顆。

疾沖道：「既然是妳娘留給妳的遺物，妳還是留著好了，我只要帶走一顆響石就行了。」他取走一顆響石，將銅鈴重新旋回，交還給摘星。

「那第二件事是什麼？」

「怎麼？這麼快就想把債還完？不想再見到我了是嗎？」

「才不是，我只是自覺虧欠你太多，想早點還債，讓你開心。」摘星道。

疾沖在心裡嘆了一口長長的氣。

馬摘星啊，妳是真不懂，還是假裝不懂，要讓本大爺開心，最好的方法是什麼，難道妳會不明白？

但佳人心既然不在他身上，他知道強求也是無用，再多的不服氣與不甘，也只能吞下去，然後退到一旁，成全她和朱友文。

但那並不表示他不能惡整一下朱友文，尤其是他早就看那個偽善的傢伙不順眼很久了！

🐾 🐾 🐾

朱友文回到渤王府，卻不見摘星人影，一問才知她根本沒有回來。

難道是路上出了什麼事？

「主子。」文衍遞上一封信，「這是疾沖派金雕送來的。」

朱友文接過，打開，信上龍飛鳳舞寫著八個大字：奪回星兒，狼狩山見。

他隨手將信紙捏成一團。

該死的疾沖，到底在打什麼主意？

難道他把摘星誘拐走了嗎？

「主子？若是疾沖帶走了郡主，應不用擔心，疾沖對郡主——」文衍話未說完，就見到朱友文目光如刃狠狠掃來，立即閉嘴。

主子這是吃醋了嗎？

「我要去一趟奎州城。」朱友文連椅子都還沒坐熱，又要離去。

文衍覺得不妥，畢竟身為皇子，沒有皇令不得擅自離京，但主子顯然顧不了那麼多，已經從馬廄裡牽出最擅跑的黑馬，此馬名為絕影，形容其速度快到連影子都追不上，且個性兇暴，只聽朱友文一人使喚。

文衍知道只要一牽扯到馬郡主，主子便常出現意料外的舉動，那是他們不熟悉的一面，文衍無法阻止，只能道：「主子，請您千萬小心，儘快回京！」

朱友文點點頭，一甩馬鞭，絕影被關在馬廄已久，早悶得發慌，撒歡嘶鳴一聲，如流星般飛馳而去，轉眼便不見蹤影。

第二十章　當時明月在

奎州城，狼狩山下。

朱友文跳下馬，望著刻有「狼狩山」三個字的古樸石碑，心中不免百感交集。

八年了。他從小在這兒長大，被母狼收養，與狼群一同生活，無憂無慮，直到他遇見了星兒，直到……

當年馬俊那場屠殺，幾乎要殺絕狼狩山上的狼群，不知餘下的那些狼，如今可安好？奎州城的獵人依舊上山打狼嗎？當年摘星與他一起裝神弄鬼的「狼怪」，不知是否仍在民間耳語流傳？

往事如潮水般湧來，他轉過頭，望向遠處的奎州城門。

曾經，他是多麼想走入那道門、融入人群，只為了能與星兒在一起，可如今，他卻異常思念在狼狩山上的日子了。那時他還懵懂，不知世間險惡，以為全天下最幸福的事，便是能日日見到星兒，日日與他的狼兄弟捉鬧玩耍，他甚至懷念起被母狼教訓的滋味……完全不嫌他是個異類，將他視如己出的母狼，最後甚至為了他，犧牲自己的性命……風聲吹過，樹葉沙沙作響，再仔細凝聽，還能聽見河谷流水潺潺，狼狩山的一切彷彿未曾改變，但他知道，一切都已不同了。

他閉目凝神，跟隨著風的足跡，尋找她的蹤影。

風，吹過了樹梢，捲起翩翩彩蝶，又拂過河谷，幾隻蜻蜓飛起，灑落幾滴水珠，風又吹到了女蘿湖旁的一棵樹上，樹上的銅鈴輕輕響了幾聲。

他睜開眼，找到了！

他將絕影留在山腳，獨自上山，這是他從小長大的地方，即使閉上眼也不會迷路，他很快便來到女蘿湖邊，只見芳草依依，他曾一株株親手栽植的女蘿草繁茂依舊，在陽光下閃著細柔碧綠光芒，彷彿在歡迎一個久未歸鄉的孩子。

風停了，躲藏在草叢間的蟲鳴也停了，女蘿湖寂靜得彷彿正在沉睡。

彷彿那些發生過的風風雨雨，都不曾存在過。

但他的星兒不在此處，他只見到她的銅鈴掛在湖旁的大樹下，他走上前，伸手想取回銅鈴，腳下忽地踩到陷阱，繩索套住他的雙腿，將他倒吊於半空中，疾沖哈哈大笑從不遠處的樹後現身，手上繩子用力一扯，朱友文的身子跟著又往上升，剛好瞧見疾沖將繩子另一端牢牢綁在一棵大樹上。

摘星一臉歉意地跟著從樹後走出，指著疾沖道：「我是被逼的！你……你別生氣！」

朱友文被倒吊在樹上，臉色鐵青，疾沖看得心情大好，拉著摘星走上前，戲謔道：「參見殿下，不對，還是該稱呼你狼仔？唉，這樣又挺大不敬的，該怎麼辦才好？」他作勢苦惱了一會兒，拍手道：「我想到了！那就叫你狼殿下如何？參見狼殿下！」

「疾沖，你快放他下來！」摘星被朱友文瞪得心裡直發毛。

「他可是堂堂渤王，大梁戰神耶！這點小把戲弄不死他的，妳不用心疼。好啦，這第二件事已經完成了，接下來這第三件事嘛──」他一把拉過摘星，在她臉頰上用力親了一下。

摘星嚇了一跳，想用力推開他，疾沖卻緊緊抱住她不放，還挑釁地看向朱友文。

「把你的髒手拿開！」朱友文奮力一個挺腰，從靴子裡抽出小刀，割破腳上繩子，一個後空翻落地，費時不過一瞬間，他要掙脫根本不是難事，只是想看看疾沖到底在搞什麼鬼，誰知他居然膽子大到敢在他面前輕薄摘星？這傢伙鐵定是不想活了！

朱友文落地後立即向疾沖出手，「你這卑鄙小人！」

疾沖放開摘星，一面還手一面道：「彼此彼此！你明明活得好好的，卻把她騙得好苦，難道你就光明正大了？」

兩個人瞬間打了個難分難解，摘星在旁焦急大喊：「住手！都給我住手！」

但無人理會她。

她忽然撫著胸口的箭傷處，一臉痛苦，「啊！好痛！我的傷口好像裂開了……」

那兩人立刻停手，趕到她面前，朱友文問：「星兒，哪疼了？」疾沖問：「你沒事吧？」

朱友文瞪了疾沖一眼，「她是我的王妃，輪不到你來關心！」

疾沖不甘示弱，「她可是為了我才中箭的，我當然心疼！」

朱友文氣結，無話可反駁，又想開打，摘星見勸阻無效，不再假裝傷口疼，伸手各捉住兩人的手，怒道：「夠了！不准再打了！不覺得兩個大男人這樣胡鬧很幼稚嗎？」

兩人雖依舊看對方不順眼，但為了摘星，決定暫時休兵。只是暫時而已。

朱友文將摘星拉到自己身後，朝疾沖道：「你該滾了，慢走，不送！」

疾沖倒也不生氣，嘴角噙著絲笑，故意從懷裡拿出銅鈴裡的響石，朝摘星道：「謝謝妳送的響石，從今以後，妳聽到銅鈴聲，不只會想到狼仔，也會想起我。」他得意地看向朱友文，「我成了你們之間永遠的第三者！」

朱友文臉色很難看，問摘星：「妳把銅鈴裡的響石送他了？」

摘星還沒來得及回話，疾沖又道：「馬摘星，別以為這樣就還清了妳欠我的債！我才不屑當妳的朋友，我要當妳這一輩子唯一的債主！」

這才是疾沖的目的，他不准摘星忘了他，哪怕她身旁已有了這位狼殿下。

他瀟灑揮揮手，道了聲「後會有期」，便頭也不回地離去了。

他衷心希望，她能夠幸福。

摘星不捨，想追上去多說幾句話，卻被朱友文狠狠拉回，「妳還想跟他走？」

「他畢竟幫過我很多忙。」摘星道。

「他幫過妳，妳就把銅鈴裡的響石送給他？」朱友文還是不能諒解。

那銅鈴，對他而言，是他與星兒唯一的信物，如今那傢伙厚臉皮要走了響石，從此他見到這銅鈴，便會想到疾沖，叫他怎能不鬱悶？

摘星見不得他這副小家子氣的吃醋模樣，伸手戳了戳他的額頭，「還好意思說，也不想想，每回他幫我，都是你欺負我最慘的時候，要不是他，我真不知道該怎麼熬過來……」

朱友文自知理虧，想討回響石的念頭，只好作罷，「都是我的錯。我陪妳在這狼狩山多待上一天，當賠罪可好？」

「外加讓我狠狠揍你一拳！眼睛閉上。」她揮了揮拳頭。

朱友文乖乖閉上眼。

但預期中的疼痛久久沒有襲來，他想睜開眼，卻又不願忤逆她，他卻不知，他眼前的人兒確實握緊了拳頭，卻是遲遲揮不下手。

她看著他，八年來的思念從未有一日中斷過，如今他就在她眼前了，脫胎換骨，但內心裡還是他的狼仔，是吧？畢竟堂堂大梁三皇子可不會如此乖乖聽話、任由她隨意揍人出氣吧？

高舉的拳頭緩緩放下，她湊上前，趁著他閉起雙眼，將他的臉龐仔細看個夠，輪廓依然可見小時候狼仔的模樣，但線條變得稜角剛硬，多了成熟的男子氣概，她一直覺得他渾身上下透露著一股犀利，難以親近，他閉上眼後，她才發現，原來是因為他的眼神。

狼仔從前的眼神雖然帶著野性，卻不會如此鋒利，彷若一把刀，讓人無法接近，否則便會受傷。雖然他只是輕描淡寫地帶過，但她知道，這八年來，他必是歷經許多風雨，梁帝不可能隨隨便便拉拔一個被狼養大的孩子，做為自己的義子。

朱友文等得有些狐疑，正想偷偷睜開眼，瞧瞧她到底在玩什麼把戲，她忽然雙手捧住他的臉頰，用力一拉，主動吻上他的唇。

這就是她的懲罰！

朱友文訝異睜開眼，見摘星羞紅了臉，轉身就想逃，立即將她拉回懷裡，深深吻住她，她一開始還想逃，卻很快沉醉，伸手擁抱他，八年來那漫長的思念、痛苦、懊悔、愛戀，全在這一刻釋放，情深纏綿，多麼希望時間能就此停下，命運的齒輪不要再繼續轉動，讓她與他在這狼狩山上，永遠都是星兒與狼仔。

換我心，為你心，始知相憶深。

朱友文沒有食言，與她一起留在了狼狩山過夜。

在深山裡過夜自是難不倒他，甚至還覺得比在渤王府裡愜意自在，只是為了摘星安全，他還是撿了柴火，在兩人留宿的山洞外升起火堆，趕走怕火的野獸。

偶爾，從遙遠的另一頭，傳來幾聲狼嚎，他總是轉過頭尋找聲音來源，目光裡露出渴望。這山上的狼群，還認得他嗎？

「狼仔，我餓了。」摘星坐在洞口道。

「妳要我打野食嗎？」他問。

「我想吃的是肉包子、糖葫蘆，還有一整隻的大烤雞！」她笑道，此刻腦海裡滿滿都是過去回憶。

他笑著從火堆旁站起身，「這些山裡都沒有，不過我倒是記得不遠處有果子可摘。妳在這等我，別亂跑，千萬別讓火堆熄了。」他從靴裡掏出那把小刀，遞給摘星防身。

他沿著女蘿湖畔飛奔數里，察覺身後似有人跟蹤，立即起了戒心：是疾沖？還是從京城一路跟蹤他而來的敵人？但他騎著絕影，又是私自離京，除了文衍他們，照理不會有人知道他的行蹤。

他停下腳步，那踩在草叢裡的悉梭腳步聲立時跟著停下。

月黑風高，但他夜能視物，很快便見到黃森森的一雙眼在草叢間一閃而過。

強烈的熟悉感湧起，是狼！而且居然不怕火光，沿路跟蹤他至此。

他張了張嘴，喉嚨微微作響，太久沒有與狼群溝通，他一開始只能發出幾個奇怪的聲響，那隻狼似乎感到疑惑，正思量著要不要撤退，但他練習數次後很快憶起狼群的語言，低低嚎叫了一聲，那隻狼微微一愣，回了一聲嚎叫，似在確認。

朱友文一愣，是小狼？他的狼兄弟？

當年他潛入馬府，只救走一隻，回到狼穴後才得知母狼的兩隻小狼都被捉了去，還有一隻留在馬府，但他已自身難保，無暇顧及。

眼前這隻狼，便是他當年冒死救回的小狼嗎？

躲在草叢裡的狼大著膽子緩緩現身，那是一隻已經成年的狼，身形有些消瘦，毛皮上有幾道明顯疤痕，看得出來這頭狼的日子並不太好過。狼與他仍維持一段距離，保持著警戒，他緩緩蹲下，四肢著地，雙手成爪，低嚎了一聲。

「嗷嗚？」狼微微歪了歪頭。

下一刻，他撲了上去，那狼嚇了一大逃，張嘴就想咬，但他只是抱著狼在草地上翻滾，宛如小時候那般打鬧，狼立刻認出了他，高興地用腳掌拍打他的臉，嚎嚎低叫。

一人一狼打鬧了一會兒，那狼跳了開來，往身後呼喚，不久竟出現另外一隻身形更加瘦弱的大狼，熱情撲到他身上又舔又啃又咬，居然是那隻差點被餓死在馬府的小狼，當年摘星發現牠，與小鳳悉心餵養，等牠身子調養得差不多後，便野放回狼狩山，沒想到他也安然生存至今，而且依舊記得牠的狼兄弟。

見到久違的親人，朱友文心情非常好，抱著兩隻狼在草地上一面打滾，一面大笑，他已好久沒如此舒坦快活，如今他才發現，自己是多麼懷念曾是狼孩的那段日子啊。

🐾 🐾 🐾

人。

摘星等得久了，肚子餓得咕嚕嚕叫，幾次想去找朱友文，又不敢離開火堆太遠，也怕他回來找不到

好不容易，他終於回來了，手裡不但捧著果子，還有不少野生菌菇，身後居然還跟著兩隻大狼，一隻狼嘴裡咬著斷氣的肥兔，另外一隻狼則咬著隻大雁，兩隻狼遠遠就停下腳步，其中一隻狼將嘴裡的大雁吐在地上，朝摘星低嚎一聲。

「牠說，這是謝謝妳當年救了牠一命。」朱友文笑道。

摘星接過果子與菌菇，看著兩隻陌生的大狼，忽地領悟：「牠們是——那兩隻小狼？」她又驚又喜，「牠們還活著？牠們……牠們還認得你，狼仔！」

他從另隻狼嘴裡取出肥兔，又從摘星手裡拿回小刀，走到火堆旁，開始處理兔肉。這對狼兄弟打小就失去了母親，當時負責照護狼群的大狼們又多數死於屠殺，兩兄弟只能靠自己摸索打獵技巧，但沒了母狼的教導，牠倆打獵技巧拙劣，經常有一頓沒一頓，也難為牠們能辛苦掙扎生存到今日。

他處理完兔肉，拿起一半，扔向那兩隻狼，其中一隻跳起接住，另一隻連忙上前搶肉，沒兩下就吃得精光。

「牠們好像很餓？」摘星因從小就認識狼仔，並不怕狼，尤其又是自己曾經救過的狼。

「狼隨時隨地都餓。」他望向她，笑道：「這點，妳不是最清楚？」

「那把大雁也給牠們吧，我吃果子和菌菇就行了。」她拿起一朵碩大的菇打量，「這該不會有毒吧？」

「吃吃看不就知道了？」

「我要是被毒死了怎麼辦？」她問。

「那我也吃一朵，與妳同生共死。」他眼神認真。

她心裡感動，甜甜念了一句：「傻瓜。」

她將菌菇扔入火裡，不一會兒便傳出撲鼻香氣，聞得人口水直流。

他用小刀將菌菇一一挑出，吹涼後放到她手裡。

他帶回來的是野生雞樅菇，肉質細嫩潔白，味道鮮美，雖吃著燙口，但肚子餓壞的她仍一口口吃個不停，大讚好吃。

他看了身後那兩隻仍流著口水的大狼，走過去撿起那隻大雁，塞到其中一隻狼的嘴裡，笑道：「你的好意，她心領了。這讓你們帶回去吃吧！」

兩隻狼感激地看著他，叼起大雁，轉頭離去。

他望著二狼逐漸消失在黑暗中的身影，心中不禁感到一陣悲涼，牠們曾經是他的兄弟，是他冒死也要相救的手足，但八年過去，他已不是當年的狼仔，更身在遙遠的京城，終究是越離越遠，若不是為了星兒回到這狼狩山，他這輩子也許都不會再見到牠倆一面。

保重，他曾經的狼兄弟。

🐾 🐾 🐾

夜色已深，她吃飽喝足，覺得睏了，打了一個小小的哈欠。

「想睡就睡一會兒吧。」他看著火堆，小心不讓火熄滅。

但她卻硬是撐著沉重眼皮不願睡去，專心看著在火堆旁的他。

「我有這麼好看嗎？」

她用力點點頭，「好看！」

他笑了笑，走到她身後坐下，雙手環抱住她，怕夜露濃重會凍壞了她。

摘星也不客氣，大方倒在他懷裡，伸出手撫摸他曾被野熊所傷的那隻手臂，輕聲道：「我曾聽聞，若想消除多年傷疤，必得忍受椎心刺骨之痛……」她抬起頭望著他，「那時候，很痛吧？」

「沒有比失去妳更痛。」她的撫摸輕柔如蝴蝶翅膀拂過，搔得他心裡也有些發癢。

她緊緊抱住他的手臂，用臉頰在上頭摩蹭。

「這八年來，你快樂嗎？」她問。

快樂？快樂是什麼滋味，他早已忘了。

「你可曾想念過狼狩山？想念過我？」她見他遲遲沒有回答，又問。

想念？他當初是抱著揮別過去一切的決心，踏入黑池，對於她，與其說是思念，不如說是憎恨，恨她的無情、恨她的背叛，是對她的憎恨，讓他受盡煎熬後活了下來。對她的恨，奪去了他愛人的能力，朱溫又將他屬於狼的那部份兇殘野性加以鍛煉，於是他成了夜煞頭子，朱溫的祕密鷹犬，殺害生命毫不心軟。

但這些，他並不想告訴她，可見她眼神晶亮，充滿期待，只好道：「我後來有了父皇、兄弟，坦白說，為了當好大梁的渤王、父皇的好兒子，我習武練兵，晝夜不懈，這許多年來，我的確不曾想起過狼狩山，也不曾想過有朝一日，居然會與妳重逢。」

「可陛下賜婚時，你百般不願，之後又處處對我冷嘲熱諷，給我臉色看。」她故意鬆開手，佯裝生氣。
「是我的錯，誤會妳多年。」他將她拉回懷裡。
「還好你對陛下忠心，答應了賜婚，這中間雖然發生了這許多事，可是我們終究沒有錯過彼此。」
她舒服躺回他的懷抱裡，沒有見到他的眼神瞬間黯淡。
也許他們錯過，才是對彼此最好的。
夏季正是螢火蟲活動的時節，荒郊野外，火焰漸暗，熠熠流螢，飛光千點，宛若天上銀河灑落人間，微雨灑不滅，輕風吹欲燃，亂飛同曳火，成聚卻無煙。
洞口的漸暗的火光將兩人身影映照在山壁上，她抬起手比了比，一隻狼的影子出現在山壁上，「很久很久以前，在狼狩山上有隻小狼，小狼最好的朋友，是天邊的那顆星星……」
山壁上的狼影抬起頭，望著輕盈飛過的點點流螢。
他看著山壁上的狼影，聽著她說故事。
「小狼不明白，為何星兒只出現在夜晚，其實星兒一直很想陪著小狼，卻身不由己，因為她是星星，白日必須要回到天空裡。」
他聽得入神，胸口泛起一片溫柔。
他已很久很久沒有聽星兒說故事了。
「每當拂曉來臨，小狼就會往星兒的方向拚命追，但不管跑得多快，小狼總是追不上。小狼不明白，星兒其實從來就沒有離開，她一直在同一片天空裡，守護著小狼……」睡意襲來，她有些倦了，可山壁上的狼影仍是孤單單的。「無奈星兒說的話，小狼聽不見，因為距離實在太遙遠了……」

從前，他常常不耐聽星兒說故事，總要扯著她到處玩耍，可如今他卻希望，她能一直說下去，讓小狼與星兒的故事，永遠都不要結束。

「每當星兒不在小狼身邊，她都會擔心小狼會不會感到孤單？會不會受傷生病了，沒有人照顧？星兒很想問小狼，願不願意變成人，永遠陪在她身邊？」她的聲音已經帶上濃濃睡意。

八年前，她就想這麼問過他，只是他沒有回答。八年後，她還是想知道他的答案。

他放開她，雙手比劃，於是山壁上的狼影長出了一對翅膀，「小狼當然願意，於是小狼長出了翅膀，終於能飛到星兒身邊，永遠不分離。」

她笑了，從頭到腳都沉浸在幸福裡，她回過頭，見他就在眼前，忍不住親啄了下他的唇，正要退開，他又將她拉回，低下頭，深深吻著。

火堆終於完全熄滅了，點點螢火卻越顯燦爛，這個世間如此黑暗，前途佈滿荊棘，但螢火蟲仍用自己一點點的微弱光芒，守護著這對苦盡甘來的戀人。

只有今夜，他與她，不是大梁渤王，不是馬瑛之女，他們只是狼仔與星兒，只想單純相愛。

🐾 🐾 🐾

他整夜未眠，看著懷裡的人兒，捨不得閉上雙眼。

能不能讓黑夜永遠停駐，黎明不要到來？

能不能讓他們永遠都只是狼仔與星兒，不要改變？

儘管他如此祈求，黑夜終究退去，天色還沒亮，便已有迫不急待的鳥兒婉轉啼鳴，抖擻著身子，準備迎接新的一日。

在他懷裡的她，終究是醒了。

他斂去眼裡的掙扎與痛苦，溫柔摸了摸她烏黑秀髮，她眨眨眼，只覺渾身溫暖舒適，明白他整夜都抱著自己，沒有放開。

她緩緩起身，見他眼下有著不淺的黑眼圈，忙問：「是我睡在你身上，讓你一夜無眠嗎？」

他故意裝作無奈，道：「妳睡得倒香甜，可有想過我的心情？」

她紅了紅臉。「誰叫你愛裝柳下惠？」

其實他倆已締結婚約，將來是夫妻，他大可以不必如此坐懷不亂。但這是他對她的尊重與疼惜，她多少還是感動的。

「狼仔。」她低頭想了想，「我還想做件事，你可以陪我去嗎？」

他點頭。

「我想去掃我爹的墓。」與狼仔重逢的喜悅稍微退去後，她才意識到，自己離當時馬府慘案發生的奎州城，竟如此之近。她是當年唯一的倖存者，照理該由她一一親自收屍入殮並守喪三年，只是梁帝以護她安全為由，要她長待京城，也毋須戴孝，畢竟她已與朱友文有了婚約，怕引人側目。

他沒想到她會忽然提出這個要求，內心一震，神色有些遲疑，卻又不忍拒絕。

他怎麼能拒絕？

命運如此荒謬，他親手殺死馬瑛，如今卻要陪他的女兒去祭奠他。

她見他眼裡神色複雜，以為他仍介意馬瑛當年派兵活捉他、遊街示眾，便道：「若你不想陪我去，不用勉強。」

他握住她的手，「我陪妳去。」

🐾 🐾 🐾

馬瑛葬在奎州城西的一處山坡，與他的愛妾鳳姬同葬一處，馬家大夫人與馬俊也葬於此地。

黃土地上，四座墳塋，都是她曾有過的家人，大夫人與馬俊雖未善待她，但思及兩人莫名死狀淒慘，她亦感到悲傷。

墳旁擱著一個小木桶，桶裡有個小勺子，多半是馬峰程或是其他馬家軍舊人，感念馬瑛恩德，固定前來掃墓。

摘星在爹爹墳前緩緩跪下，淚水早已止不住。

朱友文不發一語，拾起小木桶，走到附近小河舀了桶水，回到墳前，一勺勺將河水澆在馬瑛的墓碑上清洗，她抹抹眼淚，從懷裡掏出帕子，細細擦拭爹爹的墳。擦著擦著，她忍不住抱住墓碑放聲大哭。

雖有人定時掃墓，但雜草長得極快，他蹲下親手一株株拔去雜草，摘星哭了半晌，悲傷的情緒宣洩了大半，見他正在除草，抹抹眼淚，也動手跟著一塊兒除草。

但他只除了馬瑛墓前的草，馬俊墳前，他視而不見，至今他仍無法原諒馬俊利用銅鈴欺騙他，甚至差點打殘了摘星的雙腿，這傢伙死有餘辜，他很慶幸當時沒讓馬俊死個痛快。

摘星倒是不記仇，拔完父親墳前的草，又繼續除其他三座墳墓前的雜草，朱友文見狀，便拎了小木桶，又去舀了幾次水。

好不容易除完草，她將帶來的女蘿草放在雙親墳前，雙手合十喃喃。

爹爹，娘親，我總算能來看你們了。

爹，請您放心，摘星沒有忘記滅門深仇，日後必率領馬家軍攻晉，為您報仇！

娘……您從小就期望我做個有勇氣的王女，星兒不會讓您失望！

朱友文站在他身後，沉默不語，他自是明白摘星此刻心中所想，可她卻萬萬想不到，她心心念念要復仇的對象，就站在她身後……他看著馬瑛的墓，第一次，對自己所殺之人產生了愧疚。

但死人無法復活，而他不過是奉命行事。

摘星站起身，牽起他的手，朝馬瑛墓前道：「爹，生前您一直擔憂女兒的婚事，如今女兒要告訴您，女兒要嫁人了，那人不是別人，正是狼仔。」她轉頭對他一笑，「我早就想把你介紹給我爹了，今日總算一償宿願。」

他不知道自己能說什麼，只是默默點頭。

「你不對我爹說幾句話嗎？好歹他可是你的岳父大人。」

他在馬瑛墳前跪下，恭恭敬敬磕了三個頭，起身。

「你怎地一句話都不說？」

「我不知該說什麼。」他誠實回答，她卻以為他是不好意思。

「好，那麼你跟著我說。」

他沉默許久，就在她以為他會拒絕時，他點點頭，「好。」

她拉著朱友文一塊兒在爹爹墳前重新跪下，道：「在下狼仔，是星兒未來的夫君，會好好照顧星兒一生一世，絕不負她。」

在她心裡，他永遠都是狼仔，不是什麼大梁皇子。

朱友文看著馬瑛墓碑，一字一句，鄭重念道：「在下狼仔，是星兒未來的夫君，會好好照顧星兒一生一世，絕不負她。」

他已不是狼仔，卻不忍戳破她的一廂情願。他不知未來自己是否真能有幸成為星兒的夫君，但是照顧她一生一世，絕不負她，這一點，他辦得到。

因為他心裡自始至終，從來只有她一人。

「狼仔，說話要算話！」她轉頭道。

他的目光掃過四座墳，「我敢說話不算話嗎？」

「永不食言？」她伸出小指。

「永不食言。」他也伸出小指，與她的小指打勾。

護妳一生一世，絕不負妳，永不食言。

摘星嘴角上揚，眼淚卻先落了下來。

她笑中帶淚，眼神哀戚卻又同時帶著幸福與信任，如此矛盾，卻又如此美麗，懾人心魄，彷若清晨朝霞，在一片漆黑中照亮了他的視線。

多年以後，憶起此刻，他那漆黑的世界，總會亮起一片光明。

兩人牽著手走在奎州城大街上，摘星身為前任城主之女，朱友文則為大梁三皇子，不管走到哪都很容易被認出，兩人不想擾民，便像小時候那樣，穿上樸素斗篷，掩去一身繁華貴氣，朱友文更將斗篷帽戴起，遮住了大半張臉，就像第一次進城逛大街的狼仔。

依舊有小販賣著糖葫蘆，卻已不是原來的那位大叔。大街上依舊可見肉包攤，賣肉包的老婆婆卻已過世，接手的是年輕的兒媳。街道兩旁店鋪依舊人來人往，他的視線一一掃過，卻已毫無新奇興奮之情，只剩懷舊與不勝唏噓。

摘星買了隻糖葫蘆與他分食，兩人你一口我一口，好不甜蜜。

一個紅衣小女孩忽地衝出，他反應迅速，立即拉開摘星，小女孩怕撞上人，腳步踉蹌了下，不慎跌倒。

摘星正要趨前關心，後頭傳來一人焦急聲音：「紅兒？紅兒妳別跑啊！摔著了沒事吧？」

小女孩扁著嘴站起身，清秀臉上有好大一塊燙傷疤，一名中年男子上前，拉起她的手臂，訓道：「跟爹回去，向客人道歉。」

「我不！」小女孩用力甩開爹爹的手。

「妳這孩子……客人不過就看了妳一眼，沒惡意的！」

摘星認出這對父女正是酒館掌櫃與紅兒，只聽紅兒忿忿道：「他們一定是嫌我長得嚇人！爹，您是不是也覺得我是怪物？不然為何要我躲在房裡別出來？」

「爹不是這意思，是妳脾氣越來越倔，不給客人好臉色看，爹要怎麼做生意？」酒館掌櫃無奈。

他這個女兒，從前內向害羞，臉上被燙傷後，曾有好陣子足不出戶，然隨著她年紀越大，越加重視旁人目光，加上娘親死於火海，他又忙於小酒館生意，無人開導，於是強烈的自卑漸漸轉為憤怒與叛逆，惹出不少事端，讓他傷透腦筋。

父女倆拉扯了一會兒，紅兒用力推開爹爹，轉身朝反方向跑開。

紅兒看著不遠處的一群孩子正玩著投狼壺，孩子們也見到了她，卻沒有人上前與她打招呼。

他們都討厭她、瞧不起她，只因為她臉上這塊傷疤。紅兒心裡這麼想。

眼前視線忽然一暗，但她頭抬也不抬，只是一面厭惡揮手，一面道：「走開！」

有太多人因為她臉上傷疤而假惺惺地想來安慰她，她才不稀罕！

但面前那人非但沒離去，還輕聲道：「紅兒，妳是紅兒吧？謝謝妳把小狼和星兒的戲偶縫好了送我。」

紅兒驚訝抬頭，同時下意識遮住自己臉上的傷疤。「妳是……郡主姊姊嗎？」

摘星蹲下，笑著摸了摸她的頭，道：「是啊，是我。聽說，妳很喜歡小狼與星兒的故事？」

紅兒卻哼了一聲，「誰會相信那種荒唐故事！」

這世上根本沒有星兒，也沒有像小狼那樣的忠實好朋友，故事都是騙人的！大家都只會欺負她，笑她臉上的傷疤！

朱友文憶起這是自己曾對紅兒說過的話，更想起之前曾在紅兒面前親手粉碎小狼與星兒的戲偶，不禁神色有些尷尬，幸好斗篷帽緣遮住他大半張臉，摘星並未察覺。

「紅兒，姊姊剛剛看到妳對爹爹很兇。」摘星知紅兒在意自己臉上傷疤，但因此將氣出在自己爹爹身上，卻是萬萬不該。「紅兒，妳應該知道，我已經沒有爹爹了，我現在最後悔的，就是在爹爹生前老惹他發怒，讓他失望傷心。」

紅兒垂下頭，抬腳踢了塊小石子。

她何嘗不懂？娘親已逝，這世上只剩她與爹爹相依為命，但……

「但爹爹總要我忍耐，但我不想再忍了！忍了一次兩次，別人就覺得我好欺負！」紅兒握緊了小拳頭。

「即使從此沒了朋友，一個人孤孤單單，也沒關係嗎？」摘星問。

「沒朋友就沒朋友，怕什麼！」

「妳說謊。」摘星點了點紅兒的額頭。「若妳喜歡孤單，為何要羨慕他們玩耍？」她指指不遠處的那群孩子。

「我才沒有羨慕！」紅兒仍逞強道。

「紅兒，若我說，我有辦法能讓他們主動跟妳一起玩，妳答應我，回去後要向爹爹道歉，好嗎？」

紅兒神色黯然，忍不住伸手撫摸臉上傷疤。「他們不會想和我一起玩的。」

從來沒有人想和她一塊兒玩的。

摘星找了一個壺，又找了幾把箭，佈置妥當後，故意大聲道：「紅兒，我們也來玩投狼壺！沒投進的人，要被罰彈額頭。」她將一支箭遞給紅兒，「來，妳先。」
紅兒接過，走出幾步，離壺有段距離後，扔出手中箭矢，一次就命中。
摘星拍手大喊：「紅兒！妳真厲害！」她這誇張舉動成功吸引了原本正在玩投狼壺的那群孩子。
她把箭交給朱友文，暗暗警告他：「不准投進。」
他一投果然未進，摘星立即大喊：「紅兒！來彈大哥哥的額頭！用力點，別客氣！」
摘星偷偷瞄向那群孩子，他們果然都停下了遊戲，看著他們三人。
朱友文蹲下，紅兒走上前，輕輕彈了一下他的額頭。
「太輕了！我來！」摘星蹲下，用力彈了下朱友文的額頭，把他的額頭彈得紅通通的。
接下來三人輪流投壺，除了紅兒，摘星與朱友文屢投不進，額頭被紅兒彈得又紅又腫，卻都玩得十分開心。
摘星朝那群孩子道：「你們想不想和我們一起玩？」
那群孩子見紅兒如此厲害，兩個大人都不是對手，不知不覺生起崇拜之心，聽摘星如此一問，先是面面相覷，接著一個男孩大膽走向三人，有人開了頭，便有人跟進，一個接著一個，孩子們紛紛加入紅兒，最後只剩下一個明顯是帶頭的孩子王，倔強道：「我才不要和她玩！」
「我看你是怕輸，不想被彈額頭吧？」摘星故意嗤笑。
「我才不怕！」
「那就一起來啊！」摘星激道。
那男孩哼了一聲走過來，原先還不情不願，但畢竟是孩子，不一會兒就玩了開來，紅兒從未與這麼多同伴一起遊戲，笑得好開心。

摘星與朱友文靜靜退在了一旁，看著這群孩子們玩得不亦樂乎，知道他們已經接納了紅兒，她以後想玩遊戲，就不會是孤單一人了。

「妳怎知紅兒很會玩投狼壺？」朱友文問她。

「這是一個人也能玩的遊戲，我猜她一定很常玩。」頓了頓，「就像我小時候。」

朱友文有感而發：「紅兒與我也很像，在世人眼裡，我們都是怪物。」

「你們才不是怪物。」摘星糾正他，「是世人不懂，以貌取人。你與紅兒都是我認識最善良的人！」

她是如此信任他，相信他的良善，但他心頭只有更加苦澀。

「大哥哥，該你了！」紅兒大喊。

朱友文走上前，拿起箭，神情難得緊張。

摘星在她耳邊小聲道：「不用再演了，盡情發揮實力吧，不然你的額頭都要被彈爛了。」

朱友文投出箭，依舊沒中。

摘星傻眼：敢情他從頭到尾都沒演戲，他是真的投不進？

一個男孩走上前，不客氣地用力彈了下朱友文的額頭，斗篷帽緣險些滑落，他趕緊重新戴好，紅兒卻已看清了他的臉，不禁一愣。

是他？那個曾經包下小酒館、又毀壞戲偶的嚇人黑衣壞叔叔？

「紅兒，該妳了！」那男孩喊道。

紅兒連忙收回視線，心中有些揣揣，她望向摘星，只見她正在取笑朱友文：「堂堂大梁渤王，箭無虛發，居然投不進狼壺？」

「誰規定箭射得好，投狼壺就玩得好？」朱友文不滿反駁。

摘星撫掌大笑，看起來很快樂。

摘星姊姊好像與他感情很好？那他……應該不是壞人吧？

「紅兒！」

那群玩伴又在喊她了。

紅兒看了朱友文一眼，轉身繼續玩起投狼壺。

第二十一章 遙姬

傍晚時分，孩子們終於玩累了，一哄而散，紅兒難得玩得如此開心，一臉燦笑，跑回小酒館，只見爹爹正在門口擔心地來回踱步，掌櫃見到女兒回來了，趕緊上前一把抱住女兒，埋怨道：「妳還記得要回來啊！真是急死爹了！」

紅兒畢竟小孩心性，玩得開心了，之前的不愉快也全忘了，「爹！我和郡主姊姊他們玩了一下午呢！」

「郡主姊姊？」酒館掌櫃一頭霧水。

紅兒轉過頭，指指站在不遠處的一對男女，兩人都穿著斗篷，男子的斗篷帽緣更是遮住了大半張臉。

摘星微笑看著紅兒，又指指她爹爹，紅兒記起約定，轉回頭，有些羞赧地對掌櫃道歉：「爹爹，之前是我不懂事，以後我不會再惹您生氣了。」

掌櫃一臉訝異，隨即摸摸紅兒的頭，神色欣慰，「只要紅兒乖，爹就不生氣。」

紅兒乖巧地點點頭。

摘星見父女倆和好如初，放下了心，朝紅兒揮手道別後，轉身與朱友文並肩離去。

「紅兒，妳說那位是郡主姊姊，莫非是摘星郡主？」見兩人走遠了，掌櫃才敢小聲向女兒打探。

紅兒用力點點頭。

奎州城內，摘星郡主的名號，無人不知，多少人曾暗中受過她的幫助，即便馬瑛已逝，奎州城也早已換了新主人，但不少城內百姓仍記掛著他們的小郡主，懷念她的見義勇為與古靈精怪。

馬府慘案後，聽聞摘星郡主被皇上救回了京城，皇上又親自賜婚，將她許配給三皇子渤王，有了皇上這個大靠山，應該不會有人敢再找她麻煩了吧？

掌櫃抱著紅兒，望著摘星的背影，這小郡主，他也算是從小看到大，見他有了好歸宿，多少帶著點嫁女兒的不捨與欣慰。

郡主既已婚配，理應不會獨自出門遠行，她身旁那不願意以真面目示人的高大男子，應該便是渤王殿下？想到堂堂渤王殿下與自家小女兒玩了一下午，掌櫃忍不住問女兒：「紅兒，妳可知郡主姊姊身旁那人是誰？」

紅兒點點頭，「我見過那大哥哥。」

掌櫃疑惑，「妳見過？在哪見的？」

紅兒說得小聲，像是被怕人聽到似的，「就是之前包下我們酒館，還毀掉小狼與星兒戲偶的那個黑衣叔叔……」

「是他？紅兒妳沒認錯人吧？」掌櫃大吃一驚，郡主怎會與那個可怕的男人在一起？想起那黑衣男子渾身散發的殺氣與狠辣，他不覺背後一冷！

糟了，若真是那名黑衣男子，郡主還與他如此親近，豈不是有生命危險？

掌櫃緊張地追到大街上，那兩人卻早已不見蹤影。

他將懷裡的紅兒放下，著急地直搓手，忽想到：既然郡主回到奎州城，必會歇息在從前的馬府吧？

於是他叮嚀紅兒趕緊回去，別再出門亂跑，便獨自前往馬府找摘星，可是門口守衛卻告知摘星根本沒有回來過。

「這不是方掌櫃嗎？怎麼跑這兒來了？」

方掌櫃一轉身，見是馬峰程，欣喜道：「馬副將？這不，您已經是將軍了！見過馬將軍！」

「好久沒上你那兒吃蒸魚了！紅兒還好嗎？」馬峰程問。

「多謝將軍關心！紅兒很好……其實紅兒她今日鬧了些脾氣，多虧郡主安撫，草民想來親自向郡主道謝。」

「郡主回來奎州城了？」馬峰程眉頭微微一皺。他怎麼都沒聽說？

「我想紅兒不會認錯人的，而且……」方掌櫃左右張望了一會兒，神情忐忑，「草民見到郡主與一名男子走在一塊兒，那男子他來路不明……」方掌櫃吞了吞口水，「我擔心郡主會有危險！」

馬峰程一聽，不禁失笑，他們家郡主早已名花有主，就算偷偷溜回奎州城，能跟在她身旁的，八成是她未來的夫婿，三皇子渤王殿下。

但方掌櫃仍道出心中所憂：「馬府慘遭滅門那日，那名男子曾包下我的小酒館，身旁還跟著三個手下，一行人全身黑衣，行徑怪異。」方掌櫃抹抹額頭上的汗，也知自己很可能猜測過了頭，但他就是忘不了那名黑衣男子渾身掩不住的可怕殺氣！「若、若他真是渤王殿下，當時來到奎州城，為何不住城主府，卻要包下草民的小酒館？而且入夜後，那四人全不見了蹤影，隔日就發生了滅門慘案！」其餘的，他不用說，馬峰程也已猜了個十之八九。

那名黑衣男子，很可能與滅門血案有關！

事關馬府一案，馬峰程收拾起玩笑心情，認真問：「你確定今日郡主身旁的男人，就是曾包下你小酒館的黑衣男子？」

方掌櫃道：「是紅兒瞧見的。」

「會不會是紅兒認錯了？」馬峰程問。

方掌櫃倒沒那麼有把握了，但他心中那股不祥預感卻越來越深。

「馬將軍，郡主應當還在附近，能不能請您幫忙找找，確認她是否平安？」

馬峰程思索，郡主悄悄回到奎州城，自是不欲人知，他要是真追了上去，豈不大大掃興？況且，若她身邊那人真是渤王殿下，必是有皇令在身，也許是私下暗中探訪或執行朝廷任務，莽莽撞撞戳破行蹤，萬一壞了大事該怎麼收拾？

但郡主的安危他又不能不顧，馬府滅門至今未滿一年，誰知晉賊是否還想趕盡殺絕？

馬峰程左思右想，最後道：「要不，我找位畫師，繪張渤王殿下的肖像，讓紅兒來認認，是否真是那位可疑的黑衣男子，如何？」

方掌櫃雖心急，但馬峰程既如此說了，他也只好道：「那就有勞馬將軍了。」

馬峰程拍拍方掌櫃的肩，感謝他如此關心郡主，方掌櫃見自己著實也幫不上什麼忙了，簡短告別後，轉身離去。

梁帝沉著一張臉，看著跪在自己面前的朱友文。

「你還有臉來見朕？」梁帝語氣陰冷。「你倒說說，你犯了什麼錯，一進宮就跑來御書房裡跪著？」

「私自離京，乃為其一，未曾向父皇坦誠與馬郡主的過往，乃為其二。」朱友文答道。

梁帝冷笑一聲，神情似笑非笑，高深莫測，讓人猜不透他此刻心思。

朱友文私自離京，早有眼線向梁帝稟報，梁帝原本只是疑惑，然隨著其餘夜煞支部一一回報朱友文行蹤，得知他前往奎州城與馬家郡主私會，甚至在狼狩山上過夜敘舊，梁帝何等聰明，怎會推不出原來這兩人過去早已相識？

他憤怒，是因為朱友文並未對他完全坦誠，刻意隱瞞了這一段過往，就連他賜婚時也未全盤托出。沒有人喜歡受欺瞞，尤其還是自己最信任的兒子！一個朱友珪就已經夠了，現在連朱友文也欺騙他？

「你就不怕朕一怒之下斬了你？」梁帝冷眼看著跪在面前的朱友文。

「父皇曾說，世上有兩件事，一刻都不能緩，那便是認錯與殺人。」

「你倒是還記得！」梁帝重重哼了聲。

「兒臣從未忘過。」

梁帝從書案前起身，走到他面前，質問：「朕問你，馬府滅門，你獨留馬摘星一命，可是念在往日舊情？」

「兒臣不敢！兒臣與馬郡主雖自小相識，但因夏侯都尉命案造成誤會，兒臣更因此險些死於非命，八年後再見，兒臣早已將她視為陌路人，留下她一命，確實是擔心馬家軍控制不易，對朝廷不利。」朱友文低垂著頭，梁帝見不著他的神情，不免起疑。

只聽朱友文又道：「直到她被罰長跪太廟，兒臣才知她當年實是身不由己，腿上的舊疾，更是因兒臣所起，兒臣實在虧欠她太多！」他猛地抬頭，目光直視梁帝，堅定道：「兒臣承認，除了謹遵父皇之命，安撫馬家軍外，兒臣對她好，的確出自真心！」

「你終於承認了！你對馬摘星果然有私心！」梁帝氣得走回書案後，重重落座。

難怪這孽子寧願抗旨也要硬闖太廟，將馬摘星救出！難怪他膽敢私自離京，竟是為了與她重遊舊地！

朱溫心頭怒極反笑，難道他真以為他能與馬摘星從此幸福美滿嗎？那也要看看朱友文能瞞到何時？要是馬摘星知道自己的殺父仇人就是她未來的夫君，當年的狼仔，會有何反應？怕是巴不得立刻一刀殺了朱友文吧！與其等到那一天，還不如——

梁帝眼裡閃過一抹狠辣，「倘若有天朕命你取馬摘星之命，你會如何抉擇？」

朱友文愣了一下，似乎沒料到梁帝會這麼問，他低頭不語，沉默了一會兒，最後朗聲道：「倘若如此，兒臣必遵皇命！」

忠孝與愛情，他只能選擇前者。

不，應該說他別無選擇，沒有朱溫，就沒有如今的朱友文，朱溫於他的再造之恩，他即使獻出這條命，也無以為報。

而縱使他與摘星已誤會冰釋，縱使他們兩情相悅，但一如他最深沉的恐懼與幽暗夢境，他倆之間相連的，從來就不是姻緣紅線，而是馬府上下幾十條人命的血海深仇。

梁帝大度揮揮手，「罷了，要怪，就怪朕賜了這婚，逼你從一開始的不甘願，到最後落了個情關。」他望著朱友文，語重心長，「自古英雄總是難過情關，友文，望你別讓朕又失望了。」

「兒臣必不會讓父皇失望！」

梁帝笑道：「放心，只要馬摘星與馬家軍永遠效忠於朕，朕必不會讓你為難。朝中大臣都道朕的三子無情冷漠，誰知卻是個癡情種。」他看似調侃，卻彷彿話中有話，朱友文一時猜不出他真正心思。

「還有件小事，父皇要你親自去辦。」梁帝說得輕描淡寫。「奎州酒館那對父女，不留命了。」

朱友文心內一驚，臉色卻掩飾得極好，毫無波瀾，問道：「為何？」

「夜煞回報，那對父女似是認出了你，疑心你與馬府滅門一案有關，還告訴了馬峰程，幸而馬峰程不以為意，但絕不能讓那對父女發現你的身分。」梁帝望向他，「本來這種芝麻小事，夜煞支部處理即可，但涉及馬府滅門，你親自去辦，朕才放心。所謂星火亦可燎原，一個小小掌櫃也千萬別放過，別讓他們父女活著再見到馬峰程，懂了嗎？」

「兒臣遵命！」朱友文目光冷厲，忽顯殺氣。

梁帝滿意點頭，這才是他所熟悉的朱友文。

朱友文離去後，梁帝望著他的背影，若有所思。

朱友文接下任務，看來雖毫無猶豫，依舊是那個殺人不眨眼的夜煞頭子，即使對馬摘星動了情，也不減一絲忠誠，但人心難測，這一點，他比誰都明白。

梁帝手指輕輕在書案上敲著，發出規律聲響。

看來，是該把那人放出來了，這世上，也只有那人，能替他看清朱友文是否忠心依舊。

梁帝帶著張錦來到皇宮最偏僻的一處角落，就連長年駐守宮中的侍衛們都未來過此處，一行人直來到一處地窖入口，兩名看守侍衛見是梁帝來了，立即跪下行禮。

梁帝只淡淡說了句：「開門。」

其中一名侍衛立即拿出鑰匙，與另一人合力打開厚重鐵門，刺眼陽光射入陰暗地窖，不知驚動了什麼，忽然嘩啦啦飛出許多幽暗不明物體，侍衛長緊張地立即拔劍擋在梁帝身前，待定睛一看，原來只是蝙蝠。

梁帝神態自若，走入地窖，看守的侍衛也連忙跟進，點亮蠟燭，眼前居然是一座石壁，原來這是梁帝命人耗費數年打造出來的洞壁石牢，專門用來監禁那人。

看守侍衛拿出另一把鑰匙，打開石壁上的第二道門，眼前出現一道長長階梯，門一打開，空氣流入，階梯兩旁的蠟燭緩緩一根根亮起，只見階梯一路蜿蜒而下，竟是一時見不到盡頭。

究竟是誰被關在這暗無天日的石壁地牢裡？

「她過得好嗎？」梁帝一面問一面開始往下走。

看守侍衛回答：「謹遵陛下吩咐，她要什麼，皆盡力滿足。」

梁帝點點頭。

已經五年了，她倒是挺安分。

長梯終於走到了盡頭，接著是一道長廊，眾人繼續前行，一陣濃郁山茶花香襲來，接著悠揚箏聲響起，關在石牢最深處的那人，似已知有貴客來訪，撫箏相迎。

侍衛長忍不住悄悄問張錦，「張公公，這兒到底關了什麼人？犯了什麼大罪？」

張錦道：「此人曾意圖刺殺三殿下！」

侍衛長驚訝得張大了嘴，久久無法闔上。

刺殺三殿下？大梁最勇猛的戰神？此人是瘋了還是不要命了？

一行人行至長廊盡頭，只見眼前是座鐵牢，但牢房四周種滿了白色山茶花，芳香馥郁，高牆頂上有三道小窗，透進的陽光正照在鐵牢內一名長髮飄逸的年輕女子身上，只見她身穿一襲純白衣裳，外罩輕紗，氣質冷豔，面容絕美，纖白手指正優雅輕撥箏弦。

侍衛長原以為這地牢底關的必是凶神惡煞之輩，怎知竟是如此嬌豔脫俗的美人，山茶花香、樂音悠揚，色不迷人人自迷，正自迷醉間，他忽覺脖子一陣冰涼，轉頭一看，一條白蛇正纏在山茶花枝上，朝他吐著蛇信，距離不過咫尺！

「陛下小心！」他拔劍就想砍蛇，那白衣女子輕抬右手，一根銀針瞬間飛向侍衛長手臂，他隨即一陣暈眩，砰的一聲倒在地上，整條手臂瞬間烏青。

山茶花上的白蛇，滑進鐵牢裡，爬上女子的古箏旁，搖了搖身子。

女子起身，來到梁帝面前，跪下恭敬道：「遙姬見過陛下。」

「五年不見，一見面，就給朕看了這麼一場好戲？」

眾人轉頭望向倒在地上的侍衛長，只見他已臉色發黑，死透了。

遙姬只是輕笑，絲毫不以為意。

誰叫他不自量力想要取她的白蛇性命？

她自小與蛇為伍，在她眼裡，人命還不如她親手養大的一條蛇。

遙姬道：「陛下親自前來探視，可是帶來好消息？要給遙姬將功贖罪的機會？」

五年前，她與朱友文爭奪夜煞之首，輸了後不甘心，便暗中下毒想要取朱友文的命，遭識破後便被梁帝關在這座地牢裡，整整五年。

「不錯，朕要放妳出來。」梁帝朝張錦點點頭，張錦取出鑰匙，親自打開鐵牢門，遙姬伸手至古箏旁，那條白蛇隨著她的手臂而上，盤在她肩頭，她這才緩緩步出牢門。

「陛下有何吩咐，遙姬自當盡心盡力。」

梁帝眼神示意，張錦帶著其他人退下。

四周無人後，梁帝道：「朕，懷疑渤王，不再忠心依舊。」

遙姬始終淡然如水的神情，忽地掀起一抹波瀾。

朱友文？不可能！

朱友文手腕一抖，牙獠劍出竅，他的目光隨即變得冷厲，殺氣外露。

「出來！」他忽察覺房外有人，喝道。

一個嬌小人影怯怯推開了房門，手裡還端著早膳。

朱友文微愣：「妳怎麼親自端著早膳來了？」

「你與莫霄他們一早就忙著要出城，怕你餓著了，便趕緊端過來。」她放下早膳，目光落在牙獠劍上，感覺到濃濃的殺氣，不禁問：「此次離京辦事，是否……涉及人命？」

他沒有回答，只是默默將牙獠劍收回劍鞘。

「你的牙獠劍，只會殺罪大惡極的壞人，對吧？」摘星又問。

他心頭一震，不忍戳破她的一廂情願，只道：「我的劍，只殺危害大梁之人。」

「我相信你絕不會濫殺無辜，對吧？就像當年的狼仔。」她的小手放在他的大手上，眼裡滿是信任。

朱友文默默抽回手，「我已非昔日狼仔。」

摘星微微一愣。

「此次離京，乃朝廷機密，妳不該過問。」

朱友文轉身欲離去，忽聽身後傳來一聲清脆銅鈴聲，腳步本能停下。

摘星笑咪咪地拿著銅鈴，來到他面前，在他臉頰印下一吻。

「還說你不是狼仔？」

她的銅鈴聲，不是又喚住他了嗎？

「一路小心，我等你回來。」她輕聲叮嚀。

他深深地望著她，清楚見到她眼裡的幸福與信任，心，卻沉了下去。

若她知道，他此行離京的真正目的，恐怕再也不會用如此目光望著他了。

他僵硬轉過身子，深吸口氣，邁開腳步離去。

他強迫自己收起任何情感，這一次，他不能再有猶豫！

朱友文前腳離開渤王府沒多久，張錦便領旨而來，請摘星進宮一趟。

她正在與馬婧在小院花圃裡忙活著，種下女蘿草。

今早朱友文那句他已非昔日狼仔，不知為何讓她有些莫名心慌，他就是她的狼仔啊，為何要否認？兩人好不容易相認、解開誤會，她只想好好補償她的狼仔，補償過去那些歲月。

馬婧在旁看著她的舉動，忍不住出聲提醒：「郡主，您明明還是喜歡狼仔，多過三殿下吧？」

摘星失笑，「胡說什麼呢，不就同個人嗎？」

「既然如此，為何您不願接受三殿下已非昔日狼仔？看王府內花園便知，三殿下根本不喜花草，何必要如此辛苦，種上這麼一大堆女蘿草，是討他歡心？還是只是郡主您自己看了開心？」

摘星一時啞口無言。是啊，仔細想想，其實狼仔從沒說過他喜愛女蘿草的……難道……難道這一切都只是她對過去的投射嗎？她急著想要找回過去的記憶，一直不願正視，八年的時間其實很長，長到足以讓一個人完全改變。

張錦的到來，打破了她的沈思，梁帝忽然請她入宮，朱友文不在身邊，與她交情不錯的朱友貞數日前亦暗中與校尉楊厚一同前往北防遼河一帶，似是有要務在身，只剩她一人面對梁帝，她不免有些惴惴，便問張錦：「張公公可知，陛下要我進宮，所為何事？」

「小的不知。」張錦回道，「但陛下特別吩咐，只請馬郡主一人進宮。」

馬婧一聽，想要抗議，卻被摘星擋下，「馬婧，陛下如此吩咐，必有其用意。妳別擔心，記得幫我多澆水就是了，我很快回來。」

馬婧只好點頭，眼睜睜看著張錦領著摘星離開渤王府。

皇宮。

御花園內，梁帝一臉和藹，與摘星一面信步閒逛，一面閒話家常。

「馬郡主，朕，有件事，欠妳一個道歉。」梁帝來到池塘邊，停下腳步。

「陛下切勿如此說，摘星承擔不起。」她恭敬回道，卻不知梁帝所言何事。

「友文都已如實告訴朕了，當年朕意外救起他，將他留在宮裡，他與朕甚為投緣，朕便收了他當義子，卻沒想到讓你們之間的誤會，足足隔了八年才冰釋。」

「陛下多慮了，摘星還要感謝陛下，若不是陛下，狼仔說不定早已不在這世上。」

梁帝笑了笑，「妳不怪朕就好。朕知道友文一直對妳腿上舊疾耿耿於懷，再者，日後妳若要親上前線率領馬家軍，也得先設法將腿治好。」

摘星頹然道：「但宮裡的太醫與許多大夫都說過，這舊疾無法根治。」

「那是他們技不如人，朕替妳找了個大夫，她保證能治好妳的腿。」

「這位大夫真這麼厲害？」摘星不禁眼神發亮。

腿上舊疾困擾她多年，尤其是遇到溼冷天氣，半夜更易復發，總讓她疼得輾轉難眠，若真能治好，不只是她，朱友文一定也很高興。

「朕已將那位大夫請來宮裡，今日特地請郡主入宮，便是想讓她醫治妳的腿傷，事不宜遲，能儘早根治，總是好事。」

摘星謝過梁帝，便在張錦的帶領下離去。

梁帝看著她離去的背影，面露微笑。

遙姬，該是妳大顯身手的時刻了。

摘星被帶到一處幽靜宮殿，她走入後，一名清麗冷豔的白衣女子現身迎接，「遙姬見過馬郡主。」

「妳就是陛下提到的那位大夫？醫術高明，能治好我腿上的舊疾？」摘星興奮問道。

遙姬點點頭，「只要郡主遵照我的治療方式，我敢保證，快則三天，慢則五天，必能根治郡主腿疾。」她嬌豔一笑，「郡主，請隨我來。」

遙姬領著摘星來到內殿，裡頭已擺著一個木桶，裝滿深色藥液。

兩名宮女上前，服侍摘星脫去外衣，將其裙襬稍微捲起綁在腰側，露出一雙光裸小腿。

遙姬請摘星跨入木桶，將小腿浸泡在藥水裡，她自己更捲起袖子，蹲在木桶旁，一面替摘星按壓小腿上的穴位，一面道：「郡主雙腿都受過重傷，但右腿的傷疾比左腿更嚴重，得再泡半個時辰。」

遙姬按摩完畢，起身，一旁宮女遞上手巾讓她擦手，摘星忽覺有什麼東西在木桶內滑動，不時擦過她的小腿，她以為是遙姬掉了東西，伸手入桶一撈，居然撈出一條蛇來，嚇得失聲尖叫！

「蛇！蛇啊！這藥水裡有蛇！」摘星想跳出木桶，遙姬卻淡淡一笑，伸手將她按回坐好。

「這木桶裡有蛇！」摘星驚慌道。

「郡主莫慌，那蛇不過是其中一味藥，且早死透了。」

「大夫妳為何不早說？」

「說了，郡主就不怕了嗎？」遙姬反問。

摘星一時語塞，只好忍著恐懼，硬著頭皮又泡了半個時辰後，連忙起身跳出木桶，宮女上前先用清水清洗她的小腿，再以布巾仔細擦乾。

摘星隱隱覺得遙姬不太對勁，但礙於他是梁帝特地請來醫治她舊疾的大夫，她也只能忍耐。

「今日是否到此為止？我可以回去了嗎？」摘星正想離開，遙姬卻來到她面前，擋住了去路，「忘了告訴郡主，治療期間，您必須留在這宮裡。」她語氣雖輕柔，卻藏著一股莫名壓迫，以及敵意。

「為何？」摘星不解。

「除了浸泡藥浴，郡主尚得每三個時辰服用我特地配製的藥方，此藥以山茶花為藥引，增強療效，此殿內外皆植滿山茶，正是最佳場地。」遙姬答道。

摘星想了想，問：「大夫可隨我回渤王府，替我繼續治療嗎？」一個人待在宮裡，與這位讓人感覺不太舒服的大夫單獨相處，她總是有些不自在。

遙姬搖了搖頭，「渤王殿下應該不樂意見到我。」

「妳認識三殿下？」摘星好奇問。

遙姬點點頭，輕笑道：「他被陛下收為義子前，我倆幾乎天天在一起，雖然吵吵鬧鬧，但在這宮裡，我想沒有人比我更了解他。」她的微笑帶著點示威，彷彿在炫耀她與朱友文的關係匪淺。

摘星完全沒料到遙姬會與朱友文有這樣一段過去，遙姬說她很了解他，卻又說他不想見到她，難道……難道他倆過去曾有過一段情？她想開口問，卻又覺這是人家私事，自己如此打探，是否太過失禮？

倒是遙姬見到她的神色，便已猜了個十之八九，失笑道：「郡主想哪兒去了？我與他並無兒女私情，只是八年前，我與他幾乎同時為陛下所救，我們處境類似，同病相憐，互相照顧罷了。當時陛下將我與他關在一塊兒，一開始為了活命，我倆為了食物你爭我奪，有時是我贏，有時是他贏，誰輸了不服氣，便故意打翻飯菜，大家都沒得吃。好幾天下來，我倆餓得都快沒力氣了，飯菜又送了進來，是他先搶下飯菜，我餓得沒力氣再搶，他卻扔了顆饅頭過來，狠狠瞪了我一眼。從那天起，我們便不再搶奪飯菜。」

「聽起來，你們的感情不錯……」聽著遙姬敘述朱友文不為人知的一面，摘星隱約感到一股說不出的失落，彷彿她曾經所熟悉的那個狼仔被人搶走了，而且還是一個如此美豔的女子。

遙姬說她曾與朱友文被關在一塊兒，那遙姬又是什麼來歷？

「那為何又說三殿下不樂意見到妳呢？」摘星問。

「不過就是我曾拿蛇嚇過他，他一刀殺了我的蛇，我一怒之下想殺了他，結果失手，從此我們便水火不容。」遙姬說得雲淡風輕，摘星卻聽得一身冷汗，不過為了一條蛇，她就想殺了朱友文？這女人好生毒蠍心腸！

摘星這下更想離開皇宮回渤王府了。

「但……但我已答應了三殿下，今日會等他回來，我不想失信於他。」摘星只好找了個藉口。

遙姬輕輕一笑，「眼下最重要的，是先治好郡主的腿疾，他並非心胸狹窄之人，我想他會明白的。」

「但是——」

「郡主想得太嚴重了。」

「我了解三殿下，我是怕——」

遙姬忽目光如電掃了過來，摘星渾身一涼，不覺住嘴。

「郡主有多了解他？比我還了解嗎？」遙姬問。

「多年前我與他便在狼狩山上相識，那時我喚他狼仔——」

「狼仔？」遙姬再度打斷。「他是朱友文，堂堂渤王，早已非昔日狼仔了。」

摘星一愣。因為朱友文也說過同樣的話，就連馬婧也暗示過她。

是不是只有她一個人，依舊相信他是八年前的狼仔？

遙姬向她逼近一步，「敢問郡主，除了長相外，現今的渤王殿下，哪一點還有狼仔的影子？」摘星張了張嘴，想起朱友文今晨的肅殺冷漠模樣，又啞口無言。遙姬又道：「妳的狼仔討厭花草嗎？妳的狼仔會拿劍殺人嗎？會拿刀砍蛇嗎？或是在戰場上大開殺戒，屍首血流成河嗎？更甚者，一身嗜殺氣息，只要站在朝堂之上，無人不畏懼嗎？」

摘星睜大了雙眼，完全無法回應。

遙姬口中的朱友文，與她所知的朱友文，竟是兩種完全不同面貌。

遙姬略顯輕蔑地看了摘星一眼，轉過身子，纖纖素手輕輕撥弄一株白色山茶花，「我認識的他，從來就不喜花草，有一回，他見到我種的山茶花凋落，如同人頭落地，激起殺意，將滿園山茶花全數打落！這才是他的真實本性！」

摘星別過頭，下意識地想逃避，「我不想聽……」

不，不可能，這不會是她的狼仔！

「郡主，妳或許的確瞭解狼仔，但妳並不瞭解渤王。渤王早已揮別過去，他雖承認狼仔身分，也不過是為了要挽留妳，並非他真做回了狼仔，還望郡主有自知之明，別再無謂地一廂情願，硬要渤王當回妳的狼仔！」

遙姬句句如當頭棒喝，摘星竟不自覺往後退了兩步，信念狠狠動搖。

她說的……都是真的嗎？

遙姬口中的那個人，才是真正的朱友文嗎？

奎州城。

天色暗後，風，忽然大了起來，照理夏末不該有這麼大的風，而且還冷颼颼的，讓人直打哆嗦。

方掌櫃在小酒館外掛上了歇業牌子，只見路上幾乎已沒了行人，大風呼呼，他沒再多看，轉身走入小酒館，仔細關上門窗，等著今日的貴客。

桌上除了他拿手的蒸魚，還有一大盤滷牛肉，另有兩大罈好酒，準備招待馬峰程。

風很大，吹得門都在震動，是以外頭那人敲了幾次門，方掌櫃才回過神來，匆匆前去開門。

「馬——唔！」

門一開，一把劍便直直刺入方掌櫃腹部，持劍之人又狠狠往前推了數步，硬是將方掌櫃推到牆邊，接著拔出利劍，方掌櫃一聲不吭，軟軟滑倒在地，兩眼圓瞪看著刺殺他的蒙面黑衣人，死不瞑目。

黑衣人微微側身，另外兩名黑衣人跟著入內，轉身關上酒館的門。

他走到方掌櫃面前，摘下蒙面，蹲下親手為方掌櫃闔上雙目，「看清楚了，下輩子，再來找我索命。」

「主子，這酒館裡只有掌櫃父女二人。」文衍道。

「我去找女兒。」莫霄正要上二樓，朱友文卻伸手攔下。

「不用麻煩，一把火都燒了。」朱友文抬頭望了二樓一眼，似乎見到一抹紅色衣角飛閃而過。

躲在二樓的紅兒雙手用力捂著嘴，嚇得渾身發抖，卻不敢哭叫出聲。

她看見了！她看見了！是那個大哥哥！那個大哥哥一劍刺死了爹爹！

莫霄從廚房裡找出菜油，前前後後潑灑。

朱友文冷血下令：「放火！」

莫霄踢倒桌上燭火，熊熊烈火瞬間一發不可收拾！

紅兒嚇得失聲哭叫：「失火了……失火了！救命！救命啊！」

夜煞三人已不見蹤影。

紅兒幼時便歷經過一次火災，此刻親眼見到爹爹被殺，酒館再度失火，她嚇得雙腿發軟，想逃也逃不出去，只能看著無情火焰迅速吞噬酒館，燒毀一切。

小酒館夜間失火，很快引起騷動，街坊鄰居紛紛拿出水桶救火。

依約前來的馬峰程愕然看著失火的酒館，攔住一名正要救火的小伙子，問道：「怎地突然失火了？方掌櫃人呢？他女兒呢？都平安嗎？」

「人都還在裡面沒出來呢！大概凶多吉少了！」小伙子也是一臉難過。

馬峰程看著失火的酒館，怎麼都想不透，好端端的為何突然就失火了呢？

一旁圍觀的人群議論紛紛：「會不會是父女又吵架了，不小心打翻了燭火？」「紅兒以前挺乖的，只是這陣子性情大變，方掌櫃實在管不住……」「可不是嘛，昨兒個還吵到街上來了呢！」

馬峰程握緊手上那張畫像，如此善良的一對父女，老天爺怎麼忍心？

沒有人發現，在不遠處的一棟民宅屋頂上，朱友文目光沉痛地看著酒館沖天的火光，耳裡仍聽見紅兒的無助哭喊。

他殺過的人，早已數都數不清，但唯有這兩條人命，他一輩子不會忘記。

熊熊火光，不僅奪去了那對父女的性命，也奪去了他曾經身為狼仔的最後一絲善良與人性。

他看著赤紅火舌在濃濃煙霧中竄起，彷彿看著過去的自己在掙扎中再次死去。

此刻，他是大梁渤王，夜煞頭子。

他不是狼仔。再也不會是。

第二十二章　將計就計

渤王府內，高牆大院，那扇玄色鐵門後，表面是朱友文日常起居之處，實則藏有一地道密室，供夜煞眾人研討機密任務與換裝。

朱友文連夜從奎州趕回，回到渤王府時，天色已微微發亮，他回到密室前，正要開門，發現一朵潔白山茶花躺在密室門口。

朱友文原先要推門的手立即收回，他身後的莫霄與文衍也機警地拔劍。

密室的門打了開來，一白衣清麗絕美佳人正坐在裡頭，淺笑看著這三人。

「好久不見。」遙姬聲音刻意裝得親熱。

朱友文等三人反而神情更加緊繃，莫霄與文衍忽扔下手上兵器，兩人雙手皆麻癢劇痛，只見手背上青筋血管猙獰浮現，煞是駭人。

「拿出解藥！」朱友文一個箭步上前，牙獠劍同時拔出，直指對方咽喉。

遙姬倒是不慌不忙，神色自若，「朱友文，你緊張什麼?不過就是幾個下人，五年未見，你好像還真的變了?」

「廢話少說!解藥!」朱友文手往前推，遙姬頓覺咽喉一痛，劍尖已毫不留情刺入她雪嫩肌膚，她仍舊嘴角含笑，這股狠辣才是她熟悉的朱友文!

「趕緊在一刻內用清水洗一洗吧，免得雙手廢了。」遙姬蠻不在乎道。

朱友文收回牙獠劍，朝身後兩人道：「快去找水！」

「主子，您自己多加小心！」莫霄瞪了遙姬一眼，這才咬牙迅速與文衍離去。

「妳怎會被放出來？」朱友文與遙姬保持距離，在夜煞受訓之時，這個女人曾與他合作無間，只因他們有著相同的過去、類似的氣息，但之後梁帝要他倆爭奪夜煞之首，她想暗中用計傷他，他將計就計，將她最鍾愛的白蛇捉來藏在床上，遙姬一劍刺向被褥，親手殺了從小養大的白蛇，痛不欲生，一氣之下竟企圖毒殺朱友文，失敗後被梁帝送入地牢，這一關就是五年。

「還不是為了你的馬摘星。」經過五年，遙姬出落得更加美豔動人，說話輕聲細語，但朱友文知道，這一切不過是假象，這個女人要狠起心來，沒人比得過她的歹毒。

因此當朱友文聽見她嘴裡吐出摘星的名字時，饒是冷酷如他，也禁不住背脊一涼，他厲聲質問：「妳把摘星怎麼了？」

遙姬沒有回答，只是從容地在密室裡轉了幾圈，問道：「你的奔狼弓呢？那是你的珍愛收藏，一直捨不得用，怎地不見蹤影？難不成是送人了？」

「別跟我裝傻！不管妳對摘星做了什麼，我要妳立即放人！」朱友文再度將劍尖指向遙姬咽喉。

遙姬苦笑，「這世上唯有你不怕我全身劇毒，沒事就喜歡這麼威脅我性命。」她伸出手指，輕輕撥開劍尖，道：「你未免也太看得起我了，我哪動得了未來的渤王妃？」她狡獪一笑，「是陛下親自放我出來，要我醫治你未來王妃的腳疾。」

朱友文渾身一震！醫治摘星的腿疾？怎麼可能？遙姬明明是成天與毒物為主的製毒師，根本不是什麼救人的大夫！

他怒瞪著眼前這個女人，恨不得一把折斷她那嬌弱的頸子！但眼下他只能忍住衝動，近乎是咬牙切齒地問：「為何？」

遙姬轉頭看向原本掛著奔狼弓的空牆，「陛下對你起了疑心，怕你因馬摘星而對他不忠，他知你對馬摘星有情意，命我在她身上埋下寒蛇毒，好藉此箝制你。」

朱友文一愣，「不可能！父皇尚須馬家軍為其效力，不會如此！」

遙姬轉過頭，走到他面前，「寒蛇毒非立即發作，常人難以察覺，馬家軍更無從得知。但馬摘星必須每月讓我浸泡藥水，控制其毒，不然隨時毒發，屆時她將宛如萬針鑽心，且身子會佈滿如蛇之鱗片，皮肉再一點一滴潰爛，生不如死。」語畢她輕聲笑了起來，輕柔笑聲在密室中迴盪，朱友文卻只覺異常刺耳。

「妳這惡毒的女人！」他猛地掐住遙姬頸子，若不是顧及摘星性命，恨不得當場就掐死她！

遙姬被掐得幾乎窒息，面色通紅，卻依然毫不畏懼，因為她知道朱友文絕對不會殺了她，「你那馬郡主見過你這一面嗎？」

朱友文一愣，手上力道不由放輕了些，「你跟她說了什麼？」

遙姬獲得喘息機會，更是不放過他，「你覺得我該跟她說什麼？說你聞到血腥味會亢奮嗎？還是你體內獸毒發作時有多恐怖？還是讓她知道，只要陛下一聲令下，你手上的劍，不論老弱婦孺都照殺不誤？還是你希望我告訴她，她爹是你——」

「住口！」朱友文厭惡地抽回自己的手，彷彿碰到了什麼骯髒不堪的東西。「妳究竟想怎麼樣？」

「我可以幫你。」遙姬摸了摸自己的頸子，感覺依舊火辣辣地疼。

這人還真是手下不留情。

「妳要幫我?」朱友文一臉不敢置信外加輕蔑，他太了解遙姬，她從來不會這麼好心。
「但我要你讓出夜煞之首！」
「妳在和我談交易?」
遙姬從懷裡拿出一包藥粉，扔給朱友文，「信不信隨你。」
朱友文看著手上這包藥粉，明白這絕對不可能是解藥。
遙姬葫蘆裡到底在賣什麼藥?
「等會兒陛下將召你入宮，派你明日出發前往北遼河，運送軍糧給四殿下。途中會行經冷山黑潭，你手上的藥粉，混入黑潭之水一併飲用，正是解我寒蛇毒的唯一藥方。」
「妳手上無解藥?」他半信半疑。
「五年前拜你所賜，全毀了。此次離開地牢，時間短促，我只來得及製毒，還沒有時間親自去一趟黑潭。」
朱友文猶豫，若遙姬所言無誤，父皇將派他運送軍糧至北遼河，這一來一往就是個把月，這段期間摘星都在遙姬手上，他說什麼都不可能放心！
「藥粉都給了你，難道你還不明白嗎?難不成渤王殿下傻了嗎?藥粉既在你手上，你只要想辦法把馬摘星帶出宮，趁著運送軍糧之便，速帶她至黑潭解毒不就成了?」遙姬提點他。
「妳會這麼好心?就不怕父皇發現，怪罪於妳?」朱友文質疑。
「毒性變化，因人而異，有千萬種解釋，陛下頂多怪我失算。」遙姬走到密室門口，準備離去。「我知道你不會輕易信我，要不，今日你進宮後，可以順便去看看馬摘星。種下寒蛇毒後，她的背會呈現微狀蛇鱗，到時你便知我所言不虛。」

遙姬轉身，那抹纖細白色身影很快消失，朱友文恨恨地握緊手上藥粉，神色凝重不安，他從未像此刻感到這般束手無策，只能任由遙姬擺佈。

🐾 🐾 🐾

摘星忽然間離開渤王府，又硬被遙姬留下，她獨自一人在宮內，馬婧又不在身旁，有些無聊，難免開始胡思亂想，夜裡更是難以成眠，一直掛念著朱友文，不知他回渤王府後不見她蹤影，會不會擔心？還有遙姬刻意在她面前說過的，那些關於朱友文的真實面貌。

她的狼仔，真的嗜血成性、殺人不眨眼嗎？

不……不可能，她不相信，那不是她的狼仔。

一夜輾轉難眠，次日醒來後，遙姬現身，又親自服侍著她泡了一次藥浴，並端來湯藥讓她服用。

摘星不疑有他，接過湯藥緩緩喝下，將藥碗還給遙姬時，遙姬見她面色憂鬱，眼下微有烏青，隨口問道：「郡主昨夜睡得不好嗎？」

摘星老實點點頭，「是睡得不太好。」望著遙姬，「事實上，我一直在思考，大夫昨日所言。三殿下他……他的確說過，他已非昔日狼仔。」

遙姬微笑，「若他自己都曾說過此言，郡主早該認清，還想什麼呢？」

摘星沉吟了一會兒，微笑道：「但對我而言，不管是單純的狼仔，或是冷厲的渤王，都是同一人，無法切割。」

遙姬不以為然，「郡主您高興怎麼想都好，眼下最要緊的，是治好您的腳疾。」

遙姬手一招，兩名小宮女立即上前，準備服侍摘星入浴。

「這麼早就入浴？」這是皇宮裡的習慣嗎？

「我特地為郡主準備了另一種藥浴，需要全身浸泡，有助您腿疾恢復。」遙姬道。

這位大夫花樣可真多。摘星心想。希望這次藥浴桶裡不會再有奇怪的東西。

「郡主沐浴後可先稍作休息，三個時辰後，我會再準備好湯藥，供您服用。」遙姬道。

摘星無奈，只得跟著宮女去了。

一刻後，殿外一名小宮女匆匆來報，說是渤王殿下到了，急著要見馬郡主。

這麼按捺不住？遙姬心道。這正午都還沒過呢。

朱友文匆匆到來，之前他已先見過梁帝，果真如遙姬所說，梁帝派他明日即啓程前往北遼河運送軍糧給朱友貞，也告知遙姬會悉心治療摘星的腿疾。

朱友文愈發不安，更想親眼一見摘星，確認她目前安全無虞，以及是否真如遙姬所說，她身上已被種下寒蛇毒？

他走入殿內，一見遙姬，開門見山便問：「她在哪裡？」

遙姬淺笑盈盈，「來得真巧，你的馬郡主正在入浴呢。」

「妳又在耍什麼詭計？」朱友文瞪著遙姬。

遙姬半側過身子，抬手做了個「請便」的手勢，「你要是不信，何不親自去瞧瞧？」

他大步如風走過遙姬身旁，看都沒看她一眼。

他來到更衣間，兩名小宮女在屏風後忽見他來到，連忙要下跪請安，他大手一揮將她們趕了出去。

他急著想知道摘星背上的模樣，絲毫沒有察覺小宮女們偷看他的眼神裡帶著莞爾。堂堂三殿下居然來偷看郡主洗澡耶，明明就快要成親了，三殿下是否也太猴急？

屏風以雲母裝飾，隱約可見屏風後的人影正緩緩寬衣解帶，他刻意隱藏聲息，目光凌厲，彷如帶領夜煞出任務，毫無任何小宮女期待的旖旎風情。

摘星渾然不覺有人正在偷窺，她背對屏風，脫下外衣，先用手探了探大浴桶內的水，確定裡頭並無什麼奇怪東西，這才緩緩踏入，浴桶裡的水飄著淡淡花草香氣，她吁了口氣，拿起擺在浴桶旁的布巾，擦拭身子。

朱友文聽見水聲細微，知她已坐入浴桶內，他悄悄從屏風後探出頭，卻失望見到摘星是側身而坐，他無法見到她的背部。

這是他第一次見到她的身軀，只見肌膚如玉，纖頸秀美，側顏嬌媚，活脫脫一朵出水芙蓉，他忽覺心蕩神馳，腳步一動，竟不慎撞倒屏風，屏風瞬間倒下，摘星一驚，回頭一見居然有個男人就在自己身後偷窺，嚇得花容失色，失聲尖叫！

「你這不要臉的登徒——咦？」她很快認出眼前男子，驚訝更甚，隨即杏眼圓瞪，「你……朱友文，你居然偷看我入浴！」

「絕非妳所想！」朱友文這輩子第一次如此羞窘，他是偷窺沒錯，但絕不是如摘星所想那般齷齪，但他又無法對她解釋。

他怎能讓她知道，遙姬根本不是什麼大夫，且梁帝命遙姬在她身上種下寒蛇毒，一來測試朱友文真誠，二來繼續控制馬家軍，根本不把她性命放在眼裡。

摘星忙撈過外衣匆匆披上，小臉通紅，又氣又羞，「我們都是要做夫妻的人了，實在犯不著如此、如此性急吧！」

朱友文背轉過身子，面紅耳赤，儘管屏風倒下時他飛快移開視線，但仍在瞬間瞥見了她飽滿的胸部，心跳不由加速，想入非非，他連忙深呼吸幾口，穩住心神。

「妳先把衣服穿上，我自會跟妳解釋。」語畢他便離開更衣間，在外頭等待。

摘星半信半疑，拿起布巾將身子擦乾，一面仔細重新穿衣，一面不時望向屏風後，生怕有人又來偷窺，同時心裡卻又有些難以描述的竊喜與羞赧，沒想到他竟想來偷看她洗澡，這舉動倒有點像從前的狼仔……

渾然不知朱友文心中打算的摘星總算步出更衣間，小臉一板，故意氣呼呼道：「殿下，我在等你的解釋，為何要偷看我入浴？」

朱友文冷靜下來後，很快想到一番說詞：「妳千萬別誤會，我是受文衍所託。」一句話就把他最忠心的下屬給賣了。

她疑信參半，「你偷看我入浴，與文衍有何關連？」

朱友文一臉正經，煞有其事道：「我命文衍鑽研醫術，研究如何治癒你的腳疾，昨日他謀得一方，說是若在妳背上某幾處穴道施針，極有機會治癒，誰知陛下已將遙姬找來，晚了一步。」

「那豈不辜負文衍一番苦心了？」她也覺有些惋惜。

朱友文點點頭，「文衍向來自豪其醫術，被遙姬搶了先，他心有不甘，便懇求我前來一試。」

「不用先問過遙姬嗎？」摘星問。

「不會衝突，無妨。」他說得斬釘截鐵。

「那……你要如何證明文衍的方法有效？」既然是文衍所提，文衍照顧醫治她多時，她信得過他。

「我雖未攜銀針，但可用真氣試探妳背後穴道，若有用，妳雙腳舊疾血絡淤滯之處便覺暢通，走起來路會感覺較平日輕盈。」

「真的啊？」聽得她都想躍躍欲試了呢。

他表情認真，「若文衍的法子有用，屆時我便推薦他與遙姬一同醫治妳的腳疾。」

「那還等什麼，快來試試吧！」她背轉過身子，脫下外衣，露出背部細膩如脂的滑嫩肌膚，朱友文一見，不禁一陣目眩，他連忙用力閉眼，穩住心神，這才湊近她身後，果真見到她背部上方已有如蛇般鱗片化出，小小一片，每一片皆隱約透白，片片重疊，直往背部下方延伸而去。

朱友文心頭震撼，知道遙姬所言不假，摘星已被種下寒蛇毒！

他雙手握緊成拳，只覺氣憤痛心，自己明明一心想護她周全，不受傷害，為何她卻總是在他身邊一次又一次陷入險境？

摘星等了一會兒，背後毫無感覺，忍不住問：「你動手了嗎？」

朱友文回過神，「我……我怕弄疼妳。仔細想想，其實我並非大夫，此舉太過莽撞。」

摘星披上外衣，轉過身，「那要怎麼測試文衍的法子有效？」

「我趕緊回去再與他討論一番，妳且先在宮裡耐心等候。」語畢他居然轉身邁步離去，留下摘星一頭霧水。

這般行色匆匆，遲疑不定，還如此冒失闖入更衣間裡看她入浴，實在不像平常的朱友文。

到底是怎麼回事？難道他有什麼事情瞞著她？

當日下午，朱友文忽入宮面見梁帝，言明他得知四弟朱友貞臨行倉促，他擔憂四弟所攜軍備軍糧不足，因此希望提早出發，儘快與朱友貞會合。

梁帝表面上嘉許他不畏辛勞，與朱友貞兄弟情深，骨子裡卻是怒不可抑。

反了！朱友文真是要反了嗎？

明日才出發，他卻急著今晚就要啟程，莫不是急著想暗中帶走馬摘星，替她解毒？

朱友文匆匆離去後，梁帝喚來遙姬，開口便道：「那廝急著今晚就要出發，事到如今，妳仍深信他不會背叛朕？」

遙姬聽完，冷靜道：「陛下，不過是臨時改變心意，並不能斷定他對陛下不忠。信一個人，不是聽他說了什麼，而是要看他做了什麼。」

梁帝心中其實也是惴惴，他實在不願相信，自己投注了那麼多心血的兒子，會是一頭忘恩負義的白眼狼！

「陛下請放心，若一個女人就讓他自毀一切，那麼他不配做遙姬的對手，更不配做陛下的兒子，屆時只要陛下一聲令下，遙姬必親自了斷他的性命。」遙姬恭敬道。

這時一個小太監急急忙忙前來稟報，張錦聽了後，將話傳到梁帝耳裡。

梁帝聽罷，忽地用力一拍書案，站起身道：「真有此事？」

遙姬略感訝異，接著只見梁帝怒氣匆匆離席而去，原來是張錦暗中埋伏的眼線回報，渤王朱友文見完梁帝後，即帶著一名身穿斗篷、看不清面貌的女子前往遙姬醫治馬郡主的宮殿，明顯是想偷天換日，將真正的馬郡主暗中帶出。

梁帝趕到時，只見殿門緊閉，侍衛上前敲了許久，一名小宮女慌張前來應門，見是梁帝來了，連忙下跪，怯生生一句「恭迎陛下——」還沒喊完，梁帝已快步走入殿內，裡頭空無一人。

「好你個朱友文！居然——」梁帝怒極，一道人影聽見聲音，從屏風後現身：「陛下？」

梁帝一愣，連跟在他身後的遙姬也是一愣。

從屏風後走出的，不是別人，正是馬摘星！

「陛下？大夫？兩位怎麼突然一塊兒出現？怎麼了嗎？」摘星狐疑問。

梁帝遲疑了一會兒，問道：「友文……剛剛是不是來探望妳了？」

摘星點點頭，「是啊，他怕我在這兒住不慣，特地替我送上幾套平常穿慣的衣物。」

「有人稟報，他身旁帶了一名行蹤詭異的女子，朕……朕是擔心郡主安危，才特地前來看一看。」

梁帝的理由聽來很牽強，若是真擔心摘星安危，派人前來查看即可，何必親自來一趟？

摘星不明所以，但以她身分又如何能質疑皇帝陛下的真正目的，只得恭敬道：「感謝陛下關心，摘星承受不起。那名女子乃三殿下身邊忠心屬下海蝶，是三殿下請她替我挑選衣物，趁著此次進宮，順道將衣物送來。」

梁帝自知無法再追問下去，否則馬摘星必起疑心，他假意吩咐叮嚀了幾句，離去時心中怒意已然全消。

既然馬摘星還在宮中，朱友文便算是通過了測試。

遙姬在旁道：「恭喜陛下，渤王殿下通過測試，並無任何背叛之舉。」

梁帝點點頭，「去告訴友文，馬摘星其實並未中毒，這一切不過是朕的測試。那孩子難得動了真情，朕若真對她下毒，豈不完全不顧父子之情了？朕只是要他記住，絕對不可再有任何欺瞞！」

遙姬應了聲「是」。

「還有，妳替朕證明了友文的忠心，可將功折罪，太卜宮就交給妳了吧。」

太卜掌陰陽卜筮，透過占卜助天子解決諸疑，觀國之吉凶，甚至有權決定國家祭祀、喪葬、遷都、征伐等大事，梁帝早年於戰場上出生入死，步入晚年後，精神體力皆大不如前，他越發迷信，遙姬不僅擅於製毒，亦精通巫卜之術，能觀星象、知生死，將她封為太卜宮的主人，不啻於大大提升她的地位，幾乎能與朱友文相互抗衡，更可看出梁帝相當倚重她的巫卜之能。

遙姬跪下叩謝，心中卻無多大喜悅。

功名地位對她來說不過身外之物，她真正在意的，還是那個叫馬摘星的女人。

她與朱友文自小相伴，自詡沒有人比她更了解他，但馬摘星卻口口聲聲堅持他心中仍從有過去的良善與天真，讓她異常反感與厭惡。

不知天高地厚的女人！她根本就不知這八年來朱友文歷經過了什麼，不斷把自己的美好想像加諸在他身上，難道她真以為從前那個狼仔還活著嗎？就算朱友文偶爾扮扮狼仔，也不過是為了討好她，遙姬不齒堂堂一個渤王殿下居然為了一個女人如此作賤自己的本性！

他是嗜殺的！殘暴的！冷血且毫無人性的！那才是她所熟悉的朱友文！

朱友文已整裝點查完畢，正準備出發，忽接到梁帝命令，運送軍需一事暫緩，且命他速帶馬摘星回府。梁帝如今已盯緊了晉軍位於北遼河的太保營，打算派馬家軍做為先鋒攻打此地，馬摘星是穩住馬家軍的棋子，千萬不能出亂子。

接著遙姬現身，告知她並未在馬摘星身上埋毒，之前不過是想測試他對梁帝的忠誠。

遙姬笑道，「與其說是陛下的測試，不如說是我想確認你是否依然是從前那個朱友文？幸好，馬摘星沒讓你迷失，你還是我心中的那個渤王。」

朱友文斜睨遙姬，沒有出聲。

遙姬臉色隨即一沉，「還是說，你早就看穿一切，因而沒有中計？」

將計就計，反將對方一軍，向來是朱友文的拿手好戲，她常常聰明反被聰明誤，在他手下吃過不少虧。

「我不懂妳在說什麼。」聽聞不用出發運送軍需後，朱友文腳步一轉，便欲前往宮殿將馬摘星接回渤王府。

遙姬在他身後道：「你就不怕陛下是真的命我在馬摘星身上埋毒？」

「若父皇真決定如此，我也只能從命。」朱友文停下腳步，聲音堅定無一絲猶豫。

遙姬輕笑，「看來渤王依舊是渤王，若你因為馬摘星而輸了這局，我可是會很失望的。」

朱友文邁開腳步，將遙姬遠遠拋下。

🐾 🐾 🐾

他一路來到摘星暫住的宮殿，小宮女見他風風火火而來，還來不及阻止，他已走入殿內。

「殿下！殿下！郡主正在——」

摘星正巧在更衣，朱友文忽闖入，她嚇了一跳，柳眉一豎，正要嬌嗔發怒，他忽將她整個人拉了過來，又將她身子轉了半個圈背對著他，然後一把拉下她肩頭外衣——

「朱友文！你在做什麼？！」她又羞又氣，先前偷窺她入浴還不夠，現今又想輕薄她？這人是怎麼了？像狼一樣發情了嗎？

原以為他會繼續對她上下其手，誰知他卻只是凝視著她光裸的背部，許久未出聲。

她的背上已無中毒跡象的蛇鱗紋，看來之前只是遙姬的障眼法，欲讓他信以為真。

他心中的大石總算暫時放下，但遙姬既已被放出，不知日後她還會使出多少手段對付摘星，他只能更加嚴密保護她，不再輕易讓她離開自己的視線。

「朱友文，你到底——」她轉過頭，見到他雙眼凝視自己背部赤裸肌膚，不禁面紅耳赤。「你這次又有什麼藉口？難道又是為了幫文衍？」

他搖搖頭，忽一把扯住她手臂，急著帶她離開宮殿。

「你要帶我去哪兒？等等！先讓我把衣服穿好，我正更衣到一半呢！」

「跟我回渤王府！」

「現在？我不是還要治療腿疾嗎？」

「我擔心妳一人在宮中住不慣，已向父皇稟告，將妳帶回渤王府再行治療。」

「可是遙姬的藥浴──」

「我會派文衍請教遙姬，讓妳在渤王府內也能治療。」

「真的？陛下同意嗎？」

朱友文點頭，一路拉著她快步離開，絲毫不想讓她在此處多待一刻。

「你⋯⋯等等，為何要這麼急嘛？我衣服都還沒穿好呢！」摘星忍不住嬌聲抱怨。

「我怕遙姬下手過猛，反而危及妳的身體，想早點帶妳回去，讓文衍看看。」

摘星聞言不禁心中一陣感動，儘管他近來行跡詭異，令人不解，但話語眼神間透露的關懷與憂心卻是不假，原來他這麼擔心她嗎？

「走慢些，別急，我這不就回去了嗎？」她伸出另隻手扯住他的袖子，兩人緩下腳步。

他反手牽起她的手，見她正對著自己微笑，渾然不知自己已從生到死，又由死到生走過了一回。

他胸口忽感一陣陣抽痛。

遙姬的出現讓他有種預感，在摘星面前，他將越來越瞞不住自己極欲掩藏的那一面。

到了那時，她還會願意繼續留在他身邊嗎？

深夜，朱友文在密室內聽著文衍回報：「主子，屬下已趁馬郡主熟睡後悄悄診脈，郡主脈象平穩，看來的確沒有中毒。」

朱友文面色凝重，點了點頭。

眼下父皇的測試是過了，但還有個更棘手的遙姬，不知她又會玩什麼花樣？

「主子，您是何時看出這一切皆是陛下與遙姬聯手？」海蝶問。

莫霄在一旁打斷：「妳傻啦，遙姬與主子競爭那麼久，怎可能輕易幫主子？其中必定有詐！是主子聰明，將計就計，乾脆讓他們誤會到底，再一舉釜底抽薪，順利把馬郡主帶回王府。」

海蝶不理會莫霄，「主子……可否容屬下冒昧請問一事？」

「說。」朱友文側過身，目光落在牆上的牙獠劍上。

「若陛下並非有意測試您，而是真的命遙姬在馬郡主身上下毒，主子是否會欺瞞陛下，暗中替馬郡主解毒？」海蝶問道。

這不僅是她的隱憂，同時也是莫霄、文衍等人心中疑惑。

自馬摘星出現以來，朱友文開始有了轉變，他們跟在主子身邊已久，哪裡瞧不出來主子早已對馬摘星動了真情，英雄難過美人關，遙姬不就是利用這一點來測試主子的忠誠？

莫霄又是快嘴：「妳胡扯什麼？陛下不是說了，他會好好照顧郡主不是？」

文衍卻也往前踏了一步，「主子，屬下也想知道。」

朱友文卻是沉默著，久久沒有回答。

這次連莫霄也不知該說什麼了。

半晌，朱友文終於開口：「若是真有那麼一日，我不得不選擇背叛父皇，保下摘星，在那之前，我會退下夜煞之首，從此你們與我再無瓜葛，不管我做了什麼，都與你們無關！」

「主子，屬下等人並非此意——」海蝶急著想辯解，卻被朱友文打斷：「好了，都下去。」

「主子！」

「不聽令了嗎？下去！」朱友文語氣一沉，盡是威嚴。

三人只得聽令離去。

密室裡只剩他一人後，他走到牙獠劍前，卻未伸手取劍，而是在劍尖下方的牆面上輕輕一推，那是個暗格，牆面瞬間開了一個巴掌大的小洞，他將手探入，撈出一條項鍊，竟是當年摘星送他的黑玉狼牙鏈，他終究是捨不得，一直將其藏在無人知道的角落，也許，他真正捨不得的，是曾經的狼仔。

沒有仇恨、沒有殺戮、沒有壓負在身上的恩義，也沒有誤解，就只有狼仔，就只有星兒。

他輕輕握住狼牙鏈，臉上是文衍等人從未見過的痛心與掙扎。

若能選擇，他其實，始終是想當狼仔的。

可他還有機會嗎？

🐾 🐾 🐾

隔日一早，摘星用完早膳後，與馬婧在自己的小院花圃裡澆水、翻土，朱友文悄悄現身，馬婧見他到來，知趣地先退了下去，讓兩人好好單獨相處。

他走到她身後，雙手輕輕摟住她的纖腰，「一大早就在忙活什麼呢？」

她嚇了一跳，回頭輕輕推開他，「一大早就這樣嚇人！」

他輕輕揩去她臉頰上不小心沾到的泥土，只覺觸手滑嫩，情不自禁又多摸了兩下，她被摸得小臉通紅，正想說馬婧還在一旁看著呢，一轉頭，卻見馬婧早就不知到哪兒去了。

朱友文又上前從背後摟住她，這一次，她沒有掙脫。

「妳還沒告訴我，妳在這兒種些什麼？」他問。

「是女蘿草。」

他會意地笑了，「想念狼狩山了？」

她卻面露擔憂，一面指尖輕輕撫弄剛移植好的女蘿草，一面道：「你不喜花草，我種下這些女蘿草，可會惹你不開心？」朱友文還未回答，她連忙又搶道：「我知道，人都會改變，況且八年是段不算短的歲月，我從未參與其中，更不知你到底經歷了什麼，我只是……只是希望這些女蘿草，能多少讓你想起從前的日子……」她轉頭凝視著他。「能讓你，再多變回狼仔一些些……」

周遭的人都在不斷告訴她，朱友文已經是過去的狼仔，她不得不逼著自己去正視這個現實，但她仍希望，至少、至少他身上仍留有狼仔的影子，那怕只有一些些也好……

朱友文望著她，嘴角一笑，「何必只有一些些？」

摘星不解。

「來。」

他牽著她的手，來到王府前院，她前腳才踏入，便訝異地睜大了眼，只見下人們正在前院裡忙進忙出，栽種許多芬芳美麗的花草，原本幾乎寸草不生的渤王府花園，瞬間花團錦簇，百花爭艷，完全變了個模樣。

摘星簡直不敢相信自己的眼睛！

這一切都是為了她嗎？

「這……這會不會一下子變得太多了？」連她自己都有些無法適應，更何況是久居於此的朱友文？

「既然要變，何不一次變得徹底些？」朱友文倒是絲毫不介意。

她想要什麼，他就給她什麼，甚至十倍百倍千倍，他不在意別人的目光，他只在意她開不開心。

這時莫霄也來到花園，手上捧著一個特別定製的投壺。

摘星訝異問道：「這是？」

「郡主，殿下知道您喜歡玩投狼壺，特命我去弄了一個，這可是我請人特別定做的。」

摘星拿過投壺，左看右看甚是喜歡，興致一起，喊道：「不如把大家找來，我們一起來玩一回，如何？」

莫霄愣住。與主子一起玩投狼壺這種小孩的遊戲？

「是啊！」摘星依舊興致勃勃，滿臉期待地望向朱友文。

朱友文不忍掃她興，只好點頭。

「快把文衍與海蝶一塊兒找來，看最後誰輸得最慘，彈額頭處罰！」摘星心情好極了。

朱友文一臉為難又有些不敢置信地看著她捧著投壺往前院走去，暗道：這不是擺明了要他在自己下屬面前出糗嗎？

文衍等人不敢忤逆朱友文命令，跟著摘星玩了幾輪投狼壺，可想而知，即使眾人努力放水，朱友文還是墊了底。摘星算了一下分數，宣布：「現在要比出最高分，贏家可以彈三殿下的額頭，做為處罰！」

文衍趕緊搶先上前，故意失手，還裝出懊惱模樣，「唉，我太緊張了。」

接下來換海蝶上陣，她瞄準了半天，一樣失手，走到文衍身旁，搖搖頭，「最後一箭，不容易。」

只有莫霄不知好歹，海蝶才剛離開，他便迫不急待上前，帥氣扔箭，一舉投中！「我贏了！」莫霄振臂，只差沒跳起來歡呼。

文衍與海蝶默默為他哀悼。

「莫霄勝出！由你來彈三殿下額頭！」摘星拍手笑道。

莫霄得意走到朱友文面前，抬手曲起手指就要狠狠彈主子的額頭，卻見朱友文臉臭得像什麼似的，狠狠瞪著他。

「主子，擺臭臉沒用！玩遊戲就是講究公平嘛！您多擔待些啊！」話語一落，莫霄立即出手，朱友文只覺前額一痛，瞬間額頭又紅又腫。

文衍與海蝶在一旁面露驚恐。

莫霄你好大的膽子！不要命了嗎？

摘星見朱友文臉色極為難看，正想上前替莫霄緩頰幾句，一道冷冷的聲音忽傳來：「渤王殿下可真是好興致呢！」

眾人一驚，朱友文與文衍等人更是立即全身戒備，朱友文一個箭步走到摘星面前，冷眼看著面前這位不速之客。
來人正是遙姬，她見到五彩繽紛的王府花園，心中訝異，待見到朱友文居然與自己的下屬玩起幼稚的投狼壺，心中更是反感，這不是她所認識的朱友文！何必為了一個笨女人，如此作賤自己！
摘星從他身後探出頭，奇道：「殿下與遙姬姑娘不是兒時舊識？為何見了面卻不打招呼？」
這兩人簡直像陌生人。
不，不只是像陌生人，兩人之間對峙的氣氛，倒更像是敵人。
遙姬壓抑住對馬摘星的反感，清冷一笑，「何止渤王殿下，文衍等人，我都熟得很。」她朝朱友文欠了欠身子，「遙姬奉命接掌太卜宮，特先來拜會，此外，亦奉陛下之命，請渤王殿下前去『誅震宴』！」
朱友文面色一沉，摘星正想問什麼是「誅震宴」，見到他的臉色，也知趣地暫且不問。
遙姬笑道，「今次誅震之宴，由我主祭，馬郡主既是未來的渤王妃，陛下特命您隨我先行前往一同準備。」她側過身子，朝摘星道：「郡主，請隨我來。」
「現在就去？」摘星望向朱友文，徵詢他的意見。
既是梁帝有令，朱友文如何能不從？他只能勉強點頭，眼睜睜看著不明就理的摘星被遙姬強行帶走。
莫霄向來沉不住氣，上前搶道：「主子，這……這妥當嗎？誅震宴可是——」朱友文揮手打斷他的話。
莫霄還欲再說，海蝶拉了拉他，示意他閉嘴，別再火上澆油。
朱友文握緊了拳頭，看著摘星的身影漸漸消失，彷彿有什麼東西也跟著漸漸消失了。而且永遠不會再回來。
梁帝的意思很明顯，遙姬肯定多少也在旁煽風點火，他們要的是渤王，那個人人聞之色變的殘酷劊子手，而不是摘星心中那個善良的狼仔。

他望著滿園繽紛花草，只覺諷刺。

他越是想做回狼仔，卻離從前的那個自己，越來越遠。

第二十三章　誅震宴

馬車朝皇宮方向駛去，馬車內的摘星終於按捺不住，問起坐在對面的遙姬：「請問何謂誅震宴？」

遙姬嫣然一笑，「每逢在外駐將回京述職，陛下便會辦場誅震宴，宴請眾人。」

「陛下何以要我一塊兒去準備此場宴席呢？」她感到疑惑。

遙姬笑意更深，「郡主與渤王殿下相隔八年重逢，想必會好奇這八年來他是怎麼過的，誅震宴是渤王殿下日常之一，可讓郡主您更了解他，難道郡主不期待嗎？」

「原來如此，謝謝妳想得這麼周到，我很期待。」摘星一聽，瞬間開始期待起這場聞所未聞的「誅震宴」了。

馬車又行駛了一段時間，終於停下。

遙姬與摘星下車，進入宮內，遙姬在前領路，卻是將摘星帶到了她曾來過一次的天牢前，摘星不解，「為何要帶我來到此處？」

遙姬解釋：「每次舉辦誅震宴，陛下會準備十人份飯菜，送給天牢裡的重犯，一塊兒同慶。今日就由郡主挑些犯人、送上飯菜可好？」

摘星走入陰溼天牢內，她走過一間間牢籠，見到特別孱弱或被折磨至慘的犯人，心生憐憫，便命獄卒將飯菜遞給這些囚犯，遙姬站在她身後，微笑地看著這一切。

一名老囚聽見動靜，緩緩睜開雙眼，見到摘星，忽渾身一震，用盡最後力氣朝她嘶啞喊道：「摘星……郡主？馬家小郡主……真是妳嗎？」

摘星立即回頭，這天牢裡居然有人識得她！

待走近一看，她不由更加訝異，「段叔叔！」

那出聲喊她的老囚，全身已被折磨得幾乎體無完膚，居然是曾與馬瑛一同協力鎮守邊關的段言喻！

摘星所知的段言喻，為人清廉，她幼時曾見過這位大人幾次，對方的和善與親切，讓她留下極深印象。

「段叔叔，您……您怎會被關在這裡？被關多久了？」摘星連忙命獄卒將飯菜端給段言喻。

段言喻巍顫顫地朝摘星爬去，接過飯菜便狼吞虎嚥吃了起來，像是已餓了許久，摘星親自端著盤子，眼眶泛淚，不明白當年那個老好人段叔叔，何以淪落至此？她又要來清水，遞給段言喻，老人飢渴地喝了大半罐水，又吃了幾口飯菜，總算有了些氣力，老淚縱橫道：「馬府發生滅門慘案不久，有大臣告發，說我接受了晉軍的賄賂與勸降，恐牽連其中，陛下大怒，懷疑我有逆反之心，便將我降罪至此，受盡刑罰折磨……」

摘星哪裡忍心見到一個老人受此折辱，激動朝遙姬道：「我了解段叔叔的為人，他對陛下再忠心不過！他必是冤枉的！我願替段叔叔求情，請陛下明察！」

遙姬卻是冷笑，心頭痛快，「怕是已經來不及了，郡主！」

摘星愣住，面露疑惑。

遙姬主動解釋：「誅震宴，顧名思義，乃是『以殺誅心，威震將侯』，在外將領若回京述職，陛下會特別設宴，並在宴席上命渤王一一斬殺犯有逆反之罪的大臣將領，殺一儆百，藉此警告所有在外將領，休有任何謀逆之心！」

摘星一臉錯愕，不敢相信自己的耳朵！

命渤王一一斬殺這些大臣將領？只為收殺雞儆猴之效？

梁帝竟會如此暴虐無道？

而朱友文……竟是梁帝手下最得意的劊子手？

遙姬很滿意摘星的反應與表情，走到她面前，輕聲道：「郡主可知，今日有哪些人被選上嗎？」

哐啷一聲。段言喻手上的盤子掉落在地。

摘星恍然大悟，自己送上的那些飯菜，竟是這些囚犯的最後一餐。

遙姬的笑容在她眼裡忽異常刺眼，人命關天，她竟能如此輕描淡寫？

她也終於察覺，遙姬對她的好，皆不過是表面工夫，自己恐怕是從頭到尾都被這個女人玩弄於指掌間。

誅震宴於皇城兵校場上舉行，雖美其名為「宴席」，校場上卻不見任何喜慶氣氛，只見禁軍駐守四方，長槍林立，氣氛肅殺。

看台上，梁帝端坐上位，張錦與遙姬隨侍在側，摘星入坐其下方，只覺心中一片混亂。

段叔叔真的要被送上誅震宴處斬了嗎？

張錦往前一步，朝校場內喊：「午時已到，誅震宴起，主祭者，太卜遙姬！」

遙姬起身，手端一杯血酒，往前一灑！

張錦朗聲道：「宣，今日入京赴宴述職者，斯河節度者劉龍、教州統兵李泰行、敲雷軍校尉王泰一、北進州副指揮史邢艾，入校場面聖！」

眾位將領魚貫帶著隨從入內，朝梁帝行跪拜大禮。

梁帝賜座後，宮女太監們便忙著上菜，眾將領長年在外，哪有機會嘗得如此美酒佳餚，個個吃得開心，氣氛漸漸熱絡，但摘星看著眼前的山珍海味，滿腦子想的卻是方才天牢裡段叔叔狼吞虎嚥的那盤飯菜，完全食不下嚥。

梁帝與眾將領寒暄了幾句，話鋒一轉，「宴席上本不該掃興，但朕還是想提醒一下，若有人領兵在外，對朕有了叛心，朕可是會毫不留情！」

眾將領一愣，有些甚至緩緩放下正大快朵頤的肉食，猜測梁帝這番話是何用意？

張錦再次向校場內喊：「宣，渤王殿下！」

摘星原本一直心不在焉，待耳裡聽見「渤王」二字，忽像受驚的小兔子，全身顫抖了一下，接著她急切地望向校場入口，心裡始終不願相信，她的狼仔會是梁帝得意的劊子手。

但她失望了。

緩緩走入校場內的那個高大人影，身穿黑色明光鎧，胸前一兇惡狼頭，飾以金紋，狼嘴大張，上下兩排利牙間鑲著一面護心鏡，鏡面在豔陽下反射，摘星瞇起眼，一時見不到他的神情，卻已能感覺到他渾身殺氣騰騰，她甚至能聽到他沉重的腳步聲，如同最恐怖的夢魘，一步步，一步步朝她走來。

這不是她的狼仔！

她焦急地想與朱友文目光接觸，想在他身上找到自己熟悉的地方，哪怕只有一丁點也好，但直到朱友文走得近了，她能看清他的臉龐了，他卻看都沒有看她一眼，表情始終冷峻肅殺。

摘星深深被震撼，開始感到恐懼，但這一切都還只是開始。

梁帝朗聲道：「看清楚了！那些想背叛朕的人，會是如何下場！拉進來！」

第一個囚犯被拉進校場，張錦宣佈：「犯人，刺史陳有隨，私藏軍糧，暗藏兵器，圖謀不軌，今日處刑！」

犯人被解開了手銬腳鏈，獄卒臨去前朝地上扔了一把刀。

梁帝看著那渾身發抖的犯人，大感痛快，道：「你若能傷得了渤王一根寒毛，朕便免你誅九族之罪！」

犯人先是呆呆發愣，然後上前撿起刀，大喊一聲便朝朱友文殺了過去！

在看台上的摘星見到這一幕，儘管知道朱友文武藝高強，仍驚得倒吸一口冷氣，說時遲那時快，她連眼都沒眨一下，朱友文已出手，他手上不知何時多了一把短刀，直刺入犯人頸子，頓時血流如注，犯人跪倒在地，喉嚨灌滿自己的血液，連痛苦哀號都辦不到，朱友文殺紅了眼，扔下短刀，單手掐住犯人頸子，竟將人高高舉起，血不斷沿著他的手臂往下滴落在他臉上，嚐到血腥味的渤王如野獸般興奮，手越掐越緊，犯人起初還有力氣掙扎，很快便臉色發紫，斷氣了。

朱友文鬆手，屍體如鉛般沉重落在地上，他舔舔自己手上仍溫熱的血液，殺戮本性躁動不已，但他隨即察覺到摘星的視線，立即試圖收斂。

在她面前殺人，是他最不願做的事，儘管這並不是第一次，但那一次，她並不知道是他。

這一幕，讓那些酒酣耳熱的將領們感到一股股涼意由背脊竄起，摘星更是從頭涼到腳，雙手微微發抖，不敢相信剛剛在自己面前輕鬆殺人的，是她一心深愛的朱友文。

宴席間霎時安靜下來。

梁帝與遙姬卻都笑了，梁帝顯得興致不錯，朝摘星道：「馬郡主，妳的未來夫君如此威震四方，朕真是替妳高興啊。」

摘星完全說不出話，雙唇顫抖。

梁帝見她這副驚嚇模樣，並未安慰，轉頭又喊：「朕不過癮，諸將也不過癮，再來！」

獄卒再次拉進一名老態龍鍾的犯人，摘星定睛一看，竟是段叔叔！

她激動打翻了一支酒杯，遙姬注意到了，只是笑著看她出糗。

只聽張錦朗聲道：「犯人，戴南軍統領段言喻，勾結敵晉，私收賄賂，謀逆叛國，處刑！」

段言喻被解開了手銬腳鏈，獄卒照例在地上扔下一把刀。

「換個花樣給朕瞧瞧。」梁帝吩咐朱友文。

摘星轉頭望向梁帝，一臉不可思議。換個花樣？縱使這些犯人的確罪該至死，可到底是一條人命，梁帝口吻卻像將他們視為宴席上的玩物，殺人不過是種娛樂？

只見段言喻抖著雙手，緩緩從地上撿起刀子，摘星再也看不下去，衝到梁帝面前跪下，替段言喻求情：「陛下，段大人與亡父曾一同鎮守邊關，摘星自幼即識得他，知他絕無可能有反逆之心，其中也許有冤屈，還望陛下明察！」

遙姬臉色一沉，上前道：「陛下，段大人罪證確鑿，馬郡主僅以私交便想干預朝政，又破壞陛下宴席雅興，理當問罪！」

「馬郡主，妳欲求情，必得有證據，否則豈不只是莽撞行事？馬瑛是這樣教妳的嗎？」梁帝怫然不悅。

摘星跪在地上，額頭冷汗直流，她何嘗不知自己太過莽撞，但要她眼睜睜看著段叔叔慘死在朱友文手上，她辦不到！

校場內的段言喻，雙手緊握刀子，緩緩走近方才慘死的那名犯人，待他認出是自己舊識後，不由嘶啞著嗓子悲慟大喊：「朱溫！你這暴君！」

看台上原本被摘星吸引目光的眾人立即轉過頭，看著渾身顫抖的老人站在校場內指控梁帝：「殺啊！來殺我啊！我死有餘辜！沒錯！我確實與敵晉私通，想造反了！因為我看不慣你朱家作風！」他更直指渤王，「你，渤王，更是助紂為虐，竟甘願當朱溫的劊子手，你會有報應！報應！」

「段叔叔——」摘星大為震驚。

「段言喻，你放肆！」梁帝大怒，一拍椅子，竟站起身來，瞪了摘星一眼。

就算摘星再想替段言喻求情，此刻也只能噤聲。段言喻都自己認了，她還能求什麼情？謀反叛逆，唯有死罪，同時株連九族。摘星已想不出辦法能救下段言喻，她不覺將求救眼神望向朱友文，只見他面無表情，一臉冷峻。

段言喻的生死，亦不是他所能掌控。

梁帝要他生，他就能活。梁帝要他死，他就只能死。

段言喻忽又哭又笑，歇斯底里道：「哈哈哈哈——反正我段某爛命一條！」他將刀尖指向朱溫，「別以為我不知道，你這暴君為何一定要殺我！隨便安個與敵晉私通的罪名在我頭上，只因為你怕我起了疑心，這幾年來多少大梁忠良死得淒慘，背後都有隱情！」他像是這時才發現摘星也在場，忽臉露驚慌，大叫：「小郡主！快離開大梁！妳可知妳父親是——」

朱友文以快到讓人看不清的速度衝上前，揮舞牙獠劍，手起劍落，段言喻最後一句話還未說完，人頭已落地，嘴兀自大張著，滿腹冤屈再也無處可說。

摘星只覺眼前一黑，接著渾身一軟，整個人癱坐在地上，臉上毫無血色。

段叔叔……被朱友文殺死了……

段叔叔臨死前到底想說什麼？要她快離開大梁？為何？

梁帝轉頭朝摘星怒道：「妳可看見了？這叛臣不僅認罪，臨死前還胡言亂語，試圖慫恿人心以報復朕！豈能不殺之而後快！」

摘星低下頭，強忍住眼中淚水，沉默不語。

遙姬上前安撫梁帝：「囚犯臨死，恐懼至極，常會如此喪失心神，口出狂言，陛下切勿放在心上。」

梁帝重重哼了聲，興致全失，拂袖離席。

遙姬微笑地看著這一切，馬摘星，這下妳該覺悟了吧？這才是渤王朱友文的真正面貌，他從來就不是妳的狼仔！

她察覺到朱友文憤恨目光，微揚起下巴，毫不畏懼地迎上，怎麼，以為玩玩投壺、換換花草，就能洗去滿身血腥味嗎？癡人說夢！

這五年來，在那座石牢裡，她日日夜夜想的，就是有朝一日能與朱友文再次交手，這個曾經打敗過她的男人，是堂堂大梁渤王，夜煞之首，可不是一個在心愛女人面前多情軟弱的廢物！

連續好幾日，她都無法從那日親眼見到朱友文斬首段言喻的震驚與哀痛中恢復過來。

她甚至會作惡夢，夢裡不斷重演朱友文虐殺犯人的場景，她嚇得不敢再閉上眼，怎麼都不願相信，那個令人膽寒的劊子手，是她的狼仔。

遙姬的聲音更是時不時在她腦海裡響起：

妳的狼仔討厭花草嗎？妳的狼仔會拿劍殺人嗎？會拿刀砍蛇嗎？或是在戰場上大開殺戒，屍首血流成河嗎？更甚者，一身嗜殺氣息，只要站在朝堂之上，無人不畏懼嗎？

他是朱友文，堂堂渤王，早已非昔日狼仔了。

房外傳來敲門聲，摘星懶懶道：「我不餓。」

門還是打了開來，進房的卻不是馬婧，而是朱友文，這幾日她沒什麼食慾，也不太出房，他自然知道原因，這日特地親自端了早膳過來。

「多少吃點吧。」他輕輕將早膳放在案上。

摘星看著他，忽覺得這個人好陌生。

若這人是她的狼仔，親自端飯到她房裡，她自然感動，但這人如今是大梁的渤王，梁帝手下令人聞之色變的劊子手……

「你到底是誰？」她忽問。

朱友文微愣。

「我都不知道自己認不認識你了？」她別過頭，黯然道。「段叔叔他……他是我爹的老朋友，他髮妻早逝，膝下無子，之後終身未再娶，孤家寡人，是以小時候他極疼我，常常拿糖給我吃，還會拿鈴鼓逗我……」越說越紅了眼眶，她全家慘死，再無親人，好不容易見到一個從小親近的父執長輩，卻只能眼睜睜看著他慘死在朱友文劍下……她心中的無助、震撼與悲慟難以言喻，更開始對這個即將成為自己夫君的人，感到莫名恐懼。

原來他竟能如此殘暴虐殺一個人？只因梁帝下令要他這麼做？

朦朧的預感在此刻襲來：若有朝一日，梁帝命他將劍指向她的話，他會怎麼做？

若他還是狼仔，她知道他不會，可若他是渤王……她不禁暗暗打了一個冷顫。

朱友文見她臉色蒼白，面露恐懼，自是心痛，但這已是他無法割捨的人生。

「他不但當眾辱罵父皇，更刻意大放厥詞，意圖煽動人心，其心可誅。」他聽見自己冷硬的聲音如此說道。

摘星默默望著他許久，道：「你說過，你的劍，只殺危害大梁之人，我忽然不敢去想，那些死在你劍下的人，那些被認為危害大梁之人，有多少是我曾相識、甚至是舊親？」

朱友文沉默回望著她。

「我知道，這是你對陛下與朝廷的忠誠，我應該要諒解。你身為大梁渤王，注定身不由己，我無法要求你不再當三殿下，更無法逼你做回狼仔，我……我太傻了。」她終於看破了，也懂了。

朱友文牽起她的手，柔聲道：「我們可以是狼仔與星兒，也可以是渤王與渤王妃。」

她卻搖搖頭，「不，之前都是我太自私了，我如今明白了。」

她早該懂的，可她卻不知道，他內心其實希望她永遠不要明白，那麼至少在她的心目中，他還能是那個不知殺戮為何物的善良狼仔，還能保有那早已成為幻影的單純。

他神情黯然，卻又聽她道：「但這點小事，打不倒我們的，是不？」她的眼神重新恢復了些明亮，不管再怎麼說，他是愛她的，這一點她能真切感受得到。「只是……只是我需要時間來調適。」

他胸口忽一陣澎湃，將她摟入懷裡，緊緊擁抱。

他以為自己就要失去了她！

「無論妳需要多少時間，我都等。但飯還是記得要吃，別壞了身子。」

她在他懷裡聽話地點點頭。

「我明日得暫離王府一段時日，處理軍務。我不在的這段期間，好好照顧自己。」他撫摸她的秀髮。

出兵攻晉，已是蓄勢待發，軍務日漸繁忙，他也不可能隨身帶著她，只能吩咐文衍等人在他不在時好好保護她，別又著了遙姬的道。

那個狡猾奸詐的女人，從以前就喜歡用各種詭毒計謀整他，如今背後有父皇作為靠山，更絕不會輕易放過他的弱點——他懷裡的這個小女人。

他再次不放心地叮嚀了幾句，這才轉身離去，摘星強顏歡笑，但在房門闔上那一瞬間，她的眼神再度黯淡下來。

說得容易，做起來卻是很難。

段言喻死前的吶喊又在她腦海中響起：

小郡主！快離開大梁！妳可知妳父親是——

她猛地閉上眼，用力搖了搖頭，甚至用手摀住雙耳，但老人臨死前的悲喊仍不斷重現……

為何段叔叔會提到爹爹？難道爹爹的死與梁帝有關？

不，她怎能如此胡亂猜測！若真是梁帝所為，又為何特地派朱友文前去搭救？不可能，絕對不可能！

但難道段叔叔他真意圖謀反？敵晉給了他什麼好處？摘星自責為何沒能早點發現他被囚禁於天牢內，更自責自己聽信遙姬的建議，竟選上了段叔叔做為誅震宴的祭品。

遙姬……這個女人城府之深，讓她不敢小覷。

朱友文雖離開摘星房間，卻遲遲並未離去，而是站在房門前，凝視著那扇緊閉的門，一臉神傷，彷彿害怕她再也不會為他打開這扇門。

長廊另一端，莫霄默默現身，等了一會兒，朱友文才慢慢朝他走來。

「主子。」

「何事？」

「他醒了。」

朱友文彷彿沒聽見，面無表情地繼續邁步往前走。

莫霄跟了一段，才聽他道：「僅此一次，下不為例。」

「是。」

隔日，摘星一早勉強用了點早膳，馬婧見她終於恢復了些食慾，又衝去廚房要了一碗稀粥，央求摘星喝下。

她知道馬婧這幾日為她擔憂，不忍拒絕，勉為其難喝下，肚子喝得撐了，不得不離開房間四處走走，消食一下。

她走到花園，見到下人們仍在忙活著，將一株又一株鮮艷花草種下，莫霄在旁忙著指揮，她卻早已無任何歡欣之情，這些，其實都不是現在的朱友文所喜愛的，他不過是為了討好她。

摘星喚來莫霄，輕聲道：「不用再種了，就恢復原樣吧！」

莫霄卻是一臉為難，「郡主，可殿下吩咐過了，他回來時要見到府裡全種上這些花草。」

摘星苦笑著搖了搖頭，「沒關係，責任由我來扛。還有那投壺也先收起來吧，如今回想，我一直在逼著他做回狼仔，要他當一個他根本不想當的人……」

莫霄替主子辯解：「不，郡主，我想殿下是真心想改變的，只是——」摘星打斷他，「只是身不由己，對吧？你放心，這些我都懂。」

一道清冷的聲音傳來：「馬郡主可真是冰雪聰明、體貼人心哪。」

莫霄立即走到摘星面前，手按刀柄，「大人不在太卜宮好好待著，何必三天兩頭跑來我們渤王府？」來者正是遙姬，依舊一襲白衣，飄然出塵，嘴角噙笑，但摘星只覺她笑裡藏刀，不懷好意。

遙姬欲上前一步，莫霄將刀略微拔出，全身警戒。

「何必如此緊張？」遙姬一臉無辜，「我是特地來找馬郡主的。那日誅震宴後，怕郡主與渤王殿下感情失睦，特來邀請郡主與我前去一個地方，或可避免對渤王誤會日深。」

「遙姬大人如此好心，未免反常。」莫霄不屑，直覺又是遙姬不知在耍什麼伎倆。

「不過是個下人，嘴巴倒挺利的。」遙姬冷笑，「不過你可別誤會了，這一切都是陛下的意思，他終究顧及著馬郡主，不希望她因此與渤王決裂。」

摘星本不欲隨遙姬起舞，但聽見是陛下的旨意，不覺猶豫了。

「郡主可是懷疑我了？我遙姬縱有天大膽子，也不敢假傳陛下旨意，郡主大可放心。」見摘星仍在遲疑，遙姬軟硬兼施：「郡主不去，難道是想抗旨嗎？」

摘星只好道：「好，我隨妳去。」

「郡主！我與您一塊兒去！」莫霄忙道。

遙姬毫不在意，「隨你。」

莫霄自投羅網，正合她意。

遙姬將她帶到京城角落一處老宅前，老宅顯得十分破敗，馬車都已來到大門口，卻遲遲無人迎接，等了半天，才有一個上了年紀的老僕慢悠悠走過來開門，領著他們來到大廳。

一行人稍坐歇息，老僕端上茶後，扶著一位白髮蒼蒼、身子痀僂的老婦走入大廳。滿臉皺紋的老婦一入座便咳起嗽來，老僕連忙替她拍背舒緩，又急急倒了杯茶，服侍老婦喝下。

摘星一臉納悶，不知遙姬為何帶她來到此處，只見那老婦雙眼厚厚一層白翳，狀似聽不見聲音，眼盲耳背，兼之一臉病容，且神智恍惚，即便難得貴客臨門，也不見她起身招呼，只是一面咳嗽一面嘴裡不知喃喃在念些什麼。

遙姬總算開口：「這位是段老夫人，是段大人的母親，已經九十多歲了，人老了，也糊塗了。」

摘星吃了一驚，沒料到段言喻居然還有親人在世，而且還是年紀這麼大把的老母親，她心中更加難過，白髮人送黑髮人，世間至痛。

「我都不知道段叔叔的娘親還在世……」她憐憫地看著段老夫人。

「郡主不知道的事，可多了。」遙姬厭惡地看了一眼茶垢未洗乾淨的茶杯。

摘星發現莫霄毫無驚訝之情，從頭到尾更是不發一語，難道他早已知情？

「莫霄，你也知段大人還有位老母親？」她問莫霄。

莫霄看了遙姬一眼，點點頭，「段大人獲罪後，朝中有大臣上奏陛下，段老夫人一身是病，再活也沒幾年，便留下她一命，守在這破敗的段家大宅，與一名老僕相依為命。」

「你何不說說，你家主子後來命你做了什麼？」遙姬微笑。

莫霄對遙姬厭惡至極，極不願聽她吩咐，但見摘星眼神期盼，只好道：「段大人被處刑後，我家殿下便暗中吩咐文衍，親自備了些藥物送來，順便打點些日常生活所需，算是為郡主您做些補償。此事若讓陛下知道了，必會微詞，所以殿下也就瞞著，誰都沒說。」莫霄講到此處忽生疑惑：既然主子刻意隱瞞，為何遙姬會知情？

摘星大為感動，遙姬卻嗤之以鼻，「這本不是渤王該有的矯情！他為了郡主如此，郡主您想必該滿意了吧？縱然他不是妳心目中的狼仔，也非一文不值。」

摘星垂下頭，細細思考遙姬這番話。

段老夫人咳嗽未止，遙姬狀似不耐煩，言道既已完成陛下交付的任務，先行告退。

遙姬離去後，老僕端了碗湯藥進來，摘星起身接過湯藥，「請讓我來服侍段老夫人。」

老僕疑惑，「請問姑娘是？」

「家父馬瑛，與段大人乃是故友。」

「原來、原來您就是老爺提過的摘星小郡主嗎？」老僕顫抖著聲音道。

「就讓我替段叔叔盡一點孝心吧。」摘星在段老夫人面前坐下，一口一口，先將滾燙湯藥稍微吹涼了，再緩緩餵入段老夫人嘴裡。

莫霄在旁看了一會兒，大著膽子問：「郡主您，不怪咱們殿下了吧？」

摘星嘆氣，「我本來就沒有怪他，是我不該眼裡只有狼仔，我應該更要看見他的好，還有他努力為我而做的改變。」

莫霄大感欣慰，主子的心意總算沒有白費！沒想到這遙姬居然還做了件好事，不曉得明日的太陽是否會從西邊升起？

那老僕忽朝莫霄道：「這位大人，老奴不知是否能請您幫個忙？」

莫霄望了摘星一眼，她點點頭。

那老僕道：「這宅裡今日米菜不足，老奴還有帖藥正在熬著，一時不方便離開，是否請大人替老奴去市集一趟？」

摘星替莫霄回覆：「這有何難？」隨即轉頭吩咐莫霄快去快回。

莫霄離去後，摘星餵完湯藥，正要將碗遞給老僕，他卻忽然撲通一聲雙膝跪地！

摘星嚇了一跳，連忙扶起老人，「你這是做什麼？快請起！」

老人卻堅決不起，淚眼道：「老奴叩謝郡主對段家有情有義，自我家大人入獄後，眾人如鳥獸散，許多與大人曾經友好的高官大臣亦不再往來，甚至避之唯恐不及，唯有郡主您肯前來探望。」

人情冷暖，世態炎涼，本就是不變的道理，摘星也只能安慰老僕莫再怨歎。

那老僕道：「老奴只是欣慰我家大人沒看錯人。」

摘星不解其意，只見老僕顫抖著手從懷裡掏出一封信，雙手遞給摘星，「我家大人入獄前，已知自身凶多吉少，因此將這封信交與老奴，說是有機會，務必要轉交給馬府郡主，馬府唯一的倖存者……」

摘星心內一驚，老僕最後一句話，是暗指段叔叔知情馬府慘案真相？所以老人才特地支開莫霄？

她接過那封信，打開，讀著讀著，臉上神情從納悶疑惑，漸漸轉為震驚與不敢置信！

居然真有此事？馬府滅門的真兇，居然就在朝堂之上？

事關枉死親人，她根本無法冷靜思考，只覺揭露此事刻不容緩，竟連莫霄也不等了，手裡抓著那封信，匆匆告辭後，迅速離去。

待莫霄提著大包小包回到段宅，不見摘星人影，疑惑道：「馬郡主呢？」

那老僕回道：「說是有急事，便獨自匆忙離去了。」

「沒說原因？」莫霄不死心問。

老人搖搖頭。

這不像馬郡主的作風，難不成出了什麼事？

莫霄將身上物品交與老僕後，也跟著匆匆離去。

過了一會兒，一名身著白衣、唇紅齒白的美貌男子由內堂走出，滿面笑容，朝老僕道：「做得很好！」

老僕殷切道：「信給了，話也都照您教的說了，您真能幫我家大人平反名聲？」

那美貌男子更是笑如春風，緩緩上前，「你老糊塗啦？騙騙你也信？」

老人還來不及出聲，美貌男子已一刀刺入他心窩，當場就沒了氣！

一旁的段老夫人，依舊眼盲耳背，神智不清，渾然不知發生何事。

第二十四章　狼毒花

聽聞馬摘星求見，且是獨自前來，梁帝不禁略感疑惑。

張錦帶著她步入御書房時，只見她神情不若以往鎮定，且帶著一股憤慨與凝重。

梁帝微微瞇細了眼。

摘星跪下行禮請安後，梁帝問道：「馬郡主，緊急求見，有何要事？」

她深吸一口氣，即使明知此事牽連甚廣，但事關馬家血海深仇，她如何能不上報？抱著壯士斷腕的決心，她仰頭朗聲道：「陛下是否仍記得，當日誅震宴上，段大人臨死前所言？」

她不提還好，這一提，梁帝臉色立即一沉。

那日是要不是朱友文手腳夠快，在那亂臣繼續口出狂言之前一刀砍了他的腦袋，段言喻險些就要在馬摘星面前暴露真相，而此女莽撞求情，不知好歹，更令他暗生不悅。

「不過是亂臣賊子之語，何須掛心？」梁帝按捺住脾氣回道。

「摘星原本也不欲掛心，但此刻摘星想奏請陛下，重新調查馬府慘案！」

梁帝心中一驚，「為何？」

「摘星從家父遺物中，發現一封段大人生前寄給家父的書信。」她不欲讓梁帝知情朱友文暗中協助段家老宅，因此略微隱瞞了書信出處。

梁帝眉頭緊擰，「呈上來！」

摘星將那封信交給張錦，梁帝由張錦手中接過，心中忐忑，難道段言喻真留了一手？不，不對，若馬摘星已知真相，又怎會特地來見他，請求重新調查馬府慘案？這究竟是怎麼回事？

梁帝打開那封信，信中言及，一年多前，二皇子朱友珪為爭權奪位，與宰相敬祥四處籠絡黨派，卻被馬瑛與數名朝中大臣訓斥，朱友珪惱怒之餘，曾暗中揚言必除之，此後便有不少大臣遭到密告，多以通敵謀反之嫌，被梁帝降罪，段言喻更懷疑，馬府滅門，是朱友珪暗中內應，與晉軍聯手為之！

梁帝勃然大怒，這分明是一派胡言！

然二皇子朱友珪之前確與敵晉暗中內應欲刺殺朱友文，且信末還蓋上了段言喻的官印，若非梁帝知道真相，見到此信，也不得不先信上三分。

是誰特意偽造這封書信，試圖慫恿馬摘星請求重新調查馬府一案？

他緩緩將書信放下，冷言道：「此信不過是段言喻臆測惑眾之言，妳竟信以為真？」

摘星悲痛道：「陛下，二殿下通敵，原來早有跡可循，況且先父鎮守邊防，鮮少在府，有時甚至一年半載才回府一趟，離府回防皆為封密軍令，若非有大梁高位者內應，兇手何以能如此精確掌握他的行蹤？」

梁帝頓時啞口無言。

「陛下！真兇便是二殿下！除了渤王，他也打算一併除掉摘星而後快！因此段大人臨死前才急告摘星離開大梁，免得死於非命！」

「住口！」梁帝震怒，用力一拍書案，幾道奏摺滾落，「一派胡言！馬摘星，妳竟敢隨一個叛臣起舞，胡亂造謠，污衊皇子？」

「陛下，摘星不敢！摘星也自知此舉必會觸怒陛下，但摘星懇求陛下，重新徹查此案，並讓摘星共同參與，釐清所有疑點！若屆時證明是摘星誤會了二殿下，自當請罪，絕不逃避！」她不住對梁帝磕頭，心心念念只求馬府滅門真相，卻忘了之前朱友珪用盡手段與丈人聯手爭權奪位、甚至不惜兄弟相殘，已讓梁帝痛心至極，如今她等於在梁帝的傷口上灑鹽，饒是他向來老謀深算，這口氣卻是再也忍不住，怒道：「朕不准！馬府慘案，誰都不准再查！」

摘星不敢置信，幾乎是嘶啞著嗓子喊：「為何？陛下！您不是親口答應過，必為我馬府血案平反？」思及當夜爹爹慘死模樣，她悲慟至極，竟一時失去理智，「難道陛下是怕牽連皇子，有意護短？還是陛下明知另有隱情，卻刻意欺瞞天下？」

這番話無異重重踩上梁帝痛處，火上澆油，自招禍端。

梁帝怒不可遏，喝道：「大膽！來人！將馬摘星押入天牢！」

「陛下！」摘星難以置信，「難道真被我說中了嗎？難道陛下您——」

侍衛很快將她架了出去，梁帝餘怒未消，他萬萬沒料到，段言喻不過一封妄想揣測之信，竟讓馬摘星對滅門一案起了疑心，此事雖與朱友珪無關，然若馬摘星堅持不放棄請求重新徹查，她又與朱友文朝夕相處，難保不會查到一絲真相！

梁帝很快冷靜下來，此女也許不能再留了。

朱友貞已成功埋伏太保營，不如下令馬家軍直接備戰，儘快攻晉，一旦馬家軍利用完了，成了殘兵廢將，馬摘星也就沒有活著的價值了！

朱友文人在軍務處正為攻晉與其他將領沙盤推演，忽有飛鴿傳書，且用的是夜煞專用墨鴿，鴿身漆黑如墨，原本用來夜間祕密傳遞訊息，此刻正值白晝，那漆黑身影反異常顯眼，朱友文心內忽生不祥預感：難道出事了？

他找了個藉口暫時離去，在一隱僻角落解下墨鴿腳上紙條，是莫霄傳來急書：馬郡主不知何故觸怒陛下，已被押入天牢，恐是遙姬從中作梗。

朱友文手一捏，紙條瞬間化為粉末。

遙姬那個女人！

他前腳才離開渤王府，她後腳就跟著對摘星下手，究竟是何居心？

儘管機密軍務在身，朱友文仍強硬擅自離去，既是遙姬出手，除了他之外，沒有人能擺平她，他多耽擱一刻，摘星恐就多一分危險。

他不顧軍令趕回皇宮，一路殺向太卜宮，然才踏入宮殿大門，他便愣住，原本該關在天牢裡的摘星，居然被戴上了頭套，蜷縮在椅子上，動也不動，安靜無聲，已被遙姬下藥迷昏。

朱友文情緒激動下，竟沒注意到一旁的香爐正散出某種濃濃花香煙霧。

「摘星？」他走上前想掀開頭套，遙姬忽現身，手裡一根細長銀針輕輕抵在摘星纖秀頸子旁，朱友文不得不收手。

「別輕舉妄動，你知道，我隨時有能力取她的性命！」遙姬說得輕柔，手上銀針又往前推了推。

朱友文恨恨往後退了半步，「妳膽敢如此自作主張？父皇絕不會輕饒妳！」

遙姬彷彿聽見了什麼天大笑話，哈哈大笑，「父皇？父皇？口口聲聲父皇，但你真依舊對陛下忠心嗎？」

朱友文微愣。

遙姬咄咄逼人，「你為了她，變得軟弱矯情也就罷了，有朝一日，你是否會為了她，背叛大梁，背叛陛下？」

「少說廢話，快把人還給我——」朱友文忽感暈眩，隨即發現內息開始紊亂，渾身血液越來越燙，身子開始不自覺緩緩顫抖，種種跡象都顯示……難道是狼毒花！

狼毒花能誘發他體內獸毒，他府裡不種花草，其實並非不他不喜花草，而是刻意避之，因狼毒花為他大忌，但今日他為救摘星，太過心急，居然失去警覺，大意中計！

他身子顫抖更劇，雙眼漸漸佈滿可怖血絲，肌膚上更是青筋畢現，已是獸毒發作徵兆。當年梁帝安排他入黑潭除去獸疤，但黑潭源頭乃各式毒蟲野獸天然葬地，含有獸毒，入池後將一生與獸毒相伴，且他本身即有獸性，毒性將更為強大，發作時更加痛不欲生。

朱友文喉嚨荷荷低吼，宛如野獸發聲，連瞳孔都變得血紅，犬齒亦慢慢露出，他逐漸失去人性，步步逼近遙姬，她卻不逃不避，冷眼看著在狼毒花催化下迅速獸化的朱友文，「你身有獸毒，早該明白，你根本無法與一般世間女子相愛！」

朱友文怒吼一聲，朝遙姬撲去，她輕輕巧巧便閃了開來。

「獸毒一旦發作，殺戒大開，六親不認，誰能受得了你如此危險獸性？」遙姬道。

朱友文漸漸失去判斷能力，他惡狠狠瞪著眼前這個女人，忽兒猛出手緊緊掐住她脆弱的咽喉！他越勒越緊，越勒越緊，遙姬卻只是冷笑，「朱友文，你要不要睜大眼睛看清楚，你掐死的到底是誰？」

朱友文大吃一驚，稍微恢復意識，才發現自己掐著的哪裡是遙姬，而是原本蜷縮在椅子上的摘星！

他趕緊鬆手，難以置信，獸毒真令他神智不清到這種地步？居然連星兒都認不出來了？

「怕了嗎？獸毒一旦發作，連馬摘星都會死在你手裡！我刻意誘發你體內獸毒，就是要你更看清自己，別再對那個女人癡心妄想！」

摘星的身子蜷縮在地上，動也不動，朱友文自知方才用盡全力，只想置遙姬於死地，此刻摘星根本沒有活命的機會。

他悲憤怒吼一聲，血紅雙眼掃視殿內，見到一白瓷花瓶，一把拎起砸碎，拿起破片狠狠割在自己手臂上，藉由疼痛勉強讓自己保持清醒。

他搖搖晃晃走到摘星面前，顫抖著雙手將頭套掀開——死在他手下的卻並非摘星，而是紅兒！他先前誤以為摘星身子蜷縮，原來只是因為紅兒個子嬌小，穿上摘星衣服後，遙姬稍作掩飾而造成的錯覺。

但……紅兒怎會在遙姬手上？

朱友文身子搖晃，不得不扶著梁柱，震驚錯愕，「妳抓了他們父女？紅兒她爹呢？」

「死了，推入懸崖底下，毀屍滅跡了。」遙姬語氣冷漠，那兩條人命在她眼裡不過輕賤如螻蟻。

「妳——那摘星呢？」

「她不是被陛下關在天牢裡了嗎？朱友文，你真以為我這麼神通廣大，能把她帶出來嗎？」遙姬笑道。

「遙姬！」朱友文喘息劇烈，看著遙姬的眼神裡滿是恨意。「妳若是痛恨曾敗於我手下，當可直接向父皇稟報，我違抗王命，未殺紅兒父女，又為何要這麼做？」

「我想交手的，可不是如此感情用事的渤王！我要你恢復成過去的渤王，那個殺人不眨眼的冷血渤王！」遙姬指著倒在地上的紅兒。「紅兒是你害死的！因為馬摘星，你竟失去警戒，任意接近這對父女而被認出，招致殺身之禍！他們原本無辜，更與馬府滅門慘案毫無關連，如今卻因為你，落得慘死！」

遙姬這番話乍聽強詞奪理，但若不是他因為摘星而接近紅兒，父女倆的確也不會落到這般下場。

遙姬不放過他，「現今的渤王還會拖累誰呢？一旦陛下得知，是莫霄與你一同掩護這對父女，他下場如何？其他夜煞呢？」

遙姬不愧對朱友文瞭若指掌，句句皆刺中他心頭最深處的恐懼與隱憂。

是的，他的確變了。

從前的他，絕對不會在乎這些人命，和自己出生入死過又如何？

但摘星出現後，他人性中原本的善良慢慢覺醒，他不再那麼冷硬地封閉自己，開始感受到人與人之間的溫暖，在他周遭的人，對他產生了意義，而不再只是能隨意替換的工具。

但這些改變，卻讓他變得軟弱！那些他所在乎的人，全一一變成了他的弱點！而遙姬清楚地看到了這一點，正一一攻破。「朱友文，你何時變得如此愚蠢了？為了一個不可能廝守的女人，違抗陛下，自尋死路，也拉了夜煞陪葬！」

「妳究竟想如何？」他瞪著滿是血絲的雙眼。

「殺了馬摘星！」

「不可能！」

遙姬忽放聲大笑，「已經太遲了！你可知你的馬郡主為何被陛下押入天牢？她竟膽敢在陛下面前，質疑是二殿下勾結晉軍滅門馬府，還強硬奏請陛下重新徹查此案，這才引禍上身！馬摘星再絕頂聰明，遇上滅門家仇，也必失去理智。陛下已命我在她身上埋下寒蛇毒，這一次可是玩真的，寒蛇毒一入身，我永遠都不會替她解毒，馬摘星遲早會死！」遙姬一臉得意。

「妳——妳竟如此歹毒！我必如實告知父皇，摘星是落入了妳的陷阱！」他幾乎是咬牙切齒。

「不，你不會。」遙姬自信一笑。「別忘了，若陛下得知你對紅兒父女手下留情，除了你重罪難逃，莫霄與其餘夜煞等人，會有何下場？夜煞者，一人背叛，全體連坐！你將我抖出來，我必將紅兒一事告知陛下，到時死的不只是我，還有全渤王府呢！」

朱友文恨極，卻一時三刻想不出任何法子反擊。

他痛心地看著一直悄無聲息的紅兒，纖細頸子上是觸目驚心的深深指印，他已誤殺了這孩子，接下來，難道還要讓追隨自己多年、忠心耿耿的屬下，也為了他的一時疏忽與心軟，搭上這條命嗎？

見朱友文臉色痛苦，不發一語，遙姬緩緩走上前，貼在他耳邊輕聲道：「馬摘星一死，你便終於能重新當回大梁渤王了。」

他厭惡地用力推開她，憤恨而去。

遙姬看著他的背影，總是不可一世的姣好面容上，出現一絲黯然。

朱友文，有朝一日，你必會明白，我做的這一切，都是為了你好……

摘星觸怒龍顏而被押入天牢，且梁帝嚴令不得探監，渤王府內，文衍與馬婧等人個個急得如熱鍋上的螞蟻，卻束手無策。

莫霄更是自責，明知遙姬比蛇蠍還可怕，卻因她幫著主子說話，一時輕敵了。

眾人正自苦惱之際，朱友文忽然回府，且臉色痛苦，文衍與莫霄大吃一驚，連忙將他扶入房內，文衍見他頸子上浮現筋絡已呈深黑，嘴角亦開始滲出黑血，暗叫不妙：難道是獸毒發作了嗎？

「文衍，主子這是怎麼回事？」莫霄著急地問。

「八成又是遙姬——」文衍話還沒說完，朱友文忽失去理智，一把甩開兩人，更伸手狠狠掐住文衍頸子！

「快帶主子入密室！」莫霄急喊。

主子這副模樣，絕對不能讓其他人見到！

「海蝶，快拿鎖心鏈！」文衍嘶啞著聲音喊道。

馬婧在旁嚇得呆了，只能看著這三人手忙腳亂地將失控的朱友文抬走。

三人跟隨朱友文多年，曾見過幾次他獸毒發作，每次發作，主子皆痛苦不堪，且失控如野獸，六親不認，隨意出手殺害。這一兩年來，朱友文好不容易漸漸能自己控制住，誰知今日被遙姬刻意用狼毒花誘發，他拚命死撐著才回到渤王府，卻最終還是不敵獸毒發作，喪失人性。

三人將朱友文架入密室，海蝶取來鎖心鏈牢牢縛住他，那鐵鏈上帶著尖刺，根根尖刺直入肌膚，他如困獸般在密室裡痛苦咆哮，狂扯鎖心鏈，卻只是讓尖刺越刺越深，轉眼便渾身鮮血淋漓。

獸毒發作，無藥可解，只能隨著時間過去，讓毒性慢慢減退，直至朱友文恢復意識，重拾人性。

三人不忍見主子受盡折磨，退到密室外，個個愁眉苦臉。

「主子究竟有何把柄落在遙姬手中？竟任由她如此宰割？」海蝶不解。

莫霄似欲言又止，文衍見狀，催促：「你知道些什麼？倒是快說啊！」

「難道是紅兒父女未死，被遙姬發現了？」莫霄吐出實情。

「你說什麼？他們父女倆未死？」海蝶震驚。「你快說清楚這是怎麼回事？」

他們夜煞三人向來坦誠以對，莫霄只好道：「那日我見主子一劍刺向那掌櫃，並未刺中要害，當下便起疑，主子出手向來一招致命，我猜主子是想暗中留下這對父女性命，所以才幫著主子——」

向來穩重的文衍忽然發難，一把揪起莫霄衣襟，怒道：「你在想什麼？主子不殺那對父女，你就該暗中殺掉，而不是救活那兩人！那可是抗命！」

莫霄推開文衍，海蝶也道：「你是該將那對父女除掉。」

莫霄不發一語，好半天，才道：「殺這兩人不難，但我就是不想！」

海蝶怒道：「主子因為郡主的關係，一時心軟手下留情也就算了，但怎連你也傻了？我們是夜煞，聽從陛下密令，背叛陛下是何等下場，你會不知？你武功再高，有主子高嗎？說到底這一切還不是由主子來扛？」

文衍也道：「當時你本有機會替主子懸崖勒馬，但一時跟著心軟，反倒是害了主子。」

莫霄被這兩人念得面紅耳赤，反駁道：「但我喜歡現在的主子！」

文衍與海蝶一愣。

「跟了主子那麼多年，何時見過主子快樂了？何時又能與主子一起玩投壺了？這在以前，我想都不敢想！我不希望這樣的主子消失！」莫霄道。

在他眼裡，現在的主子，有了喜怒哀樂，有無奈也有難得一見的溫情，這才像個人，而不是以往那個冷冰冰毫無感情的渤王。

「你是腦袋進水了嗎？郡主對主子這樣一廂情願，你也跟著有樣學樣？」海蝶氣得打了莫霄一巴掌，他不避不閃，結實挨了這一巴掌，海蝶不由氣消了一大半，柔聲道：「你別忘了，我們都是被亂世遺棄的孤兒，要不是被選入夜煞，你我哪可能活到今天？沒有夜煞，就沒有今日的你。身為夜煞，我們只能聽命，別無選擇。」

「但主子做了選擇！我尊重主子的選擇！」莫霄紅了眼。

「難道你想與陛下為敵？與整個大梁為敵？」海蝶問。

「我願為了主子，與任何人為敵！」莫霄說得滿腔熱血。

海蝶真不知該說這人傻了還是忠心過頭，身為夜煞，照理該忠心的對象是陛下，而非朱友文，但她卻多少明白莫霄的心情。她其實並不討厭這樣的主子，但這樣的主子，卻是充滿弱點，讓人擔憂。

「好了，別吵了。」文衍嘆了口氣，「主子獸毒發作，眼下我們還是得想辦法救出郡主。」文衍道。

「怎麼救？」莫霄問？

「欲救郡主，必得先一探敵方虛實。」文衍思忖，「我先潛入太卜宮一趟，看看遙姬究竟在搞什麼鬼？」

是夜，文衍悄悄潛入太卜宮，正巧見到遙姬正在煉製寒蛇毒。

只見遙姬站在藥爐前，身後有一白衣美貌男子，正從一旁的屍首上取出人心，文衍定睛望去，那小小屍首果然便是紅兒，心口已被挖了一個大洞。

白衣男子端著血淋淋的人心，來到藥爐旁，遙姬道：「快放入，趁新鮮。」

男子一面放入人心，一面道：「這可是第一次見主子以人心入藥。」

遙姬點點頭，「陛下雖給我五日埋毒，但我擔心生變，故以人心加強寒蛇毒性，縮短埋毒時辰。」

「主子真是設想周到。」白衣男子崇拜地看著遙姬，「日後馬摘星若得知自己服下的毒藥裡，居然有這小女孩的心，不知會有何反應？」

遙姬只是冷笑。

文衍將這一切看在眼裡，心裡思索著對策。

遙姬果然掌握了紅兒父女未死的證據，以此來要脅朱友文，這個局不破，主子便將永遠被遙姬玩弄於股掌間，看來只能找個替死鬼頂罪。

他心念已定，等遙姬煉藥到一個段落，與那白衣男子雙雙離去後，便著手佈局。

之後他回到渤王府，找來海蝶，交給她一張藥方，「我才疏學淺，解不開獸毒，但這藥方，多少能護住主子元氣。」

「文衍？」海蝶隱隱察覺不對。

「主子之所以被遙姬掐住要害，難以反擊，說穿了，都是因未殺成紅兒父女，如今只有找個替死鬼頂罪，方能破這局，我打算前去告訴陛下，這兩人是我失手未殺成。」

「你說什麼？」海蝶難以置信。「這明明——明明是莫霄捅的婁子，為何要由你去承擔？」
「不，莫霄說的其實沒錯，這是主子的選擇。」
「但是——但是……」海蝶不忍他去送死，想要阻止，眼下卻也想不出更好的法子。
文衍淡淡一笑，「初入夜煞時，我武功進展最慢，頭幾次出的任務，要不是有主子，我早命喪黃泉，真要還，一條命還不夠呢！」
海蝶望著他，心頭感動，卻也感到一絲自慚，「夜煞任務多半兇險，主子並非只護過你，我與莫霄亦虧欠主子許多，這件事不該由你一個人去扛。」
「我曾治癒陛下少年征戰時的舊傷，唯有我去，還可能稍微有保命機會。」
「可陛下會信你嗎？」海蝶問。
「我自有方法。」
「文衍……」
「好了，別婆媽了，這不像妳。事不宜遲，天一亮我便會入宮，求見陛下。」頓了頓，他又吩咐：「這件事，千萬先別讓莫霄知道，否則他一定會蠢到自己衝去當替死鬼。」
海蝶心頭一震，他們三人幾乎朝夕相處，文衍怎可能會不知情？她不由垂下頭，掩飾自己的心情。
身為夜煞，她不該對任何人有感情，但是……
「海蝶，我走了。你們……好自為之。」文衍瀟灑轉身而去。

太卜宮內，遙姬用一小木勺舀起藥爐內的濃稠液體，湊近鼻尖處一嗅，寒蛇毒已成，她欣慰一笑。

她正準備將寒蛇毒收起，子神忽神色緊張地跑來，「主子，不好了，禁軍大統領不知為何下令，已將太卜宮團團包圍住了！」

遙姬臉色一變，忙道：「你速將寒蛇毒藏好，並將屍體藏入密室，我去瞧瞧出了何事？」

遙姬走出煉藥房，子神為爭取時間，不顧藥爐滾燙，直接隔衣端起，迅速離去。

遙姬來到太卜宮大殿，只見大批禁軍正浩浩蕩蕩闖入，大統領見到她，大喝一聲：「拿下！」禁軍立即團團將遙姬圍住。

「這裡可是太卜宮，哪容得下你們這些無名鼠輩亂闖！還不快給我滾！」遙姬根本不把這些人放在眼裡。

誰知禁軍後方忽一道冷聲傳來：「禁軍沒資格擅闖太卜宮？那朕呢？」

禁軍一分為二，梁帝臉色陰沉由後走出。

梁帝為何忽然來到太卜宮？還命禁軍團團包圍？遙姬心中驚疑不定，表面仍力求鎮定，恭敬跪下，「遙姬參見陛下。陛下親臨太卜宮，不知所為何事？」

梁帝使個眼色，身旁的大太監張錦將一封信呈給遙姬，正是摘星先前呈給梁帝、口口聲聲質疑馬府滅門另有隱情的那封信。

遙姬接過，掃了一眼，依舊氣定神閒：「遙姬敢問陛下何意？」

「妳可知此信來歷？」梁帝質問。

「信末有官印，此為段家老僕給馬郡主之信。」

梁帝臉色更加陰沉，「妳從何得知此信乃段家老僕所給？還是給了馬摘星？」

遙姬心中一驚，只因此信是她一手所捏造，一時大意，一經梁帝問起，她簡簡單單一句話就露了餡，她不由神情緊張，忙解釋：「遙姬絕不敢欺瞞陛下，遙姬的確擅自以陛下名義安排馬郡主前去段家老宅，只因不願見到馬郡主與渤王感情破裂，但又擔心橫生事端，因此暗中派人監視，才知段家老僕給了馬郡主如此一封信。」

梁帝儼然不信她的說詞，「朕給妳最後一次機會，妳是否捏造此信，意圖煽動馬摘星對馬府滅門起了疑心？」

遙姬仍死硬不認，「不，遙姬不知何人故意誣陷？」

梁帝臉色鐵青，「是否為真，一查便知。來人！給朕搜！」

大統領立即指揮兵士仔細搜查太卜宮裡裡外外，梁帝則坐在一旁等待。

遙姬心中忐忑，眼神不時飄向煉藥房，雖房中另有密室，但難保……

過了一會兒，大統領現身，身後兩名士兵抬著一具小小屍首，正是紅兒。

梁帝起身，來到紅兒屍首前，痛心道：「看來文衍所言不虛！他見這女孩貌似亡妹，一時心軟，手下留情，卻被妳發現，暗中利用要脅，要他與妳共謀設局陷害馬摘星！」

遙姬一驚，她全盤計劃，毫無破綻，何時冒出一個文衍？

「陛下！文衍血口噴人，這想必是他故意栽贓——」

一名禁軍匆匆出現，手裡拿著一軍印與數枝花草，那花草只有血紅花朵，卻無任何枝葉，狀甚奇特，正是狼毒花。

「陛下，此乃段大人軍印！」那名禁軍道。

梁帝怒目瞪向遙姬：「妳還有什麼話說？人贓俱獲！若非是妳利用紅兒要脅文衍，再用段家設局、偽造書信，這屍首與軍印怎會在妳太卜宮裡？」

遙姬自知被栽贓，正想解釋，又聽梁帝怒道：「妳還利用狼毒花，誘使友文獸毒發作，難道妳敢否認？還是妳要告訴朕，是友文背著朕故意不殺紅兒，他對朕不忠了？」

遙姬暗暗咬牙，這文衍看不出好深心機，真真假假，虛中有實，再加上幾樣她無法解釋的栽贓，竟讓梁帝對其說詞深信不疑。

她知大勢已去，自己此刻無論再說什麼，梁帝都不會相信。

梁帝生平最恨被欺瞞，遙姬又深得他倚重，他痛心地看著遙姬，「看來之前妳假意替朕測試渤王，也不過是裝模作樣，取得朕之信任後，再一手遮天，報復友文！遙姬，妳可真夠險毒！來人！將此女押入天牢！」

兩名禁軍隨即拉起遙姬，架著她離去。

子神機警，沒被禁軍搜到，卻也無能救主，只能眼睜睜看著遙姬被帶走。

梁帝餘怒未消，下令：「把這太卜宮給我封了！」

待梁帝稍微冷靜下來後，張錦才趨前問：「陛下，那文衍要如何處置？」

梁帝沉吟，「他到底治癒過朕的舊傷，且及時回頭，據實以告，死罪可免，然活罪難逃。」梁帝眼神透出一股冷厲狠辣，「斷了他全身經脈。」

「那馬郡主？」張錦又問。

「放了。」梁帝頓了頓，「要遙姬去她面前認罪，讓她別再對馬府滅門起疑心。」

梁帝思忖，這馬摘星自小聰穎過人，觀察細微，絕非池中之物，遲早有一天會挖掘出真相，屆時便無法再利用馬家軍，他本打著如意算盤，派馬家軍攻打太保營，此地乃晉國邊防重鎮，亦是軍糧輜重集中處，晉軍駐防精銳，任何軍隊一去，無論勝敗，必元氣大傷。而戰場上刀劍不長眼，找個機會做掉馬摘星，說成是意外或嫁禍於晉，也不會有人懷疑。

只可惜，朱友文獸毒發作，一時三刻無法率兵攻晉，多少打亂他的計畫。

其實獸毒並非無解，但那是他控制朱友文的最後一道手段，不到最後緊要關頭，他寧願讓朱友文受盡獸毒發作之苦，也不願讓那人替朱友文解毒。

牢牢掌握所有人生死的，是他！誰都休想反抗他！

一隻金雕在奎州城門上空盤旋，金雕的主人正在城裡逛大街，睹物思人，雖然他思念的那個人，心裡根本沒有他，只有一頭笨狼。

男子見到賣糖葫蘆的小販，走了過去，買了根糖葫蘆，咬在嘴裡，雖是甜的，心頭卻是微酸。唉，怎就是忘不了她呢？

疾沖嘴裡咬著糖葫蘆，見到對街一間被大火燒毀的小酒館，隨口問：「前幾日走水了？」

小販嘆了口氣，「可不是嗎？這間小酒館啊，從前摘星郡主可愛在那兒看皮影戲了，掌櫃還燒得一手好菜，只可惜好人不長命，掌櫃和他女兒都死於非命。」

一聽到「摘星郡主」名號，疾沖立刻來了精神，追問：「怎說是死於非命？」

小販道：「原以為就是普通失火，沒想到前日，十幾里外的樵夫在河裡發現了掌櫃的屍首！趕緊報了官！這才知原來謀害是真，失火只是障眼法，掌櫃的獨生女紅兒下落不明，恐怕也是凶多吉少……」

「那兇嫌捉到了沒？」疾沖問。

「別提了，那掌櫃素來與人為善，也沒啥仇家啊！官府至今摸不著頭緒，只好開出賞銀，能協助破案者，賞金十兩呢！」

「十兩？」這點小數目，以往疾沖可不會放在眼裡，不過這件事多少與摘星有關，他倒是有些興趣。

他又向小販打聽了幾句，是夜便摸黑溜進了衙府的停屍房，裡頭正巧只有一具屍體。

他死人見得可多了，絲毫不怕，點起火燭，掀開屍體上的白布，只見屍體溼淋淋的，照理屍體泡水，理應腫脹甚至面目難辨，但方掌櫃的屍首卻依舊完好，疾沖不由暗暗生疑，舉起火燭更加仔細檢查，只見屍體底下有些微血水滲出，疾沖打開衣服，見屍身側腹有一包紮完好傷口。

這就奇了，先砍了他又救他？最後又把他推入河谷裡溺死？

不，真是溺死嗎？他更仔細檢查，終於在屍體的後方頸子上，發現一朵隱約紫色七瓣花印。

疾沖愣了愣，轉花毒？這不是大梁的朝廷密毒嗎？區區一名小掌櫃，梁國朝廷為何如此小題大作？

他將火燭移到方掌櫃臉前，拍了拍那冰冷僵硬的臉頰，「老兄，你究竟招誰惹誰了？又和摘星郡主有何關聯？」

第二十五章　風雨暫歇

摘星被關入天牢後，終於冷靜下來，細細思考梁帝的反常舉止，更加起疑。

縱然自己莽撞不知輕重，頂撞了梁帝，但事關馬府滅門，梁帝為何不願重新徹查？

她看著自己的銅鈴，纖細手指細細摩挲，血海深仇，怎能不報？

天牢裡忽現騷動，她微微抬頭朝外看了一眼，訝異見到是遙姬走了進來，且雙手上銬，梁帝的大太監張錦更親自手持鑰匙，打開牢門，態度恭敬地將摘星從牢房裡放了出來。

「張公公，這是怎麼回事？」摘星百思不得其解。

「郡主，真相已經大白，段大人那封信，全是遙姬有心陷害。」張錦望了一眼態度高傲的遙姬。

摘星狐疑，「遙姬為何要這麼做？」

「她對渤王殿下一直懷恨在心，便謊稱王命，騙郡主前往段宅，再偽造段大人書信，煽動郡主觸怒陛下，好牽連渤王殿下，但陛下英明，發覺事情並不單純，親自查實，在太卜宮搜出了段大人的軍印。」張錦刻意隱瞞紅兒父女死於非命，以免摘星又起疑心，不放棄追查真兇。

摘星望向雙手上銬的遙姬，問道：「張公公所言屬實？妳處心積慮設下陷阱，騙我入局，只是為了報復渤王殿下？」

張錦暗中冷冷看了遙姬一眼，遙姬冷笑，道：「沒錯，我這不過是以其人之道，還治其人之身，五年前，他設計讓我親手殺了最心愛的白蛇，五年後，我也要如法泡製！」她雖已成階下囚，卻毫無畏懼，含笑望著摘星道：「馬摘星，別以為妳從此就平安無事了，妳若真心愛他，最好趁早遠離他！妳與他早已被上天詛咒，妳根本就無法接受真實的他——」

張錦出聲喝止：「大膽！帶罪之人，還敢胡言亂語！」

遙姬雖曾多次提及朱友文早已不是從前的狼仔，但當面詛咒她與朱友文，實在太過，摘星不由火起，這女人竟如此歹毒！

「郡主，請隨我離開天牢，毋須與此女一般見識。」張錦使了個眼色，侍衛將遙姬押走，張錦則領著摘星離開天牢。

摘星一面跟著張錦，一面忍不住問道：「張公公，遙姬雖已承認一切都是她所為，但我還是不明白，若她想藉由陷害我，進而報復渤王殿下，多的是方法，為何要如此大費周章，煽動我奏請陛下，重查馬府一案？」

張錦微微一愣，圓滑解釋：「遙姬怕惹禍上身，藉著陛下的手借刀殺人，不僅安全，渤王殿下也無法反擊。」

「但她何來把握，一旦我奏請重查馬府滅門，必會觸怒陛下？」摘星一臉困惑，暗暗思索，縱然自己懷疑朱友珪牽涉其中，惹得陛下不悅，但她並非有意誣陷，陛下何以如此震怒，當場就下令將她關押天牢？

張錦見情況不對，忙道：「那是遙姬失策了，陛下雖動了氣，但畢竟顧全大局，將郡主押入天牢，也是希望郡主能先冷靜下來。」見摘星似乎仍未被說服，他只好暫且狐假虎威，語氣一沉，「莫非郡主是怪罪陛下思慮不周，對此事草率結案，心有不服？」

摘星這才回過神來，連忙向張錦請罪，「張公公千萬別誤會，遙姬既已認罪，一切不過是我自己多疑罷了！」

張錦點點頭，說話間兩人已來到西側宮門前，一輛馬車已在宮門外候著。

「陛下本欲召見郡主，親自解釋，然眼下當務之急還是渤王殿下，因此陛下特派我直接先送您回渤王府。」

「渤王殿下怎麼了？」聽及張錦提到渤王，她不禁心生憂慮。

她之前獨自請奏，就是不欲拖累朱友文，以免陛下遷怒，難道他還是出事了？是因為她的緣故嗎？

張錦解釋：「遙姬對渤王下毒，讓他無法及時護妳周全，雖然毒已解，但殿下至今仍昏迷未醒，郡主您快回去看看他。」

摘星一聽，心急如焚，向張錦急忙告別後便跳上馬車，揚長而去。

張錦站在宮門前，望著馬車疾馳而去的背影，暗自搖頭。

聰明反被聰明誤，馬家郡主若再繼續追根究底，只怕離死期更近……張錦不忍，輕嘆口氣，轉過身，重新回到那充滿陰謀詭計的層層深宮大院。

摘星一回到渤王府，幾乎從馬車上立即跳下，眾人仍不知她被梁帝釋放，海蝶最先見到她，又驚又喜，同時卻也不免一陣哀傷，郡主被釋放，表示文衍計策已成，但文衍會有何下場……

「海蝶，三殿下呢？他還好嗎？張公公說她被遙姬下了毒！」摘星急問。

海蝶見摘星被關了幾日，一身狼狽，回到王府第一件事便是先問起朱友文，心中不免感動，忙道：「郡主，殿下正在寢居歇息，他身上的毒已——」海蝶話還沒說完，摘星便轉身往那扇玄色大門跑去，海蝶也立即跟上。

海蝶搶先替摘星打開大門，摘星感激地望了她一眼，在海蝶的帶領下，她來到朱友文的寢居，只見他躺在床上，臉色蒼白，昏迷不醒，她瞬間心便揪成了一塊兒，眼淚奪眶而下。

每當她遇到任何危難，他總是一馬當先擋在她面前，用盡全力保護她，但這次他卻為了她，被遙姬下毒，變成了這個樣子……她從未見過他如此脆弱模樣，只覺心如刀割，柔腸寸斷。

莫霄與馬婧聽聞她回到王府了，也匆匆趕來，此刻站在房外，默默看著這一切。

海蝶柔聲道：「郡主，殿下體內的毒已退，此刻只需好好休息，便能復原。」

朱友文上半身赤裸，以白布仔細包紮，且有血絲不斷滲出，顯見身上大大小小傷口無數，摘星忍不住心疼問道：「他身上這是怎麼了？什麼毒這麼厲害？」

那是朱友文獸毒發作掙扎時被鎖心鏈尖刺所傷，海蝶只好撒謊：「殿下為控制毒性，以小刀不斷割傷自己，保持清醒，僅是皮肉傷，並無大礙，郡主毋需掛心。」

摘星抹去眼淚，「都是我不好，本以為不會牽連到他，誰知……」

莫霄走上前，「郡主，殿下很快就會醒來，他醒來後，想必也不願見到郡主如此自責難過。」

馬婧也走到摘星身後，安慰道：「莫霄說的沒錯，郡主，您剛回府，要不先梳洗一番，回房歇一會兒，等三殿下醒了，您再過來？」

摘星搖頭，堅決道：「不，我要在這裡守著他，直到他醒來。」她伸手握住了朱友文的手。

海蝶等人見她心意已決，也知這兩人情深，不欲分離，便知趣地先行退去，只留下摘星一人。

她看著他即使在昏迷中也緊緊擰著的眉頭，不覺心疼，另隻手伸出，輕輕撫著他的眉心，「沒事了……沒事了……我回來了……」

朱友文忽全身一震，反手緊握住她的手，似乎就要清醒，嘴裡喃喃囈語，摘星聽不清楚，壓低身子將耳朵湊到他唇邊，聽見他低聲道：「……星兒……」

她胸口一酸，淚水滾滾而落，但她連忙抹去，見他臉上有她的淚水，她小心翼翼溫柔撫去後，小手輕輕捧住他的臉頰，輕聲道：「星兒就在這，哪裡都不去。」

昏迷中的朱友文彷彿真的聽見了，緊皺的眉間緩緩抒解，面容竟無比安心，再度沉沉睡去。

星兒在這，星兒說，她哪裡都不去。

她握著他的手，整夜未曾離開床畔，海蝶半夜來過一次，見摘星依偎在朱友文胸前，沉沉睡著，又一聲不響地離去。

這兩人歷經風雨，難得一夜安歇，彼此相守。

海蝶輕輕掩上了房門。

但她知道，風雨只是暫歇。

窗外漸漸透出魚肚白，躺在床上的朱友文睜開了眼，只覺恍如隔世。

他到底……怎麼了？最後的記憶停留在他被遙姬以狼毒花誘發體內獸毒，強自撐著回到渤王府，接下來……他忽感有人壓在自己胸前，微微抬起上半身，定睛一看，竟是摘星！

所以他昏迷之際，她真的一直在他身畔，那並不是夢？

他不敢置信地伸出手，撫摸她的頭髮，青絲如絹，他的手不由顫抖，手背貼著她猶帶淚痕的臉頰，竟如此溫暖，手指輕移，撫過那張他即使在睡夢中也難以放下的容顏……是真的，她真的就在他身旁。

摘星忽地驚醒，睜開眼後，見到他已醒來，蒼白的臉上正露出淺淺一抹笑，她欣喜道：「你醒了！」

「真的是妳？」他彷彿仍在夢中，有些不敢置信。

她是怎麼出來的？父皇放過她了嗎？

摘星張開雙臂抱住他，心情激動，「你醒了……你可終於醒了……」

朱友文低嘆一聲，雙手回摟住她。

兩人擁抱良久，此時無聲勝有聲，直至天光漸明，外頭傳來奴僕灑掃吆喝聲，他們才漸漸鬆開手，相視而笑。

「我沒事了，妳別擔心。」他上上下下打量摘星，見她雖衣著略微狼狽，臉上也略有髒污，但精神氣色尚可，方才起身擁抱他時，動作也算俐落，應是沒受到什麼傷害，他心中那塊沉甸甸的大石終於暫時放下。

「妳是怎麼被放出來的？」他問，看來在他獸毒發作、意識不清之際，發生了不少事。

「說來話長，原來一切都是遙姬的陰謀，陛下明察秋毫，察覺蹊蹺，暗中派人調查，這才發現真相。」摘星道。

「父皇派人調查？」他心中疑惑，梁帝向來頗信任遙姬，那個女人又熟知梁帝脾性，梁帝怎會忽然對她起疑，甚至暗中調查？

摘星點點頭，「陛下也知你被遙姬下了毒，十分擔心呢。」

「父皇也知道此事？」他有些訝然，眼神有異。

摘星注意到了，擔心問道：「怎麼了？哪裡不對勁嗎？」

他謹慎收回訝異神情，微笑道：「昏迷了整整一天一夜，醒來後倒是餓了。」

「我立刻去廚房準備幾樣你愛吃的，等等就來。」摘星欣喜見到他恢復食慾，也顧不得梳洗打扮，直接奔去廚房。

摘星被支開後，莫霄入內，朱友文立即問：「我獸毒發作時，究竟發生了何事？」

莫霄領著朱友文來到渤王府一處偏僻小院，海蝶正在照顧床上病人，只見床上那人四肢以白布包紮，白布上血跡斑斑，觸目驚心，病人渾身癱軟無力，海蝶正一口口餵著湯藥。

朱友文在窗前震驚地看著這一幕，耳裡聽得莫霄低聲道：「總算梁帝手下留情，沒有斷了文衍全身經脈，只挑斷了他的手腳筋……」

朱友文於心不忍，文衍竟為了他犧牲到如此地步？

他用力推開房門，海蝶立即放下湯藥，「主子。」

文衍無法起身，只能道：「屬下失禮了。」
「是誰允許你擅自行動的？」朱友文怒道。
文衍倒是平靜，「屬下自知有罪，請主子懲罰。」
莫霄連忙趕到文衍床前，懇求道：「主子，文衍已終身不良於行，若您真要罰他，我甘願替他受罰！」
海蝶也道：「夜煞若有一人抗命，連坐處置，我也願為文衍受罰！」
這三人跟隨朱友文最久，一起出生入死不知經歷過多少次任務，尤其是文衍，他武藝雖不是最強，腦袋卻最是冷靜，擅長策謀畫略，是他不可或缺的謀士，而莫霄與海蝶對文衍的情深義重，也讓朱友文暗暗動容。
他不再發怒，面有慚色，「是我連累了你們。」
文衍掙扎著想起身，海蝶見狀，忙扶起他，文衍道：「主子，這一切都是屬下心甘情願。」
朱友文心中熱血澎湃，他雖身為夜煞頭子，但夜煞真正的主子卻是梁帝，這幾人為了他，不惜暗中抗命，只為保全他與摘星，這番忠心與義氣，怎不令他感動？
他走到文衍面前，「我會找最好的大夫來替你醫治，經脈雖斷，但只要跟著我持之以恆練身，武功雖有折損，但必能恢復行動自如。」
「多謝主子。」文衍感激道。
朱友文又交代了幾句，這才離去，心情越加沉重。
他終於明白，單憑他一己之力，根本無法護摘星周全，就連他自己都可能因為獸毒發作而傷害她……被鎖心鏈刺傷的傷口在身體上刺痛焚燒，在在提醒他體內的獸毒將終身伴隨，不知何時會再發作。

他原本一直心存僥倖，逃避著不願面對，以為只要摘星不知滅門真相，且有馬家軍在，她在大梁尚能暫且苟安，但遙姬這一攪局，恐怕梁帝已對馬摘星有所防備，為防患未然，說不定已起殺念。況且大梁攻晉在即，梁帝已下令命馬家軍率先攻打太保營，此役兇險，一旦其軍力重損，利用價值大減，更難確保梁帝是否會願意留下摘星一命……

倘若有天朕命你取馬摘星之命，你又該如何？

這句話，在他腦海裡浮現。

倘若如此，兒臣必遵皇命！

他聽見自己這麼回答，斬釘截鐵。

但他真辦得到嗎？

他仰頭望向蒼天，初秋已至，晴空碧藍無雲，他卻隱隱感到一股肅殺之氣。西顥沆碭，秋氣肅殺，沙場滾滾煙塵瀰漫，殺戮即將再起。

他又將是那個馳騁戰場的戰神渤王，但這一次，他能不能保住他的星兒？

🐾 🐾 🐾

摘星親自在廚房張羅早膳，馬靖趕了過來，不由分說先哄著她回房梳洗一番，重新換套乾淨衣裳，嘴裡念道：「郡主，您才從牢裡出來，早該好好洗塵，去去晦氣了！」

摘星催促她快點兒，馬靖動作加快，忽問：「郡主，您見到文衍沒有？」

摘星搖搖頭，也是狐疑，「聽妳這麼一提，的確自我回王府後，一直沒見到他的蹤影。」她心繫朱友文，沒再多想，換裝梳洗完畢後又匆匆回到廚房。

沒多久，她便備好一桌豐盛早點，糕點、小米粥、饅頭、肉包、胡餅、油餅、芝麻餅擺了滿滿一桌，甚至還有菜飯，足足餵飽十幾個人，莫霄與海蝶都看傻了！

摘星自知準備得太過頭，有些不好意思，便招呼著：「都一起坐下來吃吧！」

兩人望了一眼朱友文，見他緩緩點頭，知主子不忍拂逆摘星，便道了聲謝，跟著坐下。

想想這還是他們第一次與主子同桌共食呢，雖有些拘謹，但感覺與主子的距離拉近許多，海蝶望向莫霄，只見他正盤算著該先吃肉包還是塞滿羊肉的胡餅，想起他先前那番話，心中不禁跟著默默同意。是啊，她也比較喜歡這樣的主子。

馬靖替每人都倒了碗小米粥後，問：「怎不見文衍呢？」

朱友文與海蝶等人沒料到馬靖會突然問起，皆是一愣，還是莫霄反應快，回道：「文衍他老家有親人病了，昨兒個夜裡便急著趕回去了。」

馬靖點點頭，眼神略微失落。

摘星夾了幾顆肉包給朱友文，又怕他吃不夠，又夾了塊芝麻餅，他面前的食物都堆得像座小山了，仍不放心地問：「夠不夠吃?要不要我要廚房再多上點肉包?」

「郡主，您再這麼餵下去，主子都要被您撐死啦！」莫霄取笑道，原本規規矩矩的海蝶聽了忍俊不住，噗嗤一聲笑了出來。

朱友文與摘星相視一笑，他乖乖拿起肉包吃著，摘星也端起碗，喝起小米粥。

眾人圍著餐桌，有說有笑，彷彿一家人。

摘星忍不住輕聲道：「真希望每日都能與你、大家這樣用早膳，無憂無慮，什麼都不用煩惱，只需要擔心會不會吃撐著了。」

朱友文勉強擠出微笑，心頭卻是苦澀，沒有人比他更知道，眼前一切，不過是曇花一現。

但至少此刻，他有能力讓他的星兒無憂無慮。

他一臉寵溺地看著她，「今日，我就跟你一起無憂無慮地過一天，如何？什麼都別想，什麼都別煩心，不論妳想做什麼，我都奉陪。」

「真的？」她明眸一亮。

「真的。」他點頭。

小院裡，傳來摘星的聲音：「左邊點……左邊點……不對、再右邊點……」

只見她手裡拿著根竹竿，前方用細繩掛著一塊方才早膳未吃完的桂花糕，正在「釣」朱友文，他雙眼被黑布矇著，聽從摘星的指示，不時往左或往右，仰頭張著嘴，幾次就要咬到「餌」了，摘星總會偷偷移動竹竿，讓他吃不到。

守在小院外的莫霄與海蝶，見主子居然甘願降尊紆貴到這種地步，不由傻眼，莫霄更是不住搖頭，嘆道：自古英雄難過美人關啊，難道主子小時候就常被郡主這般戲耍？

朱友文忽拉下臉上黑布，一臉惱怒，「這哪是什麼無憂無慮？根本是愚蠢滑稽！」

摘星聳聳肩，「人要蠢一些，才能無憂無慮啊。」

「那換妳來。」他將黑布遞給她。

摘星爽快答應，接過黑布，矇住自己雙眼，雙手微微平舉，喊道：「快告訴我桂花糕在哪兒啊？啊——」

不甘被她戲弄，朱友文忽伸手猛力將她拉入懷裡，摘星嚷到一半只覺嘴裡軟糯清甜，接著溫暖唇瓣貼上，這才知他竟是咬著桂花糕餵進她嘴裡，不覺又羞又惱，稍微掙扎了幾下便軟倒在他懷裡，只覺嘴裡嘗進的滋味比蜜還甜。

小院外的莫霄與海蝶很有默契地同時轉過頭。

摘星被吻得渾身酥軟，雙眼雖看不見，卻更能感受他的氣息與溫度，陌生的情慾在兩具身軀內緩緩流動，還是他怕自己把持不住，先放開了她。

摘星拉下眼上黑布，嬌嗔道：「這哪算什麼無憂無慮，根本是佔我便宜嘛！」

「我的無憂無慮，便是隨心所欲。」他笑道。

「不跟你玩這個了！」她輕輕推開他。「玩點別的！」

「妳又在打什麼主意？」

「你不覺得這小院空空蕩蕩的，有些無趣嗎？」摘星道。

朱友文放目望去，她居住的小院花圃裡除了女蘿草，什麼都沒有，確實有些單調。

摘星眼珠一轉，朝空蕩蕩的花圃一指，「我想玩鞦韆！你能變給我嗎？」

不過是搭個鞦韆，又有何難？朱友文一開始是這麼認為的。

可他武藝雖高強，卻對木工一竅不通，擺弄了半天，滿頭大汗，鞦韆仍不見影子，莫霄看不下去，自告奮勇幫忙，但他對木工也是一知半解，主僕兩人忙活了一個下午，好不容易搭起個像樣的鞦韆，摘星卻要馬婧先去試坐。

「如果馬婧坐了都沒問題，才表示這鞦韆做得穩固！」摘星如此解釋。

結果馬婧才坐上半個身子呢，鞦韆晃了幾晃，便很不給面子地在朱友文面前垮了，他臉色難看地瞪著一臉無辜的馬婧，摘星在旁忍笑忍得雙肩不住顫抖。

「主子，要不，我們請個木工來吧？」莫霄好心建議。

朱友文卻硬脾氣地堅持要自己完成這座鞦韆。

太陽即將要西落，一日眼見要結束了，還是摘星看不下去，向海蝶要了兩條粗麻繩，拉著不肯承認挫敗的朱友文來到王府前院，找了棵大樹，選定一根最牢靠的樹枝，分別用麻繩在枝幹上打了兩個結，莫霄跟著拿來一塊木板，她笑嘻嘻地將木板交給朱友文，「渤王殿下，勞煩您了。」

朱友文會意，伸手向莫霄要來小刀，暗運內息，刀尖在木板四角畫出小圈，內息穿透刀身，尋常小刀亦削鐵如泥，木板四角瞬間多出四個小洞，以麻繩穿之縛緊，稍嫌陽春的鞦韆便完成了。

摘星搶先坐了上去，開心道：「感謝渤王殿下賜我鞦韆！」

他明知自己被她整了大半天，卻甘之如飴，走到她身後，輕輕推著她，鞦韆晃向前，又晃向後，她也跟著忽遠又忽近，夜色漸臨，涼意襲來，無憂無慮的一日就要過了。

海蝶捧來薰球，螢火蟲聞到薰香，紛紛聚集，鞦韆上的摘星，臉龐在螢光中閃過，忽明忽滅，美得不可方物。此情此景，多麼像八年前的星兒與狼仔？

鞦韆停下了，他在鞦韆旁坐下，望向在鞦韆上的她，又輕輕將頭靠在她身上，彷彿是小時候的狼仔在向星兒撒嬌。

海蝶將薰球放在草地上，使出巧勁往前一推，薰球滾了幾下，在摘星腳邊停住，瞬間引來片片流螢，如水晶簾般將兩人團團圍起，彷彿不欲讓任何人打擾，將他們與整個世界隔絕。

此時此刻，他們誰也不是，只是狼仔與星兒，只是無憂無慮。

海蝶對莫霄使了個眼色，兩人靜靜走遠。

摘星從鞦韆上跳下，手捧薰球，與朱友文並肩躺在草地上，她伸出手指，指尖亦染上淡淡薰香，幾隻螢蟲跟著她的指尖飛舞，她在空中寫字，是一個「星」字。

星星，是發光的太陽所生出的孩子。

「狼仔，可知這是什麼字？」她一下子回到了八年前，正在教狼仔識字。

在她心裡，她終究是希望他是狼仔，不是大梁渤王朱友文。

「是星兒。」他低聲道，翻了個身，將她整片天空遮住。

「你當初可是嗷嗚了半天才學會呢！」她摟住他，在他頰上吻了一下。

「我那時可吃虧了，不太會說話，鎮日只能聽妳說話。」他笑著咬了一下她的唇。

她羞紅了臉，卻甜甜地笑了。

他倆的相遇，不管是八年前，還是此刻，都是上天賜給他們最好的祝福，怎會是詛咒？

「狼仔……」她凝視著他的雙眼，「遙姬曾說，我絕對無法接受真實的你，誅震宴後，我確實也閃過此念，但即使如此，我也想與你在一塊兒，就算是上天詛咒，我也不怕！誰都別想拆散我們，你說是不是？」

他心中一震，迅速別過臉，只覺腦袋一陣轟轟作響，無法思考。

詛咒。這兩個字由她嘴裡親口說出，竟讓他如墮冰窟，從頭冷到腳底。

「狼仔？」她看不見他的神情。

他重新躺回草地上，閉上眼，「忽然有些累了。」

她蹭到他面前，滿臉關心，「是因為中毒的關係嗎？」

他點點頭。

「沒關係，那你就躺著歇會兒吧，我在這裡陪你。」她將頭抵在他的胸膛上，一臉心滿意足。

她以為一切都會沒事的。

她卻沒有發現，他悄悄睜開了眼，凝視夜空。

星月高掛，流螢點點，溫香軟玉在懷，可心中那股濃濃不安卻告訴他，這一切，隨時都會消失……

而他無能為力。

石牢的門打了開來，一人身穿黑色斗篷，帽緣遮住了臉，緩緩走入綿延不絕的層層往下階梯，燭火忽明忽滅，隱約有悠揚箏聲傳來，樂音心定神閒，處之泰然，撫箏之人似對重為階下囚，不以為意。

那人來到牢房前，摘下斗篷，她微微抬起眼，撫箏的手指沒有停下。

「來得不晚，算你有些本事。」遙姬道。

「有錢能使鬼推磨。」子神一笑。「主子，需要助您逃出這牢籠嗎？」

遙姬斷然拒絕，「我不會逃，五年來不逃，如今亦是。逃了，便是真正背叛了陛下，我要向陛下證明，我遙姬所作所為，都是針對馬摘星，而非對陛下不忠！」她停下撫箏的手指。

倒是夜煞這些人，不知何時長出了血肉？居然如此有情有義，竟然寧願冒著生命危險，也要保全馬摘星，同時還反將她一軍，實在不能小覷！她有朝一日必得想方設法除去那些人……

「寒蛇毒藏好了嗎？」遙姬問。

子神點點頭，「主人請放心。」

「你去好好盯著馬摘星與渤王，有任何動靜，隨時讓我知道。」遙姬吩咐。

子神仍遲遲未離去，遙姬問：「還有何事？」

「主子，您何不直接向陛下坦誠，是渤王放了紅兒父女，意圖抗命，主子您也不用重新被關回這石牢裡。」子神不解。

「陛下已對我起疑，說了陛下就會信嗎？若陛下不信，我豈不又多了一條誣陷皇子的罪名？」遙姬的目光落在一旁的白色山茶花上。

然這番話聽在子神耳裡，只覺遙姬並未吐實。

那注視著潔白山茶花的清麗容顏上，藏著的，並不是仇恨。

主子自己難道還不明白嗎？

當局者迷，旁觀者清，子神看得比誰都清楚，主子所作的一切，如今想來，不只是為了保護朱友文不得罪陛下、背叛大梁，更是期望將他留在自己身邊。

主子心裡是否其實對朱友文……但他只敢心裡懷疑，不敢問出口。

一個朱友文，兩個當世不可多得的女子，一個希望他當回沒有心機的狼仔，一個希望他繼續當心狠手辣、殺人不眨眼的大梁渤王。

朱友文最後究竟會做出怎麼樣的選擇？

而他的抉擇，又會為他帶來什麼樣的命運？

第二十六章　棄子

平靜的日子不過幾天，梁帝忽急召朱友文與摘星同時入宮。

兩人入宮後，只見梁帝一臉憂心忡忡，「馬峰程率領數百將士前往山林勘察地勢，卻不慎中了瘴毒，且發現得太晚，瘴毒已深結五臟六腑，命在旦夕，馬家軍士氣亦大受打擊。」

摘星一聽，又是緊張又是擔憂，連忙請求梁帝：「懇請陛下是否能挑選醫術精湛的太醫前往醫治？」

「朕已下令，此刻太醫已在趕去北遼河的路上。」

「摘星代馬家軍謝過陛下大恩！」

梁帝嘆氣，眉頭深鎖，「為了順利攻打太保營，馬家軍佈局已久，熟知地形，若臨時換將，恐會措手不及，且影響軍心，勝算大減。」

摘星凝神聽著梁帝的分析。

梁帝又道：「但若撤兵，卻是錯過了攻晉咽喉的最佳時機，想來馬峰程也不願因病影響而撤兵，所以遲遲未提此事，而是奏請援兵。」

朱友文往前踏了一步，「兒臣主動請命，願率援軍前往北遼河。」

梁帝卻是搖頭，「你的職責是率領渤軍與契丹軍，為馬家軍後援。」

朱友文待還想說什麼，摘星已昂然道：「陛下可考慮派遣摘星帶領援軍前往！」

朱友文望向她，眼裡閃過訝色。

「郡主願意擔此重任？」梁帝問。

「親手在前線上一報殺父之仇，一直是摘星的心願。」她說得慷慨激昂，終於讓她等到這一日了！

朱友文急忙反對，「妳尚無實戰經驗，沙場上干戈相見，烽火瀰漫，絕非妳能應付。」

「殿下，摘星此行最大目的，是與馬家軍站在一起，提升軍心，況且太保營已定為突襲戰，非正面迎敵，殿下毋須太過憂心。」摘星自信回道。

「但——」他仍欲阻止，梁帝抬手打斷。

「馬瑛之女，果然巾幗不讓鬚眉。」梁帝讚賞地望著摘星。「朕即刻下旨，調派妳至前線，坐鎮指揮馬家軍，同時朕也會命教州統兵領兩萬兵力，盡速前去會合，援助馬家軍。」

「多謝陛下！摘星領命！」她跪下叩謝。

梁帝微笑，要她起身，轉頭問朱友文：「怎麼，對朕的決定，你有異議？」

只見朱友文緊繃著一張臉，沒有回話。

梁帝不由目光一沉，難道朱友文仍在猶疑不定？將此女看得比整個大梁還重要？

摘星見朱友文遲遲未回話，低聲催促：「陛下在問你話呢。」

朱友文這才道：「兒臣，並無異議。」

梁帝點點頭，「很好。馬郡主，朕與友文尚有要事商議，張錦會先送妳回去，儘早準備出發前往北遼河。」

摘星離去後，朱友文道：「方才是兒臣一時情急，不免失態，兒臣不該為了她，忘卻本分。」

儘管他仍極為不願見到摘星親上前線，梁帝刻意這麼做的目的只有一個……

「馬家軍，不必留了。」梁帝道。

即使知道這一日遲早要來，朱友文仍是禁不住心中一驚。

那摘星呢？

「馬峰程等人雖中了瘴毒，折損了些兵力，但只要馬摘星前去，士氣大增，仍可重挫太保營晉軍，朕的目的也就達到了。」梁帝頓了頓，眼裡寒芒乍現，「馬家軍此役無論勝敗，你隨後率軍埋伏，將其斬草除根，一條命都別留！」

「那摘星她……」

「一併除掉。」梁帝對馬摘星已有忌憚，此時不除，更待何時？他瞪了一眼朱友文，「你若無法親自下手，就讓手下去辦。朕知道，朕很殘忍，但你必然知道，終將面對這一日。父皇唯一能給你的，就是讓你至少能擁有過她一回。」

朱友文心頭劇痛，猶疑著，終於開口懇求：「父皇，馬家軍若全數殲滅，她不過一介弱女子，對大梁不會再有威脅，是否能留她一命？」

「朕給馬家人留一命，那誰來給朕的大兒子留一命？」梁帝語氣忽轉悲痛。

朱友文一愣，滿心疑惑，不知梁帝此言何意？

「朕記得，友裕死後，你曾在太廟跪了三天三夜，矢言找出那名叛將，替友裕報仇。之後你花了數月功夫，不眠不休，終於找到那廝，將他五馬分屍，血祭友裕，可你不知，當年友裕慘死，罪魁禍首，除了那叛將，還有馬瑛與他的馬家軍！」梁帝悲憤道。

朱友文聞言，一臉難以置信。
大哥之死，居然與馬瑛有關？
梁帝喚來張錦，張錦捧來一份軍報，交給朱友文。
「當時友裕便判斷會是場苦戰，派人稟報，朕立即下令，命離戰場最近的馬家軍前去援救，然軍令下達數日，朕卻遲遲等不到馬瑛回覆。」
朱友文緩緩打開軍報，上頭言及馬家軍當時雖打了勝仗，但傷亡慘重，馬瑛清楚表明，將在外，君命有所不受，他身為主將，判斷無力援救，決定全軍撤回。
梁帝憤慨道：「馬瑛為了想保全他的馬家軍，便犧牲了朕的兒子！」
朱友文再次低頭細看軍報，不敢相信大哥會枉死，竟是因馬瑛一己私念？
「朕當下選擇不追究，但從那天起，朕就心知，馬瑛與馬家軍留不得了！」
「父皇！」朱友文不解。「為何您從未對兒臣提過此事？」
梁帝嘆氣，「父皇深知你的脾氣，怕你一時衝動，犯下傻事，且當時大梁國力不穩，朕尚需要馬瑛與馬家軍。之後下令讓你滅了馬府，不光是忌憚他擁兵自重，更是為了報當年喪子之痛！」
朱友文只覺渾身力氣漸漸消失，原來他與她之間，不單單只是馬府幾十條人命這麼簡單，甚至牽扯到朱友裕之死！原來……原來梁帝派出夜煞滅門馬府，是為了報隱忍多時的喪子之仇？
「告訴朕！你還是不是朱家人？」梁帝厲聲質問。
朱友文凝視著那份軍報，彷彿字字血淚，大哥當時犧牲的慘狀再度浮現腦海……寧願毒發身死，也要保全自家兄弟的大哥……人說血濃於水，但大哥對他卻早已遠遠超越了親手足……大哥的仇他怎能不報？

他抬起頭，眼神堅定，「父皇，兒臣永遠是朱家人！更不忘大哥遺命，守護大梁，定天下！馬家軍臨陣脫逃，背棄大哥，罪不可赦，是該趕盡殺絕！」

梁帝欣慰點頭，臉上終於露出真正微笑。

「兒臣尚有一事請求。」朱友文見梁帝點頭，便道：「待兒臣領軍剿滅馬家軍之際，希望能在沙場上親口告知真相，讓他們死得明白！」若他必須親手了斷她的性命，他希望，至少她不會死得不明不白。

梁帝略微思量，似無不妥，便答應了。

「謝父皇！」朱友文微垂下眼，極力克制，心頭已在泣血。

為何命運如此弄人？為何他必須要親手殺了自己在這世上最心愛的女人？

只因他是朱家人，不得不報大哥之仇，只因她為馬瑛之女，必須以自己的一條命償還父債！可她什麼都不知道！這些事更沒有一件是她所為！

朱友文悄悄握緊了拳頭，背脊微微顫抖。

他真能親手殺了她嗎？

若他下不了手，又該如何才能保下她這條命？

回渤王府的路上，他混亂煩躁，情緒一時無法平復，當他在王府門口見到笑意盈盈的摘星正等著他回來時，心中更是如陣陣暴風捲過，難以平復。

他將在戰場上親手殺了她！而她卻完全不知情！

不要對他露出如此幸福的笑容……不要如此信任他……此刻他甚至希望她痛恨他、仇視他，一如兩人八年後初次重逢時……

最好不相見，便可不相戀。

最好不相知，便可不相思。

或許他們根本就不該相識。

但，遲了。

摘星走上前，見他臉色難看，有些心虛，「還在氣我未事先與你商量，便向陛下請命去前線嗎？但那是我爹一手帶領的馬家軍，我不能置之不理。」

馬家軍。若當年馬家軍願意救援，大哥也不至於死於非命。

朱友文轉頭，刻意避開她的目光，「父皇已做了決定，我的意見重要嗎？」

他語氣之冰冷，讓摘星一愣。

他真有這麼氣？

她放軟語調，「你的意見當然重要，其實要我心裡說不害怕，絕對是騙人的，但只要想到有你在，無論我遇到什麼困難，你都會保護我，所以我不怕。」

這番話非但安撫不了朱友文，只是讓他更心亂如麻，不知該如何面對她。

摘星上前想再解釋，小手悄悄扯住他的袖口，他卻彷彿被燙著了似的，用力甩開，失控喊道：

「妳人在邊界，我人在皇城，身處不同陣營，我要如何保護妳？我能如何保護妳？」語畢竟拂袖而去。

她未聽出絃外之音，只覺歉疚，想到他因為自己即將上戰場、擔心她的安危而如此口不擇言，舉止失常，反而心疼。

她追了上去想繼續解釋，朱友文卻腳步加快，對她完全置之不理，她連喊幾聲「殿下請留步」都得不到回應，乾脆停下，喊道：「狼仔！站住！」

朱友文腳步一頓，果然停下，卻身子僵硬地背對著她。

「我都道歉了，為何還要故意扔下我？」她走到他面前，低聲抱怨。

朱友文轉過了目光。

摘星又道：「在陛下面前，我就看出你的驚訝與不悅，只是沒想到你會氣成這個樣子。」她趁四下無人，拉住他的手，溫言相勸：「別再氣了，兩日後我便要離開，前往北遼河，時間不多，別再浪費在吵架上，好嗎？」

他緩緩轉回頭，與她目光接觸，她眼裡滿是對他的依戀、信任與在乎，他卻完全感受不到一絲甜蜜，心頭只有說不出的苦澀，瞬間更有股衝動，想把真相告訴她，不再隱瞞。

但此刻看著她的眼神，他辦不到。

「別再說了！妳有沒有想過，也許我們一開始就不該相遇！若那天妳沒去狼狩山、沒有多事救了狼仔，或許妳根本就不會雙腳受傷，亦不會被困在這皇城裡，終日提心吊膽，妳會有一個疼妳的丈夫，甚至有一雙可愛的兒女，過上無憂無慮的日子！」他終於吐出部份真心話。其實，終日提心吊膽的，是他自己。而希望能好好疼她愛她、甚至與她生一雙兒女，過上無憂無慮日子的，也是他自己。

可他如今卻寧願他們一開始就不要相識，寧願他沒有愛上她，寧願他早早死在懸崖下，寧願……寧願彼此不過是擦肩而過的路人，寧願命運沒有將他們綁在一起。

她聽他越說越離譜，驚訝不解之餘，心裡忽一陣忐忑。

他為何突然這麼說？難道是受了遙姬的影響？

「朱友文！」她也來了脾氣，「就算命運重來，我也要遇見你！就算我一輩子受腳疾所苦、一輩子都得困在這渤王府，但我從不後悔，更沒想過要離開你！你若是聽信遙姬，認為我倆在一起是詛咒……那你……你……你難道……」她一時竟不敢說出口。

難道他後悔了，想要與她分開？

她一急，更是說不出話來，眼眶兒一紅，輕咬下唇，楚楚可憐，他頓時後悔自己說話太重，心疼自責不已，急忙將她擁入懷裡，「是我不好，我太衝動了，別哭。」

她躲在他的懷抱裡，真切感受到他的身軀與體溫，這才放下了心。

她悄悄抹去眼眶旁的淚，俏皮抬起頭，「氣消了嗎？」

他只能無奈點頭。她笑靨如花。

「星兒。」他忽一臉認真。「妳從未有征戰經驗，此行前去北遼河，時間匆促，我會好好教妳在戰場上如何應變。」

她點點頭，「我一定好好學，畢竟你可是大梁戰神，是不？」她一臉依賴。「況且你隨後就會帶著援軍抵達，不是嗎？」在她心裡，早已認定，不論發生什麼樣的危急狀況，朱友文最後一定會來救她。

朱友文心中一痛，竟無法回答。

因為他屆時帶來的，不會是救援的軍隊，而是要將筋疲力盡的馬家軍徹底鏟除的地獄使者，他麾下渤軍，皆由他親自訓練，隨他四處鐵蹄征伐，指令一出，殺人絕對不眨眼，馬家軍根本沒有任何活命機會，包括她！

他只覺喉頭異常乾澀，好半天，才擠出一句：「這一路上還有馬婧陪著妳，我多少能放點心。」

摘星卻道：「馬婧一聽程叔病了，放心不下，已早我一步出發了。」

他微微一愣，想了想，「既然如此，那我挑幾名精兵護送妳去前線。」

她甜甜一笑，「多謝殿下。」

他卻只覺心中更加酸楚。

很快，他將再也看不見這樣的笑顏。

他再也難以克制心頭激動，轉過頭，「我還有些要務，今日妳先好好休息，明日抓緊時間，我會好好教妳戰場上的一切！」語畢他便自行快步離去，竟是不敢再看她一眼。

他越走越快，渾身發熱，心頭發顫，腦袋混亂不知所以，摘星似在他身後又說了什麼，他已聽不清。

或是，他不敢聽。

是夜，文衍等人得知梁帝欲趁北遼河之役一口氣翦除馬家軍勢力，甚至連摘星也不欲放過，儘管他們事前早已預測到這樣的結果，依舊感到驚訝與心痛。

從頭到尾，馬家軍都被蒙在鼓裡，摘星亦是，他們一心為大梁付出、想替馬家報仇，陷於苦戰之際，等來的卻是梁帝毫不留情的斬草除根……梁帝如此心狠手辣，饒是身為夜煞，他們也不禁感到心寒。

且居然還指定主子親自率領渤軍追殺馬家軍！梁帝明知主子對馬家郡主情根深種，也知兩人八年前因誤會而分開，如今好不容易重逢、誤會冰釋，轉眼卻要彼此深深相愛的兩人在戰場上兵戈相見？雖說大殿下之死，與馬家脫不了關係，但馬瑛已死，何苦還要不知情的馬家軍與馬郡主跟著陪葬？

莫霄看不下去，竟大膽道：「主子，只要您願意，我就算搭上這條命，也會助您與郡主逃出大梁，天地之大，您大可帶著郡主歸隱山野，不需再受如此折磨！」

海蝶儘管略有不安，亦跟著道：「我也願助主子一臂之力。」

文衍坐在朱友文特地為他打造的木輪椅上，卻是不發一語。

朱友文目光冷冷掃來，莫霄與海蝶渾身一顫，緊接著兩道劍光閃過，兩人臂膀一痛，牙獠劍已劃下兩條血印，兩人立即跪下。

「身為夜煞，竟敢質疑陛下命令，是想造反了嗎？」

「屬下不敢！」莫霄與海蝶同聲回道。

朱友文收回劍，沉痛道：「我的命，是大哥犧牲自己換來的，這條命，早就不屬於我自己。既然父皇有令，我又怎能因自己私情，縱放馬家軍？」

主僕四人無言相對，文衍等人都能感受到他沉重的悲傷。

上天為何如此弄人？好不容易苦盡甘來，兩情終於相悅，但來日沙場上再相見之時，她卻是朱家仇人之女，而他是她的殺父仇人，縱使情意再綿延，兩人間卻從此隔了國仇家恨，此生此世無解。

他背轉過身，不欲讓人見到他無法隱忍的悲痛。

半晌，他才道：「百年不過如夢，就當我終於夢醒吧。」

他終於、也不得不，認清現實。

遙姬說的沒錯，他與她的相遇，從來就不是上天的祝福，而是詛咒。

朱友文緩緩離開密室，背影黯然。

朱友文離去後，莫霄與海蝶起身，莫霄強忍悲憤，海蝶紅了眼眶。

文衍忽道：「有一個法子，主子斷然不會准許，但可試試。」

莫霄急問：「快說！」

「找疾沖。」文衍道。

莫霄與海蝶皆是一愣，隨即覺得大有道理。

疾沖對郡主頗有情意，武藝與主子更是不相上下，若能找到他，他必有能力在朱友文奉命剿滅馬家軍之時，將摘星平安救出，但這無異是洩露朝廷機密，可是叛國大罪，若他們真要找疾沖幫忙，便絕不能讓朱友文知情。

莫霄一拍胸脯，「屆時若東窗事發，由我一人承擔！」

文衍搖搖頭，「恐怕我們三人都得冒險擔上洩密叛國之罪，且這次絕不能再讓主子受到牽連。」

海蝶道：「主子待我三人恩重如山，我等豈是貪生怕死之輩？只是疾沖行蹤飄忽不定，該從何找起？」

文衍沉吟，「此人行走江湖，應有不少江湖朋友，不如先從京城內著手，派人打聽，看能不能牽上線？」

莫霄性急，喊了聲「我這就親自去打聽！」便衝出了密室。

文衍苦笑，朝海蝶道：「他這急驚風的性子，以後可有得妳傷神了。」

海蝶沒有回他。

以後？他們會有以後嗎？她不敢想。

連主子都如此身不由己，甚至求死不能，更何況是他們？

寧冒叛國死罪，也想救下馬郡主，只因希望主子不會面臨手刃摯愛，落得終身遺憾、無法原諒自己的下場，況且，只要留得一條命在，或許日後主子與馬郡主還能有機會再續前緣……即便機會是如此渺茫……

🐾 🐾 🐾

一隊精銳晉軍出現在北遼河南方二十里，隊伍徐徐經過一棵大樹下，一名將領忽抬頭望了一眼枝葉繁茂的大樹，隨即低下頭，跟著隊伍快步前進。

眾人又行了幾公里，就地略作歇息，先前那名抬頭望樹的將領找了個藉口往回走，重新來到大樹下。

樹上跳下一人影，笑嘻嘻道：「打個暗號，你就知是我，還真給我面子。」

「要不是少帥先派人送來密信，我恐怕也不會發現少帥就躲在這樹上。」程良道。

「不耽擱你，我就開門見山地問了，先前我不是向你打聽過奎州馬府滅門一案嗎？這次我要你替我再多調查些，除了是誰最有可能下手，也查查近來晉軍是否有刺客潛入奎州，刺殺一名掌櫃，用的還是梁國朝廷密毒轉花毒——」話說到一半，身後忽傳來一道聲音：「既然要問，問我豈不更快？」

疾沖一回頭，晉軍已團團圍了上來。

「程良！」

程良一臉歉意，「少帥恕罪！王世子有令，我只能出賣您了！」

疾沖收回惱怒，朝自己兄長看了一眼，笑道：「唷，這不是堂堂晉國王世子嗎？許久未見，小人忘了怎麼行禮，失敬了。」

李繼岌騎著馬慢慢踱過來，居高臨下，「你還想逃到哪兒？害了萬千將士，以為用盡手段掙錢，養下那些遺孤，就能彌補過錯？」

「廢話少說！要抓我，沒那麼容易！」疾沖拔劍，怒目瞪向馬上的李繼岌。

他原以為李繼岌是來捉拿自己回晉國，卻意外聽兄長道：「馬府滅門，另有隱情，兇手並非我軍。」

疾沖詫異，兇手並非晉軍？那會是誰？且下手如此狠毒？

「有何隱情？」疾沖主動收起了劍。

「你先說說，為何忽然想知道馬府滅門真相？」李繼岌難得見到向來桀驁不遜的小弟會先示弱，不禁生出一絲好奇。

疾沖倒也坦誠，「馬瑛之女馬摘星，與我關係匪淺，此案若有蹊蹺，我必要為她查個水落石出。」

李繼岌面露訝異，「此話當真？」

疾沖點點頭。

李繼岌跳下馬，來到疾沖面前，竟有些難掩興奮，「沒想到你與馬瑛之女還有這層關係，看來這次，我們真有機會策反馬家軍了。」見疾沖一頭霧水，他正色道：「疾沖，你可知馬摘星如今身陷險境，你必須儘快將她救出！」

疾沖一驚，「此話何解？」

李繼岌解釋：「當初我們的確試圖暗中拉攏部份梁國將領，遭拒後也確實派出過刺客欲暗殺之，但接觸馬瑛後，他曾密函回覆我們，言及自己即將交出兵權，解甲歸田，不問天下事。沒了兵權的馬瑛，又何必大費周章前去暗殺？還惹來馬家軍仇視，與朱溫同仇敵愾？」

「那滅門馬府的真兇究竟是誰？」疾沖腦海裡忽然浮現一個人影，但他恐懼地不敢再繼續多想。

他曾在奎州城悄悄打聽，終於從一茶攤老闆處得知，方掌櫃橫死前的那天夜裡，約了馬峰程碰面，且憂心忡忡，說馬府滅門那天，有一群人神秘兮兮包下他整間小酒館，入夜與隔日一早忽全不見蹤影，其中一名黑衣男子特別可怕，渾身冷厲殺氣，令人想起便膽寒。事過境遷，馬府惟一倖存的摘星郡主回到奎州城，身旁男子竟與那日夜裡投宿小酒館的神祕男子意外神似……疾沖算算時日，摘星出現在奎州城的時間，正是他計誘朱友文上狼狩山後隔日，怎麼想，摘星身旁的男子只有可能是朱友文，不會是別人。

李繼岌一甩手，一枚晉軍虎符令出現在他掌心，「當初我軍申皇軍曾與渤軍交手，申皇軍不敵，全數被剿滅，虎符令便落入渤王手中，之後朱家便用此令栽贓晉國，要我們扛下這莫須有的罪名。」

疾沖的目光落在兄長掌心上的虎符令，心中一震。

如此一來，全數說得通了……果真是渤王朱友文！

是他受命率人滅了馬府，之後被方掌櫃認出，他怕方掌櫃洩露祕密，不但殺了這對父女，還製造失火假象，欲掩人耳目。

疾沖扯住李繼岌的衣襟，激動道：「你們為何不速告知馬家軍真相？」

李繼岌推開他，「你以為我們不想嗎？我曾數次派人前去，試圖告知真相，策反馬家軍，但他們一聽是晉人便火冒三丈，幾個使者沒一個活著回來！且虎符令千真萬確，一時三刻無從反駁，馬家軍受朱溫蒙蔽，已堅信仇人是晉國，無憑無據，又怎會相信我們？但如今有了你，情況便不同了。你既已與馬家郡主關係匪淺，她必然信得過你，而馬家軍信得過她，由你出馬，才有策反機會。」

「可摘星如今身在大梁京城……」疾沖心頭再度一震。

她是朱溫為了操控馬家軍的人質！而一旦朱溫利用完馬家軍……

李繼岌見到他臉上驚愕神情，了然一笑，「不錯，那位馬郡主並不知道，她其實活在水火之中，現今也只有你能救出她，以免馬家軍的咽喉被鎖在朱溫手裡！」

疾沖繞過李繼岌，直接跳上他的馬，瞬間揚長而去。

他不斷猛夾馬肚，狂舞馬鞭，跑快些、再跑快些！

該死的朱友文！竟用權謀與愛情羅織出如此漫天大謊，將摘星牢牢困住，讓她什麼也看不清，還傻傻地以為他是她真心所愛，一生不悔。

摘星，妳可知妳未來的夫君，滅了馬府滿門，正是妳的殺父仇人？

疾沖快馬加鞭，直奔大梁皇城，金雕追日盤旋其上，忽嗚嘯一聲，疾沖聞聲，定眼望去，前方果真出現一個同樣騎著快馬的身影，兩人交錯而過，疾沖認出來人居然是馬婧，連忙急拉韁繩，調轉馬頭追去，「馬婧！」

馬婧聽聞父親中了瘴毒，正疾馳趕往北遼河，聽見這聲熟悉的呼喚，微微一愣，立即停馬。

「疾沖？」

「妳為何單獨一人？急著要去哪裡？妳家郡主呢？」

「我爹中了瘴毒，我心急如焚，一刻也坐不住，郡主便要我先趕往前線軍營探望。你這又是要上哪兒？」

「去渤王府找摘星。」

「郡主明日便從京城出發，與我會合，你此去怕是會錯過。」

「摘星要來？」疾沖尋思，瞧馬婧趕往的方向，正是北遼河一帶，晉軍太保營附近，難道馬家軍已做好準備，欲隨時發動奇襲？一旦發生衝突，必是一場硬仗，不論是馬家軍或晉軍皆會大傷元氣，豈不是正好中了朱溫的計！

疾沖當機立斷，「馬婧，我隨妳前去馬家軍軍營，我有要事要稟報主將！」

馬婧疑惑，「你有何要事要稟報我爹？」

「馬家軍主將是妳爹？」疾沖心中一喜。

太好了，如此一來，他更能取信於馬家軍。

眼見時間緊迫，疾沖不再拐彎抹角，「馬府滅門血案的真兇，並非晉國，而是朱梁！」

「你說什麼？」馬婧震驚之餘，一時無法反應，腦袋一片空白。

疾沖上前抓住她手上的韁繩，催促道：「事不宜遲，妳快帶我去見妳爹！」

「你……疾沖！你別胡說八道！你有何證據？」馬婧質疑。

「實不相瞞，我乃晉人！」疾沖坦誠。

馬婧驚詫，他居然是晉人？那他便是大梁的敵人啊！

馬婧本能想拔出腰上的劍反擊，疾沖卻阻止了她，「馬婧，妳仔細想想，我何曾傷害過妳家郡主？我一心想救摘星，再遲得一刻，也許她便會命喪朱友文手裡！」

馬婧只覺腦袋一團混亂，疾沖是晉人？渤王會殺害郡主？這究竟是怎麼回事？她到底該相信誰？

「馬婧！」疾沖已不耐煩，「別再蘑菇了，快帶我去見妳爹！」

🐾 🐾 🐾

北遼河營帳內，馬峰程一臉病容，強撐著坐起身，指著疾沖質問，「你說是陛下滅了馬府，你無憑無據，來路不明，我們、我們為何要信你？」話說到後來，已是上氣不接下氣，臉色發青。

馬婧含淚連忙端來湯藥，小心服侍馬峰程喝下。

已是病入膏肓，大夫也只能多開些人蔘等大補藥方，勉強吊口氣，拖延時間。

馬峰程喝完藥，掙扎道：「我等……我等已誤會過陛下一次，晉國雖幾次想藉此離間，但晉軍虎符令，罪證確鑿，早已釋疑，你……你這消息，又是從何而來？」他忽感四肢發冷，胸口煩惡，轉身將方才喝下的湯藥全數吐了出來，接著身子一陣抽搐。

「爹！」馬婧急得眼淚不停落下。

馬峰程好不容易一口氣恢復過來，滿是血絲的雙目瞪著疾沖，「你倒是說啊！」

疾沖道：「消息來源，來自晉國王世子，魏王李繼岌。」

馬峰程一愣，顫抖指向疾沖，「你、你也是晉人？」

「刷」的一聲，馬峰程身旁副將馬邪韓已一怒拔刀，「大膽晉人！屢次擾亂我等軍心還不夠嗎？」

「你們不信我，天經地義。」疾沖輕輕撥開刀尖，「但試問，若非為了摘星，我又何必冒死獨闖龍潭虎穴？」

馬婧也急道：「馬副將！他曾幾次出生入死搭救郡主！他是友非敵，絕無惡意。」

疾沖從懷裡拿出響石，解釋：「這是我與摘星分開時，她送我的銅鈴響石。銅鈴是她娘親遺物，她何等重視，此物足可證我與她推心置腹，我何須冒死造謠，陷害她最珍視的馬家軍？」

他將響石交給馬峰程，馬峰程知摘星自幼即隨身攜帶此枚銅鈴，明白疾沖所言不假。

馬峰程吃力地朝馬邪韓揮了揮手，馬邪韓這才心不甘情不願地收回刀子。

「那晉軍虎符令，又該如何解釋？」馬邪韓質問。「晉軍十二虎符，乃奇石所造，可透月光，天下間絕無僅有，我等早已確認此物為真！」

「你們手上有虎符令嗎？」疾沖問。

馬峰程點點頭，馬邪韓從一箱子裡拿出虎符令，扔給疾沖。

疾沖仔細打量，心中更加篤定，「不錯，此符確實不假，但諸位可知，晉軍中的申皇軍，下場何在？」

「我記得，一年多前……已被渤軍所滅。」馬峰程虛弱道。

疾沖道：「由此推斷，此符便是來自申皇軍，當時被渤軍取得後，日後用於栽贓。」

馬邪韓面露鄙夷打斷疾沖：「全聽你一人狂言！你何以證明此符乃申皇軍所有？」

疾沖朝馬邪韓伸手，「借刀一用。」

馬邪韓眼瞪如銅鈴，見馬峰程點頭，百般不願將腰上軍刀遞給疾沖，同時人跨到馬峰程面前，以防變故突生。

疾沖倒轉軍刀，以刀柄用力擊敲虎符令，令牌竟一分為二，疾沖翻掌，眾人皆見到令牌內部刻著一個「申」字。

「早被剿滅的申皇軍，要如何刺殺馬府？此符乃為渤軍所得，馬府滅門真兇是何人，答案已昭然若揭不是？」

馬婧張大了嘴，難以置信。

渤軍將領乃是渤王，這麼說……帶頭滅門馬府的，竟會是渤王？

可……這怎麼可能？那麼深愛郡主的渤王，竟是郡主的殺父仇人？

疾沖朝馬峰程道：「馬將軍，可還記得死於大火的那位酒館掌櫃？」

馬峰程虛弱點頭。

「我發現他其實死於大梁朝廷密毒，十分可疑，於是循線追查，得知馬府滅門之日，朱友文早已祕密入城，投宿在這間酒館，後來他與摘星重回奎州，掌櫃懷疑起他的身份，但還未揭發，掌櫃已被殺人滅口！」疾沖道。

馬峰程一愣，隨即憶起方掌櫃的確說過，當日與摘星郡主一同出現在奎州城的男子，神似血案發生那日投宿小酒館的神祕人，當時他還不怎麼放在心上，雖說為了讓方掌櫃放心，找人繪製了渤王肖像，方掌櫃卻莫名死於橫禍，無法確認神祕人身分，如今鐵證如山，原來……原來這一切都是朝廷在背後搞的鬼？他竟如此糊塗，看不清真相，還讓郡主身陷險境！

馬峰程悲憤交加，老淚縱橫，他身子忽又是一陣抽搐，張口狂吐，只是這次吐的卻是鮮紅的血！

「爹！」馬婧驚叫一聲。

「郡主……郡主危險……快設法救出郡主……我老糊塗了……末將、末將有愧……郡主……」

馬峰程又是幾口鮮血吐出，這竟成了他最後的遺言。

「爹！」馬婧痛哭失聲。

馬邪韓亦神色哀戚，撲通一聲跪下。

疾沖不忍，走出營帳，眼角餘光忽瞄到一名小兵鬼鬼祟祟走到不遠處，張望一陣後快步離開軍營，他疑心大起，連忙跟上。

只見那小兵走到一處曠野，從懷裡抓出一隻鴿子，雙手高舉放飛，疾沖見狀，一聲尖嘯，金雕追日忽現蹤影，利爪一伸，輕易便捉住飛鴿！

疾沖上前輕易制伏小兵，追問：「你給誰放消息？難不成是朱溫？」

小兵見事機敗露，倒是有骨氣，一聲不吭，身子抖了幾下，口吐白沫，毒發身亡。

疾沖暗叫不妙，早聽聞朱溫暗中培養一暗殺集團，個個視死如歸。他從追日爪下接過飛鴿，解下其腳上字條，此人果然是朱溫眼線，向朱溫回報馬峰程已逝的消息。

儘管千鈞一髮之際攔下消息，但難保朱溫已知馬家軍起了疑心，對摘星不利，看來眼下最要緊的是得儘快見到摘星，告知真相。

快！一切都得快！只要晚了一步，摘星就會沒命！

國家圖書館出版品預行編目 (CIP) 資料

狼殿下 / 陳玉珊編劇團隊原著 ; 湛藍小說改編 . -- 初版 . -- 臺北市 : 水靈文創 , 2020.04
冊 ; 公分 . -- (Fansapps ; 105-106)
ISBN 978-986-95357-6-2(上冊 : 平裝). --
ISBN 978-986-94267-8-7(下冊 : 平裝). --
ISBN 978-986-98117-0-5(全套 : 平裝)

863.57　　108012394

FANSAPPS 105

狼殿下 The Wolf 上冊

小說版權所有　京騰娛樂事業有限公司
原著　陳玉珊編劇團隊
作著　陳玉珊、吳志偉、黃紀柔、陳健豪、孟芝、陳芃雯
小說改編　湛藍 (Di Fer)
策劃　陳瑞萍
封面設計　林俊佑

總編輯　陳高壽
編排設計　林晁綺
行銷　張毓芳
出版社　水靈文創有限公司
郵撥　台灣企銀 松南分行 (050) 11012059088
地址　11444 台北市內湖區內湖路一段 387 巷 3 弄 2 號 1 樓
網址　www.fansapps.com.tw
電話　02-27996466
傳真　02-27976366

總經銷　聯合發行
電話　02-29178022
初版　2020 年 04 月
ISBN　978-986-95357-6-2
定價　新臺幣 480 元